Staread
星文文化

上. # 谈判官

著 —— 张云帆 费慧君 李晓亮

长江出版社

图书在版编目(CIP)数据

谈判官:全二册 / 张云帆,费慧君,李晓亮著.

—武汉:长江出版社,2018.1

ISBN 978-7-5492-5642-6

Ⅰ.①谈… Ⅱ.①张…②费…③李… Ⅲ.①长篇小说—中国—当代 Ⅳ.①I247.5

中国版本图书馆 CIP 数据核字(2018)第 023072 号

谈判官:全二册 / 张云帆 费慧君 李晓亮 著

出　　版	长江出版社
	(武汉市解放大道 1863 号)
出　　品	星文文化
	(天津市武清区大碱厂镇幸福道 8 号 邮政编码:300000)
选题策划	柯　伟　张　帆
市场发行	长江出版社发行部
网　　址	http://www.cjpress.com.cn
责任编辑	张艳艳　钟一丹
印　　刷	三河市嘉科万达彩色印刷有限公司
版　　次	2018 年 1 月第 1 版
印　　次	2018 年 3 月第 1 次印刷
开　　本	700mm×1000mm　1/16
印　　张	45.5
字　　数	587 千字
书　　号	ISBN 978-7-5492-5642-6
定　　价	86.00 元(全二册)

版权所有　盗版必究(举报电话:027-82926804)
(如发现印装质量问题,请寄本社调换,电话 027-82926804)

谈判官 Negotiator

序

/

这是一个关于爱情的故事。

小的时候常常想象爱情是如何开始的，在想象中，往往是一见钟情，金风玉露一相逢，便胜却人间无数。

但在现实里，却常常是柴米油盐酱醋茶，是无尽的工作，是平凡和简单的人生。所以我们需要文学，需要那些爱情故事唤起我们的情感。

斯特林堡说，最美好的，也是最痛苦的就是爱情。他认为爱情里男女之间的战争是永不停息的。

有人说爱情是荷尔蒙分泌凝聚成的一颗糖，在温润环境缠绵过后便消失了。当我们在恋爱中受到伤害时，朋友、家人也总是这样安慰我们。

那么爱情到底是什么呢？是一见钟情的眼缘？长久陪伴的习惯？肉体交合的酣畅？

我们一生往往不会只经历一个爱人，缘起也可能并非人生的必然，或许是路过男女的碰撞，咖啡店里排队时的邂逅、动心，谈判会议桌上的争执由恨生爱。这时你可能是单身也可能有着伴侣，那样的情绪是什么呢？

也许这个世界本没有"爱情",所有的一切只是自己写的剧本,剧本里有:嫉妒,挣扎,痛苦,渴望,依恋,情欲,假装,折磨,忍耐,战争,无理。而这部爱情剧本最大的特点是,没有逻辑,没有理由,尽情地造作。爱情就是爱情,她不会转变成别的情感,即便两个人在一起几十年,只要互相永不妥协,剧本会一直写下去,长存。

所以大家常说爱情的故事都是虚构的,亿万富豪怎么会沦落到送外卖,千金小姐怎能下堂?其实,真实的人生充满了戏剧性。一切不可能的事情都可能发生,随时做好准备,迎接爱情或者事业的挑战,这是我想要表达的。

至于最后的结局,其实没有什么结局,人生应该是你来过,活过,爱过,就足够了。

本书可顺利出版,要感谢纵横文学何健秋先生、张帆女士、李金桂女士的邀请及不辞辛劳的协调与支持,使本书从无到有;感谢华策影视剧芯文化房迎女士、朱蓉女士、舒敏女士、刘欣瑶女士的鼎力相助;感谢星文文化接受并出版本书及柯伟先生的出版统筹、青浅女士精心的编辑工作;感谢杭州炫阅花凛老师为我解决了书稿中的诸多问题。

感谢大家抽出时间读这本书,读过这本书的都是我的朋友。

那么朋友们,我们下次再见。

张云帆于北京

目 录 contents

第 001 章	首席谈判官	001
第 002 章	只是朋友	007
第 003 章	并不美丽的邂逅	013
第 004 章	两个活宝	019
第 005 章	新的项目	026
第 006 章	相逢不是缘	032
第 007 章	如此开局	039
第 008 章	富家大少难伺候	045
第 009 章	兵出奇招	051
第 010 章	身边小人	057
第 011 章	谈判如战场	064
第 012 章	错位的关注	070
第 013 章	家家有本难念的经	076
第 014 章	男人都爱争风吃醋？	083
第 015 章	无聊的炫富	090

第 016 章	真的吃错了药	*096*
第 017 章	信任	*102*
第 018 章	突如其来的吻	*109*
第 019 章	童年哀思	*116*
第 020 章	谈判要做好充分准备	*122*
第 021 章	突来的变故	*129*
第 022 章	无力回天？	*135*
第 023 章	不只是尊严！	*141*
第 024 章	不能触碰的禁忌	*147*
第 025 章	误会	*154*
第 026 章	挽回	*161*
第 027 章	真诚以对	*167*
第 028 章	男人内心的脆弱	*174*
第 029 章	情愫暗生	*180*
第 030 章	危险的爱情	*186*

contents

第031章	以攻为守	193
第032章	每个人都有自己的故事	199
第033章	豪门婚姻的顾虑	205
第034章	节外生枝	211
第035章	剑走偏锋	218
第036章	偷来的浪漫	224
第037章	女人当自强	231
第038章	一生一次的玫瑰	237
第039章	不可能的爱情	245
第040章	偶遇还是阴谋	254
第041章	分手抉择	261
第042章	再相逢如路人	268
第043章	朋友，出卖	275
第044章	全世界都在与你作对	281
第045章	最后的送行	287

第 046 章	请给我三天的爱情	**294**
第 047 章	三天的幸福	**300**
第 048 章	自圆其梦	**307**
第 049 章	珍珠是泪水的结晶	**314**
第 050 章	心与心知	**320**
第 051 章	生死亦不能阻止	**326**
第 052 章	愿与你同行一生	**333**
第 053 章	鸿门宴	**340**
第 054 章	自由的追求	**346**
第 055 章	幸或不幸的女人	**353**
第 056 章	豪门事多	**360**

第001章
首席谈判官

美国，纽约，华尔道夫酒店。

奢华的总统套房内，一名金发碧眼的外国人，正冲对面的华人怒吼着：

"17个小时！从昨晚到现在已经17个小时了！我们和'快闪'的谈判还毫无进展！秦天宇，这件事你必须给我一个交代！"

对面的华人，是福通律师事务所的资深律师，秦天宇。

作为"YEP"的中国聘用律师，秦天宇在这次与"快闪"的合并谈判中，负有极大的责任。而那名金发碧眼的外国人，则是YEP中国区的代表，中文名黄友鹏。

秦天宇低着头："我没想到快闪的老总会突然反悔，拒绝谈判，请再给我一点时间！我一定会让合并案成功的！"

"哼！"黄友鹏指着秦天宇，"听着，我再给你一个小时！如果一个小时以后谈判还没有任何进展，我就要换掉你和你们事务所！"

说完，黄友鹏愤怒地甩门离去。

看着黄友鹏离去的背影，秦天宇一屁股坐到了沙发上。

揉了揉眉头，秦天宇向自己的助理陈雯吩咐："帮我倒一杯咖啡。"

陈雯担心地看着秦天宇："别喝了，你已经喝了五杯了……"

"帮我再倒一杯吧。"秦天宇抬起头来。

从这个高大俊朗的男人脸上,陈雯看到了罕见的焦虑,没再多说话,起身去泡咖啡。

这次 YEP 与快闪的合并谈判,对福通律所极为重要,不仅关系着秦天宇和律师事务所的前程,还关系着 YEP 的未来。如果合并谈判不能成功,秦天宇可以想象此事所造成的后果。

皱紧眉头,秦天宇不停地摆弄着手机,虽然表面镇定了很多,但依然无法掩饰他的焦虑。

"秦律师,已经半个小时了……"陈雯小声地说道。

"我知道了。"秦天宇点了点头。

秦天宇打开通讯录,找到了上面的一个名字,拨通了对方的号码。

"对不起,您所拨打的用户正忙,请稍候再拨。"

是对方挂断了自己的电话。

"该死!"秦天宇暗骂一声,又拨通了另一个号码。

很快,那边接通了电话。

秦天宇没等对方出声,焦急地问道:"崔西,童薇人呢?快让她接我电话!"

"她正在路上,还没到。"崔西的声音传来。

"你赶紧想办法啊!只有半个小时了,陈莫要是再不回谈判桌,我就失业了!"

"她到了我会立即告诉她的。"

"好,拜托了。"

秦天宇挂断电话,靠在了沙发上。

而此时,纽约市苏荷区,一辆红色法拉利跑车正在红灯下。

跑车的司机,是一名身材紧致,面如冠玉,气质优雅的长发美女,她就是童薇。

旁边一辆同样在等红灯的车内,白人司机看到这名宛如名模的华裔美女,立即对她吹起了口哨。

童薇扭过头去,冲白人微微一笑,然后吹出了一记更为响亮的口哨。

白人司机一愣。

这时绿灯亮起,童薇的红色法拉利已经飞驰而去,拐进了前方广场,在一栋充满现实主义风格的大楼前停下。

脚穿浅色 Valentino 高跟鞋,上身是剪裁得体的 Chanel 背心裙,提着低调的 Delvaux 手包,再加上漂亮的脸蛋和优美的身材,无论从什么角度看,都让人觉得她不是名模就是演员。

高跟鞋的声音,有节奏地敲打在地面上,童薇进入大楼 15 层,来到 CAEA(国际商谈机构)总部。

"童薇小姐,崔西小姐正在会议室等你,让你来了立即去会议室。"前台向童薇说道。

"谢谢。"童薇微笑着点了点头,轻盈地往会议室走去。

推开会议室的门,正在整理文件的崔西立即发现童薇的到来:"大小姐,你总算来了,你要再不来,秦天宇就要上门来杀我了!"

童薇拿过崔西旁边的咖啡喝了一口,不急不慢地问道:"他那边情况怎么样了?"

"炸了!"崔西苦笑着,"也不知道怎么回事,快闪的老板陈莫谈到一半,突然就沉默了,任谁劝也不说话,现在华尔道夫酒店那边正僵着。YEP 的人把秦天宇大骂了一顿,威胁要炒掉他和福通律所呢!"

童薇皱了皱眉:"陈莫的资料呢?"

"都在这儿。"崔西立即拉过白板。

童薇点了点头,聚精会神地看着会议室内的白板。

白板上面,挂着快闪老板陈莫的头像,以及陈莫的所有履历。

这时,童薇的手机再次响起。

看了看,是秦天宇打来的,童薇并未理会,直接挂断,继续查看陈莫的履历。

陈莫，男，1999年做文学网站起家，赚到了第一桶金。

2010年，陈莫运作的社交平台在纽交所上市，两年后又主持另一家视频网站在港交所上市。

……

从这个男人的履历来看，他并不缺钱，不会是因为资金问题而与YEP进行合并谈判。

"既然他不缺钱，为什么他一开始要答应与YEP的合并谈判呢？"崔西不解地问道。

"这并不难理解。"童薇分析着，"在前段时间的混乱时期之后，目前中国市场上的打车软件，已经只剩下美资的YEP和本土的快闪，为了争夺市场，两家公司之间的竞争将比混乱时期更大，这种无谓的竞争将消耗掉两家公司大量资金，长此以往对谁都没好处。"

童薇分析得很有道理，但崔西还有想不明白的地方："可是，既然合并是双方的需求，陈莫为什么又突然反悔了呢？甚至连反悔的原因都不说。"

"因为……"

童薇刚出声，崔西的手机响了起来。

是秦天宇。

崔西直接将手机开了免提，会议室内响起秦天宇急疯了的声音：

"崔西，童薇回没回来？快帮我想办法啊！只有10分钟了！"

童薇笑了笑，出声道："我马上过来。"

说完，童薇抓起车钥匙，也不等秦天宇说话就轻盈地走出大门。

另一边，华尔道夫酒店客房内，秦天宇听到童薇的声音，总算长出一口气。

"呼……"秦天宇向陈雯招了招手，"再帮我倒杯咖啡。"

陈雯："……"

虽然秦天宇的表情轻松了很多，陈雯却依然还有些担心，帮秦天宇泡好咖啡送到他的面前："秦律师，我知道童小姐是最优秀的谈判专家，又是你的好朋友，但我们是不是应该再考虑点应急策略？把合并谈判的事全赌在她的身上，万一谈判失败，到时候我们怎么向孙总交代？"

秦天宇笑了笑："不用担心，我相信她的能力，有她出面，谈判一定会成功！"

看了看表，从CAEA那边过来用不了多少时间，童薇应该快到了，秦天宇向陈雯说道："带上文件，走，我们去接她。"

"是。"陈雯点了点头。

秦天宇还没下楼，刚到电梯口，童薇已经到了。

看到童薇，秦天宇一脸惊喜："大姐，你总算来了！"

童薇没有答话："陈莫呢？"

"在前面的总统套房内。"秦天宇指了指走廊尽头，那儿正聚着一大帮人，有YEP的人，也有快闪的股东。对于陈莫突然中止谈判的事，无论是YEP，还是快闪的股东，都非常着急。

童薇点了点头，向陈莫的套房走去。

"请让一让。"童薇向堵在门前的快闪股东礼貌地说道。

那些股东虽然不知道她是谁，但还是给她让开了路。

童薇微微一笑，径直走向门前，坚定地敲了敲门，然后大喊道：

"我是快闪的用户！你们陈总呢？我要投诉！"

一众股东全都愣住了。

用户？跑到这儿来投诉的用户？

就在这时，那道关闭许久的酒红色桃木门居然开了。

一名穿着洗得泛白的深色T恤的中年男人，出现在门前。

是陈莫，快闪的创始人，中国互联网创业史上的风云人物。

陈莫有些不解地看着童薇："这位小姐……"

童薇面带微笑，看着陈莫："陈总，方便借一步说话吗？"

陈莫皱了皱眉，最后退了一步，做了一个"请"的动作。

这个女人，竟然让陈莫开门了！而且，竟然进去了！

走廊上，无论是快闪的人，还是YEP的人，全都一脸震惊，露出不可思议的表情。

"这个女人是谁啊？"

"刚才我们敲了半天陈总都不开门，现在居然让她进去了！"

"对啊，我还在担心陈总会拒绝谈判呢。"

原本一脸着急的黄友鹏，也松了口气，身为YEP中国区的代表，这次谈判对他也事关重要，要不然，他也不会冲秦天宇发那么大的火。

"秦律师，这个女的是谁啊？"黄友鹏向秦天宇小声询问道。

秦天宇笑了笑："她是童薇，CAEA谈判专家，我请来帮忙的，有她出马，黄先生尽管放心。"

"她就是童薇！"黄有鹏一脸惊讶，"据我所知，CAEA的谈判专员只为成员公司服务，这次你怎么能请得动她？"

秦天宇笑了笑，并没多说，只是看着再次关闭的总统套房大门。

总统套房内，陈莫正面带疑惑地看着童薇："你是？"

"自我介绍一下，我是CAEA首席谈判专员，童薇。"

明白童薇的身份，陈莫冷笑一声："原来是YEP请来的外援，你走吧，我不想谈。"

童薇优雅地坐到沙发上，微微一笑："不，我不是来谈判的，我是来投诉的……"

说到这儿，童薇举起手机，按下了手机的播放键。

第 002 章
只是朋友

时间，回到三天前。

中国，上海。

童薇正拖着银色行李箱在去浦东国际机场的路上，因为这次是出差，开车不方便，童薇拿出手机，打开了打车软件快闪叫车。

很快，有司机接单，一辆专车不一会儿停在了童薇面前。

"小姐，是你叫车去浦东机场吗？"

"是的。"

司机是一名戴着大金表的秃头男人，下车帮童薇拿行李。

上了车后，司机不停地瞄童薇。

"有事吗？"童薇问道。

司机有些犹豫："小姐，那个……您的手机上装了YEP吗？"

"装了，怎么了？"

司机一脸堆笑："小姐，你能帮我再在YEP上下个单吗？到地儿了车费我给你便宜点。"

童薇立即明白司机的意思，但并没说明，而是按下了录音键，同时装傻道："师傅，我不太懂您的意思？"

司机解释道："你刚才用快闪下单，再帮我用YEP下一单，这样我开一段路，就会拿到两家的补贴，我实惠，你也省钱。"

"原来是这样，师傅你真聪明。"童薇说着，用YEP又下了一单。

司机见童薇下了单，很是满意，对童薇连声道谢。

童薇好奇地问道："师傅，这样开专车应该很挣钱吧？"

司机摇了摇头，叹气道："以前专车软件多的时候还不错，现在不行了，只剩快闪和YEP两家，只能说有点小赚，也不知道这两家什么时候不斗了……"

听了手机里的录音，陈莫满脸惊讶。

童薇微微一笑："陈总，作为快闪的一名用户，这就是我要投诉的事情。"

陈莫若有所思地盯着童薇："你是YEP请来说服我的吧？"

"不，是YEP请我来的没错。"童薇摇了摇头，"不过，我是来帮助你的，也可以说是帮助我自己，帮助所有的专车用户。"

陈莫皱了皱眉："我不明白你的意思。"

童薇微笑道："据我所知，YEP在进入中国市场之后，为了和快闪争夺专车市场，出台了大量的补贴优惠政策，由此衍生出大量的刷单事件，甚至出现不少专业刷单团队，YEP和快闪每天都烧掉大量的资金用于争夺市场，但最终这些钱却因为漏洞而白白流失。"

说到这儿，童薇看了陈莫一眼："我想陈总应该明白，如果YEP和快闪继续这么斗下去，资金根本没用到刀刃上，最终只会造成两败俱伤，专车市场将受到严重破坏，甚至我这种想坐车的人再也打不到专车，那些真正靠专车营生的人也将失业，我想这样的结果并不是陈总愿意看到的。"

陈莫皱了皱眉头，童薇说的确实有理，不过……

这时，童薇再次微笑出声："陈总的创业史我有所耳闻，应该说陈总并不缺钱，在创立快闪初期，陈总带领着团队亲自跑了30多个城市，花了一年多时间做地推，这么辛苦，陈总肯定不是为了钱吧？"

陈莫点了点头:"创立快闪,确实并不是为了钱,实际上在很多年前我就已经不缺钱了,对于我来说一日三餐有口饭,有个屋檐能遮雨就行了,我只是想让手里的钱能造福大众,能改变大家的生活,让所有人都能过得更好,这也是我创立快闪的初衷。"

这一点,与童薇看了陈莫的履历后的猜测没太大区别。从陈莫现在的着装也能看出,虽然坐拥百亿资产,但陈莫的衣着极为简朴,还穿着不知道洗了多少次已经发白的T恤,这个中年男人,并不是那种贪于享受的人。

这时,陈莫看向童薇,说出了自己的顾虑:"童小姐当个说客,希望快闪与YEP合并我能理解,不过,如果YEP和快闪合并,YEP将一家独大,整个专车市场将没有竞争,恐怕……"

不用陈莫说明,童薇也明白他的顾虑,微笑着摇头道:"虽然让YEP一家独大不好,但两败俱伤所带来的后果会更糟,而且,合并之后,陈总还可以有很多工作可以造福大众,合并,并不是吞并……"

总统套房外面的走廊上,秦天宇、黄友鹏、YEP中国的其他人、快闪的股东等,都在焦急地等待着,不知道里面究竟怎么样了。

这时,门开了。

开门的是童薇,正当秦天宇准备上前问童薇结果如何的时候,童薇微微侧身让出一条道:"陈总,请。"

陈莫走了出来,看了眼门外众人,最后走到YEP中国区代表黄友鹏面前,伸出手来:"合作愉快。"

所有人愣了愣,紧接着全都欢呼起来。

YEP中国的代表们,快闪的股东们,都为合并能够顺利进行而高兴,两家公司长期以来的市场鏖战,还有这场长达18小时的谈判,都在此画了一个完美的句点。

在欢呼的人群中,秦天宇看向童薇,悄悄向她竖起了大拇指。

夜幕降临，时代广场上霓虹闪烁，人声鼎沸。

童薇和秦天宇，出现在时代华纳中心一间不大的日式餐厅前。

看着这间毫不起眼的日式餐厅，童薇撇了撇嘴："秦大律师，我帮你拿下了这么重要的并购案，你就请我来这种餐厅？"

"大小姐，这你还看不上？"秦天宇无语地看着童薇，"这已经是纽约最贵的餐厅了！"

"喊！"童薇指着餐厅内，"总共二三十个座位，连一个顾客都没有，你跟我说这是纽约最贵的餐厅？"

"别逗了，赶紧进去吧！"秦天宇知道童薇这是在故意捉弄自己，推着她走了进去。

童薇是 CAEA 的首席谈判官，当然不可能不知道 Masa 餐厅。

Masa 餐厅，被称为纽约极贱极贵极无理的顶级餐厅，这家餐厅的店主高山麻纱以他顶级的烹饪技术，吸引了纽约不计其数的名流前来光顾。当然，餐厅也并不像它的表面那样普通，虽然只有 26 个座位，但据说单是餐厅寿司用的木台，就是专程从日本运来的珍稀扁柏，造价高达 6 万美元。而在这里用餐的费用，也会让很多人望而却步。

见整个餐厅空荡荡的，童薇明白，秦天宇这是为自己包场了。

"以后不要再这么做，太浪费了。"童薇轻声道。

"为了感谢你专程飞过来帮我解决问题，这样的感激是必须的。"秦天宇微笑道。

"你不要误会，我是来总部培训的，可不是专程过来帮你。"童薇调皮地一笑，"还有，你不会想用一顿饭打发我吧？"

"怎么？难道你还想要别的报酬？"秦天宇暧昧地凑了过去，"要不……我就以身相许吧？房间我都安排好了……"

"你够了。"童薇没好气地瞪了秦天宇一眼，正色道："天宇，我已经说过了，我们只是……"

"朋友，我明白，只是朋友。"秦天宇立即高举双手投降，识相地与童薇保持距离。

虽然这一晚，秦天宇极尽所能地逗童薇开心，但童薇一直保持着温文的笑容，让秦天宇总有种拳拳都打在了棉花上的感觉。

一直到送童薇回酒店，都没有任何进展。

"明天几点飞机？"童薇问道。

"10点。"

"好吧，那我们就回国再见了。"

秦天宇点头，有些忍不住："童薇，真不请我上去坐坐？"

童薇伸起一个指头以示拒绝："朋友，你又忘了？"

秦天宇再次举起双手投降："对，朋友。那你上去吧，晚上自己一个人小心点。"

童薇笑着点了点头，转身进了酒店。

看着她窈窕的身影消失在酒店大门，秦天宇有些不甘地叹了口气，脸上有些失落地转身离开。

童薇并不是不知道秦天宇的意思，但对于秦天宇，她只能把他当成普通朋友，并不想破坏这种关系。

回到客房，童薇洗漱完毕，哼着歌曲从浴室出来，正打算睡觉。

这时，床头的手机响了。

童薇看了看号码，接通电话。

电话那边，传来着急的声音：

"童薇，不好了！恬恬失踪了！"

童薇微微皱眉："叔叔，究竟怎么回事？恬恬怎么会失踪了？"

电话，是童薇的叔叔童博文打来的。

"是三天前的事，她的同学说她已经三天没去上课了。"童文博着急地说道。

"叔叔，你先别急，你们报警了吗？"童薇问道。

这时，电话那边换了个女声，是童文博的妻子钟美艳："童薇，是这样的，恬恬之前说要去参加纽约时装周，问我们要钱买机票，我们不同意，她肯定自己跑去了。你现在不是在美国吗？你快帮我们找找恬恬，她才18岁，一个人跑去美国，万一……万一……"

钟美艳已经有了哭声。

童薇安慰道："婶婶，不用担心，恬恬不会有事的，她已经18岁，不再是小孩子了。"

"什么不是小孩子！"钟美艳更急起来，"美国那么乱，她一个人多危险，童薇，婶婶求你了，快去帮我找找她啊！"

童薇苦笑一下，答应下来："好啦，我这就去帮你们找，一有消息就通知你们。"

钟美艳总算松了口气。

挂断电话，童薇拨通了崔西的电话。

第 003 章
—— 并不美丽的邂逅 ——

"哎呀,我们的大美女不是和秦大律师约会去了么?怎么舍得给我打电话了?"电话那边,立即传来崔西的声音。

"别胡说,我和他只是普通朋友,找你有正事。"童薇打断了崔西的话。

"什么正事?不会是要我去给你们买安全用品吧?"崔西一本正经地问道。

"滚!你再乱说我和你翻脸了!"童薇无可奈何地揉了揉额头,"你赶紧帮我查一下纽约时装周的日程表。"

"纽约时装周的日程表?大小姐,你不会是要进军时尚界吧?"崔西惊讶地问道。

"家事,见面再说,你赶紧帮我查就行。"

"遵命!"

挂断电话,童薇苦笑了一下。

这个堂妹,还真是太胡来了,竟然敢一个人跑到美国来。

一夜过去,纽约市恢复了日间的繁华与喧嚣。

根据崔西查到的信息,童薇终于在纽约街头找到了恬恬。

看到浓妆艳抹,衣着怪异的恬恬站在街头自拍,童薇就头痛不已。

"恬恬,你怎么穿成这样,害我找了你大半天!"童薇走了过去,抓住恬恬的胳膊。

认清抓住自己的是童薇，童恬恬吓了一跳："你……你怎么会在这里？"

"应该是我问你才对吧？"童薇瞪着恬恬，"你看看你这身打扮，像什么鬼样子，赶紧跟我走！"

"姐，我不走。"恬恬可怜兮兮地求饶道，"我还要去布莱恩特公园参加时装周，你帮个忙行不行，我大老远来一次不容易。"

"你还不容易，你爸妈更不容易，你知不知道他们都快急疯了！"童薇没好气地骂道。

"我已经18岁了好不好，又不是小孩子了，我有人身自由的权利。"童薇见求情不行，搬出了法律。

"你还给我讲人身自由，恬恬，你有梦想我支持你，但梦想不是幻想，要一步一步地努力，我相信你有一天会站到国际时装周的舞台上，但现在，你必须跟我回去！"

"哼，又是这些陈词滥调的东西！"

虽然心不甘情不愿的，童恬恬还是只能跟童薇走。

对于这个堂妹，童薇还真是头痛，每天尽做梦幻想，也不知道现在的少男少女是怎么了，真是越来越搞不清楚。

苦恼地摇了摇头，童薇拽着童恬恬，准备搭辆车回酒店，再把她送上飞机赶回国去。

这时，一辆出租车过来了。

童薇正准备搭车，突然手上一空，童恬恬已经从她的手上挣脱。

"该死！"

童薇回头，发现童恬恬已经钻进了旁边一栋大楼。

"恬恬！"她连忙追上去。

等她追进大楼的时候，童恬恬已经钻进了电梯，冲童薇做了个鬼脸关上了电梯门。

"混蛋！"

童薇被气得不行。

看了眼电梯不停往上跳的数字，最后在32楼停下，童薇立即进入旁边一部电梯，按下了32楼的按钮。

不一会儿，电梯到了32楼，门开了，童薇从电梯内出来。

这里，似乎是什么疗养院之类的所在，各种设施都非常高档，很明显不是普通疗养院。不过不知道什么原因，整层楼都静悄悄的，连医生护士都没见到一个。

走廊上没有童恬恬的踪迹，也不知道她跑到哪去了。童薇只得小心翼翼地透过病房的房门，寻找着童恬恬，同时小声呼唤。

"恬恬……恬恬……"

找了好一会儿，都没找到童恬恬，她心里着急起来。

要让这丫头跑掉了，再想找到她可就麻烦了。

正好，前面一间病房门没关严，童薇走了过去，轻轻推开门。

就在推开门的一瞬间，童薇愣住了。

这是一间豪华的病房，一名帅气的华裔年轻人，正满脸哀伤地看着病床上躺着的中年女子，他的眼中，透着浓浓的哀伤和绝望。

童薇立即觉得失礼，正当她准备掩上门的时候，年轻男子已经看到了童薇，微微有些不解："你是谁？"

童薇连忙一脸歉意："对不起，我走错房间了。"

说完，童薇连忙退了出去，将门掩上。

"床上躺的，应该是他的亲人吧？感觉他好伤心的样子。"童薇皱了皱眉心想，准备接着寻找童恬恬。

这时，童恬恬的声音从旁边过道拐角传来："放开我！你们放开我！我要告你们侵犯人身自由！"

童薇走过去，见童恬恬正被两名保安架着往电梯口走。

童薇连忙上去用英语对保安说道："不好意思，她是我妹妹，脑子有点问题，交给我就好了。"

保安打量了下童薇，并不太相信童薇的话："这里是私人医院，她擅自闯入，你也跟我们走一趟！"

童恬恬哪肯，死命地抓住走廊栏杆尖叫道："我不要，我还要参加时装周！你们放开我！"

"闭嘴！"

一声冷喝响起。

童薇回过头去，见是刚才病房内那名帅气的华裔年轻人，正满脸怒火地盯着自己。

童薇正想给他解释，恬恬已经瞪着对方："凭什么让我闭嘴！我偏要叫！"

说着，童恬恬就扯开嗓门吼起来："救命啊！来人啊！绑架啦！"

"呼！"一道劲风袭过，华裔男子不知什么时候抽出保安腰间的警棍，直指童恬恬，满脸怒火："你再叫声试试！"

童恬恬被吓了一跳，声音都有些颤抖起来："你……你要干什么……"

"干什么？"华裔男子冷冷地瞪着童恬恬，"我告诉你，我母亲在里面休息，如果你再这样大吵大闹，我就直接把你扔下楼去！"

说完，华裔男子将警棍扔给保安，转身准备回到病房。

"对不起……等一下……"童薇连忙叫住对方。

华裔男子转过身来，恶狠狠地瞪了她一眼。

被对方这一瞪，口齿伶俐的首席谈判官童薇，一时竟然不知道说什么话，只得支吾道："对不起，非常抱歉打扰到你和你母亲，我会马上会带她走的。"

"滚！"谢晓飞转身进入病房，将门轻轻关上。

"什么啊？长得帅就……"童恬恬还要大骂，童薇连忙捂住她的嘴，把她给硬塞进了电梯。

"你干什么啊！竟然让那个家伙欺负我！"童恬恬一脸不服气。

"你给我闭嘴！"童薇板着脸，"你已经是18岁的人了，怎么还像个小孩子一样一点不懂事，你以为这里是国内，什么地方都是可以乱闯的吗？"

想起这个堂妹的胡闹，童薇都想给她一巴掌了。

回到酒店，童薇立即给崔西打电话，让崔西帮忙订了两张明天的机票，准备明天把童恬恬送回国。

"姐！求求你了，让我留在美国吧！"童恬恬哭丧着脸哀求着。

"想都别想！"童薇一口拒绝。

现在，还是赶紧把这丫头送回国的好，为此，童薇还把这边CAEA安排的工作都给推掉了。

童恬恬当然不肯，可这事已经由不得她。

第二天，童薇就带着她搭乘飞机回国。

浦东国际机场，从机场出口出来的时候，秦天宇已经等在那儿。

童恬恬臭着张脸坐到后座上："天宇哥，你给我姐说说好话，让她把我送回美国去吧。"

坐在副驾驶座上的童薇又是一阵头痛，这都回上海了，还想去美国，看来得让叔叔婶婶把她给盯紧一点。

秦天宇也是满头黑线："恬恬，你这次实在太不应该了，纽约是什么地方？你怎么能招呼都不打一声就一个人跑去，还好你姐在美国……"

"还不是他们不让我去！"童恬恬一脸的不满，"要不是她把我押回来，说不定我已经被纽约的星探看中了！"

副驾驶座上，正在看文件的童薇无可奈何地苦笑了一下。

"你笑什么？是不是不相信我会被星探看中？"童恬恬绷着张脸，"天宇哥！停车！我不要和她坐一辆车！"

"正合我意。"童薇撇了撇嘴，"天宇，你让她下去，随她去纽约、伦敦、米兰，都随她！"

秦天宇满脸苦色："行了行了，两位大小姐，你们都行行好，少说两句，让我清净清净。"

"哼！"童恬恬扭过头去，不再看童薇。

将童恬恬送回家，童薇总算松了口气。

"天宇，谢谢你来接我们。"童薇向秦天宇道谢。

"呵呵，没关系，乐意为你效劳。"秦天宇笑了笑，开车将童薇送回家。

秦天宇帮童薇取出行李箱，童薇立即从他手上接过。

秦天宇愣了愣："怎么，不请我进去坐坐？"

"嗯？"童薇看着秦天宇。

"好……不坐就不坐……"秦天宇举起手苦笑着。

"天宇，我希望你能明白我的意思。"童薇向秦天宇说道。

"明白，明白，普通朋友。"秦天宇向童薇做了个请的手势，"童大小姐，那我就先走了。"

童薇微笑了一下，拖着行李箱往楼上走去。

"唉。"看着她的背影，秦天宇叹了口气。

坐回车上，秦天宇看了眼童薇的家所在的四楼阳台，摇了摇头，缓缓地将车调头，离开了小区。

第 004 章
两个活宝

"砰！砰砰！"

健身房内，童薇穿着半截运动衫，正在对着沙袋打拳。

虽然身材苗条，但童薇挥拳有力，凌厉的攻势和她漂亮的外表，形成了鲜明的反差。

"砰！砰！啪！"

又是一套组合拳加鞭腿，童薇摘下了拳套，拿起旁边的矿泉水。

在旁边，是童薇的好友夏杉杉，虽然穿着运动衫，却只是懒洋洋地坐在瑜珈球上拿着 iPad 看美剧。

"喂！"童薇喝了一口水，走过去，轻轻踹了一脚瑜珈球。

正在看美剧的夏杉杉根本没注意，身下晃了晃，"哎哟"一声摔倒在地。

"你干吗啊！"夏杉杉苦着张脸瞪着她。

"我说你究竟是来干什么的？占着瑜珈球不练看美剧！"

夏杉杉一撇嘴："你还不是一样，占着钻石王老五不谈恋爱！"

"钻石王老五？"童薇有些不解。

"秦天宇，你还在装傻，以为我不知道他带你去 Masa 餐厅啦！"夏杉杉说道。

"……"童薇，"我们只是普通朋友，你别胡扯。"

夏杉杉一脸不满:"童薇,我说你究竟是什么意思?人家秦大律师年轻有为,人又长得不错,才30岁出头就已经做到了大律所的合伙人,到底哪一点配不上你了?"

童薇摇了摇头:"两个人在一起,并不是说条件不错就可以的。"

夏杉杉好奇地看着童薇:"我真好奇,究竟什么样的男人才能让你动心。"

童薇笑了笑:"我也很好奇。"

"臭美!"夏杉杉没好气地瞪了童薇一眼,"童薇,可别怪我没提醒你,你已经27了……"

"27又怎么样?"童薇毫不在意,"我童薇27就成了CAEA首席谈判专家,精通四国语言,掌握贸易、法律、财务、心理学多方面的知识,甚至要外貌有外貌,要身材有身材,难道我还怕找不到心仪的男人?"

夏杉杉:"……"

"快点起来啦,别死躺着,起来和我练拳!"童薇将夏杉杉从地上拽了起来。

夏杉杉只得苦着张脸戴上拳套。

"砰!砰!"

健身房内,再次响起拳击的声音。

但不知为什么,童薇的脑海里,总是浮现出那个年轻男人的身影。

在美国那家疗养所遇到的,那名凶巴巴的,但满脸哀伤的华裔男人的身影。

"砰砰!"童薇出拳更为迅速有力起来,想将这个男人的身影甩出脑海。

"哎哟!"一声惨叫,夏杉杉捂着鼻子:"童薇,你要杀人啊!"

童薇这才发现,自己一个走神,把夏杉杉的鼻子给打破了。

"该死!"童薇自责地骂了一声,将拳套摘下狠狠地扔在地上。

不过，这两天每当静下来的时候，童薇的脑海总是会浮现出那个华裔男子的身影，这让童薇很烦恼。

"难道是因为他竟敢凶自己？"她点了点头，"应该是这样的，这几年，还从来没人敢这样凶自己呢。"

身边的男人，无论是同事还是上司，一个个的都对自己礼待有加，秦天宇那个牛高马大的家伙在自己面前也是一样。

可能就是这个原因，所以把那个家伙给记住了吧？

休息了一天，童薇穿着职业装，前往 CAEA 大楼，准备回去上班。

正走进大堂准备去办公室，崔西从远处跑了过来，气喘吁吁地将她拦住。

"崔西，你怎么了？你这是在逃命啊？"

"不好了不好了！"崔西一脸苦色，"噩耗啊！"

童薇好笑地看着崔西："怎么了？"

崔西拉着童薇："你知不知道，我们谈判部现在分成 A 组和 B 组了？"

原来是这件事。

童薇点了点头："我早知道了啊，最近我们的业务量剧增，分组后大家也能良性竞争，既有利于相互促进，又有利于完成更多的业务，这是好事啊。"

"好事？"崔西瞪着童薇，"你知不知道，肖翔趁我们不在的时候，把几个能干活的全拉到他那组去了！现在留给你的，全都是刚招进来的菜鸟，什么都不会的毕业生！"

"喔。"童薇不以为意地点了点头。

"大姐，你这是什么反应啊！你被人算计了你知不知道？"崔西恨铁不成钢地说道。

"呵呵，有什么大不了的？"童薇笑了笑，"不就是新人么，新人更好啊，一张白纸好作画，说不定跟几个项目，就变成精兵强将了呢。"

崔西一脸无语:"还精兵强将,等你见到那两个菜鸟你就知道了。"

"呃……"童薇见崔西一脸嫌弃的表情,愣了愣:"有这么弱吗?"

崔西都懒得说话,撇了撇嘴。

两人出了电梯,对面一个油头粉面的男生埋着个头过来,直接往崔西身上撞。

"蒋可,干什么呢,冒冒失失的!"崔西挡住这个男生斥责道。

蒋可没理崔西,而是直直地盯着童薇。

"他就是新来的,蒋可。"崔西小声向童薇说道。

"早上好。"童薇微笑着和蒋可打招呼。

蒋可没什么反应,而是神叨叨的伸着鼻子,对着空气闻来闻去,突然大叫道:"帕尔玛之水!谁!是谁干的!"

崔西蒙了:"这是什么鬼?"

童薇则有些惊讶地看着蒋可:"这都能闻出来?"

"果然是你!"蒋可一脸兴奋地拉着童薇的手,"你是我遇到的第一个使用帕尔玛之水的女生!有品位!有品位!"

说着,蒋可亲密地凑了过来:"喂,你是在哪里买到的?有多余的匀一瓶给我啦,或者你有没有相熟的代购?你微信号是多少,来来来扫一扫……"

在旁边的崔西已经忍无可忍,一巴掌拍在蒋可的头上:"蒋可!这是你领导!"

"领导?"蒋可愣了愣:"你……你是……"

童薇微笑道:"我是童薇,很高兴认识你。"

"哇!"蒋可夸张地大叫起来,"原来你就是我的领导!这么又漂亮又有品位的领导!天啊,以后让我怎么专心工作啊!不行啦不行啦!让我去冷静一下!"

说着,蒋可捂着脸跑掉了。

崔西一脸无语:"神经病!"

童薇若有所思地微笑了一下:"不错,这个人挺有意思的。"

"什么?你说他有意思?我看他是有病吧!"崔西直翻白眼。

"你不懂。"童薇摇了摇头。

这时,身后的电梯门打开了,闹哄哄地走出两个人。

一个萝莉打扮的女生,背着一个花里胡哨、像幼儿园儿童用的书包,在她的旁边,则是一个看起来只有30来岁的时髦女人。

"你一会儿中午吃饭的时候,记得去路口那家馄饨店啊,妈妈前两天把整条街的饭店全吃了一遍,就他家的食材最新鲜!记住啊,就是路口那家黄色招牌的……"时髦女人向萝莉少女叮嘱着。

"知道了,妈妈。"萝莉少女乖巧地点头。

童薇有些迷惑:"崔西,这是哪家的孩子啊?"

崔西一脸要哭的表情:"你家的……"

"呃……"童薇愣了愣,没反应过来。

这时,崔西已经叫住那名萝莉少女:"KIKI,来我给你介绍一下,这是我们组的负责人,童薇。"

萝莉少女看着童薇,有些怯生生的样子:"姐姐好……"

童薇也是一脸无语。

这个,不会就是自己的另一个新兵吧。

这看起来完全没成年啊。

童薇还没来得及说话,突然被时髦女人一把抓住:"哎呀,你就是我们KIKI的领导啊!领导好领导好!我们家KIKI还小,刚刚走上社会,领导一定要好好照顾她呀!"

童薇有点尴尬起来,一边想要缩手一边礼貌地说道:"阿姨,您放心……"

时髦女人非常热情,拉着童薇的手反而更紧:"领导,你们中午都怎么吃饭的？我给你说啊，如果你们是去外面吃饭的话，一定要去路口那家馄饨店！只有那家馄饨店的食材最新鲜……"

如果不是刚才正好听着这对母女的对话，童薇都以为那家馄饨店是她开的了。

崔西看着童薇一脸尴尬，欲哭无泪的表情，连忙出来解围："阿姨，好啦，我们要去工作了，您先走吧！"

"喔。"时髦女人总算松开了童薇的手，"这样啊，那我先走了。"

走了两步，时髦女人又回过头，向KIKI叮嘱道："KIKI，记住啊，是黄招牌的馄饨店！"

童薇："……"

崔西："……"

KIKI也觉得有些尴尬，弱弱地说道："姐姐，那……我先去工作了……"

童薇笑着说道："衣服是很可爱，不过因为工作都是做谈判，所以以后着装要正式一些，好吗？"

"喔。"KIKI点了点头，如同幼儿园学生一样向童薇鞠了个躬走掉了。

"看到了吧，这就是我们组的成员……"崔西苦着张脸向童薇说道。

童薇也是哭笑不得。

自己手上这些兵，还真是奇葩啊，看来，肖翔还真会给自己出难题。

让崔西先回办公室，童薇独自一人，前往总经理办公室，准备找周总探探话风。

敲了敲门，童薇进入了周倩的办公室。

"童薇，你总算回来了。"周倩立即起身热情地迎了过来，"怎么样，纽约之行有没有什么收获？"

"收获很大。"童薇调皮地一个立正，敬了个军礼，"我已经做好准备投入工作了！"

"很好，这就是我要的状态。"周倩满意地笑了笑，"童薇，现在谈判部门成了两组，你和肖翔各带一组，你应该知道吧？"

"知道了，周总。"童薇点头道，"不过，我有个疑问。"

"什么疑问？"周倩问道。

童薇凑了过去："我很好奇，那两个活宝是怎么通过我们机构面试的？"

第005章
新的项目

想起那两个活宝,周倩也忍俊不禁:"已经打过照面了?"

"嗯。"童薇点了点头,一脸好奇地看着周倩。

周倩苦笑一下:"商务谈判师在国外非常普及,但在国内却鲜为人知,国内的谈判要么是公司内部人员出马,要么就是律师兼职,很多人甚至根本没听说过商务谈判师这个职业,机构能招到这两个活宝已经不容易了。"

童薇:"……"

周倩所说的,倒也是事实。

不过,想起那两个活宝,童薇一阵头痛。

"周总,所以你是想让我带新人?"童薇苦着张脸,"那两个大爷连最基本的交流都成问题,我怕我会辜负您老的期望啊。"

"别和我诉苦。"周倩白了童薇一眼,"童薇,你觉得我们部门,谁的谈判经验最丰富?"

童薇想都没想:"当然是老肖啊,他是大企业销售总监出身,经验十分丰富!"

"对。"周倩点了点头,"不过在我的心里,你是我们部门最好的谈判师。老肖经验虽然很丰富,但为人太过油滑,而你才拥有谈判师最可贵的真诚。"

"喊……"童薇无语地哼了一声。

"怎么？你很不满意吗？"周倩板着张脸。

童薇挺起胸膛双腿一并，抬手就是一个军礼："报告领导，没有！"

"滚！"周倩哭笑不得地瞪了这个活宝一眼，"一小时后开会，你做好准备。"

童薇若有所思地看着周倩，脸色正经起来，点了点头。

一个小时后，童薇带着崔西，以及新招的那两个活宝蒋可、KIKI，走进会议室。

会议室内，肖翔和他的两位下属，以前部门的老员工胡迪、马晓明已经入座。

见童薇带着团队进来，肖翔带头站了起来："童薇，回来了？这次纽约之行，收获不小吧？"

"还不错。"童薇微笑道，"肖经理这段时间，收获也不小啊。"

对于童薇的一语双关，肖翔大笑着打了个哈哈。

这时，周倩进来了，众人连忙起身。

"坐吧。"周倩示意众人坐下，"最近工作很多，咱们就长话短说，之前发给大家的资料，相信大家都已经看过了，我再简单介绍一下这次的委托项目。"

说到这儿，周倩拿出文件："这次委托我们的是谢氏集团。谢氏集团是一家全美资企业，他们准备开拓中国市场，希望能寻找一家中国公司，通过共同注资的方式成立一家合资企业，我们的任务就是帮助他们与合作方谈判。"

在刚才离开周倩的办公室后，童薇已经翻阅过了文件，不过因为时间不足，还有些不解的地方来不及调查："周总，我不太明白，根据资料显示，谢氏集团从董事长到核心股东全都是中国人，为什么会是全美资企业？"

肖翔看了童薇一眼:"谢氏集团的创始人谢镇南,在上世纪初就举家移民美国,所以实际上是美籍华人。"

童薇微微一愣。

根据手上的资料,谢氏集团并不是一个小企业,相反规模很大,涉足了旅游业和酒店业,在全美都有着极大的影响力,原来是上世纪初的移民。

"移民华人能在美国进入上流社会,甚至做到这种程度,不容易啊。"童薇感叹道。

"是的。"周倩点头道,"所以,机构很重视这个案子。目前,谢氏已经瞄准了一个合作对象,就是国内最知名的房地产开发集团——科万集团。"

"科万?"肖翔眼神一亮。

童薇却皱了皱眉:"想和科万合作的公司太多了,但成功者寥寥无几,他们的总裁宋勇很难对付,这件案子难度很大啊。"

周倩微笑道:"不难对付,就不会来找 CAEA 了。"

肖翔立即讨好地附和道:"周总说得太对了!周总,我们 A 组这次一定全力以赴,把科万拿下!"

周倩却摇了摇头,看向童薇:"童薇,这件案子,由你们 B 组来跟,没问题吧?"

童薇压抑住心里的兴奋:"没问题,保证完成任务。"

"不是……"肖翔蒙了,直接站了起来,"周总,谢氏的案子这么大,给 B 组做不太合适吧?他们组都是新人,一点经验都没有,我看保险起见,还是我们 A 组来做吧?"

"正因为是新人,所以才更需要锻炼,只有实战才能让他们快速成长。"周倩看向肖翔,"还有,肖组长,他们在前线,你们 A 组也别闲着,要做好后备工作,到时候有什么需要帮忙的,你们一定要及时支援。"

肖翔："不是……"

周倩并没等肖翔继续往下说，而是看向童薇，一脸严肃："童薇，谢氏这件案子对CAEA至关重要，只许成功不许失败，有什么问题，一定要多向肖组长请教。"

"是！"童薇点了点头，看向肖翔，"肖老师，到时候一定不要嫌弃我们啊。"

肖翔想说话，却气得什么都说不出来，只得坐了回去。

周倩看了眼手表："谢氏集团的代表会在明天下午两点抵达上海，为期两周的时间，我们要和他们的代表一起制定谈判策略，下个月月初将会和科万的代表进行第一次谈判，童薇，没问题吧？"

"没问题。"童薇点了点头，"我们一定全力以赴！"

走出会议室，崔西一脸兴奋。

"没想到啊，没想到，真是没想到，我们竟然拿下了这件案子。"

童薇看了崔西一眼："只是你没想到，我早就想到了。"

"大小姐，你真是太厉害了！"崔西抱着童薇的胳膊。

而两人身后，则是还处于一脸迷糊状态的KIKI和蒋可这两个活宝。

"KIKI，这件案子很大吗？"

"不知道，不过谢氏集团好像很有钱。"

"科万也很有钱的样子。"

"那这件案子应该很大吧？"

在童薇几人离开后，肖翔带着自己手下的人从会议室出来。

一脸怨恨地看着童薇离开的方向，肖翔两眼冒火，拳头紧握。

"肖经理，周总把这么大的案子交给B组，这是什么意思？"胡迪不知死活地凑过来问道。

"哼！"肖翔冷哼一声，"来日方长，我倒要看童薇怎么完成谈判！"

童薇回到B组办公室后，吩咐崔西带着KIKI和蒋可搜集谢氏集团的资料，就径直前往周倩的办公室。

"周总。"

"来道谢了？"周倩微笑道。

"不，我是来膜拜的。"童薇调皮地说道。

"膜拜？"周倩看着童薇。

"哈，当然必须膜拜了。"童薇神秘地看了眼肖翔A组办公室的方向，"周总，您之前由着肖翔把人都抢走，就是为了把这个任务交给我的时候，让他说不出话来对吧？"

周倩笑着点了点头："童薇，我知道你需要这个机会，你做梦都想进CAEA董事会，不过这么说吧，这个案子成了，你就一只脚踏进董事会了，但万一要输了……"

童薇一脸自信："放心吧，我这辈子还不知道什么叫输！"

周倩摇了摇头："你我倒不担心，可你那几个手下……"

童薇笑了笑："周总放心，虽然那几个活宝有点难搞，但我一定会尽快让他们成长起来的！"

"看你的了。"周倩苦笑了一下。

回到B组办公室，崔西已经带着KIKI和蒋可，在小会议室里等着了。

"资料搜集好了？"童薇问道。

KIKI立即兴奋地拿出一叠文件："搜集好了，童姐你看，这是我从网络上找到的所有关于谢氏集团的资料，我已经全整理出来打印好了！速度快不快？"

童薇只是瞥了一眼："快是快，但没用……"

"呃……"KIKI一愣。

童薇解释道："网络上的资料，你能找到，别人也能找到，这些泛泛而谈的资料用来当花边新闻还行，但对谈判没有任何帮助。我们所进行的是商务谈判，任何一点细节都不能错过，调查必须具体细致，比如谢氏集团这次派出的代表，谢晓飞，他的背景我们就要先搞清楚。"

崔西出声道："谢晓飞的资料我找到了一些，这是他的简历……"

说着，崔西推过笔记本电脑。

童薇看了笔记本电脑上的资料，苦笑着摇了摇头："这样的简历没什么用，我要知道更具体、更个人的信息，比如谢晓飞的身高、体重，性格，业余爱好，有没有女朋友，喜欢吃什么等等……"

"哎呀！"蒋可矫情地捂着嘴，"原来童姐这么八卦啊，我们这是在做商业谈判还是在做八卦记者啊？"

童薇脸色一正，看了蒋可、KIKI和崔西一眼："谈判法则第一条，知己知彼！要做好谈判，我们就应该有八卦记者的精神，了解对手，甚至包括对手半夜起床尿尿的时间，穿的什么内衣，这样才能制定更为有效的谈判策略，这是你们要上的第一课！"

KIKI愁眉苦脸地看着童薇："可是，要到哪里去找这个谢晓飞的这些信息啊？"

"那就不是我的问题了。"童薇神秘地笑了笑，双手抱胸看向KIKI和蒋可，"KIKI，蒋可，这就是你们今天的家庭作业，把谢晓飞这个人给我查清楚，越具体越私密越好！下课！"

第006章
相逢不是缘

给 KIKI 和蒋可安排完工作后,已经到了下班时间,童薇整理了下思路,收拾东西也准备下班。

这时,童薇的手机响了。

是夏杉杉。

"杉杉,干吗呢?"童薇问道。

"别废话,赶紧到楼下来,我马上到你们楼下!"说完夏杉杉就挂断了电话。

"这个夏杉杉……"童薇拿她没办法,只得收起电话,拎着包下楼。

楼下,夏杉杉已经等在那儿。

"快上车,先去换身礼服,跟我去一个地方!"夏杉杉催促着。

"换礼服?"童薇根本没有兴趣,"不会又是带我去那种无聊的舞会吧?我晚上还有事呢。"

夏杉杉:"你不会是和秦天宇有约会吧?"

"滚!"童薇瞪了夏杉杉一眼,"说了多少次了,我对他不感兴趣!"

"别废话!快上车吧,绝对会让你大吃一惊的,去了你就知道了。"夏杉杉拍了拍副驾座位催促道。

"好吧。"童薇叹了口气上车。

上海,安静的华山路。

当童薇和夏杉杉下车的时候，童薇已经穿着大气优雅的白色晚礼服，而夏杉杉，则换上了一件性感的红色晚礼服。

童薇边下车边抱怨着："要是一个无关的宴会，别怪我对你不客气，你不知道我现在有多忙，那两个新来的活宝，我都不知道该怎么办了，让他们查客户的资料，结果跑去网上直接百度打印出来就完事。"

"哈哈。"夏杉杉大笑道，"怎么样，现在知道我的好了吧？看来我走了以后，CAEA就后继无人了。"

"后继无人也就算了。"童薇气呼呼地说道，"肖翔还整天想算计我。"

说着，童薇发现不太对劲："杉杉，你不是说是高档会所的开业酒会吗？这条路哪来的会所？"

"到了你就知道了。"夏杉杉神秘一笑，带着童薇来到一扇乌黑的铁质大门前，从手包里拿出一张邀请函，对着探头的扫描器扫了扫，"啪"的一声，门开了。

"走吧，大小姐。"夏杉杉一脸得意。

童薇一脸诧异："这什么会所？怎么连个招牌都没有？"

进入大门，里面果然是会所。

大厅内，有小型舞台、吧台以及餐桌，大厅朝南面完全打开，外面是一大片绿色的草坪，一支小型乐队正在草坪上演奏着曲目，一名穿着白色拖地长裙的长发女孩，赤着双脚在那专心地拉着小提琴。

看得出来，这间会所的主人，确实花了一番心思。

夏杉杉拉着童薇，径直穿过大厅内的人群，再穿过草坪，顺着偏厅的楼梯来到了一间地下室内。

相比大厅，地下室的人就少了很多，不过这个地下室的面积并不小，三面墙全都安装了巨大的酒柜，五六个男女正围着一名胖乎乎的男人。

"他就是这儿的老板，罗斌。"夏杉杉从侍者托盘里拿了杯酒递给童薇,"你先随便逛逛,我过去和他打个招呼。"

"嗯。"童薇点了点头。

夏杉杉往罗斌走了过去:"嗨,罗老板!"

罗斌见是夏杉杉,立即笑脸相迎:"杉杉!今天真是漂亮!"

"哪有你这左拥右抱的漂亮。"夏杉杉从手包里掏出一条手串,"喏,这是我们家老齐让我带给你的,说是师父让你好好盘。"

罗斌接过手串两眼发光:"太感谢老齐了!他到底什么时候带我去见师父啊?我都等不及了!"

夏杉杉摇了摇头:"我怎么知道,师父说手串你先盘着,过三个月,给师父看你手串的上浆程度,要是缘分到了,自然会见你。"

"是是是!我一定好好盘串!"罗斌连连点头。

瞥了眼不远处打量着酒柜的童薇,罗斌凑到夏杉杉旁边,暧昧地问道:"这么标致的美女,给我带的?"

"滚!"夏杉杉瞪了罗斌一眼,"那是我闺蜜,童薇,你可不许打她的主意!"

说到这儿,夏杉杉补充道:"不过打了也白打!"

"怎么?她结婚啦?"罗斌好奇地问道。

"婚是没结,但人家是 CAEA 的谈判专家,和你那些胸大无脑的女朋友是不一样的,死了这条心吧!"夏杉杉鄙视地白了罗斌一眼。

"唉。"罗斌一脸苦笑,"我说你们现在的女人一个个都在想什么呢?明明能靠脸吃饭,非得去和男人抢饭碗!"

这时,罗斌的手机响了起来,看了看手机号码,罗斌向夏杉杉抱歉地说道:"我先去接一个从纽约来的朋友,你跟你闺蜜好好玩啊!"

"赶紧去吧。"夏杉杉点了点头。

这时,夏杉杉才看到,一个英国男人正去和童薇搭讪。

不过,很明显,童薇让他吃鳖了,正自讨没趣一脸尴尬地离开。

"哈，大美女，又有人搭讪了是吧？"夏杉杉走过去打趣道。

"真烦。"童薇将杯中的红酒一饮而尽，脸上有些不满，"这就是你跟我说的不错的地方？我先走了，你慢慢玩吧。"

"等等！"夏杉杉连忙拉住童薇，"才刚来，你怎么就要走啊？你这人真没劲！"

童薇板着张脸："我明天还要接待重要客户，没时间陪你瞎玩。"

夏杉杉见童薇确实没有玩兴，只得叹了口气："算了，那我跟你一起走吧。"

两人出了厚重的铁门离开会所，童薇长出了一口气，感觉空气都清新了很多。

"真不知道你怎么喜欢这种地方。"童薇揉了揉太阳穴，"吵得头都痛了。"

"少来。"夏杉杉撇了撇嘴，"这个点，场子都还没热起来呢，再晚点，你就知道什么叫热闹了。"

童薇苦笑了一下。

这个夏杉杉，就是爱玩，齐如海也不管管，指不定哪天就给"绿"了。

看了看周围，童薇有些好奇："杉杉，这家店是你朋友开的？"

"是啊，老齐生意上的朋友。"夏杉杉回答道。

"喔。"童薇指了指脑袋，"你这个朋友，这儿不会有问题吧？把会所开在这么隐蔽的地方，看起来不是精神有问题，就是在做什么违法买卖。"

"你在想什么啊。"夏杉杉一脸无语，"又不是每个人开店都是为了赚钱，人家爹妈几十亿身家，开个会所只是为了让生意场上的朋友有个喝酒小聚的地方，实行的都是会员制，身家低于10亿的根本进不来。"

童薇揶揄道："那我还是跟着你这个大富婆沾光了！"

"讨厌！"夏杉杉瞪了童薇一眼，"我算什么富婆，还不是老齐给我的卡。"

"哈,那以后这种场合,你可千万别叫我来,你让齐如海陪你得了。"童薇说道。

夏杉杉拉一脸得意:"他出差了啊,你就只是个备胎而已,不要那么认真。"

提起齐如海,童薇想起一事:"对了,杉杉,你和老齐什么时候办事啊?"

夏杉杉摇了摇头:"办事儿我是不指望了,老齐人到中年,又是二进宫,估计是没有大操大办的兴致。"

"那红本子总得去领一个吧。"童薇说道。

夏杉杉解释道:"他现在忙,等过了这一阵就去。"

童薇看着夏杉杉:"你确定他只是……忙?"

"你什么意思啊?"

童薇想了想,还是说道:"我本来不想给你说的,上个礼拜,我看到他和他前妻一起逛街了。"

夏杉杉的脸色变了变,紧接着恢复正常:"哎呀,他们工作还在一块儿,有时候要一起开会见客户什么的,这种事情很正常啦,别疑神疑鬼的了!齐如海的离婚证还在我这儿放着呢!"

"好啦好啦,不逗你了。"童薇笑道。

两人打闹的时候,一辆保时捷跑车呼啸而来,差点撞着夏杉杉,还好一个急刹停住,吓了童薇一跳。

童薇正准备开骂,看清楚车上司机的脸后,愣了愣。

"你们两个,大半夜的,找死啊!碰瓷碰到本大爷头上啦?"

童薇还在发愣的时候,对方已经指着她和夏杉杉用并不流利的中文骂了起来。

一句话,把童薇骂醒了。

这个男人，这已经是第二次凶自己了！

童薇气呼呼地冲了上去，把手包狠狠地砸在跑车引擎盖上："你这个人模狗样的混蛋，有车了不起啊？开车不知道看路啊？"

车上的男人怔了怔，随即认出童薇来，指着她，用生涩的中文说道："你……你……是你……"

"是我怎么了？"童薇一扬头，"走到哪儿都能碰到你，真是见鬼了！五六十岁的人了还学年轻人耍酷戴墨镜，还连话都说不清楚，你究竟是盲人晚期还是聋哑脑残啊？"

"我……我……"对方被她气极，指着童薇说不出话来。

这时，夏杉杉跑了过来，拉着童薇想息事宁人："算了，别理他。"

对方似乎来了兴趣，从跑车上跳下来摘下墨镜，上下打量着童薇："嘿嘿，看不出来，身材不大脾气倒不小，有意思，有意思。"

童薇气呼呼地瞪着这个嬉皮笑脸的男人。

这个男人，正是童薇在美国找恬恬的时候，在医院遇到的那名华裔男子。

华裔男子围着童薇和夏杉杉转了两圈，眼睛落在两人的胸部，轻佻地说道："我正要去喝一杯，一个人没意思，要不要陪我一起去？"

夏杉杉连忙出声："我们……"

童薇打断了夏杉杉的话，看着华裔男子："好啊，只要你付得起这个代价！"

华裔男子往跑车上一靠，眯着眼："价钱好说。"

童薇笑了笑，忽然弯腰脱下高跟鞋，就朝华裔男子头上砸去。

"砰！"

高跟鞋直直地砸在华裔男子的脑门上，华裔男子发出一声惨叫："你这个疯女人！"

接着，童薇的第二只高跟鞋已经飞来。

华裔男子连忙跳开。

旁边夏杉杉见状,也脱下高跟鞋往华裔男子砸了过去,华裔男子只得左躲右闪:"喂!你们有病吧!"

这边,童薇和夏杉杉,已经手牵着手,赤着脚大笑着跑掉了。

"混蛋!"华裔男子气愤地大骂,"母老鼠!你们两个母老鼠!"

远处飘来童薇忍俊不禁的声音:"是母老虎!五六十岁的人了,连话都说不清!"

华裔男子:"我……"

第 007 章
如此开局

"哈哈!"

童薇和夏杉杉跑了一段,这才停了下来。

"童薇,这人谁啊?你认识?"夏杉杉一边喘气一边问道。

"不认识。"童薇鄙视地说道,"在纽约遇到过一次,没想到竟然是个渣男!"

"竟然?"夏杉杉调笑道,"这么说来,你对他有感觉了?"

"有个屁的感觉!"童薇瞪了夏杉杉一眼,"当时在医院看到他,一脸忧伤绝望的样子,还以为他应该是个好人,没想到完全就是个混蛋。"

"哈!确实挺混蛋的!"夏杉杉深有同感地点了点头。

经过华裔男子这件事,夏杉杉也没了玩兴,而童薇确实还有工作要做,两人各自回家。

第二天,B组小会议室。

KIKI和蒋可都一脸疲惫,红着眼睛,坐在椅子上直打哈欠。

童薇端着咖啡走进会议室:"同学们早!"

KIKI立即起立:"老师早!"

"噗!"旁边崔西刚喝进嘴的一口咖啡直接喷了出来,连忙抓起纸巾擦桌子。

KIKI这才发现,自己的反应有些太配合了,脸红通通地坐了回去。

蒋可对KIKI闹的笑话没什么反应，靠在椅子上有气无力地说着："童姐，我都快死了，我和KIKI一整夜没睡，就在死磕这个谢晓飞！如果这次你还不满意的话，我和KIKI就只能死在这里了。"

童薇笑了笑："来，让我看看你们的成果！"

KIKI和蒋可面面相觑，有些心虚的样子。

"可别告诉你们折腾了一夜，什么都没查到啊。"童薇看着眉来眼去的两人。

蒋可只得强打起精神："谢氏这家人在美国非常低调，很少在媒体面前露面，所以关于谢晓飞的信息并不多，不过，我们在一家八卦小报的网站上，搜到了谢晓飞去年的一则绯闻，报道说他和一个叫宋爱丽的小明星有一腿，还拍到他们在酒吧买醉的照片。"

"拿到照片了吗？"童薇眉头动了动。

蒋可拿出打印出来的照片："有倒是有一张，不过可惜只拍到背面，根本看不到谢晓飞的正脸。"

童薇接过照片打量了一下，确实只拍到背面，想了想，童薇向KIKI问道："KIKI，从这张照片上，你看出什么信息了吗？"

KIKI一脸茫然："我……我看出谢晓飞喜欢喝酒……"

"废话。"

这个活宝，童薇都没脾气了。

KIKI犹豫了一下："还……还看出他喜欢女明星……"

童薇点了点头："继续。"

KIKI怯生生："其他，看不出来……"

旁边崔西，已经紧憋着笑，脸都涨得通红起来。

童薇扫了KIKI和蒋可一眼："给你们一个提示，照片里所有的东西，都可能提供重要的信息，不只是谢晓飞本人！"

童薇看向蒋可："蒋可，你说说你看出了什么。"

蒋可若有所思地打量着照片:"根据我的判断,这个宋爱丽穿的高跟鞋,是香奈儿标志性的十二公分高跟鞋!"说着,蒋可又打开电脑噼里啪啦地一阵搜索,接着说道,"宋爱丽的身高是169,加上高跟鞋就是181,从照片上看,她和谢晓飞一般高,那么说明,谢晓飞的身高,应该在180左右。"

童薇满意地点了点头:"非常好,继续。"

蒋可皱了皱眉,接着说道:"谢晓飞所在的这间酒吧,看起来非常破旧……"这时,蒋可指着照片角落,"这里,有酒吧的名字!"

说着,蒋可在电脑上又是一阵搜索:"有了,这间酒吧位于纽约布鲁克林,一个脏乱差的地带……"

童薇越发地满意起来:"很好,你发现的线索都很有价值。"然后看向KIKI,"KIKI,蒋可发现的这些信息,你觉得说明了什么?"

KIKI一脸迷惑,试探性地说道:"说明……说明谢晓飞喜欢泡吧?"

"还有呢?"

KIKI还没回答,蒋可已经抢先说道:"我知道了!"

"你说。"童薇点了点头。

蒋可站了起来,分析道:"谢晓飞是谢氏集团董事长的独生子,可他却去那么破旧的酒吧,这说明,他的性格非常叛逆!这种现象,出现在大家族,很可能他在家族并不受待见!"

"嗯,分析得不错。"童薇欣慰地笑了,"这才是有效的信息!通过这些分析,我们至少对谢晓飞有了更多的了解,蒋可,干得漂亮!"

"嘿嘿……"蒋可觍着张脸,"都是童姐点拨有方!"

童薇点了点头:"蒋可,你接着去查吧,KIKI,你留一下。"

蒋可离开了会议室。

童薇看着KIKI,语重心长地问道:"KIKI,昨晚一夜没睡?"

KIKI摇了摇头:"我妈不停地催我,凌晨三点死活把我拽到了床上,还说这工作不是人干的，让我立刻辞职……"

童薇笑了笑："你怎么想的？"

KIKI 有些自责地掐着手指："我喜欢这份工作，我想继续做下去，可是，童姐，我知道我很笨，我做不好……"

童薇摇了摇头："不，其实并不是你笨，你只是缺乏独立处理事情的能力。"

童薇语重心长地说道："KIKI，我看过你的简历，你已经 24 岁了，我在你这个年纪已经独立负责项目了，一名顶尖的谈判专员不只需要一流的大脑，还需要非常强大的内心。如果你真的喜欢这份工作，就必须先让自己强大起来，今晚我需要你通宵工作，如果你还是被你妈妈拉到床上，明天，你就不用再浪费时间了，明白吗？"

KIKI 眼眶红了红，忍住悲伤，点头跑了出去。

会议室内，只剩下崔西和童薇。

崔西咬了咬手中的笔："童姐，KIKI 这种娇气女类型，干干普通文秘还行，在 CAEA 恐怕很难混下去，要不，就让她离开吧？"

童薇摇了摇头："不，我相信，用不了五年，KIKI 就会在谈判部挑起大梁，搞不好你还会变成她的助理，信吗？"

崔西愣了愣，见童薇一脸认真，不像在说笑的样子："领导，你不会是在说真的吧？"

童薇微笑道："虽然现在看起来，KIKI 离一个合格的谈判员还差得远，但她身上有一个你们都不具备的特质，那就是她天性里的柔弱感，在任何人面前，她都像个楚楚可怜的小绵羊，这会让别人难以对她提起防备，甚至在不知不觉中同情她，假以时日，如果她的内心强大起来，拥有独立的人格，她将成为非常厉害的谈判专员。"

崔西苦笑道："照你这么说，咱们到马路上拉那些二次元妹子得了，个个都是未来的谈判精英。"

童薇并不想多解释:"这个先别说了,以后,你在工作中多帮助KIKI一下,她现在自信心很弱,很可能会这条路上半途而废,我在这唱白脸,你得配合我扮红脸,为我们CAEA多培养一个人才。"

"好啦好啦,我知道啦。"崔西撇了撇嘴,"真不知道,为什么你对我就那么不上心呢。"

童薇打趣道:"我把你培养好了,要是你跑了我上哪再找这么得力的助手?"

"哼!"崔西一扭头,"那我就不告诉你,谢晓飞的飞机一小时后到。"

童薇笑了笑:"要不,你带蒋可去接?我这忙着呢。"

崔西连忙摇手:"大姐,你可别闹了,就蒋可那德性,还不把人家给吓跑了,这么重要的客户,你还是亲自去接一下吧。"

童薇思索一下,这件事确实开不得玩笑,点头道:"也好,整理一下我们就去机场吧。"

两人到浦东国际机场没多久,谢氏代表搭乘的航班就到了。

崔西举着接机牌,上面用英文写着"欢迎谢氏代表莅临上海",童薇则在一旁看着不停出来的乘客。

乘客很多,大多是回国的华人,也有不少来华的美国人。

这时,四个文质彬彬的商务男士见到崔西举着的接机牌,走了过来用英语打了声招呼。

童薇立即上前,伸出手用英语自我介绍道:"你们好,我是CAEA此次项目的负责人,童薇。"

为首的一名年轻男人伸出手来,和童薇握了握手:"很高兴见到您。"

童薇微笑道:"想必您就是谢晓飞谢先生吧?"

年轻男人露出尴尬的表情:"我不是……"

童薇倒是面色不变:"对不起,谢先生还没出来吗?"

"不是。"年轻男人摇了摇头,"我们飞总,前两天就已经来上海了……"

童薇一愣,和崔西面面相觑。

前往酒店的路上,童薇总算知道了这名年轻人是这次项目的主管李相中,其余几人则是谢氏的高管。

童薇趁机向李相中了解了下谢晓飞的情况。

从李相中的口中得知,谢晓飞确实是两天前来上海的,说是有些私事要先办。

童薇帮李相中几人办理了入住手续:"李总,那麻烦你问一下你们飞总,明天是否有空,我们一起开个策略会。"

"好的。"李相中礼貌地点了点头。

"那多谢了,路上辛苦,你们还需要休息,我们就不打扰了。"童薇微笑着告辞。

离开酒店,童薇开着车,往 CAEA 大楼赶。

副驾驶座上的崔西抱怨着:"这个谢晓飞太没礼貌了,前两天就来了,好歹也给我们说一声吧,害我们白跑一趟。"

童薇点了点头:"大家族的后代,规矩却这么差,看来这个谢晓飞确实是个纨绔子弟,后面的谈判有得我们受了。"

崔西叹了口气:"唉,可别出什么问题,到时候肖翔他们就该看咱们的笑话了。"

第008章
富家大少难伺候

因为今天要和谢氏集团的人开策略商讨会,童薇一大早就整装待发,在会议室等着谢晓飞及其下属。

人没等到,李相中的电话却打来了。

"童小姐,实在抱歉,飞总说他今天有事……"李相中歉意地说道。

童薇愣了愣:"那飞总的事情什么时候能办完呢?"

李相中无可奈何地说道:"这个……我也不清楚,今天可能是不行了,要不……我们明天再约?"

说着李相中又是一个劲地道歉:"实在对不起……"

这个李相中,比谢晓飞就要有礼貌很多了。

童薇无奈地笑笑:"没关系,那就明天再约吧。"

这个项目开头就诸事不顺,再次被谢晓飞放了鸽子,让童薇的心情很不好。

下班后,童薇回家,见穿得稀奇古怪的杀马特童恬恬在客厅,话都懒得说准备上楼。

"童薇!"

身后传来童恬恬的声音。

童薇停了下来,看着她:"说。"

童恬恬立即不满了:"你这是什么态度?"

对这个活在幻想中的叛逆堂妹，童薇懒得和她计较："我很忙，有事就说。"

"你板着张死人脸干什么？谁得罪你了？"童恬恬气呼呼地说道。

"到底什么事，赶紧说。"童薇耐着性子。

这两天因为谢氏集团的事忙得焦头烂额，还有这个堂妹添乱，童薇能和童恬恬这样说话已经很不容易了。

童恬恬赌气道："没什么！你了不起，你是谈判专家，我童恬恬这一辈子都不会开口求你！"

童薇无奈地扭头上楼，懒得再理童恬恬。

回到卧室，童薇打开电脑，重新审视起谢氏集团这个项目，以及谢晓飞的资料，希望能做更多的了解，以便后面好开展工作。

"这个谢晓飞，真是太难缠了。"童薇皱着眉头。

这时，手机响了，是秦天宇打来的。

童薇想都没想就挂断了手机。

不一会儿，手机又响了起来。

童薇本来想直接关机，但担心有其他事务，只得接起秦天宇的电话。

"喂，童薇，干吗挂我电话？"秦天宇问道。

"你有事就说，我正在忙呢。"童薇没好气地说道。

"呃……这么大的火气？究竟是谁得罪你了？"

"要是没事我就挂了。"童薇出声道。

"等等！"秦天宇连忙出声，"我听说你接了谢氏集团的项目？"

"嗯。"童薇开了免提，一边查看资料，一边回答道。

"谢氏集团的人很难搞啊，尤其是谢家的大公子，据说非常难缠……"

童薇眉头一动，停下手中的动作，抓起手机："你认识谢晓飞？"

"不认识。"秦天宇说道，"不过上次在美国，看到一条关于他的花边新闻。"

"什么花边新闻？"现在每一条资料都非常重要，童薇来了兴趣。

"听说他很喜欢拳击，身手还不错，在曼哈顿布朗克斯区一个地下拳场，只用了一分钟不到就把被称为'俄罗斯推土机'的伊万打倒了，不过在比赛结束后，他却把所有的奖金都给了伊万。"秦天宇补充道，"对了，他的绯闻也很多，据说经常出入夜场，至少泡过15个妹子。"

童薇皱了皱眉，将手机放在桌上，在电脑上搜索起来。

见童薇这边没出声，秦天宇说道："怎么样，我给你提供的信息有用吧？"

"还行。"童薇抽空回复了一句。

"那是不是……"

秦天宇话还没说完，童薇已经挂断了电话。

秦天宇望着手机，一脸郁闷："这个女人，真是一点机会也不给啊。"

这边，童薇没工夫理秦天宇现在是什么心情，挂断电话后，开始搜索起关于"俄罗斯推土机"伊万的信息，没想到竟然还真搜索到了不少。

伊万，俄罗斯籍，身高1米96，体重100公斤，曾是职业拳手，后来因为生活落魄去了美国，在地下格斗场打拳。

童薇知道地下格斗场是什么地方，那里完全就是非法与暴力的集合，就算打出人命也很正常。谢晓飞这个公子哥竟然会去那种地方，看来还真是非常的叛逆。从他将所有的奖金给伊万来看，他对钱财并不在意，当然也有他非常有钱的原因，毕竟是谢家大公子。而去地下格斗场，基本上可以确定，谢晓飞是一个叛逆，又喜欢暴力的家伙。

真是一个让人头痛的人物啊。

看着谢晓飞的性格侧写，童薇一阵头痛。

这时，秦天宇的电话又打了过来。

"你又怎么啦？"童薇正烦着呢。

秦天宇："我刚才还有话没说完呢。"

"有话快说有屁快放！"童薇忍不住说脏话。

秦天宇满头黑线："谢晓飞还有一个弟弟，叫谢晓天，不过并没有血缘关系，是谢晓飞的父亲谢天佑的第二任夫人金慧珠改嫁带过来的儿子，还有，谢晓飞的亲生母亲刘婉莹，不知什么原因得了重病成了植物人，已经在病床上躺了好几年……"

童薇怔了怔。

秦天宇提供的这条消息，简直太重要了！

通过这条消息，童薇基本上猜到了谢晓飞如此叛逆暴力的原因。

想想一个谢家大公子，自己的亲生母亲得了重病成了植物人，父亲还娶了第二个夫人，甚至凭空多了个弟弟。

"没其他事的话，我就挂了啊。"这次秦天宇倒没多扯。

"嗯，谢谢。"童薇道了声谢。

秦天宇挂断了电话，童薇迅速在电脑上搜索着关于金慧珠、刘婉莹，以及谢晓飞那个弟弟谢晓天的信息。但可惜的是，这三人的信息，无论是地方报纸，还是网络花边新闻，都没有。

"呼，看来得想想别的办法了。"童薇拿起手机，拨通了崔西的电话。

"领导，有什么吩咐？"崔西调皮地问道。

"你立即动用所有的关系，查找关于金慧珠、刘婉莹、谢晓天的信息，任何信息都不要放过。"童薇将这三个人的身份告诉了崔西。

"领导，你真是太厉害了，这样的信息都让你找到了。"崔西惊讶地说道。

"别废话，赶紧做事！"童薇没工夫和崔西闲扯。

"遵命，领导！"崔西这边挂断了电话，并没放下手机，而是拨通了另一个号码。

电话接通了，崔西得意地出声："怎么样，秦天宇，我这次帮了你一个大忙吧。"

"是，是！谢谢崔西姐！"秦天宇连声道谢。

"哼！我可告诉你，以后可得对童姐好一点，要不然我绝不饶你！"崔西说道。

"是，是！一定！"

"好了，我还要查那三个人的信息，就先挂了。"崔西说完挂断了电话，脸上露出些笑容。

忙活了一夜，第二天清晨，童薇来到会议室，等待谢氏集团的人。

9点，谢氏集团的主管李相中来了，不过只有李相中一个人，期待中的谢晓飞并出现。

李相中一脸歉意："童小姐，实在对不起，飞总今天……还是没空……"

童薇努力地忍住心里的不满，平静地问道："他的事情还没办完？"

"实在对不起！我们一直在催促，可是……"李相中一脸为难，"明天，明天一定来见童小姐。"

"嗯。"童薇点了点头，强忍着怒气。

送走李相中，童薇板着张脸，回到办公室。

刚坐下，敲门声就响了起来。

"进来！"

门推开了，进来的竟然是肖翔。

"哎呀，童组长，你这是在生谁的气啊？"肖翔嬉皮笑脸地问道。

"别说风凉话，说正事吧。"

肖翔把门关上，拉过椅子坐到童薇办公桌对面，压低声音："童组长，我听说谢家公子一直没出现？"

"So？"童薇淡淡地看着肖翔。

肖翔一脸同情："童组长，我看这是谢家公子摆明了给你难堪啊。"

童薇冷笑道:"你很高兴吧?"

肖翔一脸做作的表情:"我是想高兴,可我根本高兴不起来啊,你我虽然在工作上经常有分歧,可那是我们 CAEA 的内部矛盾,现在谢晓飞给你难堪,那就是给我们整个 CAEA 难堪,这样下去,我们 CAEA 颜面何在?"

童薇微微一笑:"肖总有什么高见?"

肖翔同情地说道:"要不这样吧,你把谢氏这个案子交给我,由我去对付他们,免得让他们觉得我们 CAEA 没人!"

童薇止住不笑:"老肖,你这是何苦呢?"

说到这儿,童薇看着肖翔:"这样吧,明天,如果明天我再抓不住这个谢晓飞,我就把这个案子给你做,行不行?"

肖翔一脸兴奋:"一言为定!"

童薇点了点头:"一言为定!"

肖翔站起身来:"童组长,那我就等你好消息了?"

童薇微微一笑,目送肖翔离开。

肖翔走后,童薇的脸沉了下来,盯着屏幕上谢晓飞在酒吧的那张背面照:"谢晓飞,我倒要看看你究竟是何方妖孽!"

第009章
兵出奇招

第二天清晨，童薇斜靠在 CAEA 大楼大厅内的立柱上。

李相中来了，和童薇猜测的一样，谢晓飞又没来。

没等李相中开口，童薇出声道："看来飞总的事情还没办完。"

李相中一脸尴尬："实在抱歉……"

"没关系的。"童薇毫不在意地说道，"我看您也挺为难的，这样吧，我今天反正也没什么事，我亲自去和他约时间。"

李相中面带难色："这恐怕……"

童薇不由分说："飞总现在应该在下榻的酒店吧？麻烦您带我去一趟。"

不等李相中有所反应，童薇已经往外面走去，李相中无可奈何地摇了摇头，只能跟在童薇的身后，离开了 CAEA 大楼。

来到酒店，童薇找到了大堂经理。

"不好意思，谢晓飞先生已经离开酒店了。"大堂经理歉意地说道。

童薇微笑道："他总要回来的吧，我在大堂等他。"

说完，童薇在大堂的咖啡厅坐下。

看着这个美女，李相中不解其意："童小姐，您这是？"

童薇轻抿了一口咖啡："既然飞总的事情比较重要，那我就牺牲一下自己的时间，今天我就在这恭候着他，等见到他后再和他约个时间，您先去忙吧,不用管我。"

李相中不知道说什么好,对于自家大少爷,李相中也很是头痛,只得一脸歉意地鞠躬:"这……实在对不起……"

童薇微笑了一下,从包里拿出平板电脑,泰然自若地翻看起来,显然是准备和谢晓飞耗上了。

时间一点一滴过去,很快就到了晚上,谢晓飞还是没有出现。

酒店大堂的咖啡厅内,人越来越少,也越来越安静。

童薇一点也不着急,依然淡定地坐在那儿,手捧着平板电脑,没有要走的意思。

陪童薇坐了一整天的李相中,已经坐在沙发上开始打瞌睡。

"李先生,您累了的话,先上楼休息吧,不用陪我了。"童薇微笑道。

李相中有些不好意思:"童小姐,我看时间不早了,要不……您也早点回家休息吧?估计飞总今天是不会回来了,不如明天……"

童薇轻笑道:"您放心,我职业生涯中最长的一次谈判持续了45个小时,多数时间我都在等。"

李相中满头黑线,明显是被童薇吓到了:"那好吧……实在不好意思,我就先回房了,辛苦童小姐了……"

傻坐了一天,李相中确实撑不住,起身离开,因为坐的时间太长,连脚步都有些踉跄。

李相中一走,童薇就深吸了一口气,努力地睁了睁眼睛,一边看平板电脑,一边留意着酒店门口偶尔来往的人。

这一等,又不知道等了多久。

看了眼手表,已经凌晨两点了。

"这个混蛋,我就不信你不回来睡觉!"

童薇干脆拉了张沙发,坐到酒店大门旁边,看得大堂经理哭笑不得。

这时,一辆跑车停在酒店门口,童薇望过去的时候,见一个衣着花里胡哨，吊儿郎当的年轻人正从酒店大门进来。

童薇和对方照了个对面，立即睁大眼睛："怎么又是你！"

对方发出了和童薇一样的声音。

从酒店大门进来的年轻人，正是童薇在美国那家医院遇到，前两天晚上又在会所门前遇到的那名华裔男子。

华裔男子盯着童薇，似乎想起了什么，凑到童薇面前："喂，我说，你是不是在跟踪我？"

"我跟踪你个鬼！"童薇对这个凶了自己两次的家伙没什么好感，"我觉得，你应该去一趟宛平南路！"

"宛平南路？我去那儿干吗？"华裔男子愣了愣。

童薇一本正经地说道："精神病院，你可以去检查检查。"

"你……"华裔男子被童薇堵得不知道说什么，"你这个疯女人！"

这时，大堂经理走了过来，向华裔男子恭敬地说道："谢先生，李先生给您留了便签。"

"喔。"华裔男子点了点头，从大堂经理手中接过便签。

童薇则愣了愣，听到"谢先生"，"李先生"几个字，让她有种五雷轰顶的感觉，指着华裔男子："你……你不会就是谢晓飞吧？"

谢晓飞一脸讶异："你怎么知道我的名字？"

童薇一脸吃惊："真的是你！"

谢晓飞明白过来，童薇是专程在这等自己，同时也明白了童薇的身份，这还真是冤家路窄啊，顿时嘚瑟起来。

"哈，这位漂亮的小姐，你不会是在等我吧？"

童薇稳定了下情绪，换上职业的笑容，掏出名片递上："你好，谢总，我是CAEA首席谈判官童薇，负责谢氏此次的项目，请多指教。"

谢晓飞接过名片，只是瞅了一眼："喔，原来你们CAEA的谈判，是靠向客户砸高跟鞋啊？"

说着，谢晓飞把名片插回童薇外套胸前的口袋里："不好意思，我这人不喜欢暴力，失陪了。"

说完，谢晓飞转身走进电梯。

正准备关电梯，见童薇已经跑了过来，谢晓飞连忙死命地按关门键。

童薇眼看电梯门就要关上，情急之下伸手就挡，手虽然被门夹了一下，但她却毫不在意地挤进了电梯。

"混蛋！你疯啦！"谢晓飞骂道。

童薇抽出外套胸前口袋的名片，插到谢晓飞花衫衣胸前的口袋里，吊儿郎当地拍了拍谢晓飞的胸："您放心，我很清醒，所以现在我们可以沟通一下工作上的问题。"

谢晓飞愣愣地瞪着童薇："小姐，现在已经凌晨了好吗？我很累了，要睡觉，工作的事情明天再说吧。"

说着，谢晓飞按下了开门键，电梯门打开，谢晓飞挡在门前，示意童薇离开。

童薇冷静地按下关门键，迫使谢晓飞拿开手，然后手利落地按下了VIP层，电梯门关上。

"谢先生，因为您的私人原因，工作进度已经落后了三天，所以没办法，今天只好牺牲您的睡眠时间了。"

谢晓飞愣愣地望着童薇。

电梯门开了，谢晓飞拿着房卡，看着紧跟着出来的童薇："你确定要跟我进房间？"

童薇撇了撇嘴："如果里面有什么见不得人的东西的话，我可以给谢先生五分钟的时间，让您先处理一下。"

谢晓飞满脸抓狂："什么啊，中国女人都像你这样吗？"

童薇微微一笑。

谢晓飞拿童薇没办法，开了房门，将一叠文件扔给童薇，拿着浴巾就去了浴室，很快里面响起花洒喷水的声音。

童薇不以为意，坐到沙发上，认真翻看文件。

谢晓飞洗完澡裹着浴巾出来，见童薇还坐在那里，好奇地看着童薇："喂，疯女人，你深更半夜跟着男人进酒店房间，就不怕我对你做些什么吗？"

童薇眼都不抬，镇定自若地继续翻看文件："您应该很清楚，我们并不符合彼此的审美标准。"

谢晓飞凑近童薇，一脸猥琐的表情："嘿嘿，那你是太不了解男人了，男人可是用下半身思考的动物，一个男人身处异国，孤单地待在酒店，这种时候可是不会挑食的。"

童薇抬起头，不屑地看了眼只裹了条浴巾的谢晓飞："谢总，听说您对格斗术很有兴趣？很巧，我也练过几年，要不咱们切磋切磋？"

童薇的话，反而激起了谢晓飞的兴趣，脸上露出一抹贱笑，就向童薇扑了过去。

果然，童薇迅速地一腿踢出。

脚上一紧，童薇踢出的脚已经被谢晓飞抓住，紧接着童薇感觉一股巨大的力量涌来，身体不由自主地往谢晓飞怀里撞去。

"你……"童薇瞪着谢晓飞。

"嘿嘿，看来你的格斗术比起我来，还是弱了些嘛，要不我教教你？"谢晓飞嘴角勾起坏坏的笑容。

"放开我！"童薇挣扎着。

谢晓飞嘴角坏笑依旧："怎么？怕了？刚才我可警告过你，半夜三更跟着男人进入酒店房间，可是非常危险的。"

谢晓飞本以为童薇会知难而退，谁知童薇一只手，已经拉到了他裹着的浴巾，正要往下扯。

谢晓飞吓了一跳，松开童薇紧抓着浴巾后退两步："你……你干吗！"

"你说呢？"童薇一脸轻笑向谢晓飞走去。

"疯女人！你这个疯女人！你就没有廉耻之心吗？"谢晓飞一脸紧张连连后退。

童薇掏出手机，淡定地对着谢晓飞连拍几张照片，晃了晃手机："明天上午 10 点，我要在 CAEA 会议室看到你，不然……"

谢晓飞瞪着童薇："不然怎么样？"

"不然，看到你胸肌的人，就不只有我一个喔。"童薇得意地笑道。

谢晓飞脸色一变，伸手就想夺过童薇的手机。

"谁！"童薇突然惊呼一声指着谢晓飞身后的窗户。

谢晓飞下意识地回头，当想起这里是 24 楼，窗户外怎么可能有人的时候，回过头来，童薇已经跑掉了。

谢晓飞立即开门追出去，却见对面一名衣着暴露的美女正从对面一间 VIP 客房出来，见到只裹了条浴巾的谢晓飞，美女向谢晓飞露出一抹暧昧的微笑，吓得谢晓飞连忙退回房中。

"混蛋！这个疯女人！你给我等着！"谢晓飞抓狂地骂着。

第 010 章
身边小人

这一整晚,谢晓飞都没好好睡觉,考虑着怎么整那个疯女人。

第二天早上,谢晓飞一副没睡醒的状态开着车,前往 CAEA 大楼。

"叮咚!"

手机响起了有短信接入的声音。

谢晓飞点开短信:

"飞总,还有半个小时就 10 点了喔!我相信,你现在一定在路上吧?"

"这个催命鬼!"谢晓飞手一滑,直接把童薇的短信删除了。

来到 CAEA 大楼,谢晓飞下了车,直奔电梯间。

旁边,站着一个中年男人,正笑嘻嘻地看着谢晓飞,让谢晓飞浑身不自在。

"谢总早上好。"中年男人问候道。

谢晓飞早被他盯得烦了,没好气地出声:"我们认识?"

中年男人掏出名片:"自我介绍一下,鄙人姓肖……"

"鄙人姓肖?"谢晓飞一脸迷惑,"中国人有这么奇怪的名字?"

中年男人,正是 A 组的肖翔,一脸尴尬:"我的意思是,我姓肖,叫肖翔。"

谢晓飞挑了挑眉:"有事?"

肖翔伸出手来："我是CAEA谈判部A组的负责人。"

"喔。"谢晓飞并没有和他握手的意思,"原来你是那个疯女人的同事！"

"疯女人？"肖翔愣了愣。

"就是那个叫童薇的神经病。"

"喔,原来谢先生说的是童薇啊。"肖翔立即笑道,"哈哈哈,童薇是我同事,谢总,我……"

谢晓飞不耐烦起来："我不是谢总,谢总是那个老头,我是飞总！"

"呃……"肖翔连连点头,"飞总,飞总,其实您刚到上海我就跟CAEA申请负责您的接洽了,可是……唉,这件事情不知道是不是该对您说……"

肖翔欲言又止。

谢晓飞挑了挑眉："你这个人怎么这么啰唆,既然不知道该不该说,那就别说！"

"我说说说……"肖翔连忙点头哈腰,"是这样的,飞总,和您合作的是B组,也就是童薇带队的那组,其实那个组刚成立不久,除去童薇,其他几个都是毫无经验的菜鸟。"

"菜……菜鸟？"谢晓飞有些迷惑。

因为一直生活在美国的关系,谢晓飞连华语都说不顺畅,更不用说这种充满"中国风"的专业级词语了。

肖翔解释道："就是什么不懂的新人。谢氏是我们CAEA的创始财团之一,这次进军中国的谈判极为重要,我认为B组很难担当此次谈判的重任！所以我想毛遂自荐……"

怕谢晓飞不懂,肖翔解释道："就是推荐自己……由我们A组来协助你进行谈判,如果飞总看得起我,肖某一定竭尽全力为飞总效劳。"

谢晓飞笑嘻嘻地盯着肖翔："那如果……我看不起你呢？"

肖翔愣了愣，一脸尴尬："呃……"

"哈哈。"谢晓飞大笑着拍了拍肖翔的肩膀，"开个玩笑，开会时间快到了，走走走！"

进入电梯，看了眼还云里雾里的肖翔，谢晓飞心里已经乐开了花："哼哼，原来我还有别的选择，疯女人，看我怎么收拾你！"

谢晓飞大摇大摆地走出电梯，立即看到童薇和崔西迎面走来。

见到谢晓飞身后跟着的肖翔，童薇不以为意，自信一笑："9点15分，飞总很守时啊，我相信我们一定能愉快合作的，我带你去会议室吧。"

"等等。"谢晓飞抬起手来，"你满意我，但不代表我满意你。"

童薇没说话，只是面带微笑看着谢晓飞，等他往下说。

谢晓飞得意地说道："据我所知，CAEA上海谈判部门有两组人马，而童小姐这一组都是新人，也就是菜……"

谢晓飞忘了这个新名词，回头看向肖翔。

肖翔立即满脸堆笑补充道："菜鸟。"

"对对对，就是菜鸟。"谢晓飞点了点头，看向童薇，"这次谈判对我们极为重要，所以，我很担心童小姐这组人的实力啊。"

"飞总多虑了。"童薇微笑道，"能进CAEA的人，没有谁是菜鸟，只要飞总配合我们，我们一定会全力以赴的。"

谢晓飞摇了摇手指头："NO，话谁都会说，但这么大的项目，我可不敢冒险，万一出了差错，谁来负责？"

"我。"童薇出声。

谢晓飞一脸笑意，打量着童薇："很抱歉，我觉得童小姐负不起这个责任。"

肖翔在一边，已经乐不可支，竭力掩饰着得意。

童薇心知肯定是肖翔在捣鬼，当看到肖翔和谢晓飞一起出来的时候，她就已经猜到了。

她好整以暇地看着谢晓飞:"那飞总的意思是?"

谢晓飞看了眼肖翔:"刚才我正好遇到你的同事,得知他是 A 组的带头人,我觉得与其把工作盲目地交给一组,不如让你们两组一起公平竞争,我来出道测试题,谁做得到好,谢氏集团与科万的案子就交给谁主谈,童小姐,你觉得呢?"

肖翔立即连声道好:"好好好,飞总的想法真是太好了!只有竞争才能激发潜能,这样对大家来讲都是好事!我双手赞同!"

童薇微笑道:"既然飞总都这么说了,肖总也同意了,那我也同意,说吧,测试题是什么?"

谢晓飞心中早有打算。

"在苏州郊区有块依山傍水的好地块,有家小公司拿下地好几年但一直没有开发,原因在于当地有个住户,迟迟不肯搬走,给后续工作带来很大困难,所以这家公司想转手卖地。我们谢氏有意接手,也谈得差不多了。现在唯一的问题就是这个住户。"

谢晓飞看向肖翔和童薇:"现在,你们谁能顺利说服她搬走,和科万的谈判我就交给谁,只有一周时间,看你们的了!"

肖翔立即点头:"飞总,我们 A 组一定办到。"

童薇只是轻笑了一下。

回到办公室,童薇还在思索着苏州地块的事。

"真是气死了!一定是肖翔搞的鬼!"崔西怒气冲冲地说着。

"这个肖翔真是太讨厌了,不行,我要去告诉周总!"蒋可说着起身准备出去。

"回来!别胡闹!"崔西叫住蒋可。

"崔姐,什么胡闹,我这是在帮童姐呀。"蒋可说道。

崔西:"……"她看了眼蒋可,"这次周总把案子给我们,其实就是偏心,现在既然谢晓飞提出竞争,周总也不好袒护我们,你想想,如果谢晓飞找董事会告状呢？到时候连周总都得挨批。"

"这个肖翔！"蒋可愤愤地捶了下桌子。

一旁在沉思的童薇终于出声："别怕，兵来将挡，不就是竞争么，这对你们，也是个锻炼的好机会，我们就让肖翔看看我们的厉害。"

崔西眼神一亮："童姐，你有主意了？"

童薇笑着点了点头。

另一边，胡迪正在向肖翔汇报调查结果。

身为CAEA的老员工，胡迪的工作经验远比KIKI和蒋可丰富，就这一会儿，已经搜集到了大量的资料：

"那个钉子户是个老太太，叫韩翠芬，72岁，一辈子未婚，无儿无女，性格孤僻，村里人跟她很少走动。"

"那老太太不肯搬走的原因知道吗？"肖翔直指问题的核心。

马晓明出声道："还能有什么原因，肯定是为了钱呗。"

肖翔冷笑一声，在这一行多年，他也不是白混的："钱？钱能解决的事情，谢氏集团解决不了？幼稚！我来CAEA前是做销售的，短短五年时间就做到大中华区业绩第一，为什么？就因为我知道如何抓住客户的痛点！"

马晓明立即拍着马屁："我们怎么能和肖总相比呢，还请肖总指点！"

肖翔点了点头："这也算是我给你们上的一课，记住，是人就有欲望，但每个人的欲望并不相同，可能是钱，也可能是幅画，甚至 盆花，一个学区名额，甚至是完全不值钱的东西，你们什么调查都不做，就说老太太是为了钱？"

胡迪连连点头："肖总说得对，我们明天再去查查……"

"不要等明天了。"肖翔摇头，"现在立即去查，童薇不是等闲之辈，我们一定要先下手为强！"

在 B 组办公室内，童薇也在给蒋可、KIKI 研究着问题。

"之前，我给你们讲过，知己知彼，现在我要给你们上另一课，在进入正式谈判的阶段，有一条重要的法则，那就是……永远不要先出价！"

KIKI 立即举手："可是，童姐，之前你也说过，如果对方是稀缺资源，在谈判中就会占据有利位置，现在韩奶奶掌握着主导权，如果我们不主动开价的话，会不会根本没得谈？"

这两天，KIKI 独立了不少，已经学会了自己思考问题，童薇很满意："KIKI 说得对，但具体案例具体分析，在谈判过程中，如果你先出价，便会让对手探知你的底线。如何在面对稀缺资源的时候，变被动为主动，先一步得知对方的底线，这是谈判需要注意的重要问题，都明白了吗？"

崔西、KIKI、蒋可眼神微亮，明白过来："童姐，明白了。"

"好，开始行动。"童薇站了起来，宣布散会。

各自行动，童薇也有自己的安排，下了电梯前往停车场。

刚走进停车场，就见谢晓飞也在那边。

谢晓飞夸张地看了下手表，冷笑道："哈，这才 3 点，童小姐就要下班了？"

童薇举起手中的公文包："拜访客户，飞总，失陪，先走一步。"

童薇说着，拉开车门钻进车里，谁知谢晓飞也一屁股坐到了副驾驶座上。

童薇看着谢晓飞："飞总这是想搭顺风车？"

谢晓飞晃了晃手上的手机："你让我来开会，我来了，我的照片，你是不是也该删了？"

童薇果断地拿出手机，点开照片，当着谢晓飞的面删除。

"哎呀！"谢晓飞看着童薇，"这么痛快地就删掉，会不会是电脑里还有备份啊？不会是想趁夜深人静的时候拿出来……"

"飞总放心。"童薇微笑道,"我还没那么饥渴……"

谢晓飞恍然大悟:"喔,看来童小姐是有男朋友了。"

"这是我的隐私,无可奉告。"童薇微笑道。

谢晓飞不依不饶:"哎,要不你介绍一下你男朋友给我认识吧?我倒很好奇,究竟什么样的男人才能忍受你这样的疯女人。"

童薇对谢晓飞的讽刺不以为意:"肯定不是飞总这样的男人,如果飞总没事的话,就请下车吧。"

谢晓飞只得下车。

看着开车扬长而去的童薇,谢晓飞挠了挠头:"这疯女人,还真有点意思!"

第011章
谈判如战场

还在车上,童薇的手机响了。

是秦天宇打来的,童薇接通电话。

"童薇,听说你被肖翔阴了?"

童薇皱了皱眉:"是崔西告诉你的吧?"

"哈……"秦天宇支吾道,"没有,我只是听别人说的。"

"滚!"童薇骂了一声。

"好吧,是崔西告诉我的。"秦天宇只得出卖了崔西,"童薇,那个老太太很难处理,要不要我出面帮帮你的忙?"

童薇:"不用,我已经有办法了。"

"啊。"秦天宇愣了愣。

"好了,没事的话我挂电话了。"童薇出声道。

"好吧。"秦天宇失落地答应。

童薇没多说,挂断了电话。

"这个崔西,怎么什么事都给秦天宇说!"童薇骂了一句,将手机放包里。

四天后,一栋老旧的乡下民宅,KIKI背着一个书包,站在门口。

虽然书包不再像幼儿园儿童用的书包,但也没成熟多少。

这个已经24岁,但还像个小学生的姑娘,握紧拳头,不停地给自己打气。

最终，KIKI 终于敲响了门。

开门的，是一个头发银白，满脸皱纹的老奶奶，手里抱着一只猫，正是 KIKI 此次前来的谈判对象，韩翠芬。

"老奶奶。"KIKI 掩住心里的忐忑甜甜地叫了一声。

韩翠芬微微愣了下："你是……"

"老奶奶，我是专程来找你的。"KIKI 说道，"我是 KIKI，代表谢氏集团来和你商量您房子的问题。"

韩翠芬脸上立即冷了下来："你回去吧，我不会把房子卖给你们的。"

"老奶奶……"KIKI 眼眶红了起来。

自己就这样失败了吗？连门都没进去？

想起离开时童姐说的话，KIKI 眼眶越发红了起来。

见 KIKI 一副委屈到要哭的表情，韩翠芬脸色总算缓和了一些："算了，进来坐坐吧。"

"谢谢奶奶。"KIKI 立即道谢。

进入屋内，KIKI 找了张椅子坐下。

韩翠芬依然抱着猫，冷冰冰地看着 KIKI。

屋内，有几只小猫，发现 KIKI 脚上的卡通鞋，立即凑了过来，绕着 KIKI 的鞋蹭来蹭去。

KIKI 被这几只小猫吸引住了："哇，猫咪，好萌好可爱的猫咪。"

"别碰！小心它挠你！"韩翠芬冷冷地说道，"你是想劝我搬走的吧？"

KIKI 连忙摇头："不不，奶奶，我是来帮您的！"

韩彻芬冷笑道："呵呵，每个人来都是这么说的，最终还不是想让我搬走。"

KIKI 一张脸通红，急得有些不知所措。

韩翠芬倒没为难KIKI："行了，没事的话走吧，这几天都快被你们给烦死了！"

KIKI一着急，连忙拿出包里的文件："奶奶，这是我们领导给您找的房子，您放心，我们肯定会对您和您的猫咪有妥善安排的。"

韩翠芬看了下文件，冷哼一声，将文件递给KIKI："小姑娘，你的同事给我市区的商品房我都还在考虑，你居然让我搬去郊区？你以为我老了就糊涂了吗？"

KIKI连忙摇头："不不，不是这样的，奶奶，你听我解释啊！"

结果，KIKI被韩翠芬给推到了门外。

"砰！"的一声，门关上了。

KIKI不死心地拍着门喊："奶奶，您再考虑考虑，我们真的会有妥善安排的！"

屋内，并没有动静，韩翠芬根本没开门的意思。

KIKI哭了起来："完了，我怎么这么笨，忘记了童姐说的话，千万不能先出价，我……我真是笨死了！"

其实，早在一天前，肖翔就已经带着马晓明、胡迪来过了，不过最终结局比KIKI还惨，三人闹了个灰头土脸，灰溜溜地离开，回到了上海。

CAEA大楼内，A组办公室。

"肖总，听说B组那边派KIKI那个活宝去了，昨天晚上才回来，那个老太太现在也还没答复我们，我们怎么办？"胡迪小声地向肖翔问道。

"喊，那个活宝能说服韩翠芬？"马晓明一脸鄙视，"就跟个白痴一样，也不知道童薇抽了什么筋，竟然派她去。"

而肖翔，却皱了皱眉，摸了摸脸上的一道伤口，总有种不祥的预感。

另一边，童薇正拎着包走进电梯间。

刚进入电梯按下关门键，外面就传来谢晓飞的声音："等等！等等！"

童薇按下"开门键"，谢晓飞还是被夹了一下。

"疯女人，我说你是故意的吧！"谢晓飞挤进电梯，瞪着童薇。

童薇摊了摊手，哭笑不得："飞总，你怎么总觉得我要害你呢？"

谢晓飞嘀咕道："拿鞋扔我，还拍我裸照，现在又用电梯夹我，你敢说你不是想害我？"

童薇无语地看了谢晓飞一眼："相信我，如果不是因为工作，我都不会多看你一眼。"

谢晓飞懒得理童薇，一脸得意："对了，今天韩奶奶就会给我们答复，听说你派了那个活宝过去，看样子我们是要说再见啦！"

童薇佯装懊恼："唉，要那样就真是太遗憾了。"

"真的觉得遗憾？"谢晓飞看着童薇。

童薇一脸无辜："千真万确。"

谢晓飞一脸迷惑，指着童薇的脸："可是，为什么我总觉得你好像很开心呢？"

"叮！"电梯门开了。

童薇和谢晓飞从电梯出来，前往会议室。

肖翔带着A组的组员，崔西则带着昨晚才赶回来的KIKI，以及蒋可，已经等在了会议室。

"呵呵，大家好啊。"谢晓飞打着哈哈，"今天就是韩奶奶最后答复我们的日子了，我很好奇，究竟你们哪个组能完成任务呢。"

KIKI板着张脸，蒋可则瞪着肖翔那组人，崔西像没事人一样，正在往指甲上涂指甲油。

再看肖翔那一组，就正经多了，一个个端坐在那里，衣着整洁，文质彬彬，让谢晓飞也很是满意："肖经理，你们应该很有把握吧？"

"呵呵……"肖翔有些心虚地打着哈哈，"在最终结果出来前，谁也不敢确定。"

一边说着，肖翔一边摸着脸上的那道伤口。

"咦？肖总，你这脸上是谁抓的？"童薇就像刚发现新大陆一样惊讶出声。

"对啊，肖经理，你脸上怎么回事？不会是出去泡妞被嫂子发现了吧？"谢晓飞也惊讶起来。

"这……这……"肖翔讷讷无语。

这让他怎么解释啊？难道说，是去韩翠芬家里，手贱想示好，抱猫的时候被猫抓的吗？

正在肖翔尴尬地不知怎么解释的时候，谢晓飞的手机响了起来。

谢晓飞接起电话："喂？嗯，好！"

放下电话，谢晓飞看了眼会议室内众人，出声道："韩奶奶同意搬走了。"

"真是太好了！"肖翔兴奋地站了起来。

谢晓飞："她选择了童经理那组的赔偿方案！"

"什么？"

"不可能！"

A组的马晓明、胡迪全都一脸不信的表情。

肖翔愣了半晌："飞总，这……这是真的吧？"

而另一边，童薇已经激动地抱着还蒙在那儿的KIKI："KIKI，你成功了！你真的做到了！"

崔西也很激动："恭喜你，KIKI！"

KIKI懵懂地看着童薇："真……真的是我？"

"嗯，韩奶奶选择了你的方案！"童薇肯定地点了点头。

"哇！"KIKI激动地哭了出来，直接埋到童薇的怀里。

肖翔一脸不满："没道理啊！我们开了这么优厚的条件！怎么可能，肯定是你们在作弊！"

童薇让KIKI坐下，看向肖翔，淡淡地说道："老肖，我们知道，你们为韩奶奶提供了一套带天井花园的商品房，是想让她收养的十几只猫有地方，但实际上，这却并不是她需要的，就让 KIKI 和蒋可来给你说明原因吧。"

说着，童薇向 KIKI 点头示意。

KIKI 站了起来，解释道："韩奶奶有些孤僻，但她并不是不懂道理，她知道养猫太多，肯定会给别人带来影响，但她又舍不得那些猫，你们给她提供了有天井花园的商品房，并不能降低对邻居的影响，韩奶奶不希望打扰到别人。而我们，想办法给她在乡下找了一栋独立的民宅，地方又大，也不扰民，而且有很宽阔的活动空间，她和她的猫咪能自由自在地生活。"

蒋可接着说道："此外，我们给韩奶奶在网上建立了微信、微博，定期发布她收容流浪猫的信息，一方面，我们鼓励大家来领养这些流浪猫，另一方面，也鼓励大家捐款捐物，还可以去韩奶奶那边做义工，这样一来，韩奶奶工作压力减轻，也能认识更多的爱猫人士交更多的朋友，猫咪也能得到很好的照顾。"

童薇这是借两个后辈的话来教育自己，肖翔被说得脸色铁青，却不得不维持着表面的礼仪："好好好，这次我心服口服！看到我们 CAEA 有这么优秀的新人，我与有荣焉，哈哈！"

童薇看向谢晓飞："飞总，虽然我们 B 组都是新人，还有这么两个看起来不靠谱的活宝，但经过这次实战，我想，他们已经向你证明了自己的实力吧？"

谢晓飞脸上露出微笑带头鼓掌："好，谢氏集团与科万的谈判，就交给你们 B 组了。"

"耶！"KIKI 和蒋可高兴地欢呼起来。

谢晓飞则看向童薇，眼里流露出发自内心的佩服："这个疯女人，看来还真有两下子。"

第 012 章
错位的关注

剩下的事,就和 A 组没关了,肖翔带着 A 组的人离开了会议室。

童薇带着蒋可、KIKI 和崔西,与谢晓飞大致商量了下后面的日程,考虑大家都连续加班了好几天,便放大家半天假,早点回家休息。

童薇来到停车场,打开车门上车准备回家,谢晓飞又窜进了她的车内,坐到副驾驶座上。

童薇满脸无语:"飞总,我已经下班了,现在是我的私人时间,有事明天再说吧。"

"除了公事,我们也可以有私事嘛。"谢晓飞嬉皮笑脸,"你替我完成了苏州那块地的任务,又把老太太和猫咪安置得那么好,请你吃个饭感谢你,这不过分吧?"

童薇摇了摇头:"谢谢,吃饭就不用了,这都是我应该做的。"

谢晓飞耍起了无赖:"你要是不答应,我就不下车,跟着你回家!"

童薇挑了挑好看的眉毛:"飞总,你这样真的好吗?"

"哼,有什么不好的?"谢晓飞一脸得意,"前几天你在酒店追我,不也是这么干的吗?好啦,就吃个饭而已,顺便聊聊后面的工作计划!"

虽然对这个谢家的纨绔大少很不感冒,但见他耍起了无赖,童薇只得无可奈何地答应下来:"好吧,你说去哪儿?"

谢晓飞拔下童薇的车钥匙,下了车走到自己跑车旁:"上车。"

童薇看了看那辆风骚的保时捷跑车，皱了皱眉头："还是坐我的车吧。"

"我从不坐女人的车。"谢晓飞一口拒绝。

"好啊。"童薇起身坐上谢晓飞的跑车，"我正好相反，特别喜欢坐女人开的车。"

谢晓飞："……"

"怎么？你不是女人，穿得花花绿绿的干什么？"童薇挑衅道。

"轰！"

谢晓飞板着张脸，示威似的踩下油门，跑车"嗖"地便飞了出去。

一路上，谢晓飞把车开得飞快，各种变道超速，童薇的长发都被吹得如同群魔乱舞般，谢晓飞不禁得意地笑了起来。

不料童薇直接拿出一根发带，利落地将长发扎了起来，露出修长白皙的脖颈，看起来与披散长发完全是不一样的风格，让见惯美女的谢晓飞也是一愣。

"吱！"

谢晓飞这一走神，差点撞到了道旁护栏，还好紧急刹车停住。

"这就是你的驾驶水平？"童薇不屑地说道。

"对你来说，这个速度太快了吧？男人开车就得这种风格！"谢晓飞一脸得意。

童薇打开车门下去，来到驾驶座，踢了踢谢晓飞："过去。"

谢晓飞耸了耸肩："哎，女人的胆子就是小。"

虽然这样说着，谢晓飞还是坐到了副驾驶座上。

童薇把上方向盘，还没等谢晓飞扣好安全带，已经一脚踩下油门，跑车"轰"的一声便冲了出去。

"喂！疯女人！你干什么！"谢晓飞吓了一跳，紧紧地抓住扶手。

"让你见识见识女人开车。"童薇轻笑一声，将油门踩到底。

保时捷跑车,瞬间飙到100多码的速度,谢晓飞感觉脸皮都被吹掉了。童薇却毫不在意,灵活地把着方向盘,在车流中潇洒自如地穿梭。

就在谢晓飞以为下一刻自己就要死掉的时候,"吱",一声急刹,跑车已经停在一家饭店门口。

"哇!"

谢晓飞跳下车,大吐特吐起来。

童薇忍着笑,从车上下来,拔下钥匙扔给满脸发白的谢晓飞:"唉,男人胆子就是小。"

谢晓飞:"……"

瞪着童薇走进餐厅的背影,谢晓飞原本发白的脸上露出些坏笑:"这个疯女人,有点意思。"

在餐厅坐下,谢晓飞和童薇看着菜单。

谢晓飞瞅来瞅去,最后从菜单后探出头来:"喂,怎么全都是素菜?这就是你推荐的餐厅?"

童薇挑了挑眉:"你请我吃饭,吃什么不是该听我的吗?"

"什么叫听你的。"谢晓飞一脸不满,"全是素菜,有没有搞错,你当我是和尚吗?"

童薇淡定地喝了口茶:"素食有益身心健康,尤其对肝火过旺、脾气暴躁的人有很大帮助。"

谢晓飞瞪着童薇,想了想还是算了:"好吧,素食就素食,一会儿自己吃去。"

童薇满意地笑了笑。

谢晓飞看到童薇脸上甜美的笑容呆了呆:"你笑起来挺好看的,如果一开始你不板着一张脸,我就不会为难你了。"

童薇撇了撇嘴:"如果你一开始就不为难我,我也不会板着脸了。"

谢晓飞立即举手投降:"好吧,为了感谢你替我搞定难题,今晚你说什么都是对的。"

童薇笑了笑,谢晓飞竟然会认输,倒是有些意外:"飞总,韩奶奶这个项目,对你们谢氏很重要?"

谢晓飞摇了摇头:"是对我很重要,我一直想用那块地实现我一个梦想,不过……"

谢晓飞停住口,没往下说。

"不过什么?"童薇好奇地问道。

谢晓飞摇了摇头:"说来话长,还是以后有空再聊吧,我倒是很佩服你,肖翔那边连他自己亲自上阵去劝说韩奶奶了,你竟然敢只派KIKI那个活宝一个人去。"

提起KIKI那个活宝,童薇就露出了微笑:"因为她是最合适的人选。"

谢晓飞惊讶地问道:"看她连话都说不清楚的样子,还是个新人,你就不怕她搞砸了?"

"怕。"童薇点了点头,"不过每个人都有第一次,我刚进CAEA的时候,要不是周总给我机会,我现在恐怕还在给肖翔当助手呢。"

"搞不明白。"谢晓飞迷惑地摇了摇头,"反正我是没看出那个KIKI有什么能耐。"

"每个人都有自己的优点和长处,别因为KIKI看上去像个孩子,就以为她没有能力,这样太主观了。"童薇说道。

"呵呵。"谢晓飞不想在这个话题上继续了,向童薇勾了勾手,凑近童薇,"那童小姐,你觉得我的优点是什么?"

童薇打量着谢晓飞,在谢晓飞一脸期待的眼神中,为难地摇了摇头:"这个……恐怕我还得好好想想,需要一些时间,要不……我先说说你的缺点?"

谢晓飞立即板起脸:"你知道有多少女人喜欢我吗?你竟然说我只有缺点?"

童薇点了点头:"是啊,比如骄奢淫逸、好逸恶劳、脾气暴躁、自以为是、叛逆堕落……"

"打住打住!"谢晓飞举起双手,"你说的这些成语我一个都听不懂,你还是说我的优点吧。"

童薇憋住笑:"你的优点就是爱装傻,有着超出常人的自信,即便别人再怎么骂你,你也可以装作听不懂。"

谢晓飞气恼地瞪着童薇:"你什么意思!"

在同一间餐厅,秦天宇正在僻静的一角,屏风遮掩下的一张餐桌用餐。

餐桌上,有刚到福通律所的实习生商碧晨,还有秦天宇的客户霍先生。

对于这一顿饭,霍先生非常满意:"哎呀,秦律师真是细心,连我初一十五吃素都知道。"

秦天宇微笑道:"霍先生客气了,这些小事都是我们应该做的。"

经过刚才的闲谈,霍先生对秦天宇已经非常满意,拍了拍秦天宇的肩膀:"年轻人,不错,我很满意,放心吧,我们集团的法务会交到你手上的。"

"谢谢霍先生的信任。"秦天宇立即道谢。

把霍先生送出餐厅,帮霍先生打开车门,霍先生向秦天宇和商碧晨道了声谢,开车离开了。

秦天宇看向刚来福通律所一个礼拜的商碧晨:"不错嘛,这次还真亏了你,知道霍先生初一十五吃素,要不这个单子就黄了。"

"谢谢师兄夸奖。"商碧晨立即道谢。

"走,我们也回去吧。"秦天宇正要转身离开,突然停住了脚步。

透过餐厅的落地窗,秦天宇看到童薇,正和谢晓飞凑在一块儿,看起来很亲密的样子,谢晓飞还在殷勤地给童薇夹菜,而童薇竟然没有拒绝。

看到这一幕，秦天宇的脸僵了僵。

商碧晨顺着秦天宇的视线看去，看到了童薇，不禁为童薇的漂亮外表和自信的气质所吸引："师兄，你认识她？"

秦天宇点了点头："朋友。"

"她好漂亮！"

秦天宇点了点头："也很优秀。"

说完，秦天宇转身往停车场走去。

商碧晨跟在秦天宇身后，忍不住又回头看了眼餐厅内的童薇："真的好漂亮，也好厉害的样子，什么时候，我也能变成这样呢？"

第013章
家家有本难念的经

美国，纽约。

一名年轻华裔男子，走进了一家高档餐厅，向一个包厢走去。

包厢内，一名年过半百的中年华裔男人已经等在那儿。

"晓天，来啦。"中年男人招呼道，"快坐快坐。"

年轻男子礼貌地叫了声："晚上好，成叔。"这才拉过椅子坐下。

如果谢晓飞在的话，一定能认出，那名年过半百的中年华裔男人，就是他的叔叔谢天成，也就是谢晓飞父亲谢天佑的亲弟弟。而这名华裔年轻男子，则是谢晓飞的弟弟，谢晓天。

不过，谢晓天并不是谢晓飞的亲弟弟，而是谢天佑第二任夫人金慧珠改嫁时，带过来的孩子，和谢晓飞并没有血缘关系。

坐下后，谢晓天问道："叔叔，这么晚找我出来什么事啊？"

谢天成笑了笑："没别的事，咱叔侄俩好久没单独一起吃饭了，难道请你出来就非得有事吗？"

谢晓天有些尴尬地笑了笑："谢谢成叔。"

"别总这么客客气气的行不行。"谢天成佯装发怒地板着张脸。

"叔叔说的是。"谢晓天连忙认错。

谢天成招手叫 waiter，耳语嘱咐了几名，waiter 离开了。

谢天成说道："晓天啊，这家店我常来，菜不错，我就帮你点了，绝对错不了。"

谢晓天还有些拘谨:"谢谢叔叔,这顿无论如何我请,您别跟我争。"

谢天成摇头苦笑:"唉,要是晓飞有你一半懂事,我们谢家就前途无量了。"

听谢天成这句话,谢晓天沉默不语。

"唉!"谢天成又叹了口气,"晓天啊,谢氏和科万的谈判,你父亲派晓飞去,你怎么看啊?"

谢晓天微微皱眉:"我觉得挺好的啊。"

"挺好?"谢天成苦笑道,"呵呵,你哥你又不是不了解,这么重要的项目交给他,我看够呛了。晓天啊,今天就咱叔侄俩,我跟你说实话,我替你鸣不平!论能力,论业绩,你哪点不比晓飞强?晓飞什么时候管理过家族事务?这个任务再怎么说都应该交给你啊!可为什么交给晓飞?我想,大家心里都很清楚……"

谢天成没说完的话,谢晓天明白。

晓飞是亲生的,父亲这是在给晓飞铺路。

谢晓天挤出个笑容:"叔叔,别这么说,父亲让哥哥去自然有他的道理。"

谢天成又叹了口气:"晓天啊,你真是太懂事了。不过谢氏不是杂货店,晓飞并不是做领袖的料,成天玩玩还可以,真要让他管理谢氏,早晚会把谢氏给带沟里去……"

说到这儿,谢天成目光灼热地看着谢晓天:"晓天,叔叔今天在这里说一句话,我手里有权的话,第一个挺你!谢家的接班人,不应该是晓飞,而应该是你谢晓天!"

谢天成的话,让谢晓天吓了一跳:"成叔,难得吃次饭,咱们……咱们就别聊公事吧……"

"好好,那咱不聊公事,就聊私事。"谢天成说道,"那咱们就来聊聊领带。"

"领带？"谢晓天有些不解。

"对，就是领带。"谢天成说道，"晓天，你有没有注意，你父亲领带的打法，和我们都不一样？包括你在内，我们都用驷马车结打法，可你父亲，却一直用温莎结，为什么？"

谢晓天还真没注意这个问题，经谢天成这一提，才想起自己父亲，领带的打法确实与大家不一样。

"为什么？"谢晓天好奇地问道。

谢天成一脸严肃："因为谢晓飞的母亲刘婉莹，当年一直是她帮他打温莎结，现在虽然刘婉莹早已经是个废人，只能躺在医院，可你父亲的心里，依然只有她一个人。"谢天成又叹了口气，同情地看着谢晓天，"晓天，再看看你母亲，每天这么辛苦地照顾你父亲，最后得到了什么？"

谢晓天听到这里，悲从心来，酸酸地说不出话来。

谢天成将谢晓天的表情看在眼里，眼里流露出些异彩，岔开话题："好了好了，咱不说这些不高兴的了，来，咱叔侄俩喝一杯！"

谢晓天举起酒杯，心情很是复杂。

这一顿饭，谢晓天喝了很多酒，等回到家的时候，刚进门，就见母亲金慧珠从外面进来。

看到金慧珠，谢晓天立即迎了过去。

"晓天，你喝酒啦？"金慧珠立即闻到谢晓天满身的酒味。

"妈，你怎么也这么晚回来？"谢晓天问道。

"你爸要吃夜宵，我过去帮他做，他刚吃完。"金慧珠说道。

谢晓天看了看外面的天色："都这么晚了，怎么不在主楼休息呢？省得跑来跑去的。"

金慧珠的眼神有些闪躲："我……我喜欢住这边……"

谢晓天心里越发地难受："妈，是不是父亲让你回来的？"

金慧珠苦笑道："你又不是不知道，他习惯一个人睡。"

谢晓天酒劲上来，再想起谢天成所说的事，忍不住激动起来："撒谎！妈，你嫁给他十年了！十年！你作为谢氏名正言顺的女主人，却一直住在谢家大宅的副楼！这太不公平了！"

金慧珠愣了愣："晓天，你……你怎么了……"

谢晓天才发现不妥，努力平复情绪："没什么，妈，我只是替你委屈。"

金慧珠笑了笑："这都是我自愿的，有什么委屈的。"

谢晓天欲言又止。

而另一边，回到家里的谢天成，正哼着古老的歌曲，心情愉悦地拿过一只酒杯，给自己倒了半杯红酒："种子已经埋下，谢天佑，你就等着吧。"

谢晓飞并不知道，自己的叔叔，正在展开着阴谋，也不知道自己的弟弟，很可能也会成为阴谋的一部分。

8点，闹钟响起。

谢晓飞罕见地这么早就起床，刷牙洗脸刮胡须，然后在衣帽间挑了套得体的西服，一丝不苟地准备去参加今天的策略会。

开着车，正往CAEA大楼驶去，谢晓飞眼角瞄到路边有个熟悉的人影。

是童薇。

谢晓飞把车开到童薇的面前，按了按喇叭。

童薇一脸欣喜地跳上车坐到副驾驶座上："飞总，你来得太及时了！"

"你怎么等在这儿？"谢晓飞有些好奇。

"别提了，出租车在半路抛锚，就把我扔这了，这上班时间哪打得着车啊。"

谢晓飞更迷惑起来："你不是自己有车吗？"

童薇摇了摇头："晚上有个饭局，要喝酒，所以没开。"

谢晓飞皱了皱眉："和男朋友有约？"

童薇瞪着谢晓飞："飞总，你怎么这么八卦啊？"

谢晓飞笑道："说说嘛，我真好奇，你男朋友究竟长什么样。"

"放心吧，绝对比你帅。"童薇神秘地说道。

"喊！"谢晓飞把着方向盘一脸自恋，"这地球上，前五百年，后五百年，还没见过比我谢晓飞更帅的！"

童薇："……"

到了 CAEA 大楼，因为韩奶奶的事情，两人的关系已经不像之前那样火药味十足，融洽了不少，有说有笑地进入电梯。

从电梯出来，两人还在谈论着纽约唐人街的美食。完全没注意到，在后面，马晓明正用叵测的眼神看着他们。

进入会议室，其他人都已经到了。

略作休息，大家立即召开策略会。

童薇用投影在白板上打出上海全貌地图，拿着激光笔给众人分析道："……这块地距离人民广场 18 公里，一年前，单楼板就拍出 6 万每平米的高价！而距离人民广场 20 公里以上，楼板价则接近 7 万。所以，在这种形势下，科万手头拥有的这块 34 号地，就显示出了它与众不同的优势来。"

童薇放大地图，用激光笔指着地图南部一大块空地："这里，就是 34 号地块，科万在好几年前，以 2 亿拿下了这块地，现在想拿同样的地，成本将翻十倍不止，所以，科万出地，谢氏出口碑，双方合作建造七星级度假村，将获得双赢。"

李相中面带疑惑："童小姐，我有一点不明白。"

"请说。"童薇点头。

李相中思索一下出声道:"既然这块地当初拿得这么便宜,那科万为什么不继续用来造房子,偏要与我们合作建度假村呢?"

"李主管的问题提得很好。"童薇点了点头,"这个问题,就由 KIKI 来替你解答。"

KIKI 站了起来,解释道:"美国的房价,因为交通便利,教育体系完善等原因,区域公共服务水平和治安环境是房屋价值的重要影响因素,在中国则不一样,学区、商业街这些,却是房价的重要影响因素。"

李相中有些明白过来:"也就是说,建立七星级度假村后,可以提升周边房价?"

"回答正确。"童薇点了点头,"实际上,早在十年前,科万就一口气拿下了这周边五个地块,当时这里还是上海的偏僻地区,科万拿地的举动非常大胆,但现在看来,他们宋总完全是高瞻远瞩。只要 34 号地块的度假村建成,周围五个地块的房价都会整体大涨!"

谢氏集团的人都眼神一亮,看来,科万确实很有和谢氏合作开发度假村的必要。

只要对方有需求,那谈判就有了切入点。

接下来,童薇切换投影,投影上是一张照片。

"这是科万此次项目谈判的对接主要负责人,叫杨潇。"

童薇分析着杨潇:"杨潇是科万集团的总经理,为人谨慎,行事作风硬朗,无不良嗜好,最重要的是,无论是生活还是工作,他都非常关注细节……"

分析完杨潇,童薇切换了白板投影,也是一张照片,不过只有一个半露背的背影。

童薇介绍道:"这位是科万此次谈判的另一位负责人,赵晨曦,科万的财务总监,而她的另一个身份更重要,她是科万董事长宋勇的女儿。"

李相中有些迷惑:"她不是姓赵吗?怎么是科万董事长宋勇的女

儿？"

童薇解释道："赵晨曦随母姓。"

谢晓飞摸了摸下巴："有没有这位赵小姐的正面照？"

童薇摇了摇头："很遗憾,科万不是上市公司,媒体策略又十分保守,再加上这位赵小姐刚刚入主科万,关于她的背景资料我们知之甚少。"

谢晓飞站了起来,走到白板前,若有所思地琢磨着："这位赵小姐的肩胛骨十分优雅,应当是位美女,绝对错不了……不过……"

说到这儿,谢晓飞顿了顿。

"不过什么？"李相中出声道。

谢晓飞一脸认真地打量着照片上的背影："看起来胸围有所欠缺,绝对不会超过B……不不不,或许只有A！"

会议室内,众人都忍不住笑了出来,只有KIKI脸上有些微红,似乎害羞的样子。

童薇语带讽刺道："飞总这都是经验之谈啊,佩服佩服……"

谢晓飞不以为意,接着认真分析道："丰满的女人,手臂会粗,背也多多少少会有点驼,但这位赵小姐的站姿挺直,手臂纤细,所以胸围肯定不会超过A,真是美中不足,可惜可惜……"

谢晓飞一脸认真的表情,让童薇也目露欣赏的目光。

虽然满嘴污言秽语,这个纨绔大少倒不是什么白痴,竟然分析得很有几分道理。

第 014 章
男人都爱争风吃醋？

CAEA 会议室内，还在紧张地开着策略会，寻找谈判策略。

中午，财经大学的校园里，童恬恬和同学紫萱，正准备离校去吃午饭。

一辆车缓缓停在两人身边，车窗摇下，秦天宇探出个头来："嗨，恬恬！"

紫萱看到高大英俊的秦天宇，碰了碰童恬恬的胳膊："这是谁啊？"

童恬恬瞥了秦天宇一眼，没好气地说道："童薇爱好者！"

紫萱明白过来。

童恬恬不耐烦地看着秦天宇："你来干吗？"

秦天宇微笑道："请你吃饭，吃啥你定，赏个脸吧？"

"有这么好？"童恬恬面露疑问地打量着秦天宇。

"快上车吧。"秦天宇打开车门。

童恬恬跳了上去。

跟着秦天宇，两人进了一家高级餐厅。

秦天宇把菜单递给童恬恬："点吧，想吃什么尽管点，千万别给我省钱。"

童恬恬看也不看，向侍者吩咐道："套餐，最贵的那个。"

秦天宇笑着摇了摇头："你倒还真不跟我客气。"

"干吗跟你客气。"童恬恬撇了撇嘴,用理所当然的语气说道,"你从我这儿得到那么多童薇的消息,我吃你点过分啊?说吧,你又想问我什么。"

秦天宇打了个哈哈:"看你说的,我找你就只能是为了她?难道咱没感情?"

"喊。"童恬恬鄙视地哼了一声,"要不是为了她,你秦大律师认识我是谁啊?你可别当我是傻子。"

这时,侍者上菜,童恬恬吃了起来。

秦天宇凑到童恬恬身边:"怎么样,还合你的胃口吧?"

"勉强。"童恬恬瞥了秦天宇一眼,"说吧,究竟想知道什么。"

秦天宇扭扭捏捏地问道:"那个……就是你姐……最近……身边有没有……有没有其他人啊?"

童恬恬扭头看着秦天宇:"其他人?"

"其他男人呗,和她走得近的。"

童恬恬酸溜溜的:"我就不明白那个女人哪来的魅力,就她那整天凶巴巴的样子,除了你,谁敢娶她?"

秦天宇皱了皱眉:"真的没别的男人?"

"没有没有。"童恬恬不耐烦地说道,"我说你也加把劲啊,早点把她娶走,这样我就不用每天看到她了!"

秦天宇哭笑不得。

如果真的如童恬恬说的那般容易,那秦天宇就不用这么费劲了。

不过,这顿饭倒没白请,总算知道童薇身边没别的男人,秦天宇也松了口气。

把童恬恬送回学校,秦天宇开着车回福通律所,在车上拨通了助理陈雯的电话:

"……替我买束花,嗯,就粉玫瑰吧,我有用。"

"好的。"陈雯答应下来,立即打电话帮秦天宇订花。

不一会儿,快递小哥就捧着一束粉色的玫瑰来到福通律所:"哪位是陈雯陈小姐?"

"我就是。"陈雯抬了抬手。

"您的花请签收一下。"快递小哥捧着花走了过去。

陈雯接过花,签了字。

旁边商碧晨正好路过,一脸羡慕的表情:"哇,雯姐,男朋友送的花?"

陈雯笑了笑:"我哪有这种福气,是替秦律师订的。"

"秦律师?"商碧晨好奇地问道,"送谁的啊?"

陈雯笑道:"当然是他喜欢的人啊。"

商碧晨脑海里浮现出个人来:"是不是头发很长,长得很漂亮,气质很好的美女?"

陈雯有些惊讶:"你见过?"

"嗯。"商碧晨点了点头。

这时,陈雯的手机响了,看了眼手机,陈雯捧起花:"秦律师到楼下了,我先把花给他送下去。"

到楼下的时候,秦天宇正在车里等着。

"谢谢。"秦天宇接过花,向陈雯道了声谢,将花放在副驾驶座上,往CAEA大楼驶去。

来到CAEA大楼的时候,已经快到下班时间了。

秦天宇在停车场停好车,立即向电梯走去。

办公室没人,根据崔西的短信,应该还在会议室开策略会。

秦天宇在童薇办公室里等着,坐立不安地看着手机。

"叮咚!"

是崔西的短信:"散会,做好准备!"

秦天宇立即起身,躲到办公室门后。

不一会儿,就听见节奏鲜明的高跟鞋敲击地板的声音,在门外停下。

门开了,秦天宇抱着玫瑰跳了出去。

童薇被突然蹦出来的秦天宇吓了一跳:"你怎么来了?"

秦天宇满脸堆笑:"花开了,不送美人,就白白谢了。"

童薇接过花:"你少来,究竟什么事?"

秦天宇说道:"上次YEP和快闪的合并谈判顺利完成,多亏了有你出马,我们孙总让我请你吃顿饭,好好谢谢你!"

童薇一脸不耐烦:"这还没完没了的了,在美国不是已经谢过了吗?"

秦天宇堆着笑:"礼多人不怪嘛,再说上次是我私人请你,这次是代表我们福通律所,是孙总让我请你,这样吧,我们去粉玫瑰吃上海菜怎么样?"

童薇看了一眼手上的粉玫瑰:"我说你今天是不是跟粉玫瑰杠上了?"

"这不显得你漂亮嘛。"秦天宇笑道。

外面,谢晓飞带着谢氏集团的李相中几人,正准备离开CAEA,无意间瞥到童薇和秦天宇,好奇地向崔西问道:"那个男的是谁啊?"

崔西看了一眼:"那是秦律师,我们领导的好朋友。"

"好朋友?"

这时,肖翔正好过来,一惊一乍轻呼起来:"哎哟,秦大趴怎么来了?"

谢晓飞迷惑地看向肖翔:"你认识?"

肖翔语气有些古怪:"CAEA上上下下,谁不认识我们童经理的男朋友啊!"

崔西打断了肖翔的话:"肖经理,别乱说,人家只是普通朋友。"

旁边KIKI和蒋可还是第一次见到秦天宇，也很好奇。

KIKI拉着蒋可，小声问道："那个帅哥真的是童姐的男朋友？"

"当然啦。"蒋可小声地回答道，"我可听他们说过，他是福通律所的'大趴'（大律师的行话），不仅长得帅还很有才，而且对童姐忠心耿耿！可是非常man的哟……"

谢晓飞听到蒋可人妖兮兮的话，一脸嫌弃的表情："我看你好像恨不得投到那个秦大律师的怀里吧？还好man……"

蒋可一跺脚："说什么呢，人家可是男人！"

崔西在一旁，忍不住笑了出来。

蒋可这个活宝，什么时候像个男人了。

已经一起工作了几个周，崔西都忘了蒋可究竟是什么性别。

这时，童薇和秦天宇从办公室走了出来。

看到谢晓飞，童薇打了声招呼："飞总，还没走？"

"忙了一天耽误了童小姐下班时间，我这不等着想请童小姐吃个饭嘛。"说着，谢晓飞假模假样地打量秦天宇，"童薇，这是你朋友吗？要不叫他一起吧？"

童薇："……"

秦天宇微笑道："不好意思，我和童薇有约了。"

秦天宇直白的回答，让谢晓飞差点下不了台："喔，难道是……男朋友？那我就不打扰了。"

童薇白了秦天宇一眼，歉意道："飞总，真是对不起，改天我单独请你。"

秦天宇将手轻轻搭在童薇身后："我们走吧。"

童薇向谢晓飞道了声辞，和秦天宇一起走进电梯。

看着秦天宇和童薇进入电梯，肖翔在一旁酸溜溜地说道："哎呀，没想到童经理还有这么温柔的时候，看来真的是男朋友了！"

电梯门关上。

秦天宇向童薇问道:"那个男的是谁啊?"

"他就是谢氏集团的大公子谢晓飞。"

秦天宇愣了下:"原来他就是谢晓飞,看起来你们关系不错嘛。"

童薇苦笑道:"什么关系不错,我这完全是给自己找了个祖宗,这种纨绔大少,开个策略会都得我三催四请的,要是我朋友,我早一把掐死他了!"

秦天宇一副后悔的表情:"早知道我刚才就多帮你噎他几句了。"

"没用的。"童薇摇了摇头,"他连中文都说不全,成语更是根本不懂,别到时候没噎着他反把自己给气坏了!我现在就祈祷这个案子赶紧结束,好把这个祖宗送走!"

"呵呵。"秦天宇也苦笑了一下。

来到停车场,秦天宇为童薇打开车门。

这时,身后突然伸出一只手,用力地抵在了车门上。

秦天宇回头看去,竟然是谢晓飞。

秦天宇诧异:"你有什么事吗?"

谢晓飞吊儿郎当地抵着车门,看向童薇:"我找童小姐有点事,关于今天讨论的方案,我还有几处疑问,想再和童小姐交流一下。"

童薇有点惊讶:"现在?"

谢晓飞一脸认真地点头。

秦天宇看着谢晓飞,毫不示弱:"谢先生,现在已经是下班时间了,工作的事情明天再说吧。"

谢晓飞也不示弱:"NO NO,童小姐说过,今天的事情必须今天解决,我也想虚心学习童小姐这种做事认真的风格,怎么能等到明天呢?"

秦天宇只得看向童薇:"项目还在研究方案阶段,不用这么着急吧?"

童薇还没回答，谢晓飞已经拿起手机："急不急不是你一个外人说了算！刚才美国总部打电话给我，说这边的进度太慢了，让我加快推进速度！"

童薇只得无可奈何地向秦天宇摊了摊手："天宇，明天还有别的工作安排，之前已经拖延了三天，不能再耽搁了。"

谢晓飞故意附和道："是啊，一点也耽搁不起啊。"

童薇一脸为难："对不起啊，天宇……要不，我们改天吧。"

谢晓飞一脸胜利者的表情，看着秦天宇。

秦天宇强忍心火，温柔地摸了摸童薇的头发："那别太晚了，早点休息。"

没想到秦天宇会有这么亲密的动作，童薇有些意外和尴尬，不过谢晓飞在也不好发作，再加上爽约在先，只能点了点头。

秦天宇向童薇挥了挥手，开车离开了停车场。

第015章
无聊的炫富

童薇无可奈何地和谢晓飞走进电梯间。

考虑到谢晓飞所说的事，童薇问道："飞总，美国总部那边新的时间表能给我一份吗？一会儿我重新做下计划，如果有必要的话，我把蒋可和KIKI招回来让他们加班。"

谢晓飞并没回答童薇的问题，而是好奇地问道："刚才你们准备去吃什么啊？"

"一家私房菜馆。"

"好吃吗？"

童薇摇了摇头："我也没去过，天宇说那儿的厨师以前是做国宴的，很难订座。"

谢晓飞笑道："难订？那是他没本事吧。"

童薇没和谢晓飞多说，这时电梯到了15楼，电梯门打开，童薇正准备出去，却被谢晓飞拉住手。

童薇迅速抽回手："飞总，15楼到了！"

谢晓飞按下1楼："我知道，不过在办公室谈工作容易犯困，我带你去一个好地方，那儿的东西肯定比他带你去吃的好得多。"

童薇皱了皱眉："飞总，你……不是要和我谈公事吗？"

"是啊。"谢晓飞点了点头，"边吃边谈，效率才高嘛！"

童薇眉头微皱，不过还是跟着谢晓飞离开了 CAEA 大楼。

童薇并不知道，在她和谢晓飞离开 CAEA 大楼的时候，停靠在大楼外的一辆车上，秦天宇正坐在车内，看着两人上车离开的背影。

谢晓飞带童薇去的地方，童薇来过。

大观会所，前几天夏杉杉带童薇来过这儿，夏杉杉还差点被谢晓飞的车给撞了。

童薇看着大观会所的铁门："你确定这里适合谈工作？"

"哈哈。"谢晓飞笑道，"我说适合就适合。"

说着，谢晓飞掏出手机，对着铁门探头扫了下，铁门打开了。

谢晓飞进入大门，伸手做了个请的姿势。

既然来都来了，童薇只得走进会所。

"啊哈，你小子终于来了。"大观会所的老板罗斌立即过来和谢晓飞亲热地拥抱了一下，"喂，你带谁来吃饭啊，这么着急，让我立刻准备一桌。"

"废话少说，准备得怎么样了？"谢晓飞问道。

罗斌一脸得意："算你小子运气好，我刚好请了从法国过来的一个米其林三星大厨，在我会所坐镇几天，绝对让你满意。"

谢晓飞确实很满意："干得好，今晚所有费用算我的。"

罗斌有些惊讶："是谁这么大面子啊？"

谢晓飞向远处挥了挥手："童薇，介绍一下……"

童薇早就看到了罗斌，微笑道："不用，已经见过了。"

罗斌打量着童薇，想了起来："喔，你就是开业那天和杉杉来的那位美女，对吧？"

"你们认识？"谢晓飞小声向罗斌问道。

"是我一个朋友的朋友。"罗斌拍了拍谢晓飞的肩膀，"可以啊，你小子来中国才几天，就挑上硬菜了！"

"硬菜？"对国语不太精通的谢晓飞一脸茫然，"这是啥菜？"

罗斌："……"

"我们管女人叫菜，那种难搞的女人就叫硬菜，好看的女人就叫天菜！"

童薇在旁边听到两人的对话，微笑解释道："罗先生，您误会了，我和飞总只是项目合作关系。"

"喔……合作关系，对，合作关系。"罗斌打着哈哈，但显然他的理解并不是那么回事。

大厅外的草坪上，一张长桌，只坐着罗斌、谢晓飞和童薇三人。

一名法国厨师款款走来，手上的托盘放着一瓶外观古朴的白兰地和三支高脚杯。

罗斌起身，小心翼翼拿起酒瓶，脸上有些得意介绍道："这是一瓶非常罕见、非常珍贵的法国白兰地，一小杯就值5000镑。"

谢晓飞赞赏地点了点头："哪一年出产的？"

"1788，法国大革命那年。"罗斌说道，"世界上只有六个人喝过这瓶里的酒，剩下的已经不多了，所以今天我们喝完后，这瓶酒就永远消失了。"

说到这儿，罗斌看了眼面无表情的童薇："今天托晓飞的福，童小姐也有幸见证历史。"

童薇只是笑了笑，一脸的不屑。

法国厨师拿起酒，给谢晓飞和罗斌倒上，轮到童薇的时候，童薇摆了摆手："谢谢，不用，我不喝酒。"

"真是太好了，帮我省了5000镑。"罗斌向童薇竖起大拇指。

"真的不喝一点？"谢晓飞询问道。

"不用，我不会喝酒。"童薇摇了摇头。

谢晓飞有些扫兴地端起酒杯。

见谢晓飞有些扫兴，罗斌站了起来，拿起酒杯递给童薇："童小姐，在中国文化里，一方敬酒另一方不喝的话，那可是不尊重的表现，你和晓飞是项目合作关系，难道连这个面子都不给晓飞？"

　　童薇犹豫了一下，拿起罗斌手上的酒杯，一饮而尽。

　　"飞总，酒我也喝了，现在我们可以开始了？"童薇将酒杯放回桌上出声道。

　　"啊，稍等一下，我肚子好饿，让我先吃几口菜。"谢晓飞摇了摇头。

　　罗斌立即招呼侍者："上菜上菜！"

　　童薇叫住侍者，对侍者耳语了几句，侍者点了点头离去。

　　不一会儿，厨师端来了第二道菜，是一道甜品，咖啡布丁。

　　罗斌介绍道："这可不是普通的咖啡喔，这是来自苏门答腊热带雨林深处的猫屎咖啡，真正的猫屎喔，哈哈！"

　　童薇皱了皱眉，看着这个胖乎乎的男人，心里对他并没什么好感。

　　罗斌向厨师示意，厨师立即在三人的布丁上撒了一层亮闪闪的金粉。

　　"可食用的32K金箔，这才是这道甜品真正的亮点！"罗斌向谢晓飞和童薇抬了抬手，"现在两位可以品尝了。"

　　谢晓飞立即拿起勺子，尝了一口："嗯，确实不错。"

　　看向童薇："童小姐，你也吃啊，你们女孩子不是最喜欢甜品么？"

　　童薇没动，只是揉着胃。

　　见童薇脸色有些发白，谢晓飞问道："你不舒服？"

　　童薇死撑着摆了摆手："没事，我们可以进入正题了吗？"

　　这时，罗斌突然拍手大叫："现在，今天真正的重头戏来了！"

　　还是那名法国厨师，端着三小碟鱼子酱。

　　谢晓飞见了，出声道："这不会是顶级大鳇鱼鱼子酱吧？"

　　"正确。"罗斌一脸得意，"正是顶级大鳇鱼鱼子酱，来自比利时一家小型养殖场，即便是人工养殖，要让大鳇鱼做好产卵准备，也需要

12年的时间!"

谢晓飞舀了一勺放在手背上,然后直接送进嘴里,接着露出享受的表情,冲罗斌竖起大拇指:"不错,极品!"

见童薇还是没动,谢晓飞以为童薇不懂门道:"童小姐,你不会是在等餐具吧?品尝这种顶级鱼子酱,就算是纯金银的勺子也不行,鱼子酱会被氧化破坏口感,所以要像我刚才那样,舀一小勺放在手背上,送进嘴里,懂了吧?"

"谢谢。"童薇淡淡地说道,"不过你还漏了一条,器具的金属味也会破坏鱼子酱的口感。"

谢晓飞有些惊讶:"你懂得不少嘛,那赶紧尝尝吧!"

童薇摇了摇头:"不好意思,我不吃生食。"

罗斌在旁边不爽了:"童小姐,你这不吃那不喝的,这是嫌弃我招待不周吗?"

童薇摇了摇头:"我不是这个意思……"

"那你是什么意思?"罗斌问道。

童薇现在已经后悔过来,没理罗斌,而是看向谢晓飞:"飞总,我们什么时候谈工作?如果不谈的话,我就先告辞了。"

说着,童薇就要起身。

谢晓飞连忙出声:"你吃完就谈。"

童薇看了看面前的鱼子酱,咬了咬牙,用勺子盛了一勺,闭眼吞下。刚吞下,童薇的脸色就变得难看起来,紧接捂住嘴,起身离去。

"砰!"

童薇撞到迎面走来的一名侍者,但并未停留,直接跑了出去。

"小姐,你的药!"侍者追了两步。

见童薇仓皇而逃,谢晓飞皱了皱眉,注意到侍者手上托盘内的水和药:"这是什么啊?"

侍者恭敬地回答道："这是刚才那位小姐问我要的温水和胃药。"

"原来她真的身体不舒服……"

谢晓飞脸上有些内疚，发现童薇的包还落在椅子上，连忙拿起包和药追了出去。

谢晓飞追出会所的时候，见童薇正在公路边弯腰猛吐。

"你没事吧？"谢晓飞走过去担心地问道。

"没事。"童薇摇了摇头，站在路边打车。

"我开车送你。"

"不用。"童薇摇了摇头。

"走，我送你。"谢晓飞伸手拉住童薇。

"我说不用！"童薇推开谢晓飞，怒视着他。

谢晓飞也生气了："我说你干吗呢？请你来吃好的也不说句谢谢！要送你还给我脸色！我到底哪里做错了？"

"你没错。"童薇眼眶通红，"你是有钱人，不过我童薇是过来和你谈工作的，不是过来看你显摆自己有钱有势的！"

说着，童薇拦下一辆出租车，跳进车里走掉了。

第016章
真的吃错了药

回到会所，谢晓飞气恼地坐到餐桌上，抓起酒杯独自喝着闷酒。

"晓飞，你今天怎么回事？怎么感觉你一整晚都在讨好那个女人？你不会是喜欢上她了吧？"罗斌好奇地问道。

谢晓飞瞪了罗斌一眼："你别胡说八道，我就看不惯她的样子，想借你的手杀杀她的威风！"

罗斌笑道："言不由衷！一看你就是在讨好她！要不然怎么会火急火燎地让我准备最好的菜式？"

谢晓飞依然嘴硬："不信算了。"

"行，那我们继续喝，一会儿去哪儿玩，想好了吗？"罗斌也拿起酒杯。

谢晓飞没有吭声，喝着闷酒。

罗斌皱了皱眉："你不说，那我就给你安排了，我会所正好有几个漂亮妹子，保证你满意，呵呵呵……"

谢晓飞没有说话，只是皱着眉头，似乎在思索什么事情。

良久，谢晓飞回头看着罗斌："罗斌，你觉得……我们这样的生活有意思吗？"

"有意思，当然有意思了！"罗斌摊了摊手，"很多人做梦都想要我们这样的生活呢。"

谢晓飞眼神有些迷离，摇了摇头："我在纽约的时候，白天睡觉，晚上泡吧，来到上海还是这样，有时候，一觉醒来，我都不确定自己究竟在哪里，自己究竟属于什么地方，美国、中国、英国、法国？不管走到哪儿，都感觉这个世界让人厌烦……"

罗斌伸手在谢晓飞眼前晃了晃："嘿，你这是喝多了吧？"

谢晓飞知道罗斌没懂自己的意思，苦笑了一下。

童薇从出租车上下来的时候，感觉浑身疲惫，连步子都不想挪动。

这时，一个高大的男人身影，出现在童薇面前。

"天宇，你怎么在这里？"童薇认出了对方，正是秦天宇。

"他呢？"秦天宇问道。

"谁？"童薇愣了愣，紧接着反应过来，"别跟我提他！我想吐！"

秦天宇连忙扶住童薇："怎么了，生病了吗？"

童薇摇了摇头："被迫吃了些乱七八糟的东西，胃疼。"

"是那个谢晓飞逼你的？"秦天宇脸上有些怒气，"你为什么没告诉他你胃不好？"

童薇摇了摇头："我们只是工作关系，不想让他知道太多我的私事。"

只是工作关系。

童薇这话，让秦天宇眉头舒展了一下。至少，自己和她还是朋友关系。

秦天宇立即四处张望，发现小区不远处有一家夜排档，立即拉着童薇："走，跟我来。"

童薇还没反应过来，就被秦天宇拉走了。

见秦天宇把自己带到夜排档，童薇强忍住呕吐感："大哥，你饶了我吧，我都快死了。"

秦天宇笑了笑："你等着。"

说完，秦天宇就跑去找老板，和老板说着什么。

童薇这才发现，秦天宇手上拿着个乐扣饭盒。

将乐扣饭盒交给老板，秦天宇又走了回来，关心地询问道："你胃还疼吗？"

"还好。"童薇摇了摇头，"有点疼，但应该没事了。"

秦天宇帮童薇拉过椅子，扶童薇坐下。

这时，夜排档的老板端着一碗馄饨走了过来，边走边向秦天宇说道："你老婆这嘴够挑的啊，馄饨还自带？"

童薇一脸莫名其妙地表情看着秦天宇。

秦天宇接过老板端来的馄饨，微笑解释道："这是我妈包的菜肉馄饨，赶紧吃，暖暖胃。"

童薇一脸无语："那你也不能给老板说我是你老婆啊。"

秦天宇看着童薇："那怎么解释？半夜三更，孤男寡女，朋友？兄妹？同事？还是……情人？"

童薇瞪了秦天宇一眼："你可以说是父女啊！"

秦天宇："……"

见秦天宇黑着张脸，童薇笑道："开玩笑啦！替我谢谢阿姨，自从我爸妈走了以后，我就再也没吃过正宗的菜肉馄饨了。"

秦天宇凑了过去："想不想一直吃啊？"

童薇鄙视地看了秦天宇一眼："如果我说想，你就会顺势问我，要不要做你女朋友，我怎么可能上这种当呢？所以答案是……不想！"

"真没劲！"秦天宇撇了撇嘴。

童薇吃完馄饨，胃里总算感觉好了很多，人也精神了一点，不过依然非常疲惫。

秦天宇将童薇送回家。

在楼下，童薇向秦天宇挥了挥手："我上去啦，你也早点回家休息吧！"

"嗯。"秦天宇点了点头，"我看着你上去。"

童薇走了两步，又转过身来："今天，谢谢你。"

秦天宇笑了笑："一家人不用那么客气。"

"一家人？"童薇瞪着秦天宇。

秦天宇举起手："说好了的父女呢？"

童薇被逗笑了："晚安，老爹！"

说完，童薇往楼上跑去。

秦天宇目送着童薇上楼，直到她房里的灯亮了。

"晚安。"

秦天宇轻轻地对着窗户说了一句，这才离开，往小区外走去。

透过窗子，看着秦天宇渐渐远去，童薇叹了口气。

简单地洗漱了一下，童薇关上灯，准备睡觉。

"嗡！"

引擎的轰鸣声响起。

童薇皱了皱眉："这谁啊，这么没素质，这么晚了就不怕吵到别人，简直和那个谢晓飞一样！"

童薇并不知道，对方正是谢晓飞。

谢晓飞正开着车，往小区门口方向驶去，油门被踩到底，谢晓飞的脸上有些气闷，旁边副驾驶座上，躺着两只药瓶。

"什么胃痛！还不是为了和那个秦天宇约会！"

谢晓飞一边骂着，一边抓起副驾驶座上的药瓶，想要扔出去，想了想又收了回来。

"哼！老子买的老子自己吃！"

谢晓飞拧开瓶盖，将里面的药丸全都倒进了嘴里，狠狠地嚼着，总算满意了不少。

凌晨4点，酒店的房间里，响起抽水马桶的声音。

谢晓飞满头冷汗，浑身虚弱地扶着墙："妈的，这买的是泻药还是胃药？怎么又吐又拉！"

正准备扶墙出去坐一下，谢晓飞脸色一变，又爬向马桶，抱着马桶哇哇吐了起来。

感觉好像快要死掉了一样，谢晓飞拿出手机，拨打着上面的电话。

李相中，手机正在通话中。

"这大半夜的通什么话！"

又拨打了其他几个人的电话，结果不是关机就是没在服务区，连罗斌的电话都打不通。

谢晓飞都快哭了。

这时，谢晓飞看到了另一个号码。

童薇。

谢晓飞立即拨通了童薇的电话，通是通了，可没人接。

连续拨打了几次都一样。

最后，谢晓飞翻开微信，不太熟练地找到了童薇的头像，点开，颤抖着手输出中文："我要死了！快来带我去看医生！"

点击发送，接着谢晓飞表情一震。

"这个死女人！竟然把我删除了！"

谢晓飞感觉头昏眼花，真的快死掉的样子。他跌跌撞撞地扒着墙打开酒店房门，往楼下走去。

大堂内连个服务员都没有。

谢晓飞哭丧着脸，在酒店门口想招个出租车。

结果那些出租车见他一副快死掉的样子，二话不说扭头就跑。

"混蛋！"谢晓飞只得跌跌撞撞地走到停车场，上了自己的车，打开地图找最近的医院，可他现在的状态，开车基本上和碰碰车没两样。

"叮叮叮！"

童薇是被闹钟的铃声吵醒的。

因为最近都需要加班的关系,童薇起得很早,闹铃设到了5点。

"好想再睡会儿啊。"童薇一把抓过闹钟想砸掉,不过还是忍住了,从床上爬了起来。

随手拿起手机,童薇愣了愣。

手机上,100多个未接电话。

因为睡觉习惯开静音的关系,所以童薇并没听到手机铃声,现在看到100多个未接电话,不禁有些毛骨悚然起来。

当看到全是谢晓飞打来的时候,童薇火气冒了起来,立即回拨过去。

"混……"

电话刚接通,童薇这边刚骂了个"混"字,那头已经传来一个有气无力的声音:"快来……我……"

紧接着,就听"吱"的刹车声。

童薇感觉不对,连忙问道:"谢先生,你怎么了?"

电话那头,传来谢晓飞的声音:"有……有个人……"

紧接着,电话里传来人群嘈杂的声音:"啊!撞死人啦!有人被撞死啦!"

童薇心里一紧:"喂,谢晓飞!你出什么事了?"

"先不说了,救人要紧!"谢晓飞挂断了电话。

童薇愣了下,随即打开衣橱胡乱地换了身衣服,临出门时想起什么,拿起手机翻出秦天宇的号码拨打出去。

秦天宇那边很快接通电话。

"喂,天宇,我这边有个急事,需要一个代理律师。"

秦天宇也没问什么事:"行,15分钟后,我来你家门口接你。"

第017章
信任

童薇和秦天宇赶到医院的时候，远远地就听到谢晓飞那生涩蹩脚的中文发音。

"你说谁是骗子！你再说一遍！"

在谢晓飞对面，有一个男人："哎哟，在警察同志面前你都敢这么横！可想而知你撞我爸的时候有多狠！"

看起来，这名男人，应该是伤者的儿子。

警察夹在两人中间，正在劝解着。

这时，谢晓飞看到童薇和秦天宇，没好气地瞪着秦天宇："你怎么来了？"

童薇没理他，而是掏出名片递给警察："你好，我是国际商谈机构驻上海办事处的童薇，这位谢晓飞先生是我们的重要客户，这是他的代理律师。"

秦天宇也立即自我介绍道："我是福通律所专门代理涉外业务的秦天宇，鉴于谢晓飞先生的特殊身份，现在他的事务由我来代理。"

那边谢晓飞瞪着眼睛，一脸不爽："谁允许你代理我了？"

"闭嘴！"童薇直接拽着谢晓飞，"你给我出去！"

"你放开我。"谢晓飞挣扎着。

童薇哪管他，直接拉着他穿过走廊，来到医院花园，这才松手："以为我多愿意管你的事呢，你到底撞没撞人？"

"没。"谢晓飞一口否决。

童薇审视着谢晓飞。

谢晓飞退了一步："你盯着我干什么？我真没撞！那个老头突然窜到我车前面来，我车都撞到道旁树了他还往我车上撞。"

童薇收回目光，点了点头："我知道了。"

这时，秦天宇走了过来。

"天宇，怎么样了？"童薇迎上去问道。

"已经解决了。"秦天宇向童薇点点头。

"辛苦了。"童薇道了声谢，看了谢晓飞一眼，"走吧。"

"什么？我们就这么不明不白地走？"谢晓飞不肯。

"谢先生，那个男人想要钱，我就按医药费双倍给了他，对外他会说是老爷子自己跌倒的，这件事就算是到此为止了。"秦天宇解释道。

谢晓飞急了："我真没撞他！是他自己撞上来的！"

秦天宇有些不耐烦起来："飞总，作为律师，我只负责解决问题，而不是调查真相，既然现在问题已经解决了，那事情的真相就没什么意义了。"

童薇也解释道："谢先生，在这里，你开豪车撞了人，不论真相如何，公众都只会认为你是一个飞扬跋扈的富二代，你就算有一百张嘴也说不清，甚至还会影响谢氏的声誉，你来中国是为了谈成科万的项目，并不是为了争论而来，所以这是最好的解决办法，明白吗？"

谢晓飞冲童薇吼道："不懂！我也不想懂！我一定要找出真相！"

谢晓飞的表情，让童薇一阵恍惚，一段十余年前的往事，浮现在她的脑海。

"你就是初二（六）班的童薇吧？"

拦住童薇的，是几名少年，还有他们各自的"女朋友"。

14 岁的童薇看着几名少年:"我不认识你们。"

少年头打量着童薇:"玩玩就认识了。"

童薇有些畏惧:"你们要干什么?"

少年头拍了拍自行车后座:"没什么,做我女朋友,以后我罩着你。"

童薇转身想跑,却被少年头死死抓住。

一名不良少女凶巴巴地骂着:"贱人,谁不知道你爸贪污了一大笔钱,被人发现后自杀了?你就是个贪污犯的女儿,我们老大这是看得起你!"

童薇坚决摇头:"胡说!我爸不是贪污犯!"

"哈哈!"周围的少男少女全都哄笑起来,"大家都知道了,还想狡辩,你爸就是贪污犯!"

那名不良少女推搡着童薇:"贪污犯的女儿,以后也是贪污犯,还以为自己多清高啊?"

童薇被一步一步地推到墙角。

看着这群不良少年鄙视的目光,童薇抓起一块板砖,冲众人怒吼道:"我爸是好人!他没做过坏事!"

"怎么?你还想动手打人啊?"不良少女瞪着童薇。

"砰!"童薇一砖头拍在了自己的额头上。

鲜血,顺着她光洁的额头淌过脸颊。

这群不良少年见她满脸是血,心里都有些胆怯起来,说了几句话走掉了。童薇抛下砖头蹲在地上,紧抱着自己,眼泪涌了出来混着血水糊了一脸:"我爸不是贪污犯,我爸是好人!"

"喂!你究竟信不信我?"

谢晓飞的声音,让童薇从回忆中清醒过来。

童薇脱口而出:"信……"

秦天宇有些意外:"童薇……"

"好，那我这就去跟警察说清楚。"谢晓飞已经走进医院。

秦天宇想要追上去，却被童薇拦住：

"我们应该给他一个证明的机会。"

秦天宇难以置信地看着童薇："童薇，你怎么也和他一样？现在根本不是撞没撞的问题，而是……"

童薇摇了摇头："我们先进去看看吧。"

来到老大爷的病房时，谢晓飞刚到门口，三人一起走了进去。

看到三人，老大爷的儿子脸上有些尴尬，欲言又止地看向旁边的警察。

那名警察微笑着迎了过来："你们来得正好，老爷子已经醒了，情况我已经大致了解清楚了。"

老大爷想从病床上起来，但身体虚弱，警察连忙扶住他："大爷，您别激动。"

被警察扶住，老大爷喘了口气，向谢晓飞满脸感激："小伙子，谢谢你啊！"

警察解释道："刚才老爷子说了，他今天出门忘了吃降压药，结果走在路上突然两眼发花头晕目眩，就倒在了飞总的车前，幸亏飞总及时把他送到医院，要不后果不堪设想！"

谢晓飞上前拉住老大爷的手："大爷，你醒了就好，以后可别忘了吃药，免得再遇到那些'多一事不如少一事'的人，那就惨了！"

说着，谢晓飞瞟了秦天宇一眼。

童薇听出谢晓飞话中有话，看了秦天宇一眼，秦天宇的脸色果然都有些发青了。

老爷子又是对谢晓飞一通感激，最后谢晓飞三人离开了病房，往医院外走去。

一路上，谢晓飞都一脸得意。

手机铃声响起,是秦天宇的手机。

"抱歉,我先接个电话。"秦天宇举起电话示意。

"嗯。"童薇点头。

谢晓飞看着童薇:"喂,死女人,你是不是该给我说点什么?"

"说什么?"童薇装傻。

这时,秦天宇接完电话,走了过来,脸上有些急的样子:"童薇,律所那边有急事,我得先走了。"

"嗯,你路上小心点。"童薇回了一声。

秦天宇看了谢晓飞一眼,意有所指地向童薇叮嘱道:"有事就给我打电话。"

童薇:"……"

秦天宇离开后,谢晓飞来到童薇身旁,冲秦天宇的背影不满地喊着:"他这是什么意思啊,难道还怕我对你不轨?"

"飞总,如果没事的话……"童薇正准备说离开,谢晓飞突然脸色一变,转身就跑。

"飞总……"童薇追了过去,发现谢晓飞冲进了洗手间,一脸哭笑不得的表情在外面等着。

等谢晓飞扶着洗手间的墙出来的时候,童薇才发现谢晓飞不大对劲。

之前刚过来的时候,见他脸色苍白衣衫零乱,还以为是车祸的原因,现在看起来,感觉脸都发乌了。

"快……快扶我去看医生……"谢晓飞艰难地抬起一只手,虚弱地向童薇说道。

急诊室。

在听了谢晓飞向医生自述病情之后,即便谢晓飞一副随时要死掉的样子,童薇还是忍不住"扑哧"一声笑了出来。

对面的冷面医生,脸上也有忍不住的笑意,脸形都憋得有些奇怪:

"那个，您还记得，你吃错什么药吗？"

"我忘了那个字的念法了……"谢晓飞说不上来，在口袋里翻出两个药瓶，"就是这个。"

医生看了看那两个药瓶，有些不解："这两样药，就算吃错也没关系啊，不至于上吐下泻的。"

谢晓飞有些心虚地看了童薇一眼："我把两瓶一口全吞了……"

"什么？"

"你……你……"

医生和童薇，都瞪大眼睛看着谢晓飞。

这可是两瓶吗丁啉片啊，究竟要脑残到何等丧心病狂的程度，才会吞两瓶……

"我不要洗胃！我不要……"

在谢晓飞的号叫声中，童薇笑眯眯地把他推进了洗胃室。

等再出来的时候，谢晓飞已经连腰都直不起了，只能虚弱地跟在童薇的身后。

"我让李相中来接你吧。"童薇拿出手机。

"不要！"谢晓飞撇了撇嘴。

"可是，你这样自己能回去吗？"童薇看着谢晓飞。

"我要你送我回去。"

童薇："……"

"大哥，今天是周六，休息日好不好，我是你们雇的谈判官，不是保姆。"童薇满头黑线。

"你……"谢晓飞瞪着童薇，"你知道我为什么会吃错药吗？"

"还不是智商有问题。"童薇鄙视地说道。

"你才智商有问题！那是给你买的药！"谢晓飞怒气冲冲地说道。

"我？"

谢晓飞有些扭捏："我……我看你肚子疼，本来是想给你送药去的……"

"呵呵，你继续编……"童薇轻笑道。

"哼，我还看到那个黑心律师送你回去了！"

"呃……"童薇愣了一下，"你真给我送药了？"

第018章
突如其来的吻

谢晓飞不满地瞪着童薇:"我看你不舒服,怕你出事,就跑去给你买药,结果等我千辛万苦给你送药,却看到你和那个黑心律师在一起,我一生气就自己把药吃了!"

童薇盯着谢晓飞哑然失笑:"……你……你不只是脑残,还是个二货吧……"

"我说真的,那个黑心律师不配做你男朋友。"谢晓飞像个大男孩一样嘟了嘟嘴闷声道。

"天宇不是我男朋友啊。"

这一下,谢晓飞愣了愣惊呆了:"可是他们……"

童薇有些迷惑了:"谁啊?"

谢晓飞甩了甩头,原本赌气的脸上露出了笑容,手舞足蹈起来:"哈哈……没……没什么,我刚才什么都没说,啊哈哈哈……扯平了,算了,我原谅你了!"

"谁要你原谅了。"童薇嘀咕着。

谢晓飞摇了摇头:"不对,你为什么不接我电话?还有,为什么把我微信删除了?"

最终,童薇拗不过谢晓飞,只得把他微信重新加了回去。

童薇拉着谢晓飞来到医院旁一家粥店,谢晓飞瞪着眼前白花花的米粥，苦着张脸："你就让我吃这个？"

童薇把一小碟榨菜推到他面前。

"这有区别吗？"谢晓飞继续苦着张脸。

"大少爷，你忍忍吧，刚洗过胃就别吃你那金箔大餐了，拜托你养好身体，别耽误了项目谈判，等你回到纽约，你爱吃啥吃啥，就算你把帝国大厦给吃了也不关我的事。"

谢晓飞瞪着童薇："死女人，你说话非得这么难听么？"

童薇笑嘻嘻的："行啊，只要你配合我工作，想听什么好听的都行。"

谢晓飞无奈地耸了耸肩，看了眼面前的白粥和榨菜，再次露出要哭的表情。

不过，就着榨菜喝了碗白粥，谢晓飞竟然有种意犹未尽的感觉，伸手准备再让老板给来一碗。

童薇连忙阻止："大少爷，你行行好，可别吃了，悠着点吧，这再吃下去又得洗胃了。"

谢晓飞一听，立即乖乖地放下手来。

从粥店出来，谢晓飞上了车，见童薇还在外面，招了招手："上来啊。"

"飞总，不用了，我搭车就行了。"童薇摇了摇头。

谢晓飞眉头一皱，捂着肚子："哎哟……"

童薇心中微惊："怎么了？"

"我……我好像又有点不舒服……"谢晓飞一脸难受，"你……你还是上来吧，路上再观察我一下，我怕……我怕我万一有点什么……就……就客死异乡了……"

"滚！"童薇还看不出谢晓飞这是装的才怪。

"好啦，不逗你了。"谢晓飞见骗不过童薇，只得说道，"我说的是真的，我这才刚好，万一路上再出点啥事，到时候就麻烦了，你还是送我一趟吧。"

童薇想想也对，以这个大少爷的性格，指不定路上再出点啥事，只得无奈地上了车。

一上车，谢晓飞就把车开了出去。

看着眼前的路，童薇发觉不对："等等，你这是要去哪儿？走错路了吧？"

谢晓飞嬉皮笑脸地说道："嘿嘿，我知道个好地方，庆祝咱们在微信恢复邦交！"

当来到谢晓飞所说的好地方时，童薇突然有种想法，刚才在粥店，不应该阻止他再要粥的。

谢晓飞所谓的好地方，是一个极为开阔的空间，触目所及，是一张数万平方米的超级蹦床！

节奏强烈的音乐声中，年轻的男男女女，在蹦床上兴奋地跳来跳去。

童薇捂住耳朵："这什么地方啊，吵死了！"

"嘿嘿。"谢晓飞一脸兴奋，"这可是全世界最大的室内极限运动场！"

"没兴趣！"童薇转身准备离开。

"等等！"谢晓飞追了上来，"咱们打个赌，从这头跑到那头，先到为赢，如果我输了，接下来关于项目的所有事情，我都听你的！"

童薇一听，停下脚步："你确定？"

"当然确定！"谢晓飞点头。

"哈，有这么好的事？"童薇用怀疑的眼神看着谢晓飞，"说，是不是在耍什么奸计？"

"奸计倒是没有。"谢晓飞看着童薇，"如果我赢了，嘿嘿，你就让我亲一口！"

童薇一愣。

"怎么？怕了？"谢晓飞挑衅道。

童薇咬了咬牙："好！一言为定！"

"喊，答应得这么干脆，一看就是自己想亲我的样子！"谢晓飞撇了撇嘴，心里却乐开了花。

"可惜你根本没有赢的可能。"童薇露出一抹坏笑，"你等着，我马上回来！"

等童薇回来的时候，谢晓飞傻眼了。

"你……你这是作弊吧！"谢晓飞指着童薇身上的运动装备。

"什么叫作弊？"童薇得意道，"难道我穿着裙子高跟鞋和你比吗？"

"呃……"谢晓飞无奈地点头，"好吧。"

对自己的体能，谢晓飞很有自信，即便刚洗过胃，要赢这个看起来柔弱的女生还是没什么问题。

接下来，只要等着收取获胜的战果就行了。

蹦床上的人群听说有人要打赌，立即让出了一条赛道，一名老外还主动担任起裁判职务。

"One！Two！Three！GO！"

话音刚落，童薇和谢晓飞就冲了出去，周围的群众故意给两人制造难度，不断晃动蹦床。

穿着运动鞋的童薇，在蹦床上健步如飞，很快就把谢晓飞甩在了后面，第一个冲到终点。

"我赢了！"童薇扬起下巴，骄傲地看着谢晓飞。

"行！还有一局！"谢晓飞高举双手，向周围围观群众喊道，"我和这位女士三局两胜，只要我赢了，她就答应让我亲她一口！"

周围观众立即沸腾起来。

谢晓飞脱掉皮鞋，光着脚，看向童薇："来吧！"

童薇轻轻一笑，做好了准备。

裁判又跑了过来："One！ Two！……"

谢晓飞和童薇，同时冲了出去。

脱掉鞋的谢晓飞，速度比刚才快了很多，与童薇旗鼓相当，不分先后。

旁边观众为两人加油，不停地晃动着蹦床。

"哎哟！"

童薇突然脚下一歪，倒了下去。

谢晓飞心中一惊，停下脚步返回她身边："你怎么了？"

"我扭到脚了。"童薇脸上有些难受。

"啊？不要紧吧？"谢晓飞伸手想看看伤得怎么样。

"没事！我们继续比赛！"童薇挣扎着想要站起，结果腿上一软身形踉跄，倒在了谢晓飞的身上。

"怕了你了，不比了，算你赢行了吧！"谢晓飞无语地看着童薇。

"哼，什么叫算我赢，赢就是赢输就是输。"童薇扬起头，准备再比。

"我说你这个死女人，怎么那么在乎输赢呢？"

"因为我从来就没输过！"童薇摇摇晃晃准备继续比。

看童薇伤得很重，谢晓飞连忙扶住她："不准动，让我看看！"

说着就准备蹲下身子，替童薇检查伤势。

童薇抓住谢晓飞的胳膊，不让他检查："不行，必须比完！"

这时，那个老外裁判不知道什么时候走到童薇身后，推了身形不稳的童薇一把，童薇直接扑到谢晓飞的身上，谢晓飞正和童薇纠缠呢。

"砰！"

童薇直接把谢晓飞给按在了蹦床上。

紧接着，童薇愣住了，两只眼睛睁得圆圆的。

在她两只眼睛距离几厘米的地方，有着同样瞪得圆圆的两只眼睛，是谢晓飞的眼睛。

而两人的唇，碰到了一块儿。

周围围观的人群，立即发起欢呼声。

童薇愣了足足有两秒，脸瞬间通红，爬起来就往外面跑去。

谢晓飞躺在蹦床上，怔怔地摸了摸嘴唇，还没反应过来，那名外国裁判推了推他："快追啊！"

周围群众也喊了起来。

谢晓飞翻身爬起，往外面追去。

外面，童薇正在那打车，谢晓飞跑了过去，拉住她。

童薇一低头，脸上红红的，却没甩开谢晓飞的手，想起刚才的尴尬，谢晓飞也不由自主地松开了手，脸上红了红，两人都有些手足无措起来。

"那个……要不我送送你？"谢晓飞犹豫了一下。

"呃……"童薇低着头，"不用了，我自己回去。"

正好，有一辆车过来，童薇招手打车。

谢晓飞下意识地拉住她的手："童薇……"

童薇怔了怔。

谢晓飞脑子也一片空白："那个……刚才……"

童薇极力镇定，抬起头来："刚才是个误会，我得先回去了。"

说完，童薇钻进了出租车。

坐到后座上，童薇大喘了几口气，摸了摸自己的脸颊，有些热得发烫。

这时，童薇的手机响了，是谢晓飞。

本来不太想接，但最终童薇还是接通了电话。

深呼吸，童薇用镇定冷静的声音："飞总，还有什么事吗？"

"我……我……"

一阵沉默。

"如果没事的话，我就先挂了。"童薇出声道。

"等等！"谢晓飞脱口而出，然后又是一阵沉默，就在童薇准备挂断电话的时候，谢晓飞的声音传来："那个，今天……谢谢你……"

童薇有些不明："谢我？"

谢晓飞的声音有种说不清楚的低沉："谢谢你相信我没撞那位老爷子，你……是除了妈妈以外，这个世界上唯一相信我的人……"

"呃……"童薇愣了愣，紧接着反应过来，"你这个混蛋！意思是说我很老了？"

"不是……我不是那个意思……"谢晓飞连忙解释。

"算啦，妈快到家了，不和你说了啊，乖儿子，你也早点回去睡觉吧。"童薇挂断了电话。

谢晓飞愣愣地看着手机："这个死女人！"

第019章
童年哀思

晚上，童薇洗漱完毕，上床准备睡觉。

手机响了，是微信。

看了看，童薇回复："飞总，不早了，早点休息吧，别无聊了。"

谢晓飞发来一个动图，是用谢晓飞的卡通头像，正在满地打滚。

童薇哭笑不得："你够了。"

谢晓飞再回了个动图，也是谢晓飞的卡通头像，正噘嘴撒娇。

这家伙，怎么有这么多自己的表情包？

童薇懒得理谢晓飞，将手机扔到了一旁。

这时，无意见瞥见了床头柜上的一张全家福，童薇的表情变得有些沉重。

伸手拿起相框，童薇轻抚了下上面的照片。

照片，是童薇和父母一起拍的，照片上，童薇的父亲满脸温和的微笑，抱着才七八岁的童薇，旁边则是童薇的母亲，整张照片，都透着浓浓的幸福甜蜜气息。

童薇不相信，自己的父亲会是个贪污犯。

想起14岁那年，童薇头上戴着小白花，袖子上别着黑布巾，捧着父母的黑白遗像。

一旁，钟美艳正和墓园销售员讨价还价："什么？双人墓要五万？

你抢钱啊，一个墓地要这么贵！"

销售人员："这已经是最便宜的了，真的没有更便宜的了。"

钟美艳拉着童薇："不要了！童薇，我们走！"

童薇像个没有灵魂的躯壳一般，任由婶婶钟美艳把自己拉走。

轮船上，童薇手上捧着骨灰盒，钟美艳站在旁边。

"童薇，撒吧！"钟美艳碰了碰童薇。

14岁的童薇，紧紧地抱着骨灰盒，哭着哀求："婶婶！我不想撒！爸爸妈妈留了钱，我求求你，就给他们买一个墓地吧……"

钟美艳脸立即板了起来："你爸妈留给你那点钱才多少，还要给你交学费，还要养活你，买了墓地，你以后怎么办？听说，乖啊，快撒！海葬环保新潮，没看这么多人参加海葬吗？"

钟美艳说着，指着甲板上那些正在将亡故亲属的骨灰撒进大海的人。

小童薇抱着骨灰后退："婶婶，那你借我点钱，我给爸爸妈妈买墓地，等长大了我挣钱还给你，我已经没有爸爸妈妈了，我不想把他们的骨灰撒到海里……"

钟美艳不耐烦起来，二话不说夺过童薇怀里的骨灰盒，把骨灰全倒进了海里。

大海上，响起童薇撕心裂肺的痛哭声。

收回思绪，童薇将全家福抱在怀里，眼里泛起了浓浓的雾气。

想起谢晓飞刚才在微信上问的问题：

"童薇，我想问一下，为什么在那种情况下，你还愿意相信我没撞那位老爷子？"

童薇并没有回答。

看了眼手机，童薇在心里悠悠地说道："因为我知道，被冤枉的滋味不好受，人应该有辩解的机会。"

这时，手机响了起来。

看了看号码，是秦天宇。

童薇接起手机："喂，天宇，有事吗？"

听童薇的声音不大对劲，秦天宇问道："没事，就是想问问，谢晓飞后来没为难你吧？"

"没。"

"喔，那就好。"

电话那头，出现了短暂的沉默。

"还有事吗？"童薇问。

"没。"

"天宇，我累了，没事的话我就先挂了。"

秦天宇体贴的声音传来："那你好好休息。"

童薇挂断了电话，这边秦天宇想了想，还是觉得不太对劲，拿起手机，又拨通了另一个号码。

"秦大律师，你怎么想起给我打电话了？我简直受宠若惊啊！"

电话那头，传来夏杉杉的声音。

秦天宇拨通的电话，正是童薇的好友，曾经CAEA的同事，夏杉杉的电话。

秦天宇苦笑道："杉杉，别笑了，我有事找你。"

"说吧，有什么事。"

秦天宇有些犹豫："这个事情，说起来挺不好意思的……"

秦天宇将这两天童薇和谢晓飞的事说了出来。

"哈哈。"夏杉杉忍不住笑了，"原来这么冷静的秦大律师，在遇到感情问题的时候也会患得患失啊。"

秦天宇不好意思地苦笑："我就知道你会笑话我。"

夏杉杉也没揪住秦天宇不放："好啦好啦，放心吧，我肯定帮你盯着童薇，绝不会让她落入那个外族的手中！"

秦天宇立即道了声谢。

夏杉杉挂断电话，想了想秦天宇的窘态，忍不住又笑了起来。

齐如海洗完澡出来，见夏杉杉在那一脸笑容，好奇地问道："什么事这么开心？"

"哼，不告诉你。"

齐如海毫不在意："不说就不说，等你憋不住了自然会说的。"

夏杉杉将怀里的布偶扔向齐如海："是秦天宇打电话给我喔！"

齐如海接住布偶的动作顿了顿："他这么晚打电话给你什么事？"

"哈哈！吃醋啦！吃醋啦！"夏杉杉一脸得意指着齐如海。

齐如海坐到床头，一把拉过夏杉杉，示意她替自己按肩膀："是为了童薇吧？"

"真没劲。"夏杉杉撇撇嘴，"一猜就猜到了。"

齐如海摇了摇头："这秦律师，到底还是太年轻了，在感情上也喜欢知难而上，什么女人不追偏偏追这种厉害的女人。"

夏杉杉抱着齐如海的脖子："那不年轻的齐总喜欢什么样的女人？"

齐如海摸了摸夏杉杉的头："当然是你这样的啊。"

夏杉杉美滋滋地跳下床，从衣橱里拿出一套浅色的卡通睡衣："算你说得好，犒劳你的！"

齐如海盯着夏杉杉手上的卡通睡衣："这个太幼稚了点吧？不适合我。"

夏杉杉："我就喜欢看你萌萌的样子！穿上！"

齐如海："杉杉，我都这把年纪了……"

"穿不穿！"夏杉杉一噘嘴。

"穿，我穿还不行吗？"齐如海愁眉苦脸地接过睡衣，"你啊，就会折腾我！"

等齐如海换完睡衣出来的时候，夏杉杉直接笑倒在床上。

"哈哈！太可爱了！"

齐如海被夏杉杉弄得哭笑不得："唉，我怎么有种老爸被女儿捉弄的感觉？"

夏杉杉一脸得意："那就对了！我就是要你把我当女儿宠着！"

齐如海连连点头："好好！女儿就女儿！"

几家欢乐几家愁。

这一夜，童薇都没怎么睡觉，一直在想着自己父母的事情。

第二天，CAEA大楼，童薇刚下车准备上楼，谢晓飞追了上来。

"早啊！"

童薇已经进入工作状态："早，飞总。"

谢晓飞："不许再叫我飞总，叫我晓飞！"

"工作场合，这样不太好吧。"

谢晓飞逼近童薇："再说一句试试？"

一看谢晓飞这动作，童薇还真怕他做出什么越界的举动来，这里可是CAEA大楼，人来人往的，童薇只得妥协："晓飞……"

谢晓飞得意一笑："乖，这样不就顺耳多了吗？"

童薇："……"

正好电梯来了，童薇立即进入电梯。

谢晓飞跟在童薇身后，也挤进了电梯，按上电梯门，冲正准备往电梯内挤的不知楼上哪家公司的员工吐了吐舌头。

童薇瞪了谢晓飞一眼，站到角落里，和他拉开距离。

谢晓飞却往童薇靠近。

"你干什么？"童薇瞪着谢晓飞。

"嘿嘿。"谢晓飞一脸坏笑，继续向童薇凑近。

童薇退了退，背已经贴到电梯上："你……你要干什么？"

谢晓飞出其不意，突然启动，轻轻亲到童薇的脸上。

童薇一下子愣住，脸红了起来，愤怒地瞪着谢晓飞："混蛋！"

说着，伸手就往谢晓飞打去。

谢晓飞一把抓住童薇的手，盯着童薇的眼睛坏笑道："昨天你亲了我一下，这是还我的。"

"你……"童薇有些无助，"你怎么能这样？"

"哈哈。"谢晓飞捏了捏童薇的脸，"你脸红了！"

童薇凶巴巴的："飞总，请你自重！"

"哼哼！"谢晓飞阴笑道，"记住对我态度好一点，不然我就……"

谢晓飞指了指自己的嘴唇，意思不言而喻。

童薇气鼓鼓的："你！"

这时，电梯门开了，已经到了 15 楼 CAEA。

本来想揍谢晓飞一顿的童薇只得作罢，愤愤地瞪了谢晓飞一眼。

正巧经过的崔西，看着电梯里的童薇，有些惊讶："领导……"

童薇轻盈地走了出来："早，崔西。"

崔西用奇怪的眼神看着童薇："领导，你……你不太对劲？"

"怎么啦？"

崔西："你今天的腮红……好像涂得有点多啊……"

童薇："……"

身后，传来谢晓飞的大笑声。

崔西看了眼谢晓飞，又看了眼童薇，眼里流露出些疑惑。

第020章
谈判要做好充分准备

CAEA 大楼 15 楼，B 组会议室。

童薇正在发言，分析着科万与谢氏的谈判切入点，谢晓飞聚精会神地听着。

参会的，还有李相中、KIKI、蒋可等人。

每当童薇和谢晓飞视线交错的时候，谢晓飞都对童薇报以微笑，童薇不声不响地避开，专心工作，但心里却憋了一肚子的气。

因为时间比较赶，中午到了，崔西给所有人订了盒饭。

"大家辛苦了，先吃饭吧！"崔西向众人招呼着，开始为大家分饭盒。

轮到谢晓飞的时候，崔西犹豫了一下："呃……对不起，我忘了飞总不吃盒饭……"

没想到谢晓飞竟然主动拿起盒饭："谁说的，盒饭很好嘛，我在美国的时候最喜欢吃盒饭了。"

崔西愣了愣，前两天，谢晓飞还因为中午盒饭的事情发过脾气呢。

而随谢晓飞过来参会的李相中，此时露出些惊讶的表情。

这时会议室的玻璃门响起敲门声。

童薇抬头看去，是夏杉杉，示意她出去。

"抱歉，我出去一趟。"童薇放下盒饭，向谢晓飞几人说了一声，推门走了出去。

两人来到童薇的办公室。

"你怎么来了？"童薇向夏杉杉问道。

夏杉杉坐到沙发上放下手包："逛街正好路过，就上来看看你了。"

童薇眉头微挑："你以为我会相信吗？当初你和老齐的事情在CAEA闹得风言风语，你躲肖翔周姐他们还来不及，现在改性了主动送上门给人八卦？说吧，到底什么事情？"

"嘿嘿。"夏杉杉笑道，"CAEA最近八卦女主角要换人了，所以我上来凑凑热闹。"

"什么意思？"童薇看向夏杉杉。

夏杉杉解释道："是秦大律师，担心你走上我的老路，和客户发生不该有的感情纠缠，所以向我求助。"

童薇："我和谢晓飞？他是疯了吗？"

夏杉杉夸张出声："哇，我还没说是谁呢，你就自己主动承认了！"

童薇脸色严肃起来："杉杉，别拿我的工作来开玩笑。"

夏杉杉摇了摇头，脸色也认真起来："本来呢，我也觉得秦天宇是多虑了，不过刚才我看到你和那个谢晓飞开会都眉来眼去的，我认为秦律师的担心非常有必要。"

童薇笑着摇头："行，你就去告诉秦天宇，他被谢晓飞KO出局了。"

说完，童薇拿起办公桌上的文件准备出去。

夏杉杉连忙喊住她："喂，你不会是来真的吧？"

童薇停下脚步转过身，一脸严肃："杉杉，CAEA有规定，谈判专员不能和客户产生感情，你应该比我更清楚。"

夏杉杉苦笑道："呵呵，你这是又揭我的痛苦往事啊。唉，如果不是因为我和老齐的事最后离职，现在我可是你强有力的对手啊！不过，我觉得我的选择没错，我和老齐现在过得很幸福啊。"

童薇摇头叹了口气："我和你不一样，我不会因为任何原因放弃这个工作，至少，在为我爸讨回清白之前，我绝对不会离开CAEA，所以，我不可能做出那样的蠢事，更别说，还是谢晓飞这样的男人……"

回到会议室，大家已经吃好了饭。

"童薇，快吃饭，饭都快凉了。"谢晓飞凑了过来。

"不吃了。"童薇拿起文件，看向会议室内的众人，"既然大家已经吃好了，那我们就接着开会吧，时间比较紧急，辛苦各位了。"

"什么？"谢晓飞睁大眼睛。

"飞总，休息虽然重要，但还是请以工作为重。"童薇说道。

"好吧。"谢晓飞只得坐了回去。

一下午的会，从杨潇到赵晨曦，这两位科万集团此次谈判的负责人，童薇都进行了深入的分析，然后又分析了科万可能的方案计划，研究了谢氏这边的底线，等会议接近尾声的时候，已经是8点了，所有人都一脸倦容。

看了看表，谢晓飞出声道："已经8点了，是不是让大家先回去休息，养足了精神明天才能集中精力谈判。"

童薇点头："嗯，不过还有最后一件事情，崔西，你来说吧。"

崔西站了起来："各位，明天和科万定的时间是早上10点，请大家务必不要迟到。"

童薇补充道："为了避免出现迟到这种不礼貌的事情，大家都把手表往前调10分钟，另外谈判地点是老锦江的二楼会议厅。"

谢晓飞出声问道："你们过去踩过点了吗？"

"已经和崔西去过了，需要注意的事项崔西都群发了邮件，各位如果没问题的话，散会！"

KIKI、蒋可等人，立即作鸟兽散状，会议室里，只留下童薇还在收拾电脑，整理文件。

这一天的会议，日程排得非常满，童薇也有些累了，揉了揉太阳穴。

"紧张吗？"

身后传来谢晓飞的声音。

"还好。"童薇看向走回会议室的谢晓飞，"你回来干什么？"

谢晓飞微笑道："嘿，放轻松些，没什么了不起的。"

童薇摇了摇头："这是一场硬仗，杨潇和赵晨曦都不是吃素的主，轻松不了。"

谢晓飞摊了摊手："怕什么，打不赢就跑呗。"

童薇脸色沉了沉，严肃地看向谢晓飞："这是商务谈判，事关几十个亿投资的大项目，前前后后CAEA、科万、谢氏三方有超过百人花了一个月时间参与其中，我不仅要对CAEA负责，对谢氏负责，还要对科万负责！请你不要用这种儿戏的心态来对待！"

谢晓飞连忙举手投降："好好好，我懂我懂，战斗，只能赢不能输，对吧？"

"对，这是我对工作最基本的尊重，当然，我不会用同样的标准来要求你，只希望你能不迟到、不早退就行了。"

谢晓飞笑了："你对我的要求就这么低？"

"那是因为这样的要求，对你来说已经太高了。"

谢晓飞愣了一下，从怀里掏出一盒牛奶塞给童薇："把这个喝了，今晚好好睡一觉，谈判之前最主要的是调整好精神，懂吗？"

童薇接过牛奶，发现牛奶是热的。

看来，谢晓飞刚才出去，是专门到楼下便利店买回来的。

"谢谢。"童薇道了声谢，抱着电脑和文件准备走。

"等等！"谢晓飞叫住她。

童薇没好气地转身："你还有事？"

谢晓飞走到童薇身边，轻轻地撩起她的长发，童薇身体一僵，谢晓飞已经放下了她的发尾："你该洗头了。"

童薇："……"

"和客户谈判可是要注重仪表的。"谢晓飞已经走出了会议室。

"成天穿花衬衣沙滩裤来开会的人有说这种话的资格吗？"童薇冲了出去。

"哈哈。"谢晓飞大笑着进入了电梯间。

"哼！"童薇冷哼一声，恨得牙痒。

这个谢家大少爷，自从来CAEA开会后，每次都是穿着花衬衣沙滩裤，有一天甚至还穿着拖鞋。不过童薇对他已经没有别的希望，但愿他明天参加科万的谈判会时，不会也那样去。

虽然所有策略都已经商讨完毕，但童薇还是担心有缺漏的地方。

已经是半夜12点，童薇还在家里的书房，仔细阅读着各种文件，做着最后的准备。

书桌上，两台电脑同时开工，旁边摊着各种文件、便利贴和笔。

在酒店，谢晓飞同样，也还在看着明天的相关材料。

手机铃声响起，是罗斌。

谢晓飞接起电话，根本不给罗斌说话的机会："没空没空！明天要和科万首轮谈判，今晚得好好休息！"

罗斌终于有了说话的机会："谢晓飞，我说你们家怎么回事啊？那块地我给你盯了两年，好不容易才弄到手，你们怎么转手又给卖了？"

"你说什么？"谢晓飞皱了皱眉。

"原来你还不知道啊？就苏州那个地块！你上微信看我发给你的链接！"

谢晓飞挂断电话，打开微信，当点开罗斌发给自己的链接后，脸色铁青，立即拨打了一个美国的号码。

美国，纽约。

谢晓天握着电话，冲进谢天佑的办公室："爸！"

"什么事，这么急？"正在翻看文件的谢天佑抬起头来。

谢晓天："是哥，他知道我们把苏州那块地卖了，他要和你通个电话。"

"你就说我在开会。"谢天佑低下头继续翻看文件。

"爸，哥说如果你不接电话，他现在就立即飞回来。"

谢天佑不耐烦地接过谢晓天手中的电话。

"我要一个解释！"

电话里，谢晓飞压抑着怒气的声音传来。

谢天佑淡淡地说道："这是全体董事会的决议。"

谢晓飞声音变得愤怒起来："为什么？你为什么要这样做？你明知道那是我妈的故乡！我盯了两年才弄到那块地！那是我实现梦想的地方！你为什么要卖掉！"

谢天佑的语气依然平淡："集团这么做，自然有集团的道理，以后你就明白了。"

"砰！"

电话里，传来一声脆响，紧接着通讯便中断了。

谢天佑将手机递给谢晓天，谢晓天退出了办公室。

刚下楼，谢晓天就被谢天成叫住了。

"叔叔，有什么事吗？"

谢天成看了看楼上谢天佑的办公室方向："刚才你急急忙忙的什么事？"

"你还记得哥哥提过一块苏州的地块吗？"

"记得，是他母亲刘婉莹的家乡。"

谢晓天解释道："那个地块，哥哥盯了两年了，前几天终于找到机会买了下来，不过刚才我哥打来电话，似乎非常愤怒的样子，父亲不知什么原因，已经瞒着哥哥把那块地卖掉了……"

谢天成天上浮起冷笑："他觉得不赚钱，所以就卖了呗，呵呵，还真是个冷酷的人，连自己亲生儿子的感受都不顾，更别说你这个非亲生的了，你年轻倒还好，可怜的是你妈妈，这些年跟着他……"

谢天成欲言又止。

谢晓天闻言，腮上的肌肉动了动，眼里闪过一丝厉色。

在上海，酒店客房内，谢晓飞同样满脸怒火，地上散落着摔碎的手机碎片。

而童薇，还不知道，明天的首轮谈判，在还没开始的时候就已经被打乱。

第 021 章
突来的变故

早晨8点,4点才睡的童薇被闹钟吵醒。

脑袋还有些迷糊,童薇起床洗漱,翻找着套装。

刚穿上,结果发现拉链坏了。

"该死!"

童薇气馁地挑选其他衣服。

这时,手机响了,是崔西打来的电话。

"领导,最新交通通报,南北高架拥堵12公里,你赶紧出发,直接去老锦江,一定别上高架,走地面!"

"什么!"童薇大叫起来,急得团团转。

钟美艳听到童薇的尖叫声,推门探头进来:"童薇,怎么了?"

童薇一边穿着衣服,一边着急地说道:"婶婶,来不及了,早饭我不吃了。"

说着,抓起桌上的手机、化妆包、车钥匙和杂物全塞进公文包就冲了出去。

如果是从高架去老锦江的话,顶多30分钟,现在才8点20,足足够了。可如果从地面绕道,那至少要一个小时左右,还要在地面不堵车的情况下。

现在,童薇有些痛恨起上海的市区来。

在等红灯的时候，童薇总算有了点机会，从公文包里摸出口红对着镜子抹。结果刚抹到一半，红灯变绿了。

"嘟嘟嘟！"

排在后面的车狂按喇叭，把童薇吓了一跳，口红直接一滑抹过了界。

手忙脚乱地扔下口红，童薇发动车，结果不小心碰到顶篷键，跑车的顶篷打开了，童薇一边开车一边想关上，结果按键却失灵了。

"混蛋！"童薇着急地按键，但顶篷就是没反应。

迎面而来的风，把童薇的长发吹得一片凌乱，前方红灯，童薇得以整理刚才画过界的口红，然后又从柜子里翻找着太阳镜，正好摸到了条丝巾，也不知是谁留在车上的，直接用丝巾把头发扎了个马尾束在脑后。

这一切弄妥，童薇总算长出一口气。

路上确实堵得厉害，连地面的车辆也多得不行，等童薇停停走走地来到老锦江的时候，已经9点52分了。

将钥匙扔给门童，童薇径直奔进大堂。

远远的，她看见没崔西、蒋可、KIKI、李相中以及肖翔等人都到了，但谢晓飞却没在。

童薇快步上前："你们飞总呢？"

"飞总说他自己开车过来，现在应该在路上吧。"李相中回答道。

童薇点头："那我们先在这里等他。"

这时，前方电梯里冲出一个小男孩，手中拿着冰淇淋，后面跟着保姆："等等我……"

小男孩似乎非常顽皮，横冲直撞，故意和保姆躲来躲去。

眼看小男孩向自己撞来，童薇想要闪躲，就听崔西一声大喊："小心！"

然后，童薇傻眼了。

小男孩手上的冰淇淋，竟然直直地撞到了童薇的裙子上。

"对不起，对不起！"保姆上来连声道歉。

崔西皱紧眉头:"童姐……现在怎么办?"

童薇看了眼小男孩,也不好发脾气,摇头道:"我去洗手间处理一下。"

对着镜子,童薇才知道裙子被弄得有多严重。

粉色和棕色混合的巧克力冰淇淋,几乎划过半条裙子。

童薇抽出纸巾擦拭,不料越弄反而污得越宽,怎么擦都擦不干净,旁边纸篓装了一大堆纸巾。

这时,一个温柔的声音从身后传来:"要不,用我的衣服遮一下吧?你回楼上换好衣服还我就行了。"

童薇回头,见是一个长得非常漂亮的女孩儿,道了声谢:"我不住这里,我是过来开会的……"

女孩儿想了想:"我们身材差不多,你要是不介意的话,我先借你一套衣服?"

"这样啊,真是太感谢了。"童薇心中大喜,向女孩道着谢。

女孩挥了下手:"你稍等一会儿,我这就去拿衣服。"

不一会儿,女孩就拿着一个纸袋过来,递给童薇。

童薇接过纸袋又是连声道谢:"这位小姐,我怎么称呼你,你留个联系方式吧?"

女孩挥了挥手:"我公司还有急事,你到时候把衣服交给大堂客服就行了,我先走了。"

"哎……"童薇准备叫住女孩,但女孩走得很急,看来确实公司有急事,童薇只得作罢。

打开纸袋取出衣服,童薇傻眼了。

纸袋里,是一套夸张的卡通运动服!

这……童薇盯着手上的运动服呆了呆,随即拿出手机。

"崔西,去我车上把我备用的套装拿到洗手间来。"

"好。"

挂断电话，童薇喃喃自语："无知的孩子，超大的彩色冰淇淋，热心的小姑娘，呵呵……真的好巧啊！"

当童薇穿着一身典雅而不失庄重的职业套装，领着崔西、KIKI、蒋可、李相中一行七八人，向会议室走去的时候，对面，杨潇领着一干下属，也浩浩荡荡地走来，在杨潇身边，有一名身材高挑、貌美高雅的年轻美女。

这是科万和谢氏的第一次会面。

童薇敏捷地捕捉到，杨潇和那名年轻美女的脸上，有一闪而过的讶异。

杨潇率先和童薇握手："童小姐，久闻大名，我是科万的杨潇。"

"你好，杨总。"童薇礼貌地和杨潇握手，看向那名年轻美女，"这位一定是赵晨曦，赵小姐吧！"

赵晨曦落落大方地和童薇握手："你好，童小姐。"

双方寒暄后，进入会议会一一落座。

"这童薇一眼就猜到我的身份，不是个简单角色。"赵晨曦小声向杨潇说道。

杨潇摇头："你站在我旁边，她很容易猜到你的身份。"

赵晨曦皱眉瞟了童薇一眼："不，我设计弄脏她的衣服，让她首轮谈判出丑，本想是在谈判中取得压制，但她并没入套，非常不简单，我们还是要小心点。"

"嗯。"杨潇脸色微微凝重。

另一边，童薇也在小声向崔西询问："谢晓飞还没到？"

"没有。"崔西摇头，"李经理打了很多电话，但没人接。"

童薇看了眼时间，当机立断："你现在用所有方式联系谢晓飞，让他别来了！"

崔西一愣："他是谢氏代表，他不来……"

"不，如果他迟到，就是对科万的侮辱，不来，我还可以找别的借口。"

"好。"崔西明白过来。

童薇扭头看向旁边李相中："李经理，今天就拜托你作为谢氏的代表了。"

"我？"李相中立即明白童薇的意思。

"放心，我会协助你的。"童薇鼓励道。

"好。"李相中定下心神。

谢氏这边的动静，已经引起了杨潇的注意。

"谢氏那边出问题了。"杨潇看似在为谈判前做准备，实际在小声和赵晨曦交流。

"嗯，谢晓飞没有出现。"赵晨曦点头。

杨潇嘴角泛起一丝微笑："这是个机会。"

说完，杨潇合起文件率先发言："很高兴今天能和远道而来的谢氏集团诸位代表见面，请容许我先介绍一下科万，我们科万是国内数一数二的房地产开发商，主要业务集中于一线城市的高品质楼盘，但众所周知，随着大陆经济的发展，一线城市的房地产市场越来越小，所以科万一直在寻找新的商机。"

李相中不住点头，接过话："非常感谢科万愿意与谢氏展开合作意向谈判，谢氏旗下的'十八藏'是享誉全球的高端度假村品牌，在美国、加拿大、法国、瑞士、日本、意大利等多个发达国家，都有谢氏的度假村，谢氏一直对中国市场也非常关注和重视，我们也在寻求合适的中国伙伴，一起打造中国高端度假村标杆。"

杨潇身体微微后倾，听着李相中的发言，李相中发言结束后，赵晨曦悄悄和他说什么，杨潇点了点头。

李相中发言完毕："那么杨总，赵总，我们是否可以进行细节上的探讨？"

"等等。"杨潇抬起手来，"据我所知，谢氏这次派来的代表是谢天佑董事长的长子谢晓飞，为什么我没看到他呢？"

果然还是来了，李相中面露难色。

杨潇接着出声："难道，谢氏认为我们的首次会面并不重要，不需要谢大公子亲自出马？"

李相中连忙说道："不是不是！"说着，向童薇投去求救的眼神。

童薇镇定地出声："杨总，谢氏绝对没有这个意思，飞总到中国后一直水土不服，饮食也不太适应，这些天为了这次谈判做准备过于劳累，昨天实在撑不住病倒了。他今天本来是坚持要来的，但考虑状态不佳会耽误大家的时间，所以才委托李相中先生全权代表，飞总说了，等他痊愈了，一定会设宴向杨先生赔罪。"

童薇话音刚落，门被推开了，是谢晓飞。

一看到谢晓飞，童薇暗道一声糟糕，如果不是因为有科万的人在，童薇绝对一脚把他踹飞出去。

谢晓飞穿着满是铆钉的机车皮衣，脖子上粘着仿生贴纸，穿着满是铆钉的长靴，摇摇晃晃地进入会议室，眼神迷离地向众人挥着手："Hi，都来啦！"

童薇连忙起身走过去："飞总，您身体不好，就别硬撑了。"

谢晓飞大着舌头："病？没有啊？我好好的！"

一看这个二货，不知道又发了什么神经病，童薇连忙偷偷把他往门外推，同时低声道："你这个样子还谈什么谈，快走，这里交给我！"

杨潇抬了抬眉头，这些事怪异："我看飞总没什么病嘛，既然来了，那就一起谈谈吧！"

谢晓飞走到杨潇面前，一屁股坐在会议桌上伸出手来打着招呼："你好，我是谢氏集团董事长谢天佑的大公子谢晓飞……"

第 022 章
无力回天？

杨潇没和谢晓飞握手，而是动了动鼻子："飞总，昨晚喝了不少吧？"

杨潇的语气中，透着浓浓的不满。

谢晓飞嘿嘿笑了两声："知道今天要谈判，所以喝得少，没能尽兴，今天谈完了我做东，外滩几号随便选！"

童薇面上不动声色，但已经心急如焚。

这个谢晓飞，究竟是哪根神经出了问题？这是来捣乱还是来拆场子？

杨潇冷笑道："明知今天有重要的会面，飞总还能如此我行我素，看来是没把我们科万放在眼里啊，既然如此，那我们也就失陪了！"

说完，杨潇起身，率着科万的人愤然离去。

谢晓飞看着科万一行人的背影，一脸不屑："不谈就不谈呗，有什么大不了的。"

这时，一个声音在谢晓飞身边响起："你好啊，外卖先生。"

谢晓飞揉了揉眼睛："是你。"

和谢晓飞打招呼的，是赵晨曦，向谢晓飞挥了挥手："外卖先生，后会有期了。"

说完，赵晨曦向杨潇一行人追了上去。

童薇连忙追了出去，跑到杨潇面前："杨总，真是抱歉，我没想到飞总今天会迟到。"

杨潇看了童薇一眼："童小姐，谢公子今天的表现，完全说明谢氏对此次的合作并不重视，其实我很早就听闻了他浪荡子的名声，但没想到在面对与科万的合作时，他竟然会用宿醉、迟到这么低级的方式来回馈我们科万的诚意。"

　　"真是对不起！"童薇连连道歉，"今天发生的不愉快责任在我们，我们一定会给杨总一个满意的解释，无论如何，请再给我们一次机会！我相信，谢氏一定会让您看到诚意的，拜托了！"

　　可是，没等童薇把话说完，杨潇就率领着科万的高管们，大步流星地走远了。

　　回到会议室，谢晓飞竟然在会议桌上躺着睡着了。

　　"估计昨晚是玩了个通宵……"崔西上前悄声说道。

　　童薇看了毫无形象躺在会议桌上的谢晓飞一眼，冷冷出声："全都出去！"

　　众人都被童薇吓了一跳，包括谢氏的李相中等人，全都迅速离开了会议室。

　　众人离开的动静，把谢晓飞也吵醒了。

　　他睡眼蒙眬地看着童薇："死女人，你这嗓门儿也太大了吧！"

　　童薇双手撑着桌子，眼神发冷，居高临下地看着谢晓飞："为什么？"

　　"什么为什么啊？当然是因为困啦！"谢晓飞装糊涂。

　　童薇气不打一处来："我们所有人辛苦准备了这么久，就为了和科万的第一次会面能万无一失！可你呢！醉醺醺地迟到不说，还穿成这个鬼样子！科万是什么样的对手你不知道吗？现在他们走了，你以为还有会谈的可能吗？"

　　谢晓飞则不以为然："走就走了呗，有什么大不了的，别激动嘛。"

　　童薇气愤地瞪着谢晓飞怒声道："谢大少爷，你是堂堂谢氏集团的继承人，所以不管什么事你都可以不在乎，可你知道这个谈判对我意味着什么吗？你知道为了这个谈判我付出了多少吗？"

这还是谢晓飞第一次见童薇发这么大的火，有些吃惊："至于那么严重吗？这个谈判能让你加薪？还是升职？我想办法补偿你就是了！"

"你补偿不起！"童薇将手上的文件砸在桌子上，转身走了。

"喂！"谢晓飞在身后叫道，"别这样啊！告诉我，我一定能补偿你的！"

童薇将手放在会议室门把上，背对着谢晓飞，并没转身："谢少爷，在医院的时候，你坚持自己的原则不愿妥协，也要弄清楚事情的真相还自己清白，我还以为你算是一个男人，但今天你的所作所为，却让我明白是我太天真了，他们说得没错，你根本就是一个毫无责任感的混蛋！"

说完，童薇开门大步离去。

谢晓飞看着童薇的背影，脸上吊儿郎当的表情不见了，眼神流露出些悲伤，还有深沉的色彩。

科万大楼，一路板着脸的杨潇回到办公室，便气愤地出声："这个谢晓飞太过分了！究竟把我们科万当什么！"

赵晨曦却在一旁发呆。

杨潇又骂了几句，发现赵晨曦一脸呆状，出声道："晨曦，晨曦？"

赵晨曦回过神来，皱了下眉头："杨叔，你不觉得有些奇怪吗？"

"奇怪，有什么奇怪的？"杨潇不解。

赵晨曦分析道："这次谈判，科万和谢氏都很重视，谢晓飞就算再混蛋，他再怎么也得装一下吧，但他却在谈判前一天通宵喝酒，还穿成那个鬼样子，这明显很反常。"

"你的意思是？"杨潇反应过来。

赵晨曦思索道："我觉得，谢晓飞今天的举动，似乎是他故意的。"

"故意的？"杨潇有些不屑，"你觉得，谢晓飞这样的举动，能在和科万的谈判中取得优势？"

赵晨曦摇了摇手:"我得好好想想,这件事情,绝对没那么简单。"

良久,赵晨曦出声道:"杨叔,我应该告诉过你,我之前见过谢晓飞。"

"嗯,我记得。"杨潇点头。

赵晨曦接着道:"第一次见他,是在纽约时与他父亲谢天佑的重要会面,因为搭不了车就要迟到了,所以用 Uber 拼车软件发了条消息,结果他带着两大袋的外卖,开着豪车正好路过搭了我,当时看起来他除了有点玩世不恭外,并不是那种无厘头的花花大少。"

"第二次,则是在回上海的飞机上,他正好也是同一个航班,只有他一个人,很幽默风趣的样子,还主动把他的头等舱座位,让给一位因旅途劳累昏厥的老奶奶,自己去了经济舱,可以看出他心性很善良。"

赵晨曦总结道:"无论怎么样,都和刚才会议室遇到的他完全不像一个人,我怀疑他是故意这么做的。"

杨潇皱了下眉头,露出思索的神色。

这边,童薇回到 CAEA 大楼,便一脸疲惫地坐到自己办公桌后。

崔西敲门进来,递给童薇一杯热茶,脸上有些担心:"领导……"

童薇摆了摆手:"崔西,让我一个人待一会儿。"

崔西还是忍不住出声:"领导,你别太自责,这次谈判失败,完全是谢晓飞的原因,和你一点关系都没有!"

童薇闭上眼睛点了点头,靠在椅背上。

崔西轻叹了口气,退出办公室,替童薇关上门。

刚出门,就见蒋可气喘吁吁地跑来,要找童薇。

崔西连忙拦住他。

"讨厌,你走开好吗!"蒋可翘起个兰花指。

崔西:"……"

"大姐头要休息,谁也不能打扰她!"

"哎呀,你真是烦死了。"蒋可又是一个兰花指点在崔西的肩膀上,"人家有重要的事情找她啦!你快让开啦!"

崔西还想将蒋可推走,办公室门开了,童薇疲惫的身影出现在门前。

"蒋可,你有什么事吗?"

"童姐,我有急事向你汇报!"蒋可说着,一脸神秘,"我看肖翔在周总办公室里,鬼鬼祟祟的,肯定没好事!"

童薇一脸淡漠:"就这事?你可以走了。"

蒋可连忙凑过去:"哎呀,童姐,肖翔是什么货色你不知道吗?他资历比你深,但业绩一直不如你,所以总觉得是周总在偏袒你,现在你跟科万的会谈搞砸了,他肯定逮着这个机会打小报告呢!"

童薇摇了摇头:"事情已经这样了,还有什么办法呢?"

说着,童薇退回办公室,准备关门。

这时,崔西办公桌上的内线电话响起,崔西接起电话:"喂,哦,……哦,好。"

挂断电话,崔西回过头来:"童姐,周总……让你去一趟……"

童薇点点头,出了 B 组办公区,往周倩的办公室走去。

周倩办公室内,肖翔正坐在一旁。

"来了?"周倩见童薇过来,出声道,"把谢氏和科万的谈判资料打个包,发给肖翔,以后的事情肖翔会跟进的,你就不用操心了。"

童薇低头不语,没有动静。

周倩问道:"还有问题吗?"

肖翔站了起来,脸上有些得意:"童组长,我等你邮件了。"

童薇淡淡出声:"老肖,这样有意思吗?"

肖翔推了推眼镜:"童薇,你这是什么意思?这是正常工作交接,你是对我有意见呢,还是对周总的安排有什么意见?"

童薇没理肖翔,自责地向周倩说道:"周总,今天的谈判搞砸了是我的错，不过我想请周总再给我一次机会，我一定促进谢氏和科万的合作。"

周倩盯着童薇，脸上有些不耐烦："童薇，我是主管还是你是？我现在说的话你都当耳边风了？"

童薇摇头："我没这个意思，可是……"

"没有可是！"周倩打断童薇的话，"现在，立即把资料打包给肖翔！"

肖翔在一旁得意，阴笑道："童薇，那我回办公室等你邮件了。"说完，推门大摇大摆地离开了周倩的办公室。

童薇噘嘴，没有离开的意思。

周倩见童薇一脸倔样，叹了口气："童薇，你今天是怎么了？怎么这么冲动？"

童薇昂起头："我就是不甘心！"

周倩看着童薇："我明白，我也从来没质疑过你的能力，但我这样做有我的难处，李相中已经把今天的情况向谢氏纽约总部汇报了，就在半个小时前，CAEA纽约总部打来电话，指责我办事不利，派出的谈判专员经验不足，导致谈判开局失利。虽然上海这边是我负责，但上面还有总部，我也有压力啊。"

童薇自责地点头："对不起，周总，我刚才太激动了。"

周倩拍了拍童薇的肩膀："我知道这个项目对你非常重要，但现在正在风头上，不如干脆休息几天，看后面的动向再说，懂了吗？"

童薇无奈地点头，离开了周倩的办公室。

第 023 章
不只是尊严!

回到办公室,童薇靠在办公椅上,皱眉揉了揉太阳穴。

崔西轻敲了下门,端来一杯蜂蜜水:"领导,你还好吧?周总找你说什么了?"

童薇睁开眼,一脸的疲倦:"正好累了,趁这个机会放个假。"

"放假?不会吧……"崔西很惊讶,想到了什么,"这是周总的意思?这也太不公平了吧?"

童薇摇了摇头:"没关系,大家忙了一个多月,也该休息休息了。"

崔西犹豫了一下:"那下午的会还开吗?"

"照常,我们不能为别人的失误买单。"

崔西留下蜂蜜水点头离开。

交接工作很快结束,在肖翔、胡迪、马晓明得意的目光中,童薇几人离开了会议室。

大家都有些疲惫了,蒋可、KIKI收拾好文件,跟童薇说了一声,离开了公司。

童薇并没有走,崔西假借收拾东西留了下来,一直观察着童薇。

犹豫了好一会儿,崔西才出声:"领导,我知道这次项目被撤对你打击很大,不过你也不要在意,以谢晓飞那样的性格,肖翔他们也很难搞定。"

"呵呵。"童薇苦笑了一下。

崔西从包里拿出一盒巧克力，放到童薇面前："吃点甜的，让自己开心点，还有，我替你定了SPA，你最喜欢的那家，舒舒服服地享受一下，回家睡个好觉。"

童薇露出感动的表情："巧克力我收下，SPA就算了，我想一个人静静。"

崔西有些失望，最终还是点头："那好吧。"

崔西离开后，童薇长吁了一口气，在办公室坐了好一会儿，这才开车离开公司。

童薇并没有直接回家，把车开到了三甲港。

临风凭海，童薇思绪万千，从钱包里掏出一张旧得发黄的照片。

照片上，是童年的童薇和爸爸妈妈，一家三口幸福地笑着。

童薇又想起了那段往事。

父亲童博学，是因为贪污200万畏罪自杀的，童薇无论如何都不相信父亲是那样的人。

沉默良久，童薇又从钱包里抽出一张名片。

CAEA理事会会长：蔡天澜。

凝视着这张名片，童薇悲伤的眼神变得坚定起来。

谢氏与科万的项目合作谈判，并不会因为童薇的退出而中止，只不过CAEA这边的负责人，由童薇变成了肖翔。

早晨，谢晓飞依然吊儿郎当的，来到CAEA的会议室。

会议室内，肖翔正带着一帮人在开会，看到谢晓飞立即迎了上来，一脸谄媚："飞总，您来得正好，我们正加班加点地研究谢氏与科万的项目呢，你也给我们提提意见！指导指导工作！"

谢晓飞微愣："童薇呢？"

"谁啊？"

谢晓飞没理肖翔，四处找童薇的身影。

肖翔立即追了上来："飞总是在找童组长吧，呵呵，她出师不利被撤了，年轻人啊就是经验少，您别见怪，我们CAEA对这个项目可是非常重视的，所以周总特意把我从别的项目调了过来，就是为了……"

谢晓飞懒得理肖翔，肖翔一步一趋地跟上："飞总，不知道第二轮谈判您有什么建议吗？"

谢晓飞被他烦得不行，没好气地看着肖翔："我花钱请你来，你让我提建议？我有建议，还要你干吗？"

说完，谢晓飞转身离开。

肖翔吃了个瘪，一脸尴尬。

谢晓飞离开会议室后，径直往童薇所在的A组办公室走去，正要举手敲门，身后传来崔西的声音："别敲了，领导不在。"

谢晓飞转身："你们领导去哪儿了？"

"休假。"

"我问的是她去哪儿了。"

"不知道。"

谢晓飞烦得不行："算了，我自己问。"

说着，谢晓飞掏出手机，拨通了童薇的电话，但被童薇挂断了。

"这个死女人，竟然敢挂我电话！"谢晓飞气呼呼地瞪着手机。

"她现在又不负责你的项目，没理由接你电话。"崔西阴阳怪气地说着。

"你！"谢晓飞瞪着崔西，随即语气缓了下来，"那个……你还有她别的联系方式吗？"

"有，但无可奉告。"崔西说完，转身走了。

谢晓飞忍不住吼了起来："不就是丢了个项目吗？一个个要死不活的摆臭脸给我看！"

蒋可从旁边像鬼一样滑了出来,冷着脸挡在谢晓飞面前。

谢晓飞被这个人妖吓了一跳:"你出来干什么!"

蒋可冰着脸:"飞总,你知道为了这个项目,我们组没日没夜地拼了多久吗?结果被你那么随便一搅和,所有人的辛苦都白费了!"

"哼!"谢晓飞不以为意,"一个小项目而已,每人奖金多少?我补偿你们就是了!"

蒋可只是看着谢晓飞:"飞总,你要知道,这不是钱的问题,这是我们的梦想!而且,你害得童姐在公司受肖翔的鸟气,害我们全组都受肖翔的鸟气!士可杀不可辱,再多的钱也买不到我们的尊严!"

说完,蒋可气呼呼地转身走掉了。

"你个人妖,和我谈什么尊严!"谢晓飞冲蒋可的背影吼着。

见除了肖翔那个组,A组每个人都给自己脸色,连那个KIKI都板着张脸不搭理自己,谢晓飞气呼呼地下了楼,开着车绝尘而去。

开到一半,谢晓飞又停了下来,烦躁地捶在方向盘上。

他想起蒋可的话,谢晓飞气呼呼的:"不就是尊严嘛!我赔给你们!"

骂骂咧咧的,谢晓飞扭转方向盘,重新往CAEA大楼开去。

难得的休假,虽然心情不是很好,但至少也算是休息。

童薇在家里露台上晒着太阳,一边听着轻松的音乐,一边翻着手上的图书。

手机响了。

是周倩打来的。

"喂?周总,找我有事?"

"童薇,你马上回公司一趟。"

"可是……"

"没有什么可是,赶紧回来,有急事!"

"好吧,我马上过来!"童薇只得起身出门。

来到公司，童薇敲了敲周倩的办公室门。

"进来。"里面传来周倩的声音。

童薇推门进去，愣了一下。

谢晓飞竟然也在办公室里玩着手机，而周倩则板着张脸，一脸严肃。

见童薇来了，谢晓飞立即放下手机，讨好似的凑了过来："童薇，我已经和你们领导说过了，这次的事情不怪你，是我搞砸了。"

童薇心中一惊，低声训斥："谁让你多事？"

谢晓飞："我又不是为了帮你，我是看不惯肖翔那种小人！你现在就去找肖翔，告诉他我已经把项目交给你了，出口恶气！"

周倩的脸色变得更难看："飞总，我和我的下属有工作上的事情要谈，能否给我们一点空间？"

谢晓飞无奈地点头："好吧。"

谢晓飞离开后，童薇立刻向周倩澄清："周总，我……"

周倩一脸严肃："童薇，我知道你争强好胜，凡事喜欢分个高下，这个项目对你进入董事会也非常重要，但我没想到你会变成这样！"

"周总，谢晓飞真不是我的说客。"童薇连忙解释。

周倩冷笑道："今天一早，他到会议室看见是肖翔，就放了人家鸽子，去你办公室找你发现你不在，就来我这里，说要把你调回来，让我把项目交给你，你还说他不是你的说客？"

童薇一脸倔强："我是喜欢赢，但我并不会靠人求情！周总，没做过的事情，你不能冤枉我！"

周倩盯着童薇："如果这是谢晓飞自发的行为，那我更要骂你！"

"为什么？"

童薇话一出口，立即转过弯来。

周倩语重心长地说道："男欢女爱是人之常情，可是这是CAEA，童薇，你应该清楚该做什么，不该做什么。"

童薇有些委屈："周总，你冤枉我了！我在这个项目中绝对没有假公济私！我绝对和他没有任何关系！"

周倩没说话，只是定定地看着童薇。

童薇咬了咬牙："你放心，我知道该怎么做。"

说完，童薇离开了办公室。

刚出办公室，就见谢晓飞正在外面。

"你怎么还在这里？"

谢晓飞从身后拿出一枝黄玫瑰："黄玫瑰，花语对不起！"

童薇没有接受，板着张脸。

谢晓飞："喂，给个台阶就下啊！"

童薇一把抓过玫瑰，扔到旁边垃圾桶。

"你干吗啊！"谢晓飞急了。

童薇冷冷地说道："飞总，请记住，我们只是工作关系，对了，现在连工作关系都终止了，请自重。"

"没有终止啊，我会替你把这个项目争取回来的！我……"

童薇嘲讽一笑："谢谢你，我不需要。"

"什么意思啊？"谢晓飞微愣。

童薇冷笑道："谢大公子，我的意思很明确，离我远一点，我不是你想的那种女人！以后请你别来烦我！我惹不起，但我躲还不行吗？"

说完，童薇扬长而去。

谢晓飞在她身后愣住了。

"给脸不要脸！"

肖翔的声音从谢晓飞身旁传来。

"你说谁？"谢晓飞转头凶狠地瞪着他。

"呃……我……我……"

谢晓飞扔下肖翔，转身离去。

第 024 章
不能触碰的禁忌

谢晓飞刚下 CAEA 大楼，准备开车离开，一辆车停在谢晓飞身边。

车窗摇下，谢晓飞看清楚车内的人，没好气地出声："怎么又是你？"

开车的，是赵晨曦，科万集团老总的女儿，向谢晓飞挥了挥手："上车。"

"干吗？"

"带你去个好玩的地方。"赵晨曦一脸神秘。

谢晓飞打量着赵晨曦，琢磨赵晨曦的用意。

赵晨曦微笑解释："去纽约的时候，搭了你的车，还免费吃了你带的包子，现在谢大少来我的地盘，我理所当然要感谢一下了。"

虽然依然不明白赵晨曦的用意，谢晓飞还是上了车。

这前，在美国的时候，谢晓飞确实顺路载过赵晨曦一程，还顺手把带去谢氏集团董事会上装傻的包子递了一盒给她，后来在接下这个度假村项目来上海的飞机上，也遇到了赵晨曦，但谢晓飞当时根本没想到，这个看起来贤淑温柔、胸部平平的女孩子，竟然会是科万董事长宋勇的女儿。

上车后，谢晓飞也没问赵晨曦究竟要把自己带去哪儿，只是坐在车上看赵晨曦究竟要耍什么把戏。

赵晨曦开着车，在一栋宽大的建筑楼下的停车场停下。

谢晓飞下了车,看到大楼挂着拳击馆的招牌,明白过来:"看起来,你挺了解我啊。"

"知己知彼,百战不殆,不是吗?"赵晨曦一甩头,"走吧。"

谢晓飞没趣地看着赵晨曦:"你怎么和她一样,总喜欢说我听不懂的话。"

"谁?"

谢晓飞没答话,走进拳击馆。

和赵晨曦上了楼,从更衣间出来,看到拳击馆内的人时,谢晓飞愣住了。

是童薇,正在那对着沙包拳打脚踢,旁边夏杉杉则靠在旁边陪她闲聊。

童薇也看到了谢晓飞和赵晨曦,四人面面相觑,场面尴尬。

童薇冷着脸脱下拳套:"杉杉,差不多了,走。"

谢晓飞见童薇的样子,气不打一处来:"喂,我就这么让你讨厌?"

"没有。"童薇面带微笑,看了赵晨曦一眼,"看来,首轮会面的失误,你已经和赵小姐解释清楚了,祝你们合作愉快。"

说完,童薇拉着夏杉杉离开。

"喂!"谢晓飞想要追上去,旁边赵晨曦出声,"走吧,飞总,教练在等我们了。"

谢晓飞恼火地挥了下拳头:"可恶,这女人,就有本事气到我!"

夏杉杉跟着童薇离开拳击馆,回过头看了看,有些好奇:"谢晓飞旁边那个女的是谁啊?"

"科万集团的大小姐,宋勇的女儿赵晨曦。"

"啊?"夏杉杉惊讶道,"他们不是谈判对手吗?怎么玩到一块儿了?难道……"

童薇点头:"所以呢,以后请不要把我和他联系到一起,我童薇和这种轻浮的男人没半点关系！"

夏杉杉摇头："我还以为谢晓飞不是普通富二代呢，原来也是个花花大少！既然你对他没意思，那干吗老晾着秦天宇？我看要不你就从了秦天宇，他人也不错嘛，再说名花有主的话，谢晓飞也会知难而退啊。"

童薇打量着夏杉杉："天宇究竟给了你什么好处？让你逮住机会就替他说话？"

夏杉杉吐了吐舌头："嘿嘿，被你看穿了。"

童薇无可奈何地摇了摇头。

手机响了，是夏杉杉的手机。

"是老齐。"夏杉杉向童薇小声说了一声，接起电话。

"喂？"

"你人呢？"齐如海问道。

"还在健身房。"

外面响起汽车喇叭声，夏杉杉跑到窗户前望去，一辆劳斯莱斯正停在下方。

"完了完了，光顾着和你说话，忘了老齐要来接我了。"夏杉杉哭丧着脸。

"去吧去吧！"童薇没好气地挥了挥手。

"你一个人没事吧？"夏杉杉看了眼拳击馆方向。

"没事，赶紧滚蛋吧。"

夏杉杉吐了吐舌头跑掉了。

童薇在健身房锻炼了一会儿，感觉差不多了，也离开了健身房。

刚进门准备上楼，就和童恬恬擦肩而过，童薇并没在意，走了两步突然定住，回过身来："恬恬。"

童恬恬吓得一哆嗦，脸上有些紧张："干吗？"

童薇说道："这款香水太成熟了，不适合你。"

童恬恬嘴一扬:"什么意思啊?根本听不懂你在说什么。"

童薇面带微笑:"以后如果要用我的香水,最好先告诉我一声,这是做人最基本的礼貌。"

"谁用你的香水了!"童恬恬恼羞成怒,"就你有这种香水?我就不能买吗?凭什么说我用你的香水?"

童薇懒得反驳,转身上楼。

钟美艳听到外面的声音跑了出来,看女儿脸色很臭,关心地问道:"怎么了恬恬?"

"你别管我!"

钟美艳看了眼已经上楼进屋的童薇,小声问道:"你又惹她啦?你又不是不知道你这个堂姐……"

童恬恬冷哼一声:"她不是我姐!"

进入房间的童薇,立即闻到了香水味,屋里的东西也有被童恬恬动过的迹象。

不过童薇忍着没有发作,动手把东西整理好,又拉开了窗帘。

电话响起,童薇看了看号码,是秦天宇,接起电话:"喂?天宇,什么事?"

"声音怎么听上去那么累?"秦天宇出声。

"有点累了。"童薇回复道。

"带你去放松一下?"

童薇一边打开窗户,散掉房间内浓重的香水味,一边拒绝道:"不用了,休息一下就好了。"

"来嘛,正好有事跟你说,5分钟后你家楼下见啊。"说完,秦天宇就挂断了电话。

童薇看着手机,一脸疲惫地叹了口气。

不用说,童薇都明白,秦天宇这个时候打来电话,肯定是夏杉杉将自己的情况告诉了他。

不一会儿，秦天宇的车就到了。

上了车，秦天宇载着童薇来到外滩江边一间酒吧，在临江露台找了座位。

"一杯 Mojito，再来一杯 Earl Grey，配的牛奶麻烦换成热的。"秦天宇向侍者说道。

"好的，请稍等。"侍者接过菜单离开。

见童薇摸着裸露在外的手臂，秦天宇赶紧脱下自己的西装给童薇披上。

"电话里听你的声音特别疲惫。"秦天宇温柔地关心道。

"还好。"

"最近工作怎么样？"

"也就那样。"

秦天宇苦笑道："童薇，别瞒我了，我都知道了。"

"是杉杉告诉你的吧。"童薇早已经猜到。

"是我问她的。"秦天宇点头承认，"想听听我对这件事情的看法吗？"

童薇微笑道："不用安慰我，这点风浪我还能挺过来。"

"不是安慰。"秦天宇一脸认真，"你退出，现在是坏事，但将来说不定是好事。"

童薇笑着摇头："天宇，你安慰人的能力太弱了。"

秦天宇看着童薇："你听我说，谢晓飞的劣迹你应该比我清楚，这样的项目指望他来做简直是天方夜谭，所以，这个项目不会有好结果的，你现在脱手，绝对是好事。"

童薇认真地听着。

秦天宇分析道："表面上来看，输掉第一轮是你办事不利，实际上呢？从谢氏到CAEA都知道，是你替谢晓飞背锅！但他们能明说吗？不能！可一旦项目进行到最后，最终失利的责任由谁来承担？只有你！所以我说，你现在退出绝对是好事！"

童薇明白秦天宇说的道理，由衷道谢："秦大律师分析得还真是透彻，谢谢。"

秦天宇皱眉："我怎么觉得自从谢晓飞出现后，你对我客气得很。"

童薇微微一笑："你什么时候变得这么敏感了？"

"敏感的应该不止我一个人吧？"秦天宇意有所指。

"呵呵。"童薇摇了摇头，"你觉得我和一个不务正业的人在一起的概率是多少？"

秦天宇想了想："零。"

童薇摇了摇手："错，是负无穷。"

秦天宇笑了："哈，这倒是个好消息，看来我还有很大的希望。"

童薇立即板起脸："天宇！你又来了！"

秦天宇面露苦色，顾左右而言他："难得休假，我们不说这些了，我们好好喝两杯。"

很快，本来酒量不好的童薇就有些微醺了，眯着眼脸蛋通红一个劲傻笑。

"来试试这杯。"秦天宇端起酒杯，递给童薇。

是果香味的红酒。

童薇嗅了一下，一口饮下："今天好开心！天宇！"

"嗯，开心就好。"秦天宇也举起酒杯。

这时，轻柔的音乐中，传来一阵粗鲁的声音。

"喂！我可都喝光了！别耍赖！"

"我可不想丑态百出，要是让飞总看见了，我得悔死。"

"行，那我替你喝！"

这声音，在只有轻音乐的酒吧内显得异常清晰，童薇看到那边的两人，立即兴趣全无："真是见鬼了，走哪儿都能遇到他！"

那边，在离童薇所在的临江露台不远的一个包厢里，谢晓飞正举起酒杯豪饮，在他对面坐着的则是科万老总的女儿赵晨曦。

秦天宇见童薇不开心，立即体贴询问："要不，我们走吧？"

童薇点了点头。

两人刚起身离开露台往酒吧大门走，眼尖的赵晨曦立即发现了他们。

"咦！童小姐，好巧，又遇见你了！"赵晨曦冲这边挥手道。

秦天宇和童薇只得尴尬地停住脚步。

赵晨曦看到秦天宇，有些好奇："童小姐，这是你男朋友？不错哦。"

谢晓飞瞥了童薇一眼："是吗？这个男人是你男朋友吗？"

童薇回避谢晓飞的眼神，向秦天宇道："天宇，我累了，我们回去吧。"

秦天宇搀扶着微醉的童薇，向谢晓飞和赵晨曦微微点头："我们先走一步，两位慢慢喝。"

这时，谢晓飞突然站了起来，一把拉住童薇，就往包厢里走。

第025章
误会

"童薇!"

身后传来秦天宇的声音。

谢晓飞将童薇拉进包厢,"砰"的一声把秦天宇和赵晨曦关在了外面。

"你想干什么!"童薇甩开谢晓飞的手。

谢晓飞瞪着童薇:"你不是说他不是你男朋友吗?"

童薇冷冷地看着他:"我的事情,和你没关系!"

谢晓飞冷着脸阴阳怪气道:"难怪不肯回项目组,原来是忙着谈恋爱呢!"

"飞总,你的项目已经不由我负责,我做什么与你无关!"

谢晓飞恼火地瞪着童薇:"又用这种态度对我!"说着,借着酒劲拉过童薇就想亲她。

"放开我!"童薇挣扎。

"砰!"

秦天宇破门而入。

"天宇!"童薇推开谢晓飞,躲到秦天宇的身后。

秦天宇看到这一幕怒火中烧,语气冰冷:"谢先生,请你放尊重些!"

谢晓飞走到秦天宇面前,挑衅地看着他:"如果我说不呢?"

秦天宇毫不示弱开始脱西装:"你可以试试。"

谢晓飞不羁地一笑。

"砰！"迅雷不及掩耳之势的一拳挥出，已经落在了秦天宇的脸上，将秦天宇的嘴角打破。

"天宇！"童薇一把拉住秦天宇。

秦天宇把童薇推开，摆出要开战的样子。

"很好。"谢晓飞捏了捏拳头，"来这里就没舒展过拳脚，秦律师，对不住了！"

两人你一拳我一脚，很快打成一团。

童薇着急地想把两人分开，但两人已经打出火来，根本就不理童薇的话。

围观的人越来越多，眼看两人越打越凶，谢晓飞一拳又要往秦天宇脸上招呼，童薇奋不顾身地挡在秦天宇面前。

情急之下，谢晓飞拳头往旁一偏，结结实实地打在了包厢的墙上。

"你疯了吗！"谢晓飞瞪着童薇。

"我看你才疯了！"童薇怒声道，"谢晓飞，你闹够了吗？拜你所赐，我已经退出了项目，请你以后别再出现在我视线里！"

说完，童薇扶起秦天宇："我们走！"

见童薇扶着秦天宇离开，谢晓飞想追上去，赵晨曦拉住他，担心地问道："你没事吧？"

"没事。"谢晓飞甩了甩满是鲜血的右手。

"走，我带你去医院看看，可别骨折了。"赵晨曦拉着谢晓飞离开了酒吧。

拉着秦天宇离开的童薇，在车上找了创可贴，小心翼翼地给秦天宇贴上，责备道："都几十岁的人了，还打架？"

秦天宇笑道："为了你，就算七老八十了也得打啊，你没事吧？"

童薇摇了摇头。

秦天宇担心地问道:"刚才他把你拉进去,有没有……"

童薇摇头:"天宇,我不想再听到和那个人有关的事情。"

秦天宇笑道:"好,不提。"

童薇还是有些感激:"谢谢你,天宇。"

秦天宇替童薇把散乱的头发拨到耳后:"什么时候你才能对我不那么客气呢?"

"发脾气的时候。"童薇调皮地说道。

童薇可爱的表情,让秦天宇情不自禁地凑了上去,想吻童薇。

"你干什么!"

童薇一把将秦天宇推开,逃也似的下了车,往家的方向跑去。

秦天宇连忙下车,童薇已经跑远了,只得一脸懊恼地冲童薇的背影喊道:"对不起,童薇!"

童薇根本没作停留,径直往家跑去。

回到家洗漱完毕,童薇擦着头发出了浴室,顺手拿起手机。

手机上,有一条秦天宇发的短信:"童薇,我今天喝多了,对不起!"

童薇想了想回复道:"我都忘了。"

扔掉手机,童薇倒在沙发上,双眼直直地盯着天花板发愣。半响,童薇起身,走到柜子前,从里面拿出一个笔盒,笔盒内,躺着一支复古的钢笔,钢笔上还镶着一粒小小的钻石。

拿起布,童薇小心地擦拭着,仿佛这支钢笔是一件非常重要的东西,擦拭完后,又小心翼翼地将钢笔放回笔盒,心情这才平复了少许。

另一边的谢晓飞,并没有被赵晨曦拉去医院,反而拽着赵晨曦进了另一家酒吧。

两人你一杯我一杯,喝得一塌糊涂,当然赵晨曦并没喝多少,基本上是谢晓飞一个人在那儿喝,最后走路都跌跌撞撞的了。

一路跌跌撞撞地出了酒吧,谢晓飞深一脚浅一脚地在街上晃荡上。

"飞总！你去哪里啊？"赵晨曦追在后面拉着他。

"不用你管。"谢晓飞甩开赵晨曦的手。

赵晨曦不死心地劝着："我送你回家吧。"

"走开啊！"谢晓飞话都说不清楚了。

赵晨曦拽着谢晓飞，把他塞进了自己车里。

谢晓飞依然发着酒疯："什么嘛！她为什么这么讨厌我？不就是一个破……破项目吗？就算谈不成又怎么样？至于吗？"

赵晨曦侧过身将安全带替谢晓飞系上，结果重心不稳直接跌在了他的身上。脸上红了红，赵晨曦有些惊慌失措，随即发现谢晓飞这会儿已经迷迷糊糊地睡着了，还在无意识地嘟哝着什么，索性大胆地靠在谢晓飞的肩上，露出甜蜜的笑容。

把谢晓飞送回酒店，赵晨曦打电话让李相中帮着把谢晓飞扶回客房。

"赵小姐，真是不好意思，这么晚了还让你送我们飞总。"李相中歉意地说道。

"应该的。"

赵晨曦打量了下谢晓飞的房间，随即微愣。

在谢晓飞的床头，放了很多商业书籍。

赵晨曦随手拿起翻了几页，发现这些书籍都有多次阅读的痕迹，有的地方甚至都磨破了。

又看了看熟睡的谢晓飞，赵晨曦有些了解："果然如我所料，这个谢晓飞并不像表面上那样玩世不恭，反而在默默努力……"

离开酒店，开车回家的路上，赵晨曦的嘴角泛起一抹谜一般的微笑。

"外卖先生，这一次，我吃定你咯！"

酒喝得实在太多，睡了一夜，谢晓飞的精神都还不是太好。

一大早，来CAEA参加项目策谈会的谢晓飞，脸上带着几道血痕，嘴角也有一块青乌，手上也受了伤，还在低头玩弄着钢笔，并不知道自己最大的秘密，已经被赵晨曦发现。

正在解说的是肖翔，其他人则一边开会一边忍不住瞟他，小声议论。

"飞总这是怎么了？"

"谁知道呢，又去哪儿惹事被人揍了吧。"

谢晓飞似乎完全没听到大家的议论，依然在那玩弄着钢笔。

肖翔实在看不下去，出声询问："飞总，你觉得刚才这个方案怎么样？"

谢晓飞没有回答，还盯着手上的钢笔。

"飞总？"肖翔声音稍微加大。

会议室内安静下来。

坐在谢晓飞旁边的李相中，轻轻拍了拍他，他这才回过神来："啊？你说什么？"

"呃……"肖翔脸上僵了僵，"飞总可能是累了，要不我们先休息5分钟吧？"

这时，谢晓飞的手机响了。

"在干吗呢？出来玩啊，介绍你认识个人，拓宽下资源。"

电话是罗斌打来的。

"OK！我这就过来！"谢晓飞收起电话，向肖翔说道，"我还有事，先走了，你们继续！"

谢晓飞说完就准备离开，肖翔一脸焦急："飞总，会还没完呢，今天一定要理个方案出来，不然来不及啊！"

谢晓飞毫不理睬地走了出去，背对着众人挥了挥手。

会议室内，肖翔一脸郁闷。

开车来到罗斌的大观会所，罗斌立即发现谢晓飞满脸满手的伤："哎哟，你这是和谁打架了？"

"别管。"谢晓飞没好气地瞪了罗斌一眼，"究竟是什么人啊？"

"哈哈,等到了你就知道了。"罗斌笑了笑,身上的肥肉都抖动起来。

不一会儿,人来了,竟然是夏杉杉和齐如海。

"哎哟,贵客到了!齐大哥,好久不见。"罗斌满脸堆笑地迎了上去。

齐如海拍了拍罗斌:"哈哈,上次给你的手串盘得怎么样了?"

罗斌从手上褪下手串:"正想问呢,你看这水头怎么样?师父能不能感受到我的诚意?"

齐如海打量了下手串,摇头道:"还得再盘盘,师父他老人家最近身体不太好,不方便见客。"

罗斌有些急了:"齐大哥,我这都求了好几个月了,到底什么时候能见到师父啊?"

夏杉杉撇了下嘴:"你这算什么?当初我们老齐为了求师父指点,愣是修身养性、清心寡欲半年呢,你能做到吗?"

罗斌立即一脸为难。

齐如海笑了笑:"说正题吧,罗斌,你不是说有新朋友介绍给我认识吗,人呢?"

"跟我来。"提起新朋友,罗斌得意起来。

将夏杉杉和齐如海引到屏风后,当看到谢晓飞坐在对面时,夏杉杉惊讶出声:"是你!"

谢晓飞也认出了夏杉杉:"怎么是你?"

"你们认识?"齐如海有些讶异。

"他就是我跟你说的那个混蛋!"夏杉杉一脸不满,"就是他坑了童薇。"

齐如海明白过来,咳嗽两声,跟夏杉杉耳语道:"杉杉,行了……"

"不行!"夏杉杉坚决摇头,"看到这个混蛋我就来气!"

谢晓飞站了起来:"我就奇怪了,不就是个项目吗?有什么大不了的?薪水还是职位?我说了,我们谢氏作为CAEA的大股东,我作为谢氏的代表，一句话就可以给她！她非要跟我装清高……"

夏杉杉忍无可忍，瞪着谢晓飞："薪水？职位？如果童薇在乎这些的话，她早就离开 CAEA 了！还用得着受你的气！"

罗斌不屑地插话："没道理啊，在 CAEA 工作能接触到不少有钱人！对她这种女人来说是个不错的跳板！"说着，罗斌不怀好意地看了眼老齐，"杉杉，这一点你最清楚的，对吧？"

"你给我闭嘴！"夏杉杉眼眶微红，"你们可以看不起我！但童薇是放弃了高薪职位留在 CAEA 的！因为她……她是为了弄清她父亲当年……"

齐如海笑着打断："哎呀，行了行了，你看看你们，怎么还争起来了。"说着，歉意地向罗斌和谢晓飞微笑道，"两位，不好意思，突然想起我今天家里还有点事，就先走了，下回我做东，好好招待两位！再约再约！"

齐如海拉着夏杉杉，往停车场走去。

夏杉杉还不乐意："你放开我！我非得骂那个混蛋几句！"

这时，谢晓飞从后面追了上来："夏小姐，等等！"

齐如海看向谢晓飞："谢公子，杉杉不懂事，今天说的话你别放在心上。"

"不不……"谢晓飞连连摇头，"我有几句话想问问夏小姐。"说完转问夏杉杉，"夏小姐，你刚才说，童薇是为了她爸……这和我们的项目有什么关系吗？"

夏杉杉一脸气愤："你不配知道！"

谢晓飞真诚地出声："夏小姐，拜托你告诉我，如果我真做错了什么，我一定要弥补她！"

夏杉杉犹豫了一下。

第 026 章
挽回

谢晓飞开着车,穿梭在深夜的马路上,脑海里不停地闪现着夏杉杉的话。

"童薇的爸爸是中国第一批商务谈判专家,在一次谈判中被污蔑收受巨额贿赂,蒙受不白之冤后跳楼自杀,童薇的妈妈受不了打击,也在当晚跟着她爸爸走了。童薇一直不相信他爸爸会做出这种事情,十几年来,她一直想要弄清楚当年的真相。"

"CAEA 的理事会会长蔡天澜,是当年项目谈判的关键人物,但蔡天澜常年隐居,只有每年一度的 CAEA 理事成员大会上才出现,所以童薇付出了常人难以想象的努力,就是为了能早日进入理事会,见到蔡天澜,问明当年的真相。"

谢晓飞的表情凝重,最终拿起手机,拨通了童薇的号码。

接连几次,童薇都挂断了。

不知道打了多少次,童薇终于接起了电话:"你还没玩够吗?"

谢晓飞焦急出声:"别挂!我在你家楼下!"

坐在露台上的童薇站起来,看到谢晓飞果然在楼下,正仰头看着自己。

"你来干吗?"

"对不起,童薇。"

"说完了?说完可以走了。"

谢晓飞连忙出声："不，我是诚心诚意来道歉的，真的很对不起，很多事情我事先并不知道，今天遇到你的好友夏杉杉，我才明白你为什么那么生气。"

童薇看着谢晓飞，半晌，语气低缓了些："说完了吗？那你可以走了。"

谢晓飞摇头："童薇，现在我不是作为谢氏的代表，而是作为一个男人站在这里，为我所做的荒唐事向你道歉，我搞砸了你人生最重要的时刻，我很抱歉，我请求能得到你的原谅。"

童薇摇头："你走吧。"

"我不走！"谢晓飞一脸坚决，"你不原谅我，我今天是不会走的！"

"你到底想怎么样？"童薇有些怒气。

"你可以用任何方式惩罚我，我绝不反抗！"谢晓飞昂着头。

童薇怒火中烧："你逼我？好！"

一大瓶伏特加，被童薇顺手拿起，砸向谢晓飞。

谢晓飞不闪不避，"砰！"的一声，伏特加砸在了谢晓飞的头上。

"啊！"

童薇惊呼一声，迅速跑下楼来，出现在谢晓飞面前。

"你打我吧，我保证不还手！"

谢晓飞浑身湿淋淋的，额头还在淌着血。

"打你，太便宜你了！"童薇冷冷地瞪着谢晓飞。

"原谅我！"谢晓飞伸手想拉过童薇的手。

童薇背过身去："滚！"

"童薇，对不起……"谢晓飞低声说道。

童薇没回头："谢晓飞！"

谢晓飞眼睛一亮，童薇的声音低低地传来："这辈子，我再也不想见到你！"

说完，童薇走了回去，只留给谢晓飞一个背影。

谢晓飞愣愣地站在那儿，沾满伏特加和鲜血的脸上，浮满了无法排解的内疚。

"童薇，无论如何，我一定会弥补我犯的错误！"谢晓飞握紧了拳头。

第二天早晨，谢晓飞一大早就来到童薇家的小区外。

一直到中午，童薇都没出门。

直到下午3点的时候，才见童薇的车缓缓驶出小区。谢晓飞连忙跳上一辆出租车："跟上前面那辆车。"

出租车司机诡异地看了谢晓飞一眼。

"女……女朋友和我吵架了……"

出租车司机一脸理解的表情："懂！兄弟，女人啦，咱惹不起啊。"

似乎同病相怜，出租车司机跟得很到位，一路上都没被童薇发现。

一直到了健身房，童薇的车停了下来。

这间健身房，谢晓飞也来过，是赵晨曦带他来的，上次也在这里到童薇，看来童薇是这儿的会员。

谢晓飞打量着健身房的大门，露出些思索的表情。

健身房拳击馆，童薇正在做着练拳前的热身运动。

教练走了过来。

"教练，可以开始了吗？"童薇问道。

"可以，不过今天不是我陪练喔。"教练微笑着。

谢晓飞穿着防护服，从一旁走了出来。

童薇立即明白过来："怎么又是你？"

谢晓飞一脸堆笑，捶了捶胸口："我很耐打的，随便你打。"

童薇拉下脸来，转身欲走。

谢晓飞把脑袋伸到她面前："打！怎么出气怎么打！"

看了眼谢晓飞还包着纱布的脑袋，童薇扭头就走："你这种人，不配被我打！"

谢晓飞不死心地跟了上去。

童薇气呼呼地进入更衣室换了衣服，提着包径直下楼走到车前，刚开车门，谁料谢晓飞比她还快了一步，闪进副驾驶座。

"下车！"童薇瞪着谢晓飞。

"好！不过你先原谅我！"谢晓飞耍着无赖。

童薇咬了咬牙："不下是吧？"

没理谢晓飞，童薇上了车，一脚油门下去，没系上安全带的谢晓飞脑袋差点撞到了挡风玻璃。

"滚下去！"童薇将车停住。

"我偏不！"谢晓飞一扭头。

"行！"童薇猛地启动车子，在车流中左躲右闪，吓得谢晓飞连忙系上安全带。

"喂，大姐，能不能开慢点？"谢晓飞抱怨着。

童薇没好气道："怕死就滚下去！"

谢晓飞立即嬉皮笑脸："我才不怕死，我是怕你死！本来我爱的人那么少，好不容易遇到一个！……不过想到我们不能同年同月同日生，但可以同年同月同日死，我突然就不怕了……嘿嘿嘿……"

一边说着，谢晓飞一边凑到童薇身边，像哈巴狗一样谄媚地笑着。

"离我远点！"童薇挪了挪身体。

"我不！"谢晓飞干脆靠在了童薇的肩膀上。

童薇咬了咬牙，拿谢晓飞没办法，只能忍受着他的无耻。

终于到家了，童薇将车停下："我到家了，现在你可以走了吧？"

谢晓飞抓耳挠腮，突然捂住肚子："我……我肚子疼……要上厕所！"

童薇指了指小区门口："那有公共厕所。"

谢晓飞突然下车，冲进童薇家："不行了不行了！借你卫生间用用！"

童薇一惊，连忙追了上去。

谢晓飞进入客厅，好奇地打量着房间："房子还挺大的，你一个人住？"

童薇站在卫生间门口："你到底用不用卫生间？不用赶紧滚！"

谢晓飞立即捂住肚子："哎哟！好像比刚才更疼了！"说着闪进了卫生间。

童薇在外面等着，卫生间里传来谢晓飞的声音："你不要站在外面好不好？我紧张……"

童薇："……"

"你去忙你的吧，我好了自己会走的。"

"你快点！"童薇气呼呼地命令道。

懒得在这儿等了，童薇上楼，推开自己的卧室。

刚进卧室，童薇立即发现不对劲，视线停留在了柜子前。

抽屉没有完全闭合，童薇冲了过去，拉开抽屉，脸色一下子变了！

钢笔！父亲留下的钢笔不见了！

童薇立即冲下楼梯，正巧钟美艳和童博文买菜回来。

童博文见童薇在家："童薇，今天回来挺早嘛，正好……"

童薇打断了童博文的话："恬恬呢？"

钟美艳有些迷惑："恬恬不在家吗？她说今天要写论文呀，怎么又出去野了，你找她有事吗？"

童薇有些生气："恬恬拿了我爸留给我的那支钢笔，我必须立刻找到她！"

"什么？"童博文立即掏出手机，"我这就打电话给她！"

钟美艳拦住童博文："哎，老童，你脑子不清楚啦？现在童薇是说你女儿偷东西，你怎么想也不想就信了呢？"

说着，对童薇说道："童薇啊，你怎么能肯定笔是我家恬恬拿的呢？"

可能是你自己不小心弄丢了,你这样随便冤枉我们恬恬,这很过分哦!老童,你说句话啊!"

童博文一脸为难。

这时,童恬恬哼着歌从外面进来,见童薇和父母都在客厅:"都在啊。"

说着,童恬恬就想溜。

钟美艳出声:"恬恬,你不是说在家写论文吗?又野哪去了?"

童恬恬躲躲闪闪的:"我……我同学约我去图书馆查资料,没什么事我先上楼了。"

童薇喊住她:"等等!"走到童恬恬身边,"把我爸的钢笔还给我。"

童恬恬瞪着童薇:"你在说什么啊,什么钢笔不钢笔的……"

童薇冷冷地看着童恬恬:"你心里很清楚,你今天进了我的房间,翻了我的抽屉,拿走了我爸留给我的钢笔。恬恬,你以前没经过我同意就用我的香水、化妆品,甚至穿我的衣服,我都无所谓,但这支钢笔对我来说非常重要,他是我爸留给我的遗物!"

童恬恬依然嘴硬:"你胡说八道什么啊!谁拿过你钢笔了,我要支破钢笔干吗?"说着已经带着哭腔,"爸!妈!你们看啊,她一天到晚把你女儿说成是贼,你们难道不管管吗?"

钟美艳立即护着恬恬:"就是啊,童薇,这种事情怎么能乱说呢,我们恬恬才18岁,你这样污蔑她,以后她还怎么做人?"说着,扯了扯童博文的衣袖,"老童,你还不赶快说句话!"

童博文为难地出声:"童薇,要不叔叔再帮你找一找……"

童薇没有说话,从口袋里掏出一只手机,"啪"的一声扔在了茶几上。

童恬恬脱口而出:"我的手机怎么在你……"

随即,童恬恬意识到了什么,把话咽了下去。

第 027 章
真诚以对

童薇看着童恬恬:"还需要更多的证据吗?"

钟美艳连忙把童恬恬拉到一边:"你真拿了她的钢笔?那赶紧还给她呀!"

童恬恬理直气壮地出声:"我是拿了!我的笔没墨了,急着写论文就先拿她的用一下,用得着这么上纲上线么!不就是一支破钢笔嘛!"

童薇看着童恬恬:"对你来说,那不过是一支破钢笔,但对我来说,那是我爸妈留给我唯一的纪念,这支笔是他们结婚十周年时我妈送给我爸的礼物!恬恬,你把钢笔还给我吧。"

钟美艳气呼呼地出声:"恬恬,你怎么这么没出息,你要钢笔妈妈买给你呀,快把笔还给她!"

恬恬的目光露怯:"那钢笔……我……我卖了……"

童薇心中一惊:"卖了!卖给谁了?"

童恬恬见童薇惊慌的表情,骄纵地一扬头:"我不想说!"

童博文在旁边气得直发抖:"快说,钢笔你卖给谁了?"

"我就不说!我就是故意要卖了她的宝贝!"童恬恬一脸倔强。

童博文气得伸手要打,被钟美艳拦了下来:"女儿都这么大了,你还打她!"

童博文气得不行:"她这样下去,是要犯大错误的,你还护着她!

你知不知道,她都是被你惯坏的!"

钟美艳立即翻脸:"怎么怪到我头上了!女儿长这么大你操过多少心啊!还不是我里里外外管着!你还好意思说我!"

童薇已经忍无可忍,脸色发青:"别吵了!"她冷冷地看着童恬恬,"你为什么要这么做?"

童恬恬心里一横:"因为我讨厌你!讨厌你总是自以为是,一副居高临下的样子,你从头到脚,从里到外,所有的一切,我都讨厌!"

"哇,总算找到一个人和我的看法相同了。"谢晓飞从卫生间出来,夸张地对童薇说道,"童薇,看来你做人真是很失败啊。"

钟美艳、童博文一脸惊讶地看着这个高挑英俊,头上包着纱布的男人。

"是你!"童恬恬认出了谢晓飞。

"恬恬,你认识他?"钟美艳问道。

"他是我的客户,来借用下卫生间。"童薇一边说着,一边把谢晓飞往外面推,"你快走吧。"

谢晓飞扒开童薇的手,笑嘻嘻地走到童恬恬面前:"你是A-Li Song的粉丝吧?"

"关你屁事!"童恬恬没好气地出声。

谢晓飞一脸神秘:"我们做笔交易,你告诉我钢笔的下落,我就让A-Li Song跟你视频通话,怎么样?"

童恬恬愣了一下,随即哈哈大笑,一脸鄙视:"哈哈,你当我傻啊!你算哪根葱,怎么可能认识A-Li Song!"

谢晓飞二话不说,拿起手机和A-Li Song视频连接,很快,A-Li Song接通了视频,两人说起了英语。

"A-Li Song,打扰了,你在中国的小粉丝想要跟你说句话。"

"好啊。"

谢晓飞把手机屏幕对着童恬恬："我没骗你吧？"

看着手机上的视频，童恬恬傻掉了，一阵狂喜："真的是A-Li Song！"

谢晓飞突然收起手机："告诉我钢笔的下落。"

童恬恬立即乖巧起来："我说我说！我把钢笔卖给一家古玩店老板了！"

"店名？"

"叫美物天下！"童恬恬说着要夺手机，"我已经告诉你了！快让我跟A-Li Song通话！'

谢晓飞轻轻一闪，拿起手机："Song，我突然发现你的小粉丝是个小偷，你是不会跟小偷交朋友的，对吧？再见！"

说完，谢晓飞拉着童薇跑出房间。

"大骗子！混蛋！"身后传来童恬恬气恼的声音。

童薇和谢晓飞出来，立即跳进了车里，直奔古玩市场。

因为是工作日的下午，城隍庙的古玩市场并没什么人。

童薇和谢晓飞气喘吁吁地走进"美物天下"时，一眼就看见老板在柜台后正把玩着钢笔。

童薇激动地冲了过去，盯着老板手中的钢笔，确定就是自己父母的遗物。

"老板，这支笔我要了，你开个价！"

老板抬了下眼皮，没正眼看童薇："不卖！"

说着，就要把笔收起来。

童薇连忙掏出钱包，把所有钱都拿出来塞给老板："老板，这点够吗？不够的话我还有卡！"

老板有点恼："我说你这人还真奇怪！以为有钱就能收买一切吗？我告诉你，千金难买心头好！这支笔我就是不……卖！"

谢晓飞拉住童薇："有话慢慢说，先不要急！"

童薇也火了，一把甩开谢晓飞："你别管！"

说着，童薇拉住老板："你要是不卖，我就报警！今天不拿回它，我是不会罢休的！"

老板甩开童薇的手："你神经病啊？报警？赶紧走，谁怕你啊！"

说着，老板把童薇给轰出了门，童薇扒着门框，死活不走。

谢晓飞见状，一把将童薇拉到暗处。

"你放开我！"童薇挣扎着。

谢晓飞死死拉住她："冷静！"

童薇瞪着谢晓飞："你让我怎么冷静？"

虽然使劲推着谢晓飞，但无奈谢晓飞的力气太大了，童薇对着他又推又打也无法挪动半步。

谢晓飞紧紧抱住童薇："你别这样，我答应你，一定会替你拿回那支钢笔。"

"你不懂，你根本不懂那支笔对我有多重要！"

谢晓飞看着童薇："我懂！"

"谢晓飞，你懂什么？"童薇一脸求饶的表情，"自从你出现，我的工作、生活变得一团糟！算我求你了，你放过我吧，这是我爸的遗物，你别再给我捣乱了行不行？"

谢晓飞拽住童薇一脸认真："给我最后一次机会，如果我没替你要回这支钢笔，从此以后我谢晓飞就在你面前消失。"

童薇这还是第一次见谢晓飞这样认真的表情，被他镇住了。

轻拍了拍童薇的脸，谢晓飞温柔出声："等着我。"

说完，谢晓飞往古玩店走去。

这一去，就是半个小时，谢晓飞还没出来，童薇越发担心起来。

这时，谢晓飞突然从童薇身后出现，拍了拍正望着古玩店大门的童薇的肩膀:"嘿!"

童薇吓了一跳,回过头来发现是谢晓飞。

谢晓飞把手伸到童薇面前,手心躺着童薇的钢笔,一脸献媚:"给你拿回来了。"

童薇转怒为喜,抓过钢笔,心爱地捧着:"你怎么说服老板的?"

"不告诉你。"谢晓飞满脸臭屁。

"不告诉我拉倒,反正我也不想知道。"童薇一撇嘴。

谢晓飞自己忍不住了,自说自话:"好啦好啦,看在你这么诚恳求我的分上,我就告诉你得了!"

童薇忍不住直翻白眼。

谢晓飞看着童薇:"亏你还是谈判专家,我来考考你,谈判最重要的是什么?"

童薇略一思索:"是……争取双方利益最大化?"

谢晓飞摇了摇头。

"错了!是真诚!"

原来,钢笔是老板用2000元在童恬恬手上收的,谢晓飞将这支笔的来历和意义告诉了老板,老板并没为难,只让谢晓飞掏了2000元,就把笔还给了谢晓飞。

知道谢晓飞是如何拿回笔的,童薇有些懊恼:"是我太心急了。"

谢晓飞有些得意地看着童薇:"那现在……是不是可以原谅我了?"

童薇顾左右而言他:"不早了,我要走了。"

说着,举步准备离开。

"你去哪儿啊!"谢晓飞连忙拉住童薇。

"回家。"

"喂,我帮了你这么个大忙,你就这么走了?"谢晓飞哭丧着脸。

"你想怎么样?"

"以身相许啊！"谢晓飞一脸笑嘻嘻地凑了过来。

"滚！"童薇瞪了谢晓飞一眼，想了想，"这样，我请你吃饭吧，想吃什么？"

"一顿饭就想打发我？"谢晓飞有些不肯。

"那你想怎么样？"

"我想……"谢晓飞话没说完，一个声音插了进来。

"童薇，钢笔拿回来了吗？"

是秦天宇。

童薇微愣："天宇，你怎么来了？"

"喔，刚才恬恬哭着给我打电话，把事情都告诉我了。"秦天宇回答道。

旁边谢晓飞臭着脸挡在秦天宇面前："怎么哪里都有你！"

秦天宇看也没看谢晓飞，揽住童薇的肩膀："我们走吧。"

谢晓飞挡在两人面前，气呼呼地指着秦天宇："喂！把你的爪子拿开！"

秦天宇看着谢晓飞头上包的纱布，皱了皱眉，记得自己没打破他的头啊？虽然有些迷惑，还是出声道："谢先生，不要那么没有礼貌。"

"是谁没礼貌？"谢晓飞瞪着秦天宇，"你搂着她肩膀干什么？"

童薇轻微扭了下肩膀，秦天宇收回了手。

谢晓飞得意地看了秦天宇一眼，向童薇说道："你不是要请我吃饭吗？咱们走！"

秦天宇用询问的眼神看向童薇。

童薇解释道："是飞总帮我拿回了我爸的遗物……"

"喔，原来是这样。"秦天宇脸色一展，向谢晓飞道，"这样说来，确实该请飞总吃顿饭了，我知道一家不错的餐厅，飞总不介意的话，我带你们去？"

谢晓飞一撇嘴:"我当然介意!是童薇欠我一顿饭,关你什么事?"

秦天宇笑笑:"飞总可能不知道,我和童薇认识多年,可以说童薇的事情,就是我的事情,你帮童薇找回她父亲的遗物,我当然得感谢你啊。"

谢晓飞冷着脸问童薇:"是吗?"

童薇看了眼秦天宇,又看了看谢晓飞,脸上有些尴尬。

"我问你是不是。"谢晓飞再次问道。

童薇犹豫一下:"天宇介绍的餐厅,应该能让你满意⋯⋯"

"你这个笨女人!"谢晓飞气急败坏地转身要走。

"飞总!"童薇喊住他。

秦天宇拉着童薇:"不吃拉倒,我送你回家吧!"

谁知谢晓飞不甘心地回来,二话不说拉住童薇的手,就往自己这边拽:"我让你回家了吗?"

童薇傻傻地看着谢晓飞,不知道他什么意思。

"你这个白痴,看不出来吗?我在吃他的醋!"

童薇傻住了:"飞总⋯⋯别开玩笑⋯⋯"

谢晓飞把话说了出来,越发地蛮横,双手环胸看着秦天宇:"秦天宇,你喜欢童薇对吧?告诉你,我也喜欢!从今天起,我要和你公平竞争!"

秦天宇似笑非笑:"欢迎!"

童薇抓狂起来:"你们两个闹够没有!都离我远点!别来烦我!"

说完,童薇头也不回,快步离去。

第 028 章
男人内心的脆弱

回到酒店,谢晓飞把车钥匙扔到茶几上,整个人坐在沙发里。

想了想,谢晓飞拿起电话,拨通了美国的号码:"欧伯,找我爸!"

欧伯是谢家的管家,立即将电话递给正在用膳的谢天佑。

谢天佑气接过电话,气呼呼的:"你还知道打电话给我?"

谢晓飞语气放软:"爸,我道歉,不过你也有不对的地方。"

"你……"

"好了好了,我打电话不是为了跟你吵架,爸,你要我好好对待科万的谈判,我现在听你的,但我有一个条件!"

谢天佑皱眉:"你现在还敢跟我谈条件?"

谢晓飞连忙说道:"好啦好啦,一人做事一人当,首轮谈判失利是我的责任,跟CAEA的谈判专家无关,只要你让负责谈判的那个女人回来继续工作,我答应你,这个项目我一定拿下!"

"我凭什么相信你?"

"爸,我从不承诺,这点你知道。"

谢天佑站起身来,来回踱了几步,思索片刻出声:"好,我再给你最后一次机会!如果事情搞砸了,你就别回来了!"

挂断电话,谢天佑伸展了下胳膊,穿着唐装来到院外草坪,打起太极。

欧伯立即拿着水和毛巾,放在旁边的小桌上,毕恭毕敬地等在一旁。

谢天佑一边打着拳，一边出声："因为把那块地卖了，所以臭小子铆足了劲要破坏和科万的合作，现在他突然改变主意，欧伯，你不觉得奇怪吗？"

欧伯点头："确实奇怪，不过老爷，您明知他有怨气，还派他去？"

谢天佑露出诡异的笑容："他是孙悟空，我就是如来佛，任他怎么闹腾，都逃不出我的掌心。"

欧伯想了想："我还是不太明白，少爷为什么现在又斗志满满地想要赢了？"

这时，谢晓天跑了过来，拿出一个文件袋："爸，你要的东西都在这里。"

谢天佑停下手上的动作，拿起毛巾擦了擦额头上的汗，喝了口水，不急不慢地打开文件袋，从里面抽出一张照片。

照片上的人，正是童薇。

看着照片，谢天佑向与谢晓天问道："晓天，从你们年轻人的角度，你觉得这个中国女孩怎么样？"

"很漂亮。"谢晓天老实回答着。

"是不同寻常的漂亮。"谢天佑点了点头，"这样的相貌，再加上那些了不起的履历，难怪晓飞会打电话来替她求情。"

谢晓天微愣："哥是不是喜欢上这个女孩了？"

谢天佑点点头："晓飞在电话里拍胸脯向我保证，一定会保证与科万的合作项目成功，条件就是让这个女孩重新负责项目谈判，我想，晓飞一定是对她动情了。"

谢晓天微皱眉头："可是，这次去中国，明着是要哥拓宽市场，真实目的是……"

谢天佑微笑道："晓天，你知道我为什么喜欢太极拳吗？"

谢晓天微一低头："请父亲教诲。"

谢天佑淡然说道:"太极借力打力,见招拆招,晓飞去中国,项目的输赢确实不是重点,但他既然愿意为了这个女孩认真对待工作,那我就顺水推舟,送他一程,至于结果如何,我就静观其变了。"

"父亲英明。"谢晓天微微鞠躬。

上海。

谢晓飞一大早就来到童薇家门外,拿出电话拨通了童薇的号码。

"干吗呢?"

童薇才刚起床,伸了伸腰:"飞总,我在休假,你有什么事?"

"你出来,到露台上来。"

童薇走到露台上,见谢晓飞正坐在跑车引擎盖上,冲她飞吻。

童薇哭笑不得:"飞总,你要没事的话我先挂了。"

"什么没事?我在追你,这可是头等大事!"谢晓飞连忙出声。

童薇皱了皱眉,有些好笑:"飞总,你到底喜欢我什么?我改还不行吗?"

谢晓飞嬉皮笑脸:"我就喜欢你不喜欢我,所以只要你不喜欢我,我就喜欢你,你要让我不喜欢你,那就喜欢我!"

童薇被谢晓飞绕得头晕,一下子语塞:"……飞总,如果你只是来展示你新学的绕口令,那再见!"

谢晓飞急忙出声:"别挂!我找你有正事!公事!真的!有些东西需要你翻译一下!电话里说不清楚!"

童薇略微迟疑,最终点头:"好吧。"

不多久,坐上了谢晓飞的车,看着窗外的景色,童薇一脸疑惑。

"飞总,你这是要去哪儿?你不是有文件需要我翻译吗?"

谢晓飞晃了晃手机:"我刚用翻译软件译好了。"

童薇瞪着谢晓飞:"你又骗我?"

谢晓飞连忙举手:"真的,来都来了,我们去做点别的吧!"

童薇恨恨地看着谢晓飞，看谢晓飞嬉皮笑脸地吐着舌头，气得不行："我发誓，这里我最后一次被你骗！"

谢晓飞开着车，一路疾驶，出了市区，最后在苏州郊外停了下来。

扭头看去，半小时的车程，童薇已经歪着头睡着了。

睡着的童薇显得非常安静，脸蛋也不再绷着，细致的五官，小巧微翘的嘴唇，让谢晓飞有些失神，自言自语着："睡着多好，醒着的时候怎么那么霸道。"

看着童薇可爱的睡相，谢晓飞露出贼兮兮的笑容，凑了过去。

正当谢晓飞一口要亲下去的时候，童薇突然睁大眼睛，谢晓飞被吓了一跳，直接往后一退。

"砰！"

头撞到了车顶上。

"哎哟！"谢晓飞捂着脑袋，一脸哭相。

"你干吗啊！"谢晓飞瞪着童薇。

童薇盯着谢晓飞："你还问我？你刚才想干吗？"

谢晓飞语塞，嘴硬道："我……我闻一下，怎么了？"

"变态！"童薇板着脸。

"谁让你把自己弄得这么香的。"谢晓飞撇着嘴。

童薇无语，开门下车。

扫视了眼，发现周围是一片荒地，童薇扭头问道："这是什么地方？你把我带这里来干什么？"

谢晓飞走到童薇身边，看着荒地："告诉我，你看到了什么？"

童薇摇头："什么都没看到。"

谢晓飞一脸嘚瑟："而我，我看到了梦想！"

童薇翻了个白眼。

谢晓飞解释道："这里是我外婆家！曾是我外婆家。"

童薇有些疑惑:"你外婆家?你母亲,是中国籍?"

谢晓飞点了点头:"嗯,我妈是苏州人,20岁那年去美国留学,后来认识了我爸,结婚,生下了我,5岁的时候,我妈才第一次带我回外婆家。"

谢晓飞脸上洋溢着幸福:"我外婆家是一栋木质的民宅,很古老的那种,外婆很慈祥,总是喜欢一脸慈祥地看着我笑,还给我吃一种硬邦邦的东西,好像叫锅巴,很香,很好吃,我还和村里的伙伴们一起在田里抓螃蟹,玩泥巴。"

"在外婆家的那几天,我感受到在美国从来没体会过的快乐,是我最快乐的几天。"说到这儿,谢晓飞的语气有些忧伤,"可是,回到美国后我生了一场大病,医生说我是因为不讲卫生被细菌感染了,从此以后,妈妈就再没带我回来过,后来外婆去世了,我也没再看到过外婆。"

谢晓飞指着眼前的荒地,像个大男孩儿一样:"这里,就是我外婆家所在的村庄,我那时候就萌生了一个念头,我要把这个地方,建成一个与众不同的'原生态度假村',用来纪念我外婆!"

"原生态度假村?我不明白……"童薇看着眼前的荒地。

谢晓飞解释道:"谢氏的十八藏很奢华,但没有人味,没有爱,再高档的设施和服务,都没有任何感情,只是一座高级奢华的牢笼罢了!我要建一座有爱的度假村!"

童薇想了起来,这块地,就是当初谢晓飞出的考题,心中微暖:"你真是这么想的吗?"

谢晓飞看着童薇:"是不是很可笑?"

"没有。"童薇认真地说道,"你的梦想很了不起!"

"真的吗?"

童薇点头:"至少你打动了我!你的度假村开了,我要做第一个客户。"

谢晓飞脸上掠过一丝难过:"可是,这一切都没希望了。"

"怎么了？"

谢晓飞指着眼前的荒地："这块地我花了两年时间，动用了一切资源，终于说服上家卖给了我，可我爸，却偷偷瞒着我，把它卖了！"

童薇一脸吃惊："卖了？为什么？"

谢晓飞撇了撇嘴，苦笑道："他们认为我是个不学无术的混蛋，从来没把我的梦想放在眼里，即使表面上鼓励我，背地里也根本不相信我能做成什么事情。"说到这儿，谢晓飞看向童薇，面露感激，"童薇，你是第一个支持我的人，虽然我实现不了这个梦想，但有你这句话，够了。"

童薇有了些猜测："难道，你首轮谈判故意激怒科万，就是为了报复你爸卖掉这块地？"

谢晓飞昂头："不让我痛快，大家都别痛快！"

童薇觉得好气又好笑："你也太幼稚了！"

谢晓飞歉意地说道："我没想到会误伤你，对不起，你现在也知道了事情的原委，可以原谅我了吗？再说我这么有才华，你是不是该考虑考虑……"

童薇瞪着谢晓飞："还嬉皮笑脸的，我看你根本没事！"

谢晓飞有些伤感："不嬉皮笑脸的又能怎么样？人生与其在不断的失落中痛哭，不如笑着把日子混下去！"

童薇摇头否定："不对，如果这个度假村对你来讲真的重要，你就应该努力争取！"

"嗯？"谢晓飞看向童薇。

"飞总。"童薇说道，"我真心觉得你的主意很棒，虽然你父亲有做得不对的地方，但你该做的不是报复，而是挽回，把这块地争取回来！"

谢晓飞看着童薇："所有的事都该争取，对不对？"

"对！"童薇一口认定，当看到谢晓飞脸上的坏笑时，童薇突然意识到，自己是不是回答得太缺乏考虑了。

第029章
情愫暗生

　　谢晓飞觍着张脸继续追问："那你替我分析分析，我喜欢一个女孩子，该不该争取啊？"

　　童薇小心翼翼地和谢晓飞拉开距离："那……那也得看情况……"

　　谢晓飞含情脉脉地逼近："怎么说呢，这个女孩很漂亮，很聪明，工作很努力，刚认识的时候，我们相处并不愉快，不过……"

　　童薇打断谢晓飞的话，躲闪着谢晓飞的眼睛："够了，晓飞，我觉得……你和她不合适。"

　　谢晓飞一下子抱住童薇："童薇，昨天我说的话是真的，做我女朋友吧！"

　　童薇挣扎出来："不！"

　　"我不管。"谢晓飞不依不饶，"我就认定了你，我就是要你做我的女朋友，你要是不答应，我就一直缠着你。"

　　"晓飞，你……"童薇看着谢晓飞。

　　谢晓飞耍着无赖："你都说了啊，要争取！我现在就在拼命争取，总之你不答应我就不放弃！反正我就赖上你了！"

　　童薇无奈地摇了摇头："晓飞，我给你说正事，我们做朋友，好吗？作为朋友，我一定会支持你的梦想。"

　　谢晓飞一口否定，有些气愤："我到底怎么了我？我哪点比不上秦天宇啊？"

童薇摇头："秦天宇也只是我的普通朋友。"

"也就是说，在你心里，我就和秦天宇一样的地位？"谢晓飞咬着牙，"接受不了！"

童薇冷冷地看着谢晓飞："谢晓飞，我警告你，别给你个好脸色你又无理取闹！"

谢晓飞捏住童薇的脸："瞧，又凶巴巴的了，是不是需要我管教管教你啊？"

这时，童薇的手机响了，看了看号码，是周倩，童薇示意谢晓飞安静。

"喂，周总，有空，你说什么？复……职？"

童薇看了谢晓飞一眼，谢晓飞一脸得意的表情。

"是你干的？"童薇挂断了电话。

"现在，我是不是比秦天宇高大了不少？"谢晓飞挺起胸膛。

童薇没说话，转身走了。

谢晓飞追了上去："喂，你不会连谢也不说一句吧？"

回到CAEA，新的通知到了，童薇确实重新接管科万与谢氏的合作项目谈判。但童薇的心情并没好起来，反而更坏了。

从公司出来，童薇径直去了健身房，做着热身运动。

谢晓飞突然出现："嘿，要不要帅哥陪练啊？"

童薇没好气地看了谢晓飞一眼："你来干吗？"

"追求你啊。"

"闭嘴！"童薇瞪了眼谢晓飞，转身套起拳套。

"啧啧啧，你看看，有多少女人羡慕你。"谢晓飞嬉皮笑脸地围着童薇打转。

童薇实在受不了，拿起一旁的拳套，扔给谢晓飞："既然这么想挨揍，那我就成全你。"

谢晓飞把拳套扔到一边："这玩意是为了保护自己的，被你打，我心甘情愿。"

童薇眼睛微眯："那我就不客气了！"

话音未落，童薇已经冲了上去，右直拳，下勾拳，右摆拳，谢晓飞像猴子一样，轻松自如地左右闪躲。

没几下，童薇就气喘吁吁。

谢晓飞心疼地停下："累了？"

童薇一咬牙："谢晓飞，要打就认真打！"

谢晓飞摇头："你打不过我的，不想让你受伤。"

"别废话！"童薇冷哼一声。

"输了可别说我欺负你喔！"谢晓飞轻松地跳了跳。

童薇猝不及防地一拳上去，谢晓飞拉住童薇的手轻轻一带，将她顺势带进怀里，亲了一口。

童薇恼怒地一拳抡了上去，又被谢晓飞按住，整个人被谢晓飞从身后抱得死死的。

谢晓飞无赖似的，把头埋在童薇的颈间："你好香啊。"

"请你自重！"

谢晓飞不以为意："你才要自重呢，亲也亲了，抱也抱了，还死不承认！"

"砰！"

童薇脑袋一扬，撞在了谢晓飞的鼻梁上。

"哎哟！"谢晓飞眼泪鼻血一起流，等回过神来的时候，童薇已经走进了女士更衣间。

"喂！我流血了！"谢晓飞捂着鼻子也跟着进去，引得里面尖叫连边，运动鞋、袋子，乱七八糟地往他头上扔。

"对不起……对不起……"谢晓飞连忙退了出来。

童薇换了一身衣服，走出更衣间，往楼下走去。

谢晓飞捂着鼻子，一步一趋地跟在后面："你们女人下手怎么这么狠，我的鼻梁不会骨折吧？"

童薇"扑哧"一声笑了。

"你还笑！"谢晓飞瞪着童薇。

"活该！"童薇扭头往外面走去。

谢晓飞一个跨步，死活拦住她。

这时，一名巡逻警察骑着摩托车来到两人面前，看了眼满脸鼻血的谢晓飞，向童薇问道："怎么回事啊？"

"他缠着我。"童薇回答道。

警察从摩托车上下来，向谢晓飞招了招手："先生，请出示你的证件！"

谢晓飞不情不愿地掏出护照。

警察接过："美籍华人？我说这位侨胞，谈恋爱的事情是你情我愿，人家姑娘不愿意，你就不要勉强。"

"她是我女朋友！"谢晓飞指着童薇。

"女朋友？人家姑娘同意了吗？"警察看了眼童薇，童薇故意没有吭声。

"看看，没同意。"警察将护照还给谢晓飞，"人家姑娘没同意，你这就叫非礼轻薄，是犯法的事情。"

说着，警察拍了拍摩托车后座："姑娘，这样吧，我送你回去。"

谢晓飞急了，拉着童薇，冲警察嚷嚷："关你什么事啊！她是我女朋友！"

警察站住，严肃起来："小伙子，你不要太过分啊？别以为你是外国籍我就拿你没办法了！中国可是讲法律的地方！"

谢晓飞头一扭："你凭什么把她带走！你再这样，我就报警了！"

"呵？"警察看着耍横的谢晓飞。

童薇一看事情要升级，连忙拦住警察："警察同志，不好意思，他……是我……男朋友……"

警察将信将疑："他真是你男朋友？"

说着，将童薇拉到一边，悄声道："姑娘，你别害怕，把实际情况告诉我，他这样的人我碰得多了，我不能让你被骚扰！"

童薇摇了摇头："没有，都是误会……"

警察还有些不信："真的？"

童薇只得用力地点了点头。

警察看了眼谢晓飞，语气温和下来："姑娘，下次可别在大马路上闹别扭了，耽误事！"

"对不起，是我不好。"童薇连连道歉。

警察骑着摩托走了。

谢晓飞一脸得意指着童薇："现在承认了吧，警察都可以做证，你亲自承认我是你男朋友了！"

"滚！"童薇板着脸。

谢晓飞一脸委屈："又凶我……"

童薇飞奔坐上车，抛下谢晓飞走掉了。

因为明天要重返公司接手项目，童薇一直到很晚的时候，都还在查阅着文件。

微信响起，是谢晓飞发来的："晚上好，童薇小姐，做我女朋友吧！"

"真是见鬼！"童薇直接把手机关机。

第二天一早，童薇来到 CAEA 大楼。

"早，童姐！"

"早，KIKI！"

"童姐，你终于回来了，人家好想你啊，么么哒！"蒋可凑了过来。

童薇一把将蒋可推开,和崔西打着招呼:"早啊,崔西!"

崔西站了起来:"早,咖啡已经给你放在办公桌上了!"

"谢谢。"

童薇进入办公室,坐下后,拿起手机,直接跳过谢晓飞发的一大串微信,回了一条:"今天10点项目会议,飞总!"

童薇放下手机,看了会儿文件,谢晓飞并没回复。

"这个谢晓飞,居然敢不回我!"

童薇想了想,放下手机,没再发微信。

时间,很快到了9点50。

窗外,李相中带着谢氏的成员来了,但没见到谢晓飞。

"李经理,能进来说话吗?"童薇站在门口,向李相中出声道。

李相中点头,走进办公室。

"你们飞总呢?"童薇问道。

"他……"李相中有些为难。

童薇点了点头:"明白了,是老毛病又犯了吧?我去给他打电话!"

李相中连忙出声:"不不不,您误会了,飞总他……退出项目了。"

"什么?"童薇停下脚下,惊讶地看着李相中。

李相中解释道:"其实一开始的时候,飞总就不太乐意负责这个项目,他只是一直想推进一个'原生态度假村'的策划,但公司里没人支持,甚至很多人认为他在瞎闹,董事长就把他空投到上海,飞总来的时候一肚子气……"

"这我知道,可是……"

李相中说道:"总之,飞总已经做了决定,既然童经理已经知道,还请体谅我们飞总。"

童薇镇定了一下:"我们先开会吧。"

第 030 章
危险的爱情

会议结束，童薇离开 CAEA，上了车，拨通谢晓飞的电话。

没人接。

童薇直接来到酒店，按动谢晓飞客房的门铃。

谢晓飞开了门。

床上，放着一只小小的箱子，谢晓飞正在收拾衣物。

童薇微愣："今天为什么没来开会？"

谢晓飞淡淡地说道："李相中应该都跟你说了吧。"

"你要退出？为什么？"

谢晓飞颓废地说道："不想干了。"

看谢晓飞这个样子，童薇就来气："谢晓飞！你搞什么鬼？昨天不是说得好好的吗？你怎么这么幼稚！"

谢晓飞看着童薇："这个项目本来我就不想接，来之前我就是抱着捣乱的心情来的，因为你我才愿意认真对待这个项目，可你这么讨厌我，不如换个人来。"

"我没有讨厌你！"童薇说道。

谢晓飞："你不喜欢我，就是讨厌我。"

"我……"童薇瞪着谢晓飞，语气缓了缓，"晓飞，工作是工作，感情是感情，不能混为一谈。"

谢晓飞一脸轻松："对我来说就是一回事,没有感情我无法工作!我知道,你看不上我这种人,所以我走,行了吧?"

童薇安慰道："晓飞,你到底要我怎么说才能明白?我承认,刚认识你的时候,我对你是有看法,觉得你是一个纨绔子弟!可在苏州,你说的那番话,让我认识到你是一个有梦想有追求的人!所以我尊重你!我希望你不要把时间浪费在我的身上,你一定要去努力完成你的梦想!"

谢晓飞伤感地摇头："没有你,就算实现了梦想又怎么样呢?"

童薇已经无话可说。

谢晓飞看向童薇："童薇,我不想让你为难,我走以后,估计我爸会派我弟弟来接手这个项目,他一定会一丝不苟认真完成这次谈判,请你放心。"

说完,谢晓飞站起来,拖着皮箱拉开门。

"我走了,你……保重……再见……"谢晓飞拉着皮箱,往电梯间走去。

看着谢晓飞的背影,童薇心里百味杂陈,愣了好一会儿,眼眶有些红。

"谢晓飞!你给我站住!"

谢晓飞依然往电梯间走着,头也不回。

"你站住啊!"童薇追了上去。

谢晓飞依然不回头。

童薇急了："站住!我……我喜欢你!行了吧!"

谢晓飞突然站住,吃惊地转身："你……你说什么?"

童薇一张脸通红。

"你……你刚才说什么?"谢晓飞追问道。

"我什么都没说!"童薇一扭头,转身要走。

"你说你喜欢我!我听见了!"

"滚蛋！"童薇气急败坏地一跺脚。

"哼，我录音了。"谢晓飞拿出胡萝卜录音笔，录音笔里播放出童薇刚才的话。

童薇脸更红，扑上去抢："你给我！"

谢晓飞把录音笔举得高高的，他身高一米八，童薇根本够不着，一下子扑进他的胸膛。

谢晓飞趁机抱住童薇："哈哈，录音为证，你再也赖不掉了！对了，还有警察做证！"

童薇急了："你说够了没有！我是不忍心看你难过！"

谢晓飞看着童薇："你不忍心看我难过，那就是喜欢我啊！以后你就是我女朋友了，我也不欺负你了。"

童薇一脸郁闷："你把录音删了！"

"不！"谢晓飞一扭头，"我怕你不认账！"

童薇动手要抢，谢晓飞一脸诡笑凑到她面前："再乱来，我可亲你了！"

"你！"童薇气得一跺脚，"你这个无赖！"

谢晓飞一脸得意："哈哈！知道你做我女朋友第一天，还比较害羞，我就不逗你了，给你时间慢慢适应吧，走，我们去庆祝一下。"

童薇气得转身就走，脸上却浮现出一丝幸福的笑意。

酒吧内，昏暗的灯光下，谢晓飞和童薇并排窝在沙发里。

谢晓飞不停往童薇身边挤，童薇则往旁边靠。

"你别过来！"

谢晓飞嬉皮笑脸："谈恋爱就得这样，坐得太远，像开会！"

童薇小声道："我可没答应你！"

"这都不重要，我替你答应了。"说着，谢晓飞一把搂住童薇，用力亲了一口。

"你！"童薇拿谢晓飞没办法。

这时，童薇突然瞟到一个熟悉的身影，下意识地推开谢晓飞，把谢晓飞往桌下按。

"你干吗？"

"别废话，下去！"童薇急道，按得更用力了。

谢晓飞没办法，只得钻到桌子底下，一扭头，见一个服务员正瞪大眼睛疑惑地看着自己。

"呵呵……"谢晓飞尴尬地笑着，举起一个瓶盖，"呵呵……瓶盖，捡瓶盖……"

谢晓飞的话还没说完，就被童薇的高跟鞋踹了一脚："别说话！"

谢晓飞满肚子冒火，却只能憋着。

服务员反应过来，露出一个懂了的表情，将手上的餐巾布塞给谢晓飞，压低声音："用这个遮比较靠谱……"

谢晓飞拿着餐布，挡脸看着服务生离开的背影，满脸郁闷。

这时，童薇把谢晓飞从桌子下拉了出来："出来吧，没事了。"

谢晓飞身材高大，从桌子下钻出来甚是郁闷，头还"砰"的一声撞到了桌沿上。

童薇关心地问道："疼吗？"

"废话！"谢晓飞一脸委屈，指着胸口，"这里更疼！好好的，干吗让我钻桌底？是不是秦天宇来了？"

童薇摇头："认错人了，刚才我以为看到的是肖翔。"

"肖翔？我为什么要躲着肖翔？"谢晓飞不解出声。

童薇解释道："CAEA有规定，员工不能和客户发生任何感情上的牵连，怕影响工作。"

"这什么狗屁规定，你们机构是修道院？"随即转念一想，谢晓飞兴奋起来，"这么说，你承认我是你男朋友了？"

"我……"

"我不管！你承认了！"谢晓飞用力搂住童薇，一脸开心。

童薇推开他："喂，刚才跟你说的规定，你忘了？"

"没忘，反正你是我女朋友。"谢晓飞不肯放手，"你放心，在人前我会适当控制的。"

童薇总算松了口气。

经过这一打扰，也没了喝酒的兴趣。

两人起身结账，准备离开。

谢晓飞买单，童薇等在一旁。

这时，之前给谢晓飞餐巾的那名服务生凑了过来，神神秘秘地递给谢晓飞一张纸条。

谢晓飞一脸疑惑："这是？"

服务员努了努嘴，谢晓飞扭头看去，一个老女人，正满脸奇怪笑容地冲他举了举杯子。

谢晓飞迷惑地打开纸条，上面写着："帅哥，今晚有空吗？"

谢晓飞满头黑线。

"这个数，怎么样？"服务员以为谢晓飞不满意，伸出五个手指。

谢晓飞气得把纸揉成一团，拉着童薇往酒吧外走去。

童薇打趣道："跑什么啊，价格还没谈呢！"

"闭嘴！恶心死我了！"谢晓飞骂骂咧咧的，拽着童薇离开。

夜晚的街道上，回荡起童薇肆意的笑声。

回到家里，童薇拎着包走上楼，突然听到轻微的关门声，抬头看去，是童恬恬的房间。

童薇露出了然的表情，进了屋。

打开笔记本，童薇准备看看材料，加加班。

这时，有人敲门。

童薇站起身来开门,门外却空无一人。

童薇面露疑惑,随即,发现地上躺着支钢笔,拾起来看了看,与自己父亲那支很像。

看了眼童恬恬的房门,童薇露出一抹微笑。

回到书桌前,童薇想了想,掏出手机给谢晓飞发了条微信:"明天帮我个忙。"

"?"谢晓飞很快回复。

"联系你前女友!"

谢晓飞立即发了一个动图,用谢晓飞头像做的表情包,惊恐万分地正在跪地求饶。

童薇微笑发送:"给你一个戴罪立功的机会!"

第二天,童薇将车停到了服装设计学院的门口,拨通了童恬恬的号码。

不一会儿,童恬恬从校门出来,看到童薇的车,过来敲了敲车窗。

"找我干吗?"童恬恬没好气地问道。

"上车。"童薇招了招手。

童恬恬不动。

"有好事,过时不候啊。"童薇出声道。

童恬恬打开车门坐了进去:"你要骗我,我可跟你没完!"

童薇只是一笑,和童恬恬来到学校外的一家餐厅。

"这个、这个、这个,还有这个……"童恬恬指着菜单,一通乱点。

服务员在旁边唰唰写着。

童薇一看,童恬恬点的全是便宜的菜,出声道:"别啊,给你一个机会,怎么全点特价菜?"

童恬恬看了童薇一眼,向服务员坏笑道:"刚才说的不要,其他全要!"

服务员一脸为难:"这个……你们吃不完吧?"

"你管我!"童恬恬一撇嘴。

童薇对服务员微笑道:"下单吧,再来一罐冰可乐。"说到这儿,看了眼童恬恬,"你喜欢喝。"

童恬恬一扬头:"哼,今天太阳打西边出来了吗?"

"太阳一直从西边出来,你不知道吗?"童薇说道。

"喊,你当我三岁小孩啊?"

童薇忍不住笑了。

第031章
以攻为守

"说吧,你想干什么?"童恬恬一边喝着可乐,一边问道。

童薇拿出昨晚被放在自己房门口的那支钢笔。

童恬恬立即出声:"这不是我放在你门口的!"

这都18岁了,智商还是令人着急啊,童薇忍不住又想笑:"我还没说呢,你怎么知道我要问什么?"

童恬恬有些慌张:"我……我猜的!"

童薇语重心长地说道:"恬恬,能告诉我,你为什么这么讨厌我吗?"

童恬恬看着童薇:"谁让你把我从纽约带回来,害得我失去了进入时尚圈的机会!"

对这个刁蛮的堂妹,童薇真是没有办法,苦笑道:"恬恬,你现在是应该努力学习的时候,如果你想去纽约时装周,等你明年大点了,我想办法给你弄张秀场入场券。"

童恬恬有些心动,挣扎了一下还是坚定出声:"就算这样,我还是讨厌你!你眼里从来就只有自己!就是你这种高高在上的样子最让我讨厌!"

这时,谢晓飞出现在门口,童薇向他挥了挥手:"这里。"

童恬恬认出谢晓飞:"是你!上次说我是小偷的家伙!"说到这里,童恬恬想到了什么,看了看童薇,又看了看谢晓飞,"你们俩不会又是合伙想整我吧？"

"你有什么好整的？"童薇说完向谢晓飞问道，"东西带来了吗？"

"带来了。"谢晓飞拿出张照片丢给童恬恬，"A-Li Song 送你的签名照。"

童恬恬拿过照片，立即两眼放大，满脸激动地抱住狂亲："哇，真的，是 A-Li Song 的笔迹！她竟然亲自送照片给我！"

谢晓飞笑了笑。

童恬恬上下打量谢晓飞："我想起来了，你是娱乐新闻上 A-Li Song 的那个绯闻男友！A-Li Song 真是你的女朋友？"

谢晓飞尴尬地瞪着童恬恬："小孩子不好好读书，看什么娱乐新闻……"

"喊……"童恬恬理直气壮，"你们这种成年人不好好工作，整天忙着搞什么绯闻！"

谢晓飞："……"

见谢晓飞在童恬恬面前吃瘪，童薇再也忍不住哈哈大笑起来。

吃过饭，两人把童恬恬送回学校。

进入校门，童恬恬回过头来，有些扭捏："谢啦！不过，这并不代表我就不讨厌你了！"

童薇一本正经地回道："这也不代表，以后你犯了错我就不责备你了！"

童恬恬眼神在童薇和谢晓飞之间打了个转："你们……你们俩在谈恋爱吧？"

童薇立即否认："你胡说什么啊，他是我的客户！"说着，拉了拉谢晓飞，"是不是啊？"

谢晓飞郁闷地点头。

童恬恬根本不信："童薇，你骗谁啊？他要对你没意思，干吗大老远开车来替你讨好我？"

说完，童恬恬得意地跑进学校。

童薇："……"

谢晓飞开着车，把童薇送回CAEA。

车刚进停车场，谢晓飞正想给童薇开门，童薇已经自己下车，往电梯间走去。

谢晓飞急忙将车锁上，快步追上，一只手很自然地搭在童薇肩上："走那么快干什么！"

童薇一皱眉，拿开谢晓飞的手："警告你，别动手动脚！"

谢晓飞："自己女朋友，不犯法吧？"

童薇小心看了眼四周："你忘了我跟你说的吗？这里是公司！"

谢晓飞不以为意："这里是停车场，OK？"

"公司的停车场属于公司，你明白吗？"童薇瞪了谢晓飞一眼。

谢晓飞抿了抿嘴："真是扫兴！"

电梯到了，童薇进入电梯，谢晓飞钻了进来，以迅雷不及掩耳之势亲了童薇一口，童薇刚想发飙，谢晓飞指了指电梯按键："一楼到了！"

童薇只得忍住脾气。

电梯门开了，蒋可走了进来。

见到童薇，蒋可立即扑了过来抱住童薇："童姐，好开心在公司看到你！"

谢晓飞轻咳一声，提醒童薇。

童薇根本不理，轻拍蒋可的后背。

谢晓飞再也忍不住了："喂，电梯里还有其他人，请注意肢体语言！"

蒋可回过头来："哟，你要不说话，我还真没看见呢！飞总来得这么早？真不像你的行事作风！"

谢晓飞一横眼："我是被你们童薇姐从被窝里拽起来的……"

蒋可阴阳怪气的:"也是,飞总这样的公子哥,'夜生活'真是丰富多彩啊,这都下午了才起床……"

谢晓飞看着蒋可,都有些想揍这个人妖兮兮的活宝了。

还好电梯到了,童薇和蒋可有说有笑地离开电梯,谢晓飞一个人留在电梯里,臭着张脸。

会议室,谢氏和CAEA两方人马,很快开始开会。

这是童薇回归后,第一次正式碰面会。

童薇首先讲话:"诸位,上次发生的不愉快,让科万的总经理杨潇对晓飞的印象非常糟糕,所以他现在态度很强硬,对于下一轮谈判,大家有什么想法和建议?"

李相中出声:"我们是否可以考虑适当退让?"

谢晓飞开口插话:"不,恰恰相反,我们要比他更强硬,以攻为守!"

众人全都看向谢晓飞,不明白谢晓飞是什么意思。

李相中有些担心:"飞总……可……万一谈崩了怎么办?"

童薇笑了笑:"我也同意强硬,但强硬的应该是我们CAEA,而不是谢氏……"

谢晓飞点头:"和我想的一样,谢氏和科万此次合作的谈判,重点在于合资公司创立后,谁在中国境内对度假村享有绝对主导权!为了先声夺人,我建议,由CAEA向科万提出,我们谢氏必须占股八成以上!"

"什么?八成?"李相中一口否定,"科万根本不可能答应!"

谢晓飞神秘一笑:"要的就是他不答应!"

众人再次不解地看向谢晓飞,只有童薇露出欣赏的眼神,解释道:"当CAEA和科万僵持不下的时候,谢氏可以出来打圆场讲和,表示愿意稍微做点让步,这么一来,与科万的谈判就能事半功倍。"

"也就是说,你们CAEA和我们谢氏,一个唱红脸,一个唱白脸!"谢晓飞扫视全场,"你们明白了吗?"

"明白了！"蒋可、KIKI等人应声。

会议继续进行，快要到结尾了，这时前台敲了敲门："不好意思，童姐，秦律师说有重要事情要找你。"

童薇点头："那好，今天的会议先到这儿，我先走一步，你们随意沟通沟通。"

童薇进入办公室，秦天宇已经等在那儿。

"天宇，你怎么来了？"

秦天宇手里拿着个牛皮信封晃了晃："你绝对想不到我给你带什么来了。"

"喔？"童薇有些好奇。

接过牛皮信封，里面是一破本子，当翻开之后，童薇一脸激动："我没想到……你……你竟然能找到这个！"

秦天宇微笑道："我知道，你一直以来的心愿，就是弄清楚你父亲当年那桩案子的真相，你把希望寄托在蔡天澜的身上，我始终觉得不妥当，去年我受一个案子启发，找到了你父亲出事地点的公安局，希望能找到些线索，结果他们从仓库里给我翻出你爸的笔记本，我想，你或许能从笔记本上发现什么。"

童薇一页一页地翻着笔记本。

但当翻到日记上2月28号时，后面被撕了几页。

"怎么回事？怎么撕了呢？"童薇皱紧眉头，心中的希望一下子破灭，"我爸是3月8号出事的，怎么没了……"

秦天宇一只手轻抚童薇后背："冷静点，或许你爸随手撕下来记点东西呢？"

"不可能！"童薇一口否定，"我爸很注重工作细节，他临时记东西绝对不可能从日记本上撕纸！一定有问题！"

"哐当"，门开了，童薇回头看去，见谢晓飞板着脸站在门口。

童薇平复情绪："晓飞，你有事吗？"

谢晓飞出声问道："你刚才是不是拿错了我的文件？"

"啊？"童薇微愣。

谢晓飞不由分说，跑到童薇身边，在桌上寻找起文件。

见谢晓飞很认真的样子，童薇也帮着他找，最终什么也没找到。

谢晓飞皱了皱眉："看来是我搞错了，对了，刚才开会，还有一点我不太明白，能不能再谈谈？"

"好，你去会议室等我吧。"童薇点头。

谢晓飞退了出去。

童薇歉意地看向秦天宇："天宇，真是抱歉，本来应该我请你吃饭……"

"呃……"秦天宇摇头，"童薇，我挺担心你的，谢晓飞把第一轮谈判搞得那么僵，原本你出局，我以为是好事，现在你打算怎么办？"

童薇回道："以攻为守吧。"

"怎么说？"

童薇思索一下，秦天宇也不是外人，便说道："具体细节还在研究，不过初步由我们CAEA做坏人，提出占股八成，到时候实在不行，再让谢氏出来打圆场。"

秦天宇追问道："那谢氏的底线是多少？"

童薇皱了皱眉："天宇，这个我就不方便透露了。"

秦天宇立即识趣地一笑："对不起，我不该问的。"

这时，谢晓飞在外面不耐烦地敲门："喂，等你5分钟了，现在是工作时间！"

童薇冲秦天宇一笑："抱歉，不送了。"

秦天宇点头，离开了办公室。

第 032 章
每个人都有自己的故事

会议室。

所有人都已经走了,只有谢晓飞一个人双手环胸坐在那儿。

童薇立即明白谢晓飞只是跑来捣乱,靠着会议桌,递了瓶水给他,谢晓飞臭着张脸不接。

童薇见谢晓飞像大男孩儿一样吃醋赌气,忍不住笑出声来。

"你还笑!"谢晓飞臭着脸,"我不明白那个秦天宇来找你干什么,更不明白你为什么放着项目不管,跟他在办公室聊了好半天!"

童薇不以为然:"你就为这事?"

谢晓飞理直气壮:"我是委托方,这事还不严重?"

"好好好。"童薇举手,"委托方大人,抱歉占用了一点点工作时间!下次我一定注意!"

谢晓飞不死心:"他找你干吗?"

"委托方大人,这是私人问题,我不用回答吧?"

"我现在不是委托方,是你男朋友!"

"呵!"童薇轻笑,"你这身份切换倒挺快的,合着怎么划算怎么来啊。"

谢晓飞撇嘴盯着童薇,像孩子一样赌气。

童薇拿他没办法:"好了好了,告诉你行了吧,天宇是给我送日记本的，我爸的日记本。"

"你爸的日记本？怎么会在他那儿？"谢晓飞立即出声。

"说来话长。"

"那你就慢慢说呗。"

童薇摇头："工作时间不能谈私事，我虚心接受您的批评，现在要回办公室干活了。"

说完，童薇要走，却被谢晓飞拉住。

童薇挣脱开来，板着脸："要我说多少次，这里是公司！别拉拉扯扯的！"

谢晓飞收回手："我答应你，但你也必须答应我，以后不许再单独和秦天宇见面！我可不想整天听到有人在背后说你的绯闻！"

童薇看着谢晓飞："保密这件事，你已经答应了我，你是个男人就好好遵守，至于你要我答应的事，没有任何合理的理由，所以恕难从命。"

说完，童薇走到会议室门口，准备离开。

"这不公平！"谢晓飞不满地出声。

童薇转身："晓飞，想留住我，可不是像个小孩一样要这要那的，你必须足够强大。"

说完，童薇转身离开了会议室。

下班时间很快到了，童薇有些疲惫地走出CAEA大楼。

"这里这里！"

夏杉杉的声音响起。

童薇看去，夏杉杉的车停在旁边不远，正从车窗探出头来向这边招手。

童薇走了过去："我说姑奶奶，我累得跟狗似的，你就不能放我回家睡觉吗？"

"家里睡能比美容院睡舒服吗？"夏杉杉催促着，"别不知好歹，快上车！"

童薇苦笑着上车。

SPA馆，VIP包间。

灯光略显昏暗，古朴典雅的装饰显露沉静的气息，角落里的小桥流水装置，正发出轻盈的水滴声，如同山泉一般悦耳清新。

童薇和夏杉杉分别趴在按摩床上，丝缎盖着身体，只露出肩背部分。两名按摩师正在替两人推背，按摩床旁边雕工精美的柜子上，放着正升起淡淡白雾的木纹香薰器。

两人一边享受着按摩，一边闲聊。

"哟，婚纱都买好了？看来好事近了！"童薇打趣道。

夏杉杉一脸得意："那是，等我们家老齐忙过这阵，我们就去领证，到时候我就是名正言顺的齐太太了，看谁还敢在背后说三道四！"

这个闺蜜终于修成正果，童薇也很开心："杉杉，我为你高兴。"

夏杉杉笑道："我这倒是守得云开见月明了，你怎么样了啊？"

"不怎么样！"

"说说嘛，你心里怎么想的？"夏杉杉没放过童薇的意思。

童薇一脸鄙视："杉杉，你越来越像三姑六婆了，建议你成为齐太太后，能多修身养性……"

"没劲！"夏杉杉撇了撇嘴。

童薇的按摩师微笑出声："童小姐，你最近的皮肤状况很好，原先背上的痘痘少了很多，再多排几次毒就能像剥了壳的鸡蛋一样光滑了。"

童薇懒洋洋地"嗯"了一声。

夏杉杉皱眉："不对啊，童薇，你好久没做SPA了，怎么反而容光焕发了呢？一定有情况！"

"我能有什么情况。"

夏杉杉扭头打量着童薇："说，你是不是有男人了？"

童薇："……"

"杉杉，你还真是够无聊的，三句话不离男人！"

按摩师插话道："夏小姐的猜测是有科学依据的，一般来说恋爱中的女人最美，因为恋爱能刺激激素分泌，让女人的皮肤光滑发亮。"

夏杉杉听了按摩师的话，一副抓到把柄的表情："你就老实交代吧！究竟是谁？"

童薇愣了下，思索着谢晓飞的事情，要不要告诉她。

见童薇沉默，夏杉杉用怀疑的眼神盯着童薇："很诡异啊！难道真的有男人了？"

"你才很诡异好不好！"童薇否认道，"你又不是不知道我那些贵得要死的护肤品。"

夏杉杉想了想，好像童薇的护肤品确实很贵，甚至她这个未来的齐太太有些都会望而却步。

"那，你和秦天宇究竟是怎么打算的？"

童薇烦得不行："姑奶奶，你让我安安静静做个 SPA 成吗？"

夏杉杉突然诡异一笑："童薇，别以为我没看出来，你是不是还指着跟那个谢晓飞发生点什么？"

童薇懒得理她。

夏杉杉继续自顾自地说着："像谢晓飞那种豪门公子我见多了，如果秦天宇是低调奢华又管用的瑞士护肤品，谢晓飞就是市场上一众专家胡扯的爆红款，说什么返老还童、逆转时光，结果过一阵就被曝光是骗子产品……"

童薇瞪着夏杉杉："姑奶奶，你不要再胡扯了好吗？"

夏杉杉依然在自说自话："当然，谢晓飞不是骗子产品，出自豪门是没错，但你想想，他能跟你一起过日子吗？就算他愿意，他爸他谢家那些人能同意吗？什么富二代，连个自主的权利都没有，还不如秦律师这种自己挣钱自己花的来得靠谱！"

童薇哭笑不得："姑奶奶，你自己和比你大20岁的齐老太爷好上了，完了跟我说什么恋爱心得，还要找靠谱的人，谁信？"

夏杉杉假作叹气哀怨状："前车之鉴后事之师，这都是历史教训啊，我这是在用自己的行动来向你证明！"

"老前辈，我现在真的很困了，能先睡会儿再来聆听你的历史教训吗？"

说完，童薇闭上眼睛，假装睡着了。

做了三个小时的SPA，两人神清气爽地出门。

"怎么样？是不是有种重新做人的感觉？"夏杉杉舒服地伸了伸腰。

"简直是重新投胎！"童薇没好气地说着。

这时，夏杉杉的脚步突然停下，脸色发僵地望着不远处。

童薇顺着夏杉杉看去，惊讶出声："喂，我没看错吧？"

"是他！"夏杉杉脸色很难看。

"你还好吧？"童薇有些担心。

虽然只看到个背影，但童薇还是认得出来，走进隔壁咖啡馆的，是夏杉杉的相好齐如海和他的前妻。

夏杉杉挤出个笑容："能有什么事啊。"

这时，透过落地窗，可以看到齐如海和前妻，与两名富商模样的男子握手，入座。

夏杉杉还在嘴硬："老齐跟我说过，今天跟他前妻及几个客户谈合作，我们走吧！"

说完，拉着童薇去取车。

一路上，夏杉杉的表情都不太对，眼神有些呆滞。

童薇很是担心："老齐说了什么时候跟你领证吗？"

"快了。"

童薇心里替她着急:"夏杉杉,你这急死我了!"

夏杉杉笑得很勉强,伸出手:"看,婚戒都买了呢。"

"婚戒有钱就能买,根本代表不了什么!老齐是不是一直在找借口,这都多长时间了,你赶紧找个机会,和老齐谈一下这事,知道吗?"

夏杉杉陷入沉思。

童薇的手机响起。

是谢晓飞。

接起电话:"喂,你说……嗯,好,我知道了,稍等。"

挂断电话,童薇有些歉意:"杉杉,你前面放我下来吧,公司有点事,我得赶回去处理。"

夏杉杉将车停在路边。

见夏杉杉脸色很不好,童薇安慰道:"你也别想太多了,回去好好睡个觉,明天想明白了再跟老齐谈,知道吗?"

夏杉杉点点头:"知道了,你赶紧去吧。"

童薇离开后,夏杉杉的眼泪立即涌了出来。

一边开车,一边抄起手机,夏杉杉拨通了齐如海的电话。

"老公,你在哪啊?"

电话传来齐如海的声音:

"我正在见客户,现在不方便和你说话,等谈完了再给你打啊。"

说完,齐如海挂断了电话。

第 033 章
豪门婚姻的顾虑

CAEA 大楼。

夜。

童薇和谢晓飞正在加班。

这两天,谢晓飞似乎正经了许多,再也不是穿着花衫衣沙滩裤出现,而是穿上了正装。

穿上正装的谢晓飞,显得有气质了很多,再也不是那个绔绔大少花花公子的形象,而是一名充满干劲的年轻人,笔挺的西装、锃亮的皮鞋、板正的发型,显得精神十足,整个人散发着一种积极向上的气息。

童薇的电话响了,是夏杉杉打来的。

刚接起电话,就听电话那头传来夏杉杉的哭声:

"童薇,他不肯娶我……我和他分手了……"

童薇一惊:"杉杉,你别急,你现在在哪儿?……好,你在那待着别动!我马上过来!"

"怎么了?"谢晓飞抬了抬眉头。

童薇一边收拾着文件,一边回道:"是杉杉,齐如海不肯和她领证,他们分手了,电话里听起来情绪很不稳定,我得去看看她。"

谢晓飞也起身:"我和你一起去。"

"不用,我……"

谢晓飞打断她的话:"太晚了,我不放心你一个人。"

"好吧。"

谢晓飞开车,载着童薇,两人很快来到外滩。

当看到夏杉杉的时候,童薇惊呆了。

往常打扮时髦,极注重个人形象的夏杉杉,现在乱发垢面,衣衫凌乱,脚上穿着拖鞋,满脸是泪,沾满灰尘。

"杉杉,你怎么了?他打你了?"童薇连忙上去扶住夏杉杉。

夏杉杉扑在童薇怀里,只是一个劲地哭。

"到底怎么了,你快告诉我啊!"童薇急得不行。

夏杉杉边哭边说着:"童薇,我和你一样,只想要个家啊,为什么就那么难……"说完,又撕心裂肺地哭了起来。

童薇拍着她的后背,不知道怎么安慰夏杉杉。

谢晓飞没有出声,一直在旁边双手环胸,冷漠地看着。

好不容易安慰好夏杉杉,帮她在酒店开了个房间,见夏杉杉情绪稳定了很多,童薇这才和谢晓飞离开。

车内的气氛,非常沉闷。

童薇一直板着一张脸。

"齐如海不会娶夏杉杉的。"谢晓飞出声。

"你也这么觉得?"童薇说道。

谢晓飞掏出手机,念着齐如海的资料:"齐如海,46岁,白手起家,乐派集团董事长,早年第一桶金来自其前任岳父。"

"我知道。"童薇点头,身为夏杉杉的闺蜜,她当然不会不知道齐如海的背景,就让夏杉杉跟着他跑。

"这种靠老婆起家的男人,怎么可能娶其他女人。"谢晓飞说道。

"可是,天宇已经查过,齐如海确实和他老婆离婚了,也领了离婚证书。"童薇说道。

谢晓飞酸溜溜的："天宇，叫得可真够亲热！"

"喂，现在不是吃醋的时候吧？"童薇瞪了谢晓飞一眼，"杉杉从小就没有父母，他在齐如海身上才找到了家的感觉，为此还放弃了CAEA的大好前途，一门心思跟着齐如海。你说老齐为了杉杉把婚也离了，应该是真心诚意，为什么就不娶她呢？"

谢晓飞轻笑："齐如海是靠岳父发的家，虽然和老婆离婚了，可要是再娶，那就是打岳父家的脸了。"

"这什么道理？"童薇不解，"离婚和再婚有什么不同？"

谢晓飞解释道："当然不同，离婚，只能说是他和前妻的感情终结了，但再婚，就是一种背叛甚至是挑衅，意味着他将永远和他前妻的家族分道扬镳。大家族的事不是那么简单的，齐如海能为夏杉杉离婚，已经很不容易了。"

"可是，杉杉难道要一辈子没名没分地跟着他吗？"

谢晓飞耸耸肩："现在不是分手了吗？"

第二天，童薇一大早，就去酒店找夏杉杉。

夏杉杉的情绪好了很多，毕竟是见过大世面的人，不是什么小女生。

童薇把夏杉杉拖出去，准备带她去散散心。

先是去发廊，帮夏杉杉换了个新发型，把她那头乱发打理了一下，然后去了一间欧式咖啡厅。

侍应送来了意面，夏杉杉叉着意面，却一口也没吃。

童薇叉了只焗虾给夏杉杉："你不是最喜欢这家的虾吗？赶紧吃！"

夏杉杉拨弄着虾："没胃口。"

童薇直接将虾塞到夏杉杉嘴里："人是铁饭是钢，多大的人了还要死不活的，给我吃下去！"

夏杉杉只得嚼了两口，浑然无味地吞下。

"杉杉，接下来有什么打算？"

"还能有什么打算。"夏杉杉摇头,"先找份工作,总不能真的饿死自己吧。"

"这还差不多。"童薇赞扬道,"总算有点像我认识的夏杉杉了,我帮你把酒店的房间给退了。"

"什么?"夏杉杉一脸惊讶,"那我住哪儿?"

"我家。"

夏杉杉皱眉:"这不太好吧……"

"大小姐,得了吧,还跟我客气,再客气我可翻脸了!"

夏杉杉撇了撇嘴:"凶死了,老死也嫁不出去!"

童薇笑了笑。

晚上,童薇把夏杉杉带回了家,在客房替她铺被子。

听到门外有轻微的脚步声,童薇知道是钟美艳在偷听。

虽然屋子是童薇的,可这个婶婶,真的是个嘴碎的人,童薇给夏杉杉使了个眼色,故意大声说话:"你说你,放着市中心的豪宅不住,非要来这跟我挤,你这是闲得发慌吧!"

夏杉杉立即会意:"还不是我们家那位去欧洲出差了,我一个人住那么大的房子害怕!要不你跟我回那边住?"

门外,确实是钟美艳在偷听,听了童薇和夏杉杉的对话,面露贪婪的表情,悄悄地下楼了。

卧室内,童薇确定钟美艳走了,对夏杉杉比了个 OK 的手势:"你知道,我婶婶这人嫌贫爱富,知道你是有钱人,就不会多说什么了,要不然不知道会说什么闲话。"

夏杉杉一屁股坐在床上,呼了口气,撇嘴道:"我也真是佩服你,能忍你婶婶和那个不靠谱的堂妹那么久,要是我……"

手机响了,是微信提示音,童薇打开手机,是谢晓飞发来的短信:"想你了,出来吧!"

童薇回复道:"杉杉在我家住呢,我得陪她,你早点睡吧!"

谢晓飞发来一个满地打滚的动态图:"求抱抱,求安慰!"

"滚!"

这次,谢晓飞发来一个用他头像做的满脸流泪的动图:"别的女人都重色轻友,你怎么就重友轻色了……"

这个谢晓飞,究竟找谁做的这么多表情包!

童薇直接把手机调整静音。

抬起头,见夏杉杉正撇着嘴看着自己。

童薇有些不好意思:"……刚才说到哪儿了?"

夏杉杉盯着童薇的手机:"跟谁微信呢?这么起劲!"

"工作群的消息啊。"

"不信!"夏杉杉一口否决,"说,是不是秦天宇?"

"当然不是!"

夏杉杉盯着童薇:"你到底准备跟他怎么样啊?人家都等你那么久了!"

童薇正色道:"杉杉,你别再把我和他往一块凑了,我和天宇早就说得清清楚楚,我和他,不可能!"

"那……是谢晓飞?"夏杉杉狐疑地看着童薇。

"鬼扯!"童薇瞪了夏杉杉一眼,"爱情不是一日三餐,没有爱情不会死掉,你啊,都什么时候了,还有空八卦我!早点睡吧!看你的眼圈,都快变成鬼了!"

夏杉杉一紧张,赶紧拿手机照自己。

童薇微微一笑,起身离开了客房。

回到卧室,童薇舒了口气。

看了看手机,这一会儿谢晓飞已经发了很多微信,不过一直在重复:"喂喂喂!土豆呼叫马铃薯!请回复!请回复!"

童薇哭笑不得，发了回去："很晚了，睡了。"为了安抚他，多加了个"红唇"的符号。

谢晓飞看到这个红唇，乐得直蹬脚，总算放过童薇："好吧，原谅你！"

童薇收起手机并没睡觉，而是坐在书桌前，满脸思念地抚摸着父亲的日记本。

最终，童薇鼓足勇气，翻开了第一页。

"菜肉馄饨是一道美味可口的汉族小吃，在上海地区尤为盛行，是小女童薇最爱。菜肉馄饨先将菜切碎，拌入肉糜，加入绍酒一小匙，精盐半小匙，姜末少许，葱花一大匙，味精半小匙，芝麻油一中匙拌匀，同方向搅拌，直至上劲……"

第二页。

"今天，小公主亲自种的蝴蝶花开了，这是小公主第一件独立完成的事情，从松土、播种、施肥、浇水、捉虫，一直坚持了六个月，将来，肯定是一个了不起的姑娘，不知道会便宜了哪家臭小子。"

第三页……

阅读着一条条的日记，童薇的眼眶越来越湿润，闭上眼睛，童薇仰起头，将日记本抱在了怀里。

第034章
节外生枝

第二天，CAEA大楼。

童薇正在专心地看着资料，有人敲门。

"请进。"

门被推开了，是谢晓飞，将门关上，谢晓飞往办公桌上一靠："一起吃午餐吧？"

童薇警觉地看了眼窗外，赶紧起身把百叶窗闭拢："你想死啊！"

谢晓飞笑道："放心吧，没人！都吃饭去了！我们也走吧！"

童薇摇头："我还有事，你快去吃吧！"

"什么事比陪我吃饭还重要啊！"

童薇指了指桌上的电脑："还不是替你干活！"

谢晓飞无奈地耸耸肩："好吧，那我帮你叫外卖，晚上再一起吃饭！"

"还是算了吧。"童薇迟疑了一下拒绝道。

"又怎么了？"谢晓飞眉头皱成一团。

"明天就要第二轮谈判了，需要准备的东西很多！"

谢晓飞突然一把将童薇揽进怀里，紧紧地抱住。

童薇一脸吃惊，看向门外挣扎着，但力气原因奈何不了谢晓飞："快放开！"

谢晓飞紧搂着童薇："答应陪我吃饭才放！"

童薇瞪着谢晓飞，谢晓飞昂着头一脸悍不畏死的表情，童薇没有办法只得点头："好好好！我答应你！"

谢晓飞这才松开童薇："这还差不多！"说着，突然凑过来在童薇脸上亲了一下。

"你！"童薇正要发飙，手机响了，是夏杉杉打来的电话。

电话那头传来夏杉杉兴奋的声音："童薇，我找到工作了，晚上请你吃饭！"

童薇偷瞄了谢晓飞一眼："啊，那个……"

"不许说不，老地方，我等你！"夏杉杉直接打断童薇，说完挂断了电话。

谢晓飞在旁边听得清清楚楚，生气地瞪着童薇："小狗！"

童薇一脸无辜："无缘无故，骂我干吗！"

谢晓飞像孩子一样嘟嘴生气："明明答应陪我吃饭，又想放我鸽子！同样的女人、同样的理由！你不是小狗是什么？"

童薇一脸为难："杉杉现在是非常时期……"

谢晓飞认真地看着童薇，不再撒娇："童薇，每个人都有自己的生活，夏杉杉不能因为失恋，就让全世界都得哄着她，这样会把她惯坏的，人都需要独立成长！"

童薇明白谢晓飞所说的道理："最后一次！就这一次！……我会补偿你！"

谢晓飞双手抱胸气鼓鼓的："怎么补偿？"

"你想要什么补偿？"

谢晓飞面带怪笑看着童薇的嘴唇："你说呢？"

童薇抛了个眼色："懂！"

谢晓飞终于笑了，凑近童薇，谁知扑了个空。

"你！"

童薇指了指时间："开会了！"

谢晓飞："……"

下午的会议，谢晓飞一直板着张脸，搞得李相中等几个谢氏的人以为谢晓飞又要闹别扭，好一阵担心。

倒是KIKI和蒋可，根本不拿正眼瞧谢晓飞，认真地参与会议，会析可能遇到的情况和应对策略。对KIKI和蒋可的成长，童薇很是满意，夸奖了两人一通。

会议结束，下班时间到了。

因为这栋大楼，不只有CAEA一家公司，还有多达近百家公司，下班时间人非常多，等谢晓飞想抓童薇的时候，童薇已经挤进人群，进入了电梯间。

开车离开CAEA，童薇来到一家本帮菜餐厅，也就是夏杉杉所说的老地方。

将车钥匙扔给泊车小弟，童薇走进餐厅。

"这里！"

夏杉杉的声音传来。

童薇扭头看去，发现秦天宇也在。

"天宇怎么也在？"童薇小声问道。

夏杉杉解释道："这次找工作多亏了秦律师，要不我怎么能这么快就被录用呢。"

童薇想坐夏杉杉旁边，夏杉杉却故意把包推了推："我这有包，你坐天宇旁边吧！"

童薇瞪了夏杉杉一眼，夏杉杉假装没看见，挥手叫服务员："我们人到了，上菜吧！"

这一顿饭，夏杉杉和秦天宇倒很自在，童薇却一直很郁闷，只是随便吃了些东西。

看了看时间，已经9点了，童薇起身："明天还要大战，我就不陪你们了。"

秦天宇连忙起身："那我送送你。"

"不用，我自己开车了。"说着，童薇拿起化妆包，"我先去补个妆。"

秦天宇被拒绝，有些气馁。

夏杉杉凑过来，小声责备道："天宇，今晚我给你创造了这么好的机会，你怎么不好好把握。"

"可童薇已经说不用我送了……"

夏杉杉一脸无语："你让童薇说什么？难道让她说好啊好啊！女人说不，就是要！亏你在职场身经百战，怎么遇到童薇就跟呆头鹅一样！"

秦天宇摇头："童薇不一样，我怕把她逼急了，反而起副作用。"

"你等吧！等童薇投到谢晓飞怀里，有你后悔的！"夏杉杉恨铁不成钢地摇头。

"不……不会吧……"提起谢晓飞，秦天宇有些着急起来。

"不是我吓唬你，你没发现童薇最近神采奕奕，容光焕发，整个人都漂亮了不少吗？"

秦天宇微怔："好像……是有点……"

夏杉杉解释着："恋爱是女人最好的护肤品，她肯定和那个谢晓飞看对眼了。"

秦天宇皱紧眉头，更着急起来："那……那我该怎么办？"

这时桌上，童薇忘拿的手机亮了起来。

夏杉杉和秦天宇的视线，同时落在手机屏幕上，是谢晓飞的电话，秦天宇的脸色立即难看起来。

夏杉杉灵机一动，暗示秦天宇接电话。

秦天宇有些迟疑："这样不好吧？"

夏杉杉瞪秦天宇一眼："这样的机会，你还不知道把握！"

秦天宇内心挣扎一下，拿起童薇的电话接通。

"童薇？"话筒传出谢晓飞的声音。

"童薇现在不方便听电话，你哪位？我一会儿替你转达。"秦天宇出声。

谢晓飞一下子听出这个声音是谁，"啪"的一声挂断电话。

秦天宇收起电话，放回桌上。

"干得漂亮！"夏杉杉向秦天宇竖起拇指。

不一会儿，童薇补完妆回来了，发现秦天宇脸色有些怪怪的："怎么了？"

秦天宇有些支吾，夏杉杉连忙接话："喔，刚才你手机一直在响，我们怕有事就接了，好像是谢晓飞……"

这时，童薇手机又响了。

见是谢晓飞的号码，童薇拿起手机，躲到一边接通："喂……"

"终于有时间接电话了，童薇？"谢晓飞学着秦天宇的口气。

"你听我解释……"

"10分钟之内出现在我面前，否则明天谈判会我不参加了！"说完，谢晓飞挂断了电话。

"这个谢晓飞，又发神经！"童薇挂断电话，扭头向秦天宇和夏杉杉道，"对不起，工作上有急事，我得先走了。"

说完，童薇拎着包径直出门。

来到谢晓飞入住的酒店，童薇抬手正准备敲门，门突然开了，谢晓飞伸出一只手，一把将童薇拽进门。

童薇被吓了一跳，责骂道："你别闹了好吗？"

"你骗我！"谢晓飞铁青着脸。

"我骗你什么了！"

"你说今晚夏杉杉请你吃饭，可你却和秦天宇在一起！"

童薇解释道："秦天宇是杉杉叫的，我去之前不知道。"

谢晓飞咬了咬牙，脸上有些怒气："又是这个夏杉杉，你能不能别再管她的事情了？"

"她是我朋友！"

谢晓飞一脸不屑："朋友？是朋友你就应该告诉她真相，她以为找了份工作，自己养活自己，展现出坚强独立的一面，齐如海就会心疼她可怜她，回心转意了吗？她要想重新回到齐如海身边，就只有一种方法，那就是低三下四地去认错！别再不切实际地要结婚！齐如海就算要娶，也不可能娶她的！"

童薇难以置信地看着谢晓飞："你以为杉杉三更半夜流落街头，就是为了逼齐如海娶她？你以为杉杉放弃名车豪宅去工作，是为了让齐如海回心转意？"

谢晓飞冷笑着："难道你以为她是为了重新开始生活？太幼稚了！"

童薇面带怒气："谢晓飞，你不但侮辱了我朋友，更羞辱了我！"

说完，童薇气愤地转身欲走，谢晓飞挡在了她身前。

"让开！"

谢晓飞站着不动。

童薇推开她，却被紧紧抱住。

童薇冷冷地盯着谢晓飞："谢晓飞，我可以原谅你对我出言不逊，但我决不允许任何人伤害我的朋友！"

"我没有！"

"放开我！"

谢晓飞语气放软："童薇，齐如海是一个商人，商人的世界只有利益，娶夏杉杉固然没什么坏处，但对商人来说，没有好处就是坏处，再说齐如海必须顾忌他前妻家族的关系。"

童薇冷笑一声:"所以,身为商人之子的你,和我在一起,也是为了利益?"

谢晓飞愣住了:"当然不是,我是喜欢你才和你在一起的!"

童薇轻笑道:"喔,对于商人来说,没有好处就是坏处,那你也不应该和我在一起了。"

谢晓飞急了:"你干吗这样说?我和他们又不一样!"

童薇摇头:"不说了,明天就是谈判的日子,我们都早点睡吧,飞总。"

说完,童薇走出了酒店。

看着童薇离开的背影,谢晓飞懊恼地一拳捶在墙上。

回到家里,进入房间,童薇就浑身疲惫地靠在门上,眼前全是谢晓飞冷酷的表情。

回忆着谢晓飞所说的话,童薇自嘲似的冷笑:"呵呵,没有好处,就是坏处……"

第035章
剑走偏锋

老锦江。

赵晨曦、杨潇,带着科万的队伍,浩浩荡荡地向会议室走去。

另一边,童薇、谢晓飞,也带着谢氏和 CAEA 的人,走进大堂。

第二轮谈判,CAEA、谢氏和科万三方人马,再次在老锦江的会议厅会聚。

当看到谢晓飞时,赵晨曦微怔。

一改之前玩世不恭、纨绔大少的形象,谢晓飞神采奕奕,西装笔挺,连头发都打理得板板正正,显然做了充分的准备。

与赵晨曦一样,童薇也扫视了眼参会的谢氏众人,发现多了张新面孔。

是科万董事长宋勇的儿子宋浩杰,赵晨曦同父异母的哥哥,之前开策略会的时候虽然研究过,但童薇没想到他竟然也会在科万的参会人员之中。

要说宋浩杰,才是真的纨绔子弟,前段时间朝阳群众抓获了一个吸毒的三线小明星,当时宋浩杰也在一起,宋勇为此大发脾气,现在竟然前来参与这个会议,很显然是获得了宋勇的原谅。

一旁,崔西和杨潇的下属交涉了几句,走到童薇身边,悄声道:"可以开始了。"

童薇点点头，收敛起四散的情绪，出声道："很高兴能和杨总还有科万的同仁再一次坐在这里，各位都很忙，我们就直奔主题。科万在上海的重春岛有一大块未开发的湿地，从地理位置到生态环境都非常符合谢氏对度假村用地的选择标准，所以我们希望由谢氏输出十八藏品牌及运作经验，科万出地，双方强强联手，共同经营谢氏在中国的首家七星级度假村。"

赵晨曦抬起头来："强强联手自然是好，但公司股权比例如何分配，这是我们关心的问题，不知你们有什么想法。"

这个问题，CAEA与谢氏早已在策略会上商议过："鉴于谢氏是品牌拥有者，我们建议谢氏占股百分之八十，科万百分之二十。"

场内一阵骚动，科万那边的人炸开了锅。

宋浩杰忍不住笑了出来。

这时，杨潇出声："谢氏八十，我们二十，童小姐，你是在开玩笑吗？"

童薇一脸认真："杨总，这种场合我怎么会开玩笑呢？请您考虑下我们的提议。"

赵晨曦微抬眉头："童小姐可能不太清楚，我们科万这块地并不是废地，相反非常抢手，很多知名公司都在跟我们谈合作。"顿了顿，淡然道，"除了谢氏，我们还有很多选择。"

"意料之中。"童薇并不退让，"但七星级度假村，整个亚洲，只有谢氏十八藏这一个品牌，合作，对科万的好处，可不只是经济利益上的衡量，相信赵小姐会有自己的判断。"

杨潇抬手道："童小姐，如果你们坚持这样的配股比例，我想，我们就没必要再浪费时间了。"

会议厅内，谢氏这边的李相中等人开始紧张了，用眼神催促谢晓飞出声。

赵晨曦看了眼一言不发的谢晓飞："谢先生，童小姐毕竟隶属CAEA，我觉得有些事情，还是我们两家公司直接对话来得好，您说呢？"

童薇下意识地看向谢晓飞。

谢晓飞笑了笑："没错，谢氏占八成，只是CAEA的想法……"

童薇神色一紧，这可与之前商量的不一样，之前商量的是，CAEA和科万无法继续谈下去，谢晓飞再代表谢氏出面圆场，现在明显提前了很多，这在谈判中可是大忌。

虽然外面包装过，但果然还是不够成熟，赵晨曦面露微笑。

不过，谢晓飞下一句话，让赵晨曦的笑容僵在了脸上。

谢晓飞的声音响起："按照我们谢氏的想法，这个新公司……我们要独资！"

童薇也傻眼了！

谢晓飞这话一出，不只是赵晨曦、童薇，在场科万、CAEA、谢氏所有人，全都议论纷纷。

"他疯了吗？开会时明明不是这么设计的。"KIKI小声向蒋可说着。

"这个臭男人究竟想干什么？这是想要激怒科万吗？"蒋可捏起兰花指。

谢晓飞这话，完全打乱了三方的阵脚，见场面就要不可收拾，童薇连忙出声："我看会议暂停一下，我们先喝杯咖啡……"

"不用暂停！"谢晓飞打断童薇的话，冷着脸，"童小姐，我对你们CAEA太失望了！我之前多次跟你强调，十八藏是谢氏集团最宝贵的资产，我们宁可不赚钱，也不接受合作运作！但你们为了向总部交代，居然不顾我方底线，一味讨好科万！"

谢晓飞对童薇这顿臭骂，再次让所有人全都震惊。

"臭男人……"蒋可见童薇被欺负，气得不行，站起来就要指责。

但谢晓飞已经站了起来："我觉得，这场谈判，已经没有必要再继续了!"

说完,谢晓飞拂袖而去,留下蒋可站在那傻瞪着眼睛。

童薇恨不得找个洞钻进去:"杨……杨总,请给我一点时间沟通。"

杨潇摆摆手:"不必了!没见过这么不讲规矩的,这是商业谈判,不是儿戏!这个谢氏,我们玩不起,也没兴趣奉陪……"

说完,杨潇起身,带着赵晨曦以及谢氏其他人退席。

"童小姐……"李相中一脸尴尬看向童薇。

"你先去看看你们大少爷究竟怎么回事吧。"童薇头痛地挥了挥手。

"我们也去!"蒋可站起来,翘起兰花指,"我要去骂死这个臭男人!"

"你给我坐下,别添乱!"KIKI把蒋可扯了回来。

"KIKI,蒋可,你们也出去吧,让我静一会儿。"童薇向两人说道。

"喔。"KIKI嘟了嘟嘴,拉着还想说话的蒋可走掉了。

硕大的会议室内,瞬间空荡荡的,只有童薇一个人撑着脑袋坐在那里,一脸茫然。

崔西端着杯咖啡走了进来,看童薇的样子有些心疼,将咖啡放在童薇面前:"领导,你还好吧?"

童薇苦笑了一下。

崔西愤愤不平:"真搞不懂这个谢晓飞,究竟在搞什么鬼,每次都捣乱,丢一堆烂摊子给我们!"

童薇挥了下手:"崔西,你也先出去吧,让我一个人静下。"

崔西担忧地看了眼童薇,最后还是退了出去,悄悄替童薇合上会议室的大门。

童薇背对大门,靠在桌子上。

"难道,那个混蛋因为昨晚的事在生气?故意跑来添乱?"

童薇又立即否定:"如果真是来添乱,那今天他不可能来得这样准时，还特意去做了头发，穿上西装。"

要以谢晓飞的性格，真是来添乱，恐怕上次那身铆钉衣服还得加挂几条铁链。

童薇回想着刚才的谈判过程，想弄清楚谢晓飞究竟在搞什么鬼。

从策划会决定由 CAEA 唱白脸，到刚才谢晓飞的突然发难，想了一会儿，童薇似乎有些明白过来。

这时，身后传来的动静，打断了童薇的思绪。

谢晓飞，正站在门口。

"等你很久了。"童薇淡淡出声。

谢晓飞一脸怪笑，坐了下来。

"今天突然变脸，是你设计好的吧？"童薇问道。

谢晓飞点头："聪明。"

"为什么？"

谢晓飞看了童薇一眼，慢条斯理地解释："当初科万答应和谢氏谈，我就觉得很奇怪，中国现在是创业热潮，大家都争先恐后地做公司，做大就上市，甚至已经赴美上市的公司都想退市返回 A 股，在这样的大环境下，科万这么顶级的房地产公司却捂着不上市，这意味着什么？"

童薇想了想："这说明科万资金充沛，不需要通过上市融资。"

"对。"谢晓飞点头，"所以，当初接下谢氏抛的橄榄枝，肯定不是因为资金原因，那么在新成立的公司里，他们占股比重多少其实根本就不重要。"

童薇醒悟过来："所以，科万真正需要的，是借助度假村这个品牌，拉动周边地价，我们从一开始就搞错了谈判重点！"

说到这儿，童薇有些不满："那你之前为什么不提出来？"

谢晓飞神秘一笑："我要说出来，你就不会演得这么像了！"

童薇满脸无语："可是，这一幕将成为我职业生涯的污点。"

谢晓飞站了起来，走到童薇面前，面带歉意："童薇，对不起，为了刚才，更为了昨晚……"

会议室内，气氛瞬间变得尴尬起来。

谢晓飞低着头，像个做错事的孩子，自责地说道："昨晚，我吃秦天宇的醋，我情绪有些失控所以口不择言，我不该那样批评你的朋友。"

童薇看到他眼眶发青，双眼布满血丝，有些心痛："昨晚没休息好？"

谢晓飞点头，又摇头。

童薇哭笑不得，责备道："每次都这样，重要的谈判前一晚跑出去瞎胡闹！"

谢晓飞小心地看了眼童薇："昨晚没出去玩，我通宵看资料了。"

见谢晓飞小心翼翼委曲求全的样子，童薇又来气又心疼："神经病！"

"只要你能原谅我，无论让我做什么都行。"

童薇撇嘴："就你这五谷不分，四肢不勤的贵公子，你能做什么啊？"

谢晓飞一听童薇口气缓和，立刻眉飞色舞，恢复了嬉皮笑脸的本性凑上来："我能做的可多了！要不要现在试试？"

童薇忍不住笑了，推开谢晓飞："公共场合，注意些！"

第036章
偷来的浪漫

回到科万的赵晨曦走进办公室,杨潇跟着也走了进来。

见赵晨曦依然板着脸,杨潇倒了杯水递给她:"喝口热水缓一缓吧。"

赵晨曦接过杯子:"谢谢。"

杨潇微皱眉头:"这个谢晓飞,简直太目中无人了,每次都不按常理出牌,把我们搞得团团转!"

赵晨曦捧着杯子,若有所思:"你不觉得很奇怪吗?"

"奇怪,我奇怪死了!"杨潇说道,"我就奇怪,他究竟是来捣乱的还是来做生意的!"

这时,宋浩杰开门走了进来:"哟,气氛不太对嘛,我是不是来得不是时候?"

赵晨曦放下杯子,微微皱眉,但很快换上笑颜:"怎么会呢,不知道哥哥对今天的会议有什么看法。"

宋浩杰往沙发上一坐:"又不是我负责,我这样的二世祖能有什么看法,倒是今天和谢氏不欢而散,妹妹怎么和老爸交代啊?"

赵晨曦不以为意,拿起桌上的笔把玩着:"这才第二轮谈判,不用急着交代什么。"

宋浩杰轻笑一声:"妹妹可真有耐心,可惜老爸等不及了,他说如果第三轮谈判还有没明确的合作意向,那就要和我这边的客户启动三亚度假村项目的谈判了。"

见宋浩杰得意的样子，赵晨曦拼命忍住脾气："我看不是爸爸着急，是哥哥你着急吧？"

宋浩站了起来："我是一片好心，不想看你那么辛苦，还专门从美国把杨总调过来，忙活大半天结果最后竹篮打水一场空，做哥哥的，总得关照下妹妹，对吧？"

说完，宋浩杰理了理袖口，得意地走了。

门一关上，赵晨曦实在忍不住，"啪"的一声将笔扔在桌上。

杨潇叹了口气："你这个哥哥……唉，怎么整天就知道和自家人斗！"

赵晨曦苦笑道："谁让我们不是一个妈呢！"

说到这儿，赵晨曦脸上有些歉意："杨潇，真不好意思，当初让你放弃了国外那么好的工作回来帮我，结果却让你接受这么麻烦的案子，还得受我哥的气。"

杨潇笑了笑："这是我的选择，你有什么好抱歉的，再说到目前为止，我也没能帮到点什么，说起来，倒是我应该抱歉了。"

赵晨曦一脸真诚："你已经帮了我很多了，如果没有你，这个项目恐怕连今天这一步都走不到。"

杨潇叹了口气："小曦，你有没有想过，如果当初留在国外，以你的能力，不管在什么样的公司都能有自己的一片天地，何必回来搅和你爸的生意呢？"

赵晨曦故意板着张脸："我爸好几十亿身家呢！我怎么能眼睁睁地看着我哥独享？"

杨潇苦笑一下："你骗得了别人，可骗不了我！"

被杨潇揭穿，赵晨曦无奈地笑了笑："其实，有时候我宁愿做这一切都是为了钱，可惜有很多事情，没那么简单。"

杨潇虽然不明白赵晨曦的意思,但赵晨曦没明说,也不太好问,只得问道:"那下一步,你打算怎么办?"

赵晨曦走到窗前,思索了一下,拿起电话,拨通了一个号码。

电话,是打给大观会所的罗斌。

罗斌接通电话:"哎哟,赵大小姐怎么有空打我电话了?"

"别废话。"赵晨曦没和罗斌闲扯,"帮我留个VIP包房,晚上有用。"

"行,VIP包房给你留着,酒给你醒好,就等大小姐大驾光临!"

赵晨曦补充道:"另外,还要麻烦你打个电话给谢晓飞。"

罗斌微愣:"是约他?我电话里怎么说啊?"

"你来出面,邀请他喝酒。"

罗斌有些为难:"万一他说没空呢?"

赵晨曦笃定的声音传来:"他不会。"

挂断电话,杨潇立即凑了过来:"你这么肯定谢晓飞会来?"

赵晨曦点头:"罗斌的大观会所,就是一个人脉和资源平台,如果谢晓飞真如我所料,那他就会懂,罗斌这个节骨眼上给他打电话,肯定是受我所托。"

"那如果他拒绝了呢?"杨潇有些担心。

"如果他拒绝了,那就证明我看错了。"赵晨曦微笑道,"我们正好在大观会所好好喝一杯,庆祝我们的对手是个大草包。"

杨潇微愣,越发地看不懂赵晨曦了。

另一边,谢晓飞正带着童薇,在一家郊区的创意园区闲逛。

这个园区,有工作坊、公司、健身房、酒吧、咖啡馆,一应俱全。

童薇有些迷惑:"你带我来这干吗?"

"约会!"谢晓飞拽着童薇,来到一个私人电影院。

服务生把谢晓飞和童薇领进一个私密的包间,包间不大,但有一块专业的放映屏幕，两张舒适的多功能沙发和两台触摸屏，沙发旁的小茶几上放着茶饮、爆米花、甜点和新鲜水果。

服务生一边操作触摸屏，一边给两人介绍："这个是智能光线操控，这个是温度操控，如果你们选择4D影片，3D眼镜在抽屉里，有任何需要请按呼叫键，我们会有专员来为您服务，祝你们度过愉快的下午！"

"谢谢。"谢晓飞道了声谢。

服务员退了出去。

"怎么样，我找的约会地点不错吧？只有我们两个人，隐私一级棒喔！"

童薇一脸无语："你啊，要是能把玩的心思分一半花在工作上，项目早谈成了！"

"喊，好不容易拉你这个工作狂出来约会，不许聊工作。"谢晓飞一边说着，一边摆弄着触屏，"你想看《魔兽》还是《美国队长》？"

"我要看《对应》。"

谢晓飞愣愣地看着童薇："《对应》？什么鬼？有这样的电影名吗？"

童薇开始操作触屏："这种内涵片，你这种纨绔少爷没听过很正常。"

"什么内涵片，那都是失恋小女生才看的！难得约次会，当然要看轻松的了。"谢晓飞撇了撇嘴。

"哈，那你今天就当自己是失恋的小男生吧。"童薇终于找到了，略显激动，"这家私人影院不错嘛，好片资源这么多！"

结果，谢晓飞一伸手，迅速在自己这边触屏上点了《魔兽》。

"咦？怎么选不了啊？"童薇有些奇怪。

谢晓飞一脸得意，眨了下眼睛："速度够快才有资格做你男友，这可是你说的！"

灯光暗了下来，银幕上开始播放《魔兽》。

童薇很是不爽："大哥，有没有搞错啊！"

谢晓飞一脸兴奋："相信我！很好看！为了联盟！"

童薇："……"

"无聊！我还不如回去工作！"说着就要起身。

谢晓飞连忙拉住童薇撒娇道："你就当陪我看好吧？人家今天都这么努力了。"

童薇哭笑不得，坐了回来。

最开始，童薇还能勉强看看，不久后，头一歪，靠在谢晓飞肩上就睡着了。

谢晓飞看得全神贯注，根本不知道童薇已经睡着，等电影结束，室内灯亮，谢晓飞这才发现童薇已经睡熟，怕吵醒童薇，只得身体僵硬地坐着。

看童薇的睡相，谢晓飞想拿出手机拍个照，结果刚一动，童薇醒了，迷蒙着眼神："结束了吗？"

谢晓飞捏了捏童薇的鼻子："这么紧张的大片，你竟然能睡着，真服了你！"

童薇一脸鄙视："能陪你在这睡两个小时，已经是仁至义尽了！"

谢晓飞立即色眯眯地凑了过来："那……不如我们再去仁义一会儿？"

"滚！"童薇站起身来。

"又凶我！"谢晓飞追了出去。

跟在童薇身后，两人刚到走廊，谢晓飞的手机响了。

见是罗斌的号码，谢晓飞接了起来："喂，罗大公子，今天怎么有空想起我来了？"

"别废话，晚上有局，来不来？"

谢晓飞看了眼前方的童薇，有些迟疑，最后答应了一声，挂断电话，往童薇追了上去。

上了车，谢晓飞问道："去哪儿呢？"

"回家。"童薇有些不满，"来回三个多小时，就看了场脑残电影，浪费时间！"

谢晓飞立即挤眉弄眼地凑了过去："怎么？要不，晚上去酒店仁义几小时？"

童薇："……"

"好啦。"谢晓飞伸手摸了摸童薇的头，"我晚上有重要的事情，罗斌找我。"

"喔呵，原来是狐朋狗友啊。"

谢晓飞一本正经："今晚我要赴的不是罗斌的局，是赵晨曦。"

童薇有些惊讶地看着谢晓飞："赵晨曦约你？"

谢晓飞点头："赵晨曦做事喜欢精密计划，但两次都被我不按常理出牌打乱了，按她的个性，不会让这样的事发生第三次，所以今晚明着是罗斌约我，实际上是她的授意。"

童薇依然有些迷惑："罗斌和她认识？"

谢晓飞笑了笑："罗斌的大观会所，本来就是一个人脉资源聚集地，干的就是牵线搭桥的事儿，要不然你以为他弄那么个会所有人去喝酒啊？"

"那……"童薇欲言又止。

谢晓飞看着童薇："那什么？"

童薇摇头："没什么。"

谢晓飞笑了笑，一语道破她的心思："你好奇为什么我不带你一起去吧？哈哈，可以啊，只要不介意我们的关系公之于众。"

童薇："喂！我是这个项目的谈判专员，以这个身份去，也说得过去吧？"

谢晓飞摇头："如果是公对公，何必动用罗斌给我打电话？既然是罗斌出面，很明显赵大小姐是有些私房话要给我说呗。"

童薇撇嘴："你很了解她啊！"

"吃醋了？"

"哼！"童薇直接把头扭向一边。

谢晓飞笑道："好啦，见完她我立刻一五一十向你汇报！"

"这还差不多。"童薇总算满意了。

第 037 章
女人当自强

大观会所。

罗斌带着谢晓飞进入包厢时,赵晨曦已经等在里面了。

看到赵晨曦,谢晓飞只是笑了笑,没有任何惊讶。

"那个……你们先聊,我去安排下酒水。"罗斌打了声招呼,离开了包厢。

谢晓飞吊儿郎当地靠在桌上,从果盘里抓了颗葡萄扔进嘴里。

"我的出现,飞总完全不意外?"赵晨曦终于出声。

谢晓飞一笑:"今晚你要是不找我,我才意外。"

赵晨曦心照不宣地笑笑:"我没看错,飞总是聪明人,那我们就直接点吧,现在另外一家公司也在跟我们谈合作,说吧,谢氏的底牌到底是什么?"

谢晓飞又抓了颗葡萄扔进嘴里,并没坐下:"该亮底牌的,是你们科万。"

赵晨曦摇头:"我不懂你的意思,你这样毫无诚意。"

谢晓飞微笑看着赵晨曦:"既然我没有诚意,又有三亚项目在,赵小姐为什么还追着我们求合作?"

赵晨曦心里一惊,谢晓飞竟然知道了另一家公司的项目是三亚度假村!

按下心里的震惊,赵晨曦表面不动声色:"我只是情感上偏向和谢氏合作,不过我一个人,并不能决定科万最后的选择,如果飞总再不展现诚意的话,科万就真的要放弃和你们的合作,去转做三亚度假村的开发了。"

"个人情感偏向谢氏?我猜,要么三亚的项目不成熟,要么……三亚项目会损伤赵小姐自身利益,所以赵小姐才要促成科万和谢氏的合作。"

赵晨曦眉头微挑,努力压住内心的吃惊。

谢晓飞拿起醒酒器给赵晨曦添酒:"赵小姐不用惊讶,今天你约我过来,我很高兴,说明你把我当成一条船上的伙伴。"说着给自己也倒了一杯,"我们都希望船不沉,所以我们必须团结,对吧?"

谢晓飞说完,举杯示意赵晨曦干杯。

赵晨曦心中的震惊非比寻常,早就知道谢晓飞表面的吊儿郎当是演的,但没想到这个谢晓飞竟然这么聪明,已经超出了她的预料。

这个对手!非常不简单!

赵晨曦转换笑容,举杯和谢晓飞碰了一下。

谢晓飞喝了口,赵晨曦却直接把杯子放下:"现在最多只能算我收到了飞总的船票,但能不能登船,还说不定。"

谢晓飞晃了晃酒杯:"行啊,既然如此,那我就展现我邀你登船的诚意,虽然在谈判桌上我们是对手,但有了共同的敌人,那下了谈判桌就是朋友,如果赵小姐不介意的话,不妨把三亚那个项目的情况透露一点,这样我也许能帮点忙。"

赵晨曦看向谢晓飞:"飞总想怎么帮?"

谢晓飞一脸神秘饶有深意:"我自有我的办法。"

赵晨曦想了想:"目前他们愿意让出四成的股权,但我爸想要四成半,所以还在僵持中,不过我觉得谈成的可能性,还是很大,你有什么打算？"

谢晓飞没直接回答："我想听听你的建议。"

赵晨曦凑近谢晓飞，神秘一笑："我建议谢氏放低身段，给科万更多利益。当然，我这样说没用，毕竟我是科万的人，但从主观上来说，你猜得没错，我确实希望科万最后能和谢氏合作。"

谢晓飞往后靠了靠，拉开和赵晨曦的距离："赵小姐，我很好奇，为什么你要帮我们谢氏呢？"

赵晨曦一笑："真想知道原因？"

谢晓飞微微点头。

赵晨曦不露虚实地微微一笑："因为……我对你，一见钟情。"

谢晓飞忽然鼓掌："我算是明白，为什么赵小姐年纪轻轻，就能坐到科万集团财务总监的位置了。

"说来听听。"

谢晓飞露出神秘的微笑，冲赵晨曦勾了勾手指，赵晨曦凑了上去。

"砰！"

包厢的门突然被撞开了，夏杉杉一脸惊慌地跑进来，看到谢晓飞和赵晨曦正凑在一起，愣了一下："你……你们……"

谢晓飞认出她来："夏杉杉？"

这时，一个肥胖的男人闯了进来，是个日本人，拉着夏杉杉满嘴叽里咕噜用日语叫嚣着，硬要把夏杉杉拽走。

"放开我！你干什么？"夏杉杉挣扎着，但抵不过日本肥男的力气。

谢晓飞站了出来，把夏杉杉拉到身后，对日本肥男吼道："这位先生，你喝多了！"

日本肥男不依不饶："混蛋！你知道我是谁吗？滚开！"

谢晓飞板着脸："滚！"

日本肥男大骂着冲了过来，踮脚拽着谢晓飞的衣领："滚开，否则我让你好看！"

谢晓飞二话不说，抓起旁边一支酒瓶，"砰"的一声砸在日本肥男头上。

日本肥男没想到谢晓飞真敢动手，捂着血流如注，沾满酒液的头，疯狂大叫着："疯子！你敢打我！你知不知道我是谁？"

赵晨曦、夏杉杉全都蒙了。

谢晓飞看着日本肥男："我不知道你是谁，我只知道在我谢晓飞面前，惹到我的人都会后悔！滚！"

日本肥男怕了，骂了一句转身跑掉。

谢晓飞转身看向夏杉杉："你没事吧。"

"没……没事。"夏杉杉看了眼赵晨曦，很显然是误会了，转身急忙离开。

包厢内，只剩下谢晓飞和赵晨曦。

赵晨曦拍着手，满眼桃花："哇！好帅！"

谢晓飞没好气地出声："差不多了，今天就这样吧。"

两人离开大观会所。

"路上小心。"谢晓飞向赵晨曦挥了挥手。

"不送我回家吗？不太绅士喔！"赵晨曦眨着眼睛。

谢晓飞一笑："别忘了，我们是谈判对立方。"

赵晨曦微皱眉头："话是这么说，但今天天有点冷。"说着双手环抱自己，可怜兮兮地看着谢晓飞。

谢晓飞脱下西装，扔给赵晨曦。

"谢啦！"

谢晓飞又挥了挥手："赶紧回去吧。"说完，匆匆上车离开。

路上，谢晓飞拨通了童薇的电话。

"喂？"

电话那头传来童薇迷迷糊糊的声音。

"是我。"

童薇根本还没睡，只是看资料迷迷糊糊地快睡着了，听到谢晓飞的声音甜蜜一笑："和美女约会怎么样了？"

"没怎么样，美女要临幸我来着，幸亏我逃得快，打算怎么奖励我？"

童薇笑了，打了个哈欠。

"困啦？"谢晓飞问道。

"嗯，有点。"

"睡吧，记得做梦梦到我！"

"抱歉，这个控制不了。"

谢晓飞一笑："那我梦到你好了！"

挂断电话，童薇正要关机时，收到谢晓飞的微信："正事忘说了，今晚有进展，为了你，我一定会促成这次合作。爱你。"

童薇心满意足地笑了下，关机睡觉。

离开大观会所后，夏杉杉并没回童薇家，而是躲在齐如海家外面。

看着齐如海下车，夏杉杉从角落里走了出来，眼神怨恨地看着齐如海。

齐如海看到夏杉杉，轻轻叹了口气。

"杉杉。"

夏杉杉终于忍不住委屈哭了出来："老齐，我们好了两年啊，就算养只猫，两年也多少有点感情吧，可你呢，刚才装得根本不认识我一样，眼睁睁看着我被那个日本人欺负！今天要不是谢晓飞出手，我就完了你知道吗？"

"有我在，不会让人欺负你的……"齐如海走上前，想摸夏杉杉的头，夏杉杉躲开，哭得更大声："你是不是根本就不爱我？是不是？"

齐如海一把抱住夏杉杉："你看你，傻瓜，我怎么会不爱你！其实那人不会怎么样，这么多人呢，你怕什么。"

夏杉杉看着齐如海："今天我对你很失望！"

齐如海连连点头："是是是，我错了行吧？好了好了，走，回家！"说着，齐如海扶着夏杉杉，打开了门。

客厅里，齐如海坐在沙发上，夏杉杉双手抱着齐如海，还在小声哭泣着。

"行啦，别哭啦。"齐如海安慰着。

夏杉杉哽咽着："我伤心，当时你就应该一拳头上去，把他打得满地找牙。"

齐如海苦笑着："大小姐，你当我是保安？我打他，可以啊，可他是我的客户，我的生意还要不要做了？"

夏杉杉直直地看着齐如海："所以我就是没有你的生意重要？"

齐如海正色道："杉杉，我不是二十几岁的毛头小伙了，我真要这么冲动，做事不考虑后果，你会和我在一起？"

夏杉杉沉默了。

齐如海继续说着："爱江山不爱美人，那是电视剧，没了江山的男人，哪个女人爱？你自己想想，我说得对不对？"

夏杉杉看着齐如海，眼里的愤恨慢慢消失："你说得有道理，可我……我脑子混乱，想不明白。"

齐如海摇头："那就别想了，杉杉，别老是跟我闹了，以后咱们就是一家人，闹来闹去伤神啊，我知道，你是心态不好，你放心，等忙过这阵子，我们就把事办了，我给你一个盛大的婚礼，好不好？"

夏杉杉看着齐如海，无奈地点了点头。

第 038 章
一生一次的玫瑰

CAEA 大楼。

一大早，童薇来到公司，和 KIKI、蒋可等打着招呼。

一名快递员走了进来询问："童薇童小姐在吗？"

"我是。"童薇回应道。

快递员拿出一个系着缎带的奢华长方形大盒子，打开，是 18 朵鲜艳的玫瑰。

"哇塞，是 Loveonly 耶！"蒋可立即尖叫起来。

崔西撇嘴讽刺："又不是送给你的，你激动啥！"

蒋可捏着兰花指："哎哟，崔西姐，你是不是女人啊，见到玫瑰一点反应都没有！再说这是 Loveonly，懂吗？不是每一朵玫瑰都能被 Loveonly 选中的，它必须是玫瑰中的世袭贵族，在离天堂最近的玫瑰园，沐浴过赤道 365 天的阳光和雨水，汲取过火山灰里的微量元素，耐心接受 0.0001 的甄选，才得以飞跃三万英尺的高空，从厄尔多瓜的玫瑰园，为你而来……"

蒋可夸张的语气，让办公室里的女人都止不住笑起来。

童薇打趣道："这么喜欢，那送你了。"说着，把玫瑰往蒋可手里塞去。

蒋可连忙拒绝："不行啦，童薇姐，这种玫瑰一辈子只能送一个人，我要等我的梦中情人送我啦……"

崔西忍俊不禁，拿起手机："喂，精神病院吗？我们这有个神经病，麻烦你们来收治一下。"

蒋可："……"

快递员拿出笔："童小姐，麻烦你签收一下。"

童薇微笑着签字，脸上露出些甜蜜。

捧着花盒，童薇回到办公室，一会儿把花盒放在办公桌前，一会儿又放到柜子上，但总觉得不妥，像恋爱中的少女一般心神不定，最后才找了个既不会引起注意，又能一眼看到的地方放下。

心满意足地坐下来，童薇准备办公，手机响了。

是秦天宇的手机。

"早！天宇！"

"听声音心情不错嘛，看来很喜欢我送的花。"

童薇微愣："花是你送的……"

"不然你以为是谁？"

童薇回过神来："谢谢，不过下一次还是不……"

"没有下一次了，Loveonly，一生只送一次。收到就好，挂了！"

童薇放下手机，看着花，顿时觉得原本艳丽夺目的花，飘散着一股压抑的气息。

中午，夏杉杉打电话邀童薇吃饭，在一家江景高级牛排馆。

牛排馆里，听了夏杉杉的话，童薇有些惊讶："什么，你和老齐复合了？他答应结婚了？"

夏杉杉有些心虚地摇了摇头。

"那你为什么会答应……"

话没说完，童薇脑海里闪过谢晓飞的话："夏杉杉，要想重回齐如海身边，就只有一种方法，那就是低三下四去认错！从此以后安于现状，别再不切实际地要结婚！齐如海就算要娶，也不可能娶她！"

童薇盯着夏杉杉："不会是你去低头认错的吧？"

夏杉杉立即摇头："哎哟，男人总是要面子的，他心里知道错了，我总得给他一个台阶下嘛。"

"杉杉，你让我说你什么好？"童薇有些生气。

夏杉杉见童薇生气的样子，胆怯小声道："你……不会真生气了吧？"

童薇叹了口气："我生什么气，我又不是你爹妈，我气得着吗！"

夏杉杉撒娇道："好啦好啦，我都请你吃大餐了！"

童薇心情并没好起来："那结婚的事情，他怎么说？"

夏杉杉小心地看了童薇一眼："那个……老齐跟我说了，他公司，现在很多资源人脉，都是他前妻家那边的，如果他和我结婚，可能会对生意上有影响……"

童薇瞪着夏杉杉："所以，你就打算一辈子和他这么下去？"

夏杉杉故作轻松："这样也挺好啊，万一哪天有个更帅更有钱的，我立马把他踹了！"

童薇摇摇头。

"你这什么意思啊？"

童薇知道自己说什么也没用，瞪着夏杉杉："把做头发的钱还给我！"

"喂，你不是说卡里的钱用不掉吗？"

"你们家老齐这么有钱，我不帮着你消耗点！"

夏杉杉嘟着嘴："懒得理你，说说你吧。"

"我有什么好说的。"童薇并没什么兴致。

夏杉杉语重心长："童薇，我是说认真的，经过这件事，我越发觉得秦天宇是不可多得的好男人！你们一所大学毕业，知根知底，再说从外貌到工作，你们都很般配。错过他，我觉得下辈子你要活在悔恨中。"

童薇摇头："我就知道以前现在我对他都没感觉，至于以后，以后的事情谁知道呢？就像你说的，以后说不定有个比他更有钱、更帅、更深爱我的男人出现呢！"

"比如……谢晓飞？"夏杉杉凑了过来。

"噗！"童薇直接被水呛到。

"哈，心虚了吧！"夏杉杉满脸得意。

"心虚你个头！"童薇拿纸巾擦着嘴，瞪了夏杉杉一眼。

夏杉杉凑过来，神神秘秘的："知道我昨天看见什么了吗？"

"懒得理你。"

"我看见谢晓飞和一个女人在一起搂搂抱抱！"

童薇佯装不在意："你昨晚在哪儿看见的啊？"

"罗斌那个大观会所啊！"夏杉杉一脸兴奋，"你别说，那女的挺漂亮的，看上去二十出头，脸小小的，眼睛大大的，我是男人也忍不住……"

"别说了！"童薇打断夏杉杉的话。

"怎么了？"夏杉杉被童薇吓了一跳，见她脸色有些古怪，"童薇，你脸色怎么那么难看？"

"我对别人的八卦不感兴趣，下午还有事，先走了。"童薇站起身来，匆匆告别。

出了牛排馆，童薇不停地在路边徘徊，思考着谢晓飞的话，还有夏杉杉的话，心绪越发凌乱。

看了看时间，已经不早了，童薇赶回 CAEA 大楼。

来到 15 楼，出了电梯，就见谢晓飞正和前台说着什么，前台被他逗得花枝乱颤，眼神娇媚，直勾勾地看着谢晓飞。

童薇径直进入办公室。

刚关上门，谢晓飞推门而入。

"有事？"

谢晓飞指着桌上的玫瑰花："谁送的？"

童薇淡淡地说道："朋友。"

"男朋友还是女朋友？"谢晓飞追问着。

童薇看了眼谢晓飞："跟你有关系吗？"

"跟男朋友没关系吗？"

童薇不说话，坐了下来准备办公。

谢晓飞绕到她电脑前："说清楚。"

"天宇送的。"

"扔掉。"

童薇微抬头："为什么？"

"你问我为什么？"谢晓飞指着玫瑰花，"Loveonly，一生只能送一次的花，他送给了你，这还不能说明问题？"

"别人要做什么我管不了！"

"不行！我不许！"谢晓飞强硬地说道。

童薇笑了笑："什么时候等谢大公子身边莺莺燕燕都没了，再来管我吧！"

"没有！我发誓！"

童薇盯着谢晓飞："真的吗？"

谢晓飞点头："花，可以扔掉了，我现在就去订一束比它更好更贵的！"

童薇跟谢晓飞犟上了："我就不扔！"

这时，崔西探头进来："呃……两位领导，会议室人都到齐了，会议可以开始了吗？"

童薇拿过文件站起身来，向门外走去，留下谢晓飞在办公室满脸怒气。

一下午的会议，谢晓飞一直板着张脸，在会上和童薇闹别扭。

童薇理都没理他，会议结束下班后，童薇直接开车离开CAEA。

谢晓飞的电话过来："你人呢？"

"干吗？"

"我问你人呢？开完会跑这么快干吗？"

童薇淡淡地说道："我又没卖给你，你管我人在哪里。"

"童薇，你别太过分了啊！今天明明是你收了秦天宇的花，这笔账我还没跟你算呢！"

"无聊！"童薇干脆挂断了电话。

马路边，谢晓飞站在那儿，鼻子都气歪了："这个死女人！居然又挂我电话！"

一直到家，童薇的手机都响个不停，童薇干脆关机了。

谢晓飞听到"对方手机已关机"的提示，更是气得不行，抓耳挠腮半天，想起了一个救兵，拨通电话："喂，恬恬，我！"

童恬恬很愉快地来到甜品店。

谢晓飞拉着恬恬，买了一大堆甜品，把白天的事情说了一遍。

童恬恬扭了扭头："喔，就这样？"

谢晓飞瞪大眼睛："什么叫就这样？她这是脚踏两只船！"

"呵呵！"童恬恬笑了笑。

"笑什么！"

童恬恬看着谢晓飞："你认识我姐才多久？三个月？"

谢晓飞抓了抓头发："不……不到一个月吧！"

童恬恬白了谢晓飞一眼："秦大哥喜欢我姐五年了！"

谢晓飞一板脸："童薇不喜欢他！他喜欢童薇50年都没用！"

童恬恬好笑地看着谢晓飞："可我姐也不讨厌他啊！而且作为朋友，

秦大哥的优点很多呢！"

谢晓飞一脸不满："他还有优点？"

"秦大哥长得帅啊！"

谢晓飞不以为然地捋了捋头发，满脸自信："他那能叫帅？那我这叫什么？"

童恬恬摇头："两种不同的风格啦！秦大哥还有才华，是很厉害的大律师！"

"才华，我也有啊！"

童恬恬有些为难地看着谢晓飞："这个……还真没看出来！"

谢晓飞："……"

见童恬恬一脸鄙视，谢晓飞口不择言："那……那我比他有钱！"

这一声，甜品店所有人都听到了，全都露出嘲笑的表情。

童恬恬气呼呼地抓着谢晓飞头发："你闭嘴！害我丢脸！"

谢晓飞小声嘀咕道："我……我这是实话实说嘛……"

童恬恬满脸无语："大哥，拜托好不好，要钱我姐自己不会挣啊？以前好多跨国公司来挖她，年薪高得吓人，可她有职业理想，就是待在CAEA。"

"好好好。"谢晓飞举手投降，"我俗，是我俗好吧，但我就是气不过童薇这么在乎秦天宇送的花，我就是要童薇把它扔掉！"

童恬恬好笑地看着谢晓飞："谢晓飞，你怎么到现在还没弄清楚自己的状况？还扔花呢？我姐没把你扔了就不错了！"

"至于吗？"谢晓飞不信。

童恬恬轻笑一下："我姐可倔了，千万别跟她硬碰硬。你这样，回家先等我消息。"

"你能行吗？"谢晓飞有些担心。

"喊，不相信我拉倒，你找别人去！"童恬恬说着就要起身。

"别嘛，恬恬。"谢晓飞急忙拽住童恬恬，"你一定得帮我这个忙。"

童恬恬回过头："那事成之后你怎么谢我啊？"

"你想要什么？"谢晓飞毫不犹豫。

童恬恬一时被问住了，摇头："算了，我还没想好，到时候再说！"

"一言为定！"谢晓飞伸起拳头。

"一言为定！"

第039章
不可能的爱情

回到家里,见童薇卧室的灯光还亮着,童恬恬轻声走过去,敲了敲门:"童薇,童薇?"

童薇开了门:"干吗?"

童恬恬侧身挤进屋内,转悠了一圈:"怎么下班了没去约会啊?"

"小孩子别管大人的事!"童薇没好气地说道。

童恬恬打量了童薇一眼:"吵架啦?"

童薇瞥了童恬恬一眼,不说话。

童恬恬只得主动:"哎呀,我说你,收了爱慕者示爱的花,男朋友让你扔掉,你还不肯,你让男朋友怎么想啊?"

童薇看着童恬恬:"谢晓飞找你啦?"

童恬恬没回答:"童薇,你工作这么厉害,怎么一恋爱情商却这么低呢?你对秦天宇问心无愧,但给谢晓飞的印象就是你想脚踏两只船,你把秦天宇当备胎啊!"

"脚踏两只船的,是他谢晓飞吧!"童薇一扭头。

"你怎么知道?"

童薇烦得不行,推着童恬恬:"哎呀,你烦不烦,快走,让我一个人静一会儿!"

童恬恬虽然才18岁,但立即把前因后果想明白了:"哈!我知道了,你生谢晓飞的气,不是因为他让你把花扔掉,是你在吃醋!"

"我没有!"童薇嘴硬。

童恬恬继续推理:"这么说来,是谢晓飞外面有人被你抓住了?"

童薇不说话了。

童恬恬看着童薇:"童薇,我觉得你是误会谢晓飞了吧!"

童薇瞪了童恬恬一眼:"他究竟给了你多少好处,你这么替他说话?"

童恬恬一脸恨铁不成钢的表情:"喂,我这可是帮你嫁入豪门,你别不知趣啊!刚才谢晓飞可怜兮兮地来找我,要哄你开心,我看他那样子不像是外面有人。"

"你懂什么?"童薇不以为然,"可怜?谁可怜他都不可怜!"

童恬恬拉着童薇:"真的啦,他吃秦大哥的醋,气得要死,但又找不到人说,因为你们俩是地下恋情,就只能来找我,结果还被我嘲笑了一番。"

"你笑他什么了?"童薇看着童恬恬。

"我笑他,又没秦大哥帅,又没秦大哥有才华,有几个臭钱,偏偏你又不在乎钱。"

童薇微皱眉:"你真这么说了?他什么反应?"

"他啊?"童恬恬哈哈大笑,"他像一只斗败的公鸡,耷拉着脑袋,笑死人了……"

"恬恬!"童薇板着张脸,"其实,他也有优点。"

"哟哟哟,怎么,心疼啦?"童恬恬揶揄道。

"你说够了没!"童薇又恼又羞。

"我说你适可而止吧。"童恬恬拉着童薇,"谢晓飞就在楼下,我要不把你劝下去,他今晚就不走了。"

最终,童恬恬硬拉着童薇,来到谢晓飞面前。

谢晓飞一脸惨样："童薇……我错了……"

童薇板着脸："错哪儿，你好好说说！"

谢晓飞一脸为难："我……我不该让你扔了黑心律师的花！不过，我以后要送你更好的！"

"还有呢？"

"啊？"谢晓飞抓耳挠腮，"还有？没了！"

童恬恬朝谢晓飞挤眉弄眼："童薇说有，你就有！"

谢晓飞努力回忆着，也没想出啥："我……我……童薇，我真想不出来……我肯定有错，只要你说出来，我就认！"

童薇被谢晓飞给逗笑了。

"你无不无聊！"

童恬恬指着谢晓飞："谢晓飞，你说，你是不是还和别的女人搞不清楚啊？"

谢晓飞立即摇头："没有！绝对没有！"

随即，谢晓飞急了："童薇，不会吧，你怀疑我和别的女人……拜托，我每天来你们公司开会，我能和谁搞不清楚啊？"

童薇冷笑道："工作再忙，也不妨碍你泡妞啊！"

谢晓飞抓了抓后脑勺："我只泡了你啊！"

童恬恬："……"

"那你给我说说，昨晚你和赵晨曦怎么回事？"童薇板着脸。

"我不是跟你说了吗，我和她谈公事。"谢晓飞明白过来，"夏杉杉果然告诉你了！"

"她看见你和她搂在一起！"

谢晓飞急了："没有的事！误会！"谢晓飞有些气愤，"这个夏杉杉，我救了她，她反倒挑拨离间！"

"杉杉也是为了我好！"

谢晓飞立即做乖巧状："我发誓我和赵晨曦是清白的，如果你怀疑我们……以后我和她见面，先跟你报备，行不行？"

童薇一扭头："别，我烦！"

谢晓飞凑过去："那你不生气了？"

"谁生气了，本来就是你无理取闹！"

谢晓飞扭扭捏捏的，小心看了童薇一眼："那……花……可以扔了吗……"

"谢晓飞！"

第二天早晨，童薇刚出门，就见谢晓飞的车停在小区门前。

"上车。"

"干吗？"童薇板着张脸。

谢晓飞理所当然地说着："我得把你盯紧了，免得一时半刻不见，就有别的男人送你花。"

童薇白了他一眼："一个男人，心眼就跟针眼一样小！"

谢晓飞："……"

上了车，谢晓飞想替童薇拉上安全地带，童薇连忙阻止："别……"说着，自己拉上了安全带。

谢晓飞自讨没趣。

童薇解释道："我怕人看见，我们太亲密……不好。"

谢晓飞不满："是是是，你说什么就是什么。"

童薇安慰道："我已经跟天宇说了，以后别让他再送这种让人误会的礼物了。"

谢晓飞霸道地板着脸："别的也不允许！"

"嗯。"童薇低声点头。

谢晓飞总算松了口气："别人和我谈恋爱，巴不得一天二十四小时黏着我，你倒好，公司里要装作没关系，出了公司也和做贼一样，我这哪叫谈恋爱，完全就是出家！"

童薇打趣地看着谢晓飞："别人，是谁啊？"

谢晓飞轻轻掌嘴："瞧我，自己挖坑自跳！好啦好啦，我是看你最近心情不好，笑一个。"

童薇憋了个傻笑："嘿嘿。"

"笑得跟哭一样。"谢晓飞撇了撇嘴。

这时，谢晓飞的手机响了，是赵晨曦的电话。

为了证明自己清白，谢晓飞故意按下蓝牙接听："喂，赵小姐？"

赵晨曦的声音传来："晓飞，叫我小曦。"声音腻得让人发慌。

童薇瞪着谢晓飞。

谢晓飞拼命向童薇摇头。

"赵小姐，一大早找我有事吗？"

"晓飞，你的衣服什么时候来拿？"

谢晓飞这下慌了，紧张地看着童薇。

"晓飞？晓飞？"

"呃，我现在有事，有空再说。"谢晓飞连忙挂断电话，哭丧着脸，"童薇，你听我说……"

"说啊！"

谢晓飞着急地解释着："那天她让我送她回家，我拒绝了，她又说冷，我只能把自己西装给她穿……"

"很绅士嘛。"童薇面带微笑，学着赵晨曦甜腻的声音，"晓飞？"

谢晓飞连忙举手："我再也不敢了，童薇，我错了！"

童薇轻轻拍了拍谢晓飞的脸："你没错，做得很好。"

谢晓飞高举右手："我发誓，我以后绝对不会和赵晨曦私下见面！"

童薇不再捉弄谢晓飞："好啦，我没那么小心眼，不过在谈判期间，你可要谨防美人计。"

"遵命！"谢晓飞敬了个礼，"不过我不怕，因为我已经中了你的美人计！"

来到公司，童薇刚进入办公室，崔西就随后进来。

"领导，周总让你去一趟。"

"知道什么事吗？"童薇边放包边问道。

崔西摇头："不知道，不过看周总脸色不怎么好。"

童薇闻言心里一沉。

来到周倩的办公室，周倩目光凌厉地盯着童薇，把童薇看得心里发怵。

"周……周总，有什么事吗？我手里还有一堆事要处理。"

周倩冷冷地看着童薇："你是不是有什么事情瞒着我？"

"没有啊？"童薇立即摇头。

周倩冷笑出声："童薇，你最好想清楚再回答。"

童薇硬着头皮："周总，我不明白你的意思，如果我工作上哪里做得不好，还请周总直言。"

周倩"砰"的一声猛拍桌子："童薇啊童薇，事到如今，你还敢骗我？你真以为你和谢晓飞的事没人知道？车库、路上，就我看见的就不止一次！"

童薇神色慌张："我……"

周倩冷着张脸："我之前就提醒过你无数次，千万要注意和谢晓飞保持距离，我们 CAEA 是绝对不许员工和雇主谈恋爱的，说吧，现在你打算怎么办？"

"周总，我……我会注意在大家面前和晓飞保持距离，不会让我们之间的私事影响到工作。"

"不会影响工作？"周倩看着童薇，"你别以为自己掩饰得很好，你应该庆幸，这件事目前只有我知道。童薇，同是女人，我理解你，你不是被谢晓飞的身家背景所吸引的女人,在 CAEA 这么多客户中,你却选择了谢晓飞,他一定有他优秀的地方,但是,你确定谢晓飞对待这段感情的态度,和你一样吗?"

童薇摇头:"周总,晓飞他不是大家想象的那种纨绔子弟……"

周倩嘲讽地看着童薇:"呵呵,每个女人谈恋爱的时候,都觉得对方与众不同,到头来呢?你觉得,他会娶你吗?"

童薇怔住了。

周倩叹了口气:"所有的爱情一开始都很美好,但你想过这段感情的后果是什么?项目结束,谢晓飞回去,而你,还能堂堂正正地留在 CAEA 任职吗?"

童薇脸色苍白起来。

周倩看着童薇,语重心长地说道:"童薇,别做对不起自己,对不起家人的事情!工作、感情,二选一,你自己考虑吧。"

"我……"童薇犹豫,"给我一点时间处理这件事情。"

周倩点头:"可以,三天时间,如果你一意孤行,公司也不能把你怎么样,不过谢氏的案子,你就不能经手了。"

回到办公室,童薇坐在办公桌前一直发呆。

崔西端了杯咖啡进来:"领导,周总找你什么事情?"

童薇摇了摇头,没说话。

崔西有些担心地看着童薇,不知该问什么才好。

"崔西,下午的行程都替我取消。"

"好。"

崔西点头,离开了办公室。

崔西离开后,童薇抱着头,思忖着,却根本不知怎么办才好。

手机响起,是秦天宇打来的电话,童薇有气无力地接起。

"童薇,我弄了两张演唱会的票,晚上一起去?"

童薇回道:"对不起,天宇,我不……"

"没那么夸张,就一个酒吧里,小型的Live show,是你最喜欢的歌手。"

童薇摇头拒绝:"天宇,我很想去听,但我不想给你错误的暗示,另外我这几天很累,状态不好,不想见人。"

秦天宇苦涩的声音传来:"……马上是我生日,就当送老友一份生日礼物,可以吗?"

童薇迟疑了。

"童薇,上次我替你找到你父亲的日记本,你说要好好谢谢我,忘了?"

童薇无奈出声:"怕你了,但天宇,最后一次。"

"嗯。"电话那头,秦天宇挂了电话,嘴角浮起诡异的笑容。

下班,童薇下楼的时候,秦天宇的车已经等在楼下。

童薇上了车。

这时,谢晓飞发来短信:"在哪儿呢?"

童薇回复:"在家里了,叔叔婶婶晚上有点事找我。"

秦天宇在旁边问道:"很忙啊?"

"还好。"童薇摇了摇头,想了想又给谢晓飞发了条短信:"你晚上干吗呢?"

"想你。"

童薇不自觉地笑了。

酒店大堂,谢晓飞看了看手机,摇了摇头,准备回客房。

刚走没两步,手机响了,谢晓飞连忙掏出手机,立即失望起来。

电话不是童薇的,是赵晨曦打来的。

"赵小姐,有什么事吗?"

"我到你酒店门前了,出来有事和你商量。"

谢晓飞想起答应童薇的事,拒绝道:"有什么事电话里说吧。"

"快点出来,真有重要的事情,电话里说不方便。"赵晨曦出声道,"或者,我到客房来找你?"

谢晓飞略一犹豫,如果赵晨曦到客房来,那被童薇知道了还得了,连忙阻止:"好,我这就出来!"

从大堂出来,果然赵晨曦的车停在门外:"有什么事非得见面说,电话里不能说?"

"别废话,上车。"赵晨曦笑了笑。

谢晓飞一脸不满:"赵晨曦,你几个意思?刚才说电话里说不方便,非得见面说,现在见了面,又让我上车?我说你们做生意能不能爽快些?"

"好饭不怕晚,好事不怕慢,上不上来?不上来你可别后悔。"赵晨曦威胁道。

"你……"

谢晓飞无可奈何地叹气,还是上了车。

第040章
偶遇还是阴谋

一转眼,他们下车来到了一个酒吧门前,等待入场的人排成一条长队。看着前面排着的长队,谢晓飞臭着张脸:"你说有重要工作要谈,就是这个?"

赵晨曦笑道:"适当的文娱活动可以加深了解,联络感情,为将来的合作打下良好基础,确实是很重要的工作啊。"

谢晓飞无语,准备转身离开。

一晃眼,好像看到了熟悉无比的背影。

"童薇?"

当谢晓飞想看清楚一点的时候,背影已经入场,消失在人流之中。

"不会吧?"谢晓飞摇了摇头。

"飞总,走吧,该我们了。"赵晨曦向谢晓飞招呼道。

心里带着迷惑,谢晓飞还是准备进去看看。

跟着赵晨曦进入酒吧,谢晓飞左右张望着。

"真巧啊!"赵晨曦突然径直走向吧台。

谢晓飞扭头看去,傻掉了。

吧台前,秦天宇和童薇,正在那买饮料。

童薇也看到谢晓飞,怔住了。

"没想到在这里遇见你,和男朋友来看演出?"赵晨曦向童薇问道。

"不……"童薇下意识道,"不是!"

赵晨曦笑了:"童小姐害羞了!呵呵!"

说着,赵晨曦自然地挽上谢晓飞的手腕,秦天宇看到谢晓飞,主动打着招呼:"谢先生,别来无恙,看来在中国过得不错,到哪儿都有佳人相伴了。"

谢晓飞瞥了秦天宇一眼,没搭腔,死死盯住童薇。

童薇目光躲闪。

赵晨曦把谢晓飞拉走:"晓飞,我们赶紧到前面去吧,一会儿挤不进去了。"

谢晓飞黑着张脸:"就站这儿看!"

说着,谢晓飞就站在童薇身后。

童薇如坐针毡。

秦天宇轻轻环住童薇的腰,凑近她耳朵,悄声道:"放轻松。"

童薇略带歉意地对秦天宇笑了笑:"赵晨曦毕竟是我们的谈判对手,他竟然和她走这么近,我怕项目出问题……"

秦天宇体贴地点头:"我懂,但现在是下班时间,我想让你好好享受下音乐。"

说着,秦天宇顺手替她理了下发丝。

两人亲密的举动,全部落入谢晓飞的眼里,紧握的拳头已经发白。

赵晨曦凑过来,小声耳语:"喂,要不要叫辆灭火车?你眼睛快要喷火了。"

此时,音乐声响起,演唱会拉开序幕,赵晨曦跟着人群欢呼起来。

舞台上,歌手握着话筒:"……来看我演唱会的都是相爱的人,爱一个人就要大声说出来,我希望感受到你们对身边人的爱!"

台下歌迷欢呼着。

谢晓飞偷瞥一眼童薇,表情越来越冷。

台上歌手继续:"今天这个特别的日子,我准备了特别的惊喜送给大家,在现场,我们的工作人员贴心地布置了 kiss cam,所以接下来,被镜头拍到、投射到屏幕上的情侣要现场接吻哦!向全世界宣告你们的爱!千万不要害羞!"

全场欢呼沸腾起来!

大屏幕上,镜头拍到一对戴黑框眼镜的情侣,女孩有些羞涩,男孩鼓足勇气一把抱住女孩的脸吻了下去。

台上歌手兴奋呼着:"Wow!好甜蜜!祝福你们!"

观众席上,赵晨曦兴奋地指着大屏幕:"好浪漫哦!喂,你说要是拍到我们怎么办?"

谢晓飞还没反应过来,赵晨曦又叫了起来:"拍到了拍到了!"

谢晓飞一抬头,大屏幕上,正是自己和赵晨曦的脸!

台上歌手指着这边:"这一对颜值好高!真的很般配呢!"

赵晨曦满脸害羞,期待地等着谢晓飞。

谢晓飞却傻眼了,一低头,正巧看到童薇望着自己。

台上歌星在继续炒场:"看来男生有点害羞呢!我们给他加加油好不好?"

在歌星的鼓动下,全场响起高呼声:"Kiss!Kiss!Kiss!"

谢晓飞左顾右盼,手足无措,看着童薇,正要脱口而出:"我……"

但谢晓飞紧接着声音中断,一脸惊呆。

赵晨曦趁他不备,主动将双手覆在他的脸上,掰过他的脸,猛地对着他的唇亲了下去。

全场响起欢呼声。

台上歌手也跟着欢呼:"好勇敢的女生哦!爱情就是需要这样的勇气!让我们为她鼓掌吧!"

童薇脸色铁青,谢晓飞一脸尴尬。

没等散场，童薇便离开了酒吧，秦天宇连忙跟了上去。

"童薇，我的车停在对面，你等下，我去开过来。"

童薇点点头，秦天宇开车去了。

突然，童薇被一股力量往后拽，刚想发出尖叫声，谢晓飞的声音在她耳边响起："是我！"

谢晓飞双手撑在童薇身后的墙上，挡住她，神色懊恼："刚才是误会。"

童薇笑了笑，眼神冰冷。

谢晓飞盯着童薇的眼睛："为什么今晚你会和秦天宇在一起？你不是在家吗？"

"重要吗？"童薇扬起头。

"重要！"

童薇轻笑道："那你呢？你为什么又和她在一起？"

"普通朋友，看场演唱会。"

童薇笑了，眼神有些失落："我和天宇也是普通朋友，看场演唱会。"

谢晓飞一脸认真："童薇，秦天宇喜欢你。"

童薇看着谢晓飞："刚才赵晨曦还吻了你，真要追究起来，应该是我来质问你吧！"

"算了，我相信你。"谢晓飞抱住她，用哀求的语气，"但你以后别再和他单独约会了好吗？他不怀好意，相信我的直觉。"

童薇看着谢晓飞："你算了，我还没算……"

谢晓飞急了："童薇，我和赵晨曦真没什么……"

童薇不说话，只是盯着谢晓飞。

童薇的眼神，让谢晓飞有一丝不祥的预感，抓住童薇的肩膀："童薇，你怎么了？你说话啊？说你原谅我了。"

童薇静静地看着谢晓飞："晓飞，谢谢你，谢谢你给了我一个下决心的理由。"

谢晓飞害怕地抱住童薇："童薇，别这样，我错了，我不该和她单独见面，我不该怀疑你和秦天宇，都是我不好……"

"晓飞，我们分手吧。"

谢晓飞一怔："你说什么？"

"分手吧！"

谢晓飞面露难以置信的表情，傻愣愣的，拼命挤出一个笑容："童薇，我相信你，我相信你和秦天宇是清白的，我是吃醋，我……你要是生气就打我、骂我，别开这种玩笑好吗？"

童薇摇头："我没开玩笑。"

谢晓飞紧紧地拽住童薇："童薇，你不能这样！今天就算全部是我的错，你至少要给我一次机会！我保证，以后绝对不再单独见任何一个女人！"

童薇摇头："你自由了，你要去见谁，和我没关系。"

说完，童薇推开谢晓飞的手，准备离开。

谢晓飞死命抓住童薇的手不放。

童薇眯起眼睛："谢晓飞，别让我恨你！"

说完，童薇挥开谢晓飞的手，转身离去。

看着童薇的背影渐渐远离，谢晓飞愣在那儿，依然不敢相信两人分手的事实。

赵晨曦的车来了，把谢晓飞送回酒店门口，谢晓飞准备下车。

赵晨曦出声："今晚……你没什么要说的吗？"

谢晓飞微笑："一个吻，一个赵小姐主动送上来的吻，你想让我说什么？"

"你……没有感觉吗？"

谢晓飞径直下了车，往酒店大门走去。

赵晨曦再也忍不住了，从车上跟下来："晓飞！你对我一点感觉都没有吗？"

谢晓飞脚步顿了顿，停了下来，转过身，凑近赵晨曦，居高临下冷冷道："想听真话吗？"

赵晨曦点头。

谢晓飞淡淡出声："我以前不喜欢你，现在也没有喜欢你，以后，也不可能！"

"为什么？我就这么不招人喜欢？"

谢晓飞轻笑道："不，恰恰相反，你很讨人喜欢，要不杨潇也不会死心塌地替你卖命！"

赵晨曦一震，满脸错愕："你……"

谢晓飞嘴角上扬："我猜对了？"

赵晨曦这才发现自己中计，立即转移话题："刚刚收到消息，政府有意支持三亚开发，届时会有一系列政策上的扶持，所以如果谢氏还不展现诚意的话，我们就会选择投资三亚那边的度假村。"

谢晓飞微微一笑："我知道了。"

说完，转身进了酒店。

进入酒店，谢晓飞靠在电梯里，浑身虚软无力。

另一边，秦天宇载着童薇，停在了童薇家门口。

"到了，早点睡吧。"

童薇没有下车，静静地看着秦天宇："天宇，我们是不可能的。"

秦天宇眼神闪烁一下，随即面露温柔的微笑："我知道，我会继续努力的！"

童薇摇头："不，以前我认为，我至少是喜欢你的，只是这种喜欢还不足以强烈到和你在一起，但直到遇见谢晓飞，我才明白，一份感情，要么爱，要么不爱，没有别的选择！"

秦天宇双手紧握方向盘，在极力克制自己，半晌才努力扯出笑容："我比谢晓飞差在哪儿？"

童薇看着秦天宇："你哪儿都比他好，比他稳重，比他有事业心，比他对我上心，但是，天宇，我不爱你。"

秦天宇用力拍在方向盘上，终于爆发了："是不是因为他比我有钱？他没有他老子，狗屁不是！而我秦天宇，有生之年，一定可以赚比他更多的钱！童薇，你信不信！"

"我信。"

秦天宇满脸痛苦："为什么！为什么你就是不爱我？我追了你这么多年，居然输给了一个认识你不到三个月的混蛋！"

"你没输……刚才，我和他分手了……"

第041章
分手抉择

漆黑的夜里，童薇穿着睡衣坐在卧室一角，双手紧紧抱着自己。

在她旁边的手机，每隔一两分钟，她和谢晓飞的微信对话框，就会跳出一句相同的话：

"童薇，对不起。"

童薇没有回复，将头撇向阳台，看着外面的夜空。

在微弱的月光下，童薇的脸上闪现着隐忍的痛苦。

一夜，童薇都没有睡，谢晓飞也发了一夜的对不起。

换上衣服，童薇离开了家，前往CAEA大楼。

穿着高跟鞋，拎着挎包，身着简洁的制服，和往常一样，但童薇的脸却憔悴了很多。

拿着文件走进会议室，会议室内，所有人围成一团正在议论着什么。

"一大早在这八卦，还不赶紧工作！"童薇出声。

蒋可拿着手机凑到童薇面前："童姐，这可不是八卦！这关系着我们的项目呢！"

童薇瞟了一眼，是一则新闻，谢晓飞和赵晨曦接吻的画面，被记者拍到放到了新闻上。

蒋可冲童薇眨眼："你死我活的谈判，现在变成了你侬我侬的联姻，简直比电视剧还精彩！"

KIKI拍了拍胸:"这样挺好啊,我们可以松口气了,估计接下来的谈判会简单很多。"

这时,崔西敲了敲门:"领导,周总找你。"

"我马上去。"童薇应了一声,走出会议室。

来到周倩的办公室,周倩示意童薇:"坐。"

童薇坐下,周倩把手机推到童薇面前,上面正是刚才蒋可手机上的那则新闻。

童薇冷漠出声:"周总放心,昨晚我已经和谢晓飞正式分手了。"

看着这名得力干将,周倩有些心疼:"童薇,如果难受,就放自己半天假吧。"

童薇摇头:"没事,我可以应付。"

周倩点头:"悬崖勒马为时不晚!其实就算没有CAEA的规定,不论是做为师父还是朋友的角度,我也不同意你和谢晓飞在一起。女人嫁入豪门,是为了更好的生活,但你完全有能力靠自己过上这样的生活。"

"嗯,我明白。"

周倩叹了口气:"其实,我也不知道把这个项目给你是福是祸,谢氏的背景不是那么简单……"

童薇点头:"周总放心,我能应付。"

周倩摇了摇头:"谢氏创始人谢镇南,上世纪初就移居美国,从最底层劳工做起,一手创建了'十八藏'度假村这一品牌,这可是一百多年前,就知道贩卖东方风情给西方人,这可不是简单的事情。经过一百多年的发展,谢氏在旅游业扎稳根基的同时,又涉足酒店业、船舶业,实力不容小觑,你可不能大意了。"

童薇点头:"我有些好奇,谢氏在美国这么多年,谢晓飞连中国话都说不清楚,但谢氏的高层依然以中国人居多。而他们的背景资料显示，这么多年，谢家成员，似乎也更倾向于东方人，不知道这是什么原因。"

周倩解释道："这是谢镇南当年立下的家规，虽然谢镇南举家迁往美国，但他希望自己的后代能时刻记得谢家的根在中国……"

童薇走出周倩办公室的时候，崔西已经等在门口，见到童薇立即迎了上来："周总找你没事吧？"

童薇摇了摇头："谢氏的人到了吗？"

"都到了，在会议室等着呢。"

"那我们走吧。"童薇向会议室走去。

进入会议室，童薇立即与谢晓飞四目相对。谢晓飞两眼布满血丝，看着童薇的眼神，也有些怯生生的。

童薇故作镇定地走到自己座位前："我们开始吧！"

谢氏和CAEA的人，立即进入会议状态。

这是第三轮谈判前的准备会议，前两轮谈判都因为谢晓飞的原因，最后闹得和科万不欢而散，所以这轮谈判大家都非常重视。

一直到中午，会议才结束。

"第三轮谈判务必不要再出任何差错！请各位按照今天会议的内容分头准备！散会！"

众人收拾文件离开会议室。

谢晓飞和童薇擦肩而过的时候，在童薇耳边轻轻说道："一起午饭，地址发你了。"

"我……"

童薇刚想拒绝，被谢晓飞打断："你不来我不走！"

童薇在心里叹了口气。

这顿饭，是无法避免了。

童薇来到餐厅的时候，谢晓飞已经在包间等着。

"找我有什么事吗？"童薇故作淡然。

谢晓飞苦着张脸："童薇，对不起，昨晚发生那样的事情，我觉得我们该好好谈谈。"

童薇摇头："晓飞，不用说对不起。"

谢晓飞连忙出声："不，是我错了，我不该误会你和秦天宇，我不该和赵晨曦单独去看演唱会，不该……不该……总之，让你不开心都是我的错！原谅我好吗？"

"好。"童薇点头。

谢晓飞一喜："真的？那……"

童薇出声打断谢晓飞的话："不过，这不会改变我和你分手的决定。"

"为……为什么？"谢晓飞惊讶地望着童薇说道。

童薇看着谢晓飞："分手，并不是因为你不够好，而是……是时候结束这段感情了。"

"我就知道，你是误会了！"谢晓飞掏出手机放桌上，"给你检查，童薇，我和赵晨曦真的没什么，我谢晓飞对你真情实意，心里绝对没鬼！"

童薇把手机推了回去："晓飞，这就是我要分手的理由……"

谢晓飞怔怔地看着童薇。

童薇轻摇了下头："你始终对秦天宇和我的关系耿耿于怀，我对你和赵晨曦也不够放心。这说明我们彼此不够信任，感情不应该充满犹豫和怀疑，我们不该在一起。"

"童薇……"谢晓飞伸出手来，想拉住童薇的手。

童薇将手缩回："晓飞，就让我们的感情停在这一刻吧，给彼此留段美好的回忆，好吗？"

谢晓飞僵在那儿，满脸固执："我不会放弃的！我愿意等，等到你能忘记我带给你的不愉快，等到你愿意再给我一次机会！"

童薇轻摇头："晓飞，请原谅我任性的决定。"

谢晓飞举起酒杯，强颜欢笑："童薇，为我们走到新的阶段干杯。"

童薇有些感动："谢谢！"

回到办公室，童薇处理了下材料，已经到了下班时间。

正准备收拾回家，夏杉杉的电话来了："约饭约饭！"

"我没心情。"

"不行！我这妆都画上了，不许放我鸽子！"

童薇认真地回道："杉杉，我失恋了，心情不好。"

电话那头，传来夏杉杉惊天动地的吼声："什么？"

半小时后，酒吧。

夏杉杉已经知道了事情的来龙去脉："这么重要的事你竟然现在才告诉我！我们到底还是不是朋友啊？"

童薇鄙视地看了夏杉杉一眼："我们当然是朋友，但你却是个汉奸，我要告诉你，那不是全世界都知道了！"

"你说谁汉奸呢？"夏杉杉瞪着童薇。

"说你，秦天宇的汉奸。"

夏杉杉扑了过来："秦天宇那么优秀，我还不是为你好！现在你跟谢晓飞分了最好，说明你脑子还有救，那就赶紧抓住天宇，一了百了！"

童薇淡淡地说道："我把他也给拒了。"

"什么？"夏杉杉不可思议地看着童薇，"你脑子是不是短路了啊？"

童薇有些烦躁："杉杉，你别再说了，我已经够烦了。"

夏杉杉拉着童薇："喂，我看你这样子，怎么反倒像被人甩了一样？"

"我也不知道。"童薇摇头，"反正打不起精神，集中不了注意力，而且……"

"而且什么？"

"心里还一抽一抽的……"

夏杉杉坐了回去："完了完了，你是真的爱上谢晓飞了……"

"废话，我要是不爱，干吗跟他好啊！"

"那你干吗分啊？"夏杉杉不解地瞪着童薇。

童薇摇头："不说了，我回家睡觉。"说着，准备起身。

夏杉杉拦住她："不许走！你现在这个样子，我真怕你自杀！"

童薇无语地瞪着夏杉杉。

"来来来，走，姐带你去嗨！嗨完啥都忘了！"夏杉杉拽着童薇上了车，径直到了KTV。

KTV包房内，夏杉杉拿着麦很投入地唱着，时不时拉童薇合唱，童薇根本提不起劲。

这时，夏杉杉的电话响了，看了眼来电显示，向童薇挥了挥手："你先玩着，我去接个朋友。"

"朋友？"童薇有些不解。

夏杉杉已经跑掉了。

童薇一个人在包房内，呆呆地望着屏幕。

"当当当当！"

夏杉杉得意地走了进来，在她身后，跟着三个俊男，小鲜肉、肌肉男、暖男，三种迥异的风格。

童薇一愣。

夏杉杉介绍道："这是我大弟，二弟，小弟，怎么样？"

"美女好！"三俊男排成一排，向童薇问好。

童薇："……"

这要不明白，童薇就真傻了。

童薇气急败坏地把夏杉杉拉到一边："杉杉，你什么意思啊！"

夏杉杉："看你不高兴，所以让你高兴一下啊，你看看你现在这个样子，分手是你提的，反而弄得跟怨妇一样。既然你觉得和男人谈恋爱太麻烦，那咱就玩玩现成的嘛！"

"无聊！"童薇瞪了夏杉杉一眼，"我回去了，你自己慢慢玩吧！"

"不许走！"夏杉杉向俊男们使了个眼色，"他们三个，小鲜肉、暖男、肌肉男，总有一款适合你，钱我都付了，就跟他们聊聊天解解闷嘛，又没让你干别的事！"

童薇："……"

第042章
再相逢如路人

最终，童薇还是没和夏杉杉一起瞎胡闹，离开了KTV。

孤零零地走在马路上，身边不时经过一对对或搂腰或牵手的甜蜜情侣。

喝了酒有些迷糊，童薇找了个路边花坛坐下。

"嗨，大半夜的不回家，出来鬼混啊？"

这个声音让童薇心中一惊，转头看去，谢晓飞正一脸坏笑地站在旁边。

"你……你怎么在这？"

"我不是在这，而是在那儿！"谢晓飞指了指童薇心脏的位置。

童薇一笑，一把摸着谢晓飞的胸肌："我也在你这儿吧！"

谢晓飞把手覆在童薇手上，深情地看着她："你一直都在这里。"

童薇甜蜜地看着谢晓飞。

一阵狗吠，让童薇清醒过来。

看了眼自己的手，正抚摸着一只小狗。

童薇："……"

原来，刚才的一切，只是幻觉而已。

童薇苦笑一下，仰头看天。

一阵熟悉的铃声响起，童薇还没反应过来，就被经过的洒水车喷了一身，看着自己狼狈的样子，童薇苦着张脸，拎着包起身回家。

童薇家里，童恬恬正在卧室看偶像剧，敲门声响起。

童恬恬起身开门，见童薇正一脸犹豫地站在门口。

"这么晚了有事啊？"童恬恬看了童薇一眼，打了个哈欠，见童薇没有出声，"没事的话，那我要睡了……"

童薇连忙出声："恬恬，我想找人说说话，可以吗？"

童恬恬无奈地甩了甩手："进来吧。"

一床的零食，童恬恬啃着薯片，看着一边喝酒，一边絮絮叨叨的童薇。

"你这样就跟他分手了？就因为你们各自出轨？"

"不是……"童薇摇头。

"什么不是。"童恬恬鄙视地看着童薇，"你和秦大哥无头骑士看演唱会，他和赵晨曦去看演唱会，这不是双双出轨是什么？"

"……"童薇，"你还小，很多事情理解不了。"

"喊，什么理解不了？"童恬恬一脸得意，"我现在就知道有些人失恋了，正痛不欲生的样子。"

童薇一脸苦恼，无精打采地躺在床上："恬恬，我该怎么办啊？快帮我想想办法！"

"照我说，要不你去求复合算了……"

"不好！"童薇一口否决，"我好不容易分了，不能吃回头草！"

"喂，拜托，这不是回头草吧！"童恬恬瞪着童薇，"好几百亿集团的唯一继承人！人又长得帅，还是单身！就算你不为了你自己，也得为了我吧！"

"为了你？"

"对啊，我要是有谢晓飞这个姐夫，那我进军时尚界，秒杀卡戴珊还不是分分钟的事情？"

童薇："……"

"我怎么会有你这么个堂妹……"

"喊，不领情算了，我还不是为了你好。"童恬恬一撇嘴。

"算了，我还是去睡觉吧。"童薇苦恼地摇头，从童恬恬床上起来准备回房。

童恬恬连忙拉住她："喂，你……你不会……"

"嗯？"

童恬恬在手腕上比画了一下。

童薇瞪着童恬恬。

童恬恬幸灾乐祸："哈，见你这么倒霉，我好像开心了不少，对你没那么讨厌了。"

童薇一脸无语，转身回房。

喝了不少酒，再加上确实累了，童薇倒床上很快睡着，不过早晨起床的时候，头疼得不行。

正揉着头，见童恬恬依在门框边，端着一杯开水。

"你干什么？也不出个声，吓我一跳！"童薇瞪了童恬恬一眼，准备起床。

"不识好人心，我可一直在这等着。"童恬恬说着走上来，将水递给童薇，"你是不知道，你昨晚醉成什么样，哭得稀里哗啦的。"

"我哭得稀里哗啦的？"童薇根本不信。

"怎么？你不会喝醉忘了吧？"童恬恬睁大眼睛，"你昨晚打电话给谢晓飞，哭着喊着求复合，那叫一个惨啊，完全放弃了自尊，连我都看不下去了……"

童薇一下子站了起来："不可能！"

见童恬恬一脸认真的样子，童薇有些蒙了，迟疑着："恬恬，你……你说的不会是真的吧？"

童恬恬用力点头："不信，你自己可以去问谢晓飞啊！"

童薇垂下头，一脸懊恼："惨了惨了……"

开着车，童薇前往 CAEA 大楼。

一路上，童薇都在想着一会儿怎么面对谢晓飞。

在车库停好车，一直到进入电梯，童薇都还在思考着这件事情。

刚按下 15 楼，传来一个声音："等一下！"

是谢晓飞。

"嘿，早上好。"谢晓飞挤进电梯，向童薇打了个招呼。

童薇嗓子干涩，好不容易才发出声音："早……"

电梯里没别人，谢晓飞自然地摸了摸童薇的额头："脸色这么差，生病了？"

童薇条件反射地把谢晓飞的手挡开。

电梯内，死一般的沉默。

谢晓飞犹豫了好一会儿："昨晚，我……"

童薇慌了："昨晚，是我喝多了！不管我说了什么，我都收回！"

这时，电梯到了，童薇逃也似的跑出电梯。

谢晓飞摸了摸鼻子，一脸纳闷："搞什么？在说什么啊？"

童薇进入办公室，心都还在扑通扑通直跳。

"简直太丢人了！"童薇自言自语，给自己打气，"童薇，怕什么，偶尔喝醉一次，不就是说几句胡话嘛，没什么大不了的！"

"领导，所有人都到会议室了。"崔西敲门出声。

"我马上来，稍等！"童薇平息心神，给自己打了几次气，这才拿着资料前往会议室。

会议室内，果然 CAEA 和谢氏的人都到了。

见谢晓飞正盯着自己，童薇故意避开谢晓飞的视线，看着手上的材料。

手机振动,是谢晓飞发来的微信。

"你昨晚怎么了?"

童薇看了一眼,没理谢晓飞,只是故作镇定,全神贯注地开会。

会议结束,童薇径直前往停车场,准备离开,谁知谢晓飞已经跳到了副驾驶座上。

童薇吓了一跳:"飞总,请你下去!"

谢晓飞抓着童薇:"你想躲到什么时候?"

童薇摇头:"我为什么要躲?我只是有点累了,请你下去。"

谢晓飞看着童薇的眼睛:"不,你根本不会撒谎。"

童薇回避着谢晓飞的眼神:"飞总,我需要以最好的状态迎接下一轮谈判,请别打扰我。"

"我不关心什么狗屁谈判,我关心的是你!"谢晓飞用力抱住童薇,"童薇,别骗我了,你还是喜欢我的,是不是?"

童薇用力推着谢晓飞:"你放开我……"

"我不放!"

这时,车窗响起敲击声,两人回头,是周倩。

咖啡厅内,童薇坐在周倩身边,对面则坐着谢晓飞。

周倩看着谢晓飞:"飞总,童薇和你分手是我授意的,我希望你别再纠缠童薇,让她好好做项目。"

谢晓飞看了周倩一眼,又看了看童薇:"为什么?就为了那个狗屁规定?"

周倩点头:"对,尽管这个规定对你来说难以理解,但这是我们CAEA的职业操守,对童薇来说,工作、感情,必须二选一。"

谢晓飞明白似的,怒视着童薇:"所以,你选了工作?"

童薇低头着,不敢回视谢晓飞。

"童薇!看着我,说,是不是?"谢晓飞再次追问道。

童薇终于鼓起勇气："是！"

谢晓飞用陌生的眼神看着童薇，满脸不可思议："童薇，原来在你眼里，我还不如一份狗屁工作？"

童薇回视着谢晓飞："那不是什么狗屁工作！是我一步步奋斗得来的成绩！我不能因为一个男人，一份感情，就毁了我童薇几年的努力！"

谢晓飞站了起来，俯视着童薇："童薇，我谢晓飞只要一句话，你在CAEA要什么有什么！"

童薇点头："我信！但你谢晓飞一句话，也可以让我在CAEA拥有的一切灰飞烟灭！"

谢晓飞好笑地看着童薇："你觉得我是这种人？在你心里我谢晓飞就是这种纨绔子弟？是扶不起的阿斗？随时随地都会搞砸你的工作，搞砸你的生活？"

"飞总，请冷静一些。"周倩出声。

"闭嘴！"谢晓飞瞪了周倩一眼，"我现在问的是她！"

童薇冷冷地看着谢晓飞："是的，你只会搞砸我的工作、生活。再补充一点，搞砸之后，不负责任地扬长而去！从我们认识的那一天开始，无一例外！"

谢晓飞怔了怔，点头："好！我明白了，放心，我以后绝不会再来招惹你！"

说完，谢晓飞拂袖而去。

周倩看着童薇，叹了口气："童薇，你又何必把话说得这么绝呢。"

童薇摇头："只有这样，才能分得干净。"

周倩摇了摇头，又叹了口气。

接下来的两天，谢晓飞果然没再来纠缠童薇，虽然每天都会到CAEA来开会，但会议结束就走了。

终于，到了与科万第三轮谈判的时间。

地点,依然是老锦江的会议室。

谢氏、科万、CAEA三方人马,再次坐到了会议桌前。

10点。

"可以开始了吗?"谢晓飞抬头,向科万的杨潇问道。

杨潇微微摇头:"请稍等,我们科万的律师还没到。"

说话间,会议室大门开了,所有人目光投向门口。

当看到进来的人时,童薇愣住了:"天宇!"

谢晓飞也蒙了:"是他?"

科万的律师,竟然是秦天宇!

第043章
朋友，出卖

秦天宇向童薇笑了一下，镇定自若地走到科万一边，站在杨潇右侧，欠身向众人道歉："非常抱歉，迟到了几分钟，自我介绍一下，我是秦天宇，福通律所高级合伙人，科万此次项目的全权代理律师，希望大家能合作愉快。"

这时，童薇突然站了起来："打断各位几分钟。"说完，童薇向秦天宇说道，"秦先生，我想跟你谈谈。"

秦天宇倒没拒绝，点点头，向会议室其他人抱歉道："各位，那我先和童小姐聊聊。"

两人离开会议室，在会议厅外的走廊上站住。

"你是科万的代理律师，这是什么时候的事情？"童薇问道。

"这重要吗？"

"重要！"童薇看着秦天宇，"难道从我接手这个案子开始，你就已经成为科万的代理律师了吗？"

"是的。"秦天宇回答道。

"你一直对我隐瞒这件事情？"

"对。"

"为什么，你为什么要这么做？"童薇盯着秦天宇的眼睛。

秦天宇淡淡一笑："为了从你这里套取信息，为了帮科万赢得这场谈判。"

童薇蒙了，脸色有些难看："秦天宇，你太可怕了！"

"可怕？呵呵。"秦天宇轻笑道，"赢，不是你一直以来的人生信条吗？这个世界上，不是只有你一个人想赢，我也想赢。"

"但我不会伤害别人！"童薇的脸上已经有些怒气。

和秦天宇认识了这么久，童薇从来没想过，秦天宇竟然是这样一个人。

秦天宇并没觉得丝毫内疚："你不会伤害别人？不，这只是你自己以为的。事实上，你伤害了我！是你逼我走到这一步的！科万来找我的时候，我犹豫过，但最终我决定接下这个项目，就是因为你！"

"因为我？"

"我担任科万的法务，唯一要求就是我在幕后，不出面。"秦天宇的情绪有些激动，"但我被你羞辱了！童薇，你可以不爱我，但你不能践踏我的人格、我的尊严！我哪里比不上那个花花公子？他除了比我有钱，论能力，论对你的感情和耐心，我都远远胜过他！"

童薇不敢相信地看着秦天宇，脸上充满失望："天宇，你怎么会变成这样……"

"呵呵。"秦天宇冷笑一声，"你以为那个谢晓飞是真的爱你吗？童薇，你太天真了！……"

"住口！"童薇打断秦天宇的话，"别把所有人都想得和你一样！"

"和我一样？"秦天宇满脸不屑，"你以为这个项目就是靠你们CAEA的谈判？不，你错得很离谱。谢天佑和宋勇，之所以让福通律所、CAEA还有科万谢氏的高管们陪玩，真正目的并不是这个项目，而是让谢晓飞和赵晨曦凑成一对，你我，都只不过是工具而已！"

童薇怔住了："你……你是说……"

秦天宇淡然道："没错，科万唯一的条件，就是想和谢氏联姻！"

童薇一脸震惊。

秦天宇凑近童薇："所以，你现在只有一个选择，那就是促成项目，这样你才能成为受益者，否则你输得一塌糊涂！"

童薇一脸的茫然，脑子蒙蒙的，根本不知道秦天宇在说什么。

当进入会议室的时候，童薇面色苍白。

谢晓飞见童薇脸色不对，凑了过来悄声问道："怎么回事？"

童薇摇了摇头，努力让自己镇定下来。

这时，杨潇清了清嗓子："好了，既然人都到齐了，那我们就开始吧，之前的谈判，谢氏提出……"

杨潇话没说完，谢晓飞已经打断："不用说这些废话了。"

所有人，都惊讶地看着谢晓飞。

在谈判桌上，这可是非常不礼貌的事情。

谢晓飞没理会众人的目光，指着秦天宇："你们已经让代理律师潜伏在我们谈判人员身边，现在就没必要再假模假样了，大家不妨打开天窗说亮话。我知道还有一家公司在抢你们科万这块地，现在我表个态，你们这块地，我们谢氏要了，有什么条件，直接提吧。"

秦天宇大笑鼓掌："好好好，不愧是谢氏集团的继承人，有气魄。"话音一转，"不过，条件我倒可以提，只是谢先生可别害怕。"

"我谢晓飞从来不知道什么叫怕。"谢晓飞毫不示弱地看着秦天宇。

两人目光灼热，一场战争一触即发，童薇的心提了起来。

秦天宇起身，看了看科万的参会人员，又看向谢氏的参会人员："经过我们科万多日的讨论研究，我们已经达成共识，谢氏想要和科万合作，科万非常欢迎，对谢氏，科万也只有一个要求……"

秦天宇故意顿了下。

谢氏这边李相中等人，CAEA的崔西、KIKI、蒋可等人，全都看着秦天宇；科万那边，杨潇也有些迷惑的样子，似乎并不清楚是什么要求。

这时,秦天宇终于卖足了关子,吐出两个字:"联姻!"

所有人,全都愣住了。

不只谢氏、CAEA的人,连科万的人,甚至连杨潇都一脸惊愕,只有赵晨曦不动声色。

秦天宇笑道:"提出这样的要求,或许有点唐突,其实,早在谢先生赴华之前,宋勇先生已经和令尊多次私下会晤,双方经过深入了解,觉得宋先生最看重的小女儿赵小姐,以及谢氏唯一继承人谢先生,两人皆未婚配,又都非常优秀,所以两方有益撮合,这三次谈判会,实际上都是你们父亲安排的特殊相亲会。"

所有人再次怔住,不少人小声交头接耳地议论起来。

这时,谢晓飞站了起来,一脸笑意:"科万的要求我方已经清楚,很感谢赵小姐和宋先生的欣赏,赵小姐既漂亮又能干,谁能娶到她都是大大的荣幸,不过很遗憾,感情的事情无法勉强,我心里也已经有了喜欢的人,所以,科万的要求,我方不能答应。"

秦天宇淡淡地看着谢晓飞:"如果飞总拒绝了我们的要求,那么谢氏就拿不到这块地了。"

"是啊。"谢晓飞脸上有些困扰的模样,扭头看向童薇,"童小姐,作为CAEA的谈判专家,你觉得面对联姻这样的要求,我应该怎么做?"

童薇怔了怔,没想到谢晓飞把这个问题抛给了自己。

见童薇怔住,谢晓飞再次出声:"童小姐,我需要你的建议。"

童薇只得站了起来:"我方要求休……"

本来想提出休息的要求以中断谈判,但谢晓飞打断了童薇的话,依然直直地看着童薇:"童小姐,不需要休息,我究竟该答应,还是不答应?我希望你能给我一个正确的答案!"

会议厅里安静下来,似乎由谢氏和科万的对立,转移为谢晓飞和童薇的僵持。

众人的目光，全都集中在两人的身上。

赵晨曦打破了会议室内的死寂："飞总，谈判专家所关注的是项目，如果牵扯到终身大事的话，恐怕只有你能自己做决定了。"

谢晓飞笑了笑，有些揶揄地看着童薇："我对童小姐有些失望了，作为谈判专家，你这次没能帮到我。"

童薇有些下不了台，脸涨得通红。

谢晓飞看了眼童薇，又看了看对面的赵晨曦，最后信步走到台前："诸位，虽然我的谈判专家没给我什么建议，但对于联姻这件事情，我心里已经有了答案。"

所有人的目光，再次集中在了谢晓飞的身上。

谢晓飞淡笑着扫视了一眼众人："联姻，我愿意。"

现场一片哄闹！

赵晨曦得意地笑了出来，童薇脸色煞白，KIKI和蒋可在暗暗骂着，秦天宇面露讥笑，李相中几人都露出松了一口气的表情。

这时，谢晓飞抬起手示意众人安静，见会议室安静下来，这才说道："不过，很可惜，我心里已经有了深爱的人。"说到这儿，谢晓飞看向童薇，"那就是我们谢氏的谈判专家——童薇小姐！"

"哄！"

这次，会议厅内比刚才更嘈杂起来，所有人都露出不敢相信的表情，KIKI和蒋可张大嘴巴，赵晨曦一脸煞白，比刚才童薇的脸色还难看。

"你……"赵晨曦不敢相信自己听到的话。

而童薇，也是难以置信地看着谢晓飞。

谢晓飞直视童薇："童小姐，你不敢接受我的爱，但并不代表，我不能够表白！"

童薇再也坐不住了，红着张脸羞愧难当地冲出会场。

谢晓飞立即抛下会议厅内众人，追了出去。

会议厅内,再次乱了套。

KIKI双手捧胸两眼放光:"哇,飞总好帅!简直像是在看偶像剧!"

蒋可瞪了KIKI一眼:"你知道什么!童薇姐和客户恋爱,肯定会被机构批评的!甚至会被开除出去!这回童薇姐又被他坑惨了!"

科万那边,赵晨曦被当场拒绝,脸色苍白地坐在座位上,如同失了神般,旁边杨潇一脸心疼。

秦天宇牙齿紧咬,面色阴沉,起身离开了会议厅。

总之,谈判会已经没办法开展下去了,现场所有人,都不知道接下来该干什么。

第 044 章
全世界都在与你作对

酒店大门前,谢晓飞追上了童薇。

童薇奋力从谢晓飞手上挣脱:"谢晓飞,你到底想干什么?你是故意要毁掉这次谈判,你是在报复我,对不对?"

谢晓飞觍着张脸:"你想太多了!我怎么会报复你,我只是在大声说出我的爱!"

童薇瞪着谢晓飞:"你想过这样做的后果吗?我们上上下下这么多人,筹备了两三个月的项目,就因为你全毁了!全毁了,你知道吗?"

谢晓飞不再嬉皮笑脸,一脸正色地看着童薇:"那你让我怎么做?我应该答应赵晨曦的要求娶她吗?你想让我这么做吗?"

童薇有些气愤:"我想!"

谢晓飞看着童薇:"可是,你当时沉默了!我问你的时候,你选择了沉默,你将决定权交给了我!说明你心里还有我!"

童薇脸色发冷:"够了!我现在真后悔曾经跟你在一起过!"

谢晓飞微怔:"这是你的心里话吗?"

"是的!这是我人生的污点!"童薇毫不犹豫地点头。

谢晓飞再次怔住,直直地看着童薇:"童薇,你……你不可理喻!"

童薇没理谢晓飞的感受,看着他:"飞总,作为合作伙伴我最后奉劝你一句,工作不是儿戏,工作是需要脑子的。"说到这儿,童薇顿了顿，"这么说或许太勉强你了，毕竟你根本没长脑子！"

说完，童薇准备离开。

谢晓飞拉住童薇："童薇，你一定要这样强硬吗？"

"对于毁了我工作的人来说，我不可能有好脸色。"

看着童薇离开的背影，谢晓飞气得浑身发抖。

最终，谢晓飞没回会议厅，而是开着车，去了大观会所。

到了大观会所，谢晓飞也没找罗斌，自己要了一个包间，让侍应拿来一大堆酒，一个人在那喝闷酒。

当罗斌得到消息，来到包厢的时候，看到一桌子的酒都被吓到了："怎么了？谁又惹你了？"

谢晓飞脸色难看，没搭话，依然闷头喝酒。

罗斌摇头："我也是多问了，除了那女人，还能有谁。"

谢晓飞抬起头来，凌厉的目光射向罗斌："哪来这么多废话！"

"好好好！"罗斌立即举手，"我滚，你一个人慢慢喝，有什么事招呼我。"

罗斌走后，谢晓飞一直在喝着酒，具体喝了多少，谢晓飞也不清楚了，总之喝得两眼昏花晕晕乎乎的。

不知过了多久，罗斌又回来了："晓飞，有个老女人说要找你。"

谢晓飞头都不抬："不见！"

这时，包厢门口一个女人走了进来："飞总，是我。"

谢晓飞看清楚是谁，大着舌头："周……周总，来……来喝……"

来的人，是周倩。

"罗先生，我和飞总有几句话要说，你能不能回避一下？"周倩向罗斌说道。

罗斌点点头，退了出去。

周倩看着喝得醉醺醺的谢晓飞，微皱眉头："飞总，你和童薇分手的事情,是我逼她的,但分手的理由并不是你想的那样。"

谢晓飞一脸怪笑:"童薇都说了,工作感情二选一,她选了工作,为什么啊,因为我就是一个一事无成的公子哥!哈哈!"

周倩摇头:"当我这么说你的时候,童薇替你争辩过,她说你不是这样的人,你有才华,有想法。"

"哈哈。"谢晓飞发出咯咯的傻笑声,"当我是三岁小孩,想骗我?"

周倩认真地说道:"她最后下定决心和你分手,不是因为误会你和赵晨曦小姐,也不是怕你耽误了工作,而是她看不到你们的未来。"

谢晓飞轻蔑一笑:"你以为,我会信吗?"

周倩并不管谢晓飞脸上的表情:"飞总,如果童薇真那么在意这份工作,以她的性格,你觉得她明知道 CAEA 的规定,还会开始和你交往吗?她是爱你的,但她 14 岁时就没了父母,她的高傲强硬都只是为了掩饰内心的柔弱。今天,你在谈判桌上的表现,无异于狠狠地在她心里插了一刀。或许你恨我逼她做了分手的决定,但我这是为了保护她,因为你,谢晓飞,你给不了她一个家。"

说完,周倩离开了包厢,留下谢晓飞一个人在包厢里,怔怔地望着面前的空酒瓶。

晃了晃头,谢晓飞离开了大观会所,回到酒店。

打开电脑,谢晓飞点开一个视频软件,屏幕上,出现一个病房的影像,病床上躺着的,正是谢晓飞的母亲刘婉莹。

看着闭着眼躺在床上的刘婉莹,谢晓飞自言自语着:"妈妈,是我做错了吗?"

思索一阵,谢晓飞站起身来,掏出手机,给童恬恬发微信:"在吗?"

"在,怎么了?"

"给我把童薇的护照偷出来。"

"什么?"童恬恬瞪着手机,"你……让我……偷童薇的护照?"

"嗯。"谢晓飞回道。

童恬恬愣了好一会儿:"好吧,谢晓飞,你欠我一个天大的人情!"

收起手机,童恬恬蹑手蹑脚地开门,小心翼翼地摸进童薇的卧室。

床上,童薇正在熟睡。

童恬恬借着月光,将目光落到童薇放钢笔的那个抽屉。

看了眼童薇还在熟睡,童恬恬小心地拉开抽屉,果然,童薇的护照就在里面。

拿出护照,童恬恬猫着腰,悄悄退出童薇的房间。

楼下,谢晓飞已经等在那儿。

童恬恬将护照扔给谢晓飞:"你不是跟她分手了吗?"

谢晓飞满脸堆笑:"都是我不好,做错了事情。"

童恬恬板着张脸:"上次偷钢笔,这次偷护照,我这都快成职业小偷了!谢晓飞,你说,你怎么补偿我?"

"随便,你说。"

"少来!"童恬恬一撇嘴,"上次替你哄童薇,给我开了张空头支票,这次又随便!"

说到这里,童恬恬叹了口气:"有时候我真羡慕童薇,分都分了,你还要带她去美国玩,我,唉……"

谢晓飞一笑:"想去美国?包在我身上!"

"真的?"童恬恬立即满脸兴奋,"我也有护照,拿上就能走!那个,座位头等舱就不用了,商务舱就好。"

见谢晓飞面露难色,童恬恬连忙出声:"那个……经济舱也行……"

谢晓飞摇头:"恬恬,这次不行啦……"

本来高兴的童恬恬,立即生气了:"谢晓飞,你这是过河拆桥!以后你和童薇再吵架,可别指望我帮你!"

谢晓飞小声说道:"没有以后啊……"

"什么？"童恬恬有些不解。

"这次我和童薇有重要的事情要办，带你去怕照顾不周。"谢晓飞解释道，"不过，我答应过你的事，我一定办到，等下次，我一定带你去美国。"

"好啦好啦。"童恬恬倒没强求，"算啦，我又不是为了这些好处帮你，我是希望你和童薇能够幸福。"

"谢谢你，恬恬。"

谢晓飞在心里补充道：但是，恐怕这也要让你失望了。

回到酒店，刚走进大堂，等在那的李相中就迎了过来。

"少……少爷，你总算回来了。"李相中一脸难色，"谢先生让你联系他，今天您这一闹，我们这些下面的人可要跟着倒霉了。谢先生说，如果这次开拓中国市场失利，我们……我们也不用再回美国了。"

谢晓飞拍了拍李相中的肩膀："放心啦，我父亲那边，我会搞定的。"

李相中并不安心："少爷，您一定要向谢先生解释清楚啊！你……"

李相中话还没说完，谢晓飞已经哼着歌，走进了电梯。

看着谢晓飞的背影，李相中无可奈何地叹了口气。

看了眼手机，上面有十几个来自美国的电话，谢晓飞笑了笑，直接将手机关机，想了想，又把酒店客房的座机电话线给拔掉，这才满意地坐到沙发上。

谈判会上的事情，已经传遍了CAEA。

第二天，童薇走进CAEA，就不时有人指指点点，童薇强装镇定，走进自己办公室。

敲门声响起。

是崔西。

崔西一脸为难："童姐，周总叫你过去。"

"好。"童薇点头。

崔西犹豫了一下，出声问道："要不要我去通知下谢氏的人？"

"通知他们干吗？"童薇微怔。

"昨天的事都是谢晓飞自说自话，你又没做错什么，凭什么让你背锅。"

童薇微微摇头："谈判失败就是我的责任，不用通知他们。"

出了办公室，童薇来到周倩办公室门前，深吸一口气，敲响了门。

"进来。"

办公室内，传来周倩的声音。

童薇推开门进去，紧接着微微一怔。

在周倩的办公桌前，坐着一个满脸堆笑，但眉宇间却透着威严的中年男子。

"曲总……您怎么来了？"

中年男子，正是CAEA最年轻的理事会成员，北京总部的曲向先。

曲向先笑嘻嘻地站了起来，和童薇打了个招呼："前阵子我去杭州分部处理点事情，现在处理完了，所以过来看看。小童，听说你接手了谢氏的项目，替他们牵头科万，现在进展怎么样了？"

果然是冲这件事来的！

知道曲向先来者不善，童薇求助般看向周倩。

第 045 章
最后的送行

曲向先这明显是明知故问,无论童薇还是周倩,都知道曲向先的来意。

周倩组织着措辞:"谢氏和科万的谈判……目前有些曲折……"

"曲折?"曲向先脸上笑容敛去,看着周倩和童薇,"明明就是失败!"

童薇和周倩立即都不敢说话了。

刚刚还满脸堆笑的曲向先,现在满脸严厉:"谢氏这个项目有多重要你们知道吗?总部每天都问我这个项目的进度,你现在告诉我有些曲折?我们的职员以公谋私,和客户发生了不该发生的事情,你说,这让我怎么跟上面交代?"

见周倩替自己挨骂,低头不敢出声,童薇忍不住了:"曲总,这件事完全是我的责任,和周总无关。"

"无关?"曲向先看着童薇,"总部把任务交给她,就和她有关!周倩,你说吧,现在该怎么办?"

周倩点头:"曲总,你说怎么办就怎么办吧。"

童薇连忙插嘴:"项目失败,负责人就得承担后果,没问题,我担!但曲总,我必须说一句,谢氏和科万的老总早就暗中达成协议,他们的目的是搞家族联姻,找我们 CAEA 完全是陪玩,我觉得这对我们的付出很不公平！"

"你担，但你担得了么？"曲向先看着童薇，"他们究竟搞什么我不管，我只知道，现在你利用公务之便发展个人感情！这对我们CAEA的形象造成了非常恶劣的影响！这个责任，你无论如何也逃不掉！"

童薇毫不犹豫："曲总，一会儿我就提交辞职报告。"

"你给我闭嘴！"周倩打断童薇的话，向曲向先说道，"曲总，童薇确实有错，辞职也不为过，但目前CAEA正是用人之际，童薇一走，我们就更缺人，您也知道，公司培养一个谈判专家非常不容易，况且您想，现在如果我们辞退童薇，不就等于主动承认失败的责任在CAEA吗？到时候理事会问责到您，怕也不好交代啊。"

曲向先沉默了，皱眉思索起来。

"曲总，我既然是童薇的上级领导，那责任肯定是要担的。"周倩看向童薇，"童薇，你现在去写个停职报告，什么时候复职等曲总通知，我也会写份检查报告给总部。"

曲向先点头："好吧，现在只能先按你说的办了。"

见童薇还傻站在那，周倩瞪了童薇一眼："还愣着干吗？还不赶快去写报告！"

童薇连忙离开，回办公室去。

刚回办公室，崔西就围了上来："领导，怎么样？"

"我担出辞职，但周总把我保了下来。"

崔西松了口气："还好还好，吓死我了！"

童薇摇头："写检查报告，还不如我直接辞职。"

"没关系，检查报告包在我身上。"崔西拍了拍胸脯。

"不。"童薇摇头，"这次和以前不一样，曲总从北京过来，没那么容易混过去的。我自己来吧，你先出去，让我一个人静一静。"

崔西点头，退出童薇的办公室。

坐了半晌，童薇打开电脑，准备写检查报告，结果憋了半天，愣是没能憋出半个字来。

手机响了，是谢晓飞的电话。

童薇直接将电话挂断。

谢晓飞似乎和她较劲，不管童薇挂断多少次，又继续打进来。

本来就火大的童薇火气噌噌往上冒，接通电话劈头盖脸就骂："谢晓飞，你给我有多远滚多远，我不想再看到你！"

"要不你下来，要不我上来……我知道你们曲总在，我上来不合适吧？"谢晓飞的语气很淡定。

童薇："……"

"楼下餐厅，两分钟后见不到你，我就上来。"

童薇气得差点将手机砸掉，收拾了下东西，气冲冲地下楼，虎着张脸出现在谢晓飞面前。

谢晓飞将饮料推到童薇面前："蜂蜜柚子茶，降火。"

童薇板着脸："有事快说。"

谢晓飞一脸无赖："没事就不能找你聊聊天，叙叙旧？"

童薇站了起来，准备离开。

"哎……"谢晓飞连忙拉住童薇的手。

"放开！"

"要是我不放呢？"

童薇盯着谢晓飞，脸上怒气更甚："行，不放是吧？好，那我就陪飞总耗着，反正我童薇自从接了你们谢氏的项目，在CAEA已经毫无声誉可言。现在，我根本不用在乎别人怎么看我了！"

说着，童薇坐到沙发上，冷冷地看着谢晓飞。

谢晓飞收回手，脸上流露出一丝难过："童薇，我是来跟你道别的。"

童薇微愣。

"我爸知道我捅了一堆娄子,非常生气,让我立即回纽约,这可能是我们此生最后一次见面了。"谢晓飞的语气有些低沉。

童薇心里一颤,有些难过,但还是嘴硬道:"很好,太好了!以后我再也不用看到你了!"

谢晓飞一脸不舍:"童薇,我千错万错,但好歹我们相识一场,明天……你能来机场送送我吗?"

童薇心里很不忍,但还是板着脸:"休想,我已经和你没关系了!"

谢晓飞眼眶有些红:"童薇,这两个月,我确实给你惹了很多麻烦,但是……我们爱过,哪怕只有一分一秒,求你,别拒绝我……"

童薇沉默了半天,看着谢晓飞通红的眼睛,一脸的忧伤和不舍,终于不忍:"明天几点?"

"下午3点。"

童薇起身:"知道了,我会来的。"

想到谢晓飞就要回纽约了,虽然对他很有些气,但这一辈子,可能这就是最后一次见面,童薇心里还是有些酸酸的。

对着镜子打量着自己,童薇尽量让自己悲伤的脸上挤出些笑容。

叹了口气,童薇想了想,拉开抽屉,拿出了父亲留给她的那支钢笔,犹豫了片刻。

"晓飞,既然这支钢笔见证了我们的开始,那就让它见证我们的结束吧。"

童薇将钢笔放进自己口袋里,下了楼。

楼下,谢晓飞的车已经等在那儿。

车门开了,不是谢晓飞,是李相中。

"你们飞总呢?"

"飞总在机场等着童小姐呢,请上车吧。"

"嗯。"童薇心里有些失落,上了车。

李相中开着车,径直往浦东机场开去。

随着离机场越来越近,童薇的心跳得越来越快,越来越紧张起来。

"童小姐,您不舒服吗?"李相中见童薇脸色不对,出声问道。

"没什么。"童薇摇摇头。

李相中有些不解,递了瓶水给童薇:"还要一会儿才到,童小姐先喝点水吧。"

"谢谢。"

童薇接过水,不停地喝着,试图缓解自己紧张焦躁的心情。

但不知怎么回事,窗外的风影渐渐模糊出现叠影,童薇的眼皮也越来越重。

当童薇迷迷糊糊地醒来时,愣了好一会儿神,才发现自己身在飞机上。

这一发现,让童薇一下子惊醒过来,环顾四周,一名空姐礼貌地冲她微笑:"您好!请问有什么需要吗?"

童薇怔怔地望着空姐:"这是哪里?"

空姐微笑回答:"这是上海飞往美国的航班……"

"什么?"童薇直接跳了起来。

空姐立即安抚道:"小姐,请您不要激动。"

童薇慌忙拿出手机,手机被人从身后抢了过去:"飞机起飞,就得关闭手机,这点常识都没有?"

童薇惊讶地转身:"谢晓飞,怎么是你!"接下来,童薇瞬间明白,"谢晓飞!是你设计的,对不对?"

不过随即,童薇又想到了另一个问题:"不对,你没有我的护照啊!"

"没有,我可以偷嘛。"谢晓飞一脸得意。

童薇立即想到是谁:"是恬恬!你让恬恬偷了我的护照!"

谢晓飞耸耸肩:"这是你自己发现的,我可没出卖她哦!"

被糊里糊涂地弄上飞机，童薇急得团团转："谢晓飞，你别闹了好不好？你究竟想干吗？"

"我没闹啊。"谢晓飞一脸淡定，"你不是被停职了吗，反正也没事干，不如跟我一起玩几天，度个假，好好休息休息，食宿全免，多划算。"

童薇怒火直冒，瞪着谢晓飞："谢晓飞！你这个混蛋！你这是绑架！"

谢晓飞抱住童薇，将她按在座位上，替她把安全带系上："绑架你也得先坐下，否则出了什么事，就变成谋杀了！"

童薇看着窗外的云端，无可奈何地坐下："谢晓飞，我告诉你，飞机落地就给我订票，否则我和你没完！"

谢晓飞连连点头："好好好，知道了，现在就好好享受旅程吧。"

童薇气得一句话也说不出来，坐在座位上闭着眼睛睡觉。

但谢晓飞就坐在旁边，叽叽喳喳地像麻雀，童薇怎么可能睡得着。

"看你也睡不着，来，我们聊聊天嘛……"谢晓飞又在叽叽喳喳，"离开我之后，你准备和什么样的男人在一起……"

"没心情！"

"那要不我跟你说说，我要什么样的女人……"

童薇睁开眼睛，不耐烦地瞪着谢晓飞："你不说话没人把你当成哑巴！"

谢晓飞立即闭嘴不说话了。

童薇稍微满意一点，侧身背对着谢晓飞。

这时，一支钢笔从童薇的口袋里滚落出来。

"咦？这是……这是你爸的那支笔？"谢晓飞捡了起来。

"还给我！"童薇伸手要抢。

谢晓飞看了看钢笔，又看了看童薇，有些明白过来："啊哈，这是你送我的离别礼物吧?"

"不是!还给我!"

谢晓飞直接把钢笔放到上衣内袋:"休想,想要自己来拿。"

"无耻!"

"嘿嘿!"

第046章
请给我三天的爱情

纽约,肯尼迪国际机场。

童薇一步一趋地跟着谢晓飞:"我要回去!"

"回去啊,不过想要护照,没门儿。"谢晓飞一脸得意。

"谢晓飞,你这个混蛋!"童薇瞪着谢晓飞。

谢晓飞晃动着手上的车钥匙:"跟我走,我就把护照还给你,要不……我就扔了你的护照!"

"你这个疯子!"

童薇恨得牙痒。

这时,童薇的手机响了,是崔西打来的电话。

"领导,你去哪了?"

"纽约!"童薇没好气地回答道。

"纽约?"崔西立即明白过来,并没多问,"领导,我看到秦天宇那个混蛋了,他好像很落魄的样子,据说他潜伏在你身边窃取情报,谈判最终还失败了,现在已经沦为圈子里的笑柄,倒是他那个助理,好像叫商碧晨的实习生,和他走得很近。"

"我没兴趣知道他现在怎么样。"童薇现在听到秦天宇的名字,比见到谢晓飞还烦,"如果没其他的事,我就挂了。"

"没了。"崔西说完,补充了一句,"祝领导在纽约蜜月愉快!"

说完，崔西就挂断了电话。

童薇："……"

最终，童薇还是上了谢晓飞的车。

车，是谢晓飞在机场租的，一辆传统的老式跑车，车里放着老式的美国布鲁斯音乐，歌者沧桑的嗓音中，透着无尽的悲苦，让童薇听得入神，想到自己的处境，悲从中来。

谢晓飞瞥见童薇的表情，伸手想换音乐。

童薇拦住谢晓飞："不，我就想听这个。"

"你喜欢听布鲁斯？"谢晓飞收回手，"惨兮兮的，有什么好听的，尤其是这种黑人老大爷，唱的都是黑奴怎么苦，怎么累，烦死了……"

"这就是我和你的区别，你还是个孩子。"童薇没好气地说道。

"呵，那你已经是个大妈了。"

童薇："……"

"谢晓飞，你给我听着，我们不是同一种人，你别再捣乱了，现在把护照还给我，送我回机场，好不好？"

谢晓飞一口拒绝："不好！"

"你到底要怎么样！"童薇瞪着谢晓飞。

"嘘，看前面……"谢晓飞指着前方。

童薇抬头看去，一轮红日在公路的尽头。

"坐稳了，我们追太阳去！"

说着，谢晓飞一踩油门，童薇下意识地拉住拉手，空旷的一号公路上，老爷车轰鸣着追逐太阳。

红日，渐渐消失在公路尽头，老爷车停下了追逐的步伐。

谢晓飞和童薇坐在地上，相对无言。

良久，谢晓飞终于出声，声音有些低沉："童薇，你要自由，可以，做我女朋友，三天，我只要三天，三天后，给你自由。"

童薇摇头:"晓飞,我不明白……"

谢晓飞看着远方天际:"从见到你的那一刻到现在,我们都在犹豫、猜疑、挣扎,我从来没完全拥有过你。我知道,我比不上你的事业重要,但我希望在你彻底离开我之前,给我三天,答应我。"

"三天?"童薇看着谢晓飞,"然后呢?我们一个回上海,一个在纽约,从此老死不相往来,有意义吗?"

谢晓飞微笑道:"可至少这三天,你完全属于我!至少可以光明正大地做我谢晓飞的女朋友!"

说到这儿,谢晓飞认真地看着童薇:"童薇,我长这么大,逢场作戏很多次,但刻骨铭心的爱,只有这一次。请给我一次机会,让我们像普通情侣一样相处三天,我会感谢你一辈子!"

童薇犹豫了。

谢晓飞这个念头,很不负责任,也太疯狂了!

"童薇,你到底在害怕什么?"

童薇叹了口气:"谢晓飞,我怕这三天,会害我难过一辈子!既然我们不能在一起,就应该果断分开,忘了彼此。"

"不!"谢晓飞情绪有些激动,"我要和你轰轰烈烈地爱一次!我就是要让你下半辈子都忘不了我!我要成为这辈子你最爱的男人!就算不能在一起,我也要霸占着你的心!"

童薇有些感动,也有些心疼,噙着泪:"你……你太自私了,谢晓飞,你就是一个混蛋!混蛋!"

理智和情感的双重折磨下,童薇再也忍不住哭了出来,在这一刻,童薇心里所有的委屈和郁结,全都伴随着泪水汹涌而出。

谢晓飞揽着童薇:"对,我是自私,我是混蛋!童薇,承认吧,你,是想让我承诺你一个未来,对不对?"

童薇吃惊地抬头看着谢晓飞:"你……你胡说!我只想离开你!"

谢晓飞摇头："故意看不上我，贬低我，说工作比我重要，其实都是你在掩饰，你怕自己陷入太深，对不对？"

说到这儿，谢晓飞补充道："别装了，我都知道了，周总来找过我。"

童薇立即慌了："她胡说！我……"

谢晓飞一把搂住童薇："童薇，我想给你一个承诺，给你一个家，可是……可是我不能！因为我不只是谢晓飞，还是谢氏唯一的继承人。"

童薇摇头："我从来没觊觎过你们的家产！"

"你误会我了，我的家族就是个烂泥坑。"谢晓飞捧着童薇的脸，"我不能把你拖下去，你明白吗？"

童薇微愣："为什么？"

谢晓飞苦笑一下："还记得我们第一次见面吗？在医院里。"

童薇记得，那一次见面，谢晓飞非常凶的样子，差点揍了童恬恬。

"躺在床上的病人，是我妈。"谢晓飞脸上有些悲伤，"我妈，只是个没有背景的穷留学生，当年她和我爸的结合遭到家族的反对，因为我爸出身名门，但我爸爱她很深，不顾一切娶了她。但嫁给我爸，是我妈一生悲剧生活的开始，从我记事开始，她总是郁郁寡欢……，在她的脸上，我从来没见到过真正的笑容……"

"虽然是谢家的少奶奶，但家族其他的女眷，都排挤她，嘲笑她，因为她和名门生活格格不入。我妈多次向我爸提出要出去工作，但我爸都不答应，理由是谢家的少奶奶，不可能出去工作。在一次家族聚会上，我妈喝了很多酒，当众再次提出工作的要求，我爸为了面子，赌气和妈妈说，如果她想要工作，就彻底和谢家脱离关系。"

"我妈和我爸吵了一架，最后开着一辆车，离开了谢家大宅。面对非人的生活，妈妈想忍，但忍无可忍，后来，我们接到警方的电话，她出了车祸……"

童薇一脸吃惊。

谢晓飞脸上悲伤表情更浓："她得到了比死亡更可怕的结果——成了植物人。她一睡就是十几年，而在她出事的第二年，金慧珠阿姨就嫁进了我们家。和我妈不同，慧珠阿姨是家族一致认可的夫人，她是一家酒店企业的继承人，性格温和，甘于扮演父亲背后贤内助的角色。"

童薇听得入神，也有些同情谢晓飞的遭遇："没想到你有这么多故事……所以，你是怕我们在一起，我会像你母亲一样，被你家毁掉么？"

谢晓飞点头："你和妈妈，真的很像，漂亮，聪明，独立，任何男人都会不由自主地被你们吸引。"他叹了口气，"我爱你，但我不能让这份爱毁了你！所以，我不能也不敢给你承诺！童薇，对不起。"

童薇摇头："晓飞，你太小看我了，我可没那么容易被毁掉的！"

谢晓飞摇头："你不明白，一个豪门世家所拥有的可怕力量。很多女人都以为，嫁入豪门，就可以享受好的生活，可以一飞冲天，但她们根本不知道，豪门所代表的东西，所看重的东西只有两个字——价值，是否能为家族带来价值。"

谢晓飞接着说道："对于普通家庭出身的女人，无法为家族带来价值，所受到的只有冷漠和嘲笑，即便原本是行业的精英，也将会成为一个毫无意义、可有可无的人。童薇，我亲眼看着他们一步步摧毁了妈妈！我不想你重蹈覆辙！"

童薇也明白谢晓飞所说的道理。

延续和发展，是生物的本能。对于豪门世家来说更是如此，为了家族的发展，每一个位置上的人，都必须能为家族提供相应的助力，否则就会被家族排挤。很多少女，都在做着嫁入豪门的美梦，但最终，嫁入豪门真正能有幸福结局的人，却很少很少。

童薇并不想嫁入豪门，但对谢晓飞，童薇是真的很不舍，之前的强撑，实际上也是为了避免卷入这种结局。

"童薇，我知道你是一个骄傲的女人，我给不了你未来！但是，我请求你，名正言顺地做我三天女朋友，为我们的爱画下一个完美的句号，从此以后，我们再无瓜葛，好吗？"

童薇看着谢晓飞的眼睛，悲从中来，点了点头。

谢晓飞一把搂住童薇，眼眶红了起来。

第047章
三天的幸福

纽约，长岛，谢家别墅。

谢晓天正在向谢天佑汇报着谢晓飞的行程。

"根据李相中的消息，同行的还有童小姐。"

谢天佑眉头紧皱："这个混蛋想干什么？在谈判桌上给晨曦难堪，转头又和童薇去鬼混！口口声声说要开拓中国市场，现在为了谈情说爱全都抛在脑后！"

谢晓天出声："关于哥哥和童小姐的关系，我们也有点疑惑，他们已经分手了，为什么又要一起回来呢？"

谢天佑摇头："不用管，你去把他找出来！不惜一切代价找到这个混蛋！然后押着他去和晨曦道歉！"

谢晓天有些为难："可是……他故意断了联系，我们根本找不到他……"

"那就动用所有关系！"

"是！"谢晓天应了一声，退出书房。

加州一个小镇的郊外。

谢晓飞正拿着手机看导航。

童薇跟在谢晓飞身边："导了这么久，怎么还没到啊……"

"别急，导航显示还有一公里。"

童薇撇嘴:"之前就说一公里,这都走了半小时了还一公里?有没有搞错啊。我就说住酒店吧,你非要住什么民宿,现在迷路了吧!"

"喊!"谢晓飞一脸得意,"酒店有什么意思!这家民宿可是我精心挑选的,说是情侣在澳村的最佳落脚点!尤其房主的爱情故事,可是感动了很多情侣呢。"

走了半个多小时,童薇已经筋疲力尽了:"大哥,我现在真的走不动了,哪有力气谈什么爱情……"

见童薇确实很累,谢晓飞皱眉四望:"这荒山野岭的,也没车路过……"

童薇也四处巡视,突然发现前边有一辆废弃的自行车。

检查了一下自行车,虽然很破,但还能骑,童薇立即高兴起来:"哈,这下我们有交通工具了。"

谢晓飞摸了摸后脑勺:"这个……你会骑吗?"

童薇有些诧异:"你不会骑自行车?"

谢晓飞无语地点头。

"哈哈,我说你怎么这么笨,竟然连自行车都不会骑!"童薇夸张地笑了起来。

谢晓飞气鼓鼓地出声:"不会骑有什么奇怪的,从我出生开始都是专车接送,自行车这种东西连摸都没摸过,怎么可能会骑。"

"大少爷,你说我是该同情你,还是该鄙视你?"童薇一脸鄙视。

"哼!有什么大不了的,不就是骑自行车吗,难不倒我!"谢晓飞不服气地跨上自行车,双腿一蹬,颤巍巍地骑了起来,刚骑出两米,就摔在地上。

"哈哈。"童薇大笑起来,"别逞强了,还是我来吧。"

"你能行吗?"

"当然啦!上车吧。"童薇扶起自行车,拍了拍后座。

"这个……不会有危险吧？"谢晓飞有些担心。

"不上？那我先走了，拜拜！"童薇跨上自行车骑了上去。

谢晓飞一看童薇真骑着走了，连忙撒开步子就追："哎！等等我！"

小路上，童薇轻轻松松地踩着自行车，谢晓飞在后面一路小跑跟着，跑得气喘吁吁。

"你知道我们俩这像什么吗？"童薇回头问道。

"什么……什么？"一路跑来，谢晓飞气都喘不匀了。

"遛狗！"

童薇说完，哈哈大笑，用力踩着自行车往前冲去。

谢晓飞："童薇！你给我等着！"

一直到天色渐暗的时候，两人总算找到了那家民宿，一栋花园洋房。这时，两人都已经筋疲力尽了。

"是这儿吧？我真骑不动了！"

"你还骑不动，我两腿都发软了好不好……"谢晓飞扶着膝盖看手机，"应该就是这儿了！"

正说着，一个银发老太从大门走出来，笑容可掬，脸上洋溢着温和的微笑："请问，你们是晓飞和童薇吧？"

"是我们。"谢晓飞喘了口气，"您是……瑞塔？"

瑞塔迎了上来，热情地和两人拥抱："是我，我就是瑞塔。哎呀，我等了你们一下午，生怕你们迷路了呢！孩子们，饿坏了吧？快进来，我给你们准备了丰盛的晚餐。"

"太好了！"一听晚餐，谢晓飞两眼发亮，"我们真的是又累又饿了！"

跟着瑞塔进屋，餐厅的餐桌上，果然已经摆满了传统的美式晚餐。

瑞塔看着餐桌："好像还差了点什么？啊，请稍等！"

说着，瑞塔转身，往楼上跑去。

谢晓飞和童薇四处打量着瑞塔的家,在客厅里,有一整墙的照片,上面是一对对幸福的情侣合照,还有不少留言,写满了对瑞塔的感激之情。

瑞塔的声音从两人身后传来:"喜欢吗?这是所有曾经在我这儿留宿过的情侣们留下的纪念,希望你们走的时候,也能够给我留一张照片。"

瑞塔的手里,拿着烛台,一边说着一边点亮烛台:"来,孩子们,欢迎来到瑞塔家,让我们享受这个美好的夜晚吧!"

"谢谢。"谢晓飞和童薇道了声谢,坐到餐桌前。

和瑞塔一起用餐,瑞塔一边吃饭,一边和两人闲聊着:"孩子们,你们是从哪里来的?"

"纽约。"

"上海。"

"哇哦!"瑞塔眼神一亮,"也就是说,你们是一对……跨国恋人?"

"呃……"童薇微愣。

"是的。"谢晓飞点头。

瑞塔很感兴趣的样子:"能告诉我你们的爱情故事吗?"

"嗯。"谢晓飞点头,"是这样的,她来纽约旅游,不幸遇到抢劫,千钧一发之际,我从背后打倒了足足有两米高的劫匪……"

童薇在桌底下直接踹了谢晓飞一脚,谢晓飞冲童薇调皮地咧嘴一笑。

瑞塔信以为真:"这是一个英雄救美的故事,所以,童小姐就对你一见钟情了?"

谢晓飞刚想说"是",童薇抢过话来:"不,准确地说,是他对我一见钟情,实际上,那个所谓的劫匪是他的好兄弟,他是我下榻饭店的门童,在我入住的第一天就看上我,于是串通朋友,安排了这么一出好戏。"

瑞塔对谢晓飞苦笑:"为了爱情,有时候耍点心眼,也是值得的,不是吗?"

谢晓飞搂着童薇,假装甜蜜的:"亲爱的,其实你早就知道这一切都是我设计的,却没有戳穿我,对吧?因为你在见我第一面的时候,就爱上了我,所以愿意配合我的把戏,对不对?"

"胡说,是你先爱上我……"

"不不,是你先用眼神向我示爱的……"

瑞塔笑了:"哈哈,孩子们,谁先爱上谁一点都不重要,重要的是你们相爱了,在一起了,对不对?真是甜蜜的一对,看到你们,真让我开心!"

童薇和谢晓飞互视一眼,隐隐都还有着不服气。

童薇突然想起一事:"对了,瑞塔,怎么没看到你的先生?"

"这个老家伙这几天出差了……"

刚说着,瑞塔屋子里的电话铃声响起。

瑞塔站了起来,抱怨着:"肯定是老家伙的电话,真烦人,每天晚上总要缠着我聊天,聊到我眼睛都闭上了,他还在电话那头喋喋不休。你们先吃,我去接个电话。"

看着瑞塔一脸甜蜜地走进房间,童薇露出羡慕的表情:"真羡慕他们,年纪这么大了,还这么甜蜜,这才是真正的白头偕老。"

"别打岔。"谢晓飞看着童薇,"说,到底是不是你先看上我的?"

"无聊!"童薇白了谢晓飞一眼。

用过晚餐,两人来到卧室。

"只有一张床。"

童薇微皱眉头。

谢晓飞则跳到床上弹了弹:"嗯,挺舒服的。"说着,用警觉的眼神看着童薇,"我可警告你,晚上不准偷袭我!"

"起来!"童薇踹了踹谢晓飞的脚,"睡沙发去!"

"不要！"谢晓飞抱着枕头满脸委屈的表情，"人家半夜会从沙发上滚下来的。"

"那行，我去睡沙发。"童薇扭头往沙发走去。

"不如……"谢晓飞在身后出声。

"你想干什么？"童薇谨慎地看着谢晓飞。

谢晓飞把童薇拉到床上："这么舒服的床，睡什么沙发，我们……一起睡得了！"

童薇脸一红，响起敲门声。

"孩子们，睡了吗？"

是瑞塔。

童薇一把推开谢晓飞，整理了下头发，帮瑞塔开门。

瑞塔拿着两杯热水进来，见童薇还有些脸红的样子，笑了："看来我来得不是时候，年轻人呀，就是迫不及待。"

童薇脸更红："不不不，您误会了……"

"呵呵。"瑞塔笑道，"你们早点休息吧。"

说完，瑞塔向童薇和谢晓飞暧昧地眨眨眼，神秘一笑："杯子底下有你们需要的东西喔。"

瑞塔离开房间，替他们关上门。

谢晓飞好奇地拿起杯子，见杯子下面有一只避孕套。

童薇更尴尬了。

"要不……我们用了它？"谢晓飞凑过来。

童薇连忙躲开："谢晓飞，你想干吗！"

"你说呢？"谢晓飞扑到童薇身上。

童薇挣扎着："你放开我！不然我叫了啊！"

"叫啊！"谢晓飞一脸得意，"你觉得瑞塔会理你吗？哈哈哈！"

童薇板着脸："我真生气了！"

谢晓飞突然停下动作，深情地看着她："别动，你不动，我也不动。"

被谢晓飞按在身下，童薇满脸通红，动也不是，不动也不是。

谢晓飞将头枕在童薇肩上："就这样，我们安静地躺着，如果可以，真想就这样抱着你躺三天三夜。童薇，我们时间不多了，别再拒绝我，好吗？"

想到只有三天时间，童薇悲从中来，伸出手抱住谢晓飞。

第 048 章
自圆其梦

早晨，瑞塔一大早就为谢晓飞和童薇准备了一桌早餐，然后又放了一本自制的剪贴本在桌上。

瑞塔蹑手蹑脚地走到卧室门外，侧耳倾听，屋里两人还在睡觉。

瑞塔脸上露出一抹温和的微笑："年轻真好。"

笑了笑，瑞塔出了房，轻轻关上门。

清晨的阳光，唤醒了谢晓飞。

睁开眼，童薇躺在谢晓飞的臂弯里，谢晓飞不敢动，但童薇这时缓缓睁开了眼睛。

"你醒啦？"

童薇刚醒还有些蒙："嗯。"

看到落地窗外的风景，童薇清醒了些："真漂亮。"

"睡得好吗？"谢晓飞温柔地问道。

童薇打了个哈欠："嗯，很久没有睡这么好了，住这里真好。"

"那看跟谁住。"谢晓飞一脸得意，"今天想去哪儿玩？"

"不知道……"童薇皱了皱鼻子，"什么味道？"

谢晓飞："什么什么味道？"

童薇突然坐了起来，冲谢晓飞喊道："快去刷牙，你有口气！"

"哈，还嫌弃我呢！"谢晓飞指着童薇，"你还有眼屎呢！"

童薇惊呼一声,害羞地捂着脸冲下床。

看着童薇逃也似的背影,谢晓飞脸上露出一抹悲伤的苦笑:"如果能每天醒来都看到你,该有多好。"

两人吃着早饭,看着瑞塔留下的便签:"瑞塔说她出门了,给我们留了一份'to do list'。"

"不错,我看看!"谢晓飞立即拿过便签,"有什么想去的吗?"

童薇点头:"上面的项目我都喜欢!我要统统玩一遍!"

谢晓飞一拍胸:"没问题!包在我身上!"

吃过早饭,两人依照瑞塔留的攻略,第一站来到了袋鼠园。

这里,是离小镇不远的露天袋鼠园,三三两两的袋鼠躺在地上。

长期专注工作,很少游玩的童薇,这还是第一次看到袋鼠,一脸兴奋:"好可爱啊!"

两人在袋鼠园又是拍照,又是逗弄袋鼠玩,到中午的时候,都累得不行。

来到袋鼠园餐厅,两人坐下准备午餐。

"累了吧?"谢晓飞关心地问道。

"还行,下午我们去哪儿呢?"童薇擦了擦额头的汗珠。

谢晓飞拿出瑞塔准备的"to do list",查找景点。

这时,侍者端上"牛排"。

"我饿死了!先吃了再说!"童薇立即切了一大块牛排塞进嘴里,嚼了几口:"咦,这牛排怎么这么老,而且膻味这么重?"

谢晓飞闻了一下:"不会是坏了吧?"

两人挥手叫来侍者。

侍者听了之后,微笑道:"这不是牛排,这是袋鼠肉。"

童薇一怔:"什么?"

"这是袋鼠肉。"侍者再次回答。

童薇傻了:"就是刚才拍照留念的袋鼠?"

谢晓飞点点头。

童薇差点吐出来,瞪着侍者:"袋鼠这么可爱,你……你们怎么能吃它呢?"

侍者回答道:"在澳洲那边,袋鼠比人多,为什么不呢?小姐,如果你对此不适应的话,我建议你可以尝试袋鼠尾巴,口感比其他部位的肉好。"

童薇连忙摆手:"别别别,别说了,求你了!"

知道是袋鼠肉,童薇哪还有什么胃口,尤其是想到那些呆萌的袋鼠,童薇在餐厅根本待不下去。

两人走出餐厅,坐上了热带雨林的缆车。

沿着高空索道,缆车缓缓滑行出了中央站点,雨林的美丽景色,展现在两人面前。

透过缆车的玻璃罩子,看着下方雨林的美景,谢晓飞满脸兴奋:"童薇,快看!"

身边没有回应,谢晓飞扭头,见童薇脸色苍白,身体微微颤抖着。

谢晓飞一怔:"你……你不会恐高吧?"

"嗯……"童薇微微点头。

谢晓飞抱住童薇:"那你闭上眼睛,什么也别想,很快就过去了。"

"可是……大老远跑这来,什么也不看太可惜了。"童薇有些不舍。

"听我的话,闭上眼睛,想象我们是在陆地上……"谢晓飞安慰着童薇。

童薇听话地闭上眼睛。

"我们在森林里,旁边有一棵很大的树,下面有一块野餐布,我们在野餐……"

"野餐?怪怪的……"童薇出声。

"闭嘴！"谢晓飞打断童薇的话。

"怎么可能野餐，完全就不符合我的人设，不行，一点感觉都没有……"童薇摇头。

"那……"谢晓飞想了想，"双休日，我们总得带孩子出来郊游吧！"

"孩子？"

"对，我和你的孩子，好多个，我正带着老大，是个男孩，正在踢足球，你在和闺女一起编花环……"

童薇在谢晓飞的怀中，闭眼想像，嘴角露出笑容。

突然，"duang"的一声，缆车停了。

童薇吓了一跳，睁开眼睛："怎么了？缆车怎么停了！"

见本来已经放松的童薇又紧张起来，谢晓飞连忙安慰："不用担心，正常情况，我打个电话，会有人来救我们的。"

说着，谢晓飞掏出电话，结果发现手机没有信号。

怕童薇更紧张，谢晓飞不动声色地拨打着电话："喂，这里是热带雨林缆车，我们被困在半空了，请求紧急救援。"

挂断电话，谢晓飞安慰童薇："好了，他们很快就会来，别害怕，我会一直陪着你。"

"嗯。"童薇点头，紧紧地抓着谢晓飞。

因为手机没有信号，没能联系上救护队，谢晓飞怕童薇紧张，哄着她在自己怀里睡觉。

玩了一上午，童薇确实有些累了，再加上在高空紧张，童薇在谢晓飞的安抚下，很快睡了过去。

时间，一分一秒地过去。

五个小时过去了，童薇悠悠地从谢晓飞怀里醒来，慢慢睁开眼睛。

"晓飞，他们怎么还没来？"

"别怕，很快，他们很快就要来了。"谢晓飞安慰道。

童薇摇头:"晓飞,其实……你根本没打通那个求救电话是吗?"

"你……胡说什么?"

"你瞒不过我的。"童薇直视谢晓飞的眼睛,"晓飞,如果……如果我们今天真在这里出事了,你会后悔吗?"

谢晓飞果断摇头:"不会,和你在一起,我才不会后悔,你呢?"

"我也不会。"

"可是,你的项目,你的工作,你的人生目标都还没完成呢。"谢晓飞笑道。

童薇微微摇头:"其实,现在想来这一切都觉得可笑,如果今天我真的在此了结一生,说不定是一种解脱……"

谢晓飞立即凑了过去,悄声说道:"要不,我们就在这做一回……事实夫妻……"

童薇:"……"

"哈哈。"见童薇一脸通红,谢晓飞大笑起来。

童薇看向四处:"奇怪,我现在怎么不害怕了?"

这时,缆车突然动了起来,童薇大喊一声:"晓飞!"

谢晓飞一把抱紧童薇:"别怕,有我!"

缆车恢复了移动,很快有工作人员过来,把谢晓飞和童薇从缆车内扶了出来,不停道歉。

谢晓飞没为难这些工作人员,只是向他们摆了摆手,拉着童薇一瘸一拐地离去。

乡间小道上,谢晓飞和童薇顶着夕阳余光,走在回瑞塔家的路上。

因为在缆车上坐了好几个小时,两人的腿都麻了,现在才恢复了一些,脚踏实地的感觉不错,两人慢步行走,欣赏着夕阳风光。

谢晓飞搂住童薇的脖子:"谢谢你。"

"谢我什么?"童薇微微不解。

"谢谢你给我说了真心话,原来你是愿意跟我在一起死的,原来你这么爱我!"谢晓飞眨着眼睛,脸上有些兴奋。

童薇收起笑容,把谢晓飞的手从脖子上拿下:"赶紧回家吧,别让瑞塔担心。"

见童薇故意回避自己,谢晓飞板起脸来:"站住!"

"干吗?"童薇无奈地停下脚步。

"在缆车上你说的话是不是真的?"

童薇有些犹豫:"晓飞,我不想骗你,但你要明白,我们只是一对三天的情侣!不,现在只剩两天了,明天、后天,然后我们就再也不会见面,所以在缆车上的话是真是假,有意义吗?"

谢晓飞脸上露出些难过的表情,站在原地静静地看着童薇。

童薇有些心疼,走了过去:"对不起……"

"不,是我对不起你。"谢晓飞摇头,"我把你骗到这里,陪我演这出拙劣的戏,三天太长了,明天,就让我们结束这一切吧!"

说完,谢晓飞从童薇身边走过,一个人向前走去。

两人一前一后地回到瑞塔家,瑞塔见两人回来,立即迎了过来:"孩子们,你们终于回来了,晚饭吃了吗?"

谢晓飞摇头:"我累了,失陪。"说完,钻进卧室。

瑞塔看向童薇:"孩子,那我们先吃饭吧。"

童薇不忍拒绝这位老奶奶,点头:"好的,瑞塔。"

两人安安静静地用餐,瑞塔不时端详童薇:"你们俩,吵架了吧?"

童薇有些不好意思:"对不起,瑞塔。"

瑞塔微笑道:"如果你愿意倾诉,瑞塔是一个很好的听众,来,跟我说说。"

童薇摇头:"我们的问题……很复杂……"

"好吧,既然你不愿意说,那我就不问了。"瑞塔微笑道,"即使最幸福的夫妻，在一生中也有100次离婚的念头，还有50次掐死对方的想法。"

童薇笑了："那你和你的老家伙呢？"

"嘿嘿。"瑞塔一脸神秘，"他得庆幸我们住在这里，我们国家规定，城市里私人不能持枪，否则……"

瑞塔耸了耸肩，童薇忍不住笑了。

第049章
珍珠是泪水的结晶

和瑞塔聊了会儿天，童薇回到卧室。

卧室里，谢晓飞已经躺在沙发上，似乎睡着了。

童薇替谢晓飞轻轻盖上毯子，谢晓飞故意将毯子踢开。

童薇懒得理谢晓飞，自顾自地趟在床上，准备睡觉，不过翻来覆去却怎么也睡不着，只能干瞪着眼睛望天花板。

想到瑞塔讲的和她那个老家伙之间的趣事，童薇出声道："你知道珍珠是怎么形成的吗？"

谢晓飞假装没有听见。

童薇自言自语道："当蚌在海床进食时，贝壳张开，外来的沙粒、寄生虫等异物偶尔掉进去，外套膜受到刺激，就会分泌出珍珠质，把掉进去的异物层层裹住，使其圆滑，逐渐形成珍珠囊，光亮润泽的外层。简而言之，当珍珠受到外界攻击时，它就分泌珍珠质，珍珠就是蚌的泪珠，是哭着长大的。"

童薇说到这儿，停了一下，沉默片刻悠悠说道："我时常觉得，爸妈因为莫须有的罪名自杀后，自己就像一粒没有壳的珍珠，走到哪里，大家都会指指点点、嘲笑、讥讽、轻蔑，世间所有的恶意都向我袭来。"

"我真的不能理解，为什么一个人能对另一个毫不相关的人拥有这么大的敌意。我努力解释，但一切都是徒劳，人们只愿意相信自己相信的。后来,我学会了闭嘴,把所有恶意变成动力,高考我全校第一,大学我又是奖学金毫无悬念的获得者,即便在高手如林的CAEA,我也能脱颖而出,成为最年轻的谈判专家,没有我谈不下的项目,只有我不想谈的项目。"

说到这儿,童薇的语气缓了缓:"这么多年来,我终于像一粒稀有的大溪地珍珠,让所有人都惊叹我的成绩,再也没有人会提到那些往事,我用我的优秀,作为我自己的壳。"

童薇看向背对着自己躺在沙发上的谢晓飞:"晓飞,今天在缆车上说的那些话当然是真的,但下了缆车我不敢承认,因为这会让我失去好不容易找到的壳。三天,你让我剥掉自己的壳,我愿意,可三天后呢?我要重新披上壳,假装这一切没有发生过,这才是真正的痛苦,你明白吗?"

谢晓飞终于有了动静,从沙发上起来,扭扭捏捏地摸到床上,从身后抱住童薇:"对不起……今天是我不好……"

童薇笑了笑:"不说了,三天太短,我们不该用来伤心。"

"嗯!从现在开始,谁都不许提伤心的事!"谢晓飞坚决地点头。

童薇笑了,但背过身的时候,眼泪涌出眼眶。

第二天早晨,童薇醒来的时候,床上没有谢晓飞的人影,从客厅里传来嘻嘻哈哈的说笑声。

童薇穿好衣服来到客厅,看见一名穿着传统马术服的男人背对自己,瑞塔正帮他整理衣饰。

"瑞塔,这是?"童薇出声。

男人转过身来,童薇愣住了。

谢晓飞!居然是谢晓飞!

谢晓飞脚蹬直筒高靴,白色长裤,上身是剪裁合理的双排扣西装,头戴一顶高耸礼帽,挺括的剪裁衬得本来就高大英俊的谢晓飞更加英挺帅气。

第一次见谢晓飞的马术打扮，童薇笑了。

"怎么样，帅气吧？"

"是是是。"童薇笑道，"不过，你真会骑马吗？"

"废话！"谢晓飞一脸骄傲，"某人还在学骑自行车的时候，我就在骑马了！"

瑞塔打量着谢晓飞："好像还缺了点什么……"

"对了！"瑞塔突然走进屋子，再出来的时候，拿了一根马鞭，递到谢晓飞手里："这样才是一名绅士！"

童薇有些好奇："瑞塔，你让他穿成这样干吗呢？"

"今天是我们这里一年一度的狂欢嘉年华，在这一天，大家都要盛装打扮，穿上平生最大胆的衣服去参加派对！"瑞塔解释道，"可惜老家伙在外面赶不回来，当初他可是在那里向我求婚的，呵呵。"

"原来这样。"童薇明白过来。

瑞塔看向童薇："亲爱的，你穿成这样可不行，太正常了。"

"可是……可是我没有合适的衣服……"童薇摇头。

瑞塔上下打量着童薇，看向谢晓飞："借用一下你女朋友，下午就还给你！"

说完，也不等童薇回答，拉着童薇就走掉了。

童薇疑惑地坐在副驾驶座上，瑞塔开着车，正进入小镇中心的商业区。

小镇的商业区，路两边都是充满历史风味的小楼，橱窗里有各种商品。

瑞塔把车停在一家服饰店门前："亲爱的，到了。"

瑞塔进门，一名妖娆的白人店员迎了上来："亲爱的瑞塔，几天不见，你又变年轻了，真是讨厌！"

瑞塔笑道:"又来调戏我,我都可以做你祖母了!"

这时,店员看到童薇:"哇哈!让我看看,这个黑头发黑眼睛的美丽姑娘来自哪里?"

童薇大方地和店员打招呼:"童薇,来自中国。"

店员立即用力地拥抱童薇。

"好啦,汤姆。"瑞塔向店员使了个眼色,"这姑娘就交给你了,一会儿嘉年华,一定要让她成为全场的焦点!你懂的!"

"包在我身上!"汤姆信誓旦旦地回复。

童薇还没回过神来,已经被拉进了更衣间。

等再出来的时候,童薇已经换上了一套华伦天奴风格的低胸礼裙。

瑞塔眼睛一亮:"真漂亮!"

童薇摸了摸自己空荡荡的胸口,有些扭捏:"汤姆,我想这一件不太适合我!"

"啊哈,我还忘了这个!"汤姆说着,拿出一串水晶挂在童薇胸口,"天鹅绒、水晶,和你白皙的皮肤完美的搭配!接下来,才是我们的重头戏!"

童薇苦着张脸:"还有啊……"

汤姆掰着童薇的肩膀,转向一旁的帽子墙,帮童薇试戴。

当童薇离开服饰店,和瑞塔一起出现在嘉年华举办地的时候,头上已经戴了一顶夸张的帽子。

嘉年华,是在小镇一大片空地上举行,有人开着房车,在空地上支起了很多帐篷,有人在弹琴唱歌,有人正在扮作小丑表演节目,非常热闹。不过童薇却无心观看节目,礼裙开胸太低了,童薇只得扭扭捏捏地跟在瑞塔旁边。

瑞塔似乎在这儿人缘很好,不时有人和她打招呼,瑞塔也一一回应,还向众人介绍童薇。

"这是我的漂亮房客!"

"这位美丽的小姐是华人吧?"

"天啊,你的帽子可真漂亮,哪里买的?"

童薇只得回应:"谢谢,这是镇上的汤姆给我搭配的。"

"这个汤姆,竟然把这么漂亮的帽子藏了起来!"一名20来岁的美女故作愤怒状。

"哈,安妮,难道你不觉得这顶帽子更适合这位中国小姐吗?"

是汤姆的声音,童薇回过头,差点直接喷了出来。

刚才在店里显得稍微正常的汤姆,这会儿穿着夸张的巴洛克风格裙子,戴着黑纱帽,摇着扇子,就站在后面不远。

小镇上的人,似乎对汤姆这样的打扮已经见怪不怪,和汤姆打着招呼。

汤姆站到童薇旁边:"怎么样,我们看起来是不是一对姐妹花?"

童薇忍不住笑出声来,因为服装原因有些扭捏的心也放松下来。

这时,一阵马蹄声,童薇转身,见谢晓飞跨在马上,上身直挺,正笑意盈盈地走来。

童薇看呆了。

谢晓飞,真的会骑马。

谢晓飞骑着马缓步来到童薇身边,微微弯腰,冲童薇伸出一只手,用力把童薇拽了上去。

两人策马而去。

谢晓飞带着童薇骑着马,走在草地上。

童薇有些好奇:"你从哪儿弄来的马?"

"我自有办法。"谢晓飞得意地说道,"怎么样,事实证明我不仅会骑马,还骑得很帅吧?"

"喊!还不是不会骑自行车!"童薇故作鄙视状。

谢晓飞嘴角露出一抹奸笑，马鞭一挥，策马狂奔起来，童薇惊呼一声，连忙紧紧抱住谢晓飞的腰，谢晓飞哈哈大笑起来。

谢晓飞骑着马，和童薇一起遛了一圈，回到嘉年华的会场。

这时，从人群中走出两个人来。

看到这两个人，童薇微怔，谢晓飞的脸色也沉了下来。

是赵晨曦和秦天宇！两人竟然找到这儿来了！

"飞总，好久不见。"赵晨曦向谢晓飞微笑道。

谢晓飞冷冷地看着赵晨曦："你们怎么来了？"

而童薇的脑子里，则乱成一团。

秦天宇和赵晨曦的出现，将童薇带回了现实。

短暂的爱情乌托邦生活，要提前结束了！

第050章
心与心知

凯恩斯,希尔顿酒店的海边餐厅内。

童薇、谢晓飞、赵晨曦、秦天宇,四人面对面坐着。

侍者陆续端上高级的海鲜,为他们倒上了香槟。

赵晨曦端起香槟:"碧海蓝天,美食佳酿,果然是一种享受,难怪晓飞你一声不吭就跑来度假了。"

谢晓飞依然板着张脸,冷冷地看着赵晨曦:"赵晨曦,你有什么事吗?"

"没事。"赵晨曦轻甩秀发,"就是学学你,跑来度假。"

谢晓飞站起身,拉着童薇的手:"我们走。"

一直没说话的秦天宇突然出声:"童薇,我们能单独谈一谈吗?"

童薇略微犹豫,点头:"好。"

谢晓飞拉紧她的手,不放的样子。

童薇摇头:"我没事。"

谢晓飞瞪了秦天宇一眼,最终还是放开了童薇的手。

两人离开海边餐厅,来到海边。

在沙滩上走了好一会儿,秦天宇这才出声:"童薇,对不起,我不该用那种卑鄙的手段来对付你。"

童薇轻摇头,释然道:"不用说了,都已经过去了。"

"你不恨我？"秦天宇看着童薇。

"恨有什么用？"童薇笑了笑，"恨和爱一样，都是劳心劳力的事情，恨你，是便宜你了。"

秦天宇看着童薇的侧脸，微微怔了怔："你……好像变得和以前不太一样了……"

"有吗？"

秦天宇点头："很奇怪的感觉，以前的你虽然张扬自信，但总有一种欲盖弥彰的脆弱，你的坚强只是一种伪装，让人忍不住地心疼你，可现在的你站在我面前，虽然看起来更温柔，但也更坚强了，似乎在你心里已经没有任何畏惧的事情。"

童薇点头，语气出奇地平静："因为我知道，这个世界上还有人爱我。"说到这儿，童薇看向秦天宇，"不说我了，天宇，说说你吧，我很好奇，你为什么要跟我道歉？"

秦天宇耸了耸肩："说来好笑，在我成为圈子里的笑柄时，有个女孩说我是她的偶像，她说，在这个城市她几乎生存不下去，直到遇见我，她才重新有了奋斗的勇气。那一瞬间，我忽然很惭愧，我发现我竟然是一个对别人有意义的人！而我的所作所为……"

童薇大概猜到秦天宇所说的那个女孩是谁了，崔西电话中提到过的商碧晨，那个实习生。

"这就是爱的力量吧？一个人知道自己被人爱着，就不会自我放弃。"童薇望着前方的海面说道。

秦天宇看着童薇，眼里蕴含着深情："童薇，我……"

童薇打断了秦天宇的话："那个女孩喜欢你，你应该去找她。"

"我只是把她当成妹妹。"

童薇笑了笑："天宇，我知道你想说什么，可是对不起，我已经有爱的人了。"

秦天宇沉默了半天："谢晓飞？"

童薇没有回答，只是看着海面上飞舞的几只海鸥。

秦天宇也没再说什么。

两人回到海边餐厅的时候，餐厅里已经只剩下谢晓飞，赵晨曦不知所终。

"她走了。"谢晓飞向两人摊摊手，示意自己是无辜的，站起身来，向童薇道："童薇，我们也回去吧。"

"嗯。"童薇点头。

向秦天宇道别，两人离开希尔顿酒店，回到瑞塔家。

明天，两人就要分道扬镳了。

童薇在埋头整理着行李，谢晓飞率先打破沉默："秦天宇和你……说了什么？"

童薇没回答，依然在整理着行李。

谢晓飞有些心虚："你不说就算了……"

童薇终于抬起头来："也没什么不想说的，天宇跟我道歉了，说之前的事情是他不好。"

谢晓飞沉默了一会儿："其实……秦天宇这个人，不坏……"

童薇微愣："你不是一直说他是黑心律师吗？"

谢晓飞苦笑了一下："他之前做的一些事情我确实看不惯，不过，换一个角度来想，他所做的这些都是为了你。我觉得……可以原谅。"

童薇的脸慢慢冷了下来。

谢晓飞抓了抓头，有些不知道怎么开口："那个……还有，今天我和赵晨曦又谈了一次，科万和谢氏两方都不愿意放弃合作意向，所以回到纽约后，我会尽快促成这件事情。"

"怎么个促成法？"童薇看着谢晓飞。

"你别管了。"谢晓飞摇头，"总之，这个案子会让你在CAEA好好风光一把。"

童薇脸色并没好起来，反而有些生气："谢晓飞，我的事情不用你管！"

"童薇，你听我说……"谢晓飞有些着急。

"我不想听！我要休息了！"童薇躲进卫生间，打开水龙头，用水声来掩盖自己的失态。

谢晓飞站在门外，有些自责："童薇，对不起，我又让你不高兴了，我……"

卫生间内，童薇用清水洗了把脸，让情绪镇定下来，这才出声："晓飞，让我一个人安静一会儿。"

外面，传来谢晓飞的声音："童薇，从我们认识开始，我就一直不停给你惹事，因为我让别人看你的笑话。促成这个项目，是我能为你做的最后一件事情。"

卫生间内，童薇捂着嘴，忍不住流泪。

明天就要分别，两人虽然都有很多话要说，却不知道怎么开口，也不知道该说什么好。最后，两人一个在床上，一个在沙发上，谁也不知道谁先睡着。

第二天早晨，童薇被一阵急促的敲门声惊醒："瑞塔，是你吗？"

门外响起瑞塔急促的声音："你们快出来看看！"

谢晓飞也醒了。

见窗外停的车，谢晓飞顿时明白过来。

领头的，是谢晓天。

"哥，昨晚宋先生和父亲通过电话了，赵小姐能够不计前嫌，和谢氏重新谈项目合作，父亲很开心，让你立刻回纽约，好好款待赵小姐一行。"

"他这么开心，让他自己去谈得了。"谢晓飞并没什么好脸色。

"哥。"谢晓天把谢晓飞拉到一旁,"这两年谢氏的业务增长缓慢,董事长压力很大,这次'十八藏'进军中国,只能成功,不能失败啊!"

谢晓飞满脸苦笑:"你等一下。"

谢晓飞走到童薇面前,脸上有些不舍:"我……要走了。"

童薇一脸淡然:"哦,走吧!"

谢晓飞原地站着,没有动弹。

"愣着干什么?走吧,有很重要的事情在等着你做!谢晓飞,后会有期!"童薇努力挤出一个笑容。

谢晓飞拉起童薇的手:"走,我们去和瑞塔告个别!"

"瑞塔,谢谢你这几天的招待,我们要走了。"

瑞塔察觉到事情的怪异:"孩子们,我知道你们中国人有句话,叫天下没有不散的筵席,瑞塔虽然舍不得你们,但瑞塔不能拦着你们去追求幸福生活。"

说着,瑞塔和谢晓飞、童薇拥抱:"我有一个小小的要求,不知道你们能不能答应?"

"您说。"谢晓飞点头。

瑞塔走到客厅照片墙前:"来这里旅游的情侣,我都请求他们寄一张结婚照给我,看看,这些面都是世界各地的情侣们给我寄来的结婚照。"

谢晓飞和童薇面露为难的神色。

"哦,怎么了?"

童薇摇头:"对不起,瑞塔,我们不打算结婚。"

"为什么?"瑞塔不解,"你们这么相爱,为什么不结婚呢?"

童薇轻轻摇头:"事实上,踏出这间屋子,我们就要分手了。"

瑞塔一脸吃惊:"天哪,你们之间发生了什么?"

谢晓飞面露歉意:"对不起,瑞塔,我们骗了你,我们……这是一次为了分别的旅行。"

童薇补充道："我和晓飞有不得已的理由，不能在一起，瑞塔，在你这里的三天，将成为我们最美好的回忆，谢谢你……"

瑞塔怔了怔："冒昧地问一句，是什么了不起的理由，让你们必须要分开？"

童薇回避道："瑞塔，再见了！"

说着，童薇准备逃离。

"站住！"瑞塔生气的声音从身后响起，童薇和谢晓飞不由自主地停下脚步。

"对不起，瑞塔，我们不该欺骗你。"谢晓飞回过头，一脸歉意。

瑞塔摇头："既然你们骗了我，那我也不用那么内疚，因为我也对你们撒了谎。"

谢晓飞和童薇都微微怔住。

"根本没有什么老家伙，我的老家伙，根本没来得及变老，那个年轻人，在1965年那场战争中，就已经离开了。"

谢晓飞和童薇两人惊呆了："您……你是说，你的丈夫……"

瑞塔摇头："他甚至都没来得及成为我的丈夫……孩子们，请坐下，听我把故事唠叨完，行吗？"

谢晓飞和童薇对视一眼，最后还是坐了下来。

瑞塔的脸上有些伤感，陷入回忆之中。

第051章
生死亦不能阻止

"那是1964年,我19岁,克鲁斯22岁,在嘉年华上,我们一见钟情,我的父母家教很严,我20岁之前不能和男生约会,但我们还是偷偷相爱了……"

"在20岁生日那天,我迫不及待地告诉我的父母,我要嫁给克鲁斯。我的母亲笑了,她早就发现我和克鲁斯在约会,我期待着三个月以后的婚姻,可就在那个时候,越战爆发了,克鲁斯应征入伍。"

瑞塔站了起来,来到抽屉,从里面拿出一张老旧的发黄的黑白照片,上面是一名年轻英俊,穿着军装的男人。

"他对我说,战争很快就会结束,等他凯旋的时候,会像英雄一样迎娶我。"瑞塔的脸上流露出悲伤,"然而,战争结束了,克鲁斯却再也没回来……我痛苦极了,从此一蹶不振,之后的几年,父母不停给我介绍别的男孩,我也试着和他们约会,可是克鲁斯带走了我的一切,我没办法再爱上别的人。随着时间的流逝,我对他的感情不但没有减少,反而与日俱增,我在想如果我和克鲁斯结婚了,我们会是怎么样的呢?我们会吵架,会和好,会有孩子,会一起去郊游,会生病,会慢慢一起变老……我整天想啊想啊,只有靠着脑海中这些想象的画面,才能正常地生活下去……"

童薇和谢晓飞怔怔地看着瑞塔,没想到这位看起来非常幸福的老奶奶，竟然有这么悲伤的故事，她爱的人，已经离开她四五十年。

瑞塔接着说道："一次偶然的机会，我接待了一对迷路的小情侣，他们的爱情让我重温到我和克鲁斯的感情，我有了一个主意，我要接待更多的情侣……所以，我对来到这里的所有情侣说，我的老家伙，这样那样，其实，都是我的幻想……"

瑞塔的眼圈红了。

"瑞塔，对不起，是我们不好……勾起了你的伤心事。"童薇非常感动。

"孩子，不用说对不起。"瑞塔摇头，"我不知道你们之间遇到了什么问题，但我想告诉你们，两个人如果相爱，即便是生死，也无法阻隔他们，你们不要向任何东西低头！"

瑞塔看向谢晓飞和童薇："孩子，你们还懂得什么叫爱吗？"

谢晓飞和童薇沉默了，是懂，又或者，根本还不懂？两人根本无法确定。

"你们相爱的年代，是和平的年代，没有杀戮、战争，没有大规模流行的瘟疫，科技昌明，可是不知道为什么，这个时代的人却变得格外任性，遇到一点点艰难险阻就选择放弃。其实，所谓的困难，无非是父母反对、世俗压力，或者甚至连晚餐吃什么都能够上升到三观不合。生在和平年代，你们很幸运，但也很不幸，你们的爱经不起推敲！"

瑞塔将童薇和谢晓飞的手拉在一起："孩子，现在你们看着对方想一想，如果这个人死了，你们余生还能爱上另外一个人吗？如果不能，那么，眼前的这个人就值得你付出一切。每一段关系，都会有漩涡和波浪，只要挺过去，你们才会体会到什么是真正的爱情！我从你们的眼神里看出来，你们还爱着对方，接受考验，勇敢地爱下去，不要放弃！有一天，你们会感谢我的！"

童薇和谢晓飞被瑞塔的话震撼了，互相看着对方，但谁都没有开口。

"哥,可以走了吗?"谢晓天出现在门口。

谢晓飞点了点头,对童薇依依不舍。

"哥,你放心,我们会把童小姐送到机场。"谢晓天补充道。

知道谢晓天肯定把什么事都办妥了,谢晓飞问道:"她几点的飞机?"

"下午3点。"

谢晓飞看了看手表:"我还有件事要做。"说完,谢晓飞拉着童薇的手,上了一辆车。

"你要带我去哪儿?"童薇问道。

"到了你就知道了。"

谢晓飞开着车,径直往海边驶去。

租了辆游艇,谢晓飞帮童薇换上潜水装备,自己也换上,做着潜水的准备。

岸上,跟过来的谢晓天、赵晨曦、秦天宇,都一脸好奇地看着游艇上的两人。

"晓飞这是想干吗?"

谢晓天回答道:"他说想带童薇潜一次水。"

"他们真的不需要保护人员?"秦天宇有些担心。

"放心,我哥有潜水执照,就让他们再任性一次吧。"

船上,谢晓飞双手搭着童薇的肩膀:"怕吗?"

童薇摇头。

谢晓飞微微一笑,帮童薇戴上头罩,牵着她的手,"扑通"跳进了大海。

透过头罩,童薇看见了一个美丽的海底世界,海草在水中漂浮,各种奇形怪状的珊瑚礁若隐若现,各色游鱼在身边游来游去。

在谢晓飞的带领下,童薇遨游在奇幻的海洋世界,但离别的愁绪依然堵在心间。

谢晓飞开启了面罩内的对讲机:"怎么样,漂亮吧?"

"晓飞,谢谢你带我来这里,真美……"

谢晓飞微笑着:"还记得我们第一天来加州小镇,乘了热气球?"

"嗯。"

"今天是最后一天,这里是海底……"谢晓飞把童薇拉到自己身边,隔着氧气面罩,一字一句地说道,"我要给你一段上天入地的爱情。"

童薇两眼有些湿润,面罩内湿度迅速上升。

童薇忍不住吼了起来:"谢晓飞!你这个混蛋!你是不是想让我这辈子忘不了你!"

"对!"

谢晓飞奋力游向童薇,紧紧拽着她。

童薇激动地在水里乱摆哀求道:"放我走……"

谢晓飞拉着童薇,继续向海底下潜:"童薇,我应该让你忘了我,这样你才能安心回到属于你的世界,可我办不到,我想到有一天,你投入别人的怀抱,我就受不了!对不起,离开你,我的生命已经没有意义。"

谢晓飞认真地看着童薇:"童薇,我们跑吧!"

童薇蒙了:"跑?"

谢晓飞和童薇牵着手上了岸,在潜水换洗处的更衣室跑了出去,偷偷从后门溜走。

童薇很是犹豫:"晓……晓飞,等等……"

"别说话,跟我走!"谢晓飞毫不犹豫。

外面,谢晓天、赵晨曦、秦天宇三人,还在海边的餐厅里等着。

秦天宇不时看着时间:"差不多了吧?还没上来?"

这时,谢晓天带来的一名下属急急忙忙地走来,在谢晓天耳边低语几句。

谢晓天脸色一变:"哥和童小姐……跑了!"

赵晨曦立即站了起来:"快找人追!"

公路上,谢晓飞拉着童薇正一路狂奔。

童薇跑得气喘吁吁:"晓飞,我跑不动了。"

"不行,被他们抓到就惨了!加把劲!"

远处,传来呼声:"站住!"

童薇脸色难看:"晓飞,他们追上来了!"

"快跑!"

谢晓飞拉着童薇,跑向旁边一条小巷。

童薇、谢晓飞,与谢晓天的下属,在街头展开了一场追逐战。

童薇双腿越来越沉,谢晓飞却丝毫不停,铆足了劲。

就在童薇跑不动的时候,前方来了一辆公交车,谢晓飞立即拉着童薇跳了上去。

身后追来的人慢了一步,只能看着公交车载着两人远去。

"嘿,你们这是在干吗?"

谢晓飞喘着粗气:"我……我们在私奔……"

"哈!"

公交车上听说童薇和谢晓飞是在私奔,立即响起了热烈的掌声。

公交车司机满脸笑容:"那么,罗密欧与朱丽叶,坐稳了,我将把你们带向幸福的终点!"

最终,公交车停,把童薇和谢晓飞送到了郊外。

两人下了车,向司机道谢,在满车乘客的欢呼声中远去。

"这下他们追不上我们了。"谢晓飞长出一口气。

童薇现在还没缓过神来:"晓飞,这太疯狂了!"

谢晓飞摇头,一脸认真:"童薇,我想通了!不管未来发生什么,我不会放弃我们的爱情!瑞塔说得对,即便是生死,也不能阻止我们在一起！童薇，我已经把家族抛在脑后，我什么都不管了！不管遇到什么，我愿意承诺你一个未来，一个属于我们的家！"

童薇感动地看着谢晓飞，眼圈红了："晓飞，谢谢你！谢谢你！"

两人正说着，几辆黑色的轿车飞速驶来，停在两人身边。

赵晨曦、谢晓天、秦天宇，以及一群黑衣人下了车。

"你们……"谢晓飞看着来人。

"哥，对不起了！"谢晓飞挥手，两名黑衣人上前，一人一边牵制住谢晓飞。

"放开我！"谢晓飞怒声道。

谢晓天示意下属将谢晓飞押进车内。

"晓飞！"

童薇正想上前，却被秦天宇抱住，不让她过去。

"放开我！你们放开我！"谢晓飞怒吼着，"秦天宇，你放开她！"

赵晨曦出声道："晓飞，谢伯伯还在等着我们呢。"

最终，谢晓飞被强拉上了车。

童薇两眼是泪："天宇，你放开我，我求求你，你放开我！"

"童薇，我是为了你好……"秦天宇摇头。

"晓飞！"

"童薇，你冷静一点。"

这时，童薇的手机响了，看了一眼来电显示，是陈莫。

童薇微愣，陈莫怎么会给自己打电话？

虽然几个月前，为了帮助秦天宇，童薇在YEP与快闪的谈判中与陈莫见过一面，但两人后来并没什么交集，陈莫现在突然来电话，让童薇有些不明。

接通电话，童薇立即出声："陈总，我现在有急事，我不能……"

紧接着，童薇面露喜色，"什么？好！好！"

童薇奔向即将发动的车子，拼命拍打车窗："等等！等等！"

"童小姐，你再这样，别怪我们不客气了！"谢晓天板着张脸。

童薇扬了扬电话："陈莫，陈莫要和谢氏谈合作！"

"陈莫？"谢晓天有些不明。

"陈莫先生主导的基金是中国排名前三的风投，他在中国商界的影响力远超科万的宋氏，谢氏能够和陈先生合作，一定能够打开中国市场！"

童薇的话，让所有人都愣住了。

第 052 章
愿与你同行一生

上海,浦东国际机场。

童薇和谢晓飞走出机场。

看了眼手机,童薇向谢晓飞询问道:"晓飞,陈总那边的人来约时间,问后天能不能谈下合作的事情。"

"这么急?"谢晓飞皱眉,"我们根本没有准备的时间啊。"

童薇点头:"我也说了这边的情况,但他们说后天陈总就要出国考察,回来要半个月以后了,为免夜长梦多,还是快点谈定合作意向比较好。"

谢蓝飞有些得意:"哈哈,峰回路转啊,柳暗花明啊!秦天宇肯定没想到吧!"

童薇满脸无语:"从哪儿学来这么多成语?"

"哼,以我的聪明才智,没什么不可能的!"

"是吗?"童薇嘴角露出一抹笑意,"那飞总,不知道对接下来的硬仗有什么战术战略呢?"

"仗……什么仗?"谢晓飞张了张嘴。

"和陈莫那边的谈判啊。"

"他不是愿意和我们合作了吗?"谢晓飞有些茫然。

童薇哑然失笑:"晓飞,你也……你也太笨了吧?陈莫为什么愿意和谢氏合作？你以为他是在可怜你在扶贫？他是看到了利润！你有没有想过，为什么陈莫早不打电话，晚不打电话，偏偏在这个时间点上打？"

"你……你是说……"谢晓飞脸色变了变。

童薇点头："很显然，谈判已经开始了，陈莫占了先机，我们现在要想拿下他，必须有出其不意的方法。"

谢晓飞立即蔫了下来："好吧……那……我们该怎么做？"

童薇想了想，拿出手机，拨通了崔西的电话："崔西，现在有个事情要麻烦你……"

给崔西打完电话，两人来到酒店，订了房间。

酒店内，童薇和谢晓飞围在电脑前。

童薇看了眼旁边的谢晓飞："准备好了吗？接下来几天，可没有睡觉的时间了！"

谢晓飞拍了拍胸脯："别小看我！关键时刻我从不掉链子！"

"喊，就是因为有你，我才不放心！"

这时，崔西的电话进来了："领导，谈判的地点已经按照你的盼咐订好了。"

"崔西，谢谢你。"

"还有……你开下门！"

"嗯？"童薇有些迷惑，还是起身开门。

开门的瞬间，童薇愣住了。

门外，崔西、KIKI、蒋可正站在那里。

"你……你们怎么过来了……"

蒋可大喇喇地走进客房："童薇姐，这可就是你的不对了，项目有了进展，居然不招呼我们一声，你是不是想独吞功劳啊？"

崔西笑道："我在工作群说了陈莫的事情，KIKI和蒋可都说要来帮忙。"

"帮忙？当我做慈善啊？"蒋可女人化地一撇嘴，"事成之后，我们可是要升职加薪的！"

"对！"KIKI附和道。

童薇感动地看着三人："你们的好意我懂，不过现在我已经被停职，我是怕叫你们来，公司那边会有看法。"

"无所谓啦。"KIKI耸了耸肩，"大不了把我们开除了，我们跟着你干！"

童薇："你就不怕你妈妈数落你？"

KIKI毫不在意："她应该为自己有这么仗义的女儿感到自豪！"

谢晓飞终于插上话："谢谢大家！时间紧迫，我们真的很需要你们！这个人情我谢晓飞记下了，以后一定会还！不说废话，我们开始吧？"

"好！"

众人点头，立即行动起来。

崔西拿出笔记本电脑，准备做记录，KIKI和蒋可干脆盘腿坐在地上，拿着笔记本在处理文件，谢晓飞则坐在书桌前。

桌上、地上、床上全是资料。

童薇来回踱步，思索着需要处理的事情。

崔西小声向KIKI和蒋可说道："陈莫的背景资料我已经分享到群里，你们可以看一下。"

"我已经看到了。"KIKI点头，"我还需要基金会的相关资料，蒋可，你搜集好没？"

"稍等，马上好。"蒋可头也不回地说道。

看大家都非常紧张的样子，谢晓飞把童薇拉到一边："童薇，我决定了。"

"决定了什么？"

谢晓飞看着童薇："如果有必要，我们谢氏的占股比例可以稍作退让。"

童薇眼神立即严厉起来:"你在说什么?"

谢晓飞吓了一跳:"你……你这么凶干吗?"

"谢晓飞,你这是在污蔑我的专业,谈都没谈,你就先认输了?你是觉得我谈不下来?"

"没有。"谢晓飞连忙摇头,"情况你也看到了,大家都已经使出吃奶的力气了,但事实上,陈莫那边是绝对强势方,我怕万一谈不下来,我又要离开你……"

谢晓飞说着,一脸可怜兮兮的表情。

童薇摇头:"晓飞,你记住,既然对方愿意坐下来,说明他有利可图。陈莫的基金愿意投你,是因为看到了利益,你才是最重要的!不要在这时候影响军心!谈判的气势很重要!"

谢晓飞摸了摸后脑勺:"那……那我怎么表现我的气势?要是和科万那样,人家转脸跑了怎么办?"

谢晓飞的话,让童薇脑子里灵光一闪:"我有办法了!"

"什么办法?"

童薇附在谢晓飞耳边,耳语了一阵,谢晓飞拼命点头,最后出声:"好是好……可是,谁来做这件事情?"

童薇看着谢晓飞。

谢晓飞连连摇手:"我……我不会美术设计……"

谢晓飞想起一个人:"我想到了!有个人肯定能行!"

"谁?"

"童恬恬!"

童薇也眼神一亮。

说做就做,谢晓飞立即打电话,约童恬恬在甜品店见面。

听了谢晓飞的话,童恬恬没好气地说道:"求我?呵呵,谢晓飞,你倒还有脸来求我？我需要你帮助的时候，你关机，现在跑来救我？谢晓飞，你当我是傻子吗？天底下没这么好的事情！"

谢晓飞一阵抓耳挠腮，求助地看向童薇。

原来，五天前，童恬恬之前在美国纽约街拍的照片，有一张造型极其搞笑的，不知怎么在她们学校流传开来，一大堆人都在笑话。童恬恬准备找谢晓飞，让宋爱丽帮她这张照片点赞，好挣回面子。但因为谢晓飞和童薇两人三天度假的时候，手机关机的关系，根本就没联系上，让童恬恬憋了一肚子的气。

童薇微笑道："恬恬，我觉得晓飞关机关对了！"

童恬恬板着脸："你别替他说话！"

童薇轻声分析道："恬恬，你想想，照片的事，现在最多就你们学校小范围知道，三五天就平息了，宋爱丽可有上百万粉丝，如果她要是给你点赞，那就变成了娱乐新闻，到时候好几百万人都看到你的照片，这么多人议论你，你就更受不了了。"

"对啊。"谢晓飞立即附和，"万一你抑郁自杀了，我不成了罪人？你说我关机是不是救了你？"

童恬恬轻笑一声，讽刺道："照你这么说，我的命都是你给的了？要不要我叫你一声爸？"

"那倒不用……"谢晓飞傻笑着。

童恬恬翻了个白眼："滚！"

"恬恬，你听我说，这次忙非同小可，关系到国家的发展，世界的进步，你这不只是在帮我，还是帮整个地球啊！"谢晓飞拽着童恬恬胡扯着。

"你少唬我！"童恬恬一摆脸。

谢晓飞举手向天发誓："我绝没唬你！我可以发誓，这件事你帮了我，以后你的要求我全部做到！当然前提是不违法不犯罪，不伤天害理！"

见谢晓飞一脸认真，童恬恬动心了。

童薇适时出声："恬恬，我很少开口求人，你知道的，设计图的事情，真的要拜托你了……"

童恬恬气愤地站了起来："算了算了！我就是心太软！东西拿来！要求给我写下来！"

谢晓飞立即递上优盘："童恬恬，你就是拯救世界的女英雄！"

童恬恬瞪着谢晓飞："谢晓飞，你给我记住，这是你第三次欠我人情了！如果下次我找你你再关机，我决不饶你！"

"遵命！"谢晓飞立即点头。

一天，所有准备工作，只用了一天时间。

一天后，陈莫带着下属浩浩荡荡地来到酒店会议厅。

当陈莫一行进入会议厅时，全都愣住了。

会议厅的墙面上，贴满了谢氏"十八藏"在各个国家的风景图片，此外，还配着三年的利润报表。所有图片，都在向陈莫的团队传递着一个信息：

"十八藏，是一个高利润高档次的品牌！"

等在会议室内的谢晓飞、童薇和下属们站了起来，和陈莫的团队握手打着招呼。

"陈总你好，我们又见面了！"童薇微笑着和陈莫握手。

陈莫指了指四周墙面，笑道："童小姐，这是又给我下马威？"

童薇笑道："是给你惊喜！陈总，投资公司看什么？不就是看投资回报率吗？我给您明明白白清清楚楚地写下来，让您一目了然，这是表达我们合作的诚意啊！"

"呵呵。"陈莫笑道，"童小姐这一招我没想到，高！确实高！"

童薇："陈总，我给你介绍一下……"

陈莫抬了抬手："不用介绍了，谢氏的太子爷谢晓飞，当然另外一个更为出名的身份是……你的男朋友，对不对？"

童薇微笑道："陈总，今天我们可是来谈公事的哦！"

"那我们开始吧？"陈莫倒也不废话。

第053章
鸿门宴

第一次的会谈非常顺利。

会议结束,陈莫主动提出先草签一个框架性协议,这对童薇和谢晓飞来说,简直是一个天大的喜讯。

大观会所,私密包间内。

谢晓飞出面,请陈莫一起用餐,童薇陪同。

陈莫很是高兴,举起酒杯:"真没想到这次与谢氏的谈判能这么顺利,来,我敬你们二位!"

童薇举杯:"是陈总不拘小节、果敢大度!我们托了您的福。"

"对!敬陈总!"谢晓飞也高兴地举杯。

三人干杯,陈莫放下酒杯,看向童薇,微笑问道:"童小姐,谢氏这么大的公司要进军中国,怎么就没想到我呢?"

童薇不好意思地回道:"陈总是大佬级别的人物,这怎么敢烦劳陈总。"

"呵呵,童小姐说笑了,这可不像当初闯进我酒店客房时的风格啊。"陈莫笑道,"其实,我一直对旅游业很感兴趣,正愁没有合适的机会下手呢,江兴岛对外界来说虽然没有重春岛有名,但这块地无论是位置还是生态,都一点不逊色于科万持有的那块湿地。"

面对陈莫,童薇也很直接:"是的,我们考察的时候也发现了。"

"嗯,更重要的是,江兴岛政府在这次合作上一路开了绿灯,有了政策的支持,谢氏的度假村就能更快更顺利地建立起来,我相信只要我们齐心协力,这个项目一定会大获成功!"陈莫补充道。

"那是肯定的!"谢晓飞很是感激,"关键时刻能得到陈总的帮助,真不知道该怎么感谢您。"

"呵呵。"陈莫深邃一笑,"你要真想谢我,那就帮我一个忙!"

谢晓飞一口答应下来:"陈总尽管说,只要我谢晓飞能做到的,一定在所不辞!不过就怕在中国,陈总都办不到的事情,我就更无能为力了。"

"呵呵,这件事情,你能办到!"陈莫看向童薇,"我想请你替我劝劝童小姐,跳槽来我们基金,职位、工资待遇肯定比CAEA高,而且还能继续负责你们谢氏在中国的业务,怎么样?"

原来是这件事,谢晓飞苦笑:"陈总,你太高看我了,我可管不了童大小姐!"

"哈哈!"陈莫笑道,"你们的事情,整个圈子都传遍了,你谢大公子来我们中国究竟是要谈项目,还是要拐走我们的谈判人才啊!"

"嘿嘿。"谢晓飞一脸坏笑,"这叫姜太公钓鱼,愿者上钩。"

童薇瞪了谢晓飞一眼。

这已经是陈莫第二次递出橄榄枝,上一次帮秦天宇完成YEP中国与快闪的谈判,陈莫就提出过这样的邀请,童薇拒绝了,现在,当然也会拒绝。

陈莫帮了自己这么大的忙,但不能答应他,童薇还是有些歉意:"陈总,谢谢你看得起我,但这次,我还是要说声抱歉,除非CAEA辞退我,否则我是不会离开的。"

陈莫耸耸肩,叹了口气:"唉!CAEA到底有什么好的?气死人了,不说了!喝酒!"

童薇苦笑了一下。

为了洗清父亲的罪名，童薇必须留在 CAEA，而且还必须往上努力，进入董事会，见到那个人。

三人又聊了两三个小时，这才离开大观会所。

陈莫踩着自行车，和童薇、谢晓飞告别。

童薇看着陈莫的背影："这个大叔有意思吧？手里握着近千亿的资产，进进出出还是一辆自行车。"

谢晓飞努了努嘴："看到他身后那辆古思特没？"

"怎么了？"

谢晓飞笑道："那是陈莫的司机，会一路跟着他。便装、自行车，不过是他的一种伪装。"

谢晓飞正色道："童薇，这个世界上没有谁会无缘无故地对你好，他欣赏你只是因为你能创造价值，所以，你不欠陈莫的人情，更不欠 CAEA 的。"

"说这个干吗？"童薇撇了撇嘴。

"CAEA 这样对你不公平，辞职吧。"

童薇摇头。

"是因为蔡天澜吗？这我可以帮你搞定。"

童薇又摇了摇头："蔡天澜确实是一个很重要的因素，不过我需要自己来解决。"

"好吧。"谢晓飞无可奈何地耸耸肩。

CAEA 大楼。

童薇向周倩报告了谢氏项目的情况。

"合同已经签订了，新公司的组建工作已经开始，谢氏是品牌的主控方，在我们最早商定的谈判底线上。"

周倩挥了挥手，示意童薇不用再说："情况我都清楚了，童薇，回来上班吧，最近委屈你了。"

童薇摇头："要不是周总出手保我，我恐怕早就冲动辞职了。"

周倩没好气地瞪了童薇一眼："你还好意思说？讲了多少遍，谈判人员切忌感情用事，你倒好，气一上来连工作都不要了。怎么？难不成真想辞职去美国做少奶奶享清福？"

"周总，你了解我，我不是这种人。"

"看看这个。"周倩拿出一个信封递给童薇。

"这是？"童薇有些不解地接过信封。

"这次谢氏的案子谈得很漂亮，谢氏的董事长要在总部举办一次庆祝酒会，邀请函也发了一张到我们部门，指名道姓，要你参加。"

"我？"童薇微怔。

"听说是谢晓飞的父亲谢天佑钦点的，知道这张邀请函的分量了吧？"

"我不懂您的意思。"童薇有些迷惑。

"CAEA和美国大企业合作不是一次两次，我们这么多谈判专家，从来没收到过这样的邀请。谢天佑点名要见你，一定是因为你和谢晓飞的特殊关系。"周倩顿了一下，"这可能是好事，也可能是坏事。童薇，从你朋友的立场出发，我希望你的感情能顺利一点，幸福一点。"

餐厅里，童薇见到了谢晓飞，将邀请函递给谢晓飞。

"果然！"谢晓飞看到邀请函满脸不屑。

"你觉得我，是不是应该不去？"童薇征求着谢晓飞的意见。

"去！为什么不去！"谢晓飞一口否定，"陈莫是卖你的面子才跟我们合作，作为这次项目的最大功臣，你不仅要去，还要理直气壮地去！"

"可是，我担心这趟不会只是为了公事。"童薇说出自己的疑虑。

谢晓飞点头："还记得我在加州小镇给你说过的话吗？对于家族来说，我首先是谢氏的继承人，然后才是他的儿子，我的一切都必须为谢氏服务,包括我的婚姻。这张邀请函,就是他们给你的下马威,他们这是开始对付你了,你怕吗?"

童薇笑了笑,没有惧意:"这些年我什么没见过,有什么好怕的。"

"好!"谢晓飞握着拳头,"童薇,考验我们的时候,到了!"

听说童薇收到谢家的邀请函,夏杉杉拉着童薇又是做美容,又是买奢侈品,要把童薇打扮得更有品质。

童薇本来无心这些,但架不住夏杉杉的折腾,只得被拖了过去。

奢侈品专柜,夏杉杉在认真地挑着女装,童薇则兴致阑珊地坐在沙发上直打哈欠。

"对了,你说要不要给谢晓飞他爸买个礼物啊?"

"随便。"童薇都懒得说话了。

夏杉杉一脸无语:"大小姐,你怎么一点不上心啊?究竟是你去见家长还是我?"

"我觉得,不如你去得了?"

夏杉杉白了一眼:"懒得管你,干脆你穿一身运动装去得了!"

说着,夏杉杉也过来坐到沙发上。

服务员立即送矿泉水过来:"夏小姐,喝点水吧。"

夏杉杉拧开,刚喝一口就喷了出来。

"怎么了?"童薇不解地扭头。

"那边……"夏杉杉眼神示意。

顺着夏杉杉眼神看过去,原来是秦天宇,在他身边站着个纯朴的小女生,正是那个实习生助理商碧晨。

秦天宇见到童薇和夏杉杉,略微有些惊讶:"童薇,杉杉,好巧。"

夏杉杉和童薇站起身来。

夏杉杉瞥了眼商碧晨,向秦天宇揶揄道:"大律师,现在是上班时间吧,你怎么会来这里?"

秦天宇刚想解释，商碧晨已经抢先一步，笑着和童薇打招呼："童薇姐你好，一直听秦律师提起你，今天终于见到本人了，真的好漂亮哦！我叫商碧晨，是秦律师的助理。"

"你好。"童薇回应道，"你们是来买东西吗？"

"嗯！我是来陪秦律师逛街的。"

童薇看着秦天宇，微笑道："祝贺你啊，找到这么可爱又贴心的助理。"

秦天宇一笑："有空出来喝茶。"

夏杉杉故意道："喝什么茶啊，人家童薇忙着呢，马上要去纽约了！"

"纽约？"秦天宇有些不解，看向童薇。

"是啊，是谢晓飞的父亲点名邀请我们童薇去！以后我们童薇就是谢家的……"

童薇打断夏杉杉的话："杉杉！越说越离谱了！"

童薇对秦天宇解释道："谢氏要在纽约开个酒会，我作为CAEA的代表出席，你别听杉杉胡说八道。"

秦天宇点头："你这么年轻，就能做出这样的成绩，恭喜你了！"

"走啦走啦，我们去别家看看！"夏杉杉拖着童薇离开，边走边说道，"哼，这个秦天宇，算我看错他了！当初找我做内应打探你的消息，装出一副非你不可的样子，结果转眼就勾搭上了女下属！男人就是下半身思考的动物！"

童薇："……"

第 054 章
自由的追求

美国，纽约，肯尼迪机场。

谢晓飞和童薇从机场出来，一路说说笑笑。

一辆黑色轿车停在两人前面，是谢家的司机。

"少爷。"

司机穿着制服戴着白手套，恭敬地迎接谢晓飞，替谢晓飞接过行李，放在后备厢，然后替谢晓飞和童薇打开车门。

"去希尔顿酒店。"

"是，少爷。"司机恭敬地应了一声，开着车往希尔顿酒店驶去。

很快到了希尔顿酒店。

司机替童薇开门，童薇道了声谢下车，谢晓飞也紧跟着下来。

童薇见谢晓飞跟着下车，出声道："赶快回家吧，跟着我干吗？"

谢晓飞嬉皮笑脸地上来："我舍不得离开你。"

司机有些为难："少爷，老爷还在家等着你。"

谢晓飞噘着嘴："好啦好啦。"向童薇歉意地说道，"那我先回家一趟，你好好睡一觉，明天我再来接你。"

"知道啦，快回去吧。"童薇拖着行李进了酒店。

经过长达 14 小时的航程，童薇也累得不行，没什么精力出去游玩，在酒店洗了个澡就睡觉了。

第二天一大早，李相中就来酒店接童薇。

"童小姐早，请上车吧，我们董事长等着见您呢。"

没看到谢晓飞来，童薇有些忐忑："晓飞怎么没来？"

李相中微笑道："一会儿您会见到他的。"

童薇点头，上了车。

会面地点，是谢氏集团的办公楼。

在李相中的带领下，童薇见到了谢天佑、谢晓天几人，不过谢晓飞没在。

"董事长，这位就是CAEA上海办事处谈判部的童薇，童小姐。"李相中介绍道。

童薇点头致意："董事长您好，初次见面，还请多多关照！"

谢天佑放下手中的文件，锐利的眼神打量着童薇："幸会，童小姐，晓飞在中国一定给你添了很多麻烦吧？"

童薇微笑道："董事长您客气了，我是谢氏雇佣的谈判专家，协助飞总，是我的工作。"

谢天佑点头："好，那我们就开始吧，麻烦童小姐亲自介绍下关于这次项目的具体情况。"

这时，谢晓天轻声提醒："爸，大哥还没……"

"混账东西，不用管他！"谢天佑有些怒气。

童薇略微吃惊，看起来，谢晓飞和谢天佑间的关系，的确很恶劣的样子。

"童小姐，请吧。"谢天佑看向童薇。

童薇点头，站起来正准备汇报，这时门推开了，谢晓飞走了进来，手里端着两杯咖啡，还拎着三明治。

他看了眼会议室内众人，大大咧咧道："哎？怎么不等我就开始啊！好歹我也是这个项目的主要负责人吧！"

说着，谢晓飞坐了下来，把咖啡递了一杯给童薇，自己留了一杯，然后撕开三明治，一口咖啡一口三明治吃了起来。

谢天佑额头突了突，一巴掌打落谢晓飞手上的三明治，然后拿起桌上的咖啡扔进垃圾桶，拉开会议室的门指着谢晓飞："滚出去！"

童薇愣住了。

谢晓飞站起来："凭什么？你们今天开会讨论的项目是我拿下的，凭什么让我滚出去！"

"就凭你迟到了五分钟！"谢天佑指着墙面上的钟怒声道。

"我昨天凌晨两点才到家，两点半才睡着，就迟到了五分钟而已！"谢晓飞怒视着谢天佑。

"五分钟而已？"谢天佑看着谢晓飞，"凌晨两点钟睡很了不起吗？你问问你弟弟，问问你叔叔，问问在座的每一位谢氏前辈，他们每天都是几点睡，几点起？"

谢晓飞慢慢转怒为笑，一脸无赖的表情："不用问了，你们这每一个人都比我努力，为了保住自己的一切，别说牺牲睡眠，就连家人都可以毫不犹豫地牺牲，我是比不上你们！"

谢天佑气得浑身发抖："混蛋！"

谢晓天连忙扶谢天佑坐下："爸，您别生气……小心气坏了身体……"

见这父子俩吵架，童薇实在忍不住了，对谢晓飞轻声道："你别再说了……"

话刚出口，谢天佑一巴掌拍在桌子上："这是我们的家事，轮不到你插嘴！"

童薇一脸尴尬。

谢晓飞见童薇受气，拉起童薇的手："今天的会议到此结束，我们走！"

说完，不由分说地拉着童薇就走。

"别，等一下……喂……"童薇已经被谢晓飞拉进电梯。

出了谢氏办公大楼，谢晓飞拉着童薇走在麦迪逊大道上。

"晓飞，你别这样好不好？快点回去开会吧！"童薇挣扎着。

"还开什么会？"谢晓飞板着张脸，"老头子这么不尊重人，骂我也就算了，连你也要骂！"

"你迟到在先嘛，态度还那么不好，作为儿子不能这样的。"童薇劝说着。

"他不是个好父亲，我凭什么要做好儿子？"

童薇有点生气了："谢晓飞！我不管你和你爸发生过什么，但今天的事情就是你的不对！"

"我……"谢晓飞愣愣地望着童薇。

"你什么你？迟到就是不对，就是你的错，跟你爸是不是好父亲没什么关系！"

谢晓飞无奈地点头："好吧，今天的事情……算我错了。"

"什么叫算你错了，明明就是你错了。"

"好好好，是我错了。"谢晓飞连连点头，拉着童薇，"走吧，陪我办件事。"

"办什么事？"

"我早饭还没吃呢。"

童薇："……"

上东区，一家开在富人区的有机食品 brunch 店。

谢晓飞和童薇坐在室外，享用着这家店的咖啡和面包。

这里，是靠近中央公园的富人区，看不到繁忙奔波的人，来来往往的人都穿着运动服，牵着大狗在跑步晨练。

这种闲静的生活，让刚从谢氏办公大楼出来的童薇感叹："真好啊，纽约的生活。"

"呵呵。"谢晓飞笑着摇头。

"你笑什么？"

谢晓飞摇头道："你根本不了解纽约。"

"喊，纽约我来过十几次，还说我不了解纽约。"童薇不满地说道。

"十几次？"谢晓飞再次轻笑，"你出入的地方，无非就时代广场、第五大道吧？"

"那又怎样？"

"那只能说明你了解的是曼哈顿，而不是纽约。即便是曼哈顿，你所看到的也只是它光鲜亮丽的外表，"说着，谢晓飞指了指远处一只被主人牵着的小狗："有没有发现那只小狗的步伐特别绅士？"

"对啊。"童薇点头，"我还在奇怪呢，来来往往这么多小狗，看起来都很不错的样子，安静听话，没有乱叫的，这是为什么？"

谢晓飞解释道："因为这些狗，都上过行为矫正课，而且经过千挑万选，它们漂亮、听话，这样主人牵着它们，走在中央公园，才有面子，懂了吧？这就是曼哈顿，每个人都展现着最好的一面，而把坏的一面隐藏起来。"

正说着，狗主人牵着小狗路过两人。

"嗨，早上好！"狗主人向两人打招呼。

"早上好，你的狗真是一位绅士！"谢晓飞回应着。

"谢谢。"狗主人微笑着，向小狗出声，"克丽丝，快谢谢这位先生。"

小狗向谢晓飞摇了摇尾巴，狗主人向谢晓飞微笑一下，骄傲地继续遛狗。

童薇笑了起来："被你这么一说，我忽然觉得这里的人都背着好重的包袱。"

谢晓飞点头："所以，我不喜欢这个地方。"

童薇想了想，站起身来："走。"

"去哪儿？"

"带我去让你自在的地方，带我去看看属于你的纽约。"童薇微笑道。

"你确定？"谢晓飞脸上有些惊喜。

"当然。"童薇点头。

谢晓飞站了起来："今天是周六，正好！"说完，牵着童薇的手，离开餐厅。

谢晓飞带童薇来的地方，是一个小小的社区公园，篮球场上，几个黑人正在进行说唱对战，周围零零星星地围着几名观众。

在激劲的音乐中，谢晓飞看得出神，身体随着音乐节奏晃动。

一轮表演过后，演出者拿出一个塑料盒子，走向观众。

"请大家自由捐赠，感谢你们的慷慨。"

观众开始往盒子里放零钱。

童薇不解："这是干什么？"

谢晓飞解释道："自由捐赠，这里不卖门票，你要是觉得表演有意思，就给钱，不给也没关系，这就是我喜欢的纽约，自由自在。"

说着，谢晓飞掏出一张20面额的钞票，放进盒子。

"谢谢你，哥们。"演出者真诚道谢。

"哼！这么有钱，才给人家20块。"童薇鄙视道。

"你不懂，给多了，反而像是在施舍，这是对他们的侮辱。"谢晓飞摇头。

"知道啦。"童薇笑道。

接下来，谢晓飞又带童薇来到布鲁克林。

与曼哈顿区完全不同，布鲁克林是另一种完全不同的风格，房屋显得破旧许多，街道两边的墙上，都是夸张的涂鸦。

"小时候,大人们告诉我,布鲁克林是个危险的地方,这里住着全纽约最穷凶极恶的人,可妈妈却不这么说,她读书的时候就租住在布鲁克林,她说布鲁克林有许多善良的人。为了让我相信她的话,有一天,她瞒着父亲带着我来到了这里……"

谢晓飞脸上露出微笑,回忆着。

第055章
幸或不幸的女人

公交车上，谢晓飞和童薇坐在最后排。

此时，已经是黄昏，两人在布鲁克林的街头逛了一下午，谢晓飞说起很多关于他母亲刘婉莹的事情。

"你妈妈真好。"童薇由衷地说着，心里很是感动。

"嗯。"谢晓飞点头，"父亲的世界里，充满着偏见和狭隘，他们评判所有事情的标准就是利益。"

"可是，他毕竟是你的父亲……"童薇劝说道。

谢晓飞站了起来，按下扶手杆上的红色按钮："不说他了，我们到了。"

谢晓飞拉着童薇下了车，来到一间酒吧。

刚进门，一名黑人就和谢晓飞击掌打招呼。

"你是这里的熟客？"童薇好奇问道。

"岂止是熟客。"谢晓飞一脸神秘。

这时，又来了一个黑人，捶了谢晓飞胸膛一下："嘿，哥们儿，最近去哪儿了？"

谢晓飞把童薇往怀里一搂，黑人立即吹了个响亮的口哨，表示明白。

酒吧里，有人在轻轻地唱着浪漫的歌曲，谢晓飞张开手向童薇高呼道："欢迎来到纽约！"

这个地方，对童薇来说，既陌生，却又充满魅力，让童薇非常好奇。

终于，童薇发现，这个酒吧，就是最初搜集谢晓飞情报时，唯一的那张照片上谢晓飞所在的酒吧。

两人在酒吧坐下，享受着酒吧内的温馨，不时有人过来和谢晓飞打招呼，谢晓飞则给他们介绍童薇。

两人坐下，正随着歌手哼歌，谢晓天突然出现在两人面前。

"哥……"

见到谢晓天，谢晓飞没好脸色："你来干吗？"

"哥，你忘了吗？爸爸不希望你出入这种场所……"

"这种场所？"谢晓飞笑了笑，"我只是来酒吧陪女朋友喝一杯，这也犯法？"

谢晓天为难地看向童薇："这里出入的人很复杂，爸爸担心如果你再被那些记者拍到。"

童薇起身，向谢晓飞劝说道："晓飞，你父亲是关心你的，算了，走吧。"

谢晓飞拉回童薇："你错了，他只是担心负面新闻会影响谢氏的股价而已。关心我？呵呵，如果他有别的儿子，我已经被他放弃了，是不是，晓天？"说着，谢晓飞看向谢晓天。

谢晓天摇头："哥，请别这样说。"

看谢晓天的样子，谢晓飞冷冷出声："没用的懦夫！"

谢晓天看着谢晓飞，眼神里露出些怨气。

谢晓飞毫不在意，嘴角挂着嘲讽的微笑："怎么？不爽？不爽就打我啊！"

谢晓天眼里怨气消失："哥，骂完了吗？骂完的话，请跟我回家吧。"

谢晓飞站起来，提起谢晓天的衣领："你别以为我不知道你在想什么，晓天，明明你不满意如今的待遇，为什么你不敢去反抗？为了你，为了你母亲，你应该像个男人一样去反抗！懂吗？"

谢晓天握紧拳头，极力地忍耐着。

童薇见情况不对，拉着谢晓飞："晓飞，别这样！"

谢晓飞看着谢晓天，摇头道："你知道我有多羡慕你，如果我的母亲还有意识，我绝对不会让谢天佑这样对她！"

谢晓天板着脸："哥！说够了没有？如果刚才那些话能让你心里舒服些，我不会在意。但现在，请务必跟我回家，已经很晚了！"

谢晓飞眯着眼看着谢晓天，随手拿起酒瓶，放到谢晓天面前："喝了它，我就跟你回去！"

谢晓天直视谢晓飞的眼睛："你知道我酒精过敏。"

谢晓飞轻笑道："老头子不是让你带我回家，你不是最听他的话吗？喝了它，我就跟你回去。"

谢晓天直直地看着谢晓飞，接过酒瓶，正要往嘴里灌，突然酒瓶被童薇夺过去。

谢晓飞和谢晓天还没回过神来的时候，童薇已经一口气将瓶中的酒喝完。

兄弟俩全都怔住了。

瞪了谢晓飞一眼，童薇拉起谢晓天的手，就往酒吧外走。

谢晓飞连忙追上，拉住童薇："你去哪儿？"

童薇甩开谢晓飞的手。

谢晓飞有些发怒："你干什么！"

童薇毫不畏惧地迎着他的目光："谢晓飞，你太让我失望了！你怎么能对你弟弟那么混蛋！你怎么能用那种口气说自己的父亲？"

"我……"谢晓飞张了张嘴。

童薇看着谢晓飞："你对你家族有意见，和你父亲有矛盾，但这不是你可以撒泼耍横的理由！你不满意你父亲的行为，那就去改变他！而不是冲你弟弟撒气！"

"你……"谢晓飞愣愣地看着童薇，随即怒极反笑，"你竟然心疼起我弟弟来了！好，那我滚还不行吗？"

说完，谢晓飞怒气冲冲地离开。

"呕……"酒劲上涌，童薇直接吐得昏天暗地。

谢晓天在旁边一脸担心："童小姐，你没事吧？"

童薇摆了摆手，接着又吐了起来。

谢晓天脸上露出些隐忍的爱怜，等童薇好些后，这才开车把童薇送回酒店。

"对不起，晓天……"童薇对谢晓飞的行为还很是歉意。

"没事。"谢晓天笑了笑，"我和哥哥相处都是这样，已经很晚了，童小姐还是早点休息吧。"

"嗯。"童薇点头，下了车走进酒店。

谢晓天见童薇走进酒店大门，正准备上车，突然背后遭到一击重击。

受到袭击，谢晓天第一反应是握起拳头反击，但当转身看到是谢晓飞时，放下了拳头："哥，你一直跟着我们？"

"别废话，是男人就来打一架！"谢晓飞瞪着谢晓天。

"哥……"谢晓天刚出声，谢晓飞已经扑过去，将谢晓天按在了引擎盖上，"来啊，反抗啊！"

谢晓天只是冷静地看着他。

谢晓天的冷静，让谢晓飞越发疯狂起来："来啊！像个男人一样战斗啊！别让女人替你喝酒！"

谢晓天突然翻身，反手制住谢晓飞，满脸阴鸷："懦夫？你才是懦夫！"

"你……"谢晓飞微怔。

"你知道吗？你才是懦夫！走不出十几年前车祸的阴影，只会伤害爱你的人！你就是个废物！"

说着，谢晓天提起谢晓飞，"砰"的一声扔在路旁，像扔垃圾一样，然后上车，驾车离开了。

谢晓飞看着远去的车影，眼里流出泪水。

童薇并不知道酒店门前，谢晓飞和谢晓天的事情，洗漱完毕，思考着白天发生的事情，不知什么时候沉沉睡去。

门铃声响起，童薇醒了过来，见天已经大亮了。

穿着睡衣，童薇迷迷糊糊地过去开门。

门刚打开，童薇下意识地关门。

在门前，站着的是胡子拉碴，衣衫凌乱的谢晓飞。

就在童薇想关门的时候，谢晓飞扑到童薇的身上，将整个脸埋在童薇的脖子里，紧紧地抱着童薇。

"走！"童薇冷着脸。

"不！"

童薇和谢晓飞僵持了好一会儿，这才出声："那我们就这样干杵着？"

谢晓飞抬起头："我是来跟你道歉的……"

童薇摇头："你该道歉的人不是我，而是晓天和你的父亲！"

谢晓飞拉住童薇的手："我……我做不到……"

见谢晓飞这个样子，童薇有些心疼："晓飞，你做不到可以慢慢来，但现在你必须抛弃你原来的想法，主动和你家人改善关系，否则事情只会越来越糟！"

谢晓飞摇着头："可是我忘不了当年的事情！我忘不了！每一次，只要看见我妈躺在病床上的样子，我就会忍不住……"

童薇叹了口气："晓飞，有伤口并不是遮起来就行的，这样只会任由它溃烂，我不希望你这样，我会难过的。"

谢晓飞拉着童薇："童薇，怎么办？我该怎么办……"

童薇想了想，出声道："晓飞，带我去见你妈妈，可以吗？"

谢晓飞看着童薇，最后点头。

两人离开酒店，来到马萨姆健康中心。

这里，就是童薇和谢晓飞第一次相遇的地方。

病房内，瘦弱的刘婉莹躺在病床上，没有任何动静。

医生在向谢晓飞介绍着刘婉莹的情况："病人各项指标都很稳定，但……依然没有清醒的迹象。"

谢晓飞挥了挥手，示意医生团队离开。

医生离开后，谢晓飞叹了口气："每个月都要听一遍同样的报告，每次他们都会告诉我，这个体征在好转，那个指标很正常，但最后一句都是，没有清醒的迹象。一年十二次，十三年一百五十多次，我已经麻木了，不再期待，不管怎么样，妈妈至少还活着。"

童薇有些心疼："晓飞，你想过没有，如果你爸爸是个利益至上的人，他为什么会力排众议娶你妈妈？"

"因为……她很优秀……"

童薇摇头："其实你内心知道，当年你爸爸和妈妈，或许就像我们一样，面临家族的压力，可你爸爸依然排除万难，娶了你妈，对不对？晓飞，从这一点来说，他比你勇敢。"

谢晓飞抬起头："可他之后让妈妈吃了很多苦！"

童薇叹了口气："或许，你爸爸有不得已的苦衷……再说，从你妈妈的角度来说，这个世界上，你和董事长是她最亲的两个人，你们闹成这样，是她希望看到的吗？"

"我……"谢晓飞欲言又止。

童薇拉着谢晓飞的手："晓飞，答应我，勇敢地去改善和你父亲的关系，勇敢地跨出第一步，好吗？"

谢晓飞沉默了好一会儿,这才点头:"我……只能尽量。"

童薇松了口气。

两人走出医院,一辆黑色轿车停在两人面前。

车门打开,下车的是谢家的管家欧伯。

第056章
豪门事多

"你来干什么?"谢晓飞问道。

"少爷。"欧伯看向童薇,"老爷请童小姐过去。"

谢晓飞挡在童薇身前:"他想干吗?"

欧伯摇头:"老爷的事情我不方便过问。"

"你告诉他,童小姐要陪我,没空!"谢晓飞冷哼一声,"别以为我不知道他想干什么,不管他用什么手段,我们是不可能分开的!"

童薇拉住谢晓飞:"晓飞,你别这样,说不定你爸只是想和我谈一下公事呢?我还是去吧。"

谢晓飞想了一下:"那我跟你一起去!"

欧伯出声:"老爷说了,只让童小姐自己去。"

"你……"

见谢晓飞又要犯冲,童薇出声道:"别担心,我不会有事的,记得我跟你说的吗?很多事情要去面对,而不是逃避。"

谢晓飞犹豫了好一会儿,这才点头。

童薇上了车,车开走了。

谢晓飞想了想,还是不放心,赶紧拦了辆车跟上去。

会面的地点,并不是谢家大宅,而是谢氏的办公楼。

欧伯带着童薇,来到谢天佑偌大的办公室。

此时,谢天佑正在气定神闲地打着太极,欧伯和童薇只能等在一旁。

谢天佑一个转身,发现欧伯和童薇,慢悠悠地收拳:"早上好,童小姐。"

童薇大方地笑了笑:"没想到董事长还会打中国的太极拳。"

谢天佑一笑:"童小姐见笑了,我虽然是纽约人,但一直很仰慕中国文化。每天练习太极拳的时候,我都能想通很多问题,太极让我平静,也让我思考。"

童薇微笑:"董事长有大智慧。"

谢天佑擦了擦手:"童小姐来纽约好几天了,还没参观过谢氏大楼吧?不介意的话,我带你四处逛逛?"

"荣幸之至!"

跟着谢天佑,童薇进了观光电梯,电梯缓缓上升,谢氏大楼的全貌慢慢展现在童薇的眼前。

谢天佑一手搭在栏杆上,眺目远望,脸上的表情,宛如一位君王在巡视着自己的领土。

"谢氏经过四代的发展,才有了今天这样的规模。在谢氏总部大楼,有三千余名员工,跨国公司的员工,则有十余万人。我们谢氏以'十八藏'的度假村品牌最为知名,实际上我们在高端酒店、旅游业、船舶业方面都有布局。"

童薇点头,有些敬佩:"一个华人家族能在美国社会立足,真的了不起,能为谢氏在中国的第一仪效力,也是我的荣幸。"

谢天佑回过身来,盯着童薇:"童小姐,我知道晓飞带你去了医院,看了他的母亲……他,是不是非常恨我?觉得是我的懦弱害得他母亲变成这样?"

童薇有些尴尬,无法正面回答,只得说道:"董事长,慢慢来,父子关系会有所改善的。"

谢天佑叹了口气:"我知道晓飞怎么看我,他觉得我唯利是图,是我把他妈逼到那条路上的。可是,童小姐,当年我能让婉莹进门,已经历经千辛万苦,偏偏婉莹婚后不甘相夫教子,做了许多出格的事情。我是一个丈夫,是一名父亲,可我更是谢氏的董事长,我的手下有十几万人等我开饭!如果我做事只考虑自己的小家庭,是不是太自私了?"

童薇点头:"我理解,董事长,这些话您跟晓飞说过吗?"

"都说过了,可他不相信我,他认为我的眼里只有名与利!"

童薇安慰道:"董事长,请给晓飞一点时间,这些事情,我相信他以后会理解的。"

谢天佑摇头,面露悲伤:"我年纪大了,怕是等不到他理解我的那一天了……"

此时的谢天佑,老态毕现,宛如落幕王者一般,童薇看了心生不忍。

这时,谢天佑突然出声:"不过好在,你出现了!"

童薇微愣。

谢天佑看向童薇:"童小姐,今天我请你来,是想求你帮个忙。"

童薇立即点头:"董事长,您尽管说吧。"

谢天佑叹了口气:"我看得出,晓飞对你和对其他女人不一样,他尊重你,在意你对他的看法,这很难得。所以我想求你替我劝劝他,让他振作起来,不要再沉沦下去,毕竟,谢氏这个商业帝国,最终要交到他的手上,这十几万人,最后要靠他来开饭。"

谢天佑的脸上,满是诚恳。

童薇点点头:"您放心,我会的。"

谢天佑欣慰地笑了。

离开谢氏大楼,从电梯出来的时候,谢晓飞已经等在下面。

见童薇出来,谢晓飞立即迎了过来,拉住童薇的手,一脸担心:"你没事吧?老头跟你说什么了?"

童薇笑了:"你那么紧张干吗?你爸只是带我四处参观下而已。"

"你少骗我。"谢晓飞一脸不信,"快说,老头是不是逼你跟我分手?"

童薇:"……"

"你这个人真的很烦!"童薇瞪着谢晓飞,"你是不是巴不得跟我分手?想分就直说!"

谢晓飞将信将疑地看着童薇:"他……真没威胁你?"

童薇摇头:"晓飞,其实你父亲是个很慈祥的老人,我觉得你对他的成见太深了。"

谢晓飞一脸冷笑:"是你了解他还是我了解他?"

见童薇脸色不好,谢晓飞摇头:"不说这些了,总之,如果让我知道他破坏我们的关系,我不会放过他的!"

"好啦,没有的事。"童薇摇头,"别整天疑神疑鬼的!"

谢晓飞见童薇确实没事,松了口气,搂住她:"走,带你去个地方。"

"去哪儿?"

"马上就要到发布会晚宴了,你总不能穿这身衣服吧?我带你去打扮打扮!"说着,谢晓飞不由分说地,拉着童薇走掉了。

巴尼斯百货商店。

童薇还在扭捏:"晓飞,还是别去了……来之前杉杉已经陪我买过礼服了。"

谢晓飞一撇嘴:"我信不过夏杉杉的品位,这是全纽约最高档的百货商店,你必须给我去挑一件镇得住场的礼服!"

童薇满脸无语:"还是算了吧,我一个小小的专员,搞那么夸张干吗。"

"专员?"谢晓飞摇头,"错了,明天的酒会,你是作为我谢晓飞的女朋友,谢氏未来的女主人登场,整个纽约上流社会的女人们,都会拿着放大镜等着挑你的毛病！穿难看了，我可丢不起这人！"

说着，谢晓飞把童薇拽进巴尼斯百货商店。

一排店员，戴着丝质手套，每人手里捧着一件礼服，展示给童薇看。

谢晓飞舒服地坐在丝绒沙发上，童薇面无表情，已经挑了十几件礼服，谢晓飞都不满意。

"这也不行，那也不行，你自己挑吧！"

"这些都不配你。"谢晓飞指了指雕花落地镜旁模特上的一件蓝色天鹅绒礼服，"那件好！"

一名店员赶紧过去卸下那件礼服："谢先生眼光真好，这件可是刚从意大利空运过来的，全世界只此一件！"

"这个不错，我喜欢！"谢晓飞连连点头，向童薇说道，"快去试试！"

童薇有些犹豫："这件……会不会太贴身了……"

"有料就要秀，怕什么！"

旁边店员忍不住偷笑。

童薇狠狠地瞪了谢晓飞一眼。

"小姐这边请。"店员引着童薇去试衣。

等童薇穿着礼服走出试衣间的时候，整个人好像发着光芒似的，谢晓飞看得惊呆了。

其他店员的目光，也被童薇吸引，不少店员情不自禁地发出感叹："真的好漂亮啊！"

谢晓飞站起来，连连点头："就这件了！"

这时，一个尖锐的女声突然响起："这是怎么回事？"

谢晓飞扭脸，看到来人，皱眉："怎么是她？"

童薇小声问道："你认识她？"

"我婶婶。"

来的女人,正是谢晓飞的婶婶,谢天成的妻子吴丽雅。

吴丽雅一脸生气,而陪在她旁边的店长也愣住了,皱眉向店员问道:"谁把这件礼服给这位小姐试的?"

店员一个个面色惨白,支支吾吾。

谢晓飞出声道:"是我要试的,怎么了?"

店长认出谢晓飞,一脸为难:"可……可这件礼服谢太太之前预定了要试……"

"喔,是婶婶啊。"谢晓飞看向吴丽雅,"这么巧啊,不过我觉得这件礼服不太适合您,我女朋友穿着正好,您要不再选一件,我买单!"

吴丽雅黑着张脸:"晓飞,这不是礼服的问题,是礼貌的问题!先来后到,这位小姐不懂吗?"

童薇一脸尴尬:"不好意思啊,不知道您预定了这件礼服,我这就脱下来还给您!"

说着,童薇准备进试衣间,却被谢晓飞拉住,看向吴丽雅:"婶婶,要说先来后到的话,那是我们先来先试,君子不夺人所好,您还是选一件更符合您年龄的裙子吧。"

吴丽雅气得不行,但谢晓飞的话又不是没道理,只得向店长撒气:"有你们这样对待金卡客户的吗?明明是我预定的衣服,现在却穿在了别人的身上!"

店长急得不行:"请您息怒……"

童薇尴尬地拉了拉谢晓飞的袖子:"要不算了,让给你婶婶吧,反正我也不是很喜欢……"

谢晓飞凑到童薇耳边:"我喜欢,特别美!"

说完,谢晓飞看向吴丽雅:"不就是条裙子嘛,婶婶何必生那么大的气,看你把店长吓得都快哭了。"说着,谢晓飞掏出黑卡,向店长出声道,"这条裙子我要了,我婶婶今天在这的所有消费也都算我账上。"

店长想接卡，见吴丽雅瞪着眼睛，吓得不敢接了。

"拿着啊，手都酸了！"谢晓飞出声道。

店长夹在中间没有办法，只得接过卡，抱歉地对吴丽雅说道："实在抱歉，要不您再看看？其实还有好几款定制的礼服，特别适合您！"

吴丽雅哪还肯再留下，气得一跺脚直接走人。

看着吴丽雅离开，谢晓飞开心地笑了。

逛街完后，搭了辆出租车，谢晓飞带着童薇，来到一栋大楼下车。

"这是哪儿？"童薇有些不解。

"我家啊。"

"啊？"童薇微愣，"你不是住在长岛吗？"

"哈哈。"谢晓飞和保安打了个招呼，带着童薇来到他独居的condo，也就是独立产权公寓："和老头子住没自由，所以我住在这边。"

童薇眨了眨眼："喔……这里方便金屋藏娇嘛！"

"藏你啊！"谢晓飞嬉皮笑脸。

"可别！"童薇出声，"汉武帝的陈阿娇最后还不是被抛弃了！"

"什么？"谢晓飞不解。

"算了。"童薇摇头，"忘了你是半个文盲！"

谢晓飞也懒得深问，打开冰箱："喝点什么？"

"随便。"童薇看了眼礼盒，出声道，"晓飞，还是把这件裙子给你婶婶吧，她是你的长辈，我把她定好的裙子抢来，总觉得心里不安。"

谢晓飞从冰箱里拿了瓶矿泉水扔给童薇："她只是我名分上的长辈，在我心里，不过就是一个爱慕虚荣、整天只会攀比的傻女人，还'有你们这样对待金卡客户的吗？'，我都替她感到脸红。"

童薇微皱眉头："你们亲戚间……怎么关系弄得这么僵？"

谢晓飞一边打开礼盒，一边说道："祖爷爷当初立下规矩，谢家长子继承制，所以我叔叔一直不服气，整天就想着算计老头和我，哪天我们要是倒台了，第一个上来踩我们的就是他俩，所以什么亲情、血缘，在这种利益家族都是扯淡。"

说着，谢晓飞拿起裙子："去，把裙子换上。"

童薇摇头："不是已经穿过了吗？"

"我还想看。"谢晓飞一脸期盼的表情。

童薇无奈，只得抱着礼服去换。

换上礼服，童薇站在镜子前，谢晓飞走了进来，从身后抱着她："闭上眼睛。"

"干吗？"

"闭上嘛！"

童薇闭上眼睛，当再次睁开的时候，发现谢晓飞给自己戴了一串极其精美的蓝宝石项链，与天鹅绒礼服搭配在一起，简直完美无比，镜中的自己像女神一般。

"好美……"童薇情不自禁地出声。

"呵呵呵。"谢晓飞调皮地笑着，"这串项链有108颗小钻石，烘托着28克拉的克什米尔蓝宝石，全世界仅此一条，可要小心国际大盗哦！"

童薇吓了一跳，想解下来："太贵重了，我可不敢戴！"

谢晓飞握住她的手："我开玩笑的，在我心里，这条项链的意义，远远大过它的价值，只有我爱的人才可以戴。"

童薇微微不解。

谢晓飞温柔地抚了抚童薇的面颊：

"这是妈妈最爱的一条项链。"

"它是当年老头在苏富比重金拍下来送给我妈的生日礼物，可惜再美丽的钻石也需要爱的滋润才能闪光，不然就只是一堆破石头而已。"

听谢晓飞说着，童薇很是感动，也有些犹豫："晓飞，谢谢你……

我很感动,但这条项链我不能收,这是你爸爸送给你妈妈的礼物,他既然有心为你妈妈拍下,就说明他心里有你妈妈,他是爱你妈妈的。"

"呵呵。"谢晓飞脸上露出一抹讥笑,"我看他只是想显摆自己的财力罢了,怕我妈妈寒酸。戴着吧,别纠结了,晚上的场合你需要它!"

谈判官

下．

张云帆 费慧君 李晓亮 著

长江出版社

目录 contents

第 057 章	谢家突变	369
第 058 章	落魄少爷不如狗	375
第 059 章	父爱如山	381
第 060 章	赶尽杀绝	387
第 061 章	嫌贫爱富	393
第 062 章	男人的尊严	400
第 063 章	逼迫与失落	406
第 064 章	最棒的生日礼物	413
第 065 章	人生低谷	419
第 066 章	你让我失望	425
第 067 章	绝不妥协	431
第 068 章	再相逢	437
第 069 章	男人,勇敢地站起来	447
第 070 章	放不下的牵挂	455
第 071 章	这就是恋爱	464

第 072 章	希望	473
第 073 章	线索中断	482
第 074 章	从送外卖开始	489
第 075 章	露馅	497
第 076 章	好意心领	503
第 077 章	KTV 穿帮	509
第 078 章	为了梦想	516
第 079 章	男人靠不住	522
第 080 章	爱情需要信任	529
第 081 章	坚强的外表和脆弱的内心	536
第 082 章	迟来的电话	542
第 083 章	命运的捉弄	550
第 084 章	卖房，还是卖掉梦想？	556
第 085 章	卖房并不顺利	561
第 086 章	尊严是自己给的	567

contents

第087章	多了一位朋友	574
第088章	财经专访	580
第089章	梦想在实现	587
第090章	各随缘分	593
第091章	梦想能否成真？	601
第092章	得见蔡天澜	608
第093章	13年前的真相	615
第094章	无法承受的打击	622
第095章	终点只是幻影	629
第096章	两难抉择	637
第097章	离别	643
第098章	门当户对	649
第099章	乔纳森的难题	655
第100章	左右为难	663
第101章	付出与回报	669

第 102 章	难以释怀	*675*
第 103 章	过客	*682*
第 104 章	守望幸福	*688*
第 105 章	不同的世界	*695*
第 106 章	旧人相见	*701*
第 107 章	宴会突变	*707*

第057章
谢家突变

入夜。

纽约笼罩在灯红酒绿之中,皮埃尔酒店,金碧辉煌的大堂,精美的装潢,巨大的水晶灯,无一不彰显着这里的奢华。

500多平方米的大厅内,挤满了宾客,穿着燕尾服的侍者在人群中穿梭服务。

谢天佑,携着金慧珠,在人群中穿梭,优雅地和来宾打着招呼。

今天,是谢氏正式宣布进军中国的日子。

酒店雕花大门再次打开。

谢晓飞一改花衬衫、沙滩裤这样的打扮,穿着了意大利手工制的西装,笔挺的西装配着小羊皮牛津鞋,往日流里流气的形象完全消失。

在谢晓飞身边,则是一身宝蓝色天鹅绒礼裙的童薇,宝蓝色的礼裙,将原本白皙的童薇衬托得越发高贵。尤其是她胸前那串蓝宝石项链,更让她如同钻石般璀璨夺目。

谢晓飞和童薇的出现,立即引发了人群中的赞叹声。

童薇面带微笑,嘴里却在跟谢晓飞轻声抱怨:"好重!这项链快让我脖子都断掉了!"

"嘿嘿。"谢晓飞贱笑着,"你是不知道,这里有多少女人想杀了你。"

不少人，并非第一次参加谢氏的酒宴，好些人认出了童薇脖子上的项链。

"那不是永恒之心吗？当年谢天佑花了3000万美金在苏富比拍下的。"

"是啊！自从谢氏第一任董事长夫人出事后，就再也没见过这条项链，就连现在的第二任董事长夫人也没戴过！这个中国女人是什么来头？"

"我听说，最近谢晓飞迷上了一个中国女人，应该就是她了！"

对众人议论纷纷的声音，谢晓飞和童薇置若罔闻，来到陈莫面前。

陈莫的衣着没什么改变，并没因为今天发布会的重要性而穿上西装，依然是洗得发白的T恤和牛仔裤，脚上穿着轻便的休闲鞋。

谢晓飞走了过去，热情地和陈莫握手："陈总！我们又见面了！"

陈莫笑道："真没想到谢氏这么重视这次合作，还专程请我来纽约参加发布会！"说着，陈莫看向童薇，"童小姐今晚真迷人！"

童薇微笑："谢谢陈总夸奖。"

"看看，这就是爱情的力量吧？哈哈哈！"陈莫打趣道。

几人谈笑的时候，谢天佑走了过来："陈总，时间差不多了，请陈总一起上台，见证谢氏历史性的一刻吧！"

说完，谢天佑看向谢晓飞："晓飞，你也一起来吧。"

谢晓飞板着脸，有些不愿，童薇连忙推他："快去吧，今天是你的大日子。"

谢晓飞无奈，只得跟着谢天佑和陈莫，走到主席台前。

谢天佑拿起话筒，开始演讲："各位，感谢大家今天能在百忙之中来到这里，参加谢氏的新闻发布会。谢氏从20世纪初来到美国，经过四代的发展，在美国开枝散叶。这些年，谢氏一直不忘开拓新市场，尤其是谢氏的根——中国。经过我的儿子谢晓飞两个多月的努力工作，我们谢氏终于和中国著名企业家陈莫先生投资的'旅行者'网站达成战略合作，我在这里宣布……"

就在这时，一个声音打断了谢天佑的话。

"等等！"

是谢天佑的弟弟谢天成。

众人全都扭头，望向谢天成。

谢天成跳上主席台，对谢天佑质问道："进军中国市场，这么重要的事情，没经过我的同意，你凭什么做出决定？"

现场一片哗场，人群骚动。

谢天佑一脸不解："天成，你这是什么意思？"

谢天成没回答谢天佑的话，而是挥了挥手，冲身后喊道："晓天！"

谢晓天淡定地从人群中走了出来，手上举着一份文件："各位！现在我有重要的事情要宣布。"

谢晓天看了眼参会众人，高声道："经过长达一年的二级市场收购操作，现在，谢氏最大的持股人不再是谢天佑，而是谢天成先生！也就是说，从现在开始，谢天成先生，是谢氏的当家人！"

整个会场，瞬间炸开了锅。

台上，谢天佑、谢晓飞一脸茫然；台下，所有人都在议论纷纷；还站在台上的陈莫，则露出一脸思索的表情。

童薇凑了过去，小声问道："晓飞，这是怎么回事？"

谢晓飞已经蒙了："我也不知道……"

谢天佑，此时已经明白过来，吃惊地看着谢天成。

谢天成满脸得意："哥哥，谢氏董事长你做了二十多年，也该让贤了！剩下的事，就让弟弟我来做主吧！"

说着，谢天成走上台。

谢晓飞终于忍不住，动手想把谢天成推下去，却被谢晓天拦住。

"混蛋！你们这算什么！"谢晓飞冲谢晓天怒吼着。

"呵呵呵。"谢晓天冷笑着，"哥哥！现在可不是你乱动的时候。"

谢晓飞怒视谢晓天："你为什么帮着外人欺负父亲！"

谢晓天轻笑道："外人？说起来，这个外人，反而比你所谓的父亲更尊重我！"

金慧珠一脸不敢相信："晓天……这……这到底是怎么回事？"

谢晓天看向金慧珠："妈，这么多年委屈你了。"说完，指着谢天佑，"现在，是我们向这个男人讨回公道的时候了！"

陈莫走了过来，向童薇问道："童小姐，这究竟是怎么回事？谁能给我一个解释？"

童薇很是着急："我也没搞清楚呢，陈先生，你别急……"

整个现场一片混乱，闪光灯不断闪烁。

相信，明天谢氏将登上各大报纸的头条。

这时，站在主席台上的谢天佑身体晃了晃，突然栽倒下去。

金慧珠连忙扶住谢天佑，大呼道："天佑，天佑！快……快送医院！"

谢氏发布会，以谢天佑的昏倒收场。

马萨姆健康中心。

谢晓飞、童薇还没来得及换下宴会上的华服，正焦急地守在急救室外面。

谢晓天走了进来。

谢晓飞狠狠地瞪着谢晓天："为什么？"

谢晓天不复往日文质彬彬的样子，嚣张地狂笑着："为什么？这句话，应该是我问你们谢家！"

谢晓飞扑了过去，抓住谢晓天挥拳要打，结果却被谢晓天制住："哥哥，你别忘了，你可是我的手下败将。"

"你放开他！"童薇出声叫道。

谢晓天回头看着童薇："你放心，我不会伤害他的，事实上，我还要他好好享受这一切的不公平呢。"

谢晓飞嘴里发出不甘的咆哮声，但根本无法从谢晓天的手上挣脱，整个人被谢晓天按在墙上，脸紧紧地贴住墙面。

"是不是很愤怒啊？"谢晓天冷笑着，"你知道吗？十几年来，我每天都在品尝这种滋味！"

"为什么？"谢晓飞怒声道，"你这样帮谢天成究竟有什么好处？"

"好处？"谢晓天摇头，"在你们谢家人的心里，就只有好处吗？几天前，你不是还骂我是个不敢反抗的懦夫吗？现在，我要反抗了！我要让你们父子尝尝被人欺负的滋味！"

谢晓天的脸上露出狞色："自从你母亲成植物人后，我母亲伺候了你父亲十二年，这十二年她忍辱负重，她得到了什么？甚至连和他同住一栋楼都不行！在你父亲眼里，我们母子，只是他拓展版图的工具而已！"

金慧珠大声喝止："晓天！住口！放开你哥哥！"

"妈！你别管！我在替你讨回公道！"

金慧珠凌厉的眼神看着谢晓天："我让你放开他！"

谢晓天只能愤愤地放开谢晓飞。

金慧珠一脸歉意，向谢晓飞微微鞠躬："晓飞，对不起……"

"妈，您别这样！"谢晓天大喊。

"啪！"

金慧珠一巴掌，打在了谢晓天的脸上，她指着外面的大门："你给我滚出去！"

"妈，我这么做都是为了你！"谢晓天面带怒气，"你为谢天佑奉献了十几年，把外公的产业都托付给了他，可他心里最爱的永远是那个躺在床上的女人！"

金慧珠冷冷地看着谢晓天:"我让你滚出去!"

这时,医生从急救室出来:"病人醒了,要见家属。"

谢晓飞立即带着童薇走了进去。

病床上,谢天佑戴着呼吸机,旁边是各种医疗器械。

见谢晓飞进来,谢天佑虚弱地摘下呼吸机,示意谢晓飞过去。

"我先回避一下吧。"童薇轻声道。

"不用。"谢天佑虚弱地出声,"接下来我说的话很重要,需要童小姐的帮忙。"

"您说。"童薇立即点头。

谢天佑看向谢晓飞:"晓飞,你叔父对我不满,我心里清楚,所以我一直暗中防着他,但让我没想到的是,他居然利用晓天夺权,这一点,我疏忽了⋯⋯"

"董事长,那现在这个局面,您打算怎么办呢?"童薇出声问道。

"谢氏集团在中国还有一个神秘的合伙人——Tommy Tsoi,只要能找到他,说服他支持晓飞,那么我、晓飞和他三个人的持股比将一举扳倒谢天成和晓天,我们就能重新夺回谢氏的控制权。以我现在的身体状况,怕是斗不过谢天成了。"

谢天佑看向谢晓飞:"晓飞,你是谢氏的继承人,你一定要从你叔父的手里抢回谢氏!这不是为了我,而是为了你自己!听到没有!"

面对谢天佑期盼的眼神,谢晓飞一言不发,无动于衷。

第 058 章
落魄少爷不如狗

童薇追着谢晓飞出了健康中心大门。

"晓飞,晓飞,我觉得你爸爸刚才说的方法能成功,如果成功了,你就可以重新夺回谢氏!"

"然后呢?"

谢晓飞看着童薇,表情冷淡。

"什么?"童薇微愣。

"然后重复以前的日子?"谢晓飞轻笑道,"童薇,你不觉得现在这样,无论对老头还是对我们都是好事吗?"

童薇明白,在谢晓飞看来,目前这样正可以摆脱谢氏的纠葛,便摇头道:"可是,谢氏对你父亲很重要!"

"童薇,没什么不一样的,不是谢氏的掌门人,他依然是谢氏的股东,依然能享受荣华富贵。"谢晓飞看着童薇说,"你不懂,他只是不甘心丢掉权力罢了,我们家现在闹成这样,是因为什么?都是因为权力在作祟!我恨权力!我也不想夺回谢氏!"

"晓飞……你……"童薇欲言又止。

谢晓飞认真地看着童薇:"童薇,我已经厌倦了每天钩心斗角,我希望能和你一起平淡地生活。难道,你希望我们重新回到权力的争斗中吗?"

童薇见谢晓飞一脸固执，只得摇头作罢。

陪着谢晓飞回到公寓，谢晓飞一脸疲惫地倒在沙发上。

"我去给你倒杯热水。"童薇出声。

谢晓飞拉住童薇："别走，留下来陪我，我不想一个人待在这里……"

在谢晓飞的脸上，满是无助和颓废，童薇心软地点头："我先去给你倒水。"

端着热水回来，谢晓飞还坐在那儿。

"今天别走好吗？"谢晓飞抱住童薇，"我害怕一睁开眼睛，我爱的人都消失不见了。"

童薇点头："不会的，我不会离开你的。"

谢晓飞眼神无助："童薇，你知道吗？其实我一直很渴望自己是个普通人家的孩子，那样就可以自由自在地生活，不想要站得这么高，跌下来的时候也就不会那么痛……"

"嗯，我明白。"童薇抱着谢晓飞，点了点头。

如果谢晓飞真的想过那样的生活，这说不定也是一种好的选择吧？

正在这时，门突然开了，一群陌生人涌了进来。

"你们是谁？干什么？"谢晓飞站起来怒喝道。

"是我。"

谢天成从门外走了进来。

"你这是干什么？"谢晓飞瞪着谢天成。

"不干什么。"谢天成摇头，"既然谢氏现在是我说了算，那么所有谢氏的产业，我都有权决定怎么处理！"

谢晓飞明白过来："你不要太过分！"

"过分又怎么样？"谢天成轻笑道，"我现在是董事长！"

谢晓飞就要发作，童薇连忙拉住他。

谢天成在公寓内转悠了一圈，最后站在落地窗前，背对谢晓飞和童薇:"啧啧啧,风景真是不错啊,当初买这栋condo花了多少钱?800万还是1000万?"

说到这儿,谢天成转过身,看着谢晓飞:"忘了跟你说了,你爸,我也给他准备了一个特别舒适的新家!"

谢晓飞上前两步,怒声道:"你要把我爸赶到哪里去?"

谢天成摇头道:"长岛那栋房子可是给谢氏的董事长住的,你爸现在还占着的话,不合适!"

"王八蛋!"谢晓飞挥起拳头就要冲上去,却被童薇拉住。

"哎呀呀,还真是没教养呢!"谢天成一脸轻蔑的表情,"不过呢,虽然你已经不再是谢氏的继承人了,但依然是我侄子,我们叔侄一场,我不会亏待你的,这房间里的东西你随便拿走。"

"混蛋!"谢晓飞怒目直视谢天成,但这次没有动手,而是拉着童薇就要走。

"慢着!"谢天成突然出声。

"你还想干什么?"谢晓飞瞪着谢天成。

谢天成指着童薇:"这个女人,脖子上的项链要留下。"

"这是我妈的东西!"

"呵呵,你妈的东西?"谢天成轻笑着,"这是你父亲用谢氏的钱拍下的,那就是公司的资产,不许她带走!"

谢晓飞一怔,就要发怒,童薇却抢先把脖子上的项链摘下,交给谢大成。

"呵呵,童小姐,我无意得罪,如果您愿意,以后谢氏和CAEA的合作,继续由你负责。"谢天成接过项链,在手里掂了掂。

"呵呵,谢谢。"童薇轻蔑地一笑,拉着谢晓飞转身就走。

出了大楼,谢晓飞眼神涣散,面无表情,漫无目的地走着。

这样走了一个多小时,童薇终于忍不住了:"晓飞,我们先回酒店吧。"

　　谢晓飞突然抬起头来："不！我要去找晓天问个清楚！"

　　说完，也不等童薇答话，拦了辆出租车就走。

　　童薇连忙上了出租车，想劝说谢晓飞，但根本劝不住。

　　来到长岛谢宅，谢晓飞疯狂地按着门铃。

　　门铃开了，一身干净挺括打扮的谢晓天终于出来。

　　见到谢晓天，谢晓飞一把拉住他的衣领："你到底为什么这么做？"

　　谢晓天抓开谢晓飞的手，冰冷地出声："不为什么。"

　　谢晓飞瞪着谢晓天："这么多年，我一直拿你当亲兄弟，总在父亲面前力荐你，你为什么要做出背叛我们的事？"

　　谢晓天冷笑一声："兄弟？不要说得那么好听，你爸都不承认我妈是他的太太，你又怎么可能是我的亲兄弟？"

　　"胡说！"谢晓飞怒声道，"爸爸在我面前一向对慧珠阿姨赞不绝口！"

　　谢晓天一把拉着谢晓飞来到门外，指着谢宅的副楼："那这是什么？你摸着良心告诉我，你妈没有发生那件事情的时候，是不是和你爸一起住在主楼？为什么轮到我妈，就只能住在副楼？还要我说得更清楚吗？"

　　"你告诉我，这究竟是为什么？"谢晓天满脸疯狂，"这么多年来，你爸只是把我妈当成保姆，什么时候关心过她？你知道她有多么可怜吗？还有你，只想着你自己的妈，又有什么时候关心过她？"

　　谢晓飞气得说不出话来。

　　谢晓天抓住谢晓飞的衣领，一脸不屑："你不是很讨厌你父亲吗？现在他气得躺在医院里，和你妈一样，你应该很开心吧？还是说因为没钱了，变成穷光蛋，受不了了？"

　　"闭嘴！"谢晓飞挥拳要打谢晓天，却被谢晓天抓住拳头，一把推在地上："这么多年，我所品尝过的滋味，现在也该轮到你了！谢家大少!"

说完,谢晓天关上了门。

"你给我出来!你这个混蛋!"谢晓飞爬起来拼命敲门。

"晓飞,你冷静一点!你这样没用的!"童薇冲过来拉住谢晓飞。

好不容易拉着谢晓飞离开谢家大宅,一路上,谢晓飞都板着张脸。

童薇不知道怎么劝说他才好,突然经历这样的事情,这位谢家大少爷受不了很正常。

找了家餐厅,童薇点了一桌菜,但谢晓飞却一直坐在那儿,根本不吃。

"晓飞,你吃点吧,吃饱了才有力气。"童薇劝说着。

谢晓飞摇头。

这时,吴丽雅走进餐厅,脖子上正挂着那串项链,见谢晓飞和童薇在,立即满脸笑容地走了过来。

"哎呀,看样子心情不错啊,还吃得下饭。"吴丽雅看了眼桌上的菜式,立即发出惊呼声,"啧啧,这是怎么回事?我们只吃M9牛排的大少爷怎么吃素了?"

说着,吴丽雅掏出卡:"晓飞,是不是钱不够啊?给婶婶说,婶婶给你。"

谢晓飞满头青筋,一巴掌拍在桌子上:"经理!"

经理跑了过来,一看是谢晓飞,笑脸立即变成白眼:"这位客人,有事吗?"

谢晓飞指着吴丽雅:"我在这是吃饭的,不是听戏的,麻烦你把这位大婶带走!"

经理看了眼吴丽雅,立即明白怎么回事,一副狗腿子样:"哎呀,原来是谢夫人啊!有失远迎,真是抱歉!"

谢晓飞瞪着经理:"喂!我说的话你听不懂吗?"

经理轻蔑地看着谢晓飞："这位客人,我看在吵闹的是您吧!您如果不满意我们这的用餐环境,那可以换别家,我给你免单了!"

谢晓飞气得一把将桌子掀翻,跳起来抓住经理的衣领:"有本事你再说一遍!"

经理脸色惨白,大叫道:"快来人啊!把这个疯子赶走!"

童薇赶紧拉住谢晓飞:"晓飞!你快放手!"

这时,店员和保安冲了过来,饶是谢晓飞再能打,也被按在了地上。

旁边的顾客都发现了这边的骚乱,看清楚是什么人后立即议论纷纷。

"那不是谢家大少爷吗?"

"你没看新闻啊?他爸已经下台了!"

吴丽雅鄙夷地看了眼童薇和谢晓飞:"真是丢人!"

经理已经整理好衣衫,趾高气扬起来,向店员和保安呼喝着:"赶紧把他们赶出去!"

保安把谢晓飞和童薇推出餐厅,谢晓飞还想回去理论,被童薇死死拦住:"晓飞,你再这样我就不管你了!"

谢晓飞怔怔地看着童薇,最后总算消停下来。

见谢晓飞不再闹事,童薇松了口气:"晓飞,你不要激动,现在你这样,正好上了你叔叔那帮人的当。"

"嗯。"谢晓飞点了点头,一脸歉意地看着童薇,"我只是不想让你跟着我受委屈。"

"我没事。"童薇关切地上前帮谢晓飞整理衣服,一边问道,"怎么样?没伤到吧?"

谢晓飞摇头,狠狠地瞪了眼餐厅内的吴丽雅。

第059章
父爱如山

行走在时代广场的街头，谢晓飞像失了魂一样。

童薇跟在谢晓飞旁边，还在想着谢天佑的话。

"谢氏集团在中国还有一个神秘的合伙人，只要能找到他，并且说服他支持晓飞，那么我、晓飞和他三个人的持股比将一举扳倒谢天成和晓天，我们就能重新夺回谢氏的控制权。"

这，可能是唯一的机会。

童薇想了想，看向谢晓飞："晓飞……"

谢晓飞知道童薇想说什么，摇了摇头："童薇，不用说了，我只想过一个普通人的生活。"

"可是……"童薇刚出声，谢晓飞伸手拉过童薇："跟我来。"

上了出租车，谢晓飞带着童薇直奔布朗克斯。

这里，是纽约出了名的贫民窟，破败不堪的街道，与纽约的繁华格格不入，但这儿确实是在纽约。

谢晓飞拉着童薇，进入一间酒吧，直奔地下室。

地下室内，人群沸腾，谢晓飞拉着童薇在人群中穿梭，找到一个胖子，和胖子在角落里说了几句话，胖子点了点头，谢晓飞松了口气似的向童薇招了招手。

"晓飞，这是什么地方？"童薇紧张地看着四周疯狂的人群。

"纽约地下黑市拳场。"谢晓飞回答道。

"黑市拳场?"童薇吓了一跳,"你带我来这里干什么?"

谢晓飞挺直胸膛:"我要告诉你,就算褪去谢氏的光环,我谢晓飞依然是强者!"

童薇立即明白谢晓飞要做什么,急忙出声:"不,晓飞,这太危险了!"

"放心。"谢晓飞带着童薇,来到候场室。

候场室内,一名俄罗斯壮汉正在那里候场。

看到这名壮汉,谢晓飞立即走了过去:"嗨!好久不见,推土机,你妹妹的病好了?"

俄罗斯壮汉正是曾经和谢晓飞打过一场的"推土机",认出谢晓飞,有些惊讶:"是你?!"

"哈哈,今晚,来一局?"谢晓飞摩拳擦掌。

童薇一听,连忙出声:"不,晓飞,这太危险了!"

"放心!"谢晓飞自信地看向推土机,"怎么样?"

"不了。"推土机摇头。

"怕了?"谢晓飞一脸鄙视。

"我不和你打。"推土机摇头。

谢晓飞一脸得意,看向童薇:"看到了吧?他以前是我的手下败将,连打都不敢和我打。"

推土机突然站了起来,抓住谢晓飞的衣领,恶狠狠地看着他:"如果不是你的家人,当时我一拳头就可以打死你!"

"你……你在说什么?"谢晓飞怔怔地看着推土机,"不……不可能!"

"你以为你很厉害?"推土机鄙视地看着谢晓飞,"抛开你的家庭,你什么都不是!当初要不是你的家人给我一大笔钱,并且承诺给我妹妹寻找最好的医疗资源,我怎么可能输给你!"

"不!你在撒谎!"谢晓飞一脸不信。

"回去吧,这不是像你这种公子哥该来的地方。"推土机松开谢晓飞,"你学的所谓格斗不过是花拳绣腿,所有人都是看在钱的分上哄着你玩!而我们,一旦输了,都可能没命!"

谢晓飞跟跟跄跄地离开候场室,往外面走去,嘴里不停地说着:"不会的,不可能……不可能……"

童薇紧跟在他的身后:"晓飞,你要去哪儿?晓飞……"

谢晓飞走出地下拳场,脚下一绊,摔倒在地。

童薇赶紧过去扶住,一脸担心:"晓飞,你没事吧?"

谢晓飞痛苦地摇着头:"假的……什么都是假的!我以为自己无所不能,离开了谢氏,离开了我爸,我什么都不是!我什么都不是!"

童薇把谢晓飞扶起,一脸严厉:"晓飞,我不许你这么说自己!"

谢晓飞一把抱住童薇,哭了出来:"童薇,别离开我,我什么都没有了,不要离开我……"

童薇摸着谢晓飞的头发:"不会的,我不会离开你的,我会一直陪着你。"

这时,一辆车停在谢晓飞身边,欧伯从车上下来:"少爷,老爷说要见你。"

谢晓飞板着脸,没有说话。

童薇把谢晓飞推上车:"去吧!"

谢晓飞最后只得上了车。

欧伯开着车,一路没说话,带着谢晓飞来到马萨姆健康中心。

病房内,只剩下谢晓飞和谢天佑父子俩。

经历这样的变故,谢天佑似乎一下子苍老了许多,看着同样狼狈不堪、锐气全无的谢晓飞,谢天佑叹了口气,拿出一份文件,递给谢晓飞。

谢晓飞接过文件看了一眼，立即抬头看着谢天佑："这是……"

谢天佑淡淡地说道："原生态度假村，这个概念很好，但在谢氏牵扯太多，你的梦想实现不了。我给你成立了一家公司，用这家公司的名义买下了你外婆老家的那块地。原本想等你和科万的合作谈妥再告诉你……没想到发生了这样的事情。不过好在这家公司完全独立，晓飞，现在开始，这家公司是你的了！放手去做吧，现在你身上再也没有继承人的压力了，我相信，自由自在的你，一定可以完成自己的梦想。"

谢晓飞有些哽咽，紧紧拽着文件："你为什么要这么做？"

谢天佑的脸上流露出些温和："没有为什么，我觉得你这个想法很了不起。谢氏发展至今，这么大一个财团，就像一个帝国，你要革帝国的命，凭一己之力是不可能的。首先，你要培养自己的势力和羽翼，这个项目，就是你的第一步。记住，历史是成功者书写的，你成功了，你以后就是谢氏的救星；你失败了，你就是谢氏的叛徒。你一定要拼尽全力，所以，我把你送到了中国——上海……"

谢晓飞直直地看着谢天佑："为什么？你当时为什么不告诉我？"

谢天佑摇头："我们父子之间的误会，不是一两句话可以化解的，好好去为你的梦想奋斗吧。"

谢晓飞眼眶红了起来，紧紧地握着文件，心情非常复杂。

"去吧，我知道在你心里，一直认为那里才是你真正的家！以后爸爸再也不会挡在你的前面了。"谢天佑伸手摸了摸谢晓飞的头，"爸爸现在已经没什么可以给你了，不过有一句话送给你，记住，真正的男人，会为自己的事业忍辱负重！千万不要意气用事！"

"别说了！"谢晓飞摇头，看着谢天佑，"推土机是不是你花钱让他输给我的？你为什么要这么羞辱我？"

谢天佑摇头："儿子，这不是羞辱你。因为你是我的儿子！……我不想让你受到挫折，不想看到你失落的样子，我想替你扫平所有的障碍！"

谢晓飞怔了怔，背过身去，眼睛再次通红，强忍住自己的情绪，谢晓飞背对着谢天佑："你好好休息，我走了！"

说完，谢晓飞打开门冲了出去。

见谢晓飞出来，童薇迎了上去："晓飞，董事长跟你说了什么？"

谢晓飞看着童薇，深吸了一口气，一脸慎重："童薇，我想清楚了，我要去找老头说的那个Tommy Tsoi！然后把谢氏夺回来！不为别的，就为守住这个已经残缺不全的家，如果妈妈醒着，她会希望我这么做的！"

童薇有些惊讶："晓飞……"

谢晓飞紧紧地抱着童薇："童薇，我错了，我一直以为爸爸并不关心我，只关心他的权力，现在我才明白，原来我爸一直在背后替我扛了这么多的事情！"

见谢晓飞情绪激动，童薇安慰着他："晓飞，别难过，现在领悟还不晚，我们一起努力！"

"嗯。"谢晓飞抬起头来，一脸坚定，"走，去看看我妈妈！"

病房里，刘婉莹依然如往常那样躺在病床上。

谢晓飞凝视着刘婉莹，两眼湿润。

良久，谢晓飞看向旁边的欧伯："欧伯，以后这里就拜托你了。"

欧伯点头："放心吧，虽然老爷不再是董事长了，但基本的生活保障还是有的。不管发生什么事，只要我在，我不会让老爷和夫人受委屈的！"

"谢谢你，欧伯。"谢晓飞感动地抓住欧伯的肩膀。

"去吧，我们都等着你凯旋的那一天。"欧伯点头。

离开刘婉莹的病房，谢晓飞和童薇来到谢天佑的病房前，停下了脚步。

看着谢天佑病房的门，谢晓飞一脸犹豫。

童薇推了推他："晓飞，进去吧，跟爸爸告个别。"

谢晓飞迟疑了。

听着里面金慧珠和谢天佑的声音，最后，谢晓飞终究没进屋，转身拉着童薇下了楼。

病房里，谢天佑看着金慧珠："他走了？"

金慧珠点了点头。

"呵呵，走了好，走了好……"谢天佑脸上露出些欣慰的表情。

"天佑，晓天做出这样的事……"

金慧珠刚出声，被谢天佑抬手打断。

"慧珠，不用说了，晓天这样做有他的原因。"谢天佑叹了口气，"这些年，我也确实亏待了你，希望……你能原谅我……"

"天佑……"金慧珠眼睛湿润。

第060章
赶尽杀绝

上海，浦东国际机场。

谢晓飞和童薇出现在出关口。

谢晓飞不停扭动腰肢："不行了，我要死了，我的腰要废了，脖子扭了，眼睛痒、脑袋沉……有没有车来接我们啊……"

童薇哭笑不得："你瞧你，你爸还指望着你光复家业呢，坐一次经济舱就了结你了！"

"你别哪壶不开提哪壶好不？"谢晓飞哭丧着脸。

"行啊，中国话有进步了，会用俗语了！"童薇轻笑着，"还不是你嘴硬，我要买头等舱，你非要坐经济舱……"

"我不能让你花钱！"谢晓飞撇嘴。

"是！"童薇催促着，"别磨蹭了，出去搭车吧！"

谢晓飞摇头晃脑地跟在童薇身后出了机场。

"童薇！"

一个熟悉的声音响起，是秦天宇。

童薇看到秦天宇，愣了愣，尴尬出声："你怎么来了？"

"来接你们二位啊，走吧。"秦天宇挥了挥手。

谢晓飞凑到童薇耳边小声问道："你让他来的？"

"怎么可能啊。"童薇摇头，对秦天宇说道，"不用了，一会儿有人来接我们。"

"走吧,还怕我吃了你们俩?"秦天宇笑道,"以前的事情都过去了,快上车吧!"

说着,秦天宇不容两人多说,推着童薇的行李走了。

童薇和谢晓飞无奈,只能跟着他走。

将行李放到后备箱,秦天宇习惯性地打开副驾驶座的门,看着童薇。

童薇为难地看了眼谢晓飞。

秦天宇苦笑着关上副驾座门:"抱歉,你们都坐后面吧。"

秦天宇开着车离开机场,谢晓飞臭着张脸,和童薇一起坐在后排。

秦天宇一边开车一边解释道:"前几天正巧听崔西说你们今天回来,我正好来送客户,时间差不多,就跟崔西说我来接机了。"

谢晓飞板着脸:"律师不是不能撒谎吗?"

秦天宇摇头:"谢先生的意思我不太懂。"

"停车。"谢晓飞摇手道。

秦天宇将车停在一旁,谢晓飞打开车门下车。

童薇跟着下去:"晓飞,你怎么了?"

谢晓飞板着张脸,指着秦天宇:"你看不出吗?这家伙对你有企图!"

"晓飞,你胡说八道什么呢?"

谢晓飞指着自己的鼻子:"我胡说八道?好!"

说完,谢晓飞扭头就走。

童薇愣了愣,追了上去:"喂,等一下!"

谢晓飞拼命往前走,童薇只得向秦天宇说了声抱歉,拿出行李箱拖着追在后面。

"喂!晓飞!"童薇边追边喊道。

谢晓飞不理不睬的,埋头在前面急走。

童薇气得不行:"谢晓飞,你再不停我就走了!"

谢晓飞这才不情不愿地停下,撒气般地指着远处秦天宇的车:"他就是故意的!"

童薇苦笑拖着行李走了过去:"怎么,吃醋啦?"

谢晓飞死要面子地一扭头:"我就是看不惯他的虚伪!"

童薇动了动鼻子,凑近谢晓飞嗅起来。

"干吗!"谢晓飞缩了缩身子。

"我就看看美国的醋,是不是和我们中国一个味道!"

谢晓飞恼怒地瞪着眼睛:"童薇!"

"哈哈!"童薇调皮地大笑,"大醋坛子!我告诉你,吃醋就是没有自信的表现!我是你女朋友,不管谁来接我们,我都是你女朋友,这一点,还需要我反复强调吗?还是说你连这点自信都没有呢?"

谢晓飞愣了愣,情绪缓和了些,走到童薇面前,抱着童薇狠狠地亲了一口:"我得给你盖个章!"

童薇一脸通红。

远处,秦天宇开着车离开了。

童薇和谢晓飞搭了辆出租车,前往酒店。

门童替两人搬下行李,谢晓飞和童薇进入大堂,边走边说道:"童薇,你得跟我保证,你不会单独和秦天宇见面!他以为我爸不是董事长了,我就拿他没办法,我偏要让他知道什么叫瘦死的骆驼比马大!"

童薇戳了戳谢晓飞手臂的肌肉:"我看你壮得很,哪里瘦了?"

"别扯开话题!"

这时,大堂经理出声道:"谢先生,非常抱歉,我们恐怕无法给你办理入住手续。"

"为什么?"谢晓飞惊讶出声。

大堂经理解释道:"您的名字已经不在谢氏给我们的协议名单里,

如果您还想继续下榻我们酒店的话，需要用现金或者信用卡支付房费。"

谢晓飞咬了咬牙："肯定是谢天成那个老东西搞的鬼！"

说着，谢晓飞掏出信用卡递给大堂经理："刷卡吧，我要老房间。"

大堂经理恭敬地接过卡："好的，您稍等……"

操作了几次，大堂经理看向谢晓飞："很抱歉，这张卡余额不足，请问您还有别的卡吗？"

谢晓飞又拿了张卡给经理。

经理操作后还是不行，摇了摇头把卡还给谢晓飞："抱歉，这张卡也余额不足。"

谢晓飞脸色变了变，握紧拳头："谢天成，你是要对我赶尽杀绝吧？"

童薇明白过来，拿出卡："用我的吧。"

谢晓飞拦住："不用。"说完，拖着行李，脸色难看地走出酒店大门。

童薇追了出来，拉着谢晓飞："晓飞，用我的卡不是一样吗？已经很晚了，先住下，有什么事明天再说。"

谢晓飞颓废地摇头："你回去吧，不用管我。"

"不用管你？"童薇瞪着谢晓飞，"放你一个没了钱的富二代在街头游荡？我可不想明天在报纸头条看到你。"

谢晓飞板着张脸："我说了不用你管。"

看着这个自尊心受损的大少爷，童薇拽着他的胳膊："跟我走！我还就管定了！"

下了出租车，谢晓飞这才知道童薇要带自己去哪。

"不行，我不能住在你家。"谢晓飞坚决摇头。

"喂，你再这样磨磨叽叽的我可生气了！"童薇板着脸。

谢晓飞摇头："不是，我真不想跟这么多人挤一起，要是只有你一个人，我还可以考虑一下……"

童薇："……"

"都什么时候了,你不住我家,还想住哪儿?"

谢晓飞轻笑道:"我谢晓飞再怎么样,瘦死的骆驼比马大,有好地方住的,放心吧!"

童薇瞪着谢晓飞:"谢晓飞,你说实话,你是不是觉得你一个男的,被我一个女的收留,面子上过不去?"

谢晓飞脸红了红,扭捏地微微点头:"有点……我去找罗斌,住他们家去,跟他说好了……"

童薇:"我可警告你啊,你要走了,秦天宇来,我可拦不住啊!"

"你威胁我!"谢晓飞瞪着童薇。

"呵呵,我就威胁你!"童薇一脸得意,"就看你是要大男人的面子呢,还是要女朋友呢。"

谢晓飞认怂了,无奈地看着童薇:"那……你真的不会……嫌弃我?"

"我一直就很嫌弃你!可你今天要是走了,你连被我嫌弃的资格都没有!"童薇拖着行李,"快走啊!"

谢晓飞只得跟在童薇后面。

客厅里,钟美艳和童博文都在,好奇地看着两人进门。

"哎,童薇回来啦!"童博文出声道。

童薇点头:"叔叔,婶,这是我朋友,来我们家借住两天。"

钟美艳和童博文一脸惊讶,半天说不出话来。

这时,童恬恬从楼上下来:"哎哟,谢晓飞,怎么来中国不住五星酒店,非得来我们家挤?怎么了?难道……你们家真破产了?"

谢晓飞一脸尴尬,生硬地挤出个笑来:"哈哈,哈哈哈哈……"

童博文瞪了童恬恬一眼:"恬恬,别胡说!"

童薇没理还愣在那的钟美艳,带着谢晓飞来到客卧:"你就住这间吧,缺什么随时跟我要。"

没听到谢晓飞的答复，童薇回过头，才发现谢晓飞正气鼓鼓地坐在床上。

童薇摇头苦笑，走了过去："恬恬就那样，你又不是不知道，跟她生什么气。"

谢晓飞鼓着脸："我受不了，一辈子没让别人这么看不起过！"

童薇坐到谢晓飞身边哄着："你连半辈子都没过呢，谢晓飞，别忘了，你是要替你父亲夺回家产的男人，连这点委屈都受不了的话，趁早放弃吧。男子汉大丈夫，能屈能伸，你要是男人，就给我好好地在这住着！你要想做个小男人，现在就可以走，我绝不拦你！"

见童薇一本正经，谢晓飞咬牙切齿："行了，我忍还不行吗？"

童薇笑了笑，温柔地出声："晓飞，不管怎么样，都有我陪着你，我们一起过这一关，好吗？"

谢晓飞有些感动，点了点头。

这时，响起敲门声。

童薇开门，是童薇的叔叔童博文。

"童薇，你出来一下，我有几句话对你说。"

童薇掩门出去。

第061章
嫌贫爱富

"叔叔,什么事?"

童博文指了指客卧:"他……怎么回事?"

"哦,没什么。"童薇摇头,"他家里出了点事,我想尽可能多陪陪他,不过你放心,也就是暂时住几天,不会很久。"

"他住多久都可以。"童博文摇头,"我是担心你……你没出什么事吧?"

童薇摇头道:"叔叔放心,我能出什么事啊。"

童博文点头:"那就好。"

童薇想了下:"叔叔,晓飞从小就吊儿郎当的,他在这里要是有什么不合适的,你和婶婶多担待些,回头告诉我就好了。"

"没事没事。"童博文下了楼。

很快,到了晚饭时间。

"吃晚饭了!"

钟美艳的声音从楼下传来。

童薇带着谢晓飞下楼。

大家落座,结果童薇发现餐桌上只有四副碗筷,没吱声,将自己的餐具给了谢晓飞,起身又去厨房拿了一套。

钟美艳给大家盛饭,盛到最后一个,结果到谢晓飞的时候,发现饭没了。

"哎呀，看看，家里多了一个人，饭不够吃了。"

再傻的人，也知道钟美艳是故意的了。

童薇把自己的米饭让给谢晓飞："我不饿，你吃吧。"

童博文有些内疚："要不，问隔壁去要点吧？"

钟美艳立即大声训斥："要死了，我们什么身份啊，去别人家要饭！人活一张皮，饿死也不能问人家伸手要！一来二去的，还让人家以为我们赖上了呢！"

谢晓飞听了心里很不是滋味，默默地放下碗筷上楼。

童博文怕童薇难堪，出声打圆场："美艳，你少说几句！"

钟美艳鄙视地撇嘴："喊，耍什么大少爷脾气，还不是来中国吃软饭的！"

这时，童薇放下碗筷，淡淡地出声："婶婶，今天的菜有些老了。"

"啊？"钟美艳看向童薇，"我又要忙家务，又要买菜做饭，童薇啊，我哪里有这个闲情好好做饭啊！"

童薇面色冷淡："婶婶，你口口声声说给我做保姆，你觉得委屈，我一直想告诉您，就您这手艺，做保姆也不合格。"

钟美艳面色变了变，气急败坏起来："你，你什么意思？你还真把我当保姆了？"

童薇冷笑道："我是想把你当亲戚来着，可亲戚，有什么资格这么对我带回家的客人？"

童博文出声："童薇，我们也是为了你好！"

童薇摇头："叔叔，你们的好意，我领了，我知道自己在做什么，不需要你们提醒我。我没指望你们能喜欢我的朋友，但起码保持最基本的尊重。"

说完，童薇推开椅子起身离席。

"看到了吗，看到了吗，她良心被狗吃掉了！"身后，传来钟美艳冲童博文发火的声音。

童薇上楼，推门进去的时候，见谢晓飞正在收拾衣物。

没等童薇出声，谢晓飞已经生气地说道："别劝我！说什么我也不住了！我谢晓飞就算躺在大街上当流浪汉，我也不受这个气！"

"你坐下。"童薇看着谢晓飞。

"你别劝我，没用！"谢晓飞摇头。

"坐下！"童薇发火了。

谢晓飞吓了一跳，只得坐下："干吗……"

童薇坐在谢晓飞身边："知道我为什么会和叔叔婶婶他们住在一起吗？"

"知道，你喜欢受虐！"谢晓飞没好气地说道。

童薇瞪了谢晓飞一眼，这才说道："我爸妈出事的时候，我才14岁，需要监护人，奶奶和外婆家的亲戚打破头要争取我的抚养权，听上去很感人吧？其实，他们看中的，只是我父母的遗产，也就是这套房子。叔叔和婶婶成为了我的监护人后，一家人从乡下十几平方米的小房子搬进这里，居住条件大大改善。我父母当时还留下了50万的存款，十三年前的50万，这可是一笔不小的数字。可是她不愿意拿出一部分给我父母买墓地，最后，把我父母海葬了。"

谢晓飞吃惊地看着童薇："这你都能忍？你应该把他们赶出去！"

童薇苦笑道："我那时候才14岁，一个14岁的小女孩，能把这些大人们怎么样呢？哭？闹？我甚至想过死，可是如果我死了，我父母的清白就没有人来洗脱，而我们家的钱啊房子啊就全部落入婶婶的手里。所以，海葬回来后，我想明白一件事情，抱怨、愤怒或谩骂是毫无意义的。人，只有活着，才能积攒力量，才能收复失地。"

童薇认真地看着谢晓飞："晓飞，我一个女人，都能承受这些，你作为一个男人,难道这点委屈都忍不了吗?"

谢晓飞嘟囔着:"你真霸道,连抱怨也不许我抱怨吗?"

童薇微笑道:"抱怨可以,但不许走!"

谢晓飞嘴硬地摇头:"好好好!我这是给你面子!我忍!我留下来!行了吧!"

童薇笑了笑,没有反驳。

两人在卧室里,商量着后面的计划。

谢晓飞拿出谢天佑交给他的那张照片。

这张发黄的照片,就是那位神秘合伙人 Tommy Tsoi。Tommy Tsoi 始终在中国隐居,从来没露过面,就连谢氏每年一次的年终董事会,都是由他的代理律师出席,即便谢天佑,对这位合伙人都一无所知,手上只有这张三十年前的旧照片。

看着这张照片,谢晓飞皱紧眉头:"老头也真是的,就这么一张照片,还是三十年前的,我上哪儿去找人啊?"

童薇摇头:"就因为这人难找,所以反而帮了我们一个大忙。"

"啊?"谢晓飞一脸不解。

童薇解释道:"你想啊,如果这个人在明处,你叔叔早就下手了,还轮得到我们去找他?"

谢晓飞想想也对,微皱眉头:"可是,中国这么大,就凭这张照片,我们怎么找啊?"

童薇盯着照片,思索一阵:"三十年前,中国是八十年代,这个人的穿着十分西化,他不是外籍华裔就是中国早期的老留学生……我们先四处找认识的问问,说不定会有什么头绪。"

谢晓飞想想也没别的办法,最后点头:"行,那我明天去找罗斌,让他帮忙各处打听一下,他们家的人脉还是挺广的。"

"嗯。"童薇点头,"我也让杉杉托老齐留意一下,这都 11 点了,你也早点睡觉吧。"

谢晓飞耍赖似的抱着童薇的腰不放:"不行,我睡不着。"

"你想怎么样?"

谢晓飞一脸暧昧:"你说呢……"

童薇冲谢晓飞甜甜一笑,然后一脚把他踹到床上:"滚!"

第二天,童薇约了夏杉杉在咖啡店见面。

知道谢氏发生的事情,夏杉杉瞪大眼睛:"不是吧……你这叫什么来着……豪门梦碎啊!"

"去你的!"童薇没好气地出声。

夏杉杉不依不饶:"童薇,我说你不会跟他来真的吧?从身价百亿的太子爷到寄人篱下的穷鬼,你竟然把他带回家!"

"我喜欢的是他这个人,又不是他的钱。"童薇白了夏杉杉一眼,懒得和你说了,"今天找你出来,是让你帮我个忙。"

"说,什么事情?"夏杉杉大方地说道。

"就是我跟你刚才说的,帮晓飞他们家找找那个合伙人。"童薇说着,拿出手机从微信给夏杉杉传了那张照片。

夏杉杉拿着照片左看右看:"啧啧,童薇,你这是在做梦吧?马航那么大一架飞机掉海里,全世界多少国家倾巢而动,找了一年才捞到几块碎片,你就想凭着一张老照片,在茫茫人海中把人找出来?"

"梦想还是得有的,万一找到了呢?"童薇拉着夏杉杉,"杉杉,你们老齐人脉广,快帮我去打听打听,认不认识这个人。"

夏杉杉点头:"行,我这就把照片发给他。"

将照片传给齐如海,夏杉杉看着童薇:"童薇,你后悔吗?"

童薇一愣:"后悔什么?"

"如果当初你没遇到谢晓飞,或许你已经是幸福的律师太太了。"

童薇摇头:"没有谢晓飞,我和秦天宇也不可能啊。我后悔什么,我是后怕。如果我的生命中晓飞不曾出现,我怕我的生命将黯然失色,好在,他出现了。"

"啊哈,真是抒情呢。"夏杉杉夸张地说道。

另一边,大观会所内。

谢晓飞垂头丧气地坐在包间里喝茶,罗斌走了进来:"吃什么?老样子?"

谢晓飞摇头:"不用了。"

罗斌看着谢晓飞,突然笑了:"你倒挺懂事啊?觉得自己不是富二代了,吃不起我的饭了,也不想给我添麻烦,是这意思吧?"

谢晓飞嘴硬地摇头:"你想多了,我不饿。"

"哈哈。"罗斌板着脸,"谢公子,你来我这儿哪次是饿的?可哪次你也没少吃我的!"

"罗斌……"谢晓飞欲言又止。

罗斌瞪着谢晓飞:"你他妈的还当不当我是朋友?没地方住了不来找我,跑到女朋友家里去?完全没把我当哥们儿啊?你一个大男人,住女人家里,还七大姑八大姨地看着,难受不难受你?赶紧回去把行李收一收,到我这来住!"

谢晓飞明白罗斌的意思,心里很感动,但还是摇了摇头:"罗斌,谢谢你,不过,算了……"

"什么叫算了?"罗斌瞪着谢晓飞,"你看你那怂样,不就是遇到点挫折么?我相信你肯定能翻身,等你翻了身,你肯定亏待不了我,对吧?所以,你的食宿我包了!这是我的投资!"

谢晓飞忍住眼里的泪水,犹豫了一下,终于点头:"罗斌,你真是哥们儿。你放心,我一辈子不会忘的!"

"好啦。"罗斌笑道,"还有个人,你也别忘了。"

"谁?"谢晓飞微愣。

"还能有谁？晨曦呗！你刚出事她就来找我，让我尽可能地帮你，要不是她，我现在都不知道你什么情况！她就在外面，你自己和她说去吧！"

谢晓飞面色微变。

这时，门推开了，正是赵晨曦。

第062章
男人的尊严

"你们聊着吧,我有点事先忙。"

罗斌给谢晓飞和赵晨曦说了声,离开了包间,帮两人拉上门。

赵晨曦坐到谢晓飞身边。

谢晓飞摇了摇头,说道:"晨曦,什么都别说了,不管你要怎么帮我,我都没法接受。谢谢你的好意,放心,我还没惨到活不下去的地步。"

赵晨曦笑了笑:"怎么,罗斌帮你你就接受,我帮你你就不接受了?"

谢晓飞摇头:"罗斌是朋友,你不是。"

"我不是?"赵晨曦看着谢晓飞,打趣道,"难道,你从来没把我当朋友?还是说,你一直把我当……女朋友?"

谢晓飞苦笑道:"晨曦,别这样,没心情。"

"算啦!我死心啦!"赵晨曦故作失落状,"你落魄到这个地步都不肯做我男朋友,我肯定是没希望了!而且,看你和童薇这么好,我也不忍心再拆散你们!"

谢晓飞吃惊地看着赵晨曦:"你……真这么想的?"

"真的!"赵晨曦点头,"所以,从现在开始,请把我当哥们儿!不要再有非分之想!"

谢晓飞松了口气,释然笑道:"你能这样想我太高兴了!"

赵晨曦真诚地点头:"晓飞,如果有什么需要帮助的,尽管找我,功臣可不能让罗斌一人当，等你夺回大权，我也要分一杯羹呢！"

谢晓飞笑了笑："少不了你们的！你们等着吧！"

"嗯。"赵晨曦点头，"对了，我想买辆车，一会儿你陪我去看下吧。"

谢晓飞本想拒绝，但又怕破坏气氛，点头答应下来。

上海，南京路，明天广场。

一辆蓝色车身的玛莎拉蒂 GranCabrio 软顶跑车停在车道上。

销售正要把车钥匙交给赵晨曦，赵晨曦却示意他交给谢晓飞。

"你来试驾吧，女人开车你懂的，我怕把人家的新车给毁了。"赵晨曦说道。

谢晓飞接过车钥匙，带着赵晨曦在车道上跑了两圈。

"觉得怎么样？开得顺手吗？"赵晨曦问道。

"不行。"谢晓飞摇头，"这车太冲，油门刹车都太重了，你驾驭不了。"

赵晨曦扭头向销售招了招手："这车我要了。"

谢晓飞一脸不解："都说了这车不适合你。"

"适合你就行。"赵晨曦微微一笑。

谢晓飞一愣："什么意思？"

"没什么意思。"赵晨曦摇头，"有辆车总要方便些。"

谢晓飞再不明白就真傻，立即板着张脸："小曦，别这样，你这算是可怜我？我谢晓飞从来不接受别人的施舍。"

"晓飞，你忘了我刚才的话了？"赵晨曦正色道，"现在我们是哥们，你落难了，我帮你一把天经地义。不要多想，这些我不会白给你，等你赢得了战争报答我就好了！"

谢晓飞沉默几秒，摇头道："谢谢你，这份情我会记着，但这车，我不能收。"

赵晨曦一脸坚定："你必须收！"说完，赵晨曦抬起自己的手，上面有一颗耀眼的钻石，苦笑了一下，"你觉得我们对这些所谓的奢侈品还有感觉吗？但别人不会这么想，他们觉得这就是身份、地位、权力，所以我们必须穿上这身战袍，趾高气扬地上战场！晓飞，你不用觉得这车是我送你的，因为用不了多久，你就会开着它凯旋！我相信你，你也必须相信自己！"

"谢谢你的信任！我很感激，真的！"谢晓飞下了车，向赵晨曦摇头道，"我有信心可以凯旋，但是，是靠我谢晓飞自己的双手和双腿。无功不受禄，你的好意我心领了，再见！"

说完，谢晓飞向赵晨曦挥了挥手，转身离去。

看着谢晓飞的背影，赵晨曦摇了摇头："晓飞，你还是不懂……"

回到童薇家里，童薇还没回来，谢晓飞一边收拾东西，一边拨通了童薇的电话。

"搬去罗斌那里？那个人靠不靠谱啊？"童薇担心地问道。

谢晓飞笑了笑："现在我已经一无所有，他能算计我什么？他是真哥们，这点我没想到！"

童薇嘟囔着："反正我觉得他不是什么好人！要不我看你还是……"

谢晓飞调笑道："怎么？舍不得我搬走了？那求我啊，这样我就留下来。"

"想得美！"

"好啦。"谢晓飞正色道，"不说了，我还是搬出去，这样对我们都好，等我安顿好了给你电话。"

"好吧。"童薇只得答应。

谢晓飞笑着挂断电话，合上行李箱。

"哟，准备滚啦？"童恬恬站在门口，语气嘲讽地说道。

"滚？我这是光明正大地走！"谢晓飞白了童恬恬一眼。

童恬恬无语地气着谢晓飞:"谢晓飞,你说我怎么就这么倒霉啊?好不容易让你欠了我三个人情,结果你就完蛋了,早知道我就不帮你了!"

"嘿嘿,恬恬,难道你帮我,就是为了图好处?"

"当然!要不谁帮你!"童恬恬一撇嘴。

谢晓飞故作失落:"我还以为是我的人格魅力打动了你呢。"

"人格魅力?"童恬恬上下打量谢晓飞,"你也有人格魅力?你这是在逗我吧!"

"你!"谢晓飞瞪着童恬恬,随即嘴角露出一抹神秘的微笑,"你知道我搬去哪儿吗?"

"难不成,你打算流落街头?"

"呵呵。"谢晓飞一脸得意,"我这是搬去我朋友家,知道我朋友是谁吗?号称上海滩四少之一的罗斌!"

说着,谢晓飞拿出房卡:"看到没有,随便给我开一间房一晚上就是好几千,人家随便我住,爱住多久住多久,还觉得我没有人格魅力吗?"

童恬恬一脸不信,从谢晓飞手上抢过房卡,拿出手机对着房卡上的会所名搜索了一下,脸上立即露出意外的表情。

谢晓飞嘚瑟起来:"瘦死的骆驼比马大,懂不懂?小朋友,后悔刚才对你姐夫出言不逊了吧?你现在道歉还来得及,要不然,嘿嘿……"

"喊!"童恬恬将房卡扔给谢晓飞,"谢晓飞,我警告你,别以为我没有利用价值了,人家秦天宇秦大哥,被我姐拒绝了五年,但看到我还是客客气气的。你要是不对我好,我就……"

"你就怎么样?"

"我就帮着秦大哥追我姐!"

"你姐是我的人了,认清现实吧!"谢晓飞敲了敲童恬恬的脑门儿。

"呵呵,你的人?你们登记续约了?"童恬恬一脸轻笑,"没有吧?

那都是自由身啊，谁跟谁还说不一定呢，再说这年头，就算结婚了还可以离吧！"

"你！"谢晓飞瞪着童恬恬。

"嗯？"童恬恬得意地看着谢晓飞。

谢晓飞好不容易才硬挤出一个笑容："亲爱的小姨子，你看你，误会我的意思了！姐夫走了，你可要好好替姐夫盯着你姐，知道吗？"

童恬恬爱答不理地撇了撇嘴："那就得看你的表现了！"

谢晓飞立即点头："放心，不会亏待你的！"

搭着出租车来到大观会所。

刚进大门，谢晓飞一脸震惊。

昔日奢华精致的大观会所，被砸得稀烂，如同大战之后的废墟一般。

谢晓飞看到一名侍者躲躲闪闪地往外面走，连忙拉住他："这怎么回事？"

侍者惊恐地摇头。

"罗斌人呢？"

侍者指了指最里间的包厢。

谢晓飞冲进包厢，见罗斌坐在那儿，立即出声："怎么回事？谁干的？"

罗斌没出声，背对着谢晓飞一名年轻人站了起来："哟呵，这不是谢公子吗？吃了吗？要没钱，我给你买点？"

谢晓飞看清楚这名年轻人是谁，愣了愣："是你？你来干什么？"

这名年轻人，正是赵晨曦的弟弟，科万集团董事长宋勇的儿子宋浩杰。

宋浩杰耸了耸肩："不干什么，砸店而已。"

谢晓飞瞪着宋浩杰："是你干的？"

罗斌起身："宋总，别说了，砸你也砸了，走吧。"

宋浩杰摇头:"谢晓飞没走,我也不能走啊。"

谢晓飞看着宋浩杰:"你什么意思?"

宋浩杰轻笑道:"没什么意思,我听说,三亚的事,是你给我搅黄的,是吧?"

"这是正常的商务合作。"谢晓飞冷冷出声。

"呵呵,商务合作?"宋浩杰一横眼,指着谢晓飞,"谢晓飞,你现在就是条流浪狗知不知道?我告诉你,谁帮你,我宋浩杰就灭谁!"

说完,宋浩杰看向罗斌:"罗斌,今天你让谢晓飞滚蛋,我们就是朋友;你让他留下来,我们就是敌人。他在一天,我就来砸一天,砸到你关门为止!"

谢晓飞气得咬牙切齿:"宋浩杰!你……"

宋浩杰轻蔑地看着谢晓飞:"怎么?想动手?谢晓飞,你要懂事,就别连累兄弟,自己滚蛋!"

谢晓飞忍了忍:"谁告诉你我要住罗斌这儿的?我是来跟他告别的!"说完,对罗斌说道,"罗斌,我走了,多了不说,谢谢你。"

谢晓飞刚转身要走,罗斌大声道:"坐下!"

谢晓飞微怔。

罗斌瞪着谢晓飞:"我让你他妈坐下!今天你要走,别怪我翻脸不认人!"

谢晓飞无奈,只能坐下。

第063章
逼迫与失落

宋浩杰冷笑道:"罗斌,你今天是想把路走绝啊?"

罗斌看着宋浩杰:"宋总,你想砸店,可以,大观会所我随你砸,店我不开了,想让我赶哥们走,做不到!"

"砸店?那我不成黑社会了。"宋浩杰晃了晃指头,思索状,"我记得,你父亲和科万可有不少合作吧?要不,我把合作都停了?"

罗斌忍无可忍,拿起酒瓶握在手里猛地砸碎,满脸怒气:"宋浩杰,你他妈别太过分了!我罗斌也是在街头混过的,逼急了,咱们谁都别想好!"

宋浩杰耸了耸肩:"打打杀杀的,别孩子气了,好好想想吧你。"

谢晓飞看不下去了,起身站了起来:"别想了,我走。"

罗斌拉住谢晓飞:"坐下!"

谢晓飞一把甩开罗斌的手,板着张脸:"罗斌,你少给我演戏了!"

罗斌一愣。

谢晓飞冷笑道:"罗斌,你是什么样的人我太清楚了!你现在罩着我,不就指望我翻身的时候能报答你吗?罗斌,咱们的交情没到这一步,我心里清楚,为了我,店也不要了,老爸也不管了?不可能吧?搞不好,这场戏就是你跟宋浩杰一起安排给我看的!太恶心了,我看不下去了,你们慢慢演,我先走了!"

走了两步，谢晓飞停下脚步，回过头来："哦，以后，就别联系了！"

说完，谢晓飞拖着行李，头也不回地往外面走去。

罗斌愣了愣："谢晓飞！你说的是人话吗？你给我回来！"

最终，谢晓飞离开了大观会所。

天，已经黑了。

灯红酒绿，车来车往。

谢晓飞坐在路边，呆呆地看着来来往往的行人。

盛怒之后的他，坐在路边，满脸的茫然与无措。

手上的手机屏幕上，通讯录里的名单，停在童薇的名字上，已经很久，但谢晓飞终究没有拨出电话。

最终，谢晓飞拨通了另一个号码。

十来分钟后，童恬恬赶了过来。

见谢晓飞一脸沮丧地坐在路边，童恬恬不满出声："喂，你大半夜不睡觉，叫我出来干吗？"

谢晓飞一脸疲惫地看着童恬恬："恬恬，我……我实在没地方去了……"

童恬恬瞪大眼睛："你那个狐朋狗友不是要收留你吗？"

谢晓飞不说话了。

童恬恬见谢晓飞这个鬼样子，于心不忍地坐到他身边："呵呵，我知道了，你肯定是被人家嫌弃赶出来了，还跟我说什么瘦死的骆驼比马大！打脸了吧！"

谢晓飞摇头："不是你想的那样，我朋友很讲义气，可有人因为他帮助我砸他场子，我不想拖累他，才没在他那边住。"

"你就吹吧你！"童恬恬摇了摇头，"这事，你给童薇说了吗？"

谢晓飞摇摇头："没有，我不想让她知道，太丢人了！"

童恬恬瞪着谢晓飞："那大半夜的折腾我！你就不觉得丢人！"说

着，童恬恬站起身来，准备走。

谢晓飞拉住她："恬恬，你借我点钱行吗？我去外面住！"

童恬恬指着自己的鼻子："谢晓飞，你让我借钱给你？我还是个学生好不好，我哪来钱借给你！"

"你总有零花钱吧？"谢晓飞一脸可怜地说道。

童恬恬气得不行，最后只得无奈地点点头："算了，服了你了，走吧！"

童恬恬带着谢晓飞，来到一家小旅馆。

才到门前，谢晓飞就一脸畏惧，拽着童恬恬："这个……你不会让我住这吧……"

童恬恬板着张脸："不然呢？难道你还想住五星级大酒店？你觉得我有那么多钱吗？"

谢晓飞只得认了，虽然一脸畏惧，还是点头："好吧，那就住这里吧。"

童恬恬从口袋里掏出一把钱，塞到谢晓飞手里："身上就这么多，都给你了。"

谢晓飞接过钱，见童恬恬转身要走，谢晓飞连忙出声："等等，恬恬。"

童恬恬回过头来，没好气地说道："大哥，这都凌晨2点了，求求你放过我好不好？我睡到大半夜被你叫醒，明天我还要上课呢！"

"不是。"谢晓飞看了看手上的表，最后一咬牙卸下手表，递到童恬恬面前："这个给你！"

"干吗？"

"你去二手店，帮我把这个卖了行吗？"谢晓飞问道。

"烦死了，大概值多少？"童恬恬不耐烦地接过表。

"这是限量的，卖个20万不成问题。"

童恬恬眼神一亮："给我多少手续费？"

"你要多少？"谢晓飞一脸认真，"只要你答应不帮着秦天宇，要多少我都给！"

"哟，想收买我？"童恬恬把手表又还给谢晓飞，"对不起，这忙我不能帮。"

谢晓飞急了："为什么？"

童恬恬摇头："您老都惨到这份上了，我还要你的钱，以后你万一又东山再起了，不得整死我啊？"

谢晓飞哭笑不得："怎么会呢……"

"得了。"童恬恬拍拍手，"拿人手短，我不要，我不帮你，也不帮秦天宇，你们俩都想要童薇，你们就公平竞争吧，反正不关我的事。"

说完，童恬恬转身就走。

谢晓飞对着童恬恬的背影喊道："恬恬，千万别告诉你姐！千万！"

在这个廉价的旅馆住了一夜，谢晓飞浑身不得劲，一整晚都没睡着。一直到都快天亮了，实在困得不行，这才总算睡着了。

手机铃声响起，谢晓飞拿起手机，是童薇打来的电话，约谢晓飞吃饭。

谢晓飞一看，都已经快中午12点了，挂断电话连忙洗漱完毕，赶去童薇所说的餐厅。

"在罗斌那里住得怎么样啊？"一边等着上菜，童薇向谢晓飞问道。

谢晓飞挤出笑容："挺……挺好的……"

"哟，能让你这锦衣玉食的少爷说挺好，那是真好。等忙过了这阵，我过去见识见识。"童薇打趣道。

"别了……有什么好看的！就是个标间呗！"谢晓飞连忙出声。

童薇打量着谢晓飞，总觉得不太对劲："说，你是不是有什么事瞒着我？"

"没有。"谢晓飞掩饰住慌张，一口否定，发现又不太妥，立即面露贱笑："嘿嘿，童薇，我就给你坦白了吧，其实，罗斌不光给我开了个房间，还给我配了个……老婆……白白胖胖的……"

"是吗？"童薇轻笑道，"那你这小日子过得不错啊，再让老婆给你生个孩子，齐了，小日子有滋有味的，比原来过得舒坦啊！"

谢晓飞尴尬地笑道："漂亮是挺漂亮的，但没感情，我还是爱你，决定跟你，所以让罗斌领走了……"

童薇再次打量着谢晓飞，总觉得今天的谢晓飞不太对劲的样子。

谢晓飞有些心虚，绷着张脸一脸严肃："说真的，罗斌那里你尽量别去了。毕竟，你和罗斌关系挺紧张的，见面万一吵起来，我夹在中间，难受……"

童薇点头："罗斌这人虽然讨厌了点，不过关键时刻能挺你一把，不容易，让我对他另眼相看了。行吧，你说不去我就不去。"

谢晓飞舒了一口气。

吃过饭，童薇向谢晓飞问道："对了，你晚上有什么计划？"

谢晓飞摊了摊手："我现在闲人一个，能有什么计划。"

童薇解释道："晚上他们给我组织了一个生日派对，你没事就一起来吧，7点在我们公司楼下等我。"

谢晓飞惊讶大叫出声："你生日？今天？"

"你叫什么啊……"童薇瞪了谢晓飞一眼。

谢晓飞搓了搓手："你怎么不早点告诉我？"

童薇白了谢晓飞一眼："这种事情要我开口？那不成要礼物了？"

"应该要的！"谢晓飞点头，"你想要什么生日礼物？说！"

童薇打量着谢晓飞："诚心问的？"

"当然！"谢晓飞果断点头。

童薇想了想，突然指天："我想要天上的星星！"

"童薇！"谢晓飞板着张脸。

"哈哈。"童薇笑道，"晓飞，你人在，我就什么都有了，一定要一样的话，我想要你的笑容。"

谢晓飞微怔，好不容易挤出一个笑容来。

"难看死了！继续练，晚上笑给爷看！"童薇拍了拍谢晓飞的脸。

"哦。"谢晓飞的脸上有些失落。

回到CAEA大楼，童薇刚进办公室坐下，正准备整理文件，崔西敲门进来："领导，周总让你过去一趟。"

"好。"童薇点头。

来到周倩的办公室，童薇敲门进入。

周倩放下手里的工作，示意童薇坐下："童薇，'十八藏'这个项目，谢氏和陈莫那边有进展吗？"

童薇点头："陈总已经表态他看好的是'十八藏'这个项目，谢氏内部高层变动只要不影响合作，他可以接受继续合作。双方现在对接顺利，合同应该很快会落实。"

这件事情，童薇和KIKI、蒋可在上午就开会处理了。

虽然谢氏那边，谢天成派的人提了很多莫名其妙的要求，但都被蒋可和KIKI处理好，所以基本上算是已经解决完成。

"好，这几天辛苦你们了。"周倩得知项目进展，满意地点头，看向童薇，"今天是你生日吧？"

童薇有些吃惊："周总，您记得？"

周倩笑了笑："你刚来实习的时候才20岁，一晃7年过去了。"

童薇俏皮地一笑："周总这是在提醒我老了吗？"

周倩摇头："我是提醒你，你已经没有犯错的机会了。"

童薇有些不解："周总……我不太明白你的意思。"

周倩一脸正色，看向童薇："你是不是还在帮谢晓飞对付他叔叔？"

童薇一愣："周总，我和晓飞的事情，是我们的私事。"

周倩摇头："CAEA是为机构里的企业服务的，谢氏是CAEA最早的发起企业之一。现在谢氏的当家是谢天成，你身为CAEA的谈判专员，却在帮着外人拉他下马，你觉得，这还是私事吗？"

第064章
最棒的生日礼物

周倩的话,并不能让童薇认同。

"周总,谢天成当初是用了不正当的手段才坐上谢氏掌门人的位置……"

周倩用力地拍在桌子上:"童薇,别把感情和工作混为一谈!谢天成做错了,自有法律制裁他,轮不到我们来出面伸张正义。"

童薇毫不示弱:"周总,职场讲秩序,但做人要讲正义!"

周倩面色严厉:"童薇,我没空跟你讨论三观!别忘了,你是CAEA的人,不要为了自己的私利,给CAEA惹麻烦。作为领导,我警告你一句,适时收手,否则你在CAEA的努力都白搭!"

童薇微愣,怒极生笑:"周总,你这是在威胁我?"

"我是想挽救你!"周倩看着童薇,"童薇,别因为帮别人,耽误了自己!想想你自己的目标!我给你三天时间考虑,希望你能想清楚!出去吧!"

童薇轻笑一声,愤怒地离开了周倩的办公室。

童薇离开后,周倩拿起桌上的电话,深呼吸一口气,拨通了一个号码:"曲总,我已经找童薇谈过了,请董事长放心。"

"很好!另外,谢董事长指示,让童薇交出那张Tommy Tsoi的照片。"

"我尽力。"周倩点头。

KTV 包间内。

谢晓飞和童薇两人走了进去。

KIKI 和蒋可,一人拿着一个拉花筒礼炮拉开,彩带飘落在童薇的头上。

"童薇,你可来了,我们都唱过一轮了,赶紧切蛋糕吧!"童恬恬拿着话筒道。

"怎么一来就切蛋糕啊!"童薇回复道。

"我饿了呗!"童恬恬理直气壮地说道。

这时,夏杉杉的声音从门外响起:"童薇,看我带谁来了?"

童薇回头看去,是秦天宇。

蒋可欢呼着:"秦律师来了,好棒!"

童恬恬凑过来,凑近谢晓飞耳语道:"看吧,就算我不帮他,也有人会帮他的。"

谢晓飞有些不满,小声说道:"这个夏杉杉,什么意思!"

夏杉杉硬把秦天宇推到童薇身边:"天宇,你的生日礼物呢?"

秦天宇拿出一个蒂凡尼蓝的礼盒:"你最喜欢的牌子。"

"谢谢。"童薇接过袋子。

"打开看看呀!"夏杉杉催促道。

"不急的……回家再看……"童薇说道。

"我们想看!"蒋可在旁边怂恿着。

童薇瞥了眼谢晓飞,有些为难。

谢晓飞挤出笑容,跟着起哄:"我也想看!拆啊!"

KIKI 也跟着起哄,童薇只得打开盒子,盒子内是一条带钻的项链。

"哇,好漂亮!"KIKI 羡慕地说道。

秦天宇瞥见谢晓飞有些尴尬,坏笑一下,故意大声问道:"晓飞,你的礼物呢?"

大家立即把目光集中在谢晓飞的身上,谢晓飞的表情更加尴尬起来。

"快点,拿出来呀!"秦天宇催促道。

谢晓飞只能硬着头皮,走到童薇面前:"我祝你年年有今日,岁岁有今朝。"

所有人都看着谢晓飞,期待谢晓飞的生日礼物。

"那个……没了……"谢晓飞小声说道。

"没……没了?"童恬恬睁大眼睛。

夏杉杉忍不住笑出声来:"哈哈,原来礼物就是一句吉祥话啊!服了!"

秦天宇故意附和道:"没事!一样!都是个心意嘛!"

童薇看着一脸尴尬的谢晓飞,有些心疼:"晓飞,谢谢你的礼物,我很喜欢。来来来,切蛋糕,我要许愿!"

大家开始哄抢蛋糕。

童恬恬将谢晓飞拽出包厢:"谢晓飞,你怎么回事,明知道今天是我姐生日,怎么生日礼物都没准备?"

谢晓飞闷闷的:"童薇自己说她什么都有了,什么都不要!"

"你傻啊!"童恬恬一脸恨铁不成钢的表情,"那要是童薇说她选择秦天宇,你就眼睁睁地看着他们俩好?"

谢晓飞耷拉着脑袋。

童恬恬于心不忍,摇头道:"行了行了,一会儿跟我姐甜言蜜语几句,这个你总会了吧?"

谢晓飞抬起头,有些担心:"恬恬,刚才,我是不是让童薇很没面子啊?"

"有一点……秦大哥那项链看着就很贵,你身为男朋友居然没任何表示!弱爆了!"童恬恬白了谢晓飞一眼。

谢晓飞立即一脸可怜,重新耷拉着脑袋。

童恬恬拍了拍谢晓飞的肩膀："别死人样，振作起来，你不是说瘦死的骆驼比马大吗？"

"可秦天宇不是一般的马啊！我没他大！"

童恬恬一脸无语："谢晓飞，你要再这样长他人气焰灭自己威风，我也不帮了你！"说完拽着谢晓飞回到KTV包间。

包间里大家都在玩闹。

不过，谢晓飞一直没什么兴致。

玩了一会儿，见谢晓飞一直闷闷不乐，童薇站了起来："好了好了，时间不早了，明天大家都要上班，早点散了吧！KIKI，叫服务员进来结账。"

秦天宇来："不用了，我结过了。"

"你这是干吗呀？我生日我请客！"童薇板着张脸。

秦天宇笑道："一样的，再跟我计较我就生气了。"

夏杉杉在旁边帮腔："就是嘛，这点钱对天宇来说算什么。"

谢晓飞全程只能站在一旁，一脸尴尬的表情。

出了KTV，秦天宇开着车，停在童薇和童恬恬面前："我送你们回去吧。"

童恬恬抢先出声："不用了，谢晓飞送我们！"

夏杉杉在旁边揶揄道："谢晓飞？拿什么送呀？"

童恬恬一撇嘴："这你就别管了呗！"

"这孩子怎么说话的！"夏杉杉有些不乐意。

童薇摇了摇头："你们先走吧，我们自己回家。"

秦天宇和夏杉杉只得先走。

见秦天宇和夏杉杉走了，童恬恬把谢晓飞推到童薇身边："我先走了。"说完，冲谢晓飞挤眉弄眼，"别忘了，甜言蜜语……"说完，童恬恬跑掉了。

童薇看着谢晓飞："恬恬跟你说什么呢？鬼鬼祟祟的。"

谢晓飞一脸歉意："她刚才批评我，说我怎么能不给你准备生日礼物呢。"

"你别理她。"童薇轻笑道。

谢晓飞脸上有些自责："童薇，我是不是让秦天宇给比下去了，是不是让你很没面子？"

童薇哭笑不得："我就知道，你又要来了。我不在乎！是我不要礼物的！"

谢晓飞摇头："就算你不在乎，你的下属、你的朋友怎么看我……我让你很没面子……"

童薇安慰道："晓飞，如果你觉得我会在乎这些，我很失望。如果你因为这些责备自己，我更失望。听着，我喜欢你，和你在一起，是因为你和其他男人不一样。现在是特殊时期，不要拿这些东西来折磨自己。如果你真的觉得内疚，想弥补我，只有一个办法，那就是让你自己快乐起来、强大起来，不要因为这些细枝末节的小事烦恼。"

谢晓飞听完童薇的话，一脸感动，忽然站了起来："我决定送你一个特别的生日礼物！这是秦天宇送不了的！"

"哦？什么？"童薇惊讶地看着谢晓飞。

谢晓飞双手撑地，直接在童薇面前一个空翻："这个，秦天宇不会吧！"

童薇先是一愣，紧接着哈哈大笑。

"还有呢！"

谢晓飞又往回空翻两个。

"帅！"童薇鼓起掌来。

谢晓飞来了劲，连续空翻几个，又起身回旋飞踢，二十年的格斗训练，倒也有模有样。

这时,陆陆续续的行人看到,都被谢晓飞吸引,停下脚步围观叫好。

谢晓飞做完一整套动作,得意扬扬地看着童薇。

童薇拼命鼓掌,周围围观行人也纷纷叫好鼓掌。

这时,一名大叔上前,在谢晓飞面前放下10块钱。

谢晓飞一愣:"哎?不是……我……"

大叔拍了拍谢晓飞的肩膀:"小伙子,别嫌少,出来跑江湖不容易,拿着吧!"

其余路人见状,也纷纷在谢晓飞面前留下纸币、硬币。

谢晓飞愣愣地看着童薇,童薇忍着笑:"让你拿着就拿着呗!"

谢晓飞只得给众人鞠躬:"谢谢大家!"

"小伙子,再来一个!"有围观群众出声,其余人也跟着起哄。

谢晓飞无助地看向童薇,童薇冲谢晓飞点了点头,还以一个鼓励的眼神。

谢晓飞只得又表演了一通,最后围观群众散去,谢晓飞的面前留下一堆纸币。

看着谢晓飞傻傻地站在那,童薇走了过去,拍了拍他的肩膀。

谢晓飞看着手上的纸币,眼里有些湿润:"童薇,你知道吗,这是我真正第一次自己赚到的钱。"

"啊哈,那走,去给我买生日礼物!"童薇推着谢晓飞的肩膀。

"好!"谢晓飞点头,捧着钱。

捧着一只廉价的布偶熊,看着有些扭捏的谢晓飞,童薇真诚地说:"晓飞,这是我收到过的最棒的生日礼物!"

"你真的不嫌弃?"

"当然不!"童薇抱着布偶熊,"这么宝贵的礼物,我怎么会嫌弃!"

谢晓飞怔怔地看着童薇,良久,伸出手来拉过童薇的手:"童薇,谢谢你。"

第065章
人生低谷

晚上，小旅馆内。

谢晓飞双手搭在后脑勺，躺在床上，看着旁边床头柜。

床头柜上，是他今天的"收入"。

和童薇的开心鼓舞不同，谢晓飞显然心情低落。

门铃声响起。

谢晓飞纳闷地起身开门，竟然是赵晨曦。

赵晨曦提了提手上的外卖盒："送外卖。"

谢晓飞微怔。

当初与赵晨曦在纽约第一次见面的时候，自己这曾经这样说过。那时，赵晨曦急着去赴约，搭上了谢晓飞的车，谢晓飞当时手里拎了一大堆便当，准备到谢氏集团的会议上去捣乱。

"怎么，不欢迎我？"赵晨曦见谢晓飞挡在门前，出声问道。

"你怎么知道我在这里？"谢晓飞问道。

赵晨曦脸上带着招牌式的微笑："我不但知道你住这里，还知道宋浩杰威胁罗斌不允许收留你，而你出于义气，离开了大观会所，我的眼线可多着呢。"

谢晓飞转移话题："这么晚了，你来干吗？"

"送外卖啊。"赵晨曦再次举了举手上的外卖盒。

谢晓飞只得侧身让她进来。

赵晨曦将外卖盒放到桌上，是比萨。

切了一块递给谢晓飞，谢晓飞略微迟疑。

"吃吧，这是纽约最火的比萨，上周刚来这里开分店，我找人排了3个小时队才买到的。"

谢晓飞咬了一口。

赵晨曦问道："是不是家乡的味道啊？"

谢晓飞低垂着脸，点了点头。

"那就多吃点吧。"赵晨曦站了起来，打量着室内，皱了皱眉，"这地方怎么住人啊，这么小、这么脏，床单还湿答答的，晓飞，要不，去我家住吧？"

谢晓飞摇头："谢谢，不用了，这里就挺好。"

"别担心，罗斌怕宋浩杰，我可不怕，宋浩杰不敢惹我的。"

赵晨曦说完，发现谢晓飞没有出声，扭过头，见谢晓飞拿着比萨的手不动了，头一直低着，肩膀有些略微颤抖。

"晓……晓飞，你怎么了？"赵晨曦走了过去。

谢晓飞站起身来，背对着赵晨曦，抹了把脸这才转身，眼圈有些红红的："对……对不起，我心里难受。"

"晓飞……"

谢晓飞甩甩头："以前，我觉得自己很了不起，现在我才知道，我错了，其实，我很无能，什么都不会。"

"所以我喜欢一个无能的人？"赵晨曦看着谢晓飞，"晓飞，你觉得我会那么傻吗？"

"呵呵。"谢晓飞一脸落寞地苦笑，"以前我觉得，如果没有谢氏的制约，我一定可以干一番惊天动地的大事业。现在我才发现，我太幼稚了，离开了谢氏，我只会更差，我什么都不是。"

"不，晓飞……"

赵晨曦刚出口，谢晓飞打断了她的话："别再安慰我了！我很感谢你、罗斌，还有童薇，你们在我人生最低谷的时候，不停鼓励我、支持我，可是……今天是童薇的生日，秦天宇送了她一条好几万的项链，而我呢？我却只能像个白痴一样，翻跟头逗她开心！"

说着，谢晓飞抓起床头的钱："看，这是当时围观的人扔给我的钱！我在我心爱的女人面前，像猴子一样演戏，被人施舍！我觉得自己就是个彻头彻尾的傻瓜！"

赵晨曦心疼地抱住谢晓飞："不，晓飞，你不是傻瓜！你是英雄！还记得我们第一次见面吗？我把你当成送外卖的，可你根本不在乎。后来在航班上，你又见义勇为，把自己的头等舱让给了一个病人。我喜欢你，你是我赵晨曦喜欢的男人！仅这一条，你就很了不起！"

谢晓飞怔住了。

赵晨曦踮起脚尖，缓缓地亲上去。

谢晓飞回过神来，推开她："晨曦，别这样。"

赵晨曦微怔，若有所失地笑了笑。

"对不起。"谢晓飞有些歉意。

"不用，习惯了。"赵晨曦苦笑一下，掏出一张卡和车钥匙，"拿着，这不是施舍！没有武器，再强的战士也无计可施！拿着这些，去东山再起吧！"

说完，赵晨曦放下卡和钥匙，转身离去。

看着赵晨曦留在桌上的银行卡和钥匙，谢晓飞的脸上再次涌现出低落的表情。

第二天，谢晓飞最终将赵晨曦留下的卡和钥匙，放进了快递袋子里。

装好卡和钥匙，谢晓飞拿出手机，给赵晨曦发微信："卡和钥匙，对不起，我必须还你……"

刚发到一半,有电话打进来。

谢晓飞接通电话。

"谢先生,我是CAEA周倩,我们见过面。"

周倩?

谢晓飞想起了那个女人,是童薇的上司。

"有什么事吗?"

"我想约你出来见个面,有些事聊聊。"周倩说了个地址。

谢晓飞想了想,还是准备前去。

来到约定的咖啡厅,周倩已经等在那儿。

谢晓飞坐到周倩对面:"周总,我和'十八藏'项目已经没有关系了,周总找我,不为公,肯定为私吧?"

"和聪明人说话就是省力。"周倩点头,"那我就开门见山地直说,请你,离开童薇。"

"凭什么?"谢晓飞冷冷地看着周倩。

周倩淡然道:"童薇因为帮你找人,让你叔叔谢天成很恼火,你如果不主动离开她的话,她在CAEA的职场生涯,怕也要到头了。"

"卑鄙!"谢晓飞"呼"地站了起来。

周倩摇头:"更可怕的在后面,童薇入职是签署了同行竞业协议的,协议规定童薇至少在两年内不能从事同行业的职位,一位谈判专家离开行业两年,这辈子恐怕也别想回来了。"

谢晓飞看着周倩,极力克制自己的愤怒,一言不发。

"童薇帮了你这么多,你应该帮她一回,对吗?"周倩补充道,"我们都是为了她好。"

"虚伪!"

周倩笑了笑:"我今天劝你们分开,并不是因为你谢晓飞落魄了,当你还是谢氏唯一继承人的时候,我就不赞成你们在一起。原因只有一个，童薇的人生理想不应该被你毁了。童薇很优秀，她应该有更大的舞台，这是我的真心话，信不信随你。"

谢晓飞想起了童薇说过的话。

童薇的理想，是去纽约总部，站在世界的舞台，参与跨国谈判；是为了见到CAEA的蔡天澜，替她父母洗清罪名。

谢晓飞有些动容。

看了眼谢晓飞，周倩说道："相信你也明白，童薇这一切的努力是为了什么。飞总，如果你真的爱童薇，应该成全她，不要再拖累她，你说呢？"

谢晓飞咬着牙，若有所思。

CAEA大楼，童薇开完会，安排了下KIKI和蒋可的工作，因为谢氏和陈莫那边的合作，还没有最终签订合约，所以一切都有可能产生变数，还有很多工作要忙。

下了班，童薇拿起手机，给谢晓飞打电话。

"你所拨打的电话无人接听。"

"这谢晓飞搞什么鬼？"童薇皱了皱眉。

随后，又拨打了童恬恬的电话，谢晓飞也没和童恬恬联系过。

中午的时候，童薇就给谢晓飞打过电话了，也是这样。到现在，已经拨打了七八个电话，还是这样。

童薇觉得有些不对劲。

最后，童薇开车来到大观会所，找到罗斌。

罗斌很意外："他……不是和你在一起吗？"

"没有啊！"童薇摇头，"他不是住在你这里吗？"

"不会吧？"罗斌睁大眼睛，"他说自己住在你那里……"

童薇一愣。

问清楚了事情的经过后，童薇明白过来："我们都被他骗了！"

这时，童薇的手机响了。

童薇连忙掏出电话，是童恬恬的号码。

接通电话，就传来童恬恬着急的声音："童薇，不好了，谢晓飞真的不见了！"

"什么？究竟怎么回事？"童薇不解。

不一会儿，童恬恬赶到了大观会所，将所有的事情，全都告诉了罗斌和童薇。

"什么？他这几天一直住在50块一晚的小旅馆？"罗斌睁大眼睛。

童薇有些焦急地看着童恬恬："你为什么不告诉我！"

"谢晓飞不让我说啊！"童恬恬一脸无辜。

"你！"童薇气得说不出话来。

"行了，先别追责了。"罗斌出声道，"我这就吩咐人下去找，你们有渠道也去找，有消息我们再联系。"

童薇一脸着急地点头："也只能这样了……"

童恬恬有些担心："童薇，你说谢晓飞会不会出事啊？"

"出了事我就找你算账！"童薇狠狠地瞪了童恬恬一眼。

"凶什么凶！又不是我的错！"童恬恬嘟囔着。

第 066 章
——— 你让我失望 ———

一整天，谢晓飞始终没有出现。

第二天，童薇红着眼睛，面容憔悴地来到警察局报案。

接待的警察一脸为难："童小姐，您这种情况我们没法立案啊。根据您的描述，您朋友是有行为能力的，我觉得你还是再等等，我呢，下午再打电话去别的分局问问。"

"可是……"

"您要是没别的事情，我这可要办公了。"警察摇头道。

童薇只得从警局出来。

"这个混蛋，到底去哪儿了？"

童薇开着车，失魂落魄地在路上行驶着。

红灯，童薇反应过来，已经到了斑马线，连忙一个急刹车，差点撞到了正过马路的人。

"没长眼啊！"行人骂道。

"对……对不起……"童薇连连道歉。

正说着，手机响了。

童薇连忙接通车载电话："喂，警察同志，是不是有消息了？"

"警察？童薇，出什么事了？"

原来是夏杉杉的电话，童薇白高兴一场。

咖啡厅里，在电话里听得不明不白的夏杉杉，总算知道了谢晓飞失踪的前因后果。

"就这事？哎哟，大小姐，他一个大男人还能丢了？你这也太小题大做了吧？"夏杉杉一脸不以为然。

童薇摇头，一脸担心："可出租车司机说他身无分文，车费都是用手机抵的，他这种人，没钱根本不知道怎么生存！我真的很怕……"

出租车司机，是谢晓飞最后的线索。

根据罗斌那边传来的消息，罗斌找到了最后载谢晓飞的司机。

夏杉杉摇头道："怕什么，饿了他自然就知道该怎么生存了！没钱可以去挣，现在去工地搬砖一天都能挣好几百呢，死不了！"

童薇一脸烦躁："杉杉，我现在没心情跟你抬杠……"

夏杉杉看着童薇："童薇，我觉得现在你该担心的不是谢晓飞，而是你自己！"

"我自己？"

夏杉杉摇头："你是真傻还是假傻？以前我觉得整个CAEA最傻的就是我，放着职场精英不做，非得冒着流言蜚语和比我大20岁的男人好，没想到，现在你比我还傻！"

"你到底想说什么？"童薇看着夏杉杉。

夏杉杉叹了口气："我问你，谢氏是不是继续在和CAEA合作？"

"是啊。"

"谢氏现在谁是老大？"

"晓飞的叔叔。"

"这不结了。"夏杉杉靠在椅背上，"CAEA现在和谢晓飞的叔叔是战略合作伙伴，而你，身为CAEA要员，却帮着谢晓飞千方百计地寻找Tommy Tsoi，要把他叔叔干掉，童薇，你现在是和谢氏为敌啊，你觉得谢氏会放过你？"

"我帮谢晓飞,是因为感情;我和谢氏,是因为工作。这并不是非此即彼的关系。"童薇摇头。

夏杉杉一脸好笑的表情:"你觉得不是,人家不觉得!一定会有人逼你站队,童薇,到时候,你怎么选?"

童薇想起周倩的话,心里微震,嘴上回避道:"我从来不担心没发生的事情,再说,现在我也没心情去担心那些……"

和夏杉杉分开,童薇一脸疲惫地回到家里。

刚进门,童恬恬破天荒地跑过来接过她手里的包,小声问道:"那个……谢晓飞有没有消息?"

童薇摇头:"报警了,还没消息。"

童恬恬一脸气愤:"这个谢晓飞,要是被我找到了,我一定暴打他一顿!"

童薇没理童恬恬的话,而是自言自语:"都是我不好,我没发觉他情绪低落,他给我翻跟斗强颜欢笑,有人打赏他钱,我还笑嘻嘻的,他一定很难过……"

童恬恬有些担心:"童薇,你说他会不会想不开……"

"不至于吧……"童薇想了想,谢晓飞应该不是那样的人。

"怎么不至于。"童恬恬补充道,"他一个外国人,人生地不熟的,家里又出那么大的事情……"

这一来,童薇也跟着担心起来。

等了好儿天,依然没有谢晓飞的消息,童薇更加着急起来。

这天是周末,童薇简单地收拾了一下,准备去警局问问,刚到小区大门,就见秦天宇的车开了过来。

"童薇。"

秦天宇下车,向童薇打招呼。

"你怎么来了?"童薇停下脚步。

"我过来看看你,最近好久都没见面了,怎么?忙着跟谢晓飞约会,忘了我这个老朋友了?"秦天宇故意道。

"没……"童薇摇头,"今天怎么有空来找我?"

秦天宇看着童薇:"你有心事。"

"最近工作压力大了。"童薇回避着秦天宇的眼神。

秦天宇有些失望地叹了口气:"童薇,我以为我没资格做你男朋友,做个朋友绰绰有余吧?但没想到发生了这么大的事情,你却不愿意告诉我。我知道,他失踪了,你在找他,对吧?"

童薇微愣:"你怎么知道?"

秦天宇摇头:"其实……我知道他在哪儿,可我不敢告诉你。"

童薇一脸吃惊:"你真的知道?快告诉我他在哪?"

"我怕你受不了!"秦天宇有些犹豫。

"你快点说啊!"童薇着急地催促道。

秦天宇想了想,最后从西装内袋里掏出几张照片。

童薇接过照片,脸色变了变。

"他……在赵晨曦家里。"秦天宇说道。

"赵晨曦?"童薇吃惊地看着秦天宇,露出怀疑的神色,"你怎么知道?"

"童薇,我不会骗你的。"秦天宇盯着童薇,"他这几天,一直在赵晨曦家里,两人同出同入好几天了,你在这儿为他担心,他却在跟别的女人逍遥自在。我是实在看不下去,才告诉你的。"

童薇愣住,不相信地摇头:"不会的……他不会的……"

"童薇,你太傻了。"秦天宇伸手想安慰童薇。

童薇后退两步,慌乱地摇头:"不可能,晓飞……晓飞他不是这种人!"

"童薇,你冷静一下!你听我说……"秦天宇靠近两步。

"我不想听！天宇，你走，我需要冷静一下！"童薇又退后两步，与秦天宇拉开距离。

"不！作为朋友，这件事我管定了！"秦天宇面露愤慨，"童薇，以前我为了工作算计你，陷害你，为什么？因为我穷怕了！男人骨子里就是渴望功名利禄，所以，我理解谢晓飞的选择，他从小生活在那样的环境里，一下了从天堂到地狱，发生这样的事情是人性！"

"不！晓飞说过，他会振作起来，他要重新夺回家业！"童薇疯狂地摇头。

"家业？"秦天宇脸上露出一抹讥笑，"你和赵晨曦，谁更能在事业上帮助他？显而易见。童薇，别再执迷不悟了。"

"不……不会的，晓飞不会的……我不相信他会做出这种事情。"童薇摇着头。

秦天宇看着童薇："要证明他到底有没有背叛你，很简单，跟我去赵晨曦家。"

童薇踌躇着，最后抬头看向秦天宇："天宇，让我一个人冷静下好吗？"

"童薇……"

"你走！"童薇打断了秦天宇的话。

秦天宇微怔，最后说道："记住，不管什么时候，我永远站在你身后。"说完，秦天宇转身上车，开车走了。

童薇满脑子混乱往回走，在小区内，遇到童恬恬。

"童薇。"童恬恬出声叫住童薇。

"恬恬，我没心情和你说话。"童薇摇头。

童恬恬追上来："童薇，我有几句话要跟你说，我朋友昨晚看见谢晓飞了。"

"什么？"童薇一脸激动。"他在哪儿？"

童恬恬满脸愤怒:"他在哪儿不重要!重要的是,他和别的女人在一起!童薇,他背叛了你!"

"你胡说!"

童恬恬肯定地说道:"千真万确,我朋友亲眼所见!昨晚他为了那个女人,还和几个混混打架了,是我朋友孙昊他们正好经过出手帮忙的!"

童薇怔住了,摇头:"恬恬,你别说了……"

说完,也不管童恬恬在后面喊,童薇头也不回地跑掉了。

回到家里,童薇冲进卧室,整个人浑身无力地栽到床上。

手机响起短信进来的声音,是秦天宇发来的,是赵晨曦家的地址。

门外,响起敲门声。

童薇并没起身开门,门被推开,是童恬恬。

童恬恬来到床边坐下,看着童薇:"童薇,你别这么幼稚好吗?要我说,就该杀上门去,弄个清清楚楚明明白白!"

童薇没理童恬恬,用被子蒙住自己,如同僵尸般躺在床上。

童恬恬一把掀开被子:"童薇!你现在是怎么了?你是童薇嗳!连下楼买个口香糖都要换正装的女强人好不好!你看你把自己弄成什么鬼样子!就为了一个失踪跑路的男人,值得吗?"

童薇沉默了,没有出声,躺着不动。

童恬恬生气地拉起童薇:"走,跟我去捉奸!"

童薇嘲讽道:"事情到了这一步,就当过去是梦一场。"

童恬恬咬牙切齿:"不行!分手可以,但如果做出背叛你的事情,就必须弄个明白!再说,如果万一是误会呢?"

童薇终于站了起来:"走!"

第 067 章
绝不妥协

来到赵晨曦家大门前，童薇犹豫了。

"都到这个时候了，你还怕什么！"童恬恬气得不行，"我来！"

说完，童恬恬大声冲门内呼喊着："谢晓飞！谢晓飞！你给我出来！"

一名佣人走了出来，是赵晨曦家的保姆桃姐："你们是谁？大呼小叫的干什么？"

"谢晓飞呢？人呢？你让他出来！"童恬恬气势汹汹地质问着。

桃姐见童恬恬这个表情，一边阻止童恬恬往大门内钻，一边出声道："你们到底是谁？再乱闯我就打110了！"

童薇连忙上前解释："不好意思，我们找个人。"

"这里没有你们要找的人。"桃姐丝毫不让，拿起手机就要拨电话。

这时，赵晨曦和谢晓飞从别墅内走了出来。

赵晨曦看到童薇，向桃姐出声道："桃姐，我们认识，你去忙吧，这里有我。"

桃姐不放心："小姐，你有事喊我，我通知保安来。"

童薇则紧紧地盯着谢晓飞，在谢晓飞出现的那一刹，童薇就已经愣住了。

童恬恬则冲上去就骂："谢晓飞，你是我姐的男朋友，一声不吭地消失了,又住到别的女人家里,你什么意思啊?"

谢晓飞淡淡地说道:"你们走吧!"说着,转身就要进屋。

童恬恬拉住他:"谢晓飞,今天你不说清楚,我们就不走!"

赵晨曦看着童薇:"童小姐,你不请自来已经很失礼了,现在晓飞已经下了逐客令,你还不走,是不是也太不把我放在眼里了?"

童薇没理赵晨曦,只是看着谢晓飞:"晓飞,到底发生了什么?"

谢晓飞咬了咬牙,抬起头来:"以后我就住这儿了!不用你管我,赶紧走吧!"

童薇忍着眼泪:"为什么?你至少给我一个理由?"

"为什么?"谢晓飞一把搂过赵晨曦,"你还不明白这是为什么?"

童薇浑身一震,童恬恬冲上去推了谢晓飞一把:"混蛋!你还是不是人啊?我姐为你付出了那么多,你就这么对她?"

赵晨曦向还没离开的桃姐严厉出声:"桃姐,打电话叫警卫,就说这里有人私闯民宅!"

"等等!"童薇出声,看着谢晓飞,"我们能单独聊聊吗?"

谢晓飞冷漠地摇头:"没什么可聊的。"

童薇欲哭,最后忍住:"我在外面等你,你不来,我不走。"

最终,谢晓飞还是跟在童薇后面出了赵晨曦家的别墅。

童薇看着谢晓飞:"为什么不告诉我,你从罗斌那里走了?"

"告诉你干什么?"谢晓飞情绪有些激动,"重新住到你那儿,看你家里人眼色?"

"晓飞……"童薇顿了顿,"你直接告诉我不行吗?为什么一声不吭地消失?"

谢晓飞沉默了一下,抬起头来:"童薇,我告诉你老实话,我熬不下去了。"

"熬?"

谢晓飞摇头："我受不了自己像一条丧家之犬一样，走到哪里都被人嫌弃。"

"我不嫌弃你！"

"可我嫌弃我自己！"谢晓飞自嘲地说道，"童薇，我眼睁睁地看着秦天宇送你好几万的生日礼物，而我能做的，就是翻几个跟斗耍猴逗你笑。"

童薇怔了怔："晓飞，我说过，那是我收到过最好的生日礼物！"

"别逗了童薇。"谢晓飞摇头道，"要放以前，我爸还没下台，秦天宇送你什么我瞧不上，因为只要我想，我就可以送你更好更贵的！但现在不一样了，我拿什么来和他比！我是个男人，我有男人的尊严！"

童薇认真地看着谢晓飞："晓飞，尊严是靠自己挣来的啊！"

"不！太辛苦了！"谢晓飞拍了拍自己的胸口，"我受不了别人嘲笑的嘴脸，过不了苦日子！"

童薇一脸失望："晓飞，别这样，拿出你的斗志好吗？"

谢晓飞摇头，满脸落寞："童薇，你放过我吧！我没什么斗志，我也装不下去了！我以前跟你玩上天入地的爱情，那是我没过过苦日子，但这几天我过够了，也想通了，人活着不就这么回事么？一穷二白的，要爱情有什么意思？"

"啪！"

童薇气得狠狠一耳光打在谢晓飞脸上，两眼通红，泪水止不住地滚了出来。

"解气了吧？"谢晓飞无耻地笑着，凑上右脸，"不解气这边也来一下？只要你能放过我，怎么都行！"

赵晨曦跑了上来，一脸心疼："疼吗？晓飞？"

谢晓飞摇了摇头。

赵晨曦看着童薇："童小姐，您这是何必呢？晓飞已经说得这么清楚了，好合好散吧，大家都留点念想。"

童薇转身离开，一把抹掉眼泪。

童恬恬气愤地瞪着谢晓飞和赵晨曦："人渣！我看你们俩确实很配！"

等童恬恬追上去的时候，童薇已经上了车，像离弦的箭一样射了出去，留下童恬恬在那儿直跺脚。

童薇开着车，不知道该去哪儿，漫无目的地在公路上疾驶。

手机响起，童薇按下了通话键："喂？"

"领导，出大事了！你快回公司！"

是崔西打来的。

童薇调转车头，前往 CAEA 大楼。

电梯开了，崔西正等在电梯前。

"曲总来了？"童薇出声。

"嗯，在会议室里，让你到了就直接过去。"

童薇点头，前往会议室。

推开会议室的门，会议室内，正在谈话的周倩、曲向先同时扭过头来，谢晓天也在。

童薇预感有大事要发生。

这时，周倩开口："童薇，上次我找你谈过，关于谢晓飞的问题，你考虑得怎么样了？"

童薇倔强地看着周倩："该怎么样，还是怎么样。"

谢晓飞出声："童小姐，还请你交出那张中国合伙人的照片以及你知道的所有信息，暂停所有不合时宜的活动。"

"这不可能。"童薇一口拒绝。

"童薇，别忘了你的身份！"曲向先直直地看着童薇。

"我的身份？"童薇轻笑道，"我当然忘不了！这些年来，挖我跳槽的人不在少数，猎头开出的价码要比我现在工资五倍还多！我都拒绝了，为什么？因为我童薇看重这份工作，作为谈判专家，能给两国架起一座沟通的桥梁，打破经济文化政治的壁垒，这是多少钱都买不到的成就感！"

周倩点头："童薇，既然你看重这份工作，你更该配合我们。"

"不！"童薇摇头，"现在，你们让我做的事情变质了！大家心里都清楚，谢天成是靠着不光彩的手段才掌控谢氏！曲总，周总，什么时候CAEA成了利益的帮凶？成了企业内斗的工具？这是我曾经引以为傲的CAEA吗？！"

曲向先气得发抖："童薇，我提醒你一句，我已经提名你做理事会今年的候选人，如果这次你不合作，恐怕结果你要失望了！"

童薇冷笑一声："又是威胁，上次是一个人，这次是三个人，我童薇是那么怕威胁的人吗？！"

谢晓天站起来打圆场："童小姐，你帮谢氏，谢氏也一定帮你！只要你交出那张照片，谢氏出面保你进CAEA理事会，完成你的夙愿，怎么样？"

童薇看着谢晓天："那倒是不错。"

听童薇这么说，周倩、曲向先、谢晓天都面露喜色。

但童薇下一句话，让所有人面色一僵："不过，我拒绝！"

说完，童薇看向周倩："周总，明天你会看到我的辞职报告。"

说完，童薇转身离开了会议室。

"疯了！都疯了！"曲向先咆哮着。

回到办公室，童薇立即收拾东西，准备走人。

这时，谢晓天走了进来，关上门。

"请你出去！"童薇冷声道。

谢晓天没出去，看着童薇："我哥……他还好吧？"

童薇面露讥笑："你还关心他？"

"童小姐，我不想与你为敌，我一直很感谢你，感谢你那一夜在哥哥面前替我说话。"

童薇摇头："既然这样，你就该明白我的原则，我是不可能将照片交给你们的！"

谢晓天认真地看着童薇："童小姐，我敬佩你的勇气，但我私下提醒你一句，我叔父是个混蛋，和他为敌的人，他从不放过。"

"是吗？"童薇冷冷地笑了，"那请你回去告诉谢天成，我从小父母双亡，长这么大，什么混蛋都见过，请他不必手下留情，我等着他。"

谢晓天无奈地摇摇头。

童薇搬起自己的东西："我要走了，让开。"

谢晓天拦住童薇："我可以帮你说话，让你留下来……"

"谢谢你的好意。"童薇摇头，"我不是被你们逼走的，我是自己想走的，CAEA让我失望，我不愿再为它工作了。"

说完，童薇从谢晓天旁边走了出去。

第 068 章
再相逢

被逼离开 CAEA 这件事，早在童薇的预料之中，所以童薇并没有什么意外。

从会议室出来，童薇立即回到自己的办公室收拾东西。

"领导……"

崔西推门走了进来，见童薇正在收拾东西，有些明白过来："你……要辞职？"

"嗯。"童薇点头。

崔西替童薇不平起来："领导，难道你真要走啊？周总他们太狠了吧，你在 CAEA 这么多年，那个谢晓天一句话就让你走人……"

"你误会啦，不是他们让我走，是我主动辞职的。"童薇微笑摇头。

"我才不信。"崔西一脸不信的表情，"领导，你在 CAEA 的成绩大家有目共睹，这不公平……"

"好啦。"童薇拍了拍崔西的肩膀，看着崔西摇头道，"我都不急你着急什么，经历了这么多事情，我也有些累了，休息一段时间也许是个不错的选择。"

崔西犹豫了一下，担心地问道："那你打算去哪儿？"

"还没想好。"童薇轻轻摇头，接着收拾东西。

虽然会被逼离开 CAEA 是早有预料的事情，不过童薇确实没有想好以后去哪儿。

这时,蒋可和 KIKI 走了进来。

两人刚才一直在门外,所以童薇和崔西的对话都听到了。

蒋可拉着童薇的手,眼泛泪光,一脸不舍:"童姐,我不许你走!"

童薇哭笑不得:"至于嘛,我是离职,又不是离世!就算我离开了 CAEA,以后大家还是能再见面的嘛!"

KIKI 干脆趴在童薇的肩头抽泣。

崔西是童薇的助手,刚来公司就跟着童薇。而蒋可和 KIKI,更是童薇一手带出来的。对三人,童薇同样不舍,但事情就是这样,到了该离开的时候,不是大家能够决定的。

收拾好东西,童薇平静了下情绪,挤出个笑脸向三人挥了挥手:"好啦,真的要走了,崔西、蒋可、KIKI,你们好好保重!在 CAEA 给我混出个人样来!别给我丢脸!"

"嗯!"

"童姐……"

崔西、蒋可、KIKI 三人眼眶都滚着泪花,将童薇一直送到电梯口。

"好了,回去吧,现在可是上班时间。"童薇转身走进电梯。

下了楼,站在 CAEA 大楼大门口,童薇仰头看着自己工作了多年的公司,往事历历在目。

从刚进 CAEA 怀揣梦想,一直到现在不得不离开,童薇的心情可想而知。这其中,不只是因为事业,不只是因为这是童薇曾经努力奋斗过的地方,同时还有父母的冤屈。

"就当这是一个新的开始吧。"

摇了摇头,深吸了一口气,童薇挺起胸膛离开了 CAEA。

回到家里,钟美艳已经做好了晚饭。

吃饭的时候,钟美艳出声:"童薇,今天……20 号了……"

"婶婶，我知道。"童薇点头，脸上有些犹豫。

20号，是该交生活费的时候了。

可是……现在没了工作，而手里又没有存款。

童薇想了想："叔叔、婶婶，有件事我想告诉你们一下，CAEA那里，我不做了。"

钟美艳和童博文一愣。

"不做了？"钟美艳一脸惊讶，"童薇，他们把你开除了？"

"没有，我主动辞职。"童薇摇头。

"什么？你主动辞职了？！"钟美艳不敢相信地看着童薇。

"嗯。"童薇点头。

童博文放下筷子，皱紧眉头，抬头看向童薇："童薇，究竟发生了什么事，这么好的工作，为什么辞职？"

"我猜，童薇肯定是找到了钱更多的工作，对吧？是不是有别的公司来挖你了？"钟美艳心里还抱着一丝希冀。

"没有。"童薇摇头，"没有别的工作，我暂时失业了。"

钟美艳心头一紧，脸色变得难看起来。

见钟美艳这样，童薇有些难为情："我说这个事情，是想跟婶婶商量一下，这个月的生活费，能不能缓一缓？等我找到新工作再交，行吗？"

"这说的什么话，一家人，无所谓。"童博文安慰道。

钟美艳在桌下踹了童博文一脚，板着张脸："就你无所谓，你有钱养吗？"

说完，看向童薇，钟美艳皱着眉头："童薇，你不会是犯了什么错误被开除了吧？这样的话，会不会没有单位敢再收你？"

"婶婶你放心，我是饿不死的，找个工作还难不倒我。"童薇微笑摇头，一脸自信。

虽然童薇说得轻松，但钟美艳却皱紧眉头，看着童薇露出若有所思的表情。

这一顿饭，因为童薇的失业，气氛冷了很多，即便童博文找着话题，大家也没什么谈下去的兴致。

草草吃过晚饭，童薇回到卧室。

手机响了，是夏杉杉打来的。

"童薇，有线索了。"

童薇一喜："老齐找到谢氏的中国合伙人了？"

"一张照片，看起来和 Tommy Tsoi 差不多，我传到你邮箱了，你看看。"

童薇打开电脑，进入邮箱。

邮箱里，有夏杉杉刚传过来的一张照片。

照片看起来有些陈旧，确实与谢天佑给童薇的那张照片年代差不多，照片上的人，与 Tommy Tsoi 也有些相似，至少从身高、体形上看起来差不多。

不过因为谢天佑给童薇的那张照片上，并看不到 Tommy Tsoi 的正面，所以无法确定。

"童薇，是不是？"夏杉杉在电话那头问。

"不确定。"童薇微微皱眉。

这时，童薇突然发现——耳朵，两张照片上的人耳朵并不一样。

虽然谢天佑给的那张照片，只能看到 Tommy Tsoi 的背影和小半边脸，但能清晰地对比出，两张照片上的人耳垂完全不一样。

"不是，不是一个人。"童薇微微有些失望，"他们的耳垂不一样。"

"喔，那我让老齐再想办法，你先忙。"

没这么轻易找到，童薇稍微有些失望。挂断电话，她打开网页，继续搜索资料，希望能通过网络找到谢氏的中国合伙人。

21世纪互联网的好处，就是信息的获取更为容易。虽然通过网络找到Tommy Tsoi的希望很小，但这是现在童薇能想到的最好的方法之一。

正搜索着资料，敲门声响起。

"姐……"是童恬恬。

"我睡了，有事明天说吧。"童薇出声。

"不行，必须现在说！"童恬恬干脆自己开门走了进来。

童薇叹气，回身看着童恬恬："恬恬，我最近心情不太好，让我安静一下，别闹了好吗？"

童恬恬看着童薇，有些犹豫地抓了抓头发："姐，那个……我今天看见他了……"

"哦。"童薇知道童恬恬说的是谁，只是淡淡地应付了一声。

见童薇没有兴趣的样子，童恬恬着急地解释道："他一个人偷偷地躲在我们楼下花坛后面，鬼鬼祟祟的。我问他是不是来看你，结果他支支吾吾地说坐错了车。鬼才相信，我敢肯定他是来看你的。"

"说完了？"童薇淡淡地看着童恬恬，起身准备推她出去。

童恬恬挣扎着："哎，姐，你怎么一点反应都没有？难道你没发现，谢晓飞其实并不喜欢那个赵晨曦？他肯定是被逼的！"

童薇一脸平淡："我知道，他是借赵晨曦演戏。"

"啊？演戏？"童恬恬明白过来，睁大眼睛，"那你还……"

童薇摇头："恬恬，我生气并不是因为他和赵晨曦怎么了。而是因为他丧失了斗志，动摇了自己的信念，这一点我接受不了。一段感情中最可怕的事情，不是我爱的人爱上了别人，而是他变成了我最看不起的那种人。"

"一个不可一世、坚持信念的男人，却向现实低头，成了随波逐流的懦夫，放弃两个人的爱情，我无法接受。"童薇叹了口气，认真地看着童恬恬，"恬恬，我宁愿他是爱上了赵晨曦才和我分手，而不是因为他变成一个胆小鬼！"

童恬恬听得云里雾里的,皱着眉头,好一会儿才无可奈何地出声:"好吧……你是童薇,你说的东西我不懂,就当你说什么都是对的吧。不过要换作我,我宁可我喜欢的人变成懦夫,也不许他和别的女人在一起!"

"要不,怎么说你还是孩子呢。"童薇苦笑了一下,看着童恬恬,"恬恬,答应我,以后别在我面前提他了好吗?"

"真搞不懂你在想什么,我懒得管你们的事了。"童恬恬无语地摇头,离开了童薇的卧室。

童恬恬离开后,童薇重新坐回电脑前,打开网页搜索信息。

以前找寻 Tommy Tsoi,是为了帮助谢晓飞,而现在谢晓飞选择了放弃,童薇还在坚持,则是因为答应谢天佑的事情。

翻阅着网上的图片、文字信息。虽然网络上的信息很多,但童薇不知道自己这样的搜索会不会有什么结果,只是现在也没有别的办法。

不知不觉间,时间已经是凌晨 3 点了,童薇还在查阅着,眼睛都有些发花。

Tommy Tsoi、谢氏、谢天佑等等,凡是童薇所能想到的关键词都已经搜了个遍,但根本没有查到 Tommy Tsoi 的相关信息。

"算了,明天再说吧。"童薇摇了摇头,准备睡觉。

突然,原本准备关电脑的童薇眼神一亮,停止了鼠标的滑动。

照片,一张照片。

是一座石桥。

"真笨!"童薇暗骂一声,揉了揉头发,"既然从人上找不到线索,可以从照片上的环境着手啊!"

Tommy Tsoi 正是站在一座石桥上照的照片,这种古旧的石桥在全国虽然很多,但要说完全一样的,那就很少了。

这一发现,给了童薇一个新的寻找思路,让原本困顿的她精神盎然,重新精神十足地查询起来。

这一查询，果然找到了一些有用的线索。

第二天，童薇一大早就离开了家，前往车站，坐上了一辆通往朱家角镇的大巴。

车还在半路上，童薇的手机响了，是夏杉杉打来的电话。

"童薇，中午一起吃饭，下午陪我买东西。"

"杉杉，今天不行。"童薇回道，"我今天有事，不能陪你。"

"有事？你不是辞职了吗？还有什么事？"

"杉杉，我昨天查了一晚，发现那张照片上的石桥，是放生桥。"童薇欣喜地说道。

"放生桥？"夏杉杉有些迷惑，"你找到是哪座桥了？"

"没有。"童薇望着车窗外道，"我现在正赶往朱家角镇，那儿有全国最著名的一座放生桥，如果不是的话，我再找别的看看。"

"……"夏杉杉，"好吧，等你回来后联系我，你一个人小心点。"

"嗯。"童薇挂断了电话。

一个小时后，大巴到了朱家角镇，童薇下车来到车站大门前，拿出手机看了看手机导航，往右走去。

朱家角镇坐落在上海的西部，远离都市尘嚣，传闻常有奇人异士出没。放生桥跨于漕港之上，建成于明万历年间，是华东地区最大的五孔石拱桥，也是"江南十大名镇"中唯一的大型古桥。大桥造型秀美，壮观而不失精巧，长如玉带，状如彩虹，有"井带长虹"之称，是朱家角镇的一个标志性古建筑。

因为是工作日的关系，所以游人并不是很多，童薇靠着手机导航，很快来到放生桥。

对着照片比对着位置，童薇眼神一亮。

古桥眼前的风景，和照片上完全一样！

"就是这儿,没错!"童薇激动地看着照片。

竟然会有这么凑巧的事情,原本还打算再走访全国的放生桥,结果第一站就取得了胜利,这样的惊喜让童薇的手都有些微微发抖起来。

不过随即,童薇皱起眉头:"可是……要怎么才能找到照片上这个人的线索呢?"

桥是找到了,照片确实是在这座桥上拍摄的。但这样还不够,已经过了20多年,要找到照片上这个人很不容易,只能确定 Tommy Tsoi 来过这个地方。

想了想,童薇将照片收到包里,起身离开。

朱家角镇派出所。

童薇找到一名上了年纪的警察,说明自己的来意。

警察拿着照片仔细端详:"只有这张照片?"

童薇点点头。

警察微皱眉头:"这人多大?是你什么人,啥时候失踪的?失踪前有什么异样情况?有没有留下什么话?"

一大堆问题下来,童薇蒙了,不知该怎么回答。

"都不清楚?"警察看着童薇,"那你总得告诉我,他失踪多久了吧?"

"20年。"童薇总算能回答一个问题了。

"什么?"警察跳了起来,把童薇往门外送,"对不住了,姑娘,这事儿真不归我们警察管啊!我帮不上你……"

"那个……您听我解释,事情是这样的……"童薇好说歹说,才让警察耐着性子,听童薇把事情的来龙去脉讲完。

听了童薇的解释,警察摇头道:"姑娘,不是我不帮你,不过这都20年了,来来往往这么多游客,就算有小商小贩在周围,也不一定记得了。至于你说的户籍,也不用抱什么希望,走吧,姑娘……"

最终，童薇无可奈何地离开了警察局。

天已经黑了，忙活了一天，只吃了顿早饭，童薇准备先找个地方填饱肚子，正好前方有家火锅店，童薇走了进去。

热火朝天的火锅店内，已经聚集了不少客人。

童薇挑了个两人桌坐下。

服务员一脸惊讶："一个人……吃火锅？那您怎么点菜？要不……对面有麦当劳？"

童薇嘴硬摇头："一个人吃才爽！你们这儿什么最有名？都给我来一份！"

"你一个人吃不了。"服务员摇头。

"谁说的。"

服务员懒得和童薇多说："随你吧！要什么锅底？微辣、中辣？"

"重辣！"

服务员抬起头，惊讶地看着童薇："我们的重辣很辣！"

"就是要辣！"童薇固执地回复道。

很快，菜上来了。

童薇一看满锅的红油，上面还漂浮着红通通的辣椒，脸都绿了。

再看服务员一脸憋笑的表情，童薇一咬牙，开始煮菜。

结果，刚尝一口，立即被呛得满脸通红，鼻涕眼泪直流："服务员！有没有水啊？"

这时，一杯水递到童薇面前，童薇接过咕噜噜喝光："谢谢，再来……"

童薇抬起头的瞬间，愣住了。

在旁边站着的，竟然是谢晓飞！

"你……你怎么来了？"童薇问道。

谢晓飞坐到童薇对面，没有出声。

童薇懒得理他,接着煮菜。

谢晓飞拦住童薇:"太辣了,你胃不好,别吃了。"

童薇甩开谢晓飞的手:"这好像跟你无关吧?"

谢晓飞犹豫着,从口袋里掏出一罐牛奶,推到童薇面前:"喝这个。"

看着这罐牛奶,童薇的思绪,被拉回了几个月以前。

几个月前,谢晓飞也送过自己一盒牛奶。

再看谢晓飞嗫嚅的模样,童薇有些感动,侧过脸去,不让谢晓飞看到自己的泪光。

第069章
男人，勇敢地站起来

街上，谢晓飞追在童薇身后，拉住童薇。

"童薇，对不起，我知道你很生气，你打我吧。"

童薇推开他："生气？我们好聚好散，别来烦我！我还不至于为了一个不相干的人生气！"

说完，童薇要走，却被谢晓飞一把拥入怀中，童薇挣扎着："放开我！"

"我不放！"谢晓飞用力抱紧童薇，"这辈子我再也不会放开你了！"

"谢晓飞，感情不是儿戏！"童薇板着脸，"不是你想怎么样就怎么样，别打着为了我好的旗号肆意伤害我，我不接受！"

说完，童薇用力推开谢晓飞，往前走去。

见童薇一脸生气，谢晓飞只得亦步亦趋地跟在后面。

"别跟着我！"童薇忍无可忍，愤愤地瞪了谢晓飞一眼，转身离开。

谢晓飞冲童薇的背影喊道："我等你！一年不行就十年！"

路上的行人全都看着谢晓飞，但童薇依然没有回头。

虽然刚才在餐厅，谢晓飞送过来的牛奶让童薇有些感动，但童薇依然无法原谅谢晓飞的懦弱。不论什么原因，爱情需要两个人去坚持，即便遇到天大的困难，只要两个人一起去应对终将会走出来，而谢晓飞却选择了放弃，童薇无法接受。

时间已经不早了，童薇来到镇上一家旅馆。

前台是一个大妈，童薇上前问道："阿姨，还有房吗？"

"有，要单间还是标间？"

"单……"

童薇刚出声，背后传来谢晓飞的声音："标间！"

这个阴魂不散的家伙！

童薇回过身，生气地瞪着谢晓飞："谢晓飞，你有完没完，听不懂人话啊？！"

谢晓飞厚着脸皮，又恢复了以前吊儿郎当的样子："媳妇儿，现在你失业了，我破产了，我们必须精打细算，能省就省！"

说完，谢晓飞对前台大妈说道："一个标间，大床房！谢谢。"

童薇拦住大妈："阿姨，别理他！我要一个单间！"

前台大妈被两人弄得不耐烦了："你俩瞎闹啥呢？合着折腾我玩呢？先商量好再说吧！"

童薇干脆掏出钱拍在桌子上："不用商量，我就要一个单间！"

大妈只能把钥匙给童薇："好吧，205。"

童薇拿了钥匙和行李，瞪了谢晓飞一眼，转身气冲冲地上楼。

童薇走后，大妈看了眼谢晓飞："小伙子，你这太粗暴了，追女孩子不是这么追的，得像熬汤似的，慢慢来。"

谢晓飞撇嘴："她本来就是我女朋友！婚礼都定了！我们有点小误会！"

大妈一副"我懂了"的表情，拿出一把钥匙给谢晓飞，朝童薇离开的方向努了努嘴："206，她隔壁的房间。老话说得好，床头打架床尾和，小情侣吵架千万别隔夜！多说点软话！"

"谢谢大妈！"谢晓飞连忙改口，"不是，谢谢姐！"

大妈笑道："不过我跟你说啊，我这里是公共场合，以哄为主，可不能硬来啊,别到时候吵到其他客人!"

"不会的。"谢晓飞点头,冲大妈眨了下眼睛,"我上楼去啦。"

另一边,童薇拖着行李进入客房,随手把门锁上。

小镇的旅馆条件并不是很好,不过童薇已经顾不了那么多。

看了看腕表,已经9点多了,忙活了一天也累得不行,童薇放下行李拿出睡衣进入卫生间洗漱。

洗漱完毕,感觉整个人舒服了很多,童薇躺到床上拿出手机,思索着接下来如何去找照片上那个人。

警局是不用指望了,至于去放生桥上问那些小贩,估计也没什么结果,很少有什么小贩能在那儿做20年生意,再说即便有这样的小贩,过了这么多年,谁还能记得住20年前的一位游客,那位警察大叔说得也对。

感觉,线索似乎又完全中断了。

"接下来,究竟该怎么去找?"童薇直直地看着手机。

正想着,床头突然传来"咚咚"声,童薇吓了一跳,直接从床上跳了下来。

"谁!"

没有回应。

局促的房间内灯光昏暗,洗手间还有漏水的声音,在那莫名的"咚咚"声之后,整个房间显得阴森起来,即便有洗手间的漏水声,都感觉静得有些瘆人,童薇有些害怕起来。

正当童薇准备开门下楼找前台大妈的时候,一个阴阳怪气的声音隔着墙壁传来:"是我……"

"……"

童薇打开门,气呼呼地冲了出去,拍打着隔壁房间的门。

门开了,谢晓飞嬉皮笑脸地探出头来。

"砰!"

童薇一脚踹在谢晓飞的腿上:"谢晓飞!你非要这样阴魂不散吗?"

"阴魂?"中文造诣不高的谢晓飞有点莫名其妙,"什么阴魂?"

"你……"童薇气得又踹了谢晓飞一脚,指着谢晓飞的鼻子,"谢晓飞!我警告你,你再骚扰我,我就打110!"

说完,也不管谢晓飞疼得龇牙咧嘴,童薇气呼呼地转身回房。

这一夜,谢晓飞倒没再找事,不过因为考虑照片上谢氏合伙人的事情,童薇还是很晚才睡着。

第二天早晨,童薇一大早就开始收拾行李,拿出手机叫了辆车。

拖着行李来到前台,天刚蒙蒙亮,前台大妈正睡眼惺忪地打着哈欠:"这么早退房?"

"不好意思,我还有事。"童薇歉意地说道。

大妈没瞧见谢晓飞:"你……男朋友不一起走?"

"他不是我男朋友,我不认识他。"

大妈还想劝说:"姑娘,我看那小伙子挺……"

"阿姨。"童薇向大妈摇了摇头。

大妈苦笑了一下,只好给童薇办好退房手续。

看着童薇离开的背影,大妈摇摇头:"唉,这小伙子,看着挺帅的,怎么这么不顶用啊!"

童薇没理大妈的感慨,也没管谢晓飞在旅馆怎么样,甚至连谢晓飞为什么会跟着自己来朱家角镇都懒得去考虑,拖着行李,径直前往车站。

昨晚,童薇已经想清楚了,留在朱家角镇没什么用,无论是从警局还是商贩,几乎是问不出什么结果的。不过现在既然知道那个合伙人在朱家角镇出现过,那就算有了进一步的线索,可以利用这个为线索展进一步地调查。只是这些调查,都需要通过其他途径。

回到上海市区,下了车,童薇拿出手机,正准备给夏杉杉打电话,谢晓飞气喘吁吁地跑了上来:"你……你怎么不说一声就走了!还好大妈给我通风报信!"

童薇停下脚步,直直地看着谢晓飞:"谢晓飞,我说你还有没有点尊严?就这么死缠烂打?狗皮膏药啊?"

"哼,我就是要死缠烂打!你这是遗弃落魄富二代!"谢晓飞嬉皮笑脸,"你自己说过,放我一个肩不能扛、手不能提,卡里没钱,身上就几百块现金的富二代在街头,比遗弃小动物还要过分!"

童薇眼神冰冷:"你并没有流落街头,你还有大别墅住呢!"

"我不稀罕。"谢晓飞死皮赖脸地,"我要住你家,我就觉得你家好!"

童薇没理他,拖着行李往前走,谢晓飞从身后抱住她:"童薇……"

"放开我!"

"我不放!"谢晓飞用力地抱住童薇,"我长这么大,就没受过这么大的屈辱。我以前活在家族的光环下,脾气臭又自负,觉得自己无所不能。但现在我才认清自己,我谢晓飞经不起打击,是一个无能的男人。"

"你太谦虚了。"童薇冷笑,"你唱歌喝酒打人泡妞,样样在行!"

"你终于骂我了!"谢晓飞满脸堆笑,"童薇,你骂我吧,你使劲骂我!我欠骂!这阵子我完全被打垮了,我害怕你看到这样的我,其实那天你在晨曦家里看到我的时候,我是准备走的,但没想到你已经误会了,我就顺水推舟,想着你主动离开我也好……"

"我没有误会。"童薇摇头,认真地看着谢晓飞,"其实,我现在觉得赵晨曦说得对,她和你才是一个世界的人,只有她能帮你。"

"不。"谢晓飞摇头,"我需要的不是那样的帮助,我需要一个人来骂我,让我变强。"

说着,谢晓飞扳过童薇的肩膀,正视童薇:"如果我不能改变自己,即便夺回谢氏,也还会遇到新的问题,受不起打击,受不了挫折,最终断送谢氏。童薇,我不能没有你,只有和你在一起,我才会变得越来越好。我不该放弃!童薇,我求你原谅我!我再也不会让你失望了!"

童薇看着谢晓飞,沉默了几秒,最后还是下定决心摇头道:"谢晓飞,我没有你说的那么伟大,还有,我找 Tommy Tsoi 并不是因为你,而是因为我答应了你父亲。我累了,再见!"

说完,童薇登上旁边一辆出租车。

"童薇,我不会放弃的!"谢晓飞扒着出租车喊道。

童薇只是轻轻摇了摇头,让司机开车离开。

看着远去的出租车,谢晓飞握紧拳头。

想了想,谢晓飞拿出手机,拨通了童恬恬的号码。

学校旁的便利店里。

谢晓飞尴尬地将一杯可乐递给童恬恬:"恬恬,对不起,我只请得起你喝这个了。"

"行了,你还欠我钱呢。"童恬恬没好气地接过可乐,"说吧,找我又有什么事?"

谢晓飞摸了摸后脑勺:"我想求她原谅,你有什么主意吗?"

"你没事吧?"童恬恬冷笑,"谢晓飞,童薇这次是真生气了!还不许我再和你联系!你还想找我帮你?疯了吧你!"

"唉,上次的事是个误会。"谢晓飞想解释,又觉得麻烦,摇头道,"算了,你个小孩子,跟你说你也不懂……"

"我不懂?"童恬恬鄙视地看了谢晓飞一眼,"我看你才不懂。童薇说了,她生气并不是因为你和赵晨曦怎么了,而是因为你丧失了斗志,你面对困难的时候选择了放弃,而不是和她一起坚持。"

"呃……"谢晓飞怔了怔,拉着童恬恬,"恬恬,我知道错了,我这不是正在弥补嘛,你把你姐喜欢的东西跟我说一遍。"

"凭什么?"童恬恬一撇嘴。

"凭我是你姐夫！"谢晓飞凑过去，诱惑道，"你想想，我和你姐在一起了，她就幸福了，她幸福了，你不也幸福了？我可是谢家大少，我能让你跟着她一起幸福！"

"喊！"童恬恬一脸不屑，"谢晓飞，你以为你还是富二代啊！你欠了我三个人情没还，到头来我零花钱还全借给了你！你现在就是条丧家犬，就你一个只能请我喝可乐的穷光蛋，能给她什么幸福！"

谢晓飞："……"

"恬恬，咱别提钱行不行。"谢晓飞觍着张脸，"哥哥跟你说啊，做人呢，眼光要放长远些，我现在只是一时失势，很快就会东山再起的！等我找到Tommy Tsoi，就能重掌谢氏，只要你现在帮我，到时候我肯定亏待不了你。"

童恬恬想了想，有些动心："你不是有那个白富美了吗？干吗又回来找我姐？"

"我说了，那是误会！我是做戏给你姐看，我爱的人自始至终只有你姐姐一个人！"

"你俩真搞笑，一个看不上千金小姐，一个放着大律师不要，真搞不懂你们。"童恬恬无可奈何地摇头。

见童恬恬心动，谢晓飞眼神闪亮："你应该这么想，我现在虽然落魄了，但还能有千金小姐垂青，足以说明我很有投资价值，瘦死的马比骆驼大，对吧？"

童恬恬一口可乐喷了出来："是瘦死的骆驼比马大，连话都说不清楚。要我帮你，等你翻身了再说吧！"

谢晓飞哭丧着脸："你这孩子怎么这么现实啊……"

"行啦！"童恬恬挥了挥手，"我是不敢再投资你了，等你哪天能把钱还我再来找我。"

说完，童恬恬捧着可乐往便利店外走去。

谢晓飞连忙追上去:"你等等我啊!我还没说完呢!"

童恬恬趾高气扬地走进学校校门,谢晓飞点头哈腰地跟在她后面,不停讨好:"恬恬,恬恬妹妹,恬恬美女……"

童恬恬被烦得不行:"好啦好啦!你真的像牛皮糖!烦死了!"

"嘿嘿!"谢晓飞一脸贱笑,"只要功夫深,铁杵磨成针!冰冻三尺,非一日之寒!水滴石穿……"

童恬恬连忙挥手:"打住打住,拜托,你一个ABC别乱用我们中国人的成语好吗?"

"姑奶奶!"谢晓飞都快给童恬恬跪了,"求你了,发发善心,救救我吧!"

童恬恬摇头:"谢晓飞,我跟你说一点,你要想重获我姐的心,像条哈巴狗是没用的!我姐伤心,根本不是因为你爱上别人。我姐说过,她喜欢你,是因为觉得你有志气,但上次你认怂的样子,让她对你的幻想破灭了!"

"我没认怂啊……"

"你面对困难退缩了,怕了,就是认怂了!"

"那……那我该怎么办?"

"你得强大起来,像个男人一样,勇敢地面对任何困难,懂吗?"

谢晓飞似懂非懂。

"喂?"童恬恬瞪着谢晓飞,"你不会连这都不懂吧?"

"懂了懂了!"谢晓飞连忙点头,"对了,我要租房先找个落脚点,这就是我坚强的第一步,你陪我一起去看看房,给我拿个主意吧?"

童恬恬想了想,点头道:"算了,反正我也没事,就陪你去看看吧。"

第070章
—— 放不下的牵挂 ——

"这是一栋上海市优秀保护建筑，一共有140平方米，法式精装，自带50平方米天井。"中介带着谢晓飞和童恬恬，进入一栋老洋房，给两人介绍着。

虽然从面积上来看，这栋老洋房还没童薇家的大，但装修却精美很多，连童恬恬也很喜欢。

"哇塞，好洋气的房子！"童恬恬拉着谢晓飞，"这里不错，快把这里租下来，我要带同学来开派对！"

谢晓飞撇撇嘴，一脸嫌弃："还没我以前的客厅大。"

"哎，你在纽约的房子有多大？"童恬恬好奇地问道。

"你问哪套？"

"你有几套？"

谢晓飞掰着指头，得意地数着："常住的曼哈顿第五大道，有套condo，300多平方米，平时我一个人住。周末要回长岛大宅，我爸和我阿姆住那里，三栋楼，加上草坪花园估计有500公顷。"

"5、500公顷？"童恬恬震惊了，"500公顷是多大？"

"500公顷就是500万平方米。谢先生家底丰厚，让人羡慕啊！"中介在旁边说道。

"这……这么大！"童恬恬睁大眼睛，把谢晓飞拉到一边，"谢晓飞，知道你有钱，没想到你这么有钱！老实说，你到底有没有希望夺回家业？"

"干吗？"谢晓飞缩了缩脖子，"怎么突然这么谄媚？"

"要是你还能东山再起，我还可以对你再谄媚点！"童恬恬毫不脸红。

长岛谢家大宅，算起来，如果是折合成正方形的话，长宽确实超过2000米，总共面积应该有四五百万平方米，谢晓飞倒没吹牛。

见童恬恬一脸狗腿样，谢晓飞得意起来："你这孩子！只要我重掌谢氏，再盖十座谢家大宅都没问题。"

这时，中介走了过来："谢先生，您觉得这套可以吗？"

谢晓飞扫了眼房间，有些勉强地点头："还行，麻雀虽小五脏俱全！凑合着暂住吧。"

"那太好了。"见谢晓飞有意租下，中介高兴地说道，"按照规定，房租付三押一，每个月这里的房租是两万五，再加上中介费，一共是十一万两千五百，你是刷卡还是现金？"

"十一万两千五百……"谢晓飞一下子脸色变了，把童恬恬拉到一边耳语道，"哎，恬恬，能……能借我点钱吗？"

"你还差多少？"

"十一万两千……"

童恬恬蒙了："大哥，你怎么不问我借12万呢，凑个整数，多好！"

"真的吗？"谢晓飞没听出童恬恬语气里的讽刺。

"滚！"童恬恬瞪了谢晓飞一眼，对中介歉意地说道，"不好意思啊，他是没落贵族，什么500公顷都是过去的事了，你直接带我们去看你手里最便宜的房子就好。"

中介看向谢晓飞。

谢晓飞一脸尴尬："麻烦了……"

中介："……"

虽然心里对谢晓飞和童恬恬鄙视得不行,但中介还是把谢晓飞带到了闹市区一个简陋的小区。

"这个房子很实惠,两室一厅,跟别人合租。"中介边走边介绍道。

"合租?"谢晓飞不解。

"合租,就是两个租客,一人一个房间,客厅什么的公用。"童恬恬解释道。

"那怎么行!"谢晓飞叫了起来,"这样完全没有隐私啊!"

"谢晓飞!你都穷成这样了还要什么隐私!再挑剔我就走了!"童恬恬气呼呼地出声。

谢晓飞怂了:"行行行!那就这套吧!"

中介带着两人上了楼,来到一户门前,敲了敲门。

"来了!"

一名20岁出头的女生开门。

"商小姐,您让我替你找的租户,我找到了。"中介说道。

女生打量着谢晓飞,有些为难:"是个男的?这不太方便吧?"

童恬恬凑了上去:"方便方便,我姐夫是海归,爱干净,素质也高,绝对不会给你添麻烦。"说着,拽了拽谢晓飞的衣袖,"是不是啊,姐夫?"

谢晓飞连连点头:"是是是。"

女生还在犹豫。

童恬恬连忙说道:"美女姐姐,其实不是我姐夫一个人住啦,我姐姐有时候也会过来一起住。我姐姐是国际商谈机构的高管,是金领!我猜你是大学刚毕业不久吧?你们认识认识,说不定对你会有帮助呢!"

"国际商谈机构?"女生脱口而出,"你是说……CAEA?"

"对对对,就是CAEA。"童恬恬连连点头,"你也知道这个机构?"

中介见两人谈得不错，适时插话道："商小姐这里没意见对吧？童小姐，你觉得呢？"

"童小姐？"女生看着童恬恬，怔了怔。

童恬恬并没注意女生的表情，急忙向中介说道："好啦好啦，没问题！"说着，拉着谢晓飞，"姐夫，我们去看下卧室吧！"

这个两室一厅的合租房，条件非常简陋，客厅只有简单的沙发和一张普通的餐桌，卧室除了一张书桌、一张椅子，就只有一张硬板床。

见到如此简陋的卧室，谢晓飞立即哭丧着脸："恬恬，我能不住这里吗？"

童恬恬板着脸："就你手里那点钱，你还想住哪里？要不，我把你送五星级酒店去？"

一想到自己手上已经只有500块钱，谢晓飞立即垂头丧气起来。

"谢晓飞，振作点！"童恬恬劝说道，"这就是考验你的时候！要在困境中表现出霸气的感觉！这种困难你都承受不了，还说什么坚强？我姐特别讨厌这种男人！只要你撑过这一关，我姐肯定会对你刮目相看的！"

"真的吗？"谢晓飞有些不信。

"当然是真的。"童恬恬肯定地点头，"现在是非常时刻，正是你好好表现的时候，知道吗？"

"好吧……"谢晓飞答应下来。

"那我先走了。"见谢晓飞答应，童恬恬转身准备离开。

"恬恬……"谢晓飞叫住童恬恬，"那个……谢谢你……"

"不用谢，我这叫投资。"童恬恬得意一笑，"等你东山再起了，这都是要还的！对了，晚上回去我再帮你打探下我姐的情况！拜拜！"

童恬恬走了，谢晓飞打量着狭窄的屋子，无奈地坐下。

想想以后要在这样的屋子里住着，谢晓飞就有些头痛。不过童恬恬说得倒也有道理，如果自己在这样的环境下也能坚持下来，童薇肯定会对自己刮目相看。

这样想着，谢晓飞倒也接受了这个简陋的居所。

童恬恬这边回到家，见童薇的鞋在门口，向钟美艳问道："妈，我姐回来了？"

提起童薇，钟美艳就有些不爽："回来了，整天不知道在瞎忙什么，那么好的工作说辞就辞，又不去找工作，我看她后面的日子怎么过！"

童恬恬没理钟美艳的唠叨，上楼来到童薇房门前，敲了敲门。

"有事？"童薇开门见是童恬恬，出声问道。

童恬恬直接说道："谢晓飞来学校找我。"

童薇立即脸色一冷："这个混蛋，缠着我也就算了，找你干吗？我不是让你别和他联系了吗？"

"姐，他来问我怎么才能讨好你，让你原谅他。"

童薇无语："那你怎么回答他的？"

"我直接说，你这个穷光蛋，还想追我姐，还是省省吧。"童恬恬一副气愤的表情。

"你真这么说的？"童薇有些急了。

童恬恬无所谓地耸耸肩："对啊。"

"你……你这话也太直接了吧……"

见童薇的表情，童恬恬心中暗喜，不服气地说道："你都骂他是懦大了，我干吗不能说他是穷光蛋！再说他现在确实是个穷光蛋嘛，竟然只请我喝了杯可乐！"

"好了好了。"童薇摇头，"骂也骂了，下次他要是再来烦你，你别理他就是了。"

"嗯。"童恬恬点头，转身准备离开，这时童薇又叫住了她。

"恬恬……那个……要是他再来找你，你千万别再这么骂他了，他不是我，内心很脆弱的……"

"知道啦。"童恬恬撇撇嘴出了门，脸上露出一抹奸笑，回到卧室立即掏出手机，给谢晓飞发微信，"喂，我感觉我姐还是在乎你的，刚才我说我骂你是穷光蛋，她让我以后别这么骂你，你抓紧行动啊！"

出租屋内，正在客厅里泡方便面的谢晓飞，收到童恬恬的微信，立即满脸喜色："恬恬，谢谢你。"

"现在别谢我，等你重掌谢氏的时候别忘了我就行。"

"一定。"谢晓飞回了两个字。

有了童恬恬的"好消息"，谢晓飞感觉这简陋的出租屋已经不再那么简陋，方便面也不是那么难吃了，一边津津有味地吃着方便面，一边思索着如何行动。

而童薇，此时正在对着电脑搜索谢氏合伙人的资料，不知道童恬恬又当了奸细。

中断的线索，必须想办法重新联系起来，这样才能找到神秘的谢氏合伙人，但不论童薇怎么努力，似乎都感觉遥不可及的样子，搜索出来的资料，基本上都没什么价值，这让身为CAEA首席谈判官的童薇，也有些束手无策起来。

第二天，夏杉杉一大早就打来电话，死活要约童薇出去。

睡眼迷蒙的童薇没办法，只得答应下来，拎着包出了家门。

来到咖啡店刚坐下，夏杉杉就问道："怎么样，你去朱家角有什么发现没有？"

"有，但作用不大。"童薇摇头，"那张照片，确实是在朱家角的放生桥上拍的，但已经过了这么多年，还是无从查起。"

"喔。"夏杉杉点头，"我觉得，你这样调查完全是白费力，再说那个负心汉，值得你这样帮他吗？"

"我现在只想把答应晓飞他爸爸的事情做好。"童薇摇头。

夏杉杉一脸不信:"我看你对他还是余情未了吧?秦天宇多好,你……"

"不说他了。"童薇不想再提谢晓飞,转移着话题,"你和老齐怎么样了?"

"还不是那样。"夏杉杉摇头。

"这样下去不行,还是早点和老齐把事办了吧。"童薇说道。

"嗯,我知道。"夏杉杉叹了口气。

很显然,这件事夏杉杉不是没和老齐提过,但并不是很顺利。

对于这个大学到现在的朋友,童薇还是有些担心。夏杉杉本来在CAEA工作得好好的,身为CAEA的谈判官,也展现出了很高的谈判天赋,做出不少成就,但就因为老齐而辞职离开CAEA。

现在老齐一直不和夏杉杉去领结婚证,不给夏杉杉一个名分,这样下去终究不好。

正想着,童薇的手机响了。

是童恬恬打来的电话。

童薇接起电话,电话那头传来童恬恬的大哭声。

童薇一惊:"恬恬,怎么了?"

"姐……出事了!谢晓飞……谢晓飞他……"

童薇脸色一变站了起来:"谢晓飞怎么了?"

"他出车祸了,现在正在医院,姐,你快来!"

童薇拿着电话就往外冲:"你们在哪家医院,我马上就过来!"

"在市第四医院……"

夏杉杉连忙拿起包,跟着童薇。

开着车,夏杉杉见童薇一脸着急,出声问道:"童薇,谢晓飞出什么事了?"

"他出车祸了,快,你开快点。"童薇着急地催促着。

"你先别急。"夏杉杉一边安慰,一边开车。

到了第四医院,车还没停稳,童薇就推开车门下车,往医院内冲去。

一脸慌张地来到抢救室,最后在抢救室门前的长椅上,找到了正在哭泣的童恬恬。

"恬恬……"童薇跑过去,正准备问,抢救室的门开了,一名护工推着一个被白布盖着的死人从抢救室出来。

童薇下意识地停住脚步,而童恬恬放声大哭起来。

童薇浑身一僵,一下子瘫软在地,眼泪决堤而出:"不……不可能……晓飞不会死的……"

这时,停好车的夏杉杉赶了过来,见坐在地上脸色苍白满脸泪水的童薇,一时间不知发生了什么事:"童薇,你……"

童薇一把抱住夏杉杉,悲伤痛哭:"晓飞……晓飞他……他……"

夏杉杉微愣,抬头看向不远处的童恬恬和谢晓飞。

童恬恬使劲冲夏杉杉摆手,谢晓飞则做着求饶的手势,夏杉杉狠狠地瞪了谢晓飞一眼,扶起童薇:"好了好了,你起来看看,好人不长命,祸害遗千年!谢晓飞在那里!"

童薇愣愣地顺着夏杉杉手指的方向看去,看到谢晓飞的时候,立即一脸错愕:"你……你……"

"你还说不在乎他了,我看你哭得都快晕过去了!"夏杉杉摇头没好气地说道。

童薇错愕了几秒,突然一把擦掉眼泪,冲到谢晓飞面前挥起拳头乱捶在他胸上:"你到底想干吗呀!你吓死我了你知道吗!你这个混蛋!"

见童薇满脸是泪,谢晓飞心疼地一把抱住童薇:"我错了我错了,本来只是想制造机会求你原谅,让车撞我一下,我也不知道怎么就变成这样了……"

童薇一把推开谢晓飞:"你怎么能用这种事情来骗我!"

"对不起,是我错了!我以后再也不敢了!我发誓!"谢晓飞着急地说着。

"没有以后了!"童薇转身跑了出去,谢晓飞连忙一瘸一拐地追了上去。

第 071 章
这就是恋爱

童薇走出医院，谢晓飞追在后面，使劲地讨好着。

童薇爱理不理，埋头往前走。

谢晓飞只得向跟上来的夏杉杉和童恬恬求助。

夏杉杉一脸鄙视："别看我，懒得管！"

"恬恬……"谢晓飞苦兮兮地望着童恬恬。

童恬恬看不下去了，拉着童薇："好啦好啦！姐，你就别装了，明明心里还有姐夫！别跟自己过不去！"

童薇瞪着童恬恬："我还没给你算账呢！你竟然跟他合伙来演戏骗我！"

"我可不是骗你，我是让你看清楚自己的内心！"童恬恬理直气壮地说道。

童薇："……"

夏杉杉出声道："好了好了，陪你们闹了一上午，累都累死了，我先回去啦！"

童薇拉着童恬恬："我们也走。"

夏杉杉开车离开了，童薇和童恬恬一路，谢晓飞一直在后面跟着两人。

"你跟着我们干吗？"童薇瞪着谢晓飞。

"护送二位小姐回家啊！"谢晓飞理直气壮道。

"不需要！"童薇拉着童恬恬往前就走。

"行了姐！他也不容易了。"童恬恬劝说着，"他挖空心思求你原谅他，你就先饶了他，观察一阵，要是他还是那个鬼样子，到时候再甩了就是！"

谢晓飞无语地看着童恬恬。

童恬恬撇了谢晓飞一眼："你什么表情？买个勺子还能七天无理由退货呢，更何况是人！能给你个机会就不错了！"

谢晓飞："……"

"笨死了！霸气！霸气啊！还傻站着干什么！"童恬推着谢晓飞。

谢晓飞鼓起勇气，拉着童薇的手，不由分说："跟我来！"

被谢晓飞拽着上车，来到一个破落的小区，童薇站住不走："谢晓飞，你带我去哪儿？"

"我要让你看看，我不是哈巴狗男人！我也有勇气！我谢晓飞是真正改变了！"谢晓飞拉着童薇，带着她来到自己租住的小屋。

"进来。"谢晓飞打开卧室。

"带我来这里干吗？"

"这是我的落脚地……"谢晓飞指着卧室，"也有可能是我之后的家，我跟别人合租的。童薇，我知道我错在哪里了。不瞒你说，那天在赵晨曦家里把你气走之后，我一个恍惚还想跳河……"

"你怎么不跳啊！"童薇瞪着谢晓飞。

谢晓飞有些扭捏："太……太冷了……"

童薇："……"

"什么啊！难道你还真想我跳河！"谢晓飞抓狂道。

"淹不死你！"童薇瞪了谢晓飞一眼，"谢晓飞，我警告你，以后你再敢胡来，我饶不了你！"

一听童薇语气，谢晓飞连连点头："再也不会了！童薇，我想告诉你，我已经挺过来了，我要重建我的生活，和你一起的生活！"

童薇直直地看着谢晓飞，这个男人，确实有些不太一样了。

不过，依然是个大男孩。

谢晓飞见童薇表情没那么严厉，胆大起来，趁机握住童薇的手："童薇，带你来这里，就是让你看到，我可以住曼哈顿，也可以住合租房，就算是这样的环境也没关系，我谢晓飞没有被打垮！"

"晓飞……"谢晓飞的改变，让童薇有些感动。

"童薇，我终于明白你的苦心，以后我不会再去辜负你，我一定会坚强起来，再原谅我一次，最后一次好吗？我一定会努力的！"

童薇的眼睛有些湿润，轻轻地点了点头。

谢晓飞兴奋地抱起童薇欢呼着。

闹了一阵，童薇看了眼这间狭窄的卧室："这里条件太差了，你真打算住这里？"

谢晓飞撒娇抱着童薇："要不，你来陪我一起住！"

"想得美！"

这时，门外响起开门声，童薇怔了一下。

谢晓飞立即解释道："应该是我室友回来了，是个女生，还挺美的……你要是不留下来看着我，说不定我会被人勾搭走了。"

"巴不得！"童薇白了谢晓飞一眼。

既然谢晓飞的室友回来了，也该去认识认识。

童薇和谢晓飞走出屋子，看清楚对方，童薇一愣："商小姐！"

和谢晓飞合租的女生，正是秦天宇的那个实习助理商碧晨，见到童薇，商碧晨也很吃惊的样子："姐姐，是你？"

谢晓飞看了眼商碧晨，又看了眼童薇，惊讶地问道："你们认识？"

童薇笑着解释："碧晨是天宇的下属，我们之前见过，这真是太巧了，原来你的室友是她。"

商碧晨笑道："我也没想到，他是你男朋友！"

"是未婚夫！"谢晓飞揽着童薇的肩膀。

童薇推了推谢晓飞："碧晨，晓飞住在这里，你要多包容他，他要是犯了错，你告诉我。"

商碧晨点头："姐姐放心，我一定好好替你看着他！"

对商碧晨这个刚从大学出来的小姑娘，童薇还是很喜欢的。

和商碧晨聊了一会儿，童薇和谢晓飞下了楼。

"喂，你板着脸干什么？"见谢晓飞闷闷不乐的样子，童薇问道。

"哼！怎么走哪儿都能和秦天宇扯上关系！"

"哈哈。"童薇揶揄笑道，"原来在吃醋！不过这个小商，你可要好好搞好关系哦！"

谢晓飞嬉皮笑脸起来："童薇，让自己男朋友和年轻小姑娘搞好关系，你这是想干吗？"

童薇瞪了眼谢晓飞："因为碧晨喜欢天宇！你要是能帮她追求到天宇，你的醋能少吃三大坛子！"

"真的？"谢晓飞转忧为喜，"真是太好了！"

童薇："……"

谢晓飞一路把童薇送回家，两人高高兴兴地上了楼。

刚开门，谢晓飞和童薇就愣住了。

客厅里，秦天宇正坐在那儿，和钟美艳、童博文开心地聊着天。

童博文看到谢晓飞，立即气呼呼站起来，指着谢晓飞："你怎么又来了，来干吗？给我出去！"

如果钟美艳对谢晓飞这样还说得过去，童博文竟然直接赶谢晓飞了。

童薇有些迷惑，挡在谢晓飞面前："叔叔，发生什么事了？"

"童薇，你被他害得还不够吗？"童博文一脸严厉，"因为他，你现在连工作都丢了！"

童薇明白过来，看着童博文："叔叔，我再说一遍，辞职是我自愿的，和其他人无关。"

"那天宇……"

"都是误会！"童薇打断童博文的话，摇了摇头看向秦天宇，"你来有事吗？"

"我给叔叔婶婶送点营养品。"秦天宇站了起来，看了眼谢晓飞，向钟美艳和童博文礼貌地说道，"叔叔，婶婶，我公司还有事，就先走了。"

"天宇，饭吃了再走啊。"钟美艳追了上去。

"不了，有空我再来看你们。"秦天宇摇了摇头，离开了童家。

见秦天宇的表情有些古怪，童薇皱了皱眉，拉着谢晓飞出门："谢晓飞，天宇看你的眼神不太对，你和他是不是有事瞒着我？"

"他……"谢晓飞有些扭捏，"他给你看的那些照片，是我给他的，我……我让他来追你……"

"你……"童薇气得不行，"你们真是够了！"

"我……"谢晓飞欲言又止。

这时，屋内传来钟美艳的声音："哎呀，博文，那个谢晓飞不会要在家里吃饭吧？饭又不够了！"

"妈，不就多个人嘛……"

童恬恬刚出声，就被钟美艳打断："什么叫多个人，童薇这个月生活费还没交呢！"

钟美艳的话，明显是故意说给童薇和谢晓飞听的。

童薇一脸尴尬，看向谢晓飞正准备说话，却发现谢晓飞一脸淡定。

"嘿嘿，走，我带你去个地方。"谢晓飞拉着童薇准备离开。

童恬恬追了出来："你们要去哪？"

"正好，走，一起去！"谢晓飞向童恬恬招了招手。

三人一起，来到夜市。

谢晓飞一边走一边手舞足蹈地说着："我跟你们说，那个真的超级超级好吃！"

童薇已经知道谢晓飞说的是什么东西："不就是'四大金刚'嘛，我们从小吃那个长大，哪有你说的那么夸张！"

"天啊！"谢晓飞睁大眼睛，"你竟然能吃着那么好吃的东西长大！难怪长得那么漂亮！"

对谢晓飞蹩脚的马屁，童薇哭笑不得。

"四大金刚"，其实就是上海的早点——大饼、油条、豆浆、粢饭。谢晓飞竟然会对这个感兴趣，倒让童薇有些意外。

来到夜宵摊，谢晓飞拉着童薇找了个位置坐下："老板，四大金刚，来一套！"

"好呢！"老板高声应道。

这时，跟在旁边的童恬恬突然往童薇身后躲了躲，目光有些不自然。

"恬恬，你怎么了？"童薇迷惑地问道。

谢晓飞有些好奇，顺着童恬恬目光看去："啊哈，这不是我的救命恩人吗？"

"救命恩人？"童薇迷惑地看着童恬恬。

"还是某人的男神哦！"谢晓飞一脸神秘。

童薇越发迷惑："你在说什么？我怎么越来越听不懂了。"

旁边，童恬恬满脸通红，头都快躲到桌子下去了："你们吃，我先走了……"

"怎么刚来就要走啊？"童薇拉着童恬恬。

谢晓飞一脸正色，看着童恬恬："恬恬，姐夫这就要批评你了，撮合我和你姐的时候头头是道，怎么轮到自己的时候，连跟男神 say hello

都不敢了呢？"

童恬恬脸涨得通红："谢晓飞，你住口！不许胡说八道！"

童薇明白过来，看了眼不远处坐着的那名男生，小声道："恬恬，你喜欢人家啊？"

谢晓飞一笑，看了眼满脸通红的童恬恬，站起身来，径直向男生那桌走去。

童恬恬想要制止的时候，已经来不及了。

"嘿，哥们，又见面了！一起过来吃？"

那名男生，正是童薇学校的同学——孙昊。

看了眼童恬恬，又看了看谢晓飞，孙昊摇头："不了。"

谢晓飞勾着孙昊的肩膀："别扭扭捏捏的，我妹妹喜欢你，怎么样，你有什么想法？"

这边，童恬恬已经满脸通红，咬牙切齿："谢晓飞，我要杀了你！"

而童薇，已经忍不住笑了。

原来童恬恬，已经有暗恋的对象了。不过也是，她已经19岁了，早已经到了少年少女的萌动期。

孙昊愣了愣，看着谢晓飞，愣了好一会儿："她……她真是你妹？"

"呃……"谢晓飞摸了摸鼻子，"确切地说，是我女朋友的妹妹。就问你一句，要不要做我妹的男朋友。"

孙昊看了眼童恬恬，脸红了红："好啊！"

"啊……"孙昊的声音虽然不大，但还是传到了童恬恬的耳中，"姐……我……我……"

"还不快去！"谢晓飞推了孙昊一把。

孙昊壮着胆子，往童恬恬走来。

童恬恬使劲抓着童薇："姐，怎么办，他过来了，我……我不行了……"

童薇没理童恬恬，站起身来，把自己的座位让给孙昊。

童恬恬低垂着头，一张脸涨得通红。

谢晓飞给童薇使了个眼色，示意童薇跟自己走。

童薇悄悄离去，但还是不时回头张望那边两人。

"别担心啦，这男孩子挺不错的。"谢晓飞安慰着，"那天晚上，我从罗斌那边出来，遇到几个混混，打不过，他正好经过，帮我把那几个混混打跑了。"

童薇点头感叹："年轻真好啊！"

"哈哈，羡慕吧？"谢晓飞一脸得意。

"你是怎么知道童恬恬有暗恋对象的？"童薇好奇地问道。

"真不知道你这个姐是怎么当的。"谢晓飞撇了撇嘴，"是她告诉我的。"

谢晓飞指着远处的还低着头的童恬恬："你看，你妹妹跟我在一起的时候那么凶，现在完全变了个人！脸都红到耳根了！"

"这就是恋爱啊！"童薇微笑着，看向远处的童恬恬和孙昊。

和谢晓飞一起找了个吃饭的小店，两人重新坐了下来。

"对了，晓飞，你去朱家角镇是找 Tommy Tsoi 的线索吧？"因为回来之后，童薇一直没理谢晓飞，所以还没问过他这个问题，现在才有这一问。

"嗯。"谢晓飞点头，"我查到照片上那座石桥是放生桥，所以过去看看。"

"真是太巧了。"童薇惊讶出声，"你有什么线索没有？"

"没有。"谢晓飞低着头，"我下车后在车站想找人问路，结果看到你从车上下来，我就一直在后面跟着你了，什么都没找……"

童薇："……"

说起来还确实巧，经过谢晓飞的解释，童薇才知道，两人竟然都是在去朱家角镇的前一晚发现放生桥的线索，而谢晓飞只比童薇早到朱家角镇几分钟。

"所以说我们很有缘分嘛，不管怎么样你都逃不出我手掌心的。"谢晓飞非常得意。

"臭屁！"童薇骂了一声，将自己搜集线索的结果告诉了谢晓飞，"虽然有了点线索，但几乎没用，现在我们必须想想其他办法，尽快找到 Tommy Tsoi。"

"嗯。"提起 Tommy Tsoi，谢晓飞也认真起来。

第 072 章
希望

把童薇送回家，谢晓飞回到自己的出租屋。

客厅没人，不知道商碧晨是否在家。

谢晓飞坐在沙发上，拿出一张泛黄的照片。

照片上，一名中等个子、不胖不瘦的男人，穿着呢子大衣，戴着帽子，站在一座石桥上。

Tommy Tsoi，这是谢晓飞的父亲交给他的照片原件，照片上面的人，正是谢氏的那个神秘合伙人，只可惜无法看到正脸，只有一个侧面。

现在，虽然已经确定了照片上的石桥，就是朱家角镇的放生桥，但没有别的线索。

看着手上的照片，谢晓飞思索着寻找 Tommy Tsoi 的办法，但童薇都想不出别的办法来，谢晓飞一时半会儿的当然不可能有新的途径了。

"该死，究竟该怎么找！"这可是事关重掌谢氏的事情，苦思不得其法的谢晓飞抓狂起来。

开门声响起，商碧晨从她的卧室走了出来。

"谢先生，你……没事吧？"看着一脸烦闷的谢晓飞，商碧晨担心地问道。

"我没事……"谢晓飞摇头。

没想到打扰到了商碧晨，谢晓飞有些歉意："不好意思，打扰到你了。"

商碧晨看了眼谢晓飞，觉得谢晓飞根本不像没事的样子，出声道："谢先生，如果有我能帮忙的事情尽管说。"

谢晓飞无可奈何地扬了扬手上的照片："需要帮忙的事情倒是有，如果你能帮我找到这个人的话，那就帮了我大忙的，不过……怎么可能……"

"找人？"商碧晨接过谢晓飞手上的照片，微皱眉头，"看起来有些年头了，也没有正面，还有其他线索吗？"

"没有。"谢晓飞摇头。

商碧晨伸手摸了摸照片："这张照片，至少应该有20年了吧？"

"嗯。"谢晓飞点头，"20多年。"

"20多年前……"商碧晨思索着，"那就是八九十年代，那时候照相机还没普及，我们拍照片都是去照相馆，拍照可是很稀罕的事情！现在想来，还真是复古。"

"复古？"谢晓飞突然眼睛一亮，"复古！对啊！就是复古！我知道该去什么地方找线索了！"

见谢晓飞一脸兴奋，商碧晨愣了愣："谢先生……"

"哈哈！谢谢你，你给我指了一条明路！"谢晓飞兴奋地抱住商碧晨狠狠地亲了一口。

商碧晨浑身一震，退了两步，直直地看着谢晓飞。

谢晓飞这才发现一个高兴忘了中西风俗："不好意思，我……我忘了这里是中国……"

"没事……"商碧晨摇了摇头，"能帮到你就好，我先回房了。"

商碧晨回房之后，谢晓飞立即拿出手机，拨通了童薇的电话。

童薇那边，也正对着电脑上的照片寻找线索，见是谢晓飞的电话，接了起来："喂……"

"童薇,我有办法了,我知道怎么找 Tommy Tsoi 了!"谢晓飞兴奋地说着。

"有办法了?"童薇一喜,"什么办法?"

"暂时保密,明天我来接你。"谢晓飞神秘地说道。

童薇:"……"

"哈哈,你准备好接受明天的惊喜吧!"谢晓飞兴奋地挂断了电话。

这一晚,童薇都没怎么睡好觉。

这个谢晓飞,神神秘秘的,就是不说是什么办法,把童薇给气得不行。

第二天,谢晓飞拉着童薇,来到城隍庙市场内。

"你把我带这来干什么?"童薇一脸不解。

"照片,这张照片很老,碧晨说八九十年代照相机很少,照相是很稀罕的事……"谢晓飞终于说了出来。

"原来是这样。"谢晓飞这么一说,童薇立即明白过来。

两人径直来到一家古玩店,正是之前童恬恬卖钢笔的那家。

"谢先生,童小姐,什么风把你们吹来了?"老板还记得两人,立即打着招呼。

"大叔,我们有事找你帮忙。"童薇拿出照片,给老板说明了来意。

老板接过照片,拿着放大镜,仔细翻看相纸。

童薇和谢晓飞都一脸紧张。

老板仔细看了两三分钟,摇摇头:"对不起,童小姐,我真的帮不上你什么,虽然那个年代拍照的人很少,但过了这么多年,只是一张照片根本找不到拍照的人。"

"那谢谢你……"童薇一脸失望,准备收回照片。

"等等!"这时,老板突然拦住童薇的手,拿过照片,"我想到办法了!"

老板指着照片:"这张照片的相纸很特别,用的人并不多,你们等等,我去去就来。"

说完,老板拿着照片,奔向后堂。

见老板说有了办法,童薇和谢晓飞有些惊喜,在外面焦急地等待着。

过了10来分钟,老板才出来:"有线索了。"

老板拿着照片:"这种相纸10多年前就已经停产了,是一家小厂生产的,当时用这种相纸的照相馆很少,我所知的只有美利丰照相馆,你们可以去找这个人问问,他是那边的摄影师。"

老板递给童薇和谢晓飞一张纸条,上面写着一个人的名字和地址。

这可是一条重要的线索,让谢晓飞和童薇重新看到了希望,两人立即连声道谢,向老板告辞后直接赶往美利丰照相馆。

美丽丰照相馆,位于朱家角镇,规模还挺大。

童薇和谢晓飞给前台说明了来意,前台立即打电话找人。

不一会儿,一名白发苍苍,穿着普蓝色工作衫,两只胳臂上还戴着袖套的老人从楼上下来,向前台问道:"有人找我?"

童薇立即站了起来:"请问您就是左师傅?"

老人打量了下童薇和谢晓飞,有些迟疑:"你们是……"

童薇见老人正是古玩店老板所说的左师傅,立即拿出照片,郑重其事地询问:"左师傅,请问你们照相馆拍过这样一张照片吗?"

左师傅接过相片,从上衣袋里掏出老花眼镜戴上,看了看照片,点了点头:"这张照片,确实是我拍的。"

童薇微愣:"这么多年过去了,您怎么断定这张照片是您拍的呢?"

左师傅笑了笑:"这种相纸,当年生产量很少,用的人更少。其次,我打光方式,跟那个年代大多数摄影师不同。不过真正让我记忆深刻的,还是照片里的这个人,虽然几十年过去了,我依然清楚地记得,就像在昨天一样!"

"太好了!"

童薇和谢晓飞听了,欣喜若狂。

"左师傅,你回忆回忆照片上这个人,我们找他有很重要的事情。"童薇恭敬地请求着。

左师傅点点头,看了眼手上的照片,回忆道:

"当时,我是照相馆的高级摄影师,来找我拍照的,要么是领导,要么就是托了好几层关系的熟人。那个年代拍张照片不容易,大家都特别重视,来的时候一定穿得板板正正。可这个人……"

左师傅指着照片:"他来的时候衣冠不整、醉醺醺的,走路都不太稳,一看就喝了不少酒。我当时有点不太高兴,觉得他很不尊重人。拍完照片,他竟然从衣袋里掏出一瓶二锅头,非要跟我喝两杯,我实在推托不了,也怕他喝醉了闹事,就跟他聊了两句。"

"他跟您说了什么?"童薇问道。

左师傅回忆了一下:"他说他是做生意的,好像遇到点事,心情不好……"

"你还能回忆起他的名字吗?"谢晓飞焦急地问道。

左师傅摇了摇头:"这个够呛……"

童薇和谢晓飞都脸色一沉。

不过这么多年过去了,只是二三十年前的一个顾客,记不得倒也很正常。

突然,左师傅兴奋地一拍大腿:"我想起来了,他说他是'顶天立地、雷打不动的英雄',他的名字叫……叫……雷……雷雄!"

"太好了!"

童薇兴奋地叫了起来,急忙拿出手机,打开网页搜索"雷雄"。

百度百科,正好有雷雄,点开雷雄的照片,和旧照片对比。虽然旧照片上的人只是一个侧脸,但和雷雄的照片一对比,还是很快确认了出来。

童薇、左师傅、谢晓飞三人同时眼神一亮:"就是他!"

这一来,搜索信息就容易了。

雷雄,曾经的贸易圈大佬,50岁时突然宣布退休,抛下一切退出江湖。这些年江湖只闻其名,不见其影。而其退休之后,一直居住在苏州——静心园。

"一定是他!"谢晓飞一脸兴奋。

无论从年龄,还是个人履历,都说明这个雷雄,正是谢氏的神秘合伙人Tommy Tsoi。

当天下午,谢晓飞和童薇就登上了前往苏州的火车,直奔苏州。

苏州园林很多,但有了名字,要找到还是很容易,尤其是个人名下的园林。

根据地图,两人来到一座园林前,朱色大门牌匾上写着三个大字。

谢晓飞念着:"园心静?不对啊。"

童薇:"……"

"笨蛋,是静心园!古时候的文字是从右往左念的!"

谢晓飞:"……"

童薇走上前去,试着敲门。

一名打扮朴素的中年男人开了门:"请问你们是?"

"您好,我们是特意来拜访雷雄雷先生的。"童薇礼貌地解释道。

"有和雷先生约过吗?"中年男人问道。

"没有。"童薇摇头。

"那就请回吧,雷先生不见陌生人的。"中年男人说着准备关门。

童薇连忙拿出雷雄的旧照片:"请等一下,请把这张照片交给雷先生,告诉他我们有要紧事一定要见他一面。"

中年男人摇头:"非常抱歉,雷先生不见陌生人的,除了亲自和他预约，别无他法。"

中年男人说完关上了门，把童薇和谢晓飞留在门外。

"这可怎么办？明明都找着了，却不让见。"谢晓飞板着张脸，一脸不满。

"谢大少爷，你们家老头，是阿猫阿狗想见就能见的吗？"童薇揶揄道。

谢晓飞指着自己的鼻子："你说我是阿猫阿狗？我是……"

"好好好，你是谢大少爷，这行了吧。"童薇没好气地说着。

谢晓飞哭丧着脸："好吧，那你说现在我们怎么办？"

童薇想了想，给崔西打了个电话，让崔西帮忙调查下信息。

"我们先去酒店住一晚，等崔西的信息吧。"

当天晚上，崔西就回了电话，给童薇汇报自己调查到的信息："雷雄，50岁那年被检查出肝癌，据说就是喝酒喝出来的，当时已经晚期，几乎判了死刑，说最多还有三个月的时间。后来通过神秘人士的介绍，他去印度灵修了。"

"然后呢？他真把病给修好了？"童薇惊讶地问道。

"很神奇对不对？"崔西说道，"但他真的从印度活着回来了，而且活到现在。从印度回来后，他就不问世事，把手上的产业交给别人打理。后来一直在苏州的静心园潜心灵修，除了几个至亲好友，很少有人能见到他。"

"那有没有他的联系方法？电话号码什么的？"

"没有。"

挂断电话，童薇愁眉苦脸起来。

虽然信息增多了，找到了照片上的人，但还是想不出办法见到雷雄。

"这可怎么办？明明知道他就在静心园却见不着。"童薇皱紧眉头。

谢晓飞反而安慰起童薇来："好啦，别多想了，来这么漂亮的地方，应该享受才对。"

童薇板着脸:"可一天见不到雷雄,我一天就没法安心感受美景。"

"哎呀,既然不能力敌,我们就来智取。"谢晓飞拍了拍胸脯,"放心吧,今天你好好休息,明天一大早,我保证我们能见到雷雄。"

"真的?"童薇一脸怀疑。

"千真万确!"谢晓飞神秘地说道。

虽然很好奇谢晓飞究竟想了什么办法,不过一般来说谢晓飞摆出这种臭屁表情的时候,想问是问不出来的。加上昨晚就因为谢晓飞的神秘没睡好,早就困得不行,也懒得再问了。

第二天一大早,童薇还没睡醒,就被谢晓飞叫了起来。

"走,快起床了,我们去见雷雄。"

"这么早?"童薇看了看腕表,才6点钟。

"再晚就见不着了。"谢晓飞催促着。

童薇只得起床洗漱,跟着谢晓飞离开酒店。

一路迷惑地跟着谢晓飞,两人来到静心园外面。来到正门,谢晓飞并没停下,而是继续拉着童薇往前走,一脸鬼鬼祟祟的表情,总感觉不像是来见人而是来做贼的。

童薇疑惑地问道:"晓飞,你干吗呢?"

"嘘!"谢晓飞示意童薇别出声,拉着童薇来到一堵墙前面,看了看周围,转身向童薇问道,"你小时候体育怎么样?"

童薇明白过来,恍然大悟:"你……你不会是想翻墙吧?"

"对啊,你不觉得这是最直接的办法吗?联系不上他,我们就直接翻墙进去找他。"

童薇被气得哭笑不得:"我也是疯了!居然会相信你有办法!这么大的院子,肯定有监控,而且……"

"放心吧,我刚才走了半天,就是在看监控死角,就是这里,错不了！"

童薇摇头："晓飞，这样不好，我们回去再想办法。"

"喊，你别不信，我翻给你看！"谢晓飞往后几大步，然后借着冲力趴上墙头，用力一撑，已经站在了墙头上，一脸得意，"怎么样，我的身手不错吧？我可是……"

话音刚落，谢晓飞忽然一个不稳，"哎呀"一声栽进墙内。

"晓飞，你没事吧！"童薇担心地喊道。

"我……"

这时，里面传来狗叫声，还有谢晓飞惊慌的声音："你……你别过来，我……我……啊！"

第073章
线索中断

听到里面谢晓飞的惨叫声，童薇急得不行，跑到静心园正门，使劲拍打着门板。

朱色大门开了，还是那名中年男人："童小姐，请。"

童薇跟着中年男人，来到院子里，见谢晓飞正站在那里，额头上一个大包，头发杂乱，衣服裤子也有些破烂，一脸狼狈样。

院子的茶座上，坐着一名穿着唐装的老年人，正在喝茶。

童薇立即认出，这名老年人，就是自己和谢晓飞要找的 Tommy Tsoi——雷雄！

松了一口气的同时，童薇来到谢晓飞身边，悄声问道："晓飞，你没事吧？"

"没事！"谢晓飞摇头，脸上却还有些气呼呼的样子。

雷雄站了起来，打量着两人："你们胆子不小啊，我这宅子四周全是高压电线，监控死角还养了几只藏獒，今天要不是我正巧经过，小伙子，你知道下场会是什么？"

童薇连忙道歉："对不起，雷先生，我们不是故意的，我们真的有急事找您。"

雷雄摇了摇手："说吧，你们废了这么大劲来找我，究竟有什么事情？"

童薇推了推谢晓飞。

谢晓飞立即拿出老照片，递给雷雄："雷先生，请问照片上是您吗？"

雷雄接过照片，端详了一下："咦？你们怎么会有我的照片，这还是我去印度前拍的……"

"雷先生，我叫谢晓飞。"谢晓飞立即解释道，"我爸是谢氏集团的谢天佑。就在不久前，我们家族内部发生了一些意外，我的父亲让我无论如何要找到您！"

雷雄大吃一惊，抬起头来："谢天佑？就是'十八藏'的谢氏集团？"

"是的。"谢晓飞点头，将事情的来龙去脉说了出来。

"雷先生，我和父亲要夺回谢氏的控股权，需要您的表态！自从我叔叔上位之后，谢氏的股价已经跌破历史最低点，我相信作为股东，您也不愿意眼睁睁看着自己资产贬值。我向您承诺……"

谢晓飞话没说完，雷雄摆了摆手："小伙子，我非常愿意帮助你。"

"太好了！"童薇兴奋地出声。

雷雄摇了摇头："可是很遗憾，谢氏的股份，我只是代持。"

"代持？"

谢晓飞和童薇双双愣住。

代持，也就是说雷雄并不是股份的真正拥有者，而是另有他人。

"雷先生，那您所持的股票，究竟是谁的，能告诉我们吗？"童薇问道。

雷雄摇头："说来你们可能不信，此人非常低调，就连我也没见过他的面，一切商业上的事务，他都是委托律师出面解决。"

"原来是这样……"

好不容易找到的线索又断了，童薇和谢晓飞互视一眼，眼里都充满了失落。

"我帮你联系一下 Tommy Tsoi 的委托律师吧。"雷雄拿出电话。

结果并不理想，Tommy Tsoi 的委托律师，也没有 Tommy Tsoi 的联系方式，每次有事，都是 Tommy Tsoi 主动联系。

当晚，雷雄备下宴席，宴请童薇和谢晓飞。

虽然谢晓飞不请而入，但雷雄对童薇和谢晓飞两人，还是很有好感，相谈甚欢。

"你们也不用灰心，我这边会尽量帮你们找到他的。"雷雄安慰着谢晓飞和童薇。

谢晓飞向雷雄敬酒："雷先生，我敬您一杯，无论如何，感谢您！"

雷雄微笑："我没帮你什么忙，受之有愧。我就以茶代酒，喝了这一杯。"

谢晓飞还是非常感激："中国人说，谋事在人，成事在天，您已经帮了我，只是老天爷还想考验我罢了。"

雷雄一饮而尽，放下杯子后，看了眼谢晓飞，扭头对童薇问道："姑娘，他是你男朋友吧？"

童薇不好意思地点了点头。

雷雄笑了笑："那你以后会很累。"

"为什么呀？"童薇笑问。

"你这个男朋友，桃花很重！"

童薇笑了。

谢晓飞不解："桃花……什么意思？"

"说你好色！"童薇打趣道。

谢晓飞看着雷雄，结结巴巴出声："雷先生，您……您不要害我。"

童薇忍不住笑了："没看出来，原来雷先生还会看相啊。"

雷雄摇头："我不会看相，我是会看人。权势和财富固然是男人的一记春药，但吸引的只是寻常女性。真正有能耐的女人，终其一生在寻找的，是能够降服她们的男人，但这样的男人又太少。你找到了他，别人找不到,当然就要来抢你的了。"

谢晓飞大概听懂了,连连摆手:"没有的事!"

童薇举杯,微笑道:"雷老,还真让您说中了。晓飞,的确很招女人喜欢。"

雷雄微笑道:"不过童小姐能把我雷雄劝开了酒,说明你也非等闲之辈啊。你们两个,注定要纠缠一生了。"

谢晓飞这下满意起来:"雷先生这样说,我就放心了。来,我们三个再喝一杯!"

虽然最终没找到真正的Tommy Tsoi,不过雷雄已经答应帮忙联系,线索并不算完全中断,还存有一丝希望。

两人坐上火车,回到上海。

把童薇送回家,谢晓飞回到了自己的出租屋。

躺在床上,正在思考着雷雄私下告诉自己的一些话。

这些话,童薇并不知道,雷雄又说的不清不楚的,像是在打哑谜,谢晓飞想了半天都想不明白什么意思。

正想着,响起敲门声:"晓飞,你在吗?"

是商碧晨,谢晓飞起身开门:"碧晨,怎么了?"

商碧晨把一张单子递给谢晓飞:"这是这个月的电费,一共三百五十六,我们俩平摊,一人一半。"

谢晓飞连忙摸了摸口袋,结果翻了半天,只掏出几枚硬币,一脸尴尬:"那个……"

商碧晨知道谢晓飞的情况,打着圆场:"忘取现金了吧?刷卡、刷手机习惯了,我也老这样,没关系,我先垫上,等你取了钱再给我。"

"好,不好意思啊……"谢晓飞连忙点头。

商碧晨退了出去,谢晓飞关上门,连忙拨打了童恬恬的电话:"恬恬,求助!"

"你又怎么啦?"电话那头传来童恬恬的声音,"不会是又想找我借孙昊的自行车吧?前两天你给人家摔坏了还没修好呢。"

"不是……"谢晓飞不好意思道,"恬恬……那个,你能借我点钱吗?"

"你要借钱问我姐借就好了啊,干吗又找我啊?"

"我……我不想让她知道我没钱了……"电话这头,谢晓飞自己都脸红。

"哦,你在她面前不好意思,找我就好意思了?你是她男朋友,又不是我男朋友,真是的。再说大哥,我还是学生啊,我一个月就300块零花钱……"

"恬恬,我要的不多,你就借我一次,就200,我有钱了立刻就还你……"

"有钱了,啥时候?我说你一个富二代,不是说瘦死的骆驼比马大吗?怎么混成了这样……"童恬恬没好气地说道。

"恬恬,我这不是有困难嘛,我的银行卡全被冻结了,平时又没留现金,哪来的钱,前几天我把手表都卖了……"谢晓飞诉苦道。

童恬恬摇头:"钱,我借给你没事,可你想过以后怎么办吗?"

谢晓飞沉默了,良久出声道:"那……你有什么建议?"

"找工作啊!"

"工作……"谢晓飞微愣,"怎么找?"

童恬恬都快哭了:"不是吧,大哥,你都快三十的人了,连怎么找工作都不知道?"

"我……我没找过工作。"谢晓飞虚心地求教着,"要不……你指点指点我……"

童恬恬拿谢晓飞没办法:"这样吧,你把你干过什么,都写一写,弄个简历,打印几份,去人家公司里投投看吧,说不定有公司要你。"

"哦。"谢晓飞答应下来。

第二天，谢晓飞拿着一堆简历，一脸茫然地站在大马路上，望着两旁高高的CBD。

"这怎么找啊？"谢晓飞哭丧着脸。

想起童恬恬给自己说的话，谢晓飞握了握拳头："谢晓飞，加油，迈出这一步，你就离童薇的要求更近了！"

一天下来，谢晓飞进进出出好几十家公司大门，点头哈腰地递交简历。

接待他的人大多不耐烦，连正眼也不看他，谢晓飞甚至看到有两家公司的接待人员，当着他的面把简历扔进垃圾桶。

最后，谢晓飞泄气了，一脸疲惫地坐在路边。

不过，一天的努力也没白费，至少谢晓飞手里已经只剩下最后一份简历。

"呼！也不知道会不会有公司给我打电话呢。"对这件事，谢晓飞自己也不确定，将简历随手放在旁边。

这时，一阵风吹过，简历被吹了起来，往远处飘去，谢晓飞起身想追，可几个起落，简历就已经被吹的远远的了。

"算了，正好不用再送了。"谢晓飞垂头丧气地回到住处。

商碧晨正在客厅，一边啃着面包一边看法律文书。

刚毕业就在福通律所担任助理，还是知名律师秦天宇的助理，商碧晨倒非常努力。

见谢晓飞回来，商碧晨抬头打着招呼："哎，你回来了。"

谢晓飞有些为难："那个……不好意思，我今天又忘取钱了。"

商碧晨微笑道："没关系，下个月一起给我好了，反正也不多。"

谢晓飞犹豫了一下："那也好……"

看着谢晓飞准备回房的背影，商碧晨出声："如果有什么需要我帮忙的地方尽管说！"

谢晓飞顿了顿，回过身来："那个……我想请教你一个问题。"

"好啊，你说。"商碧晨点头。

谢晓飞扭扭捏捏："当初……你是怎么找到工作的？"

商碧晨明白过来："你要找工作啊？"

"嗯，有这个想法。"谢晓飞点头。

对谢晓飞的情况，商碧晨也大概有了些了解，倒没看不起谢晓飞的意思，非常热心地帮着谢晓飞想办法。

商碧晨放下法律文书："说起这个啊，我到现在还心有余悸呢！我不是本地人，当时毕了业，我妈非要叫我回老家，觉得女孩子留在大城市奋斗事业毫无意义，就该一毕业就结婚生子！我不想过那样的生活，于是决定先斩后奏！我精心设计了自己的简历，网上发了100份，结果，全部石沉大海！"

"后来怎么样？"谢晓飞的心提了起来。

"虽然这样，但我没有气馁！我决定厚着脸皮写信！"商碧晨脸上洋溢着笑容，"我很想去福通，我就写邮件给他们的HR主管，告诉他我很想去福通，如果哪里有欠缺，我先去学！哪怕给我做清洁工的机会也行！结果没想到，我的精神打动了他们，他们接受了我！"

谢晓飞睁大眼睛："做清洁工……这……这不丢人吗？"

"找不到工作更丢人啊！"商碧晨挥起拳头，"而且，我相信只要肯努力，就算是从清洁工做起，也是能做出一番成就来的。乔布斯19岁还因为经济因素休学，借住在沃兹家的车库呢。"

"喔……"谢晓飞点点头，但对自己并不抱太大的信心。

"哎呀，要对自己有信心一点，如果自己都失去了斗志，又能指望谁呢？"商碧晨给谢晓飞打着气。

"好吧……"

第 074 章
从送外卖开始

虽然有商碧晨的鼓励，但谢晓飞还是不想去做清洁工。

当然，谢晓飞觉得，自己估计做清洁工也做不好。

自从没了谢氏这棵大树，经过这段时间的事情之后，谢晓飞发现自己简直一无是处。如果不是童薇，谢晓飞早就经受不住打击完全颓废了。

"早知道就该多存点私房钱，要不然就不会这样了。"谢晓飞心里着实有些后悔。

第二天，又打印了一些简历，谢晓飞拿着出门，准备再出去碰碰运气。

刚下楼，手机响了，是个陌生的号码。

谢晓飞迷茫地接通电话："喂……"

"你好，是谢晓飞吗？"

"我是，您哪位？"听声音有些成熟，但不是谢晓飞认识的人。

对方回答道："我是'好客'餐饮集团的CEO，我姓付，付德忠。你是不是投了简历来我们公司？"

谢晓飞微一迟疑，投递过的公司太多，他也记不清了，不过还是回道："对对对！"

"我们集团是国际化的餐饮集团，目前正在扩张中，我看你是美籍华人，英语肯定很不错，有没有兴趣过来应聘我们的经理职位啊？"

一听付德忠的话,谢晓飞眼神发亮,连声道:"有有有!请问什么时候面试啊?"

"你明天上午过来一趟吧,我们到时候面谈。"

"好!谢谢老板!"

挂断电话,谢晓飞兴奋地跳了起来。

虽然只是个经理职位,对方也只是个餐饮集团,和谢氏集团比起来差远了,但对现在的谢晓飞来说也是个大喜讯。

谢晓飞立即拨打童薇的电话,准备通知童薇。

"晓飞?"电话那头传来童薇的声音。

"在哪儿呢?"谢晓飞问道。

"我和杉杉在喝咖啡呢。"

"把地址发给我,我马上过来,有好消息告诉你。"不等童薇回答,谢晓飞就挂断了电话。

童薇很快把地址发了过来,谢晓飞搭了辆车直奔咖啡厅。

咖啡厅里,童薇和夏杉杉正坐在那儿聊天,谢晓飞走了过去打着招呼:"嗨,杉杉,好久不见,你好像……胖了?"

"……"夏杉杉瞪了谢晓飞一眼,"你真会聊天!"

童薇扑哧一声笑了出来。

谢晓飞坐下,童薇立即问道:"说吧,究竟有什么好消息?神神秘秘的。"

"我找到工作了!而且是经理职位!"谢晓飞一脸得意。

童薇微愣:"工作?你什么时候开始找工作的?我怎么不知道?"

谢晓飞脸微红:"怕找不到丢脸,所以没告诉你……"

童薇:"……"

这谢晓飞,还有怕丢脸的时候,这一路丢脸,都丢到姥姥家了。

不过谢晓飞竟然自己跑去找工作,说明他确实在努力,童薇心里也很高兴。

"今天我请客啊,你们谁也不许跟我抢!"谢晓飞找到工作,说话也硬气起来。

"好啊好啊!"夏杉杉立即举起双手,"一会儿我再点几份打包回家!"

"点点点!随便点!一会我们再一起吃饭庆祝一下!"谢晓飞大方地说着。

三人一起,玩到快10点了才回家。

明天就要去面试,谢晓飞心里还有些激动,结果到半夜才睡着觉。

睡得迷迷糊糊的,闹钟响了,谢晓飞困得不行,不过最终还是坚持着起了床。

"谢晓飞,从今天开始,为了你和童薇的未来,奋斗吧!"谢晓飞给自己打着气,骑上单车,往昨晚查到的"好客西餐厅"的地址赶去。

路不近,骑了半个多小时的车才到。

见好客西餐厅店门前的空地上,一大堆男男女女正整整齐齐地排成队伍,在做着广播体操。

站前面领操的,是一名方脸中年人,正冲那些男女喊着:"动起来动起来!一大早的就死气沉沉,怎么干活!要有活力!活力!要让客户看到我们的精神面貌!看我们的员工像我们的牛排一样劲道十足!"

员工齐声高喊:"劲道十足!劲道十足!"

看到这一幕,谢晓飞睁大眼睛:"不会吧?这搞什么鬼?"

这个情况,让谢晓飞感觉这群人的精神似乎不太正常。

虽然有些不解,谢晓飞还是推着自行车走了过去,向方脸中年人问道:"您……您好……请问你们付总在吗?"

"我就是,你谁?"方脸中年人看着谢晓飞。

"啊?……"谢晓飞微愣,原来这就是自己未来老板,连忙自我介绍道,"付总,你好,我是谢晓飞,昨天我们通过电话,记得吗?"

"哦,是你啊!"付德忠想了起来,向员工招手道,"来来来,我给大家介绍一下,这是我们的新同事,谢晓飞!以后大家就是一个团体的人了,要互相帮助,知道吗?"

"是!"一众员工齐声应答,倒是非常整齐。

有不少女服务员,见帅气的谢晓飞,两眼发亮,交头接耳地小声议论。

本以为要面试的,结果面试都不要了,付德忠直接让一名员工,领谢晓飞去换制服。

等谢晓飞看到是什么制服后,一脸无语,以为是搞错了,换都没换,直接拿着出来,找到付德忠:"老板,那个……我是经理啊……经理穿这个……不合适吧?"

付德忠笑了笑:"是经理啊,你是我们餐厅的预备经理。"

"预备经理?"谢晓飞不解,"什么意思?"

付德忠没好气地看了谢晓飞一眼:"就是干得好,以后就是经理。怎么着?难道你想开工第一天就做经理啊?年轻人,不要好高骛远,要踏踏实实地从底层做起,我们这叫人才储备,你就是我们餐厅储备的人才。"

谢晓飞满头雾水:"那……你让我做什么?"

付德忠想了想:"这样吧,看你长得眉清目秀的,力气活是干不了了,就给你个轻松的活吧。别人点了餐,厨师做好后,你打包给人家送过去就行。"

"呃……"谢晓飞明白这是让自己干什么了。

送外卖……

就算再傻,中西文化差异再大,谢晓飞还是知道,自己好像被付德忠玩了。

"这个……这个……"谢晓飞支支吾吾的。

"怎么，不满意啊？"付德忠看着谢晓飞。

虽然明知留下来并不是什么好的选择，谢晓飞还是犹豫了一下："那……工资多少？"

"别的店都是一天100，我看你会外语，送外企方便些，我就给你一天200，行了吧？"

"200……"谢晓飞略一思索，点头道，"行，我干！"

随即，想到另外一件事，谢晓飞问道："对了，老板，我拿的是美国护照，是不是要去办就业许可证什么的？"

"急什么？有空我再去办。"付德忠一副不耐烦的样子。

"好吧……"谢晓飞只得点头。

送外卖，得背着巨大的外卖箱，骑着电瓶车四处跑，有时候遇到电梯坏了，还得从一楼爬到十几楼，客户还一个劲地打电话催。最郁闷的是，经常还没人给你好脸色。

有一天，路上遇到个老太太晕倒了，谢晓飞因为送老太太去医院耽误了送餐，怎么解释都被那名顾客骂了个狗血淋头，让谢晓飞更是气得不行，不过他都忍了下来。

忙活了一整天，谢晓飞已经累得不行。

下班的时候，童薇打来电话，约谢晓飞吃晚饭。

来到餐厅，童薇已经等在那儿了。

"晓飞，告诉你一个好消息，我也找到工作了。"见到谢晓飞，童薇立即迎了上来，兴奋地说道。

"真的？"谢晓飞也替童薇高兴，"真是太好了！什么公司？做什么？"

"那个……我说了……你不许生气啊！"童薇有些怯怯地看了谢晓飞一眼，"我去的是一家律所，做法律顾问。"

谢晓飞心里一咕哝:"不会是秦天宇的那家律所吧?"

"是……的……"童薇怯怯地回答道。

谢晓飞瞪着童薇:"童薇!"

"晓飞,你听我说。"童薇解释道,"他们正好有个案子需要我帮忙,就是YEP和快闪的合并案。YEP准备裁掉快闪的所有老员工,他们的合并案是我经手的,我是最合适的处理人选。况且,我也需要一份工作啊,总不能就这么无所事事下去吧。"

谢晓飞扭头不理童薇,还在因为她去了秦天宇那家律所生气。

"晓飞,笑一个嘛!"童薇围着谢晓飞,做着鬼脸哄他,"再说,这也只是暂时的,等有别的公司找我,我马上就跳槽,行不行?"

"不行!"谢晓飞一口否决。

童薇脸一板:"好吧!你执意反对的话,那我就推掉,我就跟你一起饿死算了!这个月生活费我都还没交呢!姊姊骂就让她骂吧!"

说着,童薇假装生气,拿着包要走。

谢晓飞急了:"等等!谁让你推了!"

"那你同意了?"童薇回过头来满脸笑意。

"我同意没问题,不过我需要你一个保证!"谢晓飞不情愿地说道。

"什么保证?"

"我要你保证,除了工作之外,不能和秦天宇发生别的关系!更不能给秦天宇任何乘虚而入的机会!"

"这样啊……"童薇故做思索状。

"怎么,不行?"谢晓飞更急。

"那要看你的表现了。"童薇一脸得意。

"童薇!"

"好啦好啦,不逗你了!"童薇举起手,"我对天发誓!绝不给秦天宇任何机会!行了吧?"

"这还差不多！"谢晓飞总算满意了。

见谢晓飞没意见了，童薇松了口气，问着谢晓飞的情况："你今天第一天上班怎么样？"

谢晓飞有些心虚地看了童薇一眼，挤出一个笑容："呵呵……还……还行……挺好……不错！"

"到底怎么样？"一看谢晓飞的表情就有鬼，童薇追问道。

谢晓飞心里一紧："没什么，我是觉得工作有点太轻松了，没什么挑战！哈哈……哈哈……"

"是吗？"童薇点头，"这么说来，你又有时间勾搭年轻漂亮的小姑娘了？"

"我哪敢啊。"谢晓飞应付着，心里却是五味杂陈。

这顿饭，谢晓飞吃得都没什么心情。

自己找个工作，结果是送外卖的，童薇却是高大上的律所顾问，总感觉非常丢人的样子。

自尊心受损的谢晓飞，送童薇回家后，一个人颓废地回到出租屋。

"回来啦，晓飞哥。"

刚进门，客厅正看书的商碧晨就和谢晓飞打着招呼。

"嗯。"谢晓飞点头，想起童薇的事，"那个……碧晨，童薇是不是来你们律所上班了？"

"是啊，童薇姐跟你说啦？"商碧晨问道。

"嗯，晚上跟我说的。"谢晓飞点头，"她是什么职务？"

"童薇姐是我们律所的顾问，可是很高的职务喔，往往都要各行各业的专家才能胜任。"

谢晓飞一怔："她这么厉害？算得上是专家？"

"当然。"商碧晨点头，"你还不知道吧，童薇姐可厉害了，上半年YEP和快闪的合并案，快闪的老板陈莫谈到一半，不知道怎么死活不愿再谈，秦律师急得都快疯了，最后童薇姐一句话就让陈莫改变了主意，同意合并。"

"一句话？什么话？"谢晓飞还不知道童薇有这段历史。

"我也不清楚。"商碧晨摇头，"具体的要问雯姐才知道，我那时候才刚进公司，根本没资格跟这样的大案子。"

"喔。"谢晓飞点头。

回到房中，谢晓飞尽管身体已经累得不行，但毫无睡意。

童薇越厉害，谢晓飞的心理压力也就越大。

自己只是一个送外卖的，怎么追得上童薇？

童薇不会看不起自己吧？

第075章
露馅

童薇在福通律所的工作，开始正式展开了。

之所以加入福通律所，担任福通律所的顾问，实际上是秦天宇受律所孙总的委托邀请的，一方面福通律所确实需要一名谈判顾问，另一方面则是因为YEP和快闪合并案所涉及的裁员问题急需解决。而童薇，现在也确实很需要一份工作。

YEP中国负责人黄友鹏，亲自到福通律所来，商谈相关事宜。

"童小姐，我们又见面了！"黄友鹏打着招呼。

"真荣幸，黄先生还能记得我名字。"童薇微笑道。

"能帮我们拿下陈莫的人，我怎么敢忘记！"黄友鹏看向秦天宇夸奖道，"秦律师真有实力，陈莫都没挖到的人才，居然被他抓住了！看来以后我要多多加强和秦律师的合作啊！"

"黄先生说笑了。"秦天宇谦虚道，"这都是童小姐给我面子。"

童薇不想再说废话："黄先生，今天时间挺紧的，我们先开始吧。"

"好，童小姐，您先请说。"黄友鹏点头坐下。

童薇拿出文件："我看了下这次YEP的裁员计划，要裁的人基本上都是快闪的元老，不知道黄先生有什么打算？"

"互联网企业裁员从来都是雷厉风行，我们的打算么……一小时之内完成。"黄友鹏避重就轻地说道。

童薇皱了皱眉。

YEP和快闪刚合并，YEP这边就把快闪的元老全给裁掉，完全有点卸磨杀驴的意思。

见童薇皱眉，秦天宇插话："我觉得这个方案不妥，尤其YEP想要在纳斯达克上市，现在刚合并，这样的裁员很容易落下话柄。我想不管怎么样，还是要让快闪的元老体面地离开，这对大家都好。"

"我也想啊。"黄友鹏摇头道，"可你不了解快闪的人，他们有对立情绪。如果不采取强硬点的手段，我们会陷入被动。"

"可如果坏了口碑呢？"童薇出声。

"我明白童小姐的意思。"黄友鹏点头，"但这并不是我的决定，而是总部的决定，我只能按总部的要求完成任务，所以还希望童小姐帮我们出出主意。"

看来，YEP确实是打定主意要裁掉快闪的老员工了。身为一名谈判官，就是要做到利益最大化，当然不是哪一方的利益，而是双方利益最大化。如果不能妥善解决好裁员的问题，不论对YEP，还是对快闪的老员工来说，都是一件不利的事情。

童薇思索了一下："我觉得，我们裁员之前，应当先分析下被裁的员工。"

"童小姐有何指教？"黄友鹏有些不悦。

童薇笑了笑："陈莫先生是一个讲情怀的人，总是心怀天下，我觉得跟他的人大抵和他性情相投。既然这样，黄总不妨把原本准备赔偿给员工的赔偿金，成立一个天使基金。"

黄友鹏不解："天使基金？"

"没错。"童薇点头，"用来支持被劝退员工创业，为他们提供资金、资源等全方位的支持，我想，这些员工一定会感谢你的。"

能担任YEP中国区负责人，黄友鹏当然不是傻子，听了眼睛一亮：

"这个想法不错！"

童薇接着分析道："如果员工创业失败，这钱您权当付了赔偿金；如果员工创业成功，黄总您也有收获。这笔账，我相信您比我更会算。"

黄友鹏略微思索，立即明白其中的道理。

这样的话，YEP就是这些员工创业的天使轮，以YEP的资源，要寻找A轮轻而易举，到时候这些企业很可能会做大，而YEP就是原始股东，即便十家只有一家做大，对YEP来说都是一笔很大的收获。此外，创业，对那些一直是员工的人来说，也有着很大的吸引力，能很好地缓解他们的冲突情绪，减少裁员的困难。

"童小姐果然名不虚传，厉害，就按童小姐的方案办！"黄友鹏立即拍板。

事情能够妥善处理，童薇松了口气，这样对陈莫那边，也算有个交代，而那些被裁的员工，也能有一个好的归宿。

而另一边，在好客西餐厅的谢晓飞，却正哭丧着脸。

因为，不知什么原因，童恬恬竟然和孙昊一起来到了餐厅。

看到童恬恬走进餐厅，谢晓飞下意识地想躲，却晚了一步，被童恬恬认了出来。

"谢晓飞，躲什么躲！"童恬恬一把上前抓住谢晓飞。

"恬恬……"谢晓飞苦着张脸。

"谢晓飞，你不是跟我姐说，你在什么大的餐饮集团当经理吗？怎么成了服务员？"童恬恬瞪着谢晓飞。

谢晓飞知道狡辩无用，只得小声道："恬恬，其实我也不是服务员……我是送外卖的……"

"你骗我姐！我告诉我姐去！幸亏我今天过来，要不我姐还被你蒙在鼓里！"童恬恬一扭头就要走。

"别！千万别！"谢晓飞连忙拉住童恬恬，同时向孙昊使眼色。

孙昊和谢晓飞倒是很对脾气，见谢晓飞求救，立即出声："恬恬，要不让飞哥坐下说？"

见孙昊出声，童恬恬坐了下来，瞪着谢晓飞："别废话，快说，到底怎么回事？"

谢晓飞解释道："我按照你教我的，四处投了好多简历，结果就这家餐厅录用了我，当时老板电话里说让我做经理，可过来之后他让我去送外卖……我这不是还欠着你们钱吗？我想先把欠的钱还了再说。我真不是故意骗你姐的。恬恬，千万别把这件事告诉你姐，好吗？"

孙昊明白过来，在旁边帮着谢晓飞劝说道："恬恬，男人是要面子的，你不能让飞哥在你姐面前丢面子，再说这确实不是他的错，完全是那个老板坑他。"

童恬恬想了想，点头："好吧！不过谢晓飞，我答应不说，但这件事瞒得过一时瞒不过一世，你自己也上点心！"

"谢谢！谢谢！"谢晓飞连连点头，同时好奇地问道："你们今天怎么过来了？"

"哈，飞哥，今天是我和恬恬相恋满月的纪念日！"孙昊得意地说道。

"啊！那真是太好了！今天我请客！"谢晓飞立即出声。

"喊，你穷得要死了还请什么客。"童恬恬出声，"你还是赶紧赚钱吧，我姐也不知倒了什么霉运，明明都要嫁入豪门了结果你变成了穷光蛋，现在还变成了送外卖的！"

谢晓飞："……"

下午，送外卖的时候，谢晓飞一直在考虑童恬恬的话。

现在自己是一个送外卖的，确实应该想办法赚钱。

可一提到赚钱，谢晓飞就满头雾水。

以前还是谢家大少爷的时候，感觉钱都非常好赚，当然其实谢晓飞根本就没参与过赚钱，花钱的事倒是没落下。

现在想来，自己好像确实很没用的样子。

下午下班，童薇来了电话，约谢晓飞一起吃饭。

"晓飞，你怎么精神不太好的样子？"餐厅里，童薇见谢晓飞心不在焉，关心地问道。

"没有，可能是今天工作有点多的原因。"谢晓飞连忙转移话题，"对了，你今天上班怎么样？"

"哈，我今天把YEP中国裁员的事情搞定了。"童薇得意地说道。

"这么快！YEP中国同意不裁员了？"

"这怎么可能。"童薇摇头，"YEP中国是铁了心要裁掉快闪的老员工，我只是帮他们想了一个其他办法。"

"什么办法？"谢晓飞有些好奇。

"天使基金。"童薇将与黄友鹏商议的方案说了出来。

谢晓飞听了眼神一亮："竟然有这种办法，这个办法真是太好了，简直两全其美，你是怎么想出来的！"

"嘿，也不看我是谁，我可是童薇！"童薇一脸骄傲的表情。

谢晓飞："……"

见童薇得意的表情，谢晓飞心里的自卑更重起来。

看看童薇，人家轻而易举就把YEP中国清洗快闪老员工的事情处理妥当。谢氏与科万谈判之中，要不是这件事本来就不可能，照童薇的能力也不用陈莫后来出面了。而自己能干什么？连送个外卖，都送不好……

感觉谢晓飞心情不是很好，但问又问不出个所以然来，吃过饭，童薇放心不下，陪谢晓飞回出租屋。

刚到楼下，见秦天宇的车停在那儿，正从后备箱拿出行李包，旁边则是商碧晨和一名打扮朴素、50来岁的妇女。

"天宇！"童薇挽着谢晓飞走了过去。

商碧晨回头一看,是谢晓飞和童薇,立即伸手挽上秦天宇的胳膊,和两人打着招呼:"你们回来啦。"

秦天宇下意识地推开商碧晨的胳膊,向童薇和谢晓飞尴尬地笑了笑。

"小晨,这两位是谁啊?"中年妇女问道。

"哦,他们是我的室友谢晓飞和童薇姐。"商碧晨给谢晓飞和童薇介绍道,"晓飞哥,童薇姐,这是我妈妈。"

中年妇女,正是商碧晨的母亲姚清。

姚清打量着谢晓飞和童薇,这时秦天宇出声:"阿姨,这旅行包挺重的,我帮你拿上去吧。"

说着,秦天宇拿着旅行包,带着姚清上楼,在离开的时候向商碧晨使了个眼色。

谢晓飞见秦天宇鬼鬼祟祟的样子,迷惑地问道:"这怎么回事啊?"

商碧晨苦着张脸:"晓飞哥,童薇姐,这次你们一定要帮我啊。"

"别急别急,慢慢说。"童薇出声,心里有些好奇。

"是这样的,之前我妈一直催我回老家结婚生孩子,我不想过那种生活,为了应付我妈,我骗她说秦律师是我男朋友。"商碧晨解释着,脸上有些微红,"谁知道她今天突然找上门来……"

听了商碧晨的解释,童薇和谢晓飞大概明白了怎么回事。

第076章
好意心领

三人一起上楼。

秦天宇见三人上来,向姚清出声道:"阿姨,那我先走了。"

童薇见状,向谢晓飞说道:"那我也走了。"

"什么?"姚清一听,看着童薇,"你不住这儿?那……"

商碧晨连忙解释:"妈,我和飞哥……合租这套房子。"

"合租?和一个男的?"姚清打量着谢晓飞,"这像什么话?你一个女孩子居然和一个陌生男人住一起?"

"不是,妈,你误会了!我们各自住一个房间。"商碧晨说道。

秦天宇也帮着解释:"阿姨,合租在大城市里很常见的。这样能分担房租减轻压力……"

姚清可不相信这些:"我们小晨还是个黄花大闺女,这要传出去像什么话!再说,万一他对我们小晨有点什么想法,出了事谁负责?"

谢晓飞忍不住笑了:"阿姨,我可是个好人!再说我女朋友每天还在这儿看着我呢!"

说着,谢晓飞搂了搂童薇的腰。

童薇也跟着附和:"阿姨,我是晓飞的女朋友,我们彼此信任,您还有什么不放心的?"

"话是这么说……"

姚清还想说话，被商碧晨打断："妈，我一个人租一室户至少要5000呢，我哪有钱啊！你就别跟着瞎操心了！"

"什么？5000！这房子也要5000！"姚清睁大眼睛，"你说你哭着喊着要留在大城市，这究竟图个什么啊？"

最终，姚清不再说话了。

谢晓飞也不想掺和她们母女的事，送童薇离开后，径直回房休息。

累了一天，想想这也不知道什么时候是个头，如果一直找不到那个合伙人，难道就一直干送外卖的活？

谢晓飞一阵头痛，早早地睡觉了。

现在，谢晓飞算是尝到了生活的苦头，为了证明自己，为了童薇，第二天，又开始了忙碌的送外卖工作。

连送了20多单，谢晓飞已经累得跟狗一样，手里还有两单，送完中午应该没啥活了，谢晓飞总算松了口气。

这一单，是一家公司员工订的。

谢晓飞拎着外卖上了楼，来到客户留下的地址，A415室。

"经理室？"

就是这儿了。

谢晓飞敲了敲门，门内传来一个声音："进来。"

谢晓飞推门进去，紧接着愣住了。

"晓飞！怎么是你？"对面，赵晨曦盯着谢晓飞。

而在赵晨曦旁边，坐着的则是罗斌。

原来，点这一单的是罗斌，而赵晨曦也在这儿，谢晓飞要再不明白怎么回事才怪。

耸了耸肩，谢晓飞举起外卖掩饰尴尬："你们点的外卖，如果对服务还满意，请给个五星好评。"

说完，谢晓飞放下外卖，转身就走。

"晓飞！你当我死了啊？"罗斌站起身来大叫。

谢晓飞回过头来："罗先生，如果您对味道满意，也请给个五星好评……"

"混蛋，你少跟我插科打诨！"罗斌抓着谢晓飞的衣领，"宁愿送外卖也不来找我！要不是我听说了还不知道这事！听着，明天来我公司上班！"

谢晓飞当然不肯："我就喜欢送外卖，体验生活，怎么，看不起送外卖的？"

"对，就是看不上！"罗斌瞪着谢晓飞，"现在就去给我辞职！"

谢晓飞推开罗斌的手，扭头就走。

"你……"罗斌张了张嘴，只得向赵晨曦求救，"我劝不动，你来！"

赵晨曦追了上来，拉着谢晓飞，两眼通红："晓飞……你……"

"可别。"谢晓飞摇头，"我现在很好，真的很好！你千万别可怜我。"

"我没可怜你，我只是觉得……一个人才这么被埋没了……"

谢晓飞苦笑摇头："以前，我觉得自己是个天才，但现在事实证明，我谢晓飞，只配从送外卖做起！除了送外卖，其他我什么都做不好！"

"不！"赵晨曦摇头，"晓飞，你很厉害，我和罗斌都可以帮你……"

"不了。"谢晓飞坚决地摇头，"小曦，我已经伤过童薇的心一次了，不能再伤她第二次。"

"你……"

赵晨曦还想劝说，谢晓飞笑了笑："小曦，我觉得我现在的生活真的很好，你们的好意我心领了。之前童薇对我失望，是觉得我失去了斗志，现在我要让她看到，无论我谢晓飞跌得多惨，我都不会气馁，即便是送外卖，我也可以从头做起！"

说完，谢晓飞转身欲走。

"晓飞。"赵晨曦突然出声，"杨潇……向我表白了……"

谢晓飞一愣，立即明白过来："哦，那挺好的，祝福你们。"

看着谢晓飞离开的背影，赵晨曦怔怔地站在原地。

"你怎么就让他走了？"罗斌跟了上来。

"我说服不了他，他觉得这样很好……"赵晨曦摇头。

"什么很好！"罗斌急了，"你真以为他喜欢送外卖？你知不知道是谁把他害成这样的？"

"谁？"赵晨曦一愣。

"就是你那个好师兄，杨潇！"罗斌一脸气愤，"我已经调查清楚了，杨潇这个王八蛋，先是去你哥那里告状，说谢晓飞完蛋了躲在我这里，害得谢晓飞赶紧跟我撇清关系。这还没完，他知道谢晓飞四处撒简历，直接用科万的名义封杀了他，要不然依照晓飞的学历，你觉得他只能应聘个送外卖的工作？"

赵晨曦听了身子晃了晃，脸色苍白："杨潇……怎么会！"

"怎么会？你自己去问他不就知道了！"罗斌愤愤地一拳捶在墙上。

回到科万大楼，赵晨曦径直来到杨潇的办公室。

杨潇见赵晨曦进来："小曦，你来了，你看我一工作，连时间都忘了。"

赵晨曦淡淡地问道："听说，上礼拜总部新招了几个销售？"

杨潇心里一颤，表面上不动声色："哦，是有这回事。"

"有一个替补的？"赵晨曦问道。

"嗯。"杨潇点头。

"原来的候选人为什么没有招？"

杨潇明白赵晨曦知道了谢晓飞的事，摇头道："HR经理做了一些背景调查，发现他的职业操守方面有点问题，所以……"

都这个时候了，杨潇还在骗自己，赵晨曦非常失望："杨潇，你为什么要骗我？为什么要对谢晓飞赶尽杀绝！"

"小曦，谢晓飞来科万，不合适。"杨潇摇头。

"不合适？"赵晨曦冷笑道，"不合适你也不至于把他赶尽杀绝！你知道他现在在干什么？他在送外卖！"

杨潇见赵晨曦发怒，出声道："小曦，不是我做的，是董事长的意思……"

"呵呵。"赵晨曦轻笑一声，"杨潇，我对你太失望了！"

"砰！"的一声，赵晨曦摔门离开。

这边，谢晓飞并没因为罗斌和赵晨曦知道自己送外卖而太过在意。

谢晓飞知道罗斌和赵晨曦的意思，只要自己答应，绝对能获得一份好的工作，甚至不用工作都没问题。但他不想再给罗斌添麻烦，也不想再欠赵晨曦的人情。

另一边，童薇、秦天宇、黄友鹏，正在YEP中国总部大楼12楼会议室，一一约见快闪的老员工，商议裁员的事情。

一共33人，这已经是最后一个了，梁成柱，软件工程师，35岁，快闪的主要开发人员之一。

梁成柱推门进入会议室，也不坐下，打量着童薇、秦天宇、黄友鹏三人："呵呵，开除我，有必要动用三个人吗？"

童薇摇头出声："梁先生，我们了解你的特长是软件开发，现在两家公司合并后，考虑到一些实际岗位上的问题，我们觉得你在现在这个位置，有些太可惜了。"

梁成柱冷笑一声，打断童薇的话："别来这套！让我走，可以，给我什么补偿？"

童薇微笑道："根据我们的了解，你一直对VR方面的开发很感兴趣，现在是这样的，公司设立了一个天使基金，如果你有任何值得开发的项目，我们可以谈谈，公司可以投给你天使轮，支持你开发VR相关软件，不知道你有没有兴趣？"

梁成柱睁大眼睛，有些不敢相信："你说什么？给我投资？"

"是的。"童薇点头,"如果您拿赔偿金走人,说真的,我觉得太可惜了,你在技术方面有着独到的见解,为什么不创业呢?背靠着YEP这棵大树,资金资源甚至平台都不是问题。"

梁成柱听明白后惊喜出声:"太好了!我早有这个想法,我们谈谈,我这就给你们说说我的方案!"

秦天宇和黄友鹏都露出了笑容,这个最难处理的员工,没想到童薇两三句话就摆平了。

梁成柱走后,童薇扫了眼名单,所有员工都已经谈妥了,松了一口气,抬头道:"黄总,已经完成任务,拿钱走人的15个,愿意跟公司谈投资的有18人。"

黄友鹏点头:"说真的,我很看好梁成柱,他在VR软件方面的想法非常有意思。"

童薇笑道:"黄总说得没错,说不定他是下一个马斯克呢。"

"呵呵。"黄友鹏笑道,"童小姐,说真的,我该好好谢谢你啊,替我解决了这么一个大难题,要不然我们这次裁员不会这么顺利。"

"这是我们应该的。"童薇谦虚地说道。

既然事情已经办完,也就没别的事了。

和黄友鹏说了几句场面话,童薇和秦天宇离开了YEP中国办公楼,回福通律所。

"这几天的钩心斗角,累坏了吧?"秦天宇关心地问道。

"还好。"童薇微笑道,"能让双方都没什么损失,反而都能获利,这我就很满足了。"

"哈哈,你还是老样子。"秦天宇笑了笑,"第一仗就这么漂亮。童薇,和我们签个长约吧,你留在福通肯定会大展拳脚的。"

"多长?"

"三年起!"秦天宇说道。

第 077 章
KTV 穿帮

童薇当然不可能答应和福通签长约，委婉拒绝道："得了吧，天宇，你知道我不可能留在福通律所的。"

"童薇，别的公司给你什么待遇，我们律所也能给，甚至比他们更高。"秦天宇还不死心。

"不说这件事了。"童薇摇头。

秦天宇有些失望，但见童薇不愿再谈，也不再提这件事。

回到福通律所办公室，秦天宇立即拍手让所有人注意："各位，我宣布一个好消息，刚刚在童薇的努力下，我们已经圆满完成YEP的裁员工作，今晚去隔壁KTV庆祝！大家尽情腐败！"

办公室内众人立即欢呼起来。

"呃……"童薇微愣，出声问道，"能带家属吗？"

秦天宇虽然有些不太愿意，还是挤出笑容点头："带！都带！你们有家属的，都可以带过来！"

办公室内再次响起欢呼声。

童薇走出办公室，拿出电话给谢晓飞打电话。

"喂，怎么啦？想我啦？"电话那头传来谢晓飞的声音。

"晓飞，我们公司庆祝完成YEP裁员工作，晚上大家找个地方庆祝，可以带家属，你一起来吗？"童薇问道。

"都是你们同事,我来干吗?"

"你都认识啊,就天宇、碧晨和陈雯她们。"童薇解释道。

"喔,那……"谢晓飞的声音突然中断,过了20秒才再次出声,"童薇,晚上我可能来不了,刚得到消息加班,你们好好玩吧。"

"又加班?你怎么老是加班啊?"童薇有些失落。

"我刚入职,工作多。再说老板这是重视我,才给我这么多工作。"

"喔,也是。"童薇想了想,"那好吧,我就不打扰你了。"

挂断了电话,童薇回到办公室。

办公室内,陈雯正在统计大家带家属的人数,好订餐。

童薇出声:"陈雯,晚上我男朋友加班不能来了,订餐不用算他。"

"好的。"陈雯点头。

这时,詹晴走了过来:"童薇姐,一直听说你有个男朋友,怎么从来没见过他呀!"

"他刚入职,工作挺忙的。"童薇解释道。

"他做什么工作呀?"贺顺顺一脸好奇。

"在一家跨国餐饮集团做经理。"童薇回答着。

"哇!好厉害!"詹晴和贺顺顺羡慕地说着。

童薇应付了两句,回到了自己的办公室。

KTV就在福通所在写字楼的隔壁,黄昏,下班后,一行人来到KTV。

"都随意点,下了班,都是朋友,今晚大家玩到尽兴。"秦天宇招呼着。

"好!老大就是老大!感谢领导请客!"何桦欢呼着。

贺顺顺立即开启了香槟,很快大家在KTV玩了起来,唱歌的唱歌,喝酒的喝酒,玩游戏的玩游戏,气氛推到高潮。

大家玩了半个小时,商碧晨拿着电话走了出去。

过了一会儿，商碧晨一脸不满地领着个衣着朴素的中年妇女进来。

所有人看到这个陌生的中年妇女都是一愣。

中年妇女，正是姚清，商碧晨的妈妈。

童薇见到姚清，立即迎了上去："阿姨，您来了啊，快坐快坐。"

商碧晨不好意思地给大家介绍道："这是我妈，从老家过来照顾我几天。"

姚清看了眼KTV内众人，笑道："你们都是碧晨的同事，我来不会妨碍到你们吧？"

"不会不会，阿姨，您快坐。"何桦立即给姚清让座位。

姚清坐下后，场子却一下子冷了起来。毕竟大家都是年轻人，突然多了个老年人，有些不习惯。

这时，詹睛提着外卖走了进来："外卖还有，我一个人拿不过来，谁来帮我拿一下。"

"我来！"童薇立即站了起来走出门去。

刚走到门外，童薇怔住了："晓飞！怎么……是你？！"

正从保温箱往外拿外卖的谢晓飞见到童薇也蒙了，本能地低下头转身想跑。

"站住！"童薇一把拉住谢晓飞。

谢晓飞一看走不了，只能硬挤出个笑："哎，是你啊，好巧……"

"好巧你个鬼！"童薇一脸茫然，"晓飞，你不是在公司加班吗？怎么送外卖了？"

"其实是我同事送，他家里突然出了点事，让我帮个忙……我后面还有事，回去再说吧……"谢晓飞说完想走。

"你站住！"谢晓飞脸上根本藏不住事，看他鬼鬼祟祟的模样，童薇立即意识到了什么。

谢晓飞只得无奈地站住，扭捏地看着童薇。

童薇看着谢晓飞："晓飞，你是不是骗我？"

谢晓飞半天才挤出一句话："没想到这么快就穿帮了。童薇，对不起！"

詹睛出来，见两人的样子，好奇地问道："童薇，怎么了？外卖送得不对？"

谢晓飞赶忙解释道："我把餐具忘在车上了，我下去拿，这位小姐以为我想跑……"

"童薇，没事，我钱都没付呢，他不敢跑。"詹睛笑道。

谢晓飞趁机跑掉了，童薇只得满腹狐疑地回到 KTV 包间。

KTV 内，大家又玩了起来，不过因为姚清的加入，气氛始终没那么热闹，童薇还在想谢晓飞的事情，也没有什么玩的兴致。

这时，童薇的手机响了，是谢晓飞发的微信。

"童薇，一会儿我进来，你装作不认识我，我不想让你在同事面前丢脸。"

童薇："……"

"来来来，我们玩真心话大冒险！"詹睛见场面冷清，左手拿着个空酒瓶子，右手拿着转盘，"每个人都必须参加，我先来转！"

"我也来！"何桦兴奋地凑了过去。

这个游戏大家也不是第一次玩，都很喜欢，七八个人立即凑到了一起。

詹睛先转动空酒瓶，瓶口对着秦天宇。

"WOW！主角登场！秦律师，真心话还是大冒险？"詹睛欢呼着。

秦天宇想了想："大冒险吧！"

秦天宇转动转盘，最后转盘停在了"拥抱在场一位异性"的选项上。

"哈哈！秦律师，这下你躲不掉了！我们猜一下，秦律师会选择抱谁呢？"

所有人，都盯着秦天宇，想看秦天宇的选择。

角落里的姚清，在KTV门外的谢晓飞，也都在关注着秦天宇的反应。

秦天宇的第一反应是看童薇。

谢晓飞心里一紧，不过秦天宇随即转身，直直地向商碧晨走过去。

就在商碧晨心里直跳，惊讶地瞪大眼睛时，秦天宇却抱了她身边的陈雯。

"啊，陈雯，感动吧，老大最喜欢的异性居然是你！"贺顺顺开玩笑道。

秦天宇解释道："陈雯是我助理，平时没少受我的气，这个拥抱是代表我对她的歉意。"

"老板，你要是能用薪水来表示你的歉意就更好了。"陈雯微笑道。

商碧晨躲在众人里，脸上有些失落。

游戏又重新开始，这一次，是秦天宇转酒瓶，瓶口对着商碧晨。

商碧晨怯生生地站了起来，才大学毕业不久，刚来福通实习的她还不太习惯成为人群中的焦点。

"碧晨，真心话还是大冒险？"何桦问道。

商碧晨咬了咬牙，思考着。

这时，姚清站了起来："真心话！我们小晨选真心话，是吧！"

"妈，跟你没关系，你别乱出主意。"商碧晨不乐意地说道。

姚清没理商碧晨，对众人说道："我们家小晨性格内向，平时不太注意交流，所以上班半年了，大家大概还不了解她的情况，今天我这个做妈的就替她做个主，选真心话！"

"阿姨真好！"何桦立即欢呼着，"这个游戏就是要真心话才好玩，来，大家快问啊！"

旁边詹晴出声："我来！我想知道，碧晨的梦中情人是谁？"

"噢……"大家都兴奋起来，望着商碧晨。

"我……我没有梦中情人……"商碧晨一脸通红。

"撒谎！才不是呢！"陈雯撇嘴道。

姚清拉着商碧晨，小声道："傻孩子，多好的机会，快说啊！"

"我……我……"商碧晨越发扭捏起来。

姚清瞪了商碧晨一眼，对众人说道："哎，我这女儿就这么害羞，真不知道怎么当上律师的，她一直没告诉大家，其实她有个男……"

"妈！"商碧晨打断了姚清的话。

"你看你，有男朋友又不是什么丢人的事情，怕什么？"姚清看向秦天宇，"我们家碧晨的男朋……"

商碧晨这下急了，拉住姚清："妈！没……没有！我是骗你的！"

姚清一愣："说什么呢你！"

商碧晨快哭了："真的！从来没人喜欢我的！我是个没有魅力的人！你满意了吧！妈，是你逼我骗你的！"

姚清看了眼商碧晨，又看了眼秦天宇，明白过来："我就觉得奇怪，原来……原来你们联合起来骗我！"

说着，姚清拉起商碧晨的手："走！跟我回家！看看你，现在变成什么样子了，嘴里还有没有一句实话！竟然知道合起伙来骗我了！"

何桦立即劝说道："阿姨！阿姨！您有话好说。"

姚清也不给何桦好脸色，训斥道："你走开！我们小晨就是和你这种油嘴滑舌的人在一起，才会变成这样！"

何桦一愣："啊？！"

旁边詹睛忍不住笑了。

"妈，我不走！我要留在这里！"商碧晨甩开姚清的手。

"你……你说你留在这里图个什么？"姚清气得不行，"拿那么点钱，还不够付房租！你跟妈回去！妈给你找份稳稳当当的工作，安安分分地过日子，在咱本地找个可靠的男人！"

"妈，我知道你是为了我好，可我不需要！"商碧晨摇着头，眼里带泪,"是,我在这里每一天都很辛苦,可在这里我的生活才有希望,才是真正在活着!"

商碧晨指着陈雯:"妈,这是雯姐,她是秦律师的助理。刚才秦律师也说了,雯姐老被他骂,可是你不知道,雯姐她爸就是律所的股东,家里也有自己的企业,她根本不用这么辛苦,完全可以在家里做大小姐!"

"还有何律师,您觉得他嬉皮笑脸很滑头?可他是我们律所接公益案子最多的律师,只要当事人有经济困难,他都千方百计给人家免律师费!"

"还有周潇、李刚,都是比我厉害的学霸,詹睛是海归,顺顺甚至放弃了进央企的机会过来打工……"

商碧晨看着姚清,两眼滚着泪水:"他们都有足够的理由去过安稳的日子,但他们都选择靠自己的努力在这个城市生活,为什么?"

"为什么……"姚清张了张嘴。

"因为人活着,必须要有梦想!"商碧晨擦掉脸上的泪水,一脸坚定,"妈,我的人生刚刚开始,我想用尽力气去拼,去活!而不是安安定定的,才20多岁就养老!请你不要再扼杀我的梦想了!我们都有自己的追求!"

商碧晨的话,打动了所有人,不少人都暗自点头。

第078章
为了梦想

秦天宇站了出来:"阿姨,我说句公道话,碧晨虽然是我们部门年纪最小,资历最浅的,但我们都觉得她是个难得的人才,只要好好努力,她以后前途无量。"

何桦点头附和:"对对对,阿姨,她才20岁出头,人生才刚刚开始,急什么呀!"

"是啊阿姨,我都快30了,还是个助理,小商才23岁,上个月就考过了律师资格证,比我厉害多了。"陈雯出声。

其他人,也纷纷附和,帮商碧晨说话。

姚清将信将疑:"她真有你们说的那么好?"

"那当然。"秦天宇笑道,"阿姨,我们福通律所可是业内顶尖的,不是谁都能进来的,碧晨能进福通就说明她已经足够优秀了。"

姚清沉默良久,最后叹了口气:"唉,大城市不好混,我怕我这个女儿心太高,到时候混到30还一事无成,要啥没啥让人笑话!"

"妈,我自食其力,谁爱笑话就去笑话!真正丢人的,是那些看不起、背后议论我的人!"商碧晨说道。

KTV包厢外,谢晓飞也听到了商碧晨说的话,心里有些感动,也有些明悟,抬头看了眼童薇,发现童薇也正好看向自己,立即又低下头。

"好了好了。"秦天宇看了下手表,"今天也不早了,明天还要工作，我们收拾一下撤了吧？"

大家也没了太多玩的兴致，都点头称是。

"哎，服务员，我们吃完了，你收拾盘子，结账！"詹睛冲外面喊道。

谢晓飞走了进来，秦天宇认出他，一怔："怎么……是你？"

詹睛微愣："秦律师，你认识他？"

姚清也认出了谢晓飞："哎，这不是……不是……"

商碧晨意识到什么，把姚清往身后一拉，冲她微微摇头。

童薇则不说话，只是看着谢晓飞。

大家都一脸奇怪地看着谢晓飞，这时谢晓飞抬起头，脸上扬起灿烂的笑容和秦天宇打着招呼："嘿，黑心律师，好巧啊！"

童薇站到谢晓飞身边："给大家介绍一下，这是我男朋友，谢晓飞。"

KTV内众人全都蒙了。

"你男朋友……送外卖的？"贺顺顺有些不敢相信。

谢晓飞大方地拎起胸口衣服上的二维码："好客西餐厅，今天忘带名片了，不过你们可以扫一扫我上面的微信，到时候网络订餐，我给大家优惠。"

大家面面相觑，还没从惊讶中回过神来。

童薇的男朋友，竟然是个送外卖的？

虽然看起来确实长得挺帅气，普通话说得也很有特色，但以童薇的能耐，她的男朋友，怎么会是个送外卖的？不少人甚至眼神有些奇怪起来。

这不会就是个小白脸吧？

倒是何桦第一个拿出手机："我扫一个！到时候给个熟人价！"

"没问题。"谢晓飞笑道。

聚会很快散场，虽然不少人都心存疑惑，但还是没人直接问出口来。

谢晓飞收拾完餐具，最后和童薇一起离开。

离开KTV，走在路上，童薇一直板着张脸，谢晓飞低着头，最后终于小心翼翼地出声："童薇，让别人知道你男朋友是服务员，不会给你带来麻烦吧？"

"会！"

谢晓飞微怔，随即看出童薇是故意的，大大咧咧一笑："哈，会也没办法，嫁鸡随鸡嫁狗随狗，就算是服务员你也得认了！"

童薇笑了："谁嫁你了！讨厌！好啦，你知道我不在乎这些的。"

"我知道你不在乎。"谢晓飞摇头，"其实，是我自己在乎。"

"那后来怎么改变主意，当场承认是我男朋友了？"童薇打量着谢晓飞。

谢晓飞一脸认真："是商碧晨的话，解开了我的心结。她说得对，我靠我自己劳动养活自己，谁爱笑话就去笑话吧！"

"哎，话是这么说。"童薇挽着谢晓飞的胳膊，"不过我很好奇，谢大少爷，你一开始怎么会想不开去做服务员呢？你虽然四体不勤，五谷不分，脾气又臭，人又懒惰，外加……"

"打住打住。"谢晓飞满头黑线，"你别说我的缺点，也说说优点啊。"

"哈，我说你谢晓飞好歹也是海归一枚，出身显赫，怎么会沦落至此啊？"童薇笑道。

谢晓飞挠着头："我也不知道，我投了100多份简历，就这家餐厅打电话给我！一开始说得可好了，又是跨国餐饮集团，又是经理的，结果我兴冲冲去应聘，老板就让我送外卖……"

"老板让你送，你就干了？"

谢晓飞摇头："我还欠着碧晨100多块水电费呢，房租还是问恬恬借的，孙昊的自行车还被我弄坏了，我想不管怎么样先把钱还了……"

童薇："……"

这谢晓飞都混成啥样了……

"我说你没钱，就不能跟我说吗？至于去送外卖吗？"童薇板着张脸，"说，你是不是故意演苦情戏博我同情？"

"谁演戏啦。"谢晓飞摇头，叹了口气，"说句真心话，我觉得现在的生活，比我在纽约醉生梦死的生活，要充实快乐得多。"

童薇笑了："我才不信。"

谢晓飞认真地说道："以前，我还是谢家大少的时候，每天起床都不知道要干什么。现在想来，除了吃喝玩乐，好像那时候什么有意义的事都没干过。不过，现在不一样了，每天我都有很多事要干，见各种各样的人。虽然为房租水电努力着，但有你在，我觉得现在非常幸福。"

童薇有些担忧："晓飞，你能这样我很高兴，可是，你总不能一直送外卖吧？"

谢晓飞点头："我已经想好了，马上月底要到了，等结了工资，还了债我就走人，去找别的工作。"

说着，谢晓飞夸张地举起手："耶，马上就要发工资了，我好开心啊！"

"出息！"童薇白了谢晓飞一眼。

四天之后，终于到了发工资的日子。

谢晓飞兴奋地跑进付德忠的办公室："老板，今天月底了，是不是该发工资了。"

付德忠拿出个信封，递给谢晓飞。

谢晓飞接过数了数："老板，不对吧，应该是4500，这里怎么只有4300啊。"

付德忠瞪了谢晓飞一眼："你还敢说，第一天就因为送慢了，退单两份，所以扣了你200。"

"哦。"谢晓飞点头,"那老板,我之前是来应聘经理的,您总不能一直让我送外卖吧……"

"哟,怎么着,不服气了?"付德忠看着谢晓飞。

"对啊。"谢晓飞点头。

付德忠一愣:"那我就是不让你升经理呢?"

谢晓飞挥了挥信封:"既然这样,那我就不干了。"

付德忠刚张口要说"好",杨阳急急忙忙地冲了进来:"老板,赶紧出去看看,外面好多记者!"

付德忠面色一变,立即冲了出去。

谢晓飞也跟着走了出去。

门外,有十几名记者,还有一名老太太。

"老奶奶,你确定是这家?"记者对老太太问道。

"就是这家,我喜欢吃他们家的炸猪排,经常叫外卖!"老太太回道,"那天我突然昏倒,就是这家送外卖的一个小伙子打的120救了我!听警察说,他叫谢晓飞!"

谢晓飞?

谢晓飞想了起来,这个老太太,还是他第一天送外卖的时候遇上的,也正因为送这位老太太去医院,结果给误了两单,不仅挨了顾客、老板的骂,刚才还被扣了200块工资。

这时,老太太发现谢晓飞,立即热情地冲了过来:"哎,就是你!就是你!小伙子,就是你!"

记者也跟了上来:"你就是谢晓飞?"

"是我,这……这是怎么了?"谢晓飞有些不解。

"你好,我是电视台记者,想要对你救助老太太的事做一个采访报道,你现在有时间吗?"

谢晓飞有些不好意思:"我得赶快去送餐了……"

说完，谢晓飞准备离开。

付德忠一听，立即凑了过来："哎呀，晓飞，还送什么餐。"

付德忠对记者说道："其实我早就发现谢晓飞同志是个有潜力的孩子，工作积极，心地善良，关爱老人，富有同情心，简直是新时代青年的楷模，你们要采访他是吧？快店里请店里请……"

这可是提升好客西餐厅知名度的大好机会，十来个记者啊，不仅有电视台的还有报社的，付德忠怎么能放弃。

"可是，我已经准备辞职了。"谢晓飞摇头。

付德忠一听，连忙拉过谢晓飞："小祖宗，这时候你还给我闹什么别扭，不就是经理吗，从现在起你就是经理了，给我好好接受采访，我绝不亏待你，回头就帮你办各种上岗证件，毕竟你是美籍华人，我们录用你，有非常严格的手续。"

谢晓飞有点蒙了："那个……"

"还那个什么，快请记者们进去啊！"付德忠推着谢晓飞，同时向记者和老太太点头哈腰地说道，"大家里面请，大家快里面请……"

采访结束，让谢晓飞累得够呛，简直比送外卖还累。

不过，谢晓飞心里还是美得不行。

本想着辞职不做了，结果一下子从外卖员变成了经理，虽然还是在这家破餐厅工作，经理和服务员区别也不太大，但总算是有了点进步。

采访一结束，谢晓飞立即来到店外，开心地拿出手机，拨通了童薇的电话。

"童薇，我做经理了！这回是真的，真的！"

第079章
男人靠不住

下了班,童薇开车离开福通律所写字楼。

来到好客西餐厅,发现餐厅内空无一人,连前台、服务员一个都没有。

童薇微怔。

这时,谢晓飞穿着厨师服,从旁边走了出来,一只手背后,一只手放在自己胸口,微微弯腰:"欢迎您光临谢晓飞私厨,这位小姐,请跟我来……"

见谢晓飞一本正经的样子,童薇笑了。

谢晓飞伸出一只手,童薇顺从地让他牵着自己往前走。

跟着谢晓飞来到后厨,谢晓飞一一打开灯,转身向童薇问道:"想吃什么?今天你是我的VIP!我是你的专属服务员!"

童薇双手背在后面:"那,就听你的吧,你让我吃什么,我就吃什么。"

谢晓飞得意地系上围裙,开始配菜,麻利地洗菜,熟练地切菜,串肉。

看着谢晓飞认真的神情,童薇有些痴了。

谢晓飞趁机快速凑过来,在她脸上亲了一下,童薇心里一阵甜蜜。

很快,谢晓飞就已经把菜做好,给童薇上菜。

童薇拿起刀叉,小心翼翼地切了一小块牛排,放进嘴里。

"怎么样？"谢晓飞得意地问道。

"嗯，还行吧。"

"什么啊，仅仅是还行？"谢晓飞瞪大眼睛。

"不然你想怎么样？"

"这可是我找厨师学了两个小时的！我谢晓飞亲手给你下厨做的牛排，你不是应该感动得泪流满面吗？"谢晓飞夸张地说着。

童薇哭笑不得："晓飞，我警告你，再恶心我，我投诉你。"

"嘿嘿，我就是店长，这儿我最大，你准备投诉到哪儿去！"

"消费者协会！说你调戏顾客！"童薇不理谢晓飞，"好啦，说正经的，你们店大晚上的怎么没人？不会是要倒闭了吧？"

"怎么说话呢你……"谢晓飞解释道，"这不是想请你过来验收我的手艺，所以才让其他们放大假嘛，谁知道你竟然不领情……"

"好好好，我领情，权当是包场了。"童薇放下刀叉，擦了擦嘴。

"哼，你不知道自己有多幸运。"谢晓飞撇嘴道。

童薇认真地看着谢晓飞："晓飞……"

"干吗？"谢晓飞心里一紧。

"我为你骄傲，真的。"

谢晓飞微愣，紧接着突然扑哧一声笑了出来。

"笑什么你！"童薇瞪着谢晓飞。

谢晓飞指着童薇的嘴："哈哈，听一个嘴角沾着黑胡椒酱的女人煽情，真的感觉好怪，哈哈哈！"

"讨厌你！"童薇连忙擦嘴。

虽然嘴上说还行，但谢晓飞的手艺，还确实不错。

"晓飞，我发现你有当厨师的天赋，你真的只跟厨师学了两小时？"童薇好奇地问道。

"当然。"谢晓飞得到夸奖得意起来，"我谢晓飞可是天才，厨艺这种事，实在是太简单了！根本不值一提。"

"臭美！"童薇吃完最后一口牛排的时候，肚子都撑了。

谢晓飞的努力，童薇都看在眼里，也很感动，不过这样下去终究不是办法，还是得快点找到谢氏集团的合伙人才行。

提起Tommy Tsoi，两人又沉默下来。

"我让罗斌动用他的关系找了，也还没什么结果。"谢晓飞皱眉，"要不，打电话问问雷雄？"

"别。"童薇摇头，"一直打扰他不好，有消息他会通知我们的。我们另外也找人帮帮忙吧。"

"喔。"谢晓飞点头。

这时，童薇的手机响了，看了看，童薇没接。

"喂，秦天宇找你？"谢晓飞问道。

"唉哟，吃醋了？"童薇故意逗他。

"喊！"谢晓飞一扭头。

"好啦，是夏杉杉打的。"童薇笑道，"今天我们不理她，免得她打扰我们的二人世界。"

结果，夏杉杉的电话又打了进来。

"要不……你还是接一下？"谢晓飞有些担心，"万一她有什么急事找你呢？"

童薇想了想，还是接通了电话。

"童薇……"

电话那头，传来夏杉杉的哭声。

童薇心里一紧："杉杉，发生什么事情了？"

电话那头，夏杉杉一直在哭，也不说话。

童薇担心得不行："杉杉好像有事，我得赶过去看看她。"

"哦，那你先去，我关完店就过来。"谢晓飞说道。

"不用，你累了一天了，关完店回家休息吧，我去看看她就行，万一有事打你电话。"

"好。"谢晓飞点头。

童薇开车离开好客西餐厅，很快来到夏杉杉家的小区。

敲了敲门，门开了，夏杉杉满脸是泪，一副狼狈样开了门，见到童薇立即扑到童薇怀里。

"杉杉，发生什么事了？"童薇焦急地问道。

"童薇，他们……他们让我拿掉孩子。"

"什么？"童薇一怔，之前童薇听夏杉杉说她怀上了齐如海的孩子，还着实替她欢喜了一番，想着因为孩子，两人的婚事可能会往前迈进一大步，此刻没想到会变成这样。

夏杉杉眼神空洞："齐如海他前妻来过了，给我1000万，让我把孩子拿掉！"

童薇一脸气愤："这种事他们也做得出来！齐如海呢？他怎么说？"

夏杉杉失魂落魄地摇头道："齐如海这个王八蛋，他同意了！"

当初夏杉杉还在CAEA的时候，齐如海是夏杉杉一个项目的客户，因为那个谈判项目两人搅和到了一块儿。虽然齐如海那时候已经和他前妻离了婚，但这都两年多了还没和夏杉杉领结婚证，一直都在推托，童薇一直隐隐替夏杉杉担心。

现在看来，童薇最担心的事情果然还是来了。

"这齐如海，简直太过分了！"童薇恨得牙痒。

想安慰夏杉杉两句再想办法，这时，童薇发现夏杉杉身体不对劲，摸了摸她的额头："杉杉，你怎么这么烫？"

"我觉得冷，童薇，我好冷……"夏杉杉身体发抖，脸色憔悴。

"杉杉，你忍住，我这就带你去看病，走……"童薇用力地扶起夏杉杉下了楼，把她塞进车里。

一边开着车，童薇一边拨通了谢晓飞的电话。

"晓飞，杉杉病了，我现在带她看病，你能不能过来一趟？我需要人帮忙。"

"好，你到了把地址发给我。"谢晓飞立即答应。

挂断电话，童薇看了眼副驾驶座上的夏杉杉，正冷得缩在那发抖。

终于到了医院，医生很快把夏杉杉送到了急救病房。

童薇焦急地在外面等着。

谢晓飞收到地址，很快赶了过来："杉杉怎么样了？"

"还不知道，医生正在里面给她检查。"童薇摇头。

不一会儿，医生检查完夏杉杉的情况，走了出来。

"医生，我朋友怎么了？"童薇立即迎了过去。

医生摘下口罩："病人现在发烧到40度，原因不明，我们后续还要检查。哦，还有件事要提醒你们。"

"您尽管说医生。"童薇点头。

"她现在怀有三个月的身孕，就目前状况来看，我们对继续妊娠不太乐观。"

童薇微怔："您是说……她孩子保不住？"

医生点头："有这个可能，病人现在的情况非常糟糕，加上她现在还是早孕期间，很容易流产。即使不流产，这样的高烧对胎儿也会有影响，我们还无法预判，你们最好做好思想准备。"

医生走了，童薇走进病房。

夏杉杉裹着被子，一直在那说着胡话。

童薇坐了下来，担心地问道："杉杉，好点了吗？"

夏杉杉迷迷糊糊地点头："别走，别离开我……"

"我不走，我会一直陪着你。"童薇出声安慰。

夏杉杉闭着眼，嘴里不停地喊着齐如海的名字。

一直到半夜，夏杉杉的情况都还没有好转。

医生还在分析研究，弄清楚夏杉杉高烧的原因。

童薇两眼通红，一脸担心地拉着谢晓飞的手："晓飞，杉杉不会有事吧？"

"放心吧，她不会有事的，医生很快就会有治疗方案。"谢晓飞安慰着。

"我和杉杉是12年的朋友，进大学时第一个认识的就是她。晓飞，杉杉千万不能有事的……"童薇呢喃着，"开始的时候，我很不喜欢她，不习惯她的热情，但渐渐地……"

童薇看向躺在床上的夏杉杉，几乎哀求着："杉杉，你快好起来，我需要你，你的宝宝也需要你……"

第二天上午，在医生的治疗下，夏杉杉的情况总算好转了，醒了过来。

"童薇？"刚醒来，夏杉杉还有些搞不清楚状况。

"杉杉，你醒了？"正趴在床边的童薇抬起头来，一脸惊喜。

"我怎么了？"夏杉杉有些迷糊。

靠在沙发上睡觉的谢晓飞也醒来，围了过来："你忘了？"

夏杉杉想了想，痛苦的记忆如潮水般涌来，一副头痛的样子："我想起来了……给你们添麻烦了。"

"不许这么说。"童薇关心地问道，"你还冷吗？"

"不冷了。"夏杉杉摇头。

童薇摸了摸夏杉杉的额头："你的烧确实退了，还有没有其他地方不舒服？"

"没有。"夏杉杉揉了揉肚子，"就是觉得有点饿了。"

"我去买点吃的。"谢晓飞立即出声。

童薇叮嘱道："清淡点。"

"遵命！"谢晓飞离开了病房。

"杉杉，你真是吓死我了！"童薇一阵后怕地说道。

夏杉杉依然满脸憔悴，失魂落魄般，望着天花板自言自语道："童薇，我昨晚做了一个梦，梦见我生了一个女儿，眼睛大大的，睫毛长长的，生下来也不哭，一直冲我笑，还会说话……"

夏杉杉的眼圈红了起来，温柔地摸着肚子，看向童薇："童薇，我决定了，我要把这个孩子生下来！"

"生下来？那老齐那里你怎么处理？"童薇吃惊地问道。

"我都想好了，出院了我就去和老齐分手。"夏杉杉苦笑一下，"通过这件事情我看明白了，男人都是自私的，老齐不会为了我放弃一切，但我是个母亲，我会为了这个孩子放弃一切！"

童薇有些担心："你真的决定做一个单亲妈妈？"

"嗯。"夏杉杉点头，"昨晚的梦，真的很神奇，只要一想到再过几个月，我就可以拥有一个软乎乎、活生生的宝宝，我突然就有无尽的力量去面对未来的生活，什么都不怕了！"

童薇想了想："杉杉，尽管我觉得你太冒险了，但我尊重你的决定，任何时候你需要帮助，告诉我。"

"放心吧，以后少不了来骚扰你！"夏杉杉点头道。

第 080 章
爱情需要信任

童薇因为需要陪夏杉杉，好几天都顾不着谢晓飞。

在童薇的照顾下，夏杉杉的情况渐渐好转，情绪也缓和了很多。

不过，童薇还是在担心，夏杉杉是否真的能承受起单亲妈妈的压力？

这天，童薇准备给谢晓飞一个惊喜，没通知谢晓飞就来到了好客西餐厅。

本来想给谢晓飞一个惊喜的，结果谢晓飞没在，问杨阳才知道谢晓飞出去了。

这一等，就等到了十点半，谢晓飞都没回来。

最后一对客人也结账走了，餐厅内，就剩童薇静静地坐在角落里等着。

杨阳走了过来，有些为难："童薇姐，不好意思啊，我们要打烊了……"

"哦，那我去外面等他吧。"童薇起身，想了想问道，"对了，今天你们店长出去的时候真的什么也没带？"

"嗯。"杨阳点头，"他手机还落在店里了呢。"

"和他一起离开的女孩子，长什么样子？"

"20岁出头，长得很漂亮。"杨阳突然眼睛一亮，"对了，她开了一辆跑车，大红色的，我在电视里看到过，特别奢华……"

童薇突然想到了什么："车标是一匹马？"

"没错！就是一匹马。"杨阳点头。

童薇明白了，心里却有些迷惑起来。

和谢晓飞一起离开的女孩儿是赵晨曦，童薇并不担心谢晓飞和赵晨曦发生点什么，而是奇怪："这么晚了，这两人跑哪去了？"

看来等不到谢晓飞了，谢晓飞手机也没带，联系不上，童薇只得回去。

第二天上班，童薇泡了杯咖啡刚坐下，商碧晨凑了过来："童薇姐，最近好忙哦，都不见晓飞哥来这里。"

"是啊。"童薇点头，"最近我有个朋友出了点事，我正陪她找工作呢。"

"是这样啊。"商碧晨表情有些奇怪。

"怎么啦？"童薇笑道，"看你奇奇怪怪的，是不是谢晓飞在你面前说了什么？"

商碧晨一紧张，立即口不择言："没有没有！晓飞哥绝对没有做对不起你的事情！"

说完，商碧晨发现说漏了嘴似的，连忙捂住嘴巴。

童薇微微眯眼："碧晨，你刚才说什么？"

商碧晨心虚道："没，没说什么，童薇姐，我还有事先……"

"这么早能有什么事。"童薇勾着商碧晨的肩膀，"来来来，姐姐请你喝咖啡，我们谈一谈。"

商碧晨一脸为难求饶："童薇姐……"

最终，商碧晨拗不过童薇，只得把昨晚看到的事情告诉童薇。

原来昨晚商碧晨在阳台上看书，谢晓飞回来了，跟着谢晓飞一起的还有赵晨曦，商碧晨看到赵晨曦和谢晓飞抱在一起。

说完，商碧晨一脸紧张："……姐，我觉得里面一定有什么误会……"

童薇笑了笑："我认识那个女孩，她一直喜欢晓飞，科万董事长的女儿。"

"啊？难怪开那么好的车！"商碧晨睁大眼睛，"……那你不怕晓飞哥被她抢走啊？"

童薇搅拌着咖啡，摇头道："怕，也不怕。"

商碧晨糊涂了："姐，这是什么意思？"

童薇悠悠道："爱的人不爱我了，这并不可怕，谁能保证这份爱是一辈子呢？可怕的是，爱情中那些丑陋的东西，比如猜忌、欺骗、脚踏两只船……爱情，是经不起猜疑的。"

商碧晨心里一紧，替谢晓飞说着话："我相信晓飞哥不是脚踏两只船的人！"

"我也相信他不是。"童薇微笑道，"所以，我打算找个机会，和他打开天窗说亮话。"

商碧晨点头，一脸崇拜："童薇姐，我好崇拜你哦，我觉得你处理问题好成熟，真理智。"

童薇笑了："刚和晓飞恋爱的时候，我也有过患得患失的时候，幸亏关键时刻我们没有放弃彼此。"说到这儿，童薇看向商碧晨，"碧晨，我说了这么多，知道该怎么做了吧？"

商碧晨不解："啊？怎么说到我了？"

童薇笑道："你喜欢秦律师，为什么不行动呢？"

商碧晨立即脸蛋通红："姐，我……"

"小丫头，就你那点心思能瞒过我？"童薇看着商碧晨。

商碧晨摇头："秦律师不喜欢我，他喜欢的是你。"

童薇摇头，认真地说道："男人爱谁，有时候连他们自己都不知道，碧晨，去试一试。"

"真的可以吗？"商碧晨担心地问道。

"不管怎么样，别让自己后悔。"童薇说的非常认真。

商碧晨想了想，也不再害羞，点点头："嗯！"

商碧晨离开了，童薇并不知道最后结果怎么样，但她确实希望商碧晨以后不会后悔。

不管怎么样，总得勇敢地去追求，如果一直生活在梦想中，而不是去追求，那就永远只是梦想，没有实现的机会，以后真的会后悔的。

商碧晨离开后，童薇工作了一会儿，夏杉杉的电话打了进来。

"童薇，我找到工作了，今晚我请你和谢晓飞吃饭，感谢你们最近对我的照顾。"

"说这些干什么。"童薇笑道，"我们帮你不是应该的嘛。"

"好吧。"夏杉杉倒不扭捏，"那就当我们小聚一回吧，不过我现在可没什么钱，只能小饭馆了。"

"没问题。"童薇笑道，"什么地方。"

"我一会儿发给你，谢晓飞那边就你叫他了。"

挂断电话，不一会儿夏杉杉就发来一个地址。

童薇也通知了谢晓飞一声，几天没见面，谢晓飞倒很兴奋，立即答应下来。

晚上，童薇下了班，径直开车前往好客西餐厅等接谢晓飞，前往夏杉杉所说的小饭馆。

因为离开了齐如海，夏杉杉已经没什么经济来源，再说还得为孩子考虑，吃饭的地方确实是个小饭馆。

"夏杉杉，你不厚道啊，一样请客吃饭怎么不在我那儿？也不帮我涨涨业绩。"谢晓飞责备道。

"放你那儿，你好意思收钱？"夏杉杉一撇嘴，"我才不给你在童薇面前显摆的机会！"

童薇笑了。

"吃！今天放开肚子吃啊！"夏杉杉拍了拍胸，"过了今天，我夏杉杉就要节衣缩食，搞不好隔三岔五地要来蹭你们的饭吃了！"

"这么惨？"谢晓飞打趣道，"那以后店里有剩菜剩饭我给你打包！"

"去你的谢晓飞！"夏杉杉白了谢晓飞一眼。

童薇想起夏杉杉工作的事："杉杉，你本事够大的，怀着孕还能找到工作，哪家公司福利这么好？"

夏杉杉看了眼周围，贼兮兮地低声道："我骗了人事！"

"啊？"童薇一怔。

夏杉杉理所当然道："我怎么能说我自己有了呢？这哪家公司都不可能收我啊！但我现在又特别需要这份工作，只能说我未婚，而且重点要强调没男朋友！"

谢晓飞恍然大悟："啊，这提醒了我，以后我们店招女服务员，我得防着夏杉杉这样的！这种女员工，招进来我就得养着她啊！"

夏杉杉瞪着谢晓飞："谢晓飞，露出你黑心资本家本来面目了吧！你难道就不知道同情一下我们孤儿寡母的吗？我也是没办法！"

童薇摇头："杉杉，你这谎撒得没意义。你现在确实不明显，不过不出三个月，肚子大起来了，到时候你怎么说？"

"腹积水！"谢晓飞脱口出声。

"好主意！"夏杉杉伸手和谢晓飞击掌。

童薇："……"

"你们俩，严肃点，说正事呢！"

"哎呀。"夏杉杉苦着张脸，"童薇，我现在虱多不痒，债多不愁，今朝只顾今朝事，哪管得了以后！"

童薇想想也是，点头："那到时候人家要开了你，我管饭！你尽管开口。"

"那不行……"夏杉杉摇头,"万一我租不起房子,你还管住啊!"

"行行行,我养你!"童薇没好气地说道。

有夏杉杉这个活宝,虽然发生了齐如海的事情,但并没怎么影响气氛。

吃完饭,童薇和谢晓飞两人先送夏杉杉回去,这才离开。

两人漫步在路上。

童薇出声:"一直忙杉杉的事情,我们好久没这样走了。"

"嗯。"谢晓飞点头,"我都好几天没见你了。"

童薇回过头背负双手倒退看着谢晓飞:"怎么样,最近店里有没有发生好玩的事?"

"也就那样,哪有什么好玩的事。"

"真的没有事情告诉我?"童薇盯着谢晓飞的眼睛。

谢晓飞心里一紧:"你……你要我说什么啊?"

"那我说了啊。"童薇说道,"赵晨曦是不是来找过你?你们俩是不是还抱在一起了?"

"啊!"谢晓飞脸都绿了,"童薇,你听我解释!"

"瞧你吓得那样……"童薇笑了,"那就是真的了?"

谢晓飞连忙解释道:"我和她没什么,真的,那天她抱我,我马上推开她了。可她那天情绪有点失控,她家里在逼她结婚,和杨潇,我一个没留神,她就凑了过来……"

见谢晓飞这么紧张,童薇不禁莞尔:"好啦,念在你是初犯,就饶你不死,不过敢有下次,就……"

"就什么?"谢晓飞心里一紧。

"你自己想象……"童薇扭过头去接着往前走。

"那你……原谅我了?"谢晓飞追上去小心地问道。

童薇摇头,大大方方的:"本来我就没生气,我又不是那种小肚鸡肠的女人。晓飞，我相信你，你也要相信我，不管遇到什么事，我们都坦诚告诉对方，行吗？"

"行行行，太行了！那……"谢晓飞面露难色，脸色有些阴沉，"童薇……其实我和赵晨曦，已经……已经……"

童薇愣住了："已经……怎么？"

谢晓飞扭扭捏捏："已经……那个……"

"真的吗……"童薇蒙了。

谢晓飞见童薇上当，大笑起来："啊哈哈哈，上当了！果然上当了！你的表情好可爱……"

童薇这才明白上当，追着谢晓飞一阵拳头："你混蛋！吓死我了！我打不死你！"

两人在深夜的马路上追逐嬉戏着，引得偶尔经过的路人，都露出微笑。

第081章
坚强的外表和脆弱的内心

周末，休息日。

夏杉杉打电话来，让童薇陪她去医院产检。

反正手上也没啥事，谢晓飞又在餐厅上班，休息日更忙，童薇也就答应了。

检查完毕，两人坐在等候区，等着产检报告。

"昨晚，齐如海来找我了。"夏杉杉弱弱地说着。

"什么？这个混蛋还敢来找你！"童薇瞪着夏杉杉。

"他说他最近生意出了问题，很需要他前妻家族的支持，所以……"夏杉杉欲言又止。

童薇心里一紧："你不会……"

夏杉杉摇头："他在楼下等了很久，就差那么一丁点，就那么一丁点，我就冲下去和他复合了。"

童薇松了口气："万事开头难，熬过了这段，一切都会好的，你可千万不能再回头了啊！"

"嗯。"夏杉杉坚强地点头，"不会，再也不主动了！"

对夏杉杉和齐如海的事，童薇还真有些担心，如果夏杉杉重新陷进去，恐怕比现在这个情况还更麻烦。

"夏杉杉？"一个声音突然从两人旁边响起。

夏杉杉扭头一看,发现是她新公司的同事朱朱,一下子花容失色。

"你怎么在这里?妇科,哦……"朱朱明白似的点头。

"我……我……"夏杉杉拉着童薇,"我是陪朋友来的!"

童薇明白过来,镇定自若地和朱朱打招呼:"你好。"

"你好你好。"朱朱看着夏杉杉,"你……朋友怀孕了?看不出来嘛。"

"才三个月,我不显怀。"童薇微笑道。

夏杉杉怕再说下去露馅,拉着童薇向朱朱道:"我们先走了,回头聊。"

两人取了产检报告,逃也似的离开医院。

童薇开着车:"小核桃的产检报告怎么样?"

夏杉杉看完产检报告:"好着呢,标准得不像话。"

"那就好。"

医生之前说夏杉杉发烧对胎儿有影响,现在产检报告出来,童薇也放心了:"刚才那人是谁啊?瞧把你吓的。"

"我新公司的同事。"夏杉杉一阵后怕,"好险,刚才幸好有你在,要被她发现就麻烦了。"

"那我不能一直在啊。"童薇摇头,"杉杉,你有没有想过,到时候瞒不住了,你怎么办?"

夏杉杉放下产检报告:"我都想好了,我呢,在公司好好表现,到时候肚子藏不住了,我再跟公司好好商量一下。虽然我怀孕了,可我也能坚持到生产的最后一天!生完了,一旦坐完月子,我就立刻回工作岗位!只要我表现好,我想领导不会为难我的。"

"喂!你别胡来啊!你行,肚子里的孩子行不行啊?"童薇一脸担心。

"小核桃比我硬实,只是有点对不起她。"夏杉杉眼眶有些红,"如果我还是和老齐在一起,小核桃就不用跟着我受罪,在孕期就能享受最好的医疗条件,一出生就要什么有什么,现在呢……"

童薇叹了口气:"杉杉,以前我们的生活和工作光鲜亮丽,但幸福感并不会比现在强,物质不是评判生活的唯一标准。内心有爱,才是给孩子最好的礼物。"

"嗯。"夏杉杉点头,脸上带着幸福的微笑,抚着肚子:"我希望小核桃是个女儿,从小我给她留长发、穿小靴,春天给她扎小辫,带她去郊外捉蝴蝶,夏天给她穿上小裙子……每天都陪着她,支持她去做一个漂亮聪明又独立的姑娘,陪她一直长大,再看着她找一个好男人,把她打扮得漂漂亮亮地嫁出去,我哭成泪人,这样一辈子就这么过去了……"

童薇眼睛有些湿润:"杉杉,加油,我们一定可以把日子越过越好!"

夏杉杉信心十足地握紧拳头:"嗯!一起加油吧!"

工作和生活,都渐渐步入正轨。

夏杉杉怀孕的事情,在公司隐藏得很好,倒是没有暴露,童薇也安心不少。童薇在福通的工作,也正常进行着。谢晓飞,虽然曾经是纨绔大少,但以他的能力,认真起来也有模有样。好客西餐厅在他的管理下,经营业绩不断提升。

只是雷雄那边,依然没有 Tommy Tsoi 的消息。

"其实这样也很不错,我已经喜欢上这种平淡的生活了。"谢晓飞并不怎么在意的样子。

谢晓飞都这样说,童薇当然也无话可说。

有的时候,童薇也会想,脱离了谢氏这层身份,说不定对两人来说是一种幸运。现在还会提起 Tommy Tsoi,也只是因为答应过谢天佑而已。

这天,童薇正在处理文件,前台走了过来:"童薇姐,有个帅哥找你。"

童薇有些迷惑："谁啊？"

"在休息区。"前台指了指外面休息区。

童薇抬头一看，吓了一跳："怎么是他？"

在休息区坐着的，是谢晓飞的弟弟——谢晓天。

躲是躲不过的，再说躲也不是童薇的性格，径直走了出去。

带着谢晓天来到写字楼大堂的咖啡店。

"最近……还好吗？"坐在童薇对面，谢晓天问道。

童薇露出一个讽刺的笑容："拜你和你们董事长所赐，很好。"

谢晓天点点头，面对童薇强大的气场，不知如何开口。

童薇淡然出声："如果你来是为了劝我别继续帮助晓飞寻找谢氏股东，那我还是那句话，办不到。"

谢晓天犹豫了一下，从口袋里掏出一张银行卡，推向童薇："这里是我的一点积蓄，我知道给我哥的话他一定不会收，所以只能给你。"

童薇看着卡，没动作，抬起头来："晓天，其实在你心里，一直把晓飞当作亲哥哥，把老爷子当作父亲看待是吗？"

"我不知道你在说什么。"谢晓天摇头。

童薇看着谢晓天："你说你是为了妈妈受到不公平的待遇，才帮着谢天成背叛老爷子。实际上，这是因为你太在乎老爷子和晓飞，所以受不了一丁点的忽视。你是想用这种方式，让他重视你。"

谢晓天生气起来："你不知道别乱说！他们那样对待妈妈，所以我要给他们一点教训！"

童薇摇头："如果是这样，为什么你看到晓飞落难会不忍心？"童薇语重心长，"……晓天，做错了没关系，但是别让你在乎的人误会你，最后和他变成了敌人！"

在童薇的劝慰下，谢晓天再也无法保持坚强的外壳，摇头道："是，我承认，我羡慕他！我从小就羡慕他，他可以不顾父亲的反对，去做想做的事情，他越是不听话，大家就越喜欢他！器重他！而我呢，一直勤勤恳恳努力着，用尽全力想要讨好所有人，可最后，没人把我当回事。现在，所有人都恨我，甚至妈妈都恨我……"

谢晓天的视线落在桌上的卡上，重新将卡推了过去："现在，我能做的就只有这个……"

童薇把卡推回给谢晓天："不，晓天，你能做的远比这多很多。"

谢晓天不解地看着童薇。

童薇轻声道："如果你愿意，你可以和我们一起，帮助你哥哥和老爷子，重新把谢氏从谢天成的手里夺回来。"

谢晓天一震，有些迷惘地看着童薇。

童薇站起身来："我要去工作了，好好想想我的话。"

谢晓天的出现，并没影响童薇的心情。晚上下了班，童薇前往好客西餐厅，等谢晓飞下班。

客人很多，一直到10点多谢晓飞才忙完。

两人散步回家，谢晓飞一脸歉意："不好意思，店里客人多，让你等我这么晚。"

童薇对此有些好奇："最近不该是淡季吗，怎么客人反倒多了？"

"都是晓天搞的鬼。"谢晓飞摇头。

童薇一怔："他又跑来骚扰你了？"

"不。"谢晓飞摇头，"他是想帮我，晓天利用自己的人脉宣传餐厅，许多在上海工作学习的外国人现在都喜欢到我这儿来，然后大家口口相传，客人就越来越多了。"

童薇点头："晓天内心还是善良的，或许他后悔帮着你叔父对付你了……"

谢晓飞笑了笑："现在说什么都晚了，晓天这么做报复了我们，可他也毁了自己的前途。"

"为什么？"童薇有些不解。

谢晓飞解释道："其实一直以来，我都觉得晓天比我更适合继承谢氏，他虽然比我小两岁，但成熟沉稳。谢氏这样庞大的集团，需要他这种人来把控，这一点我远不如他，我或许能创业，或许比晓天更有天赋，但我过于自由散漫。"

童薇点头："可是，你爸应该不会同意吧？"

"当然，晓天和谢家没有血缘关系，谢氏无论如何不可能让一个外人来掌权的。"

童薇微微皱眉："这种想法太落伍了，别说国外，现在国内很多二代不愿继承家业，他们的父辈都开始引入职业经理人来运营企业了。"

"是啊。"谢晓飞叹了口气，"这几年来，我一直试图说服我爸以后让晓天来执掌谢氏，可惜收效甚微。我甚至已经想好了，只要老头退位，我就慢慢让权给晓天。可现在……说这些都没用了。"

谢晓飞能有这样的想法，童薇很高兴："晓飞，如果有机会，一定要把这个想法告诉晓天！他一定会很高兴的！他需要一个肯定，需要你们的认同，真的！"

谢晓飞想了想，微微点头。

第082章
迟来的电话

雷雄那边,依然没有 Tommy Tsoi 的消息。

倒是好客西餐厅,因为谢晓天的原因,生意忙得不像话,把老板付德忠给高兴得见到童薇都非常友好起来,对谢晓飞更是当成财神爷供奉着。

这天,童薇下了班正准备去好客西餐厅,手机响起。

是夏杉杉的电话。

"童薇,救命啊。"电话那头传来夏杉杉楚楚可怜的声音。

"怎么了?"童薇心里一紧,最近担心夏杉杉,比担心谢晓飞可多出很多倍了。

"你快来咖啡厅吧,我给你细说。"

童薇只得给谢晓飞打了个电话,告诉他自己去找夏杉杉了。

来到咖啡厅,夏杉杉拉着童薇就满腹心事地诉苦:"童薇,出大事了,我那个同事高源,简直就是个死脑筋,以为我答应做他女朋友了……"

"怎么回事?"童薇好奇地问道。

夏杉杉将事情的来龙去脉说了出来。

原来,几天前,高源开车送夏杉杉回家,结果齐如海正好等在那儿。夏杉杉立即拿高源来做挡箭牌,说高源是她男朋友,让齐如海死心。结果这一来,高源就误会了,天天给夏杉杉带早餐送牛奶,晚上送夏杉杉回家，说是要保护夏杉杉，以免她受到她前男友的骚扰。

夏杉杉年轻漂亮，讨男孩子喜欢倒也正常，可这事儿……

童薇责备道："这还不是你自找的，你要不拿他当挡箭牌，人家也不会会错意。"

夏杉杉哭丧着脸："我当时不是为了让老齐死心吗，童薇，你快帮我想想办法，我该怎么跟高源说清楚啊。"

"实话实说。"童薇说道。

夏杉杉摇头："我说了啊，可是他……"

童薇摇头："你是说了，可你没说你怀孕了，也没说你和老齐的真实关系。你确实没骗他，但你是在误导他！"

"不！我不能告诉他真相。"夏杉杉摇头，"要是他知道了，全公司的人就都知道了，那我在这个公司也待不下去了。"

童薇微皱眉头，语重心长地看着夏杉杉："杉杉，你肚子一天天大起来，迟早要离开公司的。既然选择了一条艰难的路，你就只能勇敢地去面对了，别逃避了，逃避只会让问题越来越复杂。"

夏杉杉想了想，叹了口气："唉，好吧，干完这一个月，我就辞职。"

童薇关心地问道："那你以后的生计想好了吗？"

夏杉杉摇头："暂时还没有，不过我想接一点翻译的活，能在家干，还可以照顾孩子，收入虽然低点，不过应该够了。"

"嗯。"这个办法不错，童薇点头，"我回去也帮你看看，有没有适合你的工作机会。"

夏杉杉有些忧心忡忡的："童薇，我有点怕……"

童薇安慰道："怕什么，我们的日子已经糟糕到头了，还能更差？用不了多久也该触底反弹了吧。"

送夏杉杉回家后，童薇开车，也准备回家。

这时，手机响了。

是个陌生号码。

童薇接了起来:"喂,您好,请问您是……"

"是童薇吗?我是谢晓天,我想找你谈谈。"电话那头传来谢晓天的声音。

"哦。"童薇想了想,"那就咖啡厅吧。"

和谢晓天约了见面地点,童薇调转车头,往咖啡厅驶去。

刚坐下不一会儿,谢晓天就来了。

谢晓天也不废话,开门见山地说明来意:"童薇,其实这次我来中国,是为了劝哥哥签下股权转让书。"

童薇微怔:"股权转让?"

"嗯。"谢晓天点头,"叔叔也在找谢氏的关键合伙人 Tommy Tsoi,他很怕你们先他一步找到,所以他逼着哥哥和父亲把手里的股权转让给他,这样就能一了百了。"

童薇摇头:"晓飞和老爷子不可能同意的。"

谢晓天有些着急:"可是,叔叔手里有关键的筹码,晓飞的妈妈现在每个月维持生命的钱,都是谢氏在支付,董事长完全可以停止提供这笔费用,现在叔叔只给哥哥七天时间考虑,已经过去四天了,哥哥还在犹豫,三天后如果哥哥再不答应……"

童薇皱眉:"他会失去母亲,对吗?"

谢晓天点头:"而且,谢天成绝不会就此放过他们,会继续用各种恶毒的手段逼你们就范。我觉得,倒不如趁现在有利可图,拿钱走人!"

童薇若有所思:"可这样一来,岂不是便宜了谢天成?"

谢晓天一脸认真:"中国人说'君子报仇,十年不晚',现在你们不可能斗得过董事长的。相信我,千万不要鸡蛋碰石头啊!"

童薇思索了一下:"我回头找晓飞商量商量吧。"

虽然说找谢晓飞商量,但童薇并不抱太大希望。

"谢谢你。"谢晓天道了声谢。

按谢晓天的说法,将手上的股份卖给谢天成,确实可以拿到一大笔钱,以谢氏集团的资产,几亿是没什么问题。但童薇知道,谢晓飞不会同意,谢天佑更不会同意,要不然这父子俩就不会落到现在这种地步了。而且,这件事不仅涉及谢晓飞和谢天佑,还有谢氏集团十几万员工的生存问题。

第二天,童薇晚上下班,去好客西餐厅等谢晓飞下班,两人找了家餐厅吃晚饭。

谢晓飞一直心事重重的样子,童薇知道他肯定是因为谢晓天所说的事情。

童薇出声道:"最近那边有没有消息?"

"啊?"谢晓飞回过神来。

"你叔叔啊,我听说他上位后,谢氏的股价跌了不少,引起不少老臣子的怨言。"

谢晓飞冷哼一声:"他本来就是个庸才!谢氏在他手上早晚得垮掉!"

童薇想了想:"如果谢氏那边情况真的不妙,按照他的性格,应该会想办法对你斩草除根,他那边没动静?"

谢晓飞躲躲闪闪的:"没……"

童薇摇头,叹了口气:"晓飞,晓天来找过我了,全都告诉我了。"

谢晓飞一怔:"他……过分!怎么能来找你!"

"他也是着急。"童薇问道,"股权转让书,你签还是不签?"

谢晓飞烦躁地抓了抓头发:"我还在考虑。"

童薇摇头,一脸坚定:"回答错误!绝对不能签!"

谢晓飞苦着脸:"可是,我妈还在他们手里……"

童薇摇头:"我知道,晓飞,还记得有次你父亲找我聊天吗?"

谢晓飞想了起来,是前段时间童薇参加谢氏集团发布会的时候,那次谢天佑带童薇一个人离开的,连谢晓飞都被挡住,这件事他一直很好奇:"他那次究竟跟你说了什么?你一直都不肯告诉我。"

童薇笑了笑:"其实,那次我以为他会劝我跟你分手,结果他却带我参观了谢氏。"

"他说,谢氏经过半个多世纪的发展,才有了今天这样的规模。在谢氏总部大楼,有3000多名员工;跨国公司的员工,则有十余万人。你时常误解他是一个冷酷无情的商人,他很痛苦,因为他除了是一个父亲,一个丈夫,还是一个领导者,身上肩负着十几万人的生计。"

谢晓飞摇头:"我现在没心情听这些。"

"不,你还不明白吗?"童薇认真地看着谢晓飞,"现在,你面对着和你父亲一样的难题。不签,你可能会害死母亲,可如果签了,你就会害死整个谢氏。"

害死整个谢氏!还有十余万员工!如果谢氏集团落到谢天成的手里,确实完全可能走向这样的结局。

谢晓飞一震,焦虑地交叉着双手。

最后,烦躁地抓着头发:"为什么,为什么要我做这样的抉择!"

这种事情,童薇是根本不可能帮谢晓飞决定,见谢晓飞这样困扰,童薇出声道:"晓飞,其实我们还有第三条路!"

谢晓飞一惊:"你有办法?"

童薇点头:"向一个人求助!"

"谁?"谢晓飞问道。

"你爸。"童薇说道,"这件事情,你可以向他求教,问问他的意见。"

谢晓飞想了想,点头:"好吧。"

将最终的决定权交给谢天佑,这就是童薇想的办法。

回到出租屋,两人待在卧室里。

童薇把iPad放在谢晓飞面前:"晓飞,准备好了吗?"

谢晓飞看着iPad,有些退缩:"要不……还是算了吧……都这么晚了，他肯定睡了……"

童薇："现在纽约时间是早上10点好吧！"

童薇一脸认真："晓飞！你不能退缩！"

"我没有！"谢晓飞还嘴硬。

童薇摇头："晓飞，你需要他的帮助！退一万步说，他是你的父亲，你来中国好几个月了！一个电话都没有给他打过！"

"他不给我打，凭什么我打给他！"谢晓飞噘着嘴不愿。

童薇不理谢晓飞的牢骚，按下通话键。

"喂，你怎么能这样！"谢晓飞想拦住童薇。

"平静下来，好好说话，记住，你已经不是个孩子了。"童薇认真地说道。

谢晓飞无奈，只得整理着衣服和头发。

视频另一端很快就接通了，出现在屏幕上的是金慧珠。

看到谢晓飞，金慧珠发出惊呼声："哎呀！是晓飞啊，真是太好了，你爸天天念叨你，你终于打电话过来了！"

谢晓飞愣神："他天天念叨我？"

那边金慧珠把镜头一转，屏幕里，欧伯正在伺候谢天佑吃饭。

金慧珠走了过去，招呼着谢天佑："天佑！是晓飞！晓飞要跟你视频通话！"

谢天佑也有些吃惊，故作镇定地起身走了过来，一边嚼着肉，一边喊道："这个臭小子，怎么今天突然想起来给我电话了？"

"你大早上的在吃什么？"谢晓飞瞪着谢天佑。

谢天佑夹了一块肉送到镜头前："上等五花肉，怎么？你也想吃？"

谢晓飞立即露出一脸嫌弃的表情："我才不要！"

旁边欧伯解释道："这是后勤部的郑伯给董事长送来的肉。"

谢晓飞有些迷惑："后勤部？"

欧伯笑道:"是30年前偷渡来美国的,一直躲在唐人街的后厨帮佣。那个老板看他不敢报警,故意克扣他工钱。董事长偶然遇到他,知道了他的遭遇后,就替他拿了绿卡,安排在加州的'十八藏'做客房服务,30年过去了,他还在后勤部,那天他来看我,我笑话他,这么多年一点都没长进啊,他说嘿,我现在打扫总统套房……"

说起旧人旧事,谢天佑哈哈大笑起来。

谢晓飞对着视频嘟囔着:"到底有什么好笑的,笑成这样……"

童薇在旁边小声提醒:"喂,别光聊红烧肉啊,快问他股权转让的事情……"

这时,视频那头的谢天佑突然叹了口气:"唉,可是你叔叔居然要辞退这样的老员工,嫌弃他们老了干不动活儿。如果没有这些对谢氏忠心耿耿,几十年下来在自己岗位上兢兢业业的老员工,谢氏怎么会有今天的发展!"

看着谢天佑痛心疾首的样子,谢晓飞吞吞吐吐地犹豫着。

"不说这些不高兴的事情了,儿子,你在上海怎么样了?"谢天佑问道。

"我……"谢晓飞略一犹豫,"挺好的。"

谢天佑这才注意到谢晓飞的背景环境:"你现在住在什么地方?后面是你睡的床?怎么这么小?"

"啊?"谢晓飞这才反应过来,"哦,这……这是客房啦,客房信号好。对了,我在上海找到了一份工作,很不错,还有,合伙人的事情,也有眉目了。"

谢天佑一喜,激动出声:"真的?"

"对。"谢晓飞点头,"再给我点时间,老头,你等着,我一定可以把谢氏夺回来!"

谢天佑欣慰地看着视频:"不愧是我谢天佑的儿子!"

谢晓飞怕说多了露馅："那个……我还有事，就先挂了……"

"哎别别别……"童薇急忙出声，谢晓飞已经挂断了视频。

童薇苦着脸："你怎么不跟你爸说实话？"

"哪……哪有？"谢晓飞嘴硬道。

"没告诉你爸你送外卖，不告诉他你现在和人合租。还有最重要的一件事情，你叔父逼你签股份转让。"童薇一一数落着，"嗯？以前你不是最喜欢和你爸作对吗？怎么现在突然变成乖儿子了？"

谢晓飞结结巴巴的："人，都是会长大的，请你别再提以前的事情了。"

童薇看谢晓飞死要面子的样子，忍不住笑了，回头一想，叹了口气："唉，那股权的事情，现在怎么办？"

"不签。"谢晓飞果断摇头，"我不能看着谢氏被谢天成糟蹋了，这一局我一定会扳回来的！"

谢晓飞做了这样的决定，童薇不好再说什么，只能支持他。

想了想，童薇出声："晓飞，以后每周给你爸打个电话吧。"

谢晓飞一撇嘴，傲娇地哼一声："这要看我心情！"

见谢晓飞还嘴硬的样子，童薇忍俊不禁。

不过，谢晓飞能理解他父亲的难处，能和他父亲的关系好起来，童薇确实很替他开心。

美国。

看着已经挂断的视频，谢天佑点了点头。

"他没有签那份协议，我就知道他不会，他毕竟是我的儿子啊。"

谢晓飞这时候联系，谢天佑当然知道原因，而谢天佑说的那段话，也是说给谢晓飞听的。

至于最后的决定，谢天佑交给了谢晓飞。

谢晓飞最后没有问出后，谢天佑已经知道，谢晓飞已经承担起了这个责任——谢氏的责任，身为谢家人的责任。

第083章
命运的捉弄

不签协议,后果就是要面对刘婉莹的治疗问题。

童薇替谢晓飞担心这件事情。

坐在办公室里,童薇还在想着可能的解决方法,这时手机响了。

是夏杉杉的号码。

手机接通,电话那头就传来夏杉杉的哭泣声:"童薇,医生让我拿掉孩子……呜呜呜,怎么办……"

童薇心里一紧:"杉杉,你先别哭,你在哪里,我马上过来。"

"我在医院……"

童薇立即出了办公室,开车赶往医院。

医院大门口,夏杉杉正坐在花坛上,满脸憔悴,脸色苍白。

童薇跳下车走了过去:"杉杉,到底怎么回事?"

夏杉杉看到童薇出现,立刻泪流满面:"童薇,医生说,我宝宝检查出来不好,让我拿掉。"

童薇皱眉:"可是,你都怀孕四个月了,怎么能说拿就拿呢?"

夏杉杉摇头:"她说根据现在的数据来看,宝宝染色体有问题,生下来可能不好的概率很大!童薇,我该怎么办?我好害怕……"

童薇沉思了一下:"你先别急,杉杉,我们去复查。"

"复查?"夏杉杉抬起头来。

"对，挂专家门诊号，小核桃毕竟四个月了，不能因为一个草率的数据，就判她死刑。总之，做最坏的打算，尽最大的努力！"

夏杉杉点头，站了起来。

挂专家门诊号并不顺利，特需处护士摇头："很抱歉，我们本周已经没有专家门诊了。"

"那最快什么时候有呢？"童薇着急地问道。

护士看了看预约单："最快要下周三吧。"

夏杉杉睁大眼睛："今天周四，我还要等一个礼拜？"

童薇立即求救着："护士小姐，不能通融一下吗，我们……我们真的很急。"

特需处的护士倒是和善许多，抱歉地摇了摇头："我理解，来这里的准妈妈情况都很急，但也请你们理解，我们郁医生是围产医学专家，他除了普通问诊之外，还有学术任务，还要参加各种会议，所以……预约下周三，其实已经是让你们插队了。"

夏杉杉急得像热锅上的蚂蚁一样，童薇想了想也没别的办法，一咬牙："那就下周三吧，谢谢你了！"

护士点了点头："非常抱歉，实在不好意思。"

离开医院，夏杉杉坐在副驾驶座上，一直喋喋不休："好好的，小核桃怎么会染色体出问题呢？"

童薇一边开车一边安慰道："没事的，杉杉，在没确诊之前你别胡思乱想，小核桃现在已经有了心跳，你的情绪会影响到她，到时候不更是雪上加霜？"

夏杉杉摸着肚子，一脸难过："宝宝，都是我不好……是我没用，没法给你一个健康的身体。"

看着夏杉杉失魂落魄，处于崩溃边缘的状态，童薇心里越发担心起来。

童薇一直把夏杉杉送回家，扶着夏杉杉进屋。

夏杉杉呆若木鸡地坐在桌前，眼里没有一丝神采。

童薇倒了杯水给她："杉杉，喝点水吧。"

"我不渴。"夏杉杉摇头。

"不渴也要喝，别忘了，小核桃还在你肚子里。"童薇劝说道。

"我真的喝不下。"

童薇皱眉："杉杉，你已经一天没吃东西没喝水了！我知道你心情不好，可你不为自己身体想，也要为孩子着想吧？我说了，一切等复查结果出来再说，你不能先把自己吓死了，听话！"

夏杉杉突然歇斯底里起来："每个人都跟我作对！我到底做错了什么！我只想好好生个孩子也不行吗？为什么要给我个怪物！不行！我不能生一个怪物出来！不行！"

说着，夏杉杉突然站起来往门口走去。

"夏杉杉，你冷静点！"童薇连忙叫住夏杉杉。

夏杉杉两眼流泪："童薇，我们别再自欺欺人了，小核桃肯定有问题，否则医生不会那么说。你前两天说一切都会好起来的，生活不会更糟糕了，事实证明你错了，我的生活还在继续糟糕下去，我受不了了！"

童薇摇头："对，生活的险恶是超乎我们的想象。你做单亲妈妈够惨了，结果你的孩子还可能不健康；晓飞从一个财团继承人变成服务生，还不够，他的叔叔还用他妈妈的性命逼他让出股份！可是，杉杉，我们除了面对这些，还有别的选择吗？我们必须坚强起来，勇敢地去对抗命运！退缩只会让我们的生活越来越糟糕！"

童薇从柜子里拿出一堆替小核桃准备的衣服，一件件抖开，捧到夏杉杉面前："你看看，看看这些小衣服、小裙子，你之前说要给小核桃留长发，要给她扎小辫，带她抓蝴蝶，把她打扮得漂漂亮亮的，你都忘了吗？医学还没判她死刑，你就要先判她死刑了吗？"

夏杉杉哽咽着,扑倒在童薇怀里。

"杉杉,未来或许还会有更糟的事情发生,但只要我们不放弃,就一定会有希望的。你还有我,还有小核桃呢,你不孤单。"童薇安慰着。

良久,夏杉杉抬起头来,擦了擦眼泪:"嗯!我要带着小核桃战斗到最后一刻!"

等夏杉杉情绪好了很多,童薇这才放心离开。

回家路上,刚进弄堂,见邻居陈家姆妈正送一名房产中介出来。

"陈阿姆,700万已经很好了,你考虑一下吧。"

陈家姆妈摇头:"我心里价位是750万,你们这一刀下去太狠了吧。"

房产中介只得走了。

回到家,钟美艳正准备着晚饭。

"叔叔,婶婶,我回来了。"童薇进屋礼貌地说道。

童博文招呼着:"薇薇回来了,正好,吃饭吃饭。"

钟美艳一边往餐厅拿着饭菜,一边说道:"还要再等几分钟,有个菜没熟,你们知道不,对面陈家准备卖房子啦。"

童薇刚才正好听到:"难怪刚才看见房产中介从她家出来,不过好像价格没谈拢。"

"可不是。"钟美艳摇头道,"她儿子结婚,女方家里说了,彩礼钱不要了,但婚房总归要一套吧,而且要一次到位买大的,120平方米以上。陈阿姨没办法,只能卖掉这套老房子。"

童博文不解:"结婚么,陈阿姨这里也可以住的呀,干吗卖掉再买?"

"你傻啊。"钟美艳说道,"卖掉再买,新房小姑娘可以写名字了。再说了,陈阿姨家又不像我们,三层楼全部自己家住,她就一楼,小姑娘看不上。听说小姑娘家让买到娘家那边,这里坐公交过去都要转两辆。哎哟,这么落后的地方,我是肯定不要去的。"

童博文取笑道:"哟,你忘了你自己也是郊区人民出身,现在倒看不上郊区了？"

钟美艳不服气了："我哪里郊区人民出身？我小时候可是法租界长大的！正宗的市中心人！"

"你就住过三个月法租界的亲戚家呀！"童博文向童薇笑道，"你这个婶婶，一年土，两年洋，三年忘了爹和娘！哈哈哈！"

钟美艳一脸铁青，瞪着童博文。

吃过晚饭，童薇回到卧室，给谢晓飞发微信："你妈妈的事情，打算怎么办？"

谢晓飞回复道："我已经给马萨姆健康中心的主治医生发去了邮件，和他商讨改变治疗方案，希望能够降低医疗费用，正在等他回复中。"

童薇想了想，安慰道："晓飞，一定会找到解决办法的，别担心，晚安！"

不过，只有三天时间不到，童薇心里也很着急。

生活，确实很不如意。本以为谢晓飞的工作稳定了，自己在福通也算还行，不用担心房租水电生活费，只要慢慢寻找 Tommy Tsoi 就行，但谢天成根本不给两人机会。

第二天，童薇来到福通律所上班，想起夏杉杉的事，来到秦天宇的办公室。

"童薇，有事？"秦天宇见是童薇出声问道。

"是私事。"童薇不好意思地说道。

秦天宇笑了笑："私事公事，都是大事，进来，关上门说。"

童薇进入办公室："天宇，你认不认识产科医生？我要专家，最好的那种！"

秦天宇一愣，看着童薇的肚子："你……"

"不是我啦。"童薇摇头，"是夏杉杉。"

秦天宇松了口气："吓了我一跳……杉杉她怎么了？"

"说来话长……"童薇将夏杉杉的事情告诉了秦天宇。

话还没说完,童薇的手机响起,是夏杉杉打来的。

"童薇,不用帮我找医生了。"夏杉杉说道。

"怎么了?"童薇不解问道。

"是高源,她姑姑就是妇产科医院的妇产科主任。"

"什么?你找他姑姑看?"童薇惊讶出声。

"嗯,我说是我最好的朋友怀孕了,他还让我现在就叫朋友过来呢,我只能说没空,约了明天一早去。"

童薇皱眉:"那到时候你不就穿帮了?你打算怎么跟他说?"

"我自己会处理的。"

童薇想了想:"明天要不我陪你去吧?"

"不用,我自己可以的,不麻烦你啦。"

听夏杉杉这么说,童薇只好答应。

夏杉杉挂断了电话,童薇回过头来,向秦天宇说道:"杉杉那边解决了,不用劳烦大律师的人脉了。"

"那就好。"秦天宇笑道,"不过这也给我提了个醒,以后得多接触医疗纠纷的案子,积累一些医疗系统的人脉关系,说不定哪天就用上了呢?"

童薇一笑:"不说了,我先去干活了。"

第084章
卖房,还是卖掉梦想?

第二天休息,童薇打了个电话,确认夏杉杉是不是需要自己去,夏杉杉说不用了,她已经在医院了,编了个谎话骗高源,没让高源去,自己去见他姑姑,所以不用担心露馅的事情。

见夏杉杉有自己的处理方法,这样处理倒也行,童薇也没多问。

谢晓飞正好也有假,两人约了一起出去闲逛。

看到一家家具店,童薇停了下来。

谢晓飞见状:"进去逛逛?"

童薇摇头:"算了,女人一进家居店,可就出不来了。"

谢晓飞拉着她:"走吧,大不了陪你住里面呗。"

童薇在厨房区域逛了许久,一会儿摸摸盘子,一会儿又拿起刀叉比画着。

谢晓飞看出童薇心里渴望家庭的温馨,不经意地凑到她耳边:"等我买了房,装修的事情就全部交给你了。"

童薇一撇嘴:"要我做免费设计师和监理?想得美,装修有多累知道吗?"

谢晓飞嬉皮笑脸的:"做我老婆,可能更累哦。"

童薇不好意思笑了,陷入沉思:"以前,爸爸妈妈还在的时候,他们最喜欢逛家居店,妈妈就喜欢买一些华而不实的东西四处摆放,很容易积灰,她又不爱打扫,那时候爸爸就会数落她,两人就开始甜蜜地斗嘴……"

最终,童薇还是买了一些碟子和盘子。

拎着礼袋,两人走出家具店。

回到谢晓飞的出租屋,童薇学着母亲何晓慧的样子,想用碟子和盘子来装点谢晓飞的陋室,却发现怎么摆都奇奇怪怪的,没有一丝美感。

童薇挫败地坐下:"看来我没遗传我妈的艺术细胞。"

谢晓飞搂着她的腰:"没关系,我不嫌弃你。"

"你敢嫌弃!"童薇无奈地摇摇头,"喂,索性把这几个碟子拿去你店里吧,或许用得上。"

谢晓飞一脸为难:"这么丑,会吓跑客人的……"

"谢晓飞!"童薇生气地揪着谢晓飞的耳朵。

这时,谢晓飞的手机响了。

看到来电显示,谢晓飞愣住了。

"是……你叔叔?"童薇凑了过去。

谢晓飞点了点头,收起笑容,接通视频电话。

"嘿,亲爱的侄子,别来无恙啊。"

"少废话,股权转让书我是不会签的,你有本事就尽管使出来。"谢晓飞冷声道。

"你看你,我们叔侄许久未见,叔叔来问候你一下,你这么凶巴巴的干什么呢……"谢天成皮笑肉不笑地说着,将手机一转:"看看,我身边是谁?"

视频里,对着的正是谢晓飞的母亲——躺在病床上的刘婉莹。

谢晓飞脸一紧:"你……你想干吗?"

谢天成一脸吃惊的样子:"晓飞,你别激动,我是来看望一下我嫂子。不过晓飞,你也知道,最近谢氏的股票跌得很厉害,全球经济又不好，而你妈妈这里每个月的支出是一笔不小的费用啊，有些药，恐怕必须停掉了……"

谢晓飞太阳穴青筋凸起，冷冷地看着视频里的谢天成："我警告你，离我妈远点！如果你敢对我妈下手，我这辈子不会放过你！"

谢天成一笑，随手拨弄着刘婉莹床头的各种导管。

"你住手！你要干什么！"

谢天成摇头："我说过，有些药，必须要停掉了。晓飞，我得拔掉一根管子了，你自己选，拔这根，还是这根？"

谢晓飞失控地怒吼："你住手！住手！"

"住手？"谢天成冷笑道，"你不选的话，那我干脆拔电源吧！一了百了！"

"你这个老混蛋！我要亲手杀了你！绝不会放过你！"

谢天成放下手中的导管："晓飞，看来你并不在乎妈妈的死活啊，那为什么不愿意跟我配合呢？你是不是还在等着翻身的机会？呵呵，别做梦了。想救你妈妈，只有一条路，痛痛快快地签了股权转让书……"

镜头一黑，谢天成挂断了视频电话，谢晓飞"扑通"一声坐在地上，大口喘气，满头大汗。

"晓飞，别急，他还没有达到目的，不敢对你妈下手。"童薇安慰道。

谢晓飞突然站了起来，在屋子里团团转，四处翻找着东西。

"晓飞，你干什么？"童薇出声。

"转让书，转让书呢！"谢晓飞急切地说着。

"你真的要签字？"童薇惊讶地问道。

"我不能看着我妈死，我不能害死妈妈！不能！"谢晓飞终于从床底找出转让书，翻到最后一页，拿出一支笔要签下自己的名字。

童薇拦住他："你现在要是签了，以后你会后悔的！"

谢晓飞锐气全无："随便吧，我不玩了，我认输！我只要我妈活着，其他的我都不在乎了!她是为了救我才变成这样的,我不能眼睁睁看着她死!"

童薇抱住慌乱的谢晓飞:"晓飞,你冷静一下,你签了就中了他们的计!你听我说,只要你不签,你妈就能活,因为这是谢天成唯一能捏住你的筹码,他不会真对你妈怎么样!再说,你签了你妈就安全了吗?如果你签了,从此以后,你们一家人都跟谢氏没有任何关系了!到时候他怎么对待你妈,你都没有办法!"

谢晓飞重重一拳打在墙上,满脸痛苦:"我该怎么办?我到底该怎么办?"

童薇劝说道:"晓飞,你听我说,谢天成上位后,各方舆论对他都很不利,我们应该好好利用这一点!"

"什么意思?"谢晓飞像抓住浮木一样看着童薇。

"我们可以利用舆论先发制人!"童薇解释道,"你发个声明,宣布从今往后,你妈妈的医药费由你们自己承担,不再从谢氏那里拿钱!这样一来,媒体会关注这件事的来龙去脉,肯定会有人猜测谢氏对你们母子进行迫害!谢天成被盯上,到时候就很被动,肯定不敢对你母亲动手!"

谢晓飞皱眉:"这倒是个办法,可是,妈妈每个月的医疗费至少要十几万,我和爸爸的钱都被冻结了,拿什么去支付妈妈的医疗费呢?"

童薇略一思索:"别担心,我有钱!"

谢晓飞摇头:"我妈每个月的医费这么贵,你上个月还没交上生活费呢,哪来的钱?"

"我有办法!"童薇坚定地说道。

"什么办法?"谢晓飞不信。

童薇顿了顿:"卖房!"

谢晓飞一惊:"不不不!那不行!房子是你爸妈留给你的遗产!"

童薇摇头："晓飞，房子卖了，以后我们还可以想办法买回来！但万一你叔叔真丧心病狂地对你妈下手，你后悔都来不及了！"

"不行！"谢晓飞不愿，"会有别的办法的，一定会有办法的！"

"晓飞，你冷静点。"

谢晓飞向童薇摆了摆手，焦躁地在屋子里走来走去，忽然想起了什么，大叫道："地！我还有一块地！对，苏州的地！我卖地，我现在就去找罗斌！"

谢晓飞说着拿出手机，准备给罗斌打电话，手机却被童薇抢了过去："绝对不行！"

谢晓飞冲童薇咆哮着："你管不着！总之我不许你卖自己的房！"

童薇回吼着："卖房也比卖掉梦想强！"

谢晓飞愣了愣，一脸痛苦的表情。

"这块地，是你两年多的心血，是你实现梦想的最后一点资本！"童薇劝说道，"晓飞，如果你把地卖了，一切都完了！再说，地是这么好卖的吗？一来一去得多少时间？什么都别说了，我卖房！"

谢晓飞一脸颓废地坐下："童薇，我……我对不起你！"

童薇点头："晓飞，欠我的，我会让你还。答应我，以后一定替我把这套房子买回来，好吗？"

谢晓飞沉默片刻，抬起头来，一脸坚定的目光重重点头："嗯，我发誓！"

第 085 章
卖房并不顺利

房虽然是童薇的,童恬恬一家只是因为某些原因在这里居住,但卖房的事情,涉及童恬恬一家以后的生活。

思前想后,童薇决定先找童恬恬说说。

咖啡馆内,童薇和谢晓飞没等一会儿,童恬恬就来了。

当听说童薇要卖房的决定,童恬恬吓了一跳:"卖……卖房?那我们住哪儿去啊?"

童薇解释道:"你们可以回以前的房子里去,我自己会想办法……"

童恬恬生气了,脸一板,瞪着谢晓飞:"谢晓飞,你够可以的,自己家弄破产了,现在又让童薇卖房?你想干什么呀你!"

谢晓飞有些心虚,拉了拉童薇:"童薇……要不算了!我还是把股份卖给谢天成吧,至少那些钱可以保证我们这辈子吃穿不愁。"

"哟哟哟,口气都大了呀,还这辈子吃穿不愁?"童恬恬冷笑着,"你那破股票能值多少钱啊?敢吹这个牛?"

谢晓飞思索了一下:"折价卖给谢天成的话,大概3亿应该是有的吧……"

"多少?"童恬恬以为自己听错了。

"3亿,美金。"谢晓飞回道。

童恬恬噌地站了起来:"3亿美金!"

这一来,童恬恬态度突变:"童薇,房子卖!一定要卖!这生意划算!折价都值3个亿,整个谢氏得多少钱啊!"

说着,童恬恬瞪着谢晓飞:"喂,我可告诉你,我姐卖了房子,你以后可要对她好!用余生来报答她!"

谢晓飞哭笑不得:"我都是你姐的人了,还谈什么报答?"

童恬恬一脸激动,一拍桌子:"童薇!有他这话就行了!你现在卖房子不是为了谢晓飞,是为了保卫你自己的3亿美金股票!卖!我双手双脚赞成卖!"

童薇苦着张脸:"恬恬,你怎么越长越像你妈,都掉钱眼里了。"

童恬恬一扭头:"能一样吗?我妈那是一块钱恨不得掰成两半花,我一上来就是3亿美金的大买卖!格局完全不一样好吗?"

"好了好了!"童薇连连摇手,"今天找你来,一是知会下卖房的事情。第二个,我不知道该怎么跟叔叔婶婶交代。"

童恬恬摇头:"交代什么呀,3亿当前,先斩后奏!"

童薇犹豫了:"这样……不太好吧!"

"是不好,但你有更好的办法吗?"童恬恬说道,"要让我妈知道你要卖房,她到时候把房产证给你藏起来,再给你一哭二闹三上吊,够你折腾的!"

童薇皱眉。

以钟美艳的性格,确实会做出这种事情来。

童恬恬眼珠一转:"过来,我告诉你们怎么做!"

不知童恬恬又有什么主意,童薇和谢晓飞凑了过去。

"你们先和中介约看房时间,到了看房那天,我把我爸妈骗出来,你们速战速决。"

童薇想了想,虽然这样确实不好,但权衡一番后,目前也只有这个办法,点头道:"好,恬恬,谢谢你。"

童恬恬看向谢晓飞:"谢晓飞,我姐为了你众叛亲离,你以后要对不起她,我饶不了你!"

谢晓飞连连点头:"不敢不敢!"

很快,童薇和中介约好了时间,就在第二天。

第二天,童恬恬把钟美艳和童博文骗去了洗浴中心,说是接了个小活,拿了2000块工资,请钟美艳和童博文去腐败一下,钟美艳和童博文不疑有他,出了门。

这边,中介如约而来。

对童薇家的房子,中介很是满意,兴奋地说道:"童小姐,你这栋房子现在很稀缺,一般市中心的这种洋房,都是几户人家合住,外表看上去很有上海风情,实际上里面的居住环境并不很好,你把房子交给我,一体出售,我一定能给你卖出高价。"

童薇点头:"那就拜托你了,我再强调一下,我现在急用钱,如果对方能全款,价格我愿意让步。"

中介点头:"你这种情况,我建议你签包销协议,价格虽然比市价低一点,但我们保证很快就出手,怎么样?"

童薇想了想,一咬牙:"好,就这么办吧。"

中介继续看房,一边看一边用手机拍摄照片,最后和童薇签署了包销协议,保证一个月之内卖掉。

送走中介,童薇松了口气。

正送中介出门,童薇一愣。

童博文和钟美艳回来了,后面还跟着一脸苦色的童恬恬。

钟美艳好奇地看着房产中介:"你是谁?你怎么在我家?"

房产中介有些迷惑:"这是你家?"

"不是我家,还是你家?"

房产中介迷惑地看向童薇:"童小姐,你这个房子名下有几个户口？"

"就我一个，很快就可以迁走。"童薇说道。

"那就好。"房产中介点头。

钟美艳一把拉住中介："小伙子，你来我家干什么？为什么要问户口？"

房产中介微怔："咦，不是你们家要卖房吗？怎么，你们家庭内部没商量过？"

"卖房？"钟美艳瞪大眼睛，"我们没要卖啊！谁说要卖房了？"

中介不解地看着童薇："什么情况这是？"

在钟美艳身后的童恬恬，已经捂着自己的脸。

童薇摇头，对中介说道："侯先生，这房子是我一个人的，户口也只有我一个，他们是我叔叔婶婶，我同意卖就可以了。"

"哦，那就好。"中介点了点头，"那我先走了。"

"童薇，到底是怎么回事？"童博文出声问道。

"叔叔，婶婶，我有事跟你们说。"童薇看向童博文和钟美艳。

进了屋，钟美艳板着脸坐在那儿。

童薇出声道："婶婶，这栋房子的产权证一直在你这里吧？"

钟美艳缩了缩身子："你问这个做什么？"

"这栋房子，我要卖了。"

钟美艳一下子炸了："我不同意！童薇，你不能这么没大没小的，这件事情非同小可，怎么商量也不和我们商量一下就要卖？不行，我和你叔叔坚决不答应！"

童博文眉头紧皱："童薇，你是不是遇到什么困难了？手头紧？"

童薇摇头："叔叔，一两句话说不清楚。你们放心，房子卖了后，我也会补贴你们一点，你们再去买再去租都可以，但这房子，我是一定要卖的。"

"不是。"童博文看着童薇,"你到底怎么了?如果真遇上什么大事,叔叔这里还有工厂赔给我的钱,你可以先拿去用嘛!"

钟美艳一口打断童博文的话:"不行!那是你叔叔的棺材本!童薇,你要卖,讲出道理来!不能就这么赶我们走!"

童薇一脸为难。

童恬恬只得出声:"哎呀,妈,是谢晓飞啦!"

钟美艳一脸气愤:"被我猜到了,果然是为了那个男人!童薇,我告诉你,卖房子,我和你叔叔,不同意!"

童薇淡淡出声:"叔叔,婶婶,对不起,这件事情我已经决定了!"

说完,童薇起身上楼。

回到卧室,童薇开始收拾东西。

门外,响起童博文的声音:"薇薇,是叔叔,你开开门好吗?"

童薇转身开门。

"薇薇,房子是你的,你要卖,我拦不住,但我是你的长辈,我还是要搞清楚为什么要卖房子?"童博文说道。

童薇解释道:"叔叔,这件事确实跟晓飞有关,晓飞他妈妈这几年一直是植物人状态,靠着药物维系,现在谢氏因为对他不满,不愿意继续出医药费了,所以……"

童博文脸一板:"所以他就问你要钱?没这个道理!"

童薇摇头:"叔叔,里面的事情很复杂,一两句说不清楚,卖房也是不得已的事情,以后有机会,房子我会再买回来。"

童博文有些气愤:"薇薇,今天你要是自己缺钱卖房,叔叔我二话不说立刻搬走,但为了那个男人,我不能同意!这是你爸妈留下来的房子呀!怎么能为了一个外人就卖掉呢!"

童薇为难地看着童博文:"叔叔……"

童博文看着童薇,痛心疾首地说道:"我后悔,后悔当初没在一开始就强硬阻止你们在一起！但事情到了这一步，我不会再坐视不管，如果你执意要卖房，那从此以后就别再认我这个叔叔！"

说完，童博文转身下楼。

看着童博文离去的背影，童薇低头，咬了咬牙。

这时，童薇的手机响了，是谢晓飞打来的。

第 086 章
尊严是自己给的

童薇跟着谢晓飞，两人在街上散步。

谢晓飞一直不说话。

童薇犹豫了一会儿："说话啊，是你约我出来的，怎么没声音了？"

"呃……"谢晓飞看向童薇，"我听说，你叔叔婶婶他们不同意卖房？"

"是恬恬说的？"

谢晓飞摇头："童薇，要不算了……"

"房子是爸妈留给我的，不需要他们的同意。"童薇坚决地说道。

谢晓飞一脸内疚的样子，欲言又止。

童薇安慰道："晓飞，你不用内疚，我不是感情用事，用一栋房子保住3亿美金的股票，聪明人都知道该怎么做，我是为了自己投资，不是为了你，你别自作多情。"

谢晓飞苦笑道："童薇，你是为了钱还是为了我，我心里清楚，如果这辈子我报答不了你，下辈子……"

童薇连忙摇手："别别别，这辈子让我遇上你就够倒霉了，下辈子咱可别再掺和到一起了。"

"唉。"谢晓飞叹了口气，"说真的，叔叔婶婶那边，你真的忍心？"

"没别的办法。"童薇摇头道，"你消息已经放出去了，谢天成那边肯定会断了你妈的医疗费，房子是肯定要卖的。我知道这样做，对叔叔婶婶有点残忍，可现在只能这样，以后我会找机会补偿他们的。"

谢晓飞皱了皱眉："那房子卖了，你打算住哪里？"

童薇想起这事，皱眉思索着。

谢晓飞眼睛一转，凑了过去，挤眉弄眼道："要不……你去我那儿凑合凑合？"

"呵呵……"童薇看着谢晓飞，"你想得倒是挺好啊？"

谢晓飞立即一本正经，挺起胸膛："你是不是又想歪了？"

童薇懒得理谢晓飞："你别管，我自有办法。"

拿出手机，童薇拨通了夏杉杉的电话。

"杉杉，是我，后来孩子检查怎么样了？"

那头，夏杉杉没出声。

童薇以为信号不好："喂，杉杉，听得见吗？"

电话终于有了回音："啊，没事没事。"

童薇也松了口气："哈，看起来高源这姑姑还真的挺厉害，对了，我要来你家借住几天，不知道你方便吗？"

"借住几天？"夏杉杉的声音有些迟疑。

"你如果不方便的话没关系，我再想办法。"童薇出声道。

"方便方便，你来吧。"

"那就这么说定了。"童薇松了口气，挂断电话，看向谢晓飞，发现谢晓飞还苦着张脸一副内疚的表情。

"好了，你别老哭丧着脸了，来，笑一个！"

"笑不出来！"谢晓飞摇头。

"那哭一个？"

谢晓飞撇着嘴："宁可和夏杉杉挤，也不要和我住，哼！"

"喂，你现在连孕妇的醋都要吃了？"童薇瞪着谢晓飞。

"对，怎么样！"谢晓飞扭头。

"哎，我住杉杉那里，也方便照顾她。"童薇劝道。

"我也需要你照顾。"谢晓飞依然扭着头。

童薇哭笑不得，敷衍着："好好好，照顾照顾，都照顾……"

既然已经决定好了，童薇很快行动。

第三天，童薇带着房产中介交接，收拾了简易的行李下楼。

房产中介走了过来："童小姐，你走，你家里人也要走啊，否则我没办法向下家交代。如果你不方便出面的话，交给我。"

童薇眼神一亮："你有办法？"

"呵呵呵。"房产中介笑了笑，"这种无赖我见多了，我叫几个兄弟，不怕他们不走！房子又不是他们的，警察来也不帮他们。"

童薇连忙阻止："别，都是一家人，不想闹那么僵，给我点时间，我去说吧。"

童薇来到楼上，敲了敲门："叔叔！"

屋内，传来童博文冷冰冰的声音："我不会走的！我是不会看着房子被那个男人骗走的！"

童薇出声："叔叔，房子我已经卖掉了，现在我们不能再住在这里了。"

门终于缓缓地打开了，首先映入眼帘的，是一副黑白人像，童薇父亲的遗像。

童薇愣住了。

童博文把童薇拉进屋子里，指着童博学的遗像，怒声道："当着你爸的面，你说说清楚，为了一个男人，你都干了些什么？！"

童薇没出声。

"跪下！"

童薇双膝一屈，跪在父亲的遗像前。

"童薇,你口口声声说要给你爸妈洗清冤屈,你现在在干什么?天天围着个男人转,你的使命,全都丢到九霄云外了吗?你这样做,对得起你父母吗?"

童薇依然没出声,只是默默地向童博学的遗像磕了个头:"爸,妈,女儿不孝,你们的恩,女儿以后再报!"

磕完头,童薇站了起来,向童博文说道:"叔叔,搬走吧,你放心,我以后会慢慢补偿你们的。"

童博学难以置信地看着童薇,扬起手,用尽全身力气狠狠地给了她一耳光:"我们童家没有你这个人!"

童薇捂着脸,眼里射出委屈的目光,但就是一声不吭,倔强地看着童博文。

拎着行李向外走去,一路上,路过的邻居,都对着她指指点点,议论纷纷。

来到路边,童薇看着车流,坐在道旁,拿出电话,拨通了夏杉杉的手机。

"喂,杉杉,你在家吗?我来投靠你了。"

"啊?"夏杉杉回道,"你在哪里?我叫人过来接你。"

"不用这么麻烦,我自己过来就行了。"童薇说道。

"别别别,你把地址给我,就在那儿等着就行了。"

说完,夏杉杉挂断了电话。

童薇微微皱眉,心里有些疑惑,夏杉杉的语气不太对,似乎在隐瞒着什么。

很快,一辆劳斯莱斯驶了过来,停在童薇前面,司机下车。

"是童小姐吗?"

"是的,请问……"

"是夏小姐让我来接你的,请上车吧。"司机替童薇打开车门。

童薇狐疑地上车。

劳斯莱斯启动，一路上，童薇都满是疑惑。

20来分钟后，劳斯莱斯驶入一个豪华小区内，停在一栋三层的洋房前。

夏杉杉正在洋房门前，向童薇挥着手："童薇！"

童薇下了车，更加迷惑。

在夏杉杉旁边，一名中年女佣人，正拽着夏杉杉的胳膊："太太，孕妇不能举胳膊，容易出事。"

夏杉杉俏皮地冲童薇吐了吐舌头。

童薇满脸迷惑："杉杉，这什么情况？你搬家了？"

夏杉杉摇头："房子是老齐的，人是老齐找来照顾我的。"

童薇睁大眼睛："你跟老齐又……"

夏杉杉亲热地挽上童薇的手："嘘，一会儿说，走，进去吧，你自己挑房间，这里可大了，爱住哪间住哪间。"说着，夏杉杉向接童薇来的司机呼道，"老赵，你把童小姐的行李搬进来吧。"

"是，太太。"老赵恭敬地应道。

上了楼，童薇甩开夏杉杉的胳膊："杉杉，你是不是应该跟我解释一下究竟怎么回事？"

"哎哟，有什么好解释的。"夏杉杉重新拉着童薇的手，"我跟老齐复合了，就这样。"

"他答应娶你了？"

"这件事，我不提了，也不需要他答应了。"夏杉杉摇头。

童薇眉头一皱："那你为什么要回头？"

夏杉杉回过身子，背对童薇："童薇，你别问了，现在这样不是挺好的吗。"

"好？哪里好？"童薇板着脸。

童薇已经明白过来，夏杉杉又重新踏进了那个漩涡之中……

夏杉杉回过头来："哎呀，日子是我自己过，我觉得好就好嘛。"

"那你和齐如海现在算什么关系？"童薇看着夏杉杉。

夏杉杉不愿再谈："童薇，你别问了，求你了。"

童薇摇头："杉杉，你这样我很担心，齐如海不娶你，小核桃生下来就是私生子了！"

"那又怎么样？"夏杉杉抬起头来。

"怎么样？"童薇直直地看着夏杉杉，认真地说道，"你想让小核桃一出生就在不完整的家庭中吗？现在算什么？老齐能给你什么？"

"他能给好的生活！他能让我在产检的时候不排队，能够让医院里每个人看见我都微笑，能够在我产检出了问题的时候找最好的专家帮我看病！他让我觉得自己像个人，有人的尊严！而不是谁都敢骂我是贱人！"夏杉杉语气激动地说道。

童薇摇头："你觉得自己这样很有尊严？……"

"够了！"夏杉杉打断童薇的话，"你别再拿你那套理论来教训我！你看看你自己，为了一个男人，工作丢了，连家里的房子都卖了，你还觉得自己比我强？你醒醒吧，我们生活在真金白银的世界里，没有钱，感情两个字就是笑话！"

童薇一怔，不敢相信地看着夏杉杉："杉杉，你之前不是已经悔悟了吗？怎么绕了一圈，又回到起点了呢？"

夏杉杉冷笑着："这就要感谢那个叫高源的臭男人了，是他，让我彻底认清了现实！一个月收入刚刚过万的男人，也敢指着我的鼻子骂我贱人，他凭什么？就因为我是一个单亲妈妈！而当我挺着快五个月的肚子，站在门诊大厅，被一个臭男人骂贱人的时候，有谁来帮过我？没有，那些人只会笑话我、欺负我！所有的一切，就是因为我没有一个保护我的男人！现在我看透了，谁对我好，我就对谁好，我不会再奢望什么名分。"

童薇不知道夏杉杉究竟发生了什么才这样，也再听不下去了。

夏杉杉变了，真的变了。她最终没能承受住生活的压力，重新回到了笼子里。

冷着脸，童薇看着夏杉杉："我替小核桃不值，它以后要过什么样的生活，我不敢想！"

说完，童薇转身走了。

"童薇！你有什么资格看不起我！"夏杉杉喊住了童薇。

童薇站住，回过头来："杉杉，我一直以为你爱的是老齐的人，现在看来我错了，你爱的，一直是他的钱，是他的钱给你营造的优越生活。"

"对！童薇，我以前太虚伪了！不敢承认，现在我认清了这一点！"夏杉杉点头冷笑道，"童薇！这个世界就是这样！你没有资格看不起我！你没有！童薇，只要你留下，我们还能做朋友，你可以住在这里，想住多久住多久，但如果你执意要走，我们从此以后就当没认识过！"

童薇摇头："杉杉，我对你，对我们这段友情太失望了！我一直以为只要人活着，我们总会有办法的！而你……"

童薇失望地看了夏杉杉一眼，拖着行李转身离去，不再理身后夏杉杉的呼喊。

出了这个奢华的小区，童薇回头看了眼远入那栋奢华的三层洋楼，长出一口气，一个人推着行李箱，在空旷的马路上走着。

第087章
多了一位朋友

最终,童薇来到了好客西餐厅。

此时,已经是深夜,谢晓飞刚锁上大门,跨上自行车准备回家。

"童薇?"谢晓飞看到童薇,立即走了过来。

童薇冲谢晓飞笑了笑,笑容十分勉强。

"你不是今天去杉杉家吗,怎么在这里?"

童薇苦笑道:"告诉你一个好消息……今晚,我可能要睡你家了……"

这种好事,谢晓飞却没笑出来,把她的头揽到自己怀里:"到底发生什么事情了?"

童薇情绪有些低沉,抬起头来:"晓飞,我好像被人诅咒了,我在不断地失去爱我的人,和我爱的人,一个接一个。房子没有了,叔叔和我断绝了关系,杉杉和老齐复合了,我又失去了一个朋友,我觉得自己很失败。今年我27岁了,父母双亡,没有亲人,没有朋友,14岁那年立下的目标,也越来越远……"

谢晓飞摇头:"不,你还有我。"

童薇无奈地苦笑道:"或许,你也该离我远点,免得跟着我一起倒霉。"

"不许你这么说!是我连累了你!"谢晓飞把她额头按在胸前,"别笑，我知道你难过，想哭就哭吧，痛痛快快地哭一场。"

"我不会。"童薇摇头，"我没事，真的，我没事，我们回家吧。"

"嗯。"看着童薇沮丧的表情，谢晓飞心里很不是滋味，牵起她的手，接过行李箱，"走，我们回家。"

回到家里，客厅的大桌子上，商碧晨放着一只小小的蛋糕，插了一支蜡烛正在许愿。

见童薇和谢晓飞回来，商碧晨惊喜地起身："童薇姐，晓飞哥，你们回来了。"

童薇笑了笑："碧晨，不好意思，接下来我可能要打扰你了，我要在这边住一段时间。"

商碧晨一笑："哪里话，人多住着才热闹！"

谢晓飞指了指桌上的蛋糕："今天你生日啊？"

"嗯。"商碧晨有些不好意思地笑道，"嘿嘿……"

"生日快乐！"童薇责备道，"也不早说，我也没带礼物来。"

"不用不用，小生日，就随便过了。"商碧晨解释道。

"原来今天是你生日。"谢晓飞放下行李箱，"女士们，那今晚就让我来为你们洗手做羹汤吧！"

"好啊好啊！"商碧晨兴奋出声。

谢晓飞钻进了厨房。

客厅里，商碧晨见童薇脸色有些憔悴，犹豫着问道："童薇姐，你好像……心情不太好？"

童薇点头："刚刚和一个十年的朋友绝交了。"

"啊！"商碧晨睁大眼睛，"发生什么事情了？"

童薇苦笑道："大家对一些事情的观念不合吧……"

商碧晨没多问，安慰道："别太难过，很多时候，朋友就是走着走着就散了，就像我在大城市工作，逢年过节回家参加同学会，很多年的朋友也觉得无话可说。"

"哦？"童薇好奇地看着商碧晨。

商碧晨笑了笑："我今年23岁还是单身，我同学呢，孩子都会走路了！他们聚会的时候，女同学就开始讨论孩子，男同学就是车子房子票子。我实在是没法融入，他们那种生活，在我看来就是行尸走肉。"

"所以，你也没什么朋友了吧？"童薇猜测道。

"我有你啊！"商碧晨说完，自觉失言，"呃……童薇姐，对不起啊，我也不知道你愿不愿意做我朋友，我太自作多情了！"

童薇一笑："碧晨，你这么说我太高兴了，刚才我还和谢晓飞说，我怎么这么倒霉，现在众叛亲离，一无所有，结果突然，我多了个朋友，这糟糕的一天，总算有了一个 happy ending 了！"

商碧晨很高兴："能成为你的朋友，是我23岁生日最好的礼物！"

这时，谢晓飞端着餐盘出来："来了！两位美丽的小姐，请享用谢氏独家私厨！"

童薇一看："方便面？"

谢晓飞一脸得意："还加了黄瓜丝和两个蛋呢，这可是豪华升级版的方便面！"

说着，谢晓飞恭敬地递上筷子："两位女士请！"

童薇笑着接过餐具。

第二天，周一晨会。

开会的时候，童薇一直有些失神。

"童薇……"

秦天宇出声。

童薇这才回过神来，有些慌张："嗯？"

秦天宇摇头："没什么的话，大家散会吧。"

众人散去，秦天宇走到童薇身边，小声道："你来一下。"

童薇跟着秦天宇，进入他的办公室。

"有事交代？"童薇不解地问道。

"应该你跟我交代吧？到底发生什么事了？"秦天宇问道。

"我吗？"童薇摇头，"没什么啊……"

"别骗我。"秦天宇脸一板，"刚才晨会你一直走神，你知道自己有多专业，从来不走神，说吧，到底怎么了？"

"对不起……"童薇有些自责。

"不用说对不起。"秦天宇看着童薇，"现在我是以朋友的身份问你，告诉我，究竟发生了什么事，说不定我能帮忙。"

"这个忙谁都帮不了。"童薇摇头，"我把我的房子委托给中介卖了。"

"什么？"秦天宇大吃一惊，"为什么？"

童薇挤出个笑来："天宇，别问了。"

秦天宇看着童薇，欲言又止，最后摇了摇头："好吧，我不问了，今天给你放假，有事去办事，没事找个咖啡馆坐坐理理头绪，我不想看你一张苦瓜脸在办公室里晃。"

童薇想了想，苦笑："谢谢领导体谅。"

开着车，童薇离开了福通律所，漫无目的地在街上晃着。

想了想，童薇准备回家去看看。

虽然那个家，很快就会成为别人的家，不再属于童薇，但那里还有着童薇的记忆，从小与父母生活在那儿的记忆。

远远地，看到一名年轻设计师，带着一大堆施工队员，正在施工。

没多久，花园里破烂的花盆和枯萎的植物，都被扔了出来。

童薇呆呆地看着，心里一阵揪痛。

"爸爸，妈妈，对不起，我没能守护好我们的城堡。"童薇转身，准备离开这个心痛的地方。

这时，一阵吵闹声响起，童薇停下脚步。

是童恬恬，想进屋却被工人拦了下来。

"这是我家，我本来就住这儿！我要进去拿东西！"童恬恬大声说着。

"你祖宗八辈住这都没用，现在房子是东家的，没东家允许，谁都不许进！"工头理直气壮地阻拦。

童恬恬急了："我身份证忘在一个盒子里了！拿了就走行不行啊！"

工人驱赶着她："我不管什么身份证，你要进去，只能找东家来带你。"

童薇走了过去，对工头道："师傅，能不能麻烦你给东家打个电话？我们真是原来的房主。"

工头看向旁边的设计师，设计师犹豫了一下，最终还是打了个电话，然后对工头点点头。

工头侧身让开："进去吧，东西拿了赶紧走。"

童恬恬立即冲了进去。

等童恬恬拿了东西，童薇带着童恬恬离开。

"叔叔婶婶是不是还在生我的气？"童薇问道。

"正常，他们在这里住了十几年，好吃好住的，一下子回到乡下房子，肯定不习惯。"童恬恬摇头，"等过一阵，他们情绪平复点了，你再带点好吃好喝的去哄哄他们，就没事啦！"

童薇有些歉意："恬恬，对不起……"

"说对不起干吗？"童恬恬看着童薇。

童薇叹了口气："叔叔婶婶老了还要为我搬家，还有你……"

"不喜欢这样唉声叹气的你！"童恬恬瞪着童薇，"你还是强势点好，比如这房子，本来就是你的，以前你不是一直这么说吗？你卖你自己的房子，天经地义，现在怎么反而不理直气壮了？我还是觉得，像以前那样，那才是真正的童薇。"

童薇苦笑道："可是那个理直气壮的童薇，现在把日子过得一团糟。"

"糟吗？"童恬恬认真地说道，"你还有谢晓飞呢，虽说不再是个富二代了，但好歹是个男人，以前你有男人爱吗？姐，振作起来吧，别老愁眉苦脸的。只要你和谢晓飞一起努力，我相信早晚能把这房子买回来的！"

童薇笑了："嗯！希望吧！"

经童恬恬这一说，童薇重新打起了精神。

开车把童恬恬送回学校，童薇径直回福通律所。

刚进大堂，就见谢晓天正坐在咖啡厅里。

童薇走了过去："晓天，你找我？"

"有一些情况想告诉你。"谢晓天点头。

"哦？是谢天成又想了什么招数来找我麻烦？"童薇坐下。

"不是。"谢晓天摇头道，"谢氏上一个季度的报表刚刚出来，比上一季度父亲在位时锐减了百分之五。"

童薇有些迷惑："我今天在网络上看到新闻了，但新闻里说是勉强持平。"

谢晓天苦笑道："电视机前的你们，当然看不到真实的数据。"

童薇点头："晓天，为什么要告诉我这些呢？"

谢晓天沉默了。

童薇看到谢晓天的反应，想了想出声道："晚上请你吃饭，我会叫上晓飞。"

谢晓天一惊："我……"

童薇站起身来，指着谢晓天："晓天，别错过这个机会！"

第088章
财经专访

晚上，谢晓天如约而至，但看到谢晓飞，只是尴尬地站着不敢过来。

童薇起身热情地招呼："晓天，来坐下，今天我做东，请你们这对兄弟，吃一顿地道的本帮菜。"

"多谢。"谢晓天道了声谢坐下。

"都是一家人不用这么客气。"童薇招呼着，见谢晓飞还低着头，不理谢晓飞，碰了碰他，"晓飞……"

"干吗？"谢晓飞没好气地出声。

童薇给他使眼色："怎么不说话？"

"我跟他没什么好说的！"谢晓飞把脸挑向一边。

"啊？我记得，上次你还在我面前夸他呢……"

谢晓飞有些恼怒："你记错了！"

谢晓天却受宠若惊："真的吗？哥，你夸我？"

童薇说道："是的，你哥哥在我面前说你稳重自持，这些年他这么混蛋，要不是你在他爸身边，晓飞他爸早给他气死了！"

谢晓飞支吾着："你不要胡编乱造！我没有说自己是个混蛋！"

童薇笑道："那就是承认自己夸过晓天了？"

"哼！"谢晓飞冷哼一声，又把脸挑向一边。

谢晓天异常激动："哥……"

"晓天，能不能把白天你跟我说的情况跟晓飞再说一遍？"童薇出声道。

"他白天跟你说了什么？"谢晓飞心里一紧，看着童薇。

谢晓天接过话来："谢氏新一季度的财报出来了，利润下滑得很厉害，早先就有一些董事长的亲信不满他用卑鄙的手段驱逐董事长，但都忌惮他不敢说。这一次季度会议上，大家纷纷把矛头指向了他。"

"小人，活该！"谢晓飞冷哼道。

谢晓天出声道："只要哥能找到集团的中国合伙人，把谢天成赶下台，是水到渠成的事情。"

谢晓飞看着谢晓天，一脸怀疑的表情："你……你在玩什么花招？"

谢晓天摇头："不，哥哥！这是我真实的想法！"

见两兄弟聊天了正事上，童薇起身："我去下卫生间，你们聊。"

有意回避，给兄弟俩交流时间的童薇，在外面坐了好一会儿，这才回来。

见两兄弟聊得不错，感情很好的样子，童薇高兴地问道："我错过了什么？"

谢晓飞一脸孩子气的表情："我肚子饿了，喂，你的本帮菜到底什么时候才上啊？我们吃饱喝足了，还要投入战斗呢！"

"哈哈，好东西，是要花时间的！"童薇向服务员招呼着。

吃过饭，谢晓飞、童薇和谢晓天闲聊了一会儿，向谢晓天告别。

回家路上，童薇问道："我不在的时候，你们聊了什么？"

"还用问我吗？你这么聪明，猜也能猜到。"谢晓飞说道。

童薇点头："只知道一点，不过希望能印证一下！"

谢晓飞点头："晓天后悔了，想和我一起扳倒谢天成。"

"嗯，意料之中。"童薇高兴地点头，"这样，扳倒谢天成就更容易了。"

谢晓飞摇头："你觉得，我应该不应该相信他？"

童薇见谢晓飞还有顾虑，想了想："在我看来，当初晓天之所以会帮谢天成，是觉得他妈妈受了委屈。可如今他妈妈跟着你爸，想必日子好不到哪里去，所以他对自己的所作所为后悔了，想跟你一起扳倒谢天成，我觉得，你可以相信他一次。"

谢晓飞点点头："敌人的敌人就是朋友，我就相信他一次。"

回到住处，谢晓飞的手机响了。

看了看手机号码，谢晓飞故意避开童薇，接通了电话。

"喂？罗斌。"

电话，是罗斌打来的："晓飞，我找的这个施工队还不行？他们在苏州当地算是很有资历的了，你到底要怎么样啊？"

谢晓飞摇头："他们的施工方案偷工减料，设计师那边的排线，他们全部自作主张给改了，这样的团队我不要。"

"哎呀，他们说设计师设计得太怪了，没做过，费劲，不如就按他们之前的做法做完算了！"

谢晓飞坚决反对："不行，我不愿意凑合，找不到负责的施工队，我就自己亲自上阵！"

罗斌没办法："行行行，你怎么这么拗呢，我再找找，就这样吧。"

谢晓飞挂了电话，回头见童薇站在自己身后，吓了一跳。

"为什么瞒着我？"童薇看着谢晓飞。

谢晓飞心虚，不敢和童薇对视："我想……等事情有了眉目再告诉你……"

"你怕失败了没脸见我？"童薇问道。

"差不多吧……"谢晓飞点头承认，"不过，应该不会失败，哈哈，所以让你知道就知道吧。"

"你！"童薇瞪着谢晓飞。

谢晓飞小心地看了眼童薇："万一我真失败了，可不许笑我！"

童薇认真道："晓飞，你能迈出第一步，就是成功！"

"嗯，谢谢你。"谢晓飞感激地点头。

"好啦，把你的计划说说吧，说不定我还能帮上忙。"童薇说道。

谢晓飞想了想，把自己的计划说了出来。

原来，谢晓飞瞒着童薇，找罗斌拉投资，启动了苏州那个原生态度假村计划。

按以前的模式，是准备将那块地直接推平，重新建个度假村。不过，谢晓飞考虑过后，准备把那块地上的破房子，全部修复，保持原有的景观生态，这样才更符合原生态度假村的定位。

对谢晓飞这个想法，童薇很是赞同。

两人又聊了一些细节，都困了，各自睡觉。

事情正在步入正轨。

谢晓飞的苏州原生态度假村顺利开展着，刘婉莹的医疗费有了童薇卖房的钱，已经不用担心会出问题。只是雷雄依然还没联系上谢氏集团的神秘合伙人，这个神龙见首不见尾的 Tommy Tsoi，现在才是解决一切问题的关键。

时间一天一天地过去，一晃就是一个多月。

这天，童薇正在办公室处理资料，秦天宇走了进来："童薇，孙总找我们两个。"

童薇有些纳闷："孙总？不会出什么大事了吧？"

"不知道。"秦天宇摇头。

两人来到孙总的办公室，发现偌大的办公室一角，被布置成了采访现场的格局，孙总正坐在沙发椅上，和对面的主持人侃侃而谈，旁边架着摄像机，还有导演、摄影等一干人。

见到这架势，童薇更加疑惑了。

看着那名主持人,童薇悄声道:"那女的好眼熟……"

秦天宇认了出来:"是财经频道的主持人。"

"难怪。"童薇明白过来,"老总出风头,叫我们来干吗啊?"

这时,孙总见童薇和秦天宇过来,立即起身,热情地介绍道:"来来来,我给你们介绍一下,这就是这次YEP和快闪项目中两位大功臣,一位是我们所最年轻的合伙人——秦天宇秦律师,还有一位是新加入我们所的谈判顾问——原CAEA的谈判官童薇小姐。"

童薇和秦天宇一一和主持人握手。

孙总对主持人微笑道:"项目的具体细节,你们可以问他们,能拿下这个案子,全是他们的功劳,我就不用掺和了,哈哈!"

没办法,童薇只得接受了采访。

身为财经频道的主持人,在来的时候已经对采访做了很充分的准备,采访了很多内容,童薇都游刃有余地交流着,采访很顺利结束。

采访的视频,第二天就在财经频道播出,引起不小的反响,而且除了上海财经频道,连央视财经频道也准备引用。

童薇正看着视频,谢晓飞的电话打了过来。

"喂,我看到你的采访了。"

童薇得意道:"不错吧?好好学着点!争取早日赶上我。"

谢晓飞揶揄道:"还臭美,你没看看,上镜你怎么这么胖啊?形象全毁了。"

"拜托,你哪只眼睛看我胖了?再说那天是临时把我叫去的,我都没来得及化妆,能拍成这样不错了。"

谢晓飞不再笑话童薇:"还有啊,注意和秦天宇保持距离!你是我的女人!"

"哈,果然吃醋了!"童薇笑道。

"哼,晚上再收拾你!"

挂了电话，童薇看着视频，还真发现拍得有些胖了，赶紧起身去洗手间照镜子。

与此同时，CAEA那边，也炸开了锅。

KIKI、蒋可、崔西挤在电脑屏幕前，看着财经频道对童薇的采访。

"哇，好久不见，童薇姐还这么帅气，她那双鞋子是什么牌子啊？"

崔西："……"

"你怎么尽关注这些破事……"

KIKI拿着手机："童薇姐这回火了耶，你们看，微博上都在刷'最美谈判官'的话题，已经上热门榜了！"

"火了有什么用，要是能回来工作就好了。"蒋可撇了撇嘴。

KIKI面色一沉："是哦……好想念童薇姐……"

崔西想了想："要不，晚上我请客，咱们把她叫出来见一下吧！"

"好啊好啊！"KIKI立即欢呼。

三人正商量着，肖翔走了进来："吵什么吵！都不干活了？CAEA花那么多钱，不是让你们来开派对的！"

"哼！"蒋可一点也不怕肖翔，"童薇姐出风头我们开心！不行吗？"

肖翔酸溜溜的："不就是上个采访吗？不知道你们有什么高兴的。"

蒋可讽刺道："我们高兴，是因为有人不高兴呀，有的人想上还上不了呢，哈哈哈……"

肖翔两眼一瞪："蒋可，你说谁呢？"

蒋可嘴一撇："谁不高兴我说谁呗。"说着，打量着肖翔，"怎么，肖总不高兴？有什么不高兴的事，说出来让我们高兴高兴啊？"

眼看两人就要干仗，崔西连忙上前拦住蒋可："行了，回座位去！"同时向肖翔道歉道，"肖经理，蒋可的性格你知道的，他90后，脑残，您别跟他一般见识。"

蒋可扒开崔西："90后怎么了？最烦动不动就说90后如何如何……"

崔西一把将蒋可按在身后的座位上:"你行了!别说了!"

肖翔被气得不行,瞪着蒋可,又看了眼崔西和KIKI:"你们一个个的,都给我小心点!赶紧工作!"

说完,肖翔气愤地走出去。

蒋可还不死心,冲他背影大喊着:"大不了就是个辞职!怕你!"

第 089 章
梦想在实现

接到崔西的邀请,童薇当然没有拒绝。

赶到餐厅的时候,崔西、蒋可和 KIKI 已经在餐厅等着。

见童薇过来,三人热情地招呼:"童薇姐!"

童薇歉意地说道:"不好意思,临下班了有点事忙,来晚了,等半天了吧?"

"没,我们也刚到!"蒋可摇头,帮童薇拉椅子。

童薇坐下,KIKI 高兴地说:"童薇姐,恭喜你啊,上了电视,可出风头了!"

童薇微笑道:"谢谢你们还想着我,先说好,今天这顿,我请。"

"别!"KIKI 阻止,"你有喜事,我们也有啊!"

"哟?"童薇有些好奇,"说来听听。"

蒋可得意地站了起来,挺起胸膛:"我和 KIKI,现在已经开始做独立谈判师了!"

童薇高兴起来:"真的啊,太棒了!当初我没看错人!"

"得了吧!"蒋可翻了个白眼撇嘴道,"当初对我们那么凶,肯定特别看不上我们!"

KIKI 插话:"是看不上我好吧?童薇姐对你够好的了!我可没少挨批评。"

旁边，崔西神秘一笑："KIKI，想不想知道童薇姐当初在我面前如何评价你的？"

蒋可来了兴趣："崔西姐，快说，肯定非常劲爆！"

童薇笑了笑："听了可不许嫉恨我！"

KIKI也很好奇当初童薇对自己的评价："怎么会呢，快告诉我，童薇姐究竟怎么评价我的？"

崔西感慨地看了KIKI一眼："当时，你的工作一直不在状态，老是给我们拖后腿，我觉得实习期一过，你肯定是留不下来的。可你知道童薇姐怎么说吗？她说你日后一定能成为很厉害的谈判专家，因为你看起来很柔弱，实际上却很坚强，在谈判圈里，这可是很稀缺的资源，日后必成大器。"

KIKI蒙了，看向童薇："童薇姐，这是真的吗？"

童薇点头笑道："别的不敢说，看人我还是有一套的。"

蒋可拉着崔西，催促道："那童薇姐说我什么没有？"

"也说了。"崔西点头。

蒋可高兴地问道："快说！让我也高兴高兴！"

"说了五个字……"崔西一脸同情地看着蒋可，"这人特讨厌！"

蒋可一愣，KIKI、童薇都笑了起来。

看着蒋可一副要哭的表情，崔西笑了笑："好啦，开玩笑啦，童薇姐私下对你的评价也是很高的！你们有今天的成绩，其实都应该感谢童薇姐，童薇姐为了培养你们可没少下功夫。"

KIKI点头，有些感动："当初其实我自己都想放弃了，要不是童薇姐一直严厉要求我，我现在早不知道干什么去了。"

蒋可赞同道："嗯，童薇姐凶是凶，可教了我们不少东西。不像现在跟着肖翔，成天犯恶心！我都想辞职走人了！"

童薇出什么："凭什么你们辞职呢？CAEA的天下可是你们的！"

大家举杯畅饮，一顿饭吃了两个小时。

离别的时候，KIKI不舍地拉着童薇："童薇姐，你赶紧回来吧！"

"回来干吗？"童薇笑道，"我回来了，又多个人挡你们的道，你们都独立了，不需要我了。"

蒋可噘着嘴："我们需要回来帮我们好好治治肖翔！真是恶心透了！"

"好啦，蒋可，你是和他做同事，又不是和他谈恋爱，做好你的工作就行。"童薇笑道。

这时，谢晓飞骑着自行车来到众人前："晚安，各位！"

"哟！这不是谢大少吗？"蒋可拍着谢晓飞的自行车后座，"就用这来接我们童薇姐，好意思？"

KIKI一把将蒋可推开："你懂什么，这叫浪漫！"

谢晓飞冲KIKI竖起拇指："会说话！自行车，又浪又漫，简称浪漫！"说完得意地看着蒋可，"小伙子，多跟哥学着点！"

"哼，臭屁！"蒋可把脸挑向一边。

童薇坐到自行车后座上，向蒋可、KIKI和崔西挥了挥手："各位，拜拜啦！"

路上，谢晓飞慢悠悠地踩着自行车，向身后的童薇调侃道："童小姐，上电视成了名人，应酬就多了，连陪男朋友的时间都没有了。"

童薇没接话，搂着谢晓飞的腰："我发现蒋可和崔西，好像有点什么！"

谢晓飞一愣："他们俩？一个人妖一个男人婆，不可能吧？"

单是想想谢晓飞就觉得很不搭。

童薇点头："我也觉得不可能，以前两人天天斗嘴，跟冤家一样，可今天据我观察，两人你来我往的，都有点暧昧……"

"难不成，你想做红娘？"

童薇摇头:"人家两人是同事,我人在福通,要我做什么红娘?现在,我只是个局外人罢了。"

"听这口气很遗憾啊,怎么,想回 CAEA?"谢晓飞问道。

童薇没作声。

察觉到童薇情绪低落,谢晓飞神秘地说道:"回到家,我要给你一个惊喜!"

"什么惊喜?"童薇有些兴趣。

"到家你就知道了!"

不管童薇怎么问,谢晓飞就是不说,把童薇给急得火急火燎的。

回到家,谢晓飞拿出电脑,把屏幕转向她。

童薇的视线立即落在电脑屏幕上,一脸惊讶:"这是……"

谢晓飞点头:"苏州那个地块的第一栋老宅,修复完毕,看上去是不是很自然?和那些做作的假货完全不一样?"

童薇点头:"真的!你看这个灶台,我记得以前去乡下亲戚家,他们家就是用这样的锅子做饭给我吃,蒸米饭还有锅巴呢,可好吃了!这个看起来太棒了!"

说着说着,童薇发觉谢晓飞没回应,抬起头来,见谢晓飞眼圈有点红。

"喂,你干吗呢?"童薇问道。

"没什么……"谢晓飞摇头。

童薇看着谢晓飞:"你……不会激动得哭了吧?"

谢晓飞凶巴巴地板起脸:"哭?你以为我是你们女人啊?"

童薇站起身来,发现谢晓飞的眼睛有些湿润,怔了怔:"真的是哭了……你……"

谢晓飞有些哽咽:"童薇,我觉得我以前就是个混蛋,是寄生虫,什么都不会还整天臭屁,现在,我总算是做出些什么了,这种感觉,真的好棒……"

童薇点头，认真的："晓飞，我为你骄傲，真的！"

谢晓飞抹了下脸，将童薇搂在怀里："童薇，为了你，为了我们的未来，我会重新缔造一个商业王国！"

谢晓飞突然想起一件事，一拍脑袋："对了，我给你准备了牛排，还有红酒，为你庆祝，都给忘了。"

"哈，正好我也有点饿了，我们去外面吃吧。"

"你还饿？刚才不是才吃过了吗？"谢晓飞睁大眼睛。

"大家尽顾着聊天喝酒了，走，快带我去尝尝你的手艺，看看你有没有进步。"

两人来到客厅，谢晓飞立即上了牛排和红酒。

这时，商碧晨回来了。

童薇招呼道："碧晨，回来啦，吃饭了吗？来一起？"

商碧晨摇了摇头，回到自己屋中。

见商碧晨有些低落的样子，谢晓飞小声道："她好像不对劲哦。"

童薇想了想，起身走了过去，敲了敲门："碧晨，碧晨，你还好吗？"

里面传来商碧晨的声音："童薇姐，我没事，我有点累了，想睡一会儿。"

童薇只得停下："哦，那好，那不打扰你了。"

第二天上班，童薇正分析手上的一个项目，秦天宇的电话打了过来。

童薇有些迷惑。

这秦天宇，就在公司打什么电话。

接起电话，那边传来秦天宇的声音："童薇，你能来一下吗？私事。"

"好啊。"童薇迷惑地起身，来到秦天宇的办公室。

当知道秦天宇找自己什么事后，童薇睁大眼睛。

"什么？碧晨要辞职？好好的，她为什么要辞职？"

秦天宇摇头："我问她，她不肯说，不过我发现她有些情绪，你这段时间和她住在一起，有没有发现什么不正常的事情？"

童薇想了想，摇头："没有啊，一直都挺好的。"

秦天宇思索了一下："她妈妈最近有没有再逼她回家？"

童薇正准备摇头，突然想起昨晚的事："对了，昨晚我看她心情不太好，回来就直接进屋了，说累了，是不是昨天发生了什么？"

秦天宇点头："昨天她工作的时候就一直出神，可能有什么心事。有机会的话，你跟她聊聊吧，她信任你。"

童薇答应下来："嗯，中午吃饭的时候，我问问她吧。"

童薇出了秦天宇的办公室，经过茶水间的时候，见陈雯、詹晴几人正聚在那儿说着什么。

"我看碧晨今天心情不太好，是不是因为昨天的事啊？"

"嗯。"贺顺顺点头，"肯定是，昨天不应该告诉她的。"

"商碧晨也真可怜，暗恋秦律师那么久，现在秦律师虽然不追童薇姐了，本来以为有了机会，结果秦律师却交了新的女朋友……"

听到这儿，童薇差不多明白是怎么回事了。

原来是这样，难怪商碧晨会选择辞职。

第090章
各随缘分

中午，日本料理店，小包间内。

商碧晨和童薇两人相对而坐，面前的小桌上，摆满了一碟碟精美的日本料理。

两人一边闲聊，一边品尝着日本厨师的手艺。

午饭过半，童薇终于说到了正题："碧晨，我听说你要辞职？"

商碧晨点头："秦律师告诉你的？"

童薇默认，关心地问道："怎么会想要辞职呢？是在公司做得不开心吗？"

商碧晨摇了摇头："童薇姐，不是这个原因，只是……我不想干了……"

童薇从商碧晨的脸上，大概看出了是什么原因："碧晨，你跟我说实话，是不是因为秦律师？"

这次，商碧晨沉默了，脸上有些忧伤，但没说话。

果然是因为秦天宇。

一方面，秦天宇有了女朋友，童薇替秦天宇高兴；而另一方面，商碧晨暗恋了秦天宇好几个月，现在这种情况，童薇也替商碧晨感到可惜。

想了想，童薇劝说道："碧晨，你交辞职信后秦律师特意来找我，问我你到底怎么了，让我劝劝你，看得出来，他还是很关心你的。"

商碧晨眼圈微红，摇头："童薇姐，你明白我需要的不是关心。你不知道爱上一个不爱你的人是什么感觉，这种感觉，就像是在机场等一艘轮船，根本不会有任何结果的。"说到这儿，商碧晨抬起头来，眼睛有些湿润，"童薇姐，我不想再折磨自己，也不想再骗自己，离开是最好的选择。"

童薇有些同情商碧晨，这种感觉她确实没经历过，但并不能说不理解。

"唉。"叹了口气，童薇不知怎么安慰商碧晨，"碧晨，我也不知道该怎么劝你，不过我觉得你应该多考虑一下，好吗？"

商碧晨点头："童薇姐，我知道了，我会好好考虑的，谢谢你。"

回到福通律所，秦天宇就给童薇的办公室座机打来电话。

"童薇，怎么样了？"秦天宇问道。

童薇想了想："天宇，如果她明天还坚持的话，就让她走吧。"

"为什么？"秦天宇不解，"究竟怎么了？"

童薇叹了口气："天宇，你应该知道，她辞职是因为你。"

"我？"秦天宇一怔，随即明白过来。

"既然你给不了她想要的，那就放了她吧，留她在这儿，对她是一种折磨。"童薇直白地说道。

"你们女人……真是莫名其妙……"

童薇忍不住了："天宇，如果你对她没感觉，就应该明确地告诉她！别让她对你存在幻想！"

电话那头顿了顿，传来秦天宇的声音："童薇，我无法直截了当地伤害一个喜欢我的姑娘。至少，我把这当成一种善意。所以，从内心来讲，我不想她走，我……"

童薇还是准备直接说出来："天宇，碧晨已经知道你新交了女朋友，你……"

话还没说完，秦天宇已经出声："什么？我什么时候新交女朋友了？"

"呃……"童薇微怔，"我也不清楚，只是听陈雯、詹晴她们在说这事，好像是昨天。"

"昨天？"秦天宇顿了顿，紧接着笑道，"哈，我明白了，那是我堂妹，秦小雨，你也认识。"

"秦小雨……"童薇明白过来。

果然是误会，想了想，童薇说道："好吧，看来碧晨是误会了。天宇，或许你已经喜欢上了她，只是你没有发觉而已，为什么不能给她，也给自己一个机会呢？"

电话那头再次沉默了，好一会儿，才传来秦天宇的声音："不，童薇，我十分确定，我爱的是你。"

童薇想了想，没出声，挂断了电话。

对秦天宇这个朋友，童薇必须和他搞清关系，童薇努力过，却无济于事，想想就非常头痛。

晚上，回到合租屋，童薇将商碧晨的事情和谢晓飞说了。

谢晓飞微皱眉头。

和商碧晨合租了这么长时间，谢晓飞已经把商碧晨当成了朋友，她遇到这样的事情，谢晓飞也很同情她。但这种事情，外人是帮不上什么忙的，只能靠她自己走出来了。

正想着，门铃响了。

谢晓飞从卧室出来开门，见门外是秦天宇，正扶着烂醉如泥的商碧晨。

"呃……"谢晓飞指了指商碧晨，"怎么喝成这样了？"

秦天宇摇头："一言难尽。"

童薇听到秦天宇的声音也走了出来，帮着把商碧晨扶到沙发上。

秦天宇松了口气:"好了,我把她交给你们了,不过,可千万别提今晚是我送她回来的。"

"为什么?"童薇有些不解。

秦天宇摇了摇头,没说话准备离开。

这时,商碧晨突然出声:"喂,你怎么就走了啊?"

童薇回头看向商碧晨,发现靠在沙发上的商碧晨并不是酒醒,只是张着惺忪的醉眼。

原来是在说醉话。

童薇摇了摇头,这女孩子喝醉了,还真是让人头痛。

谁知还没完事,商碧晨竟然指了指自己的脚:"脚好痛,帮我把鞋脱了呀……"

童薇又是一怔。

谁知秦天宇竟然真的蹲下身子,替商碧晨把鞋脱了。

童薇看得直接蒙了。

这都怎么回事?

难道两人这关系,搞明白了?

秦天宇给商碧晨脱鞋的时候,商碧晨已经倒在沙发上睡着了。

秦天宇把鞋放下,站起身来哭笑不得地看着童薇:"都看到了吧,要是告诉她今晚的事,我怕她明天醒来会直接找个洞钻进去。"

"知道了。"童薇点头,"放心吧,我会替你照顾好你的爱慕者的。"

"喂!"秦天宇瞪着童薇。

童薇狡黠一笑,把秦天宇推了出去。

"对了,童薇,明天我把秦小雨带来……"离开的时候,秦天宇向童薇招了招手,小声咕哝着。

听了秦天宇的计划,童薇点了点头。

虽然不知道结果会怎么样,不过童薇知道,事情正在往好的方向发展。

童薇看了眼躺在沙发上的商碧晨,这样躺着可不是事儿,叫上谢晓飞帮忙,把商碧晨扶到了床上。

回到自己的卧室,谢晓飞还一脸迷惑:"她这是怎么回事啊?"

"恭喜你啊!"童薇一笑。

谢晓飞微愣:"恭喜我干吗?"

"哈哈。"童薇笑道,"秦天宇虽然打死不肯承认,但我觉得他和碧晨有戏,恭喜你终于少了一个情敌。"

童薇将秦天宇刚才托付的事说了出来。

谢晓飞立即明白过来,嘴上却不示弱:"喊,我还从来没把他当成对手呢!"

童薇露出个鄙视的眼神:"当初不知道是谁见秦天宇找我就要死要活的!"

"我那是捍卫自己的主权!"谢晓飞一口否定。

第二天早晨,童薇吃完早餐,正准备去福通上班,商碧晨的卧室内就传来动静:"我……我怎么在这里?"

紧接着,又响起商碧晨的惊呼声:"不会的!不会是真的!……"

听到商碧晨的声音,童薇敲了敲门,隔着门问道:"碧晨,你起来了吗?"

门开了,商碧晨一脸惊慌的样子:"起了起了。"

"嗯。"童薇点头,"早饭我给你留在桌上了,我先去上班了。"

"等等。"商碧晨叫住童薇,"童薇姐,昨晚……昨晚我是怎么回来的?"

见商碧晨这个样子,早把昨晚的事给忘了,童薇摇头道:"说起这事,你可别怪我啰唆,一个小姑娘喝那么多酒,还好人家出租车司机心肠好把你扛了上来,要遇到个坏人……"

商碧晨一怔："没……没其他人？"

"没有。"童薇并没说秦天宇送她回来的，摇头道，"不过下次，可千万别再这样了，这可是很危险的。"

"哦。"商碧晨点了点头，脸上有些失落。

"我先走了。"童薇忍住偷笑，转身拿着包准备去上班。

身后传来商碧晨自言自语的声音："难道……昨晚真的是在做梦？还好还好……"

上午上班的时候，商碧晨的状态依然不是很好。

中午，按照秦天宇的托付，童薇把商碧晨约出去吃午饭。

"童薇姐……"商碧晨有些犹豫。

"走吧，正好我有事情要找你帮忙。"童薇说道。

商碧晨拗不过，只得跟着童薇。

两人来到餐厅，一名年轻的长发女孩，已经等在了那儿。

见童薇和商碧晨过来，长发女孩立即站了起来，亲热地揽住童薇："童薇姐，你来啦，天宇哥真是讨厌，一直没空陪我！"

看到这个女孩，商碧晨明显一僵，脸色有些惨白。

童薇拉着长发女孩的手，给商碧晨介绍道："碧晨，这是秦律师的堂妹秦小雨，正好放暑假过来玩几天。"

"她……是秦律师的堂妹？"商碧晨惊讶地看着秦小雨。

"对啊。"童薇点头，"因为秦律师工作太忙，没空陪她，所以拜托我，想让你带小雨在上海玩几天，你愿意做她的导游吗？"

商碧晨已经惊讶地不知道说什么好，怔了好一会儿，这才连连点头："好，好。"说着，向秦小雨伸出手来，"秦小姐，我是商碧晨，秦律师的助理，刚大学毕业不久，如果没问题的话，我可以带你好好在上海玩玩。"

"好啊。"秦小雨非常高兴。

午餐的时候,秦小雨和商碧晨聊得很好,毕竟年龄相差不大,有很多共同语言,见到这种情况,童薇松了口气。

商碧晨最终没有辞职,整个人的状态似乎都好了很多,白天上班的时候看起来心情很不错。

商碧晨能留在福通,童薇安心不少。

至于她和秦天宇最后会走到哪一步,童薇是帮不上什么忙的,只能看她和秦天宇的造化了。

工作半天,已经中午了,童薇整理了下文件,准备先去吃饭。

手机响了,是周倩打来的电话。

"童薇,中午有空吗,一起吃个便饭?"

童薇想了想,回复道:"好。"

周倩给童薇约了个地址,是福通附近的一家餐厅。

来到餐厅的时候,周倩已经等在那儿了。

"童薇,这儿。"周倩向童薇招着手。

"周总,好久不见。"童薇走了过去。

周倩招呼童薇坐下:"童薇,最近还好吗?"

"说得过去吧。"童薇道谢,"谢谢周总关心。"

周倩微笑道:"我听说YEP和快闪的裁员案了,很精彩,到底是我们CAEA出来的!我很骄傲!"

"周总说笑了。"童薇谦虚地说道,"只希望没给CAEA丢脸就好。"

周倩看着童薇,犹豫了片刻,最后终于出声道:"童薇,回来吧!"

童薇一愣:"周总……"

"童薇,CAEA需要你。"周倩认真地看着童薇,"其实,你的辞职信,我还一直压着没往上报。"

"啊?"童薇再次一怔。

周倩推心置腹地说道:"童薇,虽然你是我的下属,但我一直把你当作徒弟看待，你明白我的意思，所以你走了后，我留了一手，上面一直以为你只是停薪留职。"

"可是……"童薇有些犹豫，"CAEA高层，已经知道我在福通了吧？"

周倩点头："YEP和快闪这次的裁员案影响很大，央视也做了报道，他们确实已经知道了。不过我给他们说是你辅助福通做的，也趁机向高层表达了让你回到CAEA的意愿，上头已经答应了。"

童薇有些迟疑。

"好好想想吧，不用急着答复我，我等你电话。"周倩拍了拍童薇的肩膀。

这一顿饭，童薇吃得有些没滋味。

周倩所说的事，童薇能够理解。

其实，不论是周倩帮自己压下了辞职信，还是CAEA高层看到自己在YEP和快闪裁员案中的成就，CAEA想让自己回去这件事，童薇大概也能猜到。毕竟CAEA是一家大公司，需要能够做事的人。

实际上，童薇基本上可以肯定，周倩这套说辞，是CAEA高层的意思。虽然周倩是这边的主管，但这种事情，她是不可能压得下来的。

究竟该不该回去？

童薇有些犹豫起来。

第091章
梦想能否成真？

吃完饭，周倩离开后，童薇给谢晓飞打了个电话，将周倩来找自己的事情告诉了谢晓飞。

"让你回去，那太好了！"

"可是……"童薇刚出声，就被谢晓飞打断了。

"我知道，你有点不甘心对吧？当初CAEA帮着谢天成把你赶出来，现在见你有了成就又要你回去，确实有点不尊重人！不过，你不是一直想去纽约总部吗？为了梦想，过去受的那点委屈，也不算什么！"

童薇依然有些犹豫。

谢晓飞继续说道："童薇，最重要的，不是只有在CAEA才能找到洗清你爸爸冤屈的关键人物吗？不回CAEA，很难再有机会……"

童薇摇头："蔡天澜……我对他已经不抱什么希望了……"

"别这样。"谢晓飞劝说道，"童薇，只要他还没死，就一定能找到他。不管结果如何，总得试试对吧？再给自己一次机会！"

挂断电话后，童薇沉思着，最终做出了决定。

回到福通律所，童薇来到秦天宇的办公室，将一封信放到秦天宇的面前。

在信封上，有三个大字：辞职信。

看到童薇递交的辞职信，秦天宇怔了怔："童薇，你这是……"

"天宇……"童薇将周倩来找自己的事情说了出来。

知道了童薇辞职的原因,秦天宇笑了笑:"嘿,这两天我还真和辞职信有缘,不过这一次,我给你批了!"

童薇有些歉意:"天宇,对不起。"

"是有点对不起我……"秦天宇点头,看向童薇,"不过,童薇,祝你早日梦想成真!"

"嗯,我一定会的。"童薇点了点头。

虽然福通这边已经辞职了,不过童薇并没有立即回 CAEA,而是给周倩预约了回 CAEA 的时间,在一周之后。

这一周,童薇准备好好处理一下私事,然后才好全身心投入工作。

她先是和谢晓飞一起去了趟苏州,拜访了下静心园的雷雄,然后去了趟谢晓飞在苏州的原生态度假村,看看度假村项目开展情况。

苏州原生态度假村,实际上就是谢晓飞的外婆老家旧址所在地块,几乎覆盖了整个村子,有罗斌在监督着,项目开展得很不错,已经颇具雏形。现在就等二期资金到位了,不过二期资金,还需要银行的贷款,罗斌正在负责这件事情,以罗斌的人脉,应该不会有什么问题。

至于钟美艳和童博文那边,童薇也去了一趟。虽然因为搬回老家乡下,钟美艳没给童薇好脸色看,不过当童薇拿出一张有 200 万存款的卡作为补偿的时候,钟美艳态度就完全改变了。而童博文,还是没原谅童薇。

本来还想去夏杉杉那边,看看夏杉杉现在的情况,不过最后,童薇还是放弃了这个打算。

一周后,童薇回到了 CAEA 大楼。

看着曾经熟悉的写字楼,童薇仰头,给自己打气,走了进去。

来到 CAEA,前台只有一名年轻的女职员在工作。很面生,应该是童薇离开后来的新人。

童薇走了进去,女职员站了起来出声问:"你找谁?"

"我找周总。"

"周总？"女职员打量着童薇，"你跟周总有预约吗？"

童薇点头："我是来上班的。"

"上班的？"女职员有些茫然，"我怎么不认识你？"

"喔，我前段时间停薪留职了。"童薇想了想，"你给崔西打个电话吧，她是我的助理。"

"崔西？"女职员摇头，"她已经辞职了，十天前就走了。"

"辞职了？"童薇一怔，"那蒋可呢？"

"他调去杭州分部了。"

童薇微皱眉头："KIKI呢？"

"KIKI……"女职员耸了耸肩，"没听说过，可能我来之前就辞职了吧？"

童薇皱紧眉头。

怎么全都走了？

"那我直接去找周总吧。"童薇说完，往周倩的办公室走去。

"喂！小姐！你不能随便闯！"女职员在身后追了上来，想要阻拦，童薇哪管她。

来到周倩办公室门前，童薇开门，接着整个人愣住了。

"你们……"

"砰！"

礼炮响起，喷射出来的彩带挂了童薇一身。

崔西、蒋可、KIKI、肖翔、周倩……所有人全都在里面，一张张熟悉的面容冲她笑着。

刚才阻拦的那名女职员走到童薇面前，小声道："童老师，对不起，我是新来的实习生悠悠，是他们逼着我演戏的……"

童薇哭笑不得。

蒋可一把将悠悠拉了过去，不满地说着："怎么跟你说的，要恶狠狠地骂她，一定要凶。你怎么一见她就怂了，演戏都不会演！以后怎么带你出去谈判！"

崔西跑到童薇面前："领导，这个特别的欢迎仪式，你还喜欢吗？"

童薇："……"

这时，肖翔也走了过来："童薇，欢迎回来啊！"

童薇一笑："肖经理，以后还请继续和我作对啊！"

肖翔打着哈哈："你看你，一回来就弄得硝烟弥漫的，我肖翔是这种小心眼的人吗？"

肖翔话音一落，蒋可和KIKI就整齐出声："是！"

崔西忍不住在旁边笑了。

童薇看了眼众人，感激道："谢谢大家的欢迎，以后，还请大家像对待新人一样对待我，请多指教！"

蒋可，KIKI带头鼓掌。

这场别开生面的欢迎仪式，倒是让童薇的回归少了些尴尬。

欢迎仪式结束，周倩把童薇单独留了下来。

"怎么样？工作方面有没有什么问题？需不需要再给你几天调整状态？"

"不用了。"童薇摇头，"随时可以开工。"

周倩点头："嗯，那就好，不过工作的事情不用急，先把正事办了。"

"正事？"童薇微愣。

周倩拉开办公桌的抽屉，从里面拿出一份文件递给童薇。

童薇接过一看，是CAEA的年终邀请函。

童薇想了想，将邀请函递了回去："周总，这次还是让肖翔去吧。"

周倩笑道："你出了成绩，反而让肖翔去出风头？没这道理，你去，实至名归。"

童薇摇头:"老肖也挺不容易的,再说我刚回来,还是低调点的好……"

周倩将邀请函递了回来:"其实,这次让你去还有一个重要原因,据说这次,蔡天澜会出现。"

童薇心里一紧:"真的?"

"嗯。"周倩点头,"我在嘉宾名单上看到了,不过只是说暂定,具体来不来还不知道,你去碰碰运气吧,这是个机会。"

虽然还不确定他会不会来,童薇还是很感激,至少有一线希望。

考虑到这是一个见蔡天澜的机会,为了这个机会,童薇已经等了好多年。

最终,童薇还是接过了邀请函,感激道:"周总,谢谢。"

周倩点头:"至于肖翔那边,你不用管,我会做他工作的,希望你这次能见到蔡天澜。"

童薇离开了周倩的办公室。

虽然从表面上看,童薇的表情还很沉稳淡定,但实际上,她的内心早已经掀起惊涛骇浪。

一直以来的梦想,就是见到蔡天澜,这次终于有了机会。

"爸,妈,真相大白的时候就要到了!"童薇握紧拳头。

这一整天,童薇都在想着事情,工作根本不在状态。

回到家里,童薇都还在考虑着要见蔡天澜的事情。从14岁父母自杀时起,这个梦想一直伴随着童薇,也是童薇努力奋斗的原因之一,现在这个梦想就要实现了,也难怪童薇难以静下心神。

谢晓飞见童薇一直发呆,出声问道:"嘿,干吗呢?你怎么不太对劲的样子。"

童薇犹豫了一下,看向谢晓飞:"晓飞,我……可能要见到蔡天澜了。"

"什么？"谢晓飞惊讶出声，"什么时候？"

童薇拿出邀请函："今天，周总让我去参加 CAEA 中国部的年会，说蔡天澜很可能也会去。"

"只是可能？"

"嗯。"童薇点头，"蔡天澜一直神出鬼没的，会不会来完全看他心情，碰碰运气吧。"

"喔。"谢晓飞有些不满，"这都什么人啊，神神秘秘的，真想跟你一起去，如果他来的话揍他一顿！"

"哈。"童薇一笑，"如果真的能见到他，让他揍我一顿我都愿意。"

谢晓飞："……"

接下来，倒没什么事情发生。

童薇虽然离开了 CAEA 一段时间，但实际上工作都是那些，还是得心应手。

唯一就是要见到蔡天澜的事情，让童薇有时无法安下心来。

终于，四天后，CAEA 年会时间到了。

童薇穿着及踝大衣，斗篷披肩，搭乘上海到北京的飞机，在上午的时候到了首都机场。

出口处，一名年轻的女孩举着一个大号 iPad，屏幕上面滚动着："CAEA：童薇。"

看到接机牌，童薇走了过去："你好，是贾晶晶吗？"

贾晶晶认出童薇："童老师，我是 CAEA 北京总部的贾晶晶，负责接待您。您叫我小贾就成，车停在外面，您跟我来。"

"谢谢，真是麻烦你了。"童薇和贾晶晶来到停车场。

贾晶晶驾着车驶上机场高速，童薇坐在副驾上。

一边开着车，贾晶晶从旁边文件夹拿出一张行程表交给童薇："童老师，这是今晚晚宴的流程，您看一下，我的电话号码写在上面了，您有任何问题都可以找我。"

"好的。"童薇接过流程表看了下,"今天的宴会,人……会来齐吗?"

贾晶晶微有不解,不明白童薇的意思。

童薇解释道:"我听说会长常年住在美国,不知道会不会参加这次年会呢?"

"您是说蔡会长?"贾晶晶立即点头,"来了来了。"

童薇听了眼神一亮,蔡天澜竟然真的来了。

忍不住心里的激动,童薇询问道:"晶晶,你能帮我安排一个时间,让我单独见一下会长吗?"

贾晶晶摇头,歉意地说道:"恐怕不行,会长在北京只停留两天,要见他的人必须提早预约,您这么突然提出要求,会长的助理肯定不会同意的。"

童薇心里一紧:"可是,我真的有很重要的事情要见会长,你能帮我想想办法吗?"

贾晶晶想了想:"要不这样吧,你写邮件申请。"

"写邮件?要多久才能回复?"童薇对这个并不抱太大希望。

"这个我就不知道了。"贾晶晶摇头,见童薇一脸失落,补充道,"不过童老师您放心,我会尽力替你争取会面的。"

"好吧。"童薇点了点头。

明明蔡天澜来了,但很可能见不到蔡天澜,童薇心里的失落不是一点点。

现在,只能听天由命了?

童薇看着车窗外的风景,想要平息内心的焦急。

第 092 章
得见蔡天澜

年会的时间,是晚上 7 点。

贾晶晶把童薇带到酒店,把童薇安顿好后就离开了。

贾晶晶刚走,谢晓飞的电话就来了。

"怎么样,蔡天澜来了吗?见到了没有?"

童薇哭笑不得:"宴会要晚上 7 点呢,现在才中午,你怎么比我还急啊!"

"我这不是把你看得比我更重要嘛。"谢晓飞说道。

童薇摇头,将事情告诉了谢晓飞:"现在还不知道能否预约上,只能听天由命了。"

"喔。"谢晓飞应了一声。

这时,传来工人的喊声。

谢晓飞应该是在苏州工地那边。

"童薇,我得去忙了。"谢晓飞的声音传来。

"快去吧!别累坏了。"童薇说完,挂断了电话。

谢晓飞忙得不可开交,现在一边是餐厅的工作,一边是苏州的度假村,童薇也不想让他在自己的事情上太过担心。

挂断电话,童薇在酒店房间里坐也不是,站也不是,有些急躁。

终于,在童薇焦急的等待中,时间到了。

贾晶晶来接童薇，前往年会的宴会厅。

"晶晶，预约上了吗？"童薇见贾晶晶过来，立即着急地问道。

"童老师，不好意思，没能预约上。"贾晶晶歉意地摇头，"秦会长的助理说，会长的行程已经安排满了。"

"这……"童薇有种想哭的感觉。

在贾晶晶的带领下，童薇来到宴会厅，小型精致的宴会厅里流光溢彩，聚满了人。

当看到宴会厅中，被层层包围着的那名五十出头、身着复古羊绒西装、中等身材的男人时，童薇立即意识到，他就是蔡天澜。

这一刻，童薇有些激动。

耳边，传来贾晶晶的声音："童老师，您应该是第一次见到会长吧？"

"嗯。"童薇紧张地点了点头。

这时，蔡天澜身边的曲向先看到童薇，向童薇走了过来："走，我给你引荐下蔡会长。"

童薇感激地点了点头，紧张地整理了下衣服，跟着曲向先穿过人群。

越往前走，童薇的心情越紧张，甚至有种窒息的感觉。

这对于久经谈判场的童薇来说，可是很罕见的事情。

童薇连忙拉住曲向先："曲总，等等……"

曲向先回过头来，有些不解："怎么了？"

童薇心里确实很紧张，感觉有一股力量，在逼着她转身逃走一样，即便她再怎么想抑制住想逃跑的欲望，也无法完全控制。

曲向先看着童薇，越发不解："你不舒服？"

童薇深吸了一口气，抬起头来："没事，走吧。"

强压心头的紧张感，童薇昂首挺胸，跟着曲向先来到蔡天澜面前。

曲向先还没开口介绍，蔡天澜就先一步看到童薇，微笑道："你就是那个童薇吧？"

童薇强自提起的气息瞬间崩溃，额头冒汗："蔡会长好……"

蔡天澜温和一笑："这一年你的动静可不小，就算我与世隔绝，也是略有耳闻啊！"

童薇张了张嘴，喉咙有些干涩："我……谢谢……"

一向沉稳的童薇，现在竟然连话都说不清楚，曲向先知道童薇过于紧张，出声道："童薇，会长这么欣赏你，你可要好好谢谢会长。"

童薇根本无法正常组织语言："谢谢……谢谢会长……"

这时，蔡天澜的双眼，突然闪过一丝异色，盯着童薇："咦？我怎么感觉好像在哪见过你？你的容貌，像极了我曾经的某个故友……"

听到这里，童薇再也按捺不住，脱口出声："蔡会长，我是……"

童薇话还没说完，一名西装男突然从旁边插了过来，拉住蔡天澜："哎呀！天澜兄，好久不见！在美国乐不思蜀了吧？"

蔡天澜见到来人，笑道："再怎么也没有老兄你这么潇洒！我听说前阵子，你才去北极看极光了？"

西装男点头："哈哈，我跟你说，人这一辈子，一定要追一把极光！那个震撼真是没法说！"

西装男拉着蔡天澜边走边说，离童薇越来越远。

童薇想要追上去，贾晶晶拉住了她："童老师，杭州分部的吴总想要见你。"

童薇不得不跟着贾晶晶去应酬。

一场晚宴，童薇一直在和人应酬着，但双眼，却时不时地张望着人群中的蔡天澜。

她必须找到机会，和蔡天澜单独聊聊。

眼看时间已经过了大半，如果宴会结束，蔡天澜就离开了，以后要再想见到他就困难了，童薇十分着急，可一直找不到机会。

这时，旁边的贾晶晶又出声："童老师，广州分部的……"

童薇摇头:"晶晶,给我5分钟,我去下洗手间。"

说完,也不等贾晶晶应声,就往洗手间走去。

童薇并没有进洗手间,而是在旁边的小隔间里,给自己打气。

"童薇,不能犹豫了!错过了今晚,就只有再等一年,说不定明天蔡天澜就突然死了!必须上!"

握紧拳头,童薇打开门,往宴会厅走去。

来到宴会厅,童薇四处搜索,却没发现蔡天澜的身影。

蔡天澜不见了!

"糟糕!"

童薇心里一紧。

这时,贾晶晶带着一个女人走了过来:"童老师,这是广州分部……"

童薇没等贾晶晶说完,一把抓住贾晶晶的手:"蔡会长呢?"

贾晶晶一愣:"5分钟前,会长说身体有些不舒服,先走了……"

"什么?"童薇惊呼一声,转身就往酒店大门奔去。

来到酒店门前,看着一辆辆车过去,童薇焦急万分。

门童见童薇一脸焦急的表情,上前问道:"小姐,请问您有什么事吗?"

童薇着急地说着:"蔡天澜,我要找蔡天澜!"

门童一脸茫然,这时贾晶晶跑了出来:"童老师,你到底怎么了?"

童薇摇头:"我要找会长,我有事找会长……"

"可是……"贾晶晶指着正远去的一辆奥迪,"会长的车已经走了……"

"啊!"童薇心里一急,不顾脚下穿着高跟鞋,撒腿就追。

贾晶晶只得在后面追着:"童老师,外面很冷!你别追了……"

别说穿高跟鞋,就算穿运动鞋,她也是不可能追上的。

童薇追了几十米,看着奥迪渐渐远去,消失在车流之中,浑身一软扑通一声坐在了地上。

如果刚才不那么犹豫，就不会这样了！

"为什么！明明有机会，为什么！"

童薇后悔地捶打着地面。

这时，一辆黑色奥迪停在童薇旁边，车门开了，一双锃亮的皮鞋出现在童薇面前。

"童小姐，你找我？"

童薇浑身一震，抬起头来，露出难以置信的表情。

蔡天澜！

竟然是蔡天澜！

童薇激动得浑身发抖，从地上爬起来："蔡会长，你别走！我有事找你……"

蔡天澜扶着童薇："你别急，有什么事慢慢说。"

"对不起，蔡会长，我失态了……"童薇不好意思地说道，"我真有事找你……"

蔡天澜微笑一下，看着童薇有些出神："奇怪，我总觉得你的眉目有些熟悉……"

童薇点头："蔡会长，您没见过我，但一定见过我的父母。"

"你的父母？"蔡天澜微有不解。

"童博学、何晓慧。"童薇看着蔡天澜。

听到这两个名字，蔡天澜浑身一震，愣住了："你……你是博学和晓慧的女儿？"

童薇欣慰地舒了口气："嗯，我是他们的女儿。"

蔡天澜上下打量着童薇，自言自语地说着："我早该料到了，姓童，眉毛眼睛又这么像你妈妈！神态简直活脱脱和博学一个样子！我早该想到了！真没想到，有一天能见到他们的女儿！"

童薇非常激动："蔡会长……"

"叫蔡叔叔！"蔡天澜摇了摇头，"当年，我可是你父母的挚友！如果不是当年那个意外，我应该是看着你长大的……"

听到这句话，童薇忍不住泪如雨下。

"孩子，别哭。"蔡天澜安慰着童薇。

童薇抬起头来："蔡叔叔，我父母轻生那天，你就在他们身边，对不对？"

蔡天澜有些沉重地点了点头。

"那你……"童薇激动出声，"您一定知道事情的来龙去脉，您告诉我，我父亲为什么会轻生的？"

蔡天澜沉默了许久，见童薇期待的眼神，最后叹了口气："孩子，过去的事情就让它过去吧。"

"不！"童薇一口否决，"我过不去！这十几年来，这件事一直压在我的心里，没有一天不折磨我！我一定要搞清楚，父亲为什么要做出那样的选择！"

蔡天澜摇头："童薇，你父母已经走了，你就别再为难自己了。"

童薇紧咬牙关，昂着头看着蔡天澜："蔡叔叔，我求你告诉我，他们为什么要那么做？是不是因为他们接受了别人的贿赂？"

蔡天澜抬了抬手："我……累了，要先回酒店休息了……"

扑通一声，童薇跪在了路边："蔡叔叔！"

蔡天澜想要扶起童薇，童薇却不肯起。

"蔡叔叔，你为什么不肯开口，是不是他们做了见不得人的事情？就算这样，请你也告诉我！无论怎么样，我一定要知道事情的真相！求求你告诉我！"

蔡天澜看着固执地跪在地上的童薇，摇头叹了口气："你真的想知道？"

"嗯！"童薇坚定地点头，"蔡叔叔，不管真相是什么，我都做好了思想准备！请您告诉我！"

　　蔡天澜再次叹了口气，点点头："你起来吧，先跟我回酒店。"

第093章
13年前的真相

酒店,总统套房内。

童薇捧着一杯热水,满脸紧张地看着对面的蔡天澜:"蔡叔叔……"

蔡天澜抬手示意童薇不用着急,慢慢回忆道:

"当年,我、你爸爸还有你妈妈,都是斯坦福商学院的学生,那个年代留学生本就不多,能够进入商学院的华人,更是凤毛麟角。"

"我们三人的导师,就是号称全球商业谈判第一人的罗杰蒂姆先生。那时候,在咱们国家,谈判还是一个真空领域,全国上下都没有一位职业的商业谈判专员。而你父亲,在毕业后却选择了回国,你父亲之所以选择回国,一是为了国家,二是为了你奶奶。"

这些事情,童薇都没听自己父母提起过,专心地听着。

蔡天澜接着说道:"当时,你父亲要回国,我们所有同学和老师,都觉得这会影响他的个人前途,都持反对意见,可你父亲执意要回国,你母亲也无条件地跟随着他。回国后没多久,你父亲就进了一家外企,不久后你就出生了。不过早年的外企收入很高,拿着普通人几十倍的高薪,但表面的风光下,你父亲却有难言之隐。"

"难言之隐?"童薇不解地出声。

蔡天澜叹了口气:"有人的地方就有江湖,外企同样如此。你父亲是个读书人,对人情世故一窍不通,但咱们中国,是个人情社会,凡事讲究变通，做谈判更是如此。可你父亲处处只认死理，因此得罪了不少人，在公司工作了十来年，却被公司的人排挤，事业上一直很不顺利，他意识到干不下去了，便萌生了退意。"

童薇微皱眉头。

这些事情，童薇也不清楚。虽然当时童薇已经十岁出头，但父母可能怕她担心，一直没在她面前提起过这些事情。在童薇的记忆中，父母似乎从来都没什么忧愁的样子，让童薇的童年很幸福。

"难道，我父亲轻生，就是因为被排挤的原因？"童薇犹豫着出声问道。

蔡天澜摇头："不，你父亲没那么脆弱，之所以会这样，是因为后来发生了一件事，才把他逼上了绝路……"

"什么事？"童薇心里一紧。

蔡天澜有些不忍，最后还是说了出来："我和你父亲的重逢，是在一次跨国谈判项目上，我是美方企业的代表，你父亲则是中方企业的代表。虽然在商场上我们是敌人，但私底下我们还是朋友，在重逢的饭局上，我听你父母说准备移民美国，也才知道了你父亲回中国后一直受到排挤的事情……"

蔡天澜缓缓叙述着："看得出来，你父亲很后悔当初回国的决定。当时见你父亲愿意回美国，我还是很高兴，甚至邀请他和你母亲，移民美国后先暂住我的公寓，再慢慢找房子，至于工作，我也可以帮他推介。那一晚，我和你父母喝了许多酒，我们还约定等你父母移民美国后，要带上你去迪士尼乐园好好玩一玩……"

说到这儿，蔡天澜顿了顿，看向童薇："可没想到，第二天……"

童薇知道，那就是出事的那天了。

"蔡叔叔，那天究竟发生了什么事？"童薇着急地问道。

"那天，是我们双方的第二轮谈判，即将开始的时候，门外忽然冲进来几名经侦支队的警察，他们怀疑你父亲在谈判过程中为谋取不正当利益，出卖了公司的商业机密。"

"不……不……这怎么可能……不……不可能！"童薇摇着头，突然跳了起来，冲蔡天澜大喊，"不会的！我爸不会做这种事情！他是清白的！肯定有误会！"

"孩子，你冷静点！"蔡天澜扶着童薇的肩膀。

童薇浑身颤抖，尽量克制自己："蔡……蔡叔叔，我没事，你继续说，究竟怎么回事？"

"你爸年轻的时候是天之骄子，可人到中年，却一事无成，加上工作上的种种不顺，内心非常痛苦，一想到你母亲为他牺牲大好前途回国，想到你，还有你奶奶……一时糊涂，接受了我方公司的20万美元。更要命的是，他把这次受贿的过程，完完整整地记录在了日记本上。在90年代，20万美元可是一笔巨款！足够让他在监狱里待上几十年！"

"爸爸的日记……"童薇蒙了，"我想起来了，爸爸的日记本后来我找到了，可是日记本缺了几页……"

"是你妈妈撕的……"蔡天澜摇头，"当时你妈妈已经六神无主，撕去了写有受贿过程的那一页。我本来想救你爸爸，然而你爸爸在刑侦队出现的那一刻，他的意志就已经完全崩溃了……"

蔡天澜继续说道："我当时已经为你父亲联系了最好的律师，本来你父亲只要保持沉默，尽量不说话，就能大事化小，争取缓刑，但是……你爸爸说他想一个人静一静……"

"我和你妈妈离开后，正在楼下和她商量，忽然服务员的惊叫声响起：'有人跳楼了！有人跳楼了！'……"

蔡天澜不理内心痛苦万分的童薇，继续说道："之后一连几个小时内，你妈妈接受不了你父亲自杀的真相，一度精神恍惚，无论我怎么安慰，都无济于事。后来，她趁所有人不注意也……"

听完蔡天澜的回忆，童薇泪流满面。

"所以，我爸爸真的拿了不该拿的钱，千真万确！"童薇看着蔡天澜。

蔡天澜一脸同情："童薇，他是有苦衷的……"

童薇摇头："可是他做了，他的确做了！"

"童薇，从法理上来说，你父亲的确做错了，但……人生一世，有太多的无奈，你的父亲遭受命运的折磨，他那样做是想奋力一搏反抗命运。他这一辈子，外人看着风光，内心却十分痛苦，我希望你能理解他，继续爱他！"

童薇勉强地点了点头，掩面痛苦。

蔡天澜还想说什么安慰童薇，童薇突然擦干眼泪站了起来："蔡叔叔，今晚很感谢你。这13年来，我一直追寻我爸妈自杀的真相，虽然……结果不尽如人意，但我总算知道了……我……该走了……"

说完，童薇准备离开。

"等等，我让司机送你……"蔡天澜叫住童薇。

"不用了，楼下打车很方便。"童薇摇头。

蔡天澜想了想，点头："也好，孩子，你记住，以后有什么事，一定要来找蔡叔叔！"

童薇点了点头，跑了出去。

北京冬天的室外，大雪纷飞，童薇穿着单薄的高跟鞋，上身只是一袭礼裙，简单地罩了件羊绒大衣，轻一脚重一脚，漫无目的地在大道上走着。与街上裹成团的人相比，童薇十分扎眼，引得路人纷纷侧目。

眼泪，止不住地从她的脸上滑落。

一直以来坚信父亲是被冤枉的，不会做出受贿的事情，没想到真相，竟然是这样。

童薇不敢相信，但又不得不相信。

手机响了，是谢晓飞打来的电话。

童薇接起电话,听到谢晓飞的声音:"童薇,怎么样了?"

谢晓飞的声音,让童薇瞬间"哇"地大哭出来:"晓飞,晓飞……为什么会是这样!"

电话那头,谢晓飞心里一紧:"童薇,怎么回事?你怎么了?"

电话那头,只有童薇的哭声,没有回答,过了一会儿,电话挂断了。

谢晓飞眉头紧皱。

"晓飞哥,怎么了?"商碧晨从屋里探出头来问道。

"不知道,童薇出事了。"谢晓飞立即拨打崔西的电话。

"崔西,立即把童薇在北京的酒店地址发给我,对了,还有CAEA北京相关的接待人员!"

崔西接到电话有些不明所以:"怎么了?"

"来不及说了,快!"谢晓飞一边说着,一边拿上外套冲了出去。

第二天早晨,一大早,谢晓飞搭乘的飞机已经降落在首都机场。

下了飞机,谢晓飞直奔童薇下榻的酒店,贾晶晶已经等在酒店大门前。

"谢先生?"

"童薇联系上了吗?"谢晓飞立即问道。

贾晶晶一脸为难:"还没……"

谢晓飞着心急如焚:"昨天到底发生了什么事?"

"昨晚宴会上我感觉童老师一直心神不宁,她说要见会长,要和会长单独谈谈。"

"那见到了吗?"

"见到了。"贾晶晶点头,"然后……然后童老师就和我们失去了联系。"

谢晓飞更加着急起来。

"童薇,你在哪里啊?你可千万别出事!"

正在这时，一个身影出现在大堂门口。

是童薇！

童薇脸色惨白，头上、睫毛、衣服上全披着一层薄薄的白霜，整个人一直在发抖，单薄得像一张纸，随时要倒下的样子。

谢晓飞大吃一惊，立即奔了过去："童薇！"

童薇看到谢晓飞，努力地想走过来，但刚迈出步子，突然就倒下了。

"童薇！"谢晓飞一把扶住童薇，紧紧地将她搂住。

"谢先生，先把童老师带回房间吧。"贾晶晶在旁边帮着忙。

在贾晶晶的帮助下，谢晓飞将童薇扶回酒店房间。

很快，贾晶晶叫来医生，检查童薇的情况。

还好，只是受了严重的风寒，谢晓飞也松了口气。

陪在童薇身边，看着还没醒来的童薇，谢晓飞忧心忡忡。

直到下午，童薇才醒来。

"童薇，你醒了，感觉怎么样？"谢晓飞担忧地问道。

"我没事。"童薇摇头，"就是有点头疼。"

谢晓飞连忙从旁边拿过姜茶："医生说你受了严重的风寒，快，把这杯姜茶喝下去。"

童薇从床上坐了起来，推开谢晓飞递过来的姜茶，赤脚踩在酒店地毯上，走到窗边。

"这里是几楼？"童薇悠悠地问道。

"19楼，问这干吗？快躺下，小心又着凉了。"谢晓飞扶着她。

童薇摇了摇头，看着窗外："真的很高啊，底下的人一个个像蚂蚁一样，从这里跳下去的话，难逃一死吧？"

谢晓飞心里一紧："童薇，昨晚蔡天澜到底跟你说了什么？"

童薇看着谢晓飞："晓飞，你能相信吗，我爸爸他确实犯了错误，他接受了贿赂！"

谢晓飞一怔："蔡天澜说的？"

童薇点点头。

谢晓飞抱住童薇："都过去那么久的事情了，你别多想。人无完人，每个人都有可能犯错……"

童薇的眼泪涌了出来，无声地落下："在我心里，他就是完人！13年！这13年来，支撑我能够努力活下去的信念，就是在我心里，还爸爸一个清白。"

"可是，我居然错了！你知道我现在的感受吗？我是个傻瓜！我是个彻头彻尾的傻瓜！"

谢晓飞心疼地抱着童薇："别这样，我心疼，都过去了，童薇，都过去了。"

童薇缩在谢晓飞的怀里，像个孩子一样放声痛哭。

第094章
无法承受的打击

第二天，谢晓飞带着童薇，坐上了北京回上海的飞机。

飞机上，童薇眼神痴呆地望着正前方，无论谢晓飞怎么逗她，都没什么反应。

谢晓飞十分担心。

回到出租屋，谢晓飞揽着童薇开门，客厅里，除了商碧晨，秦天宇也在。

"你怎么来了？"谢晓飞微怔。

"碧晨告诉我的。"秦天宇解释着，有些担心地看向童薇，"童薇怎么了？"

童薇硬打起精神，摇头："没什么。"

秦天宇还想追问，被谢晓飞用眼神制止。

将童薇带进屋子，谢晓飞帮童薇盖上被子，让她好好休息，这才轻轻关上门退了出去。

刚退出屋子，秦天宇就抓住谢晓飞："她到底怎么了？精神很不对的样子，一定有问题！"

谢晓飞摇头："她去了北京，见到了蔡天澜。"

"然后呢？"秦天宇追问道。

"她知道了一些很难面对的事。"谢晓飞顿了顿，"当年，她父亲，确实是因为受贿才选择轻生。"

"什么？"秦天宇睁大眼睛，一脸不敢相信的表情。

"这件事，对童薇的打击很大。"谢晓飞叹了口气，"这十几年来，替父母洗清冤屈是她活下去的动力，现在……我很担心她……"

秦天宇想了想："晓飞，你先替她给公司请几天假，这几天我们尽量别刺激她。童薇这么坚强，我相信她一定能挺过来的！"

谢晓飞点头："但愿吧。"

送走秦天宇，等谢晓飞进屋的时候，躺在床上的童薇已经睡着了。

第二天早晨，谢晓飞醒来的时候，发现童薇已经醒了，正呆呆地坐在旁边，两眼茫然地看着地板。

"你醒啦？"谢晓飞搂着童薇。

童薇没有回应，依然两眼茫然，直直地盯着地板。

"童薇，你还好吧？"谢晓飞关心地问道。

童薇终于看向谢晓飞，摇头："我想一个人待一会儿。"

谢晓飞越发担心起来："童薇……"

"出去！"

谢晓飞还想说什么，童薇厉声道："出去啊！"说着，把谢晓飞推出门，然后用力关上门，把谢晓飞关在了外面。

谢晓飞拍着门："童薇！"

里面，一点声音都没有，谢晓飞想再次敲门，最后犹豫着放下了手。

"童薇，我上班去了，你一个人好好的！有事给我打电话！"

出了门，谢晓飞就打电话找来秦天宇和商碧晨。

"天宇，碧晨，我觉得童薇现在的状态很不正常，如果只是难过，我可以理解，但她现在的表现，像是丢了魂一样，脸上什么表情都没有。你们说，到底该怎么办？"

秦天宇皱了皱眉："他父亲的事情，对她打击太大，她需要时间来慢慢接受。"

商碧晨有些担心："可她一个人在家里，会不会出事？"

谢晓飞也很担心："我本来想留下来陪她，结果被她赶了出来……"

秦天宇想了想，出着主意："这样吧，杉杉是童薇最好的朋友，你去找她，让她劝劝童薇。"

想起夏杉杉，谢晓飞有些为难。

不过，最终谢晓飞还是前去找了夏杉杉。

给佣人华姐说明来意，华姐前去通报。

不一会儿，已经怀孕七个月的夏杉杉，挺着个大肚子在保姆桃姐的搀扶下来到客厅。

看到谢晓飞，夏杉杉一脸的不乐意，板着脸："你怎么来了？她呢？"

谢晓飞连忙出声："杉杉，童薇需要你的帮助！"

夏杉杉一愣："她怎么了？"

"童薇她……她……"谢晓飞欲言又止。

见谢晓飞一脸为难的表情，夏杉杉察觉童薇似乎真出大事了，立即让华姐拿包："走，我们边走边说！"

三人出了门，一起上车。

路上，夏杉杉听了事情的经过，明白过来。

"你这个笨蛋！你怎么能放她一个人在家里！"夏杉杉气不打一处儿来，向司机催促道，"快！再开快点！"

虽然因为夏杉杉和齐如海复合的事情，两人闹了很大的矛盾，甚至说出断绝朋友关系的话，但看得出来，夏杉杉还是很关心童薇。

很快，车到了出租屋楼下。

夏杉杉挺着大肚子，进屋后就冲到卧室门外，拍着门："开门，童薇！我是杉杉，给我开门！"

屋内，没有什么动静。

夏杉杉更加着急,直接抬脚猛踹。

旁边,华姐连忙劝道:"太太,当心肚子里的孩子!"

夏杉杉哪肯听,又踹了好几脚。

谢晓飞连忙阻止:"杉杉,你别这样,会吓到她……"

"吓到她?"夏杉杉瞪着谢晓飞,"她一个人在里面,万一想不开,有你后悔的!赶紧帮我把门踹开!"

谢晓飞一愣。

"快啊!你还愣着干吗!"夏杉杉骂道。

谢晓飞一听心里急了,退后两步脚上使劲,把门撞开了。

屋内,童薇依旧坐在床上,两眼空洞,直直地盯着窗外。

见童薇没事,夏杉杉松了口气:"童薇,你怎么了?你看看我,我是杉杉呀!"

童薇依然毫无反应。

夏杉杉气得不行,抓起枕头砸在童薇头上:"你这是干什么?装死给谁看?别闹了!说话!"

童薇终于有了反应,抬起眼看了夏杉杉一眼。

夏杉杉心里一喜,笑了:"认出我来了吧?"

"出去!"童薇冷冷出声。

夏杉杉一愣:"童薇……"

"出去!"童薇再次冷冷出声。

夏杉杉急了:"童薇,你心里难过,你哭出来,你打人骂人都没关系,你别这么憋着呀!"

童薇突然大叫:"出去!"

谢晓飞连忙拉住夏杉杉:"要不,我们还是出去吧,别刺激她……"

夏杉杉从谢晓飞手上挣脱:"我不!我偏不出去!"

夏杉杉指着童薇:"童薇!我知道父母的事情让你不好受!但这都

是些过去的事了，你装惨给谁看！你再惨有我惨吗？你看看我的肚子！我不照样要咬着牙过下去吗？我们俩是这么多年的好姐妹，你从来都比我坚强！你不是说，过去的事就让她过去，不管怎么样，日子总要过下去的！怎么这次你就这么怂了呢？"

童薇看着夏杉杉，歇斯底里地吼道："滚！"

华姐怕夏杉杉受伤，连忙把夏杉杉往外拉："太太，出去吧，咱们出去……"

谢晓飞也被童薇吓坏了，连忙狼狈地退出房门，把门重新掩好。

客厅里，夏杉杉哭着，还在冲童薇的房间吼着："童薇，你这个混蛋！你怎么了你！你真不认我这个朋友了！混蛋啊你！"

华姐在旁边劝说着："太太，别哭了，你不能伤心，当心肚子里的孩子。"

夏杉杉依然在哭喊着。

华姐没办法，只得向谢晓飞求助。

谢晓飞在旁边劝说着："杉杉，你别激动，看来她一时半会儿缓不过来，要不你先回去吧。"

华姐也在旁边附和："是啊，太太，你这样反而刺激童小姐，我们先回去吧。"

好一会儿，夏杉杉才控制住情绪，瞪着谢晓飞："谢晓飞，你给我好好看着童薇，她要是出事了，我跟你没完。"

谢晓飞连连点头："知道了，你放心吧。"

把夏杉杉和华姐送走，回到出租屋，谢晓飞看着卧室，叹了口气，靠在门板上："童薇，你好点了吗？你别怕，我不进来，我就在门口陪着你，好不好？有事情你就叫我，我就在外面……"

屋内，童薇面无表情，没有应声。

谢晓飞在门外守了一夜，买回来的饭，童薇也不吃，谢晓飞也不敢进屋。

一直到晚上，商碧晨下班回来，谢晓飞还坐在门外。

"飞哥，童薇姐怎么样了？"商碧晨走上前去小声问道。

谢晓飞摇了摇头。

商碧晨看了眼屋内，皱紧眉头："可她这样不吃不喝，身体会出问题的。"

谢晓飞两手掩面低垂着头，一脸痛苦："没办法，一进去她就像发疯一样，我只能这么守着她。"

商碧晨无奈地点了点头，没再打扰谢晓飞。

如此过了三天。

这三天里，童薇都没出门，也没吃东西。

每次谢晓飞进屋，童薇都会发疯般把他赶出来。

秦天宇和夏杉杉也来过两次，但都没有办法。

这三天里，谢晓飞一直守在门外，但童薇的房门依然紧闭着。

这天早晨，谢晓飞正睡在客厅的沙发上，一阵急促的敲门声把他惊醒。

谢晓飞迷迷糊糊地起身开门。

敲门的，是童恬恬、钟美艳和童博文。

"你们怎么来了？"谢晓飞一怔。

"我姐呢？"童恬恬没回答，气呼呼地问道。

谢晓飞看了眼紧闭的卧室门："三天没出来了。"

"啊？三天三夜？那她吃饭了吗？"钟美艳惊声道。

谢晓飞摇了摇头。

钟美艳脸色一变："哎哟，这不是瞎闹吗？人是铁饭是钢，出了再大的事也不能不吃饭啊！童博文，你去劝劝你侄女，我去给她做饭！"

旁边商碧晨从厨房探出头来："阿姨，厨房里有我早上煮的粥。"

"好好好，我去弄。"钟美艳立即往厨房走去。

童恬恬按捺不住了，扑过去敲门："童薇！童薇，你开门啊，你这算什么意思？"

童博文也走了过去，隔着门喊道："童薇，是我。"

屋内，依然一片安静，没人应声。

童恬恬拍了拍门，见还没反应，冲谢晓飞喊道："砸门！"

谢晓飞有些犹豫："这……不太好吧！"

童恬恬急了："谢晓飞，你傻啊，她都三天没吃饭了，搞不好昏倒在里面了，她任性，你怎么跟着她胡闹呢！"

"我……我怕刺激到她……"

"你！"童恬恬气得不行，"我来砸！"

说着，童恬恬在房间里四处找着可以砸门的东西。

这时，商碧晨走了过来，递了一把锤子给她。

童恬恬接过锤子，掂了掂："看看，还是女人给力！"

说着，童恬恬提着锤子来到门前门，举起锤子就要砸。

就在锤子落下的时候，门开了……

第 095 章
——— 终点只是幻影 ———

童薇双眼无神，形容枯槁，身形摇晃地站在门前。

"你们都走吧，我没事。"童薇虚弱地说完，又要关门。

钟美艳一把将门挡住："童薇，你这算什么？你这算什么啊？"说着，不由分说地把童薇拉了出来，按到沙发上强迫她坐下，指着餐桌上的粥，"吃饭！"

童薇摇头："我吃不下！"

钟美艳劝说着："童薇，我知道你伤心，你难过，我们就不难过吗？你14岁没了爸妈，你今年27岁，虽然婶婶我有时候不对，但我跟你叔叔好歹跟你一起生活了13年，我们不敢说是你再生父母，也照顾了你13年，好歹也算是半个父母吧！你现在要把自己饿死了，我们怎么活啊？"

童薇咬紧牙关，没有出声。

钟美艳眼圈通红："我和你叔叔是不如你爸妈有文化、有知识，但我们疼你的心是真的！你丢了工作，说交不上来生活费，我催你了吗？你要卖掉房子，把我们赶到乡下去，我们恨你了吗？现在看你的样子，你就是不想活了，不想给我和你叔叔养老了是不是？童薇，你怎么能这么狠心，不管我和你叔叔了呢！"

钟美艳的一番话，让童恬恬也泪眼蒙眬起来。

"童薇,以前我不愿意叫你一声姐姐,可是后来我发现,你真的对我很好。现在在我心里,你比亲姐还亲。我知道,发生这样的事情,你很伤心。但你别一心寻死好不好,你要是死了,爸爸妈妈谁来养老?我这么没出息,我养不起他们,他们老了得靠你啊!"

童薇终于忍不住流下了眼泪。

童博文也出声劝说道:"童薇啊,人无完人,在我们心里,你爸妈是好人,这就够了。你这孩子,为什么要跟自己过不去呢?你爸爸妈妈是为了你好,他们九泉之下,看到你这个样子,也会难过的呀!"

童薇的眼泪涌了出来,谢晓飞心疼地抱住她,安慰着。

童薇终于忍不住号啕大哭:"他们是好人,我爸爸妈妈是好人。叔叔,婶婶,他们是好人啊!"

屋内,商碧晨、童恬恬、钟美艳等人,看到童薇悲伤的样子,都忍不住落泪。

"哭吧,童薇,好好哭出来。别怕,有我陪着你。"谢晓飞紧紧地将童薇抱在怀里。

良久,童薇哭够了,才从谢晓飞怀里抬起头来。

"晓飞,我要见杉杉……"

"好。"谢晓飞点头,准备带童薇去见夏杉杉。

"她就在楼下,没敢上来。"童恬恬出声道。

童薇一听夏杉杉就在楼下,立即跑出门去。

楼下,夏杉杉果然在那里,和她一起的,还有她的保姆华姐和司机。

夏杉杉把华姐支走,默默地看着童薇:"你……没事了?"

童薇点了点头。

"好了就好了……"夏杉杉松了口气。

沉默了一下,童薇出声:"你……没什么话要对我说了?"

夏杉杉沉默了好一会儿,突兀道:"我该走了。"

"杉杉!"童薇叫住夏杉杉,忍了一下终于出声,"对不起!"

夏杉杉有些惊讶:"啊……"

"我不该那么说你,更不该因为你做的选择和你绝交。"童薇歉意地说道。

夏杉杉沉默了一会儿,无奈一笑:"童薇,你没有骂错,我的确是一个爱慕虚荣的女人。"

童薇摇头:"不,我知道,你爱老齐不是为了他的钱,而是沉浸在那份溺爱里走不出来。现在你选择这样的生活,是为了孩子,对吗?"

夏杉杉点头。

"对不起,以前我不能理解,现在……我终于理解了……"童薇道歉道。

"真的吗?"夏杉杉欣喜地抱着童薇。

"杉杉,我总是希望我自己和我的朋友,都是完美无缺的人,我以为我们能做到。"童薇悠悠地说道,"现在我明白了,世界上,没有什么完美的人。你、我、我的父亲,都不是完美的人。以前,我执着于替我父亲洗脱冤屈,我一厢情愿地认为他是个好爸爸,是个好人,不会犯错。所以当我知道真相的时候,我无法接受,但有晓飞,有你,还有恬恬,甚至是总想着占我便宜的婶婶,把崩溃的我一点点地重新拼了回来……"

夏杉杉紧紧地抱着童薇:"童薇,听到你这么说,我太高兴了,以前的童薇回来了,不,应该说变得更好了!"

童薇终于恢复过来,也充满了干劲。

这件事,总算得到了妥善的解决,所有人都松了口气。

不论是曾经想占她便宜的钟美艳,还是其他人,都不希望看到童薇继续崩溃下去。

不过,世界上的事情,很难有一帆风顺的时候。

童薇的身体刚刚恢复,谢晓飞在苏州的原生态度假村,出了问题。

"你说什么?贷款没贷下来?"谢晓飞看着罗斌,"你不是说就是走个流程,不会有问题吗?如果贷不下款,工人的工钱就发不出,度假村的项目就要停工了啊!到底为什么啊?"

罗斌一脸为难:"一个是因为年底,另外……"

"说啊!"谢晓飞急得不行。

罗斌犹豫了一下:"我们贷款的银行,他们的大客户……是科万……"

谢晓飞明白过来:"是宋勇在中间捣鬼吧?"

罗斌点头:"我估计他还在因为赵晨曦的事耿耿于怀……"

谢晓飞苦笑了一下:"唉,我这也算自作自受。"

罗斌叹了口气:"本来,这件事我可以求我爸帮个忙的,但你也知道,一旦牵扯上宋勇,我也没办法开口,我爸是绝对不敢得罪科万的。"

谢晓飞点头:"我明白,这件事你不用管了,我去想办法吧。"

谢晓飞这边打了几个电话,最终也没什么办法。

毕竟在国内,谢晓飞的人脉就是那些,现在就算是在美国,谢晓飞也基本上找不到什么人帮忙。可度假村现在已经开工,进入第二期工程,如果没有资金,整个工程将完全中断。

正着急的时候,第二天上午,谢晓飞正在好客西餐厅忙活,罗斌给谢晓飞打来电话。

"晓飞,银行放款了。"

这个好消息,让谢晓飞一怔:"什么?银行怎么突然放款了?"

罗斌顿了顿,沉默了一下这才出声:"我听说了一件事情,不知道有没有关系……晨曦,要和杨潇订婚了。"

谢晓飞一愣:"真的?"

"嗯。"罗斌出声,"我想,这两件事或许有联系。杨潇的父亲是国际知名生物美容专家，而宋勇一直想进军这一块领域，所以，他一直逼着小曦嫁给杨潇。"

谢晓飞怔住了。

"难道，是小曦以自己的婚事和宋勇做了交换，宋勇才放我一马？"

"这个可能很大。"

谢晓飞有些抓狂："不行，小曦疯了！我去找她！"

"你给我冷静点！"罗斌出声，"你去找她干吗！"

"这是她一辈子的幸福！"谢晓飞摇头，"她糊涂了，我必须劝她！"

"你能娶她吗？啊？"罗斌质问道。

谢晓飞愣住了。

"你想想，你去找她，除了把局面弄得更糟，还能怎么样呢？"罗斌叹了口气，"晓飞，你给不了小曦幸福，不如让她去吧！杨潇再怎么样，对她是死心塌地的，说不定小曦跟杨潇一起，以后真的会幸福呢？"

谢晓飞犹豫了。

"相信我，别再去打搅她的生活了，她给你的帮助，你就踏踏实实地收着。否则，她不是白白牺牲了吗？"

谢晓飞咬紧牙关，却说不出反驳的话来。

贷款下来了，苏州那个地块的原生态度假村项目就能继续开展，但这却是搭上了赵晨曦的幸福，谢晓飞坐卧不安。

不过，罗斌说得也很正确。

自己不可能娶赵晨曦。

虽然很看不惯杨潇，但如果抛开恩怨不谈，杨潇也算是个不错的男人。也许，赵晨曦跟着杨潇，以后真的会幸福。

正想着，一辆车停在好客西餐厅门前，两名老人走了进来。

谢晓飞一怔。

"雷老!"

来的两名老人,其中一人正是雷雄。

雷雄笑嘻嘻地看着谢晓飞:"晓飞,你猜我带谁来了?"

谢晓飞看着雷雄旁边的那位老人:"不会是……"

"Tommy Tsoi!"雷雄说道。

谢晓飞怔住了,一脸难以置信的表情:"您……您就是谢氏的合伙人Tommy Tsoi?"

"是的。"那位老人点了点头。

谢晓飞立即拉着雷雄和Tommy Tsoi坐下,又给童薇打了个电话。

不一会儿,童薇就赶到了。

童薇赶到的时候,微微一怔:"蔡叔,你怎么在这里?"

"你们认识?"谢晓飞有些惊讶。

Tommy Tsoi,正是蔡天澜。

蔡天澜点了点头:"童薇,我就是你们找的Tommy Tsoi。"

旁边雷雄也有些惊讶起来:"姑娘,天澜兄,你们认识?"

童薇点头:"蔡叔是我们CAEA理事会的理事长,也是……我爸爸妈妈的好朋友。"

谢晓飞完全愣住了。

似乎冥冥之中,有一只手,把他和童薇的命运扭在了一起。

"哈哈,既然大家都是一家人,一切好谈,来来来,坐坐坐。"雷雄哈哈大笑招呼着。

四人重新坐下,童薇急切道:"蔡叔,晓飞他们家……"

蔡天澜点头:"我都知道了。"

童薇正想说话,谢晓飞向她摇了摇头。

童薇大概明白过来,肯定是蔡天澜拒绝了谢晓飞。

童薇看着蔡天澜:"蔡叔……"

蔡天澜摇头："别说了，我主意已定。童薇，你和晓飞生活方面有什么需要帮忙的，尽管跟蔡叔开口，但是这些江湖上的事，我不会再过问了……"

最终，蔡天澜还是没答应帮助谢晓飞。

蔡天澜看着谢晓飞，缓缓地说道："我很欣赏令尊的能力，但我蔡天澜活到这把年纪了，只想平平淡淡度过余生，所以，还请你见谅我的决定。"说到这里，蔡天澜起身，拍了拍谢晓飞的肩膀，"年轻人，相信我，只要有能力，你能够重新缔造一个商业帝国。"

"谢谢。"谢晓飞挤了个笑脸。

将蔡天澜和雷雄送出门，蔡天澜先上了车，雷雄对垂头丧气的童薇和谢晓飞说道："你们也别急，这么大的事情，得让你们蔡叔想一想，我回头帮你们劝劝他。"

谢晓飞点点头，目送车子远去。

叹了口气，谢晓飞伸手搂住童薇："童薇，我说怎么你的蔡天澜和我的Tommy Tsoi都神龙见首不见尾呢，原来是同一个人！"

童薇点头："当年，我爸妈的事情给蔡叔打击很大，从那以后他就看破红尘，隐居起来，手上的产业全都交给别人打理了。"

谢晓飞哭丧着脸："他倒潇洒，可我怎么办？童薇，现在我好像有点理解你从北京回来的心情了……"

"你没事吧……"童薇有些担心。

谢晓飞瞥了童薇一眼："不行了，我要关上门，我要崩溃一下，我现在就感觉全世界都对不起我！"

童薇见谢晓飞一脸坏笑，挥起拳头捶在他身上："谢晓飞，你敢嘲笑我！"

"哈，我也要让你担心一下！"谢晓飞撇嘴道。

童薇："……"

两人打打闹闹的。

谢晓飞叹了口气："这个变化，真的让人难以接受啊，就像拼尽全力跑马拉松，完全靠意志力支撑下来，结果眼看要到终点了，却发现这个终点是一个幻影，甚至没有了终点，不知道跑下去的意义何在……"

童薇点了点头，脸上露出些忧虑。

第 096 章
两难抉择

雷雄和蔡天澜，离开好客西餐厅后，回到了苏州雷雄的静心园。

茶室内，雷雄亲自沏茶。

品了口茶，雷雄问道："天澜兄，你真打算见死不救？"

蔡天澜手抚茶杯，笑而不语。

雷雄皱眉："天澜兄，这里没别人，我现在也早不是江湖中人了，你就给我一句准话吧。"

蔡天澜看着雷雄，这才笃悠悠的："你觉得这两个孩子怎么样？"

雷雄点头："我打心眼里喜欢他们。"

蔡天澜淡淡一笑。

雷雄急了："你笑什么呀，有话就说。"

蔡天澜摇头："雷兄，你是旁观者，和我心情不一样。我要是在你的位置，我也能做个顺水人情，可现在，是嫁女儿的心情啊！"

雷雄一怔："嫁女儿？这话怎么说？"

蔡天澜叹了口气："童薇这姑娘的父亲，是我的好友，而她的母亲……"

蔡天澜顿了顿："不怕你笑话，是我人生至爱。"

"啊？"雷雄张大嘴巴。

蔡天澜看着茶杯里的清茶："一夕之间，痛失好友和至爱，我此后的人生轨迹都被改变了。我和童薇虽然仅有几面之缘，但她对我来说，并非路人。如果当初我能够再细心一些，再警觉一些，童薇现在或许就不会深陷泥潭了。"

"所以，你是怕童薇跟错了人？"雷雄大概明白过来。

蔡天澜点头："我们的人生已经走到了尽头，但他们的人生才算刚刚开始。谢晓飞是豪门出来的纨绔子弟，名声可不怎么好，童薇真把一生幸福托付给他，我心里不踏实。"

雷雄点头："所以，你是想再考验一下他？"

蔡天澜一脸高深莫测的笑容："看他们自己的造化吧。"

夜深了，蔡天澜并没在静心园住下，而是回了宾馆。

从行李箱中拿出一张有些年头的照片，照片上，有三名年轻人，两男一女，背景是斯坦福大学。

"博学，晓慧，我看到你们女儿了，很漂亮，也很优秀，放心吧，我会照顾好她的。"蔡天澜看着照片，脸上露出深深的思念，自言自语地说着。

这时，敲门声响起。

蔡天澜将照片放回行李箱，起身开门。

敲门的，是谢晓飞。

蔡天澜大概猜到谢晓飞深夜来访的原因，让谢晓飞进屋，不疾不徐地给他倒了杯茶："这么晚了，找我有事？"

谢晓飞有些局促："那个……蔡叔，我可以跟着童薇这么叫你吗？"

"怎么叫都可以。"蔡天澜淡笑一下，"不过别以为套套近乎，我就会答应帮你。"

谢晓飞连忙说道："不是，蔡叔，你误会了，我这么晚来找你，是为了其他事情。"

蔡天澜点头："说吧。"

谢晓飞有些紧张，不自在地搓着双手："那个，童薇一直以来有一个愿望，就是去 CAEA 总部，和她的偶像乔纳森一起工作。但你知道，她虽然很优秀，但毕竟还年轻，CAEA 这么庞大的机构，如果排资论辈的话，恐怕这几年都轮不到她，所以我想，能不能请你……"

蔡天澜看向谢晓飞："你想请我出面，保她进总部？"

"对。"谢晓飞点头，"你是 CAEA 理事会会长，说话有分量，你能不能就帮她这一次！她自从做我女朋友，没有一件事顺心过，她需要一个好消息让自己振作起来！蔡叔，你知道她能胜任这份工作的！拜托你了！"

蔡天澜没有立即回复，只是目光深邃地看着谢晓飞："可是，你想过没有，如果我真把她调到纽约，你们可就相隔两地了。"

谢晓飞点头："我当然知道。我爱童薇，当然想天天跟她在一起，可我更想她能有更大的舞台，完成自己的梦想。她这样支持我，我也应该支持她！异地恋我也不怕！"

蔡天澜笑了笑："我提醒你，纽约可是人才济济，她去了纽约，你可能连异地恋的机会都没了。"

谢晓飞自信地昂着头："那不会！您别忘了，我也是纽约来的，我的才华样貌不输他们！"

蔡天澜摇头："你这小子，真不知道童薇看上你哪一点了！"

见蔡天澜有松口的意思，谢晓飞立即恳求道："蔡叔，求求你，帮帮童薇吧！"

蔡天澜刚想说话，门铃又响了。

"哪位？"蔡天澜出声。

"蔡叔，是我。"

门外传来童薇的声音。

蔡天澜和谢晓飞对视一眼："你跟她约好的？"

"没有啊!她……她怎么来了?"谢晓飞完全傻了,着急地站起来,"蔡叔,赶紧……哪里让我躲一下。"

没等蔡天澜回应,谢晓飞已经窜进卧室,补充了一句:"可别告诉她我来过啊。"说完就关上了门。

蔡天澜笑着摇了摇头,起身打开房门。

"蔡叔……"童薇抱着台笔记本电脑,进屋有些扭捏地出声。

蔡天澜抬起手来,打断童薇:"别说话,让我猜猜……你来,是想让我在谢氏那边撑谢晓飞一把,对吧?"

童薇眼神一亮,点头:"蔡叔懂我,不过,我不是单单求个人情的。"

蔡天澜示意童薇坐下:"坐下说。"

童薇立即坐下,熟练地打开电脑:"蔡叔,这是晓飞跟了好几年的一个项目——原生态度假村。我想告诉你,晓飞不是传说中那种不学无术,只知道吃喝玩乐的纨绔子弟。"

蔡天澜随意地看了看电子文档:"有点意思,不过这么小的一个项目,又能说明什么呢?"

童薇摇头:"至少说明晓飞可以成为一个合格的继承人!可以带领谢氏走上新的征途!"

蔡天澜一笑:"童薇,你太幼稚了。这种小项目,但凡用心的人,都可以完成,但掌管谢氏这么大一个集团,并不是那么简单的事情。"

童薇抬起头来,还不死心:"蔡叔,您是谢氏的大股东,相信您也看到了,自从晓飞的叔叔掌管了集团,经营状况很不好。您说实话,您支持他吗?"

蔡天澜摇头:"虽然现在确实是这样,但谢天成毕竟有经验。谢晓飞有什么?就这个前途未卜的小项目?"

童薇不服气,正色道:"蔡叔,晓飞是没经验,可他正直!有才华!有远见!"

"呵呵。"蔡天澜轻蔑一笑,"恋爱中的女人,果然盲目。"

童薇着急了:"蔡叔!"

蔡天澜挥了挥手:"童薇,你是博学和晓慧的女儿,我把你当作亲人。蔡叔跟你说心里话,这个谢晓飞配不上你,和他在一起你也吃了不少苦,是时候和他撇清关系了。你放心,以后蔡叔会给你介绍更优秀的。"

房间里,谢晓飞再也忍不住了,冲了出来:"喂!你一把年纪做人怎么这么不厚道!刚才还跟我说说笑笑的,背着我就挑拨离间!"

看到谢晓飞,童薇愣住了:"晓飞,你怎么在这里?"

谢晓飞没回答,拉着童薇的手:"走走走,我们不用找他了……"

蔡天澜淡淡出声:"年轻人,想清楚了,你从这里走出去,你刚才求我的事情,就再也没有回旋的余地了。"

童薇看向蔡天澜:"蔡叔,晓飞刚才求你什么事?"

"他让我想办法,把你调去纽约总部,和乔纳森一起工作。"

童薇一怔,有些感动地看着谢晓飞:"晓飞……"

蔡天澜摇了摇头:"你来替他求情,他来替你求情,感人,确实感人。好吧,我愿意帮你们!但是,两个要求,我只能答应一个!帮谁,你们自己做个决定吧。"

谢晓飞立即指着童薇:"帮她!别帮我,我其实没什么才华,谢氏那么大的集团交给我也管理不好。蔡叔,帮童薇吧!"

童薇连忙摇头:"蔡叔,不用了。晓飞,我们走。"说完,拉着谢晓飞的手就要离开。

蔡天澜一怔:"不用了?"

谢晓飞把手从童薇手里缩回来:"用用用!蔡叔,就这么说定了,帮童薇!"

童薇摇头,向蔡天澜说道:"蔡叔,晓飞的事业没起色,我是不会一个人去纽约的。至于他,既然您信不过他,我也不愿您为难。"说完,童薇看向谢晓飞，"晓飞，我们走吧。"

谢晓飞还有些不肯，被童薇拽走了。

眼看两人就要出门，蔡天澜叹了口气："行了！回来！"

两人身形一怔，转过身来。

蔡天澜无可奈何地摇头："现在的年轻人怎么气性这么大？说翻脸就翻脸！玩笑都开不起！"

童薇怔住了："玩笑？蔡叔，你是说……"

蔡天澜看着童薇，脸上洋溢着慈祥的微笑："你们俩，都是好孩子。"

谢晓飞在旁边还蒙着："这……这是什么意思？"

童薇踹了他一脚："笨蛋！蔡叔已经答应帮我们了！还不快谢谢蔡叔！"

"啊？"谢晓飞还是没反应过来。

蔡天澜看着两人："有什么办法呢？我让童薇去了纽约，也总得让你跟着去，否则你们牛郎织女的，太作孽了。"

谢晓飞总算明白过来，惊喜地抓住蔡天澜的手："蔡叔，你……你……"

蔡天澜拍了拍谢晓飞的肩膀："晓飞，希望你不要辜负了我的信任，不要辜负了谢氏这么多员工的信任。当然，更不能辜负了童薇！"

谢晓飞感动地哽咽着："我不会！不会！"

看着兴奋地拉着双手的童薇和谢晓飞，蔡天澜在心里叹了口气。

"博学，晓慧，这一关，我替你们把过了，希望……他们真的会幸福吧？"

第097章
离别

好客西餐厅。

秦天宇、商碧晨、童恬恬、孙昊、夏杉杉等人欢聚一堂,大家聚在一起为谢晓飞庆祝。

"什么叫苦尽甘来,我今天总算明白了。"席间,童恬恬拉着谢晓飞,"谢晓飞,你重掌家业有我一份功劳吧,这一点,我不说,你心里也明白的吧?"

谢晓飞故意逗她:"不太明白啊!"

童恬恬眼一横,瞪着谢晓飞:"你!你不能这样过河拆桥!你忘了欠我的东西了吗?"

谢晓飞笑道:"好啦好啦,我是那种人吗?还有,不能叫我谢晓飞,要叫姐夫!"

童恬恬一听,立即谄媚地喊道:"姐夫!"

"哎!"谢晓飞得意地应了一声,看着童薇,"她都叫姐夫了,你该叫什么呀?"

童薇点头:"我和她平辈,她叫姐夫,我也只能叫姐夫啊!"

谢晓飞:"……"

众人忍俊不禁。

"好啦好啦!"谢晓飞举起酒杯,"我谢晓飞,人生起起落落,能有今天的成就,全靠各位的帮助,在这里,我得一一谢过,感谢我小姨子童恬恬,还有童薇的好姐妹夏杉杉……"

夏杉杉挺着肚子:"哟,还要感谢我啊?我可真没为你做什么。"

"哈。"谢晓飞笑道,"感谢你们俩在我人生低谷的时候落井下石,把我踩在脚下羞辱我,让我咬牙发誓一定要东山再起!"

"哼!还挺记仇的!"夏杉杉骂道。

童薇嫣然一笑。

谢晓飞继续说道:"还有,要感谢我的好室友碧晨,还有我的情敌黑心大律师!"

秦天宇举起酒杯:"你小子现在不把我放在眼里了吧?哼哼,别以为你现在重掌家业,我就会知难而退了!"

谢晓飞打趣道:"秦天宇,你怎么就像狗皮膏药一样甩不掉呢?你信不信,我找人干掉你!"

秦天宇看着众人一笑:"这句话大家都听到了啊,以后但凡我出点意外,就是他干的!"

众人大笑起来。

秦天宇脸色一正,看着谢晓飞:"谢晓飞,虽然你现在今非昔比了,但我希望对童薇,你还是以前那个你。你对她不好,我分分钟把她抢走,记住我的话!"

"放心,我不会给你这个机会的。"谢晓飞一脸得意。

童薇出声:"你们两个,够了。"

夏杉杉在旁边催促着:"好啦好啦,谢晓飞,赶紧开饭吧,我都饿死了!"

童恬恬、孙昊也跟着起哄。

这时,一辆红色跑车驶来,停在了餐厅大门外。

"咦,是赵晨曦?"夏杉杉脱口出声。

商碧晨也有些惊讶:"她怎么来了?"

谢晓飞有些尴尬地看着童薇。

童薇摇摇头,轻声道:"去吧,我想她也一定有话要跟你说。"

谢晓飞感激地点头,向众人道:"我去和她打个招呼,马上回来!"

见谢晓飞真走了,童恬恬嘟着嘴:"姐,你可真大方,是我就骂死她了!"

童薇不以为然地笑了笑。

不一会儿,谢晓飞回来了,有些心事重重的样子,原本在谈笑的众人,都停了下来,不解地看着他。

"干吗?"谢晓飞坐下。

"赵小姐呢?没请她一起来坐坐?"童薇轻声问道。

"哦……她就是来道个别的,有事先走了。"谢晓飞回答道。

旁边,秦天宇有些不解:"道别?"

童薇解释道:"是的,我和晓飞,要走了。"

"啊?"所有人都惊讶出声。

这次庆祝,是为谢晓飞找到谢氏的合伙人,重掌谢氏而庆祝,大家还不知道童薇要去CAEA纽约总部的事情。

童薇解释道:"我的调令下来了,我要去CAEA纽约总部,去和我的偶像乔纳森一起工作,做他的谈判助理。"

夏杉杉微微皱眉:"助理?童薇,这也太委屈你了吧?"

谢晓飞在旁边解释道:"暂时没有合适的岗位。不过有我在,你们可以放心,以童薇的能力,肯定很快能在总部有一席之地的!"

童薇摇头:"别胡说,就算是做实习生,我也心甘情愿。"

沉默良久的秦天宇突然出声:"这太突然了……童薇,你真就打算这么一走了之?"

夏杉杉也出声:"童薇,虽然当着晓飞的面我不该这么说,但我觉得，你还是得慎重，毕竟你的家、你的事业都在这里……"

童薇摇头，微笑道："大家说的这些，我都认真想过了。虽然不太确定纽约的生活会怎么样，但我决定和晓飞一起重新上路，谢谢大家的关心。"

秦天宇放下酒杯，心事重重的样子，叹了口气："既然这样，那就祝你们一路顺风吧！以后，有时间多回来看看。"

得知童薇也要去纽约的事情，众人多少有些意兴阑珊。

回去的路上，童薇和谢晓飞有一搭没一搭地聊着。

"晓飞，赵晨曦找你什么事？"

谢晓飞怔了一下，随即叹了口气："她要和杨潇订婚了，之前二期工程的资金银行不贷款是科万搞鬼，小曦为帮我答应了宋勇和杨潇订婚，因为杨潇的父母能帮科万开拓新的领域……"

童薇听了立即出声："不行，不能让她这样牺牲！"

"呵……"谢晓飞看着童薇，"怎么，难不成你怕我以身抵债？"

"不是……"童薇摇头，"这样对她太不公平了……"

谢晓飞看着童薇："童薇，你能这样想我很高兴。不过，罗斌说得很对，我给不了她什么，杨潇这个人还不错，对她也很好，也许和杨潇在一起，对她来说是个不错的归宿。"

童薇怔了怔，摇头叹气："为什么你们这些豪门子弟，连爱情、婚姻都做不了主，总得牵扯到这么多利益呢。"

"或许……这就是身为豪门子弟的悲哀吧。无论一言一行，一举一动，都不只是个人的事情，都涉及家族的利益……"谢晓飞脸上流露出些悲伤。

很快，到了童薇和谢晓飞前去纽约的日子。

浦东机场，秦天宇、商碧晨、夏杉杉、童恬恬都前来送行。

同来送行的，还有CAEA的同事，崔西、KIKI和蒋可等人。

蒋可干脆抱着童薇狂哭:"我被抛弃了!你怎么可以这样对我!"

KIKI也在一旁直抹眼泪:"童薇姐,你好过分,要走也不跟我们提早说一声……"

实际上,童薇确实没告诉KIKI和蒋可。知道这件事的,CAEA只有崔西和周倩两人,结果KIKI和蒋可也全都知道了。

童薇安慰两人:"好啦,又不是永别,说不定你们哪天也派到总部工作了呢!"

蒋可撇着嘴:"我们哪有你那么大本事!"

"那你们来纽约看我呀!休假的时候一起来,我全程招待!"童薇笑道。

周倩走了过来:"童薇,CAEA那边手续都办好了,到了那里,需要国内的支援尽管说。"

童薇点头:"周总,谢谢你,我在纽约不会给你丢人的!"

夏杉杉挺着个大肚子,两眼含泪:"你说好给小核桃做干妈的,再过一两个月小核桃就出生了,你却临阵脱逃了!"

童薇笑道:"好啦,怎么还哭了!小核桃出生,我一定回来看你!"

谢晓飞凑过来:"要不,你来美国生!我从医院到月子中心都给你打点好。"

夏杉杉一撇嘴:"谁要去你们美国生!谢晓飞,我警告你,不许欺负我们家童薇!否则我跟你没完!"

"哼!他敢!"童恬恬把秦天宇往前一推,"谢晓飞,你可别忘了还有天宇哥在,你可给我小心点!"

谢晓飞一瞪眼:"哼!他还是趁早死心吧!"

看了看时间,谢晓飞挥了挥手:"时间差不多了,我们该走了!"

童薇点了点头,不停地张望,似乎还在等什么人。

谢晓飞有些迷惑:"在等谁?"

童薇勉强笑了笑:"算了,叔叔肯定还在生我的气,应该是不会来了。"

正说着,一辆出租车飞快驶来,车还没停稳,童博文和钟美艳就从车上跳了下来。

童博文疾步走来,钟美艳在他身后追着:"慢点!哎哟,急死了!"

见童博文和钟美艳来了,童薇激动地泪光闪闪。

童博文板着张脸,瞪着谢晓飞:"我童家的大女儿交给你了,你一定要好好对她!"

谢晓飞连连点头:"您放心,叔叔,我会像你们一样疼她的。"

童博文这才对童薇道:"到了给我电话!要有什么不开心的,随时回家!"

虽然童博文语气直冲冲的,童薇的眼泪却落了下来,扑进童博文的怀里:"叔叔,对不起……"

童博文语气一软,拍着童薇的后背:"你啊,从小就主意大!这下好,干脆到美国去了,以后叔叔婶婶想见你也见不着了!"

一旁,钟美艳也直叹气。

童薇摇头:"怎么会呢,有事给我打电话,我随时回来。"

"好了,你们赶紧走吧!"童博文把童薇推向谢晓飞,"赶紧走!免得看着心烦!"

童薇向童博文再次鞠了一躬,才和谢晓飞登机。

第 098 章
门当户对

长岛谢家。

大大的草坪上，穿着制服的工人，整齐地站立两排，毕恭毕敬地等在那儿，像是在等待着检阅。

谢天佑坐在轮椅上，金慧珠陪在他身边。

一辆黑色轿车，缓缓驶进谢家的私家车道，停在了庄园内。

谢晓飞和童薇从车上走了下来。

"爸，阿姨！我回来了！"谢晓飞高声道。

金慧珠推着轮椅上前，谢天佑高兴地拍了拍谢晓飞："回来就好！"

众人的目光，则都转向谢晓飞身后的童薇。

谢晓飞拉着童薇："介绍一下，这是童薇，我的女朋友。"

童薇不好意思："叔叔好，阿姨好。初次见面，请多多关照。"

谢天佑微微点头，笑了笑并没说话。

倒是金慧珠，热情地迎了上去，拉着童薇的手："坐了十几个小时的飞机，累了吧？快进屋歇歇。"

一行人进了屋，来到客厅。

谢晓飞拉着童薇，坐到自己身边。

谢天佑微笑着，打量着童薇："童小姐这次来纽约是旅游还是公干？"

"叔叔,我……"童薇刚出声回答,谢晓飞已经插嘴打断,"都不是,是来做我太太的。"

谢天佑收起了笑容,看着谢晓飞:"别没礼貌,童小姐是客人!"

童薇有些尴尬地笑了笑。

谢晓飞有些不满:"现在是客人,很快就是主人了!"

童薇连忙示意谢晓飞不要再乱说话。

这时,谢天佑淡淡出声:"这次晓飞在中国,多亏了童小姐帮忙。我们谢家,向来有恩必报,你有什么事情需要帮忙,尽管开口。"

童薇微微一笑:"叔叔,别这么说……"

旁边谢晓飞大笑起来:"刚才是客人,这会成了恩人,爸,你够了!"

谢晓飞的语气,有些不满。

谢天佑看向旁边的金慧珠:"慧珠,明天你带童小姐在纽约四处转转。"说完,对童薇说道,"童小姐,我腿脚不方便,不能亲自陪你,抱歉。"

"不不不。"童薇连忙说道,"叔叔,您太客气了。纽约我常来的,也不用麻烦阿姨陪我。"

谢天佑的话语中,总有着一股客气劲,这让童薇有些心里隐隐有些不好的预感。

谢晓飞挥了挥手:"哎呀,我饿死了,赶紧吃饭吃饭!"

管家欧伯立即准备饭菜。

席间,金慧珠不时替谢晓飞夹菜。

席过半晌,谢天佑咳嗽了一声,看向童薇:"童小姐这次来纽约,订的哪家酒店?晚上我让司机送你过去。"

"住什么酒店,当然是住……"谢晓飞脱口出声,被童薇踩了一脚,扭过头去,"干吗?"

童薇没理谢晓飞,向谢天佑微笑道:"不用麻烦,酒店有车来接的,谢谢叔叔关心。"

　　谢天佑放下筷子:"那就好,我有些累了,你们慢慢吃,失陪失陪。"

　　说完,谢天佑向欧伯抬手示意,欧伯立即上前,推着谢天佑离开。

　　谢晓飞看着童薇,不满出声:"你什么时候订的酒店?不许去!就住……"

　　童薇瞪了他一眼:"行了,别说了!"

　　谢晓飞愣了愣,随即意识到了什么,气呼呼地站起来:"我得找他谈谈!"

　　说完,谢晓飞起身离开。

　　童薇拉他不及,只得傻傻地坐着。

　　谢晓飞来到谢天佑的书房,敲了敲门。

　　"进来。"书房内,传来谢天佑的声音。

　　谢晓飞推开门,并没进去,只是站在门口:"爸,刚才你什么意思?"

　　"把门关上,让客人听见不礼貌。"

　　谢晓飞走进去,一屁股坐到谢天佑对面:"爸,别总说客人行不行?童薇是我女朋友,不,严格说来我是把她当成未婚妻的,你该把她当成未来儿媳。你总说客人,什么意思?是不是对她有什么意见?"

　　谢天佑看着谢晓飞,摇了摇头:"晓飞,童小姐是个好女孩,我对她没有任何意见,可是,你们不该在一起,她不适合做谢家的儿媳。"

　　"为什么?"谢晓飞盯着谢天佑。

　　"原因我不说你也该知道,你们俩,门不当,户不对。"

　　谢晓飞站了起来:"爸,如果我今天带个普通女孩回来,你这么说我能理解。可童薇对我来讲,对谢家来讲,都不是普通女孩!之前的风波,要不是童薇帮我,我估计早被谢天成害死在上海!那时候你躺在医院里,求人家的时候,怎么不说门不当,户不对?我妈的医疗费还是她卖房子凑的,蔡叔支持我们也是看她的面子,现在公司夺回来了,我们也排除了万难终于在一起,你还说什么门不当,户不对!你这叫过河拆桥!"

谢天佑叹了口气:"此一时彼一时啊!"

"别跟我说这些废话!"谢晓飞看着谢天佑,"我告诉你,我谢晓飞这辈子,非童薇不娶!"

"唉!"谢天佑摇了摇头,苦口婆心地劝说道,"晓飞,我希望你明白,你和童小姐在一起,会害了自己,更会害了她。"

谢晓飞坚决摇头:"你说的这些我们早想过了!但我们已经打定主意,不管未来有多少麻烦,我们都会一起面对!"

沉默良久,谢天佑抬起头来,收起了脸上的笑容,沉下脸来:"如果我坚决反对呢?"

谢晓飞怔了怔,不过随即却嬉皮笑脸起来,拍了拍谢天佑的肩膀:"老头子,你忘了?"

谢天佑有些不解地看着谢晓飞。

谢晓飞收回手来:"你已经退休了,现在,谢家的当家人,是我。每个婚姻当然都希望得到家族的祝福,可得不到,我也不会停下脚步,这件事,你做不了主了。"

谢天佑怔了好一会儿,脸上浮现出一个无可奈何的苦笑:"要是一年前,我可能会站起来给你一耳光。但现在,你说得对,谢氏的当家人,是你,我不能把你怎么样。可是,你要相信,一个父亲永远不会害自己的儿子。我的话,你总有一天会明白的。"

谢晓飞没理谢天佑,气冲冲地出了书房,开着车,带着童薇离开了长岛谢家庄园。

一路上,谢晓飞的心情都不是很好。

坐在副驾上,童薇终于问道:"晓飞,刚才是不是又和你爸吵架了?"

谢晓飞伸手摸了摸童薇的头:"没有,现在我是当家的,他不管我。"

"你爸……"童薇欲言又止，最后还是出声，"是不是不赞同我们在一起？"

谢晓飞连忙否认："没有！怎么可能！他只是……"说到这儿，谢晓飞语气软了软，"你知道的，也就老一套的那些担心。我已经耐心跟他解释过了，他说的问题我们已经考虑过了，我明确告诉他，我和你在一起，不是冲动，我是认真的。"

童薇不是太相信，忧心忡忡地问道："然后呢？他答应了？"

谢晓飞点头："他别无选择！现在，我是当家的！我要哪个女人，就必须搞到手！"

"喂！放尊重点！"童薇板着脸。

"嘿嘿。"谢晓飞一脸得意，"小妞，你这是什么态度？你下半生可是要在我的地盘上混！告诉我，你什么时候偷偷订了酒店？"

"没订。"童薇摇头。

谢晓飞睁大眼睛："那你跟我爸说……"

童薇摇头："你爸的意思很明白，不希望我住在那里，你听不出来？"又补充道，"当然，我们还是男女朋友关系，刚到纽约就住你家，也不合适，我本来就要订酒店的！"

谢晓飞想了想："好！那我带你去纽约最棒的酒店！"

最后，谢晓飞开着车，在一处condo前停下。

"到了，下车吧。"谢晓飞拉开车门。

这个地方，童薇来过，是谢晓飞的condo。

"晓飞……"童薇停了下来，不肯进去。

谢晓飞拉着童薇的行李箱："这是我自己在曼哈顿的住处，你以后就住这儿吧。"

"可是，你爸已经明确表态不让我住家里，还是送我去酒店吧。"童薇摇头。

谢晓飞板着脸："这是我家，又不是他家。这是我自己赚钱买的房子，完全属于我自己，我爱给谁住就给谁住！再说，你以后在纽约工作，成天住酒店算什么！"

"不行！"童薇摇头，"我不能让你爸对我有看法。"

"我说你……"谢晓飞气得不行，最后摇头，"这样吧，你别当这是我的房子，就当你是租客，我是房东，你付房租，总行了吧？"

"这房子，我租不起。"童薇哪肯答应。

谢晓飞不耐烦了："哎呀，你就住下吧，这里离你上班的地方也近！多方便，住酒店像什么话！"

童薇有点犹豫："我住这儿的话，那……你住哪儿？"

谢晓飞一脸坏笑："我还能住哪儿？"

童薇立即扭头："那我还是去酒店吧。"

谢晓飞一把拉住童薇："哎呀，扭捏什么呢！这里好几个房间！怎么？你以为我要跟你住一间房？你愿意，我还不愿意呢！"

童薇气愤地给了谢晓飞一拳："你想得美！"

"好了好了！"谢晓飞一边把童薇推到屋里，一边说道，"就这么定了吧！"

想了想，确实也没别的好办法，童薇只得住了下来。

第099章
乔纳森的难题

第二天早晨,童薇应该去CAEA总部报到上班了。

谢晓飞拉着童薇,非要开车送童薇去。

"晓飞,你真不用送我,CAEA总部很近的,我自己搭车过去就行了。"

谢晓飞将童薇往车里塞:"今天是你美梦成真的第一天,我必须用实际行动表示支持!走吧,就送今天!"

童薇无奈地笑了笑,上了车。

纽约的街头,车流如织。

谢晓飞打起左侧车灯,想要从路边汇入车流,但好几辆车都不让他。

"这就是纽约,每个人都很自私。"谢晓飞摇了摇头,突然一个左拐强行插队,害得差点被后面来的一辆车给撞上。

后面一辆福特车的司机,冲谢晓飞猛按喇叭。

谢晓飞摇下车窗,冲后面的福特车比了个"耶"的手势。

童薇将谢晓飞拉了回来,责备道:"谢晓飞!别惹事!"

谢晓飞毫不在意:"我打左转灯,他该让我,他不让,那我就自己来。"

童薇无可奈何地摇头:"低调点,你现在是谢氏当家人,弄出新闻很麻烦……"

"怕什么。"谢晓飞不以为然,"对了,你在CAEA也别太低调,要不然以后有你受的,尤其是老外惹你,一定要回击!"

童薇忍不住笑了:"别老把别人想得那么坏,好不好?"

谢晓飞一脸认真:"这里是纽约,可不是中国。你的敌人强大很多,万一遇到麻烦,一定要告诉我,知道吗?"

"知道啦,我可不是小白兔,好好开你的车吧。"

从车上下来,谢晓飞开着车离开了。

童薇望着眼前的大楼,深吸一口气,自信地抬起头。

走出电梯,来到前台,童薇对前台说道:"你好,我是童薇,来报到。"

前台立即站了起来:"嗨,童薇小姐,欢迎你来总部上班!"

"以后还需要你多多关照!"童薇微笑着,"对了,乔纳森的办公室是哪一间?"

"走到底,左转。"前台给童薇指路。

CAEA总部,童薇不是第一次来,所以前台还是有些熟悉,只不过之前是来开会或者培训,与这次不一样。

童薇向前台道了声谢,正准备前往乔纳森的办公室,前台突然出声:"等等。"

"嗯?"童薇不解地回过头。

"呃……"前台说道,"自从知道你要来做乔纳森的助理,我们就为你祈祷。乔纳森先生在我们这里被称为魔鬼汤姆克鲁斯!就是汤姆克鲁斯的长相,魔鬼的脾气!你可要多加小心!"

童薇一笑,道谢道:"多谢提醒,我会争取活着下班的。"

这时,前台电话响了。

前台接起电话:"喂,哦,是,来了,我马上把她带过来。"

前台挂断电话:"童薇小姐,是乔纳森先生打来的,让我马上带你过去。"

"谢谢。"童薇道了声谢。

在前台的带领下,童薇来到乔纳森的办公室。

前台将童薇带到,向童薇使了个眼色就走了。

童薇哭笑不得。

乔纳森先生有这么可怕吗?

怀着迷惑的心情,童薇敲门走进办公室。

当看到坐在办公桌后的人时,童薇愣了。

之前,童薇还从来没看到过乔纳森的正面,现在看到正面,才发现,原来这个人,就是之前朝谢晓飞按喇叭的福特司机。

强自镇定,童薇大方地笑着:"你好,乔纳森先生,我是童薇,从今天开始,我是您的助理。"

很显然,乔纳森也认出了童薇,语气有些刻薄:"你就是中国区硬塞过来的助理?我没看错的话,今天你还坐在乱插队的那辆车上。遇到你我可真幸运。"

童薇微笑道:"对不起先生,如果我男朋友冒犯了你,我代表他向你道歉。另外,我必须告诉您,您是我的偶像,我一直能以和你一起工作为荣。尽管这次调动有些突然,但在接下来的工作时间里,我会证明自己完全可以胜任这份工作!"

乔纳森摇头:"先别急着豪言壮语,这里是纽约,可不是什么人都能在这里活下来的!"

童薇微微一笑:"我们可以打个赌。"

乔纳森有些意外,正视童薇:"赌什么?"

童薇伸起一根手指:"一个月时间,如果我不能让你满意,随您处置。"

乔纳森一笑:"我或许会开除你,你确定?"

"当然。"童薇自信地回复道。

"好，非常好！"乔纳森点头，从办公桌抽屉里拿出张纸来，"现在，你的第一份工作来了……"

童薇接过那张纸，有些茫然："广式早茶菜单？"

乔纳森递过来的，是一张广式早茶的菜单，童薇很不解。

乔纳森点头："广福楼，我听说这是全纽约最好的广东早茶店，我一直想尝一尝，可他们服务很不健全，竟然不送外卖！我现在要你打电话给他们，跟他们讲讲道理，送一份外卖到我这里来！"

童薇蒙了。

这是什么奇葩任务？

"乔纳森先生，我想这不在我的工作范畴内……"童薇出声。

乔纳森摇头："当然在，助理就是要帮我顺利完成工作，吃不到早茶，我就会发火，就会影响工作，明白吗？现在，打电话给他们，和他们谈判，半个小时后，我要看到他们的外卖！出去吧！"

童薇见乔纳森没有沟通的余地，知道他这是故意在给自己出难题，只得无奈地转身离开。

来到公共办公室，坐到自己的办公桌前，童薇看着手上这张广福楼的菜单，一筹莫展。

这件事，并不是打个电话，讲讲道理，就能让那边送一份外卖过来这么简单的。乔纳森的意思很明显，是要让广福楼开展送外卖的服务。

"怎么办呢？"童薇皱紧眉头。

正想着，汉堡王的外卖小哥路过，正给别人送外卖。

童薇心里一亮，露出笑容，拿起了电话。

大概过了10来分钟，乔纳森的声音响起："童薇！"

童薇起身，好整以暇地走进乔纳森的办公室，微笑着询问道："乔纳森先生，怎么了？"

乔纳森气愤地指着桌上的汉堡:"怎么了？我要的是广式早茶的外卖,不是汉堡!"

童薇微笑道:"哦,刚才我打电话到广福楼去,说您要在办公室里吃早茶,人家老板说了,在办公室里吃早茶的话,跟吃汉堡没什么区别,所以我就帮您叫了汉堡,请慢用。"

乔纳森一拍桌子:"你当我是傻瓜？"

"当然没有。"童薇摇头,"不过,广福楼的老板解释过了,他们之所以不送外卖,并不是因为没有服务意识,而是因为吃早茶首先是一种生活方式。点心可以找最好的师傅做到最正宗,但饮茶者的心境和茶楼的氛围却难以复制。在茶楼吃早茶的真谛,在办公室里是无论如何也体会不到的。叫外卖,破坏了别人的规则,还满足了不自己,那意义何在？为什么要去做呢？"

乔纳森微怔,随即露出一个阴险的表情:"所以,今天你打算让我失望了,对吗？"

童薇摇头微笑:"当然不,我已经为您在广福楼预订了位子,出租车也已经在楼下等着了。现在,您要做的,就是把您手头的工作交代给我,然后下楼,去吃真正的早茶。早茶、工作,两不误,您看这样可以吗？"

乔纳森看着童薇,突然忍不住笑了:"好,很好,你很有智慧。不过你别忘了,我交给你的,是一个谈判的工作,不管你怎么狡辩,你没能说服广福楼给我送来早茶,从这个意义上来说,你失败了。"

童薇微笑道:"可我说服了你亲自去吃早茶。作为一个谈判专家,我的目的是促成你和广福楼的合作,并且达成双赢,从这个意义上来说,我成功了。"

乔纳森看着童薇,脸上有些惊讶:"童小姐。"

童薇挺起胸膛:"请吩咐。"

乔纳森犹豫了一下："陪我一起去广福楼，可以吗？"

童薇微笑点头，礼貌道："我是您的助理，听您的安排。"

第一天上班，就妥善地处理了乔纳森的故意为难，无疑是一个好的开头。

下午一下班，童薇就给谢晓飞打了个电话。

"哈喽！"

电话那头传来谢晓飞的声音。

"我下班了，今天我来做饭，回来吃饭吧！"童薇说道。

"遵命！"谢晓飞应了一声。

童薇下班，绕道好不容易买了些馄饨皮，又买了些肉馅，这才回家。

正包着馄饨，谢晓飞回来了。

"我回来啦！今晚吃什么？饿死我了！"

童薇笑道："馄饨，再等10分钟，这锅就煮好了！"

谢晓飞凑了过来，看着锅里翻腾的馄饨，搂着童薇的腰："今天工作怎么样？看到偶像有没有尖叫？"

童薇一撇嘴："可别提了！还记得早上送我上班的时候，插了辆福特的车吗？"

谢晓飞思索一下："有点印象。"

童薇没好气道："那就是乔纳森。"

"啊？"谢晓飞张大嘴巴，"我……我给你惹麻烦了，他没为难你吧？"

"为难？"童薇板着张脸，"为难还好，乔纳森提出各种刁钻刻薄的难题考验我！"

"那怎么样？"谢晓飞一脸紧张。

"嘿嘿，都被我拿下了！"童薇一脸得意。

谢晓飞松了口气："听起来，你还挺享受这个乔纳森的虐待？"

童薇摇头:"其实,这个乔纳森虽然凶,但跟着他能学到不少东西!而且,好久没在职场上体验到这种刺激的感觉了!"

谢晓飞:"……"

这种事情,谢晓飞确实很难理解。

这时,童薇问道:"对了,你今天怎么样,做董事长是不是很威风?"

谢晓飞一撇嘴:"威风个头!我肚子饿了,馄饨究竟好了没啊?"

童薇揭开锅看了看:"好了,吃吧!"

谢晓飞迫不及待地在锅里夹起一只馄饨,吹了吹塞进嘴里,烫得直哈气。

"怎么样怎么样?"童薇期待地问道。

谢晓飞挤眉弄眼,弄得童薇心情七上八下,一脸担心:"万一不好吃不怪我……这里中国超市卖的馅料和上海味道不一样……我……我反正尽力了,你吃也得吃,不吃也得……"

谢晓飞终于出声:"好吃,快告诉我,怎么这么好吃!"

童薇松了口气:"嘿嘿,还不是遗传我爸!菜肉馄饨可是我爸的拿手绝活!"

"原来是你爸教你的啊!"谢晓飞又捞了个馄饨塞进嘴里,结果被呛得直咳嗽。

"哎,你别急啊,想把自己呛死啊?"童薇连忙帮谢晓飞端水。

谢晓飞喝了口水总算好点:"呼,饿急了……"

童薇笑着责骂道:"没出息,你喜欢吃,以后我天天做给你吃不就好了?"

谢晓飞怔怔地看着童薇,终于鼓起勇气:"童薇,我们结婚吧!"

童薇一怔:"你……你这算……求婚?"

"嗯!"谢晓飞点头,"求婚!嫁给我!"

童薇一拳打在谢晓飞身上:"你神经病啊!吃着馄饨求婚,哪有这种奇怪的事情！"

　　"少废话！"谢晓飞抱住童薇，"答不答应？"

　　童薇幸福地搂着谢晓飞的脖子："成交！"

　　"耶！"谢晓飞兴奋地把童薇抱了起来转了两圈。

　　突然，旁边传来一阵剧烈的爆裂声。

　　童薇一看。

　　"糟了！快放我下来，水漫出来了！"

第 100 章
左右为难

第二天早晨,童薇刚到 CAEA 美国总部,前台就迎了上来。

"童小姐,乔纳森让你马上到他办公室去,他好像遇到什么大麻烦了,火气很大!"

见前台一脸担心的样子,童薇若有所思,点头:"我知道了。"

来到乔纳森的办公室,童薇敲门进入。

"乔纳森先生,你叫我?"

乔纳森见童薇进来,气急败坏地把一堆资料丢到童薇面前:"简直莫名其妙!"

童薇拿起资料,微皱眉头:"到底出什么事了?"

乔纳森气愤地说道:"之前我们受化妆品集团 BAB 的委托,去和你们中国一家叫新龙的生物科技公司谈判,想要购买他们的一种生物技术。这家中国公司本来很有诚意,价格也谈好了,可是今天早上,他们突然改变态度,提价了!说少一分都不干!还说有很多别的公司也在跟他们谈合作!你说,我怎么跟 BAB 交代!"

童薇看了看资料:"您别着急,我先调查一下这家中国企业。"

乔纳森摇头:"来不及了,这家企业的老总刘,一个小时后约我在华尔道夫酒店见面,如果见面不答应他们的价格,不签订合同,他就跟别的公司合作了!这么短的时间,我们连谈判对策都没有!万一这技术被别的公司抢了，BAB 那边我们没法交代！"

童薇微皱眉头："那我能做点什么？"

乔纳森看着童薇："你是中国人，跟中国企业谈判，带上你或许会有亲切感。你准备一下，我们一会儿就出发。"

童薇点头："好。"

童薇略微准备了一下，和乔纳森很快出发，前往华尔道夫酒店。

这次前去，只有童薇和乔纳森两人，乔纳森提着两瓶葡萄酒。

电梯里，乔纳森说道："上次来纽约见面，刘住的是三星级酒店，这次直接变成华尔道夫，还是总统套房！看来短短一个月不到，这家企业赚了不少啊，难怪突然要提价。"

童薇一愣："你说之前刘总来纽约，住的三星级酒店？"

"对啊。"乔纳森补充道，"当时我们还觉得住得有些寒酸，刘说，中国人，讲究勤俭节约，没想到这次……"

童薇想了想，暗觉不对，出声道："您先进去和刘谈着，我去下前台。"

乔纳森不解："为什么？"

童薇神秘一笑："一会儿你就知道了。"

童薇径直下了电梯，来到前台。

"你好，请问需要什么帮助吗？"前台向童薇礼貌地询问。

"你好。"童薇说道，"我是总统套房刘先生的助理，我想再次确认一下房间的预定情况，总统套房我们预订了七天，对吗？"

"请稍等。"前台立即在电脑前查询，最后抬头，"电脑显示刘先生只住一晚总统套房，之后会换到普通标间，然后在周五再次预约了总统套房，您确定预订后面几天都改为总统套房吗？"

童薇大概明白过来，确认道："你是说，后面几天都住标间，周五又换回总统套房？"

"是的，有什么问题吗？"前台问道。

"不不不。"童薇摇头，"或许是我搞错了，没问题了，谢谢。"

转过身，童薇露出得意的笑容，来到大堂无人的角落，拿出手机，拨通了乔纳森的电话。

电话接通，乔纳森的声音立即响起："喂，你怎么还不上来？"

童薇高兴出声："答应他，不管刘开什么价格，只管答应他。"

"什么？"乔纳森惊呼出声。

"相信我，他在虚张声势！"童薇确定地说道。

乔纳森虽然很是不解，但最终还是答应下来。

半个小时后，乔纳森走出电梯，来到大堂，匆忙地走向童薇："童薇，你到底什么意思？"

童薇自信一笑："刘总的总统套房只预订了今晚，后面几天都改为标间，在周五又变成了总统套房，刘肯定是约你周五再见面？"

乔纳森微愣："对啊！"

童薇点头："这就对了！来回变化住宿标准，这太不正常！这说明他的公司并不是真的一夜暴富，恰恰相反，他的公司很可能面临严重危机！"

"为什么？"乔纳森还是不太明白。

中国文化与美国文化的差异，让乔纳森很难理解这当中的缘由。

童薇解释道："他住总统套房，是住给你看的，只有在和你见面的两天，他才住总统套房，让你觉得他不缺钱！这样做，是为了把谈判的压力转嫁给我们！而突然毫无理由地提升价格，也说明公司可能遭遇了前所未有的危机,他想通过高额技术转让费猛赚一笔,帮公司渡过难关！这招，在中国叫'空城计'！实际上，可能根本就没别的公司来跟BAB竞争，一切都是他们编造的谎言。"

乔纳森明白过来："那你还让我答应他们？"

童薇微笑道:"先答应他们,赢得时间做背景调查,这是缓兵之计。如果资料确实能印证我的想法,我们就可以将价格再次压到最初的水平,他们一旦被识破,将不得不屈服!"

乔纳森若有所思,最后点头:"太好了,回去立刻开始调查!童薇,没想到你这么聪明!"

童薇得意一笑:"谢谢领导表扬!"

乔纳森看着童薇:"周五的谈判,你跟我一起去!"

"YES!"童薇调皮地敬了个礼。

回到CAEA总部,童薇立即开始调查。

忙活了一天,下午下班,谢晓飞来接童薇。

两人一路闲逛,最后在路边花园长椅上坐下。

"对了,童薇,周五你要跟我回长岛一次,参加我的家庭聚会。"谢晓飞突然出声。

童薇一怔:"周五……周五不行啊,我有个重要谈判。"

童薇将今天的事情告诉了谢晓飞。

谢晓飞皱眉:"是我不好,应该提早告诉你的。是这样,每个月五号,我们所有的家族成员都要在长岛聚会,一起联络感情顺便交流工作。我觉得,这是拉近你和家族成员距离的好机会,你要融入我们家,这样的家族聚会是一定要参加的。"

童薇撒娇道:"我也想去,可是,这个谈判真的很重要!晓飞,要不我下次再跟你一起去,好吗?"

谢晓飞为难起来:"童薇,这是你来纽约后第一次家庭聚会,你不出现,真的有点不礼貌。家人会觉得,你根本不重视我们的感情。"

"可是……这个谈判我也真的不能缺席……"童薇皱紧眉头,"我和乔纳森约定一个月之内一定会让他刮目相看。好不容易接这个案子,他开始慢慢改变对我的看法,我怕……"

谢晓飞想了想："你把这个人的电话给我，我来跟他说……"

童薇摇头："晓飞，别闹了，真不行。"

谢晓飞揽住童薇："童薇，你不用太紧张。以你的工作能力，一定可以在总部立足。但这次聚会，对你，对我，对我们俩的未来，意义非同小可。你不去，家人就会有各种猜测，以后我们就会很被动的。"

童薇为难起来，拿不定主意："可是……"

"别可是了。"谢晓飞打断童薇的话，"你也知道我从不强求你，这次我你无论如何听我一次，好吗？"

童薇思索了一下，最后无可奈何地点头："那我试着跟领导说说吧……"

"乖！"谢晓飞亲了童薇一口。

对能否取得乔纳森的准许，童薇并没有太大把握。

第二天，童薇拿着搜集好的资料，心情忐忑地来到乔纳森的办公室。

"乔纳森先生，周五会议需要的资料都准备好了，请过目。"

乔纳森翻了翻资料，非常详细，也将新龙这家公司面临的问题全都标注了出来。

看完材料，乔纳森非常满意："童薇，这次你真是立了大功了，周五看你表现。"

童薇犹豫着出声："那个……周五我恐怕要请假了……"

"请假？"乔纳森一怔，"为什么？"

"家里有些私事……"

乔纳森摇头："不行，周五整个谈判的策略是你提的，你必须在场！"

童薇一脸为难："乔纳森先生，我也很想去，可是，实话跟你说吧……周五我男朋友要带我回家见家人，我实在推辞不了。"

乔纳森看着童薇，面色冷了下来："童薇，你这么快忘了你的豪言壮语了吗？你会用一个月的时间让我改观。前几天你展现的能力，几乎让我改变了对你的看法,可最终你还是要嫁入豪门做个没用的家庭主妇!"

乔纳森的一番话,让童薇惭愧不已。

但想到谢晓飞的请求,童薇只得歉意地说道:"对不起,乔纳森……"

乔纳森摇头,冷笑道:"不用对我说对不起。哦,还有,帮我一个忙,以后别在外面说我是你的偶像!"

童薇欲言又止,最后只得退出了乔纳森的办公室。

第 101 章
付出与回报

在工作和家庭之间，童薇最终还是选择了家庭。

周五，正好是5号，谢家聚会的日子。

一大早，童薇和谢晓飞精心打扮，上了等候已久的保姆车。

"今天你真漂亮。"谢晓飞夸奖道。

童薇有些心不在焉："不知道乔纳森那边怎么样了……"

谢晓飞安慰道："好啦，既然都请了假，就别再管工作了。今天一定要在家人面前好好表现，千万别分心。"

童薇挤出一个笑容："知道啦，烦死了。这次你欠我一个人情，给我好好记在心里。"

"是，你的恩典，我用一生来还！"谢晓飞嬉皮笑脸地说着。

保姆车，缓缓驶入长岛谢家大宅的私家车道。

远处，就是谢家白色尖顶的大宅主楼。

草坪上，已经停了不少车，门口也聚集了一大群人。

今天，谢家分散在全美各地的高层管理、谢氏子弟，都会回到这儿。

看到这么大的阵仗，童薇有些紧张。

"别紧张。"谢晓飞握紧她的手，"记住，你比谢家所有的女人都要优秀！你就是未来的女主人！上谈判桌都不紧张，这还紧张什么！"

谢晓飞的安慰，对童薇并没起太大作用。

谢晓飞握了握她的手，牵着她下车，往白色尖顶的谢家主宅走去。

推开门，大厅内，所有人的目光都聚焦到了童薇的身上。

一名中年人走到谢晓飞身边："呵呵，晓飞来了，叔叔伯伯们都等你很久了。"说着，中年人看向童薇，"这位就是你女朋友吧？快点给大家介绍一下！"

谢晓飞拉着童薇，给童薇介绍道："这是我三叔。"

第一次出席这样的场合，童薇还有些不习惯："三叔好……"

谢晓飞微笑着，挥了挥手，高声向大厅内众人道："各位，请允许我介绍一下我的女朋友，童薇！"

众人没有动静，只是看着谢天佑。

谢天佑站起身来，带头鼓掌，其他人这才跟着开始鼓掌。不过，听起来掌声并不是太热烈，有着一种明显的敷衍味道。

谢晓飞继续介绍道："童薇，世界上最美的谈判专家，目前供职于纽约CAEA总部。她刚到纽约没多久，也是第一次加入我们这个大家庭，我希望以后各位长辈能多多关照她、支持她！我在这里先谢谢大家！"

童薇面带微笑，跟着鞠躬："初次见面，请多关照。"

众人都假惺惺地笑着，不少人上下打量童薇，窃窃私语，露出些揶揄的表情。

会出现这样的情况，谢晓飞早已在预料之中，拉着童薇的手："今天，选这样一个日子带童薇回家，还有一件很重要的事情要宣布，那就是……"

谢晓飞话还没说完，谢天佑突然出声："晓飞！"

谢晓飞一愣，看向谢天佑："父亲。"

谢天佑笑道："好久不回来，一进门光说个人感情了！不像话！也该说说自己的工作！这次你从中国回来接手谢氏，是不是也应该对各位前辈汇报下工作？"

谢晓飞点头："既然父亲让我说工作，我就说两句。"

谢晓飞看了眼众人："很高兴，我，还有我父亲有机会站在这里，和各位见面。在过去的几个月里，发生了一些不愉快的事情，但这些都已经过去了。我们谢氏将继续扩张版图！我还年轻，以后的工作需要在座各位长辈的扶持！晓飞要是有什么做得不好的地方，还请你们多多指教！"

说完，谢晓飞停顿了一下，锐利的目光扫视众人一圈，不少家族成员被谢晓飞看得心慌，下意识地躲避他的目光。

谢晓飞的嘴角勾起一抹笑容："今天，我们谢氏缺了一位成员，我的叔叔——谢天成没有来。这么重要的日子，他没有到场，各位心知肚明。中国人说，以德报怨，我谢晓飞生在美国，长在美国，不信这套！我就信一点，人不犯我，我不犯人，人若犯我，我加倍奉还！"

谢晓飞话音一落，整个大厅寂静无声。

谢天佑出声责备："晓飞！这里都是你的长辈，怎么说话的？"

谢晓飞点头："过去的事情，就不说了！说完公事，我们回到私事……"谢晓飞把童薇拉到身边，"今天，我有一件喜事要向大家公布，就是我和童薇……"

谢天佑再次出声打断："等等，中午了，我看大家都饿了吧？"说完，谢天佑看向谢晓飞，"晓飞，先让大家用餐吧，有什么事情，吃完饭再说。"

旁边，金慧珠也出声道："是啊，工人来催好几回了。"

谢晓飞看了眼童薇，有些无可奈何地点头："那也好。"

原本就很紧张的童薇，心里隐隐有些不安起来。

这时，谢老三走了过来，拉着谢晓飞："晓飞，三叔跟你聊个工作计划……"一边说着，一边把谢晓飞拉走了。

其他人，则三五成群，往餐厅走去，没人上来搭理童薇。

童薇犹豫了一下，只得跟在众人后面，准备往餐厅去。

这时，不远传来谢天佑的声音："童小姐，请留步。"

童薇一愣。

"童小姐,老爷想和你先聊聊。"谢天佑旁边,欧伯礼貌地说道。

"好的。"童薇当然不可能拒绝。

跟着谢天佑、欧伯,来到书房。

欧伯替两人关上房门,退了出去。

童薇心里一阵打鼓:"叔叔,你找我有事?"

谢天佑点头,示意童薇坐下:"童小姐,你是见过世面的女孩子,我们开门见山吧……你和晓飞的婚事,我不同意。"

童薇微微一愣,随即笑了:"终于等到这句话了。"

谢天佑一笑:"你是个聪明孩子,你应该想到的。"

"是的。"童薇点头,"从我和晓飞在一起的第一天开始,我就在等这句话。"

说到这里,童薇毫不示弱地看着谢天佑:"叔叔,接下来,您是不是打算用钱来收买我?"

谢天佑摇头:"当然不。首先,我知道以你的工作能力,你并不缺钱;其次,童小姐,虽然我不同意你和晓飞在一起,但我尊重你,不会用钱侮辱你。"

"叔叔,谢谢你的坦率。"童薇摇头,"但我也要告诉您,叔叔,我和晓飞不会因为你的反对就分手。"

谢天佑看着童薇:"孩子,你爱晓飞,可是你不知道,你和晓飞在一起,会给他带来多大的麻烦。"

"我知道。"童薇并没否认,"我是个普通人家的女孩,不应该攀高枝。晓飞如果娶了赵晨曦这样的女孩,肯定对谢氏集团的发展大有益处。可很遗憾,晓飞选择了我,他不愿意为了商业利益牺牲自己的感情,这一点,他与您不同。"

谢天佑并没发怒,反而笑了:"童小姐,你把我看得太势利了。事实上，当初我和晓飞妈妈的结合，也遭到家族的反对，但我坚持了自己的爱情，把晓飞的妈妈娶进了门。"

童薇反问道："那您为什么不允许晓飞这样做呢？"

"很简单。"谢天佑顿了一下，直直地看着童薇，"你的出身，不光彩。"

谢天佑的话，让童薇愣住了。

"叔叔，我不明白您的意思。"

谢天佑从书桌上拿出一沓文件，扔给童薇："你的父亲，曾经在一宗商业谈判项目中，作为甲方的谈判专员，收受了乙方的贿赂，事情败露后，他走了极端，结束了自己的生命，有没有这件事？"

童薇一怔，吃惊地看着谢天佑："你们……你们调查我？"

谢天佑点头："谢氏集团未来的女主人，我们当然要调查。童小姐，对不起，我不能让晓飞和一个罪犯的女儿在一起。"

罪犯的女儿！

童薇被谢天佑的语气刺激了，站了起来："不许你这样说我的父亲，他当年是有苦衷的！"

谢天佑轻轻摇头："那与我无关。我只知道，你的父亲确实做出了这种事情，蔡天澜在电话里也印证了我的话——你的父亲，是个罪犯！"

"不！他不是！你没有权力这么说！"童薇疯狂地摇头。

谢天佑冷漠地看着童薇："童小姐，我不想失礼，只是告诉你我反对你们婚姻的原因。你应该明白，你一旦和晓飞结婚，你的私生活就会完全暴露在大众视野中，媒体迟早会把你父亲是罪犯的事情公布出来。那样一来，你自己痛苦不说，也会影响我们谢氏的公众形象，所以，我希望你能明白事理，主动离开晓飞，这样对他，对你，都好。"

谢天佑的话，让童薇已经完全失去理智。

"不！不可能！"童薇冲谢天佑歇斯底里地怒吼着，"爸爸已经为他犯的错误付出了代价,你们还想怎么样?他已经死了,你们为什么还要羞辱他?你没有权利这样说!没有!"

这时,书房的门被推开了,谢晓飞走了进来:"童薇,你怎么了……"

童薇指着谢天佑:"你应该问你父亲!"

谢天佑看到谢晓飞,突然手捂胸口,眉头紧皱:"晓飞,我让晓天做了一个童小姐的背景调查,我怕童小姐父亲的事影响你们,我在和童小姐商量应该怎么办,可……可童小姐情绪变得很激动……"

见谢天佑脸上痛苦的表情,谢晓飞担心地冲了过去:"爸,你怎么了?"

谢天佑脸色惨白,越发痛苦:"这是我的报应!我认了!童小姐,你说得对,我是一个失败的父亲,我活该失去晓飞的妈妈!"

谢晓飞一脸惊讶地看着童薇。

童薇摇头:"我没说过!"

谢天佑语气虚弱:"没关系,童小姐,晓飞……他也是这么想我的!是我的报应!十几年前我失去了最爱的女人,十几年后我又要失去最爱的儿子,我……我……"

谢天佑喘得越来越厉害。

童薇明白过来,谢天佑这是故意的,拉着谢晓飞的手拼命摇头:"我没说,我没有!你诬陷我!诬陷我!"

谢晓飞见谢天佑呼吸急促,直从轮椅上往地上倒,推开童薇大喊:"还愣着干吗?叫医生啊!"见童薇没反应,谢晓飞只得自己冲门外大喊道,"来人!医生!医生!"

人群涌入,童薇呆呆地看着仓皇的众人,以及正忙扶着谢天佑的谢晓飞,最后满脸悲伤,往外面走去。

"你去哪儿?"谢晓飞冲童薇背影喊道。

"不用你管!"童薇头也不回地冲了出去。

第 102 章
——— 难以释怀 ———

离开了长岛谢家大宅,童薇像个幽魂似的,沿着乡间小道,漫无目的失魂落魄地走着。

偶尔有车经过,停在她身边,好心问她要不要搭顺风车,童薇都摇头拒绝。

不知道该去什么地方,不知道该去哪里。

谢天佑的话,如同尖刀一样,刺在童薇的心上,尤其是为了拆散自己和谢晓飞,竟然用出了这样的手段。还有谢晓飞对自己的怒吼,脸上明显的不信任。

童薇就这样漫无目的地走着。

不知走了多久,一辆车停在了童薇身后。

"童薇,上车吧。"

是谢晓天。

童薇看着谢晓天,没有动作。

谢晓天拉开车门:"我哥叫我来找你的,如果你不想立刻回去,我就带你去散散心吧。"

童薇想了想,上了谢晓天的车。

谢晓天将车开了出去:"想去哪儿?"

"听你的吧。"童薇摇了摇头,无力地靠在座椅上。

谢晓天想了想，带着童薇，一路来到位于布鲁克林的伊斯特河边。

这儿，是一个空无一人的旧厂房，而伊斯特河的对岸，则是繁华的曼哈顿。

停下车，谢晓天带着童薇来到河边："童薇，我知道事情没这么简单，你愿意说的话，我也愿意听。"

童薇仰头，看着河对岸繁华的曼哈顿，强忍着防止眼泪滑落下来，摇头道："我……我真的不知道说什么，我爸的确做了那些事情，在外人看来，他做错事情了，可……可他是我爸！我怎么能够让别人这么羞辱他？！"

谢晓天点头："我理解。"

童薇摇头："不，你不会理解！"

"不，我能理解！"谢晓天看着童薇，"一直没告诉过你，我的故事吧？"

谢晓天苦笑了一下："……我的生父，是一个赌鬼，他和我母亲结婚后，赌瘾越来越大。5岁那年，父母离婚了。大家欢呼雀跃，包括我的母亲，只有我很难受。虽然他不是个好员工，不是好儿子，不是个好丈夫。可是，他唯独是个好爸爸。"

"我记得他第一次带我去打棒球，记得他第一次带我吃比萨，记得他第一次带我去布朗斯克动物园，记得他陪我唱歌，看电影……"

谢晓天扬着头，眼里闪着泪光："所有人都告诉我，我应该恨他，忘了他，可我做不到！童薇，你对你父亲的感情，我感同身受！"

童薇一怔，原来谢晓天有这样的遭遇，沉默良久，有些伤感地出声："晓天，我该怎么办？"

谢晓天摇头："童薇，我帮不了你，但哥哥爱你，他会保护你的。"

"不，晓天……"童薇摇了摇头，"回去了，他会伤害我。"

"不会。"

童薇自嘲地苦笑了一下:"你不知道,在书房,谢叔叔说了很难听的话羞辱我爸,后来晓飞进来了,他忽然……忽然跟变了一个人似的,反过来说我冒犯了他……"

谢晓天一怔:"你的意思,是我继父在晓飞面前污蔑你?"

"听上去不可思议对吧?"童薇笑了笑,"谢叔叔是一个严厉自律的长者,我也无法想象他会用这种卑鄙的手段,可是他就是这么做了。而晓飞,他竟然真的相信了……"

谢晓天怔了片刻,劝说道:"童薇,你还是要相信哥哥。不然,你还能怎么办呢?"

童薇扬起头,脸上涌满悲伤:"对啊,我还能怎么办呢?"

谢晓天也不知道该怎么劝说了。

沉默了一会儿,童薇突然扭头转身:"晓天,我们回去吧。"

谢晓天点头,载着童薇,回到了谢晓飞的condo。

刚到家,客厅里的谢晓飞就站了起来,拉着童薇:"你去哪了?手机也不接,急死我了!"

谢晓天带上门退了出去,给两人留下私人空间。

童薇看着谢晓飞:"我……"

谢晓飞瞪着童薇:"你什么你,你要是在纽约出了事……"

"对不起。"童薇打断了谢晓飞的话,想了想,出声道,"晓飞,我觉得我们俩需要冷静一下。"

谢晓飞不解地看着童薇:"什么意思?"

童薇非常认真:"晓飞,我准备明天就搬出去。结婚的事情,我想,我们都需要再好好考虑一下。"

谢晓飞一怔,生气地拉着童薇:"为什么?"

童薇摇了摇头:"算了,我不想说。"

谢晓飞哪肯就这样放童薇离开:"你说清楚啊!你明明已经答应我

了，为什么要重新考虑！"

童薇略微犹豫，最后还是说道："因为我不想嫁进一个看不起我的家庭！"童薇苦笑了一下，"我是一个罪犯的女儿！这是你父亲的原话！如果你娶了我，我会给你们谢家抹黑的！"

"童薇，你听我解释！"谢晓飞拉着童薇，"是，我父亲不该调查你，说你父亲的那些话也确实不尊重人！可是，他是为了我们好！他是希望告诉你该如何面对婚后媒体和公众带来的那些麻烦！真的！我娶你，他一直都反对，可他说了，他不干涉！他只是在想办法控制一些负面消息的发酵，你可能误会他了！"

听了谢晓飞的话，童薇忍不住笑了："我误会他？他在你进来之前一直是在警告我，看到你，就开始装病！你就这么容易被他骗了？他跟我说得清清楚楚，他不可能让我这样的人成为谢家的儿媳妇！说我们家会让你们谢家蒙羞！不信，你可以去问他！"

谢晓飞点头："我当然相信你，但是我说了，他说这些的本意只是为了帮助我们，他为谢氏操心一辈子，他不想让你的负面消息毁掉谢氏！"

童薇有些难以置信地看着谢晓飞："我不相信！他就是想让我离开你！他是在装病！"

谢晓飞急了："你为什么老是说他装病？刚才在医院，医生亲口跟我说他受了刺激才会突然发病的！父亲在我面前没有说你不好，只是在解释他的用意，你反而不停地攻击他！甚至用我妈妈来攻击他！童薇，你冷静点好吗？"

童薇不敢相信地看着谢晓飞，心里伤痛欲绝。事实就是这样，但谢晓飞宁愿相信他父亲，却怀疑受了委屈的自己。

童薇努力地控制住情绪，最后点头："好，我冷静！我好好冷静！"

说完，童薇转身准备离开。

谢晓飞挡在童薇面前："你去哪儿？"

"跟你无关！"童薇推开谢晓飞。

"我不许你走！"谢晓飞一把抱住童薇。

童薇挣扎着，两人滚到了沙发上。

"你放开我！"童薇推着谢晓飞。

"我不放！"谢晓飞紧紧地抱着童薇，"童薇，有问题我们就解决问题，你别想离开我！"

"你放开！放开！"

童薇拼命挣扎着。

这时，手机从童薇的口袋里滑落出来，上面正显示着夏杉杉的来电。

童薇大叫一声，用力推开谢晓飞，扑到手机上接通电话，带着哭腔："喂，杉杉……"

电话那头，传来杉杉虚弱的声音："童薇，救救我，我要死了……"

童薇一惊："杉杉，你怎么了？你在哪儿？"

电话那头，夏杉杉语无伦次："童薇，我后悔……后悔当时没有听你的话，我应该离开他，过正常的生活……"

童薇心里一紧："杉杉，你在哪里啊？你身边没人吗？他们怎么能把你一个人留在家里！"

"童薇……这是老天对我的惩罚，我接受了，可是我对不起小核桃，我没能把她带来这个世界，我没能让她睁眼看一眼……我不是一个好妈妈……"

童薇冲电话吼着："夏杉杉，不许胡说八道！听话，你现在就打110，打120！挨个打！你放心，我马上赶回来陪你生孩子了！你给我挺住，听见没有！挺住！"

电话那头，传来夏杉杉惨叫的声音："啊……童薇，我肚子好痛，童薇……"

紧接着，手机断了，传来"嘟嘟嘟"的断线声。

童薇连忙回拨，但一直没人接，立即起身拿起自己的包，慌乱地往外走。

"你去哪儿？"谢晓飞抓住童薇的手。

"杉杉出事了，我要回上海！"童薇急得不行。

"现在？"谢晓飞不放手，"你不许走！"

"你让我回去！杉杉出事了！"童薇踹着谢晓飞。

谢晓飞将童薇抱住："你疯啦，你在美国，出事了你也帮不上忙啊！她会打110的！你不许走！"

童薇挣脱不开，哀求着："杉杉是我最好的朋友，她要生了，我答应过去陪她的！"

谢晓飞依然不松手："童薇，这个节骨眼，你不能回去。如果你走了，所有人都会以为你是逃跑，会觉得你心虚……"

童薇怒目瞪着谢晓飞："我管不了那么多！"

谢晓飞大声吼着："就为了夏杉杉就不管我们的事了？夏杉杉那种随便的女人，根本不配做你朋友，她现在是咎由自取！"

"啪！"

童薇狠狠一耳光打在谢晓飞脸上："你混蛋！"

谢晓飞一怔，发现说错了话，懊恼地出声："对……对不起，童薇，我错了，我不该这样说，我……我……"

童薇冷冷地看着谢晓飞："谢晓飞，你终于说出你真实的想法了？是！夏杉杉她是贪慕虚荣，才被齐如海抛弃！我爸是禁不住诱惑，才犯了错误！他们对你来说，都是有罪的人！都会败坏你们谢家的名声，但他们是我童薇的亲人，是我童薇的朋友！全世界都看不起他们，但我童薇不会放弃他们！"

这时，门突然被推开了。

谢晓天拿着手机,急急忙忙地走进来:"哥,马萨姆中心来电话……"

"爸怎么了?"谢晓飞心里一紧。

"不是爸,是婉莹阿姆有紧急情况……"

"什么!"

谢晓天话没说完,谢晓飞就冲了出去,远远地传来他的声音:"晓天,给我看着她!"

门外,响起汽车远去的声音。

看着谢晓天,童薇乞求着:"晓天,让我走好吗?杉杉出事了,我一定要回国。"

谢晓天一脸为难:"等哥哥回来好吗?我相信他会答应你走的。"

"晓天,我求求你,求求你,杉杉真的出事了……"

谢晓天转过身,不忍看童薇,但就是不放童薇走。

童薇没有办法,只得着急地拿起电话,再次拨打夏杉杉的电话。

夏杉杉的电话,依然没有回应。可谢晓天又不愿放自己走,童薇急得哭了起来,只能不停地拨打着电话。

谢晓天见童薇这样,心里不忍,咬了咬牙,抽走她的手机:"别哭了,带上护照,跟我走。"

前往机场的路上,童薇坐在副驾上,心绪不宁:

"杉杉,坚持住!一定要坚持住!"

谢晓天一边开车,一边打电话帮童薇订好票。

见童薇一脸着急的样子,谢晓天出着主意:"童薇,你有可以联系到的朋友吗?可以联系你朋友先去看看。"

"对,天宇,还有天宇!"童薇回过神来,拿出手机,立即拨打秦天宇的电话。

第103章
过客

福通律所。

秦天宇正在处理着公务,有份材料需要商碧晨整理,结果发现商碧晨的座位空着。

"陈雯,碧晨呢?怎么最近老不见人?"秦天宇向陈雯问道。

"老板,碧晨最近哪有心思工作啊,人家忙着谈恋爱呢。"陈雯回道。

"别胡说!"秦天宇脱口而出。

陈雯有些惊讶:"老板,你不会还不知道吧?"

"呃……"秦天宇一脸茫然,"她真恋爱了?"

"哈哈,你果然不知道。"陈雯笑道,"是孙总的侄子!"

陈雯自顾自地说着:"说起来,碧晨运气还真好!孙总的侄子是个公益律师,虽然父母都在国外做生意,但人很低调。相亲了好多次别的女孩都觉得他穷酸,结果碧晨却跟他好了,真是傻人有傻福。"

秦天宇怔了怔,脸色有些难看起来。

孙总的侄子,秦天宇倒是有些印象。

司徒志高,一个很质朴的年轻人,虽然是个富二代,但为人很低调,不了解的人根本看不出他家境很好。

这时,一个声音响起:"雯姐,秦律师,下午好!"

是商碧晨回来了。

秦天宇看了商碧晨一眼："碧晨，你跟我来一趟。"

"嗯。"

商碧晨放下挎包，跟着秦天宇来到办公室。

"秦律师，找我有事？"

秦天宇将文件放到办公桌上，单刀直入地问道："听说你最近谈恋爱了？"

"呃……"商碧晨点头，"算是吧。"

果然是真的。

这时，商碧晨说道："对了，秦律师，我小长假要晚回来两天。"

"怎么了？"秦天宇看着商碧晨。

"我……要跟男朋友去北京。"

秦天宇心里一紧，脱口而出："碧晨，谈恋爱可以，但别影响工作。你看你没谈恋爱的时候，天天加班到十点，现在六点就走人，这样可是不好的。再说你们才认识多久？孤男寡女的一起出去旅游，不好。小长假就别休了，跟我去拜访客户。"

"秦律师……"商碧晨有些犹豫，"我……我们不是去旅游，是去见他爸妈。"

秦天宇一怔，呆在了原地。这时，他的手机响了。

秦天宇接通电话，电话那头立即传来童薇迫不及待的声音：

"天宇，不好了，快，杉杉早产了，她一个人在别墅，你快帮我去看看她。"

秦天宇心里一紧："什么？我这就过去。"

"一定要快，到了给我打电话。"

"好。"

挂断电话，秦天宇拿着车钥匙刚准备走，这才想起商碧晨还在，回过头来补充道：

"我有急事,先不说了。不过记住,小长假别休了,跟我去拜访客户!更别去见他父母!"

说完,秦天宇急急忙忙地离开。

看着秦天宇冲出去的背影,商碧晨怔了好一会儿,最后叹了一口气。

夏杉杉果然早产了。

因为保姆在出去买菜的时候,忘了关卫生间的水龙头,水漫到了地砖上,夏杉杉准备去关水龙头,结果摔了一跤。

秦天宇赶到的时候,买菜回来的保姆桃姐,已经叫了急救车。

得知事情的经过,童薇更是心急如焚。

十几个小时后,童薇出了浦东国际机场,直奔医院。

病房里,夏杉杉气若游丝地躺在病床上,插着呼吸机,脸色苍白。

看见童薇,夏杉杉艰难地伸出手:

"童薇,你来了……"

"嗯,我来了!"童薇不停流泪,"杉杉,没事了!我来了!"

夏杉杉止不住地流泪:"童薇,我知道我要死了……"

"不!有我在,你不会有事的!"童薇紧握着夏杉杉的手。

夏杉杉脸上露出一抹悔意:"童薇,我好后悔……如果再让我选择一次,我要过普通人的生活。找一个年纪相仿的男生,风轻云淡地过日子,只可惜,当初我没听你的话,现在一切都晚了……"

"不!不许你胡说!没事的!一点都不晚!"童薇大声吼着。

夏杉杉露出一丝苦笑,眼角流下泪水,无力地摇头:"童薇,我这是罪有应得。我贪恋老齐能带给我的生活,以为他会像父亲一样宠爱我,可到头来,就算到死,我也没得到他的尊重。童薇,我谁都不怪,是我自作自受,可小核桃是无辜的,事到如今,我已经没有谁可以相信,我只能求你,求你帮我照顾小核桃……"

"不,不用我帮你!你很快就会好起来的!"童薇眼里也流下泪水。

"童薇,你别骗我了,我知道留给我的时间不多了。童薇,你一定要帮我照顾小核桃,我知道这对你不公平,可我只能求你了……"夏杉杉一脸哀求地看着童薇,紧紧地抓着童薇的手。

"我答应你!我一定会帮你照顾小核桃的!你不要胡思乱想!好好休息,你一定会好起来的!"童薇强忍着泪水。

夏杉杉脸上露出一抹笑容,点了点头,安详地闭上了眼睛。

"杉杉!杉杉!"童薇疯狂地摇晃着夏杉杉,可夏杉杉根本没有一丝反应,就那么安详地躺在那儿。

医生冲了进来,病房内乱成一团。

"杉杉!你醒醒!你不许睡!给我醒过来!"童薇发疯般地吼叫着。

"童薇,你冷静点!"秦天宇抱住童薇,"杉杉……走了!"

"杉杉!"看着在医生抢救下毫无动静的夏杉杉,童薇再次涌出眼泪。

这时,医生走了过来,一脸遗憾:"对不起,因为延误了送医时间,孩子……"

童薇一怔:"孩子怎么了?"

"孩子没能抢救过来。"

"不!不可能!"童薇抓住医生,"我不信,你告诉我不是真的!不是!"

医生摇了摇头,叹了口气。

"不!不是真的!"童薇整个人一下子瘫软地坐在地上,哭得稀里哗啦,耳边响起夏杉杉的话:

"我希望小核桃是一个女孩,从小我给她留长发,穿小靴,春天给她扎小辫,带她到郊外抓蝴蝶。夏天给她穿上小裙子,下雨带她到外面踩水;秋天带她走在满是落叶的石板路上;冬天把她裹成一个'小包子',跟她打雪仗。在她成长的每一天,都要陪着她,扮演她的同学、老师、玩伴、玩具……支持她去追逐梦想,做一个漂亮聪明又独立的姑娘……就这样一天天、一年年,陪她一起长大,最后她嫁人了,我哭成泪人,这一辈子就这么过去了……"

"为什么!为什么会这样!"童薇痛哭着,"杉杉只是一个失去父亲,想得到关爱的可怜女孩!为什么要这样!为什么要对她这样!甚至连小核桃也不放过!……"

秦天宇看着童薇悲伤的样子,忍不住红了眼睛,抱着童薇劝说着:"童薇,你别这样!小核桃去和杉杉团聚了,你别太伤心,对小核桃来说,可能这并不是最坏的结果……"

"不要!为什么会这样!为什么!"

夏杉杉就这样走了。

一直到夏杉杉的葬礼,童薇都没从悲伤中恢复过来。

葬礼,并没有多少人参加,除了秦天宇,就只有童薇和周情,连齐如海都没有来。

或许,在齐如海的人生中,夏杉杉只是一个过客,甚至连小核桃,都只是她生命里的一个过客。

"杉杉,你安心地去吧。"看着夏杉杉的墓碑,童薇默默地说了一句,离开了墓园。

"童薇,我带你去一个地方。"离开墓园,秦天宇向童薇说道。

"什么地方?"童薇有些迷惑。

"去了就知道了。"秦天宇拉开车门,示意童薇上车。

二十分钟之后,车停了。

"天宇,你带我来这干什么?"童薇从悲伤中抬起头来,才发现已经到了旧居门前。

"下车吧。"秦天宇拉开车门,从口袋里掏出钥匙,打开了门,然后把钥匙递给童薇,"现在,可以物归原主了。"

童薇怔了怔，随即恍然大悟："当初……买这房子的人……是你？"

"嗯。"秦天宇点点头，"当初你急需用钱，借给你的话，你肯定不要。让你知道的话，你也肯定不肯卖，我怕影响你和谢晓飞的关系，所以只能托一个朋友帮我买了下来。"

"难怪后来我过来看，这里没人住，也没工人来装修。"童薇有些感动。

"家里的东西都没动，还保持着原样。"秦天宇笑了笑，一副放松的语气，"好啦，现在算是完璧归赵了。"

"天宇……我……"童薇摇头，"这个礼物太贵重了，我不能收。"

"你必须收下，这套房子对你的意义不一样，它不光是个住处，她是你的家。"秦天宇拍了拍童薇的肩膀。

童薇明白秦天宇的苦心："可是天宇，我没办法回报你。"

"我不要回报，我只是想你少受点苦。"秦天宇摇头。

童薇想了想："这样吧，买房子的钱我写借据给你，连本带息，我会尽快还你……"

"哈哈。"秦天宇爽朗地笑了笑，"本钱肯定要还，不过，利息就算了。"

"不行……"童薇摇头。

"不是白让你利息。"秦天宇想了想，"我想……请你帮我一个忙。"

第 104 章
守望幸福

第二天,童薇来到了商碧晨的出租屋。

这个破旧的地方,有童薇和谢晓飞好几个月的记忆,但现在,这些记忆都已经成了过去。

今天童薇过来,并不是取那些行李,而是因为答应帮秦天宇的事情。

深吸一口气,童薇按响了门铃。

"来了!"

屋内,传来商碧晨的声音,紧接着,门开了,商碧晨出现在门前。

"咦,童薇姐,你怎么来了?"

"要出去啊?"见商碧晨穿着长裙,化了淡妆,童薇问道。

正说着,一个男人从楼下上来:"碧晨,准备好了吗?"

看到这名男人,童薇出声道:"你就是碧晨的男朋友吧?幸会!"

商碧晨微怔,立即介绍道:"这是童薇姐,我的好朋友。"

"你好,你好。"那名男人立即自我介绍道,"我是司徒志高,很高兴认识你。"

童薇和司徒志高握了握手:"真不好意思,来得不是时候,妨碍你们约会了吧?"

"没有没有。"商碧晨连忙摇头,同时向司徒志高说道,"你进来坐一会儿吧。"

司徒志高有些腼腆："不用了，你们聊吧，我在楼下车里等你。"

说完，司徒志高往楼下走去。

看着司徒志高的背影，童薇向商碧晨微笑道："不错的男孩子，看着很本分，也很有礼貌。碧晨，祝贺你啦！"

商碧晨脸红了红："童薇姐，你别取笑我了。"

"哈哈。"见商碧晨害羞的表情，童薇认真道，"碧晨，我是真的替你高兴，听说你们要结婚了？想清楚了？"

商碧晨点头："嗯，想清楚了，我也该有个归宿了。"

童薇叹了口气："碧晨，或许我不该这么说，不过感情是一辈子的事，千万别只是因为累了、伤了，就匆匆找一个人来托付下半生，以后会后悔的。"

商碧晨摇头："童薇姐，我不是累了伤了，我是终于想明白了。以前，我以为把自己变成你，秦律师就会喜欢我，现在我明白我错了，我就是我，就算我外表长得和你一模一样，内在也完全不同。童薇姐，我感谢你，因为你，因为对秦律师的这份暗恋，让我在这个城市一直有奋斗下去的动力。是这份爱让我变得更好，现在，这份爱已经完成了它的使命，我不应该在里面打转，应该朝前看，寻找新的生活。"

商碧晨的话，并不是在敷衍，她确实经过深思熟虑。

童薇点头："碧晨，我明白了。说真的，原本今天我来，是打算帮天宇做说客的，不过，看到你的男朋友，还有你刚才这番话，我相信你的决定，你一定会幸福的！加油吧！"

商碧晨热泪盈眶："童薇姐，谢谢，谢谢你，我不会让你失望的。"

离开出租屋，和商碧晨挥手道别，童薇拿出手机，拨通了秦天宇的电话。

"童薇，怎么样了？"

童薇叹了口气："天宇，他很优秀，碧晨和他在一起应该会很幸福。

你给不了碧晨幸福，就别去打扰他们了，让他们继续走下去吧。"

电话那头，秦天宇沉默了。

童薇挂断了电话。

看着蓝色的天空，童薇甩了甩长发："真好，在这段故事里，总算有人是幸福的。"

夏杉杉的死，在给童薇造成很大打击的同时，又使她一度陷入自责的泥淖。如果自己能极力阻止夏杉杉与齐如海在一起，或者夏杉杉离开齐如海之后，自己能极力帮助夏杉杉，避免夏杉杉重回那个'金屋'，或许事情就不会演变到这一步，夏杉杉和小核桃母女二人，现在应该幸福地生活着。又或者，自己在美国的时候，能早一步接到电话，夏杉杉也能得到及时的抢救。

刚到家，童薇的手机响了，是谢晓飞打来的。

"童薇，是你吗？"

听着电话里熟悉的声音，童薇强压下心头的涌动，淡淡出声："谢晓飞，请你以后不要再打电话来了。"

"童薇，为什么你要这么做？"谢晓飞不死心地问道。

"谢晓飞，我们结束了，我想安安静静地好好生活，请不要打扰我。"童薇说完，挂断了电话。

不一会儿，手机重新响了起来。

童薇直接关了手机。

选择和谢晓飞就此了结，是童薇这几天考虑过的事情，经过夏杉杉的事，童薇已经累了，只想平平淡淡地生活。

童恬恬一家搬了回来，童薇一个人倒不至于太过寂寞，渐渐从悲伤中走了出来，重新回到CAEA上班。

生活，重新回到了正轨。

只是秦天宇那边，似乎在商碧晨与司徒志高走到一起之后，才弄清楚了自己的内心，显得有些落寞。不过这种事情，童薇已经没什么办法。

日子，就这样一天一天地过去，一晃就是两个多月。

这天，童薇下了班刚来到CAEA大楼一楼大堂，见秦天宇满脸颓废地站在那儿。

"天宇，你……"

秦天宇见到童薇，立即走了过来："童薇，帮我个忙。"

"怎么了？"童薇一脸迷惑。

"你先看看这个。"秦天宇把手上的一叠文件塞到童薇手中。

童薇接过文件，原来是商碧晨写给秦天宇的信。

秦律师，没想到是我吧！哈哈！这封信虽然是写给你的，但其实更像是写给我自己的，给自己过去四年的时光一个交代。

从什么时候开始喜欢你呢？或许是第一次见面，或许更早，在读书的时候，老师对你赞不绝口的时候，我就通过幻想，塑造着那个完美的你，迷恋着自己的想象。见面之后，发现你居然比想象中的更帅气、更成熟、更专业，于是对你的感情就一发不可收拾啦！

我喜欢你，你喜欢童薇姐。我一点都不妒忌她，一点都不。因为有你们这么优秀的人存在，才让我有奋斗的动力。这才是这份感情正确的打开方式，因为爱，让我变成更好的自己。

当然，你不喜欢我这件事情，也让我难过、伤心。每当这个时候，我就警醒自己，不要让负面情绪吞噬我，否则就只会自怨自艾下去，更加配不上这么出色的你！这一年多过去了，你有没有觉得我比当初自信、专业、优秀了呢？嘿嘿，这其中，真的有你的一份功劳。真的要谢谢你，你是好领导，好暗恋对象，因为你没拒绝我的暗恋，我才能每天逼着自己加油；也正是因为你没能给我一段光明正大的爱，我才能在今天遇到志高。这封信，是我对曾经的那场暗恋的最后告别，也是我对自己青春时光的告别。从这一刻开始，我长大了，我要迈开脚步，走向自己新的人生了。秦律师,天宇,谢谢你,再见。

　　人的一生其实很短暂,只有区区三万天不到。从22岁遇见你开始,我已经花了400多天来爱你,剩下的日子,我要去爱其他人啦。

　　童薇看完商碧晨写给秦天宇的信,鼻子有些微酸。

　　这个姑娘,在勇敢地追求着自己的幸福,也正勇敢地走向新的人生。

　　而秦天宇这个时候来找自己的目的,童薇也明白。

　　看向秦天宇,童薇摇头出声道:"天宇,碧晨已经有了自己的选择,就让她自己去吧,别去打扰她了……"

　　"不!"秦天宇一口打断,"我现在才知道,我已经爱上她了!"说着,秦天宇抓着童薇的手,"童薇,帮我一次,再帮我最后一次,求求你,我需要最后一次机会!"

　　见秦天宇一脸悲伤急切的表情,童薇心软了,最后点头:"好吧,你要我怎么帮你?"

　　四个小时后,上海浦东机场。

　　此时,已经是晚上9点多,浦东机场映照在灯光中,机场外人来人往,车流如织。

　　童薇和秦天宇站在机场外面。

　　"天宇,你真的决定了?"童薇最后问道。

　　"嗯,我已经决定了。"秦天宇坚决地点头。

　　"好吧。"童薇点头,向旁边一名中年人说道,"王叔,麻烦你了。"

　　那名中年人点了点头,按下了手上控制器的开关。

　　机场对面高楼墙面,巨大的LED广告牌亮了起来,长15米,宽5米的巨型LED广告牌上,跳出几个大字:碧晨,别走。

　　一行行的文字,不断闪现:

　　碧晨。

　　我早就爱上你了。

可直到快要失去你，

我才意识到这一点。

碧晨，我爱你！

这一行行的文字，不停地滚动播放着。

候机厅内，旅客躁动起来，纷纷拥向透明的玻璃窗。

机场外进出的旅客，也纷纷驻足。

而正准备搭乘 22 点 30 分的航班离开上海的商碧晨，正和司徒志高一起，在候机厅呆呆地看着那个巨大的 LED 广告牌。

商碧晨的手机响了，是秦天宇打来的。

看着手机上的电话号码，商碧晨犹豫着。

"接吧。"司徒志高拍了拍商碧晨的肩膀，温暖地说道。

商碧晨看了眼司徒志高，又看了眼巨大的 LED 广告牌，犹豫了半天，最终还是接通了电话："喂……"

电话里，传来秦天宇急促的声音："碧晨，别走，再给我一次机会！"

商碧晨有些哽咽，紧咬着嘴唇，说不出话，只能拼命摇头。

"碧晨，我想跟你道歉，我只知道一年多来，我把你对我的爱看成是唾手可得的东西，从来没有认真对待过。我以为你的这份爱对我来说没有意义，我错了。其实，我很享受你对我的崇拜，这些情感，一天天积累着，无形中让我成了更好的人。碧晨，直到你要离开我，我才认真考虑你对我的意义，你的爱对我很重要，我早该意识到这一点！我请求你给我一个改正错误的机会！别走！"

商碧晨眼泪涌了出来："不，你爱的不是我，是童薇，去追求她吧，不要在我这里浪费时间了！"

"童薇对我来说，从来只是海市蜃楼！是，一开始我是喜欢她，可后来对她的那种感情，仅仅是因为得不到才越陷越深！我已经想明白了，我爱的是你！碧晨，我知道在你要和男朋友结婚前才说这些话，有些混蛋，可是，给我个机会，让我和你的男朋友公平竞争吧！就算我们没有结果，至少我努力过，以后也不会后悔的！"

商碧晨捂着嘴，泣不成声地蹲了下来。

一辆大型拖车，从远处车流中缓缓驶来，在拖车上，有一艘高三四米，长十余米的超大号轮船模型，而秦天宇，则站在轮船模型上。

"碧晨，你说爱一个不爱你的人，就像在机场等一艘船，毫无希望。可是，谁说机场等不来一艘船？死心塌地爱上一个人，就可以为她在机场变出一艘船。碧晨！留下来！"

商碧晨对着手机号啕大哭："不！来不及了！太晚了！我不能回头了！再见，天宇，现在能做的，只是挥手告别！谢谢你出现在我的生命中！再见！"

手机从商碧晨的手上滑落，摔在了地上，商碧晨埋头痛哭。

飞机，起飞了。

看着远去的飞机，站在轮船模型上的秦天宇流出泪水，一脸悔恨地蹲下：

"混蛋！我……我究竟错过了什么？"

童薇正准备过去安慰他两句，突然机场出口一个人影让她停下了脚步。

是商碧晨！她没上飞机！

见到商碧晨，秦天宇也是一愣，然后反应过来，兴奋地从轮船模型上跳下，向商碧晨冲了过去。

"碧晨！"

秦天宇用力地抱住商碧晨。

人来人往的机场，两人根本不顾过往的行人，紧紧相拥在一起。

童薇的眼眶也有些湿润，没打扰两人，一个人离开了机场。

第 105 章
不同的世界

回到家里,童恬恬正在看电视。

童薇和钟美艳打了个招呼,正准备上楼,电视里传来的声音让童薇怔了怔,停下脚步。

是一则新闻:

"海外讯,美国时间 9 点,科万总裁宋勇之女赵晨曦与美国奥普金医药集团董事长杨哲之子杨潇于纽约举行的婚礼突然发生变故,赵晨曦在婚礼之前突然解除婚约,具体原因不明。

"近两年,房地产市场日渐下滑,科万集团在与谢氏集团'十八藏'项目洽谈失败后,科万集团股价下跌。与美国奥普金医药集团的联姻,意味着科万集团将进军医药市场,开拓新的市场领域,重振了科万集团的股价,此次婚变直接造成今日科万集团股价大幅振荡。

"据小道消息称,此次赵晨曦突然解除婚约,疑似与谢氏集团现任董事长谢晓飞有关,是否意味着科万与谢氏集团将重新走上联姻之路?谢氏集团主要经营旅游、酒店、物流等产业,其旗下'十八藏'品牌拥有极高声誉,在全球占据了极大的市场份额,前段时间因董事长的频繁变动,股价下跌了四个点。此次变故,势必对科万与谢氏的股价带来巨大影响,本台将追踪事件最新发展,为您带来最新讯息……"

"这个谢晓飞,上次打电话在我面前哭哭啼啼的呢!现在又傍上赵晨曦了！简直就是个负心汉，白眼狼！"童恬恬满脸不悦。

"童薇……"童博文担心地看着童薇。

"叔叔，我没事。"童薇摇头，一脸淡然，"我和他是两个世界的人，过去的事已经过去了，现在没有任何关系，以后也没有任何关系。"

童博文叹了口气："你能这样想就好。"

"叔叔，不用担心。"童薇笑了笑。

见童薇确实没事的样子，钟美艳凑了过来："童薇，你也不小了，是时候该结婚了，邻居家王婶的侄子不错，人挺好，又是央企的高管，对你很有意思，要不……"

"婶婶！"童薇看着钟美艳，忍不住好笑，"婶婶，以后别说这种事了。"

"童薇，婶婶这是关心你，你一个女孩子，终归要找个男人一起生活，再说王婶的侄子不介意你带着小核桃……"钟美艳还不死心。

"妈！"童恬恬过来解围，"你就别管姐的事了……"

"你懂什么！"钟美艳瞪着童恬恬，"我还没问你呢，你和那个孙昊究竟怎么回事？我看那个孙昊不是什么好人，流里流气的，这种人靠不住……"

童恬恬："……"

本来想去解围，结果把火给引到了自己身上，童恬恬欲哭无泪，无可奈何地看着童薇，向童薇求救。

"好啦。"童薇拍了拍钟美艳的肩膀，"婶婶，我们的事就不用你担心了，恬恬也长大了，她也有自己的主见，虽然孙昊看起来流里流气的，但这是他们现在年轻人的风格，再说他也不是真流里流气的，只是服装太新潮了点，毕竟是服装设计学院的嘛，走在潮流的前头……"

钟美艳摆了摆手："算啦算啦，我不管了，你们爱怎么样就怎么样，别到时候吃了苦回来哭就好。"

"吃了苦不是还有你嘛。"童恬恬靠到钟美艳怀里撒娇道。

"谁管你,饿死在外面得了。"钟美艳撇了撇嘴,脸上却充满怜爱。

虽然理念上有所冲突,不过一家人的气氛显得非常和谐,如果放在以前,肯定不会这样,一家人已经开始干仗了。

经历了一些事情,确实会改变一个人,引领着走向新的生活。

看着正在打闹的钟美艳和童恬恬,童薇脸上露出微笑。

第二天,童薇来到公司,召集KIKI、蒋可、崔西开策略会,商谈新接的一个谈判项目的策略。

刚开完会,周倩的电话打了过来:"童薇,你到我办公室来一下。"

"好。"童薇来到周倩的办公室。

"周总,有什么事吗?"

周倩示意童薇坐下,这才说道:"叫你过来是有件事和你商量。"

"什么事?"童薇坐了下来。

"是这样的,谢氏下个月要在上海举办一个招待会,将在会上宣布谢氏集团的一系列重要决定,谢氏集团委托我们负责招待会的组织,谢晓飞也要过来。"

"喔。"童薇点头。

"喔?"周倩看着童薇,"这就是你的反应?"

童薇一笑:"周总,你希望我有什么反应?"

周倩皱了皱眉:"童薇,你从美国回来后我一直没问你,昨天的新闻我也看了,能告诉我,你和谢晓飞为什么分手吗?"

"因为……我们并不是一个世界的人吧。"童薇摇头,语气淡然,"不过周总你放心,工作方面,您布置,我执行,以前的事不会影响工作的,一定完成任务。"

周倩思索了一下:"这样吧,这个案子,我让老肖负责。你呢,索性先放个大假,我觉得这样比较好,你看呢?"

童薇明白周倩是在为自己考虑，感激点头："没问题，谢谢周总。"

周倩笑了笑："这么爽快就答应了？这可不像你啊。"

童薇并没因为提起谢晓飞的事情而困扰，笑道："周总，那你说我到底是答应好，还是不答应好呢？我说了，工作而已，您布置，我执行，就这么简单。"

周倩叹了口气："我是感叹你变了，要是以前，你肯定会说'凭什么他来了我就要休假？凭什么我要躲着他？'对不对？"

童薇苦笑不已："那都是过去的事了，我不想再勉强自己。杉杉死了以后，我看淡了许多，活着已经这么多烦恼了，我又何必自寻烦恼呢？人生，其实可以过得很简单。"

听了童薇的话，周倩放心了，点头道："那好，童薇，好好享受你的大假吧！谢晓飞就让肖翔去对付。"

"嗯。"童薇起身告辞。

出了周倩的办公室，回去的时候，见KIKI、蒋可、崔西正聚在一块儿窃窃私语。

"昨天的新闻你们都看到了吧？"

"看到了，这谢晓飞，怎么又和赵晨曦搞到一块儿了。"

"可不是，这些豪门的事情，还真是复杂……"

这时，崔西发现童薇，立即给蒋可和KIKI使着眼色。

蒋可和KIKI回头，见童薇站在身后，立即露出尴尬的笑容。

"怎么，工作都做完了？有闲心在这嚼舌头？"童薇故意板着张脸。

KIKI吐了吐舌头，跑回办公桌去。

蒋可脸皮比较厚，拉着童薇："童薇姐，你真的不生气？谢……"

童薇摇头："蒋可，你还真有时间管闲事啊，是不是工作安排太少了？"

"不是不是！"蒋可立即摆手。

"不逗你了。"童薇笑了笑,"赶紧工作,还有,你和崔西……"

"啊!"蒋可捂着嘴,"你……你怎么知道的……"

"就你们那点事,能瞒得住我?好好对崔西,我等着吃你们喜糖呢。"童薇笑了笑。

旁边,崔西一张脸已经涨得通红。

回到办公室,童薇整理着今天商谈的策略计划,看看还有没有什么遗漏,毕竟两天后就要展开谈判会。

谢晓飞要来的事,并没给童薇造成什么影响。

正如童薇所说的那样,两人并不是同一个世界的人,过去那些恩恩怨怨的事情,就当是一段人生的回忆吧,没必要再纠缠下去。

时间很快过去,谢氏在上海的招待会过几天就要举行,童薇开始休假。

突然休息下来,童薇发现竟然找不到什么事做,只得无所事事地在家里闲着。其间谢晓飞给童薇打了好几个电话,童薇都懒得接。

正无聊地翻看着电视,手机响了,是周倩打来的电话。

"周总。"

"童薇……"

"周总,有什么事吗?"听周倩的声音有些犹豫,童薇问道。

"是这样的,谢晓飞……"

原来,谢晓飞对肖翔负责谢氏这次招待会很不满意,指名要让童薇负责,周倩说什么谢晓飞都听不进去。

"周总的意思是……"童薇出声。

"童薇,我知道这会让你很为难,不过我也没办法,如果你有困难的话,要不我再想想其他办法?"周倩说道。

"不用了,周总。"童薇没怎么犹豫,"工作就是工作,我明天回来吧,你让蒋可把相关材料发给我。"

"好吧，真是抱歉，童薇。"周倩歉意地说道。

"我没事，周总，放心吧。"童薇笑了笑。

刚挂断电话，敲门声响起。

童薇开门，见秦天宇在外面。

"天宇，你怎么来了？"

"童薇，我过来是有件事和你商量。"秦天宇说道。

"什么事用得着特意跑上门来，给我打电话不就好了。"童薇笑了笑。

"是这样的。"秦天宇说道，"我和碧晨准备结婚了，我们都希望你来做伴娘。"

"啊，好事啊，恭喜。"童薇一脸惊喜。

"呵呵。"秦天宇笑了笑，"不知道你愿不愿意？"

"愿意！我当然愿意！"童薇连连点头，"天宇，恭喜你们！"

两人闲聊了一会儿，最后童薇把秦天宇送出小区。

刚准备回家，童薇突然看到一个人影，正在自己家的楼下。

第 106 章
旧人相见

那人,正是谢晓飞。

看到谢晓飞,童薇一怔,随即释然。

谢晓飞一脸愤怒地冲了过来:

"为什么不接我电话?"

"因为我不想接。"童薇摇头。

"为什么不想接?"

"谢晓飞,我对你,已经无话可说了。"童薇淡淡地说道,"请你以后不要再来打扰我。"

"打扰你?"谢晓飞哈哈一笑,"我知道,毕竟你现在住在秦天宇买给你的房子里,过着亲亲密密的生活。"

"有什么问题吗?"童薇抬头看着谢晓飞。

"有问题!"谢晓飞抓住童薇的胳膊,"童薇,我们俩走到今天容易吗?我为了我们的感情一直在拼,一直在争取,你呢?就因为一点小小的误会,就放弃了!跟别人跑了!"

"小小的误会?"童薇一脸愤怒地看着谢晓飞,"那是两条人命!"

童薇不想多说,甩开谢晓飞的手,准备回去。

谢晓飞拉住童薇:"什么人命?你什么意思?你不许走!给我说清楚!"

童薇看着谢晓飞："谢晓飞，如果我可以早点接电话，早点通知天宇，哪怕是五分钟，或许杉杉和小核桃就不会死！要不是你拦着我，杉杉……"

想起杉杉和小核桃，童薇哽咽着，说不下去了。

"夏杉杉……死了？"谢晓飞怔怔地看着童薇。

"是的！"童薇愤怒地瞪着谢晓飞，"就因为你！杉杉是难产死的，连小核桃也没保住！她一直在给我打电话……呵呵，跟你说这些干什么，反正从头到尾，你都看不起杉杉！"

谢晓飞蒙了："怎么会这样……我……童薇，我不知道……对不起……"

童薇摇头："谢晓飞，不要再说这些了，今天我们就彻底做个了断！希望你以后不要再来打扰我！"

说完，童薇推开谢晓飞奔了回去。

回到家里，童薇背靠着门，失声痛哭起来。

第二天，童薇回到了CAEA。

KIKI和蒋可，见童薇被逼着回来，替童薇不平。

"这个谢晓飞，简直太混蛋了，没想到过了这么久，还是和以前一样！"蒋可气呼呼地说着。

"可不是。"KIKI附和着，"虽然我不喜欢肖总，但这次肖总在他面前受够了气，我也替肖总不值！"

"肖翔那是活该！"蒋可不屑，"关键是童姐，凭什么谢晓飞要让童姐回来，童姐就得回来！"

"你们少说两句吧。"童薇笑了笑，"这次只是工作，我们好好把工作做好就行了。"

杉杉去世的事情，KIKI和蒋可都知道，而后来的事情，虽然KIKI和蒋可不太清楚，但也能猜到个大概，所以有这样的抱怨倒很正常。

几人正说着话,谢晓飞带着李相中等人来到办公室。

令人意外的是,赵晨曦竟然也在。

看到童薇,谢晓飞向童薇投来一个挑衅的眼神。

童薇不以为意地起身:"早,飞总!"

谢晓飞点点头,示意大家入座。

会议开始。

童薇打开电脑:"……崔西已经把我们关于招待会的计划表发给诸位,诸位可以先粗略地看一下,然后我们再讨论一些细节……"

李相中等人立即查阅面前的文件。

谢晓飞翻了翻文件,双手环胸靠在椅背上:"这次招待会,是我们谢氏'十八藏'第一次亮相中国,对谢氏来说,这是一个重要的里程碑。谢氏经过四代掌门人,百年开拓,在美国缔造了一个庞大的商业帝国,但一直以来的夙愿,就是重返祖国大陆!如今这个愿望,我谢晓飞替祖爷爷完成了!所以,招待会上,我们也要宣布谢氏重返大陆这个重磅消息!"

童薇点头:"刚才飞总说得非常重要,我有预感,这次招待会将有非常深远的意义。根据飞总的发言,我们对于场地可能还要进行进一步的筛选……"

"等等,我话还没说完。"谢晓飞打断了童薇的话。

"飞总,您继续。"童薇点头。

谢晓飞说道:"招待会上,我还要宣布一件我私人的事情,不知道在大陆合不合乎情理。"

"喔?"童薇有些意外,"不知飞总还要宣布什么事情?"

"我本人的婚讯。"谢晓飞搂了搂旁边赵晨曦的肩膀,"我的未婚妻,童经理应该很熟悉,就是科万的二小姐——赵晨曦。"

"恭喜恭喜。"童薇挑了挑眉,"赵小姐和飞总非常般配,飞总与赵小姐的婚礼,也是谢氏与科万的大事,在招待会上宣布对科万和谢氏都有好处。"

"谢谢。"谢晓飞淡淡地说道,"既然这样,这个招待会就拜托童经理费心了。"

"我一定全力以赴。"童薇点头。

一时间,会议室内充满了火气,不是来自童薇的,而是来自KIKI和蒋可。

中午散会,蒋可和KIKI立即跟着童薇走进办公室。

"我去跟周总说,换人,不做了!"蒋可一脸怒气,"这个谢晓飞,摆明了是故意的。"

"就是!"KIKI点头,"肯定是故意的。"

童薇笑了笑:"故意什么?"

蒋可和KIKI异口同声:"故意来报复你的!"

"他为什么要报复我?"童薇似笑非笑,"我们做好我们分内的工作,他想怎么样,与我们无关。"

"你这个女人,真不知道你脑子装了些什么!"蒋可拿童薇没办法。

"好了,做好你们的工作吧。"童薇哭笑不得。

对于谢晓飞,童薇确实已经不在意了。不论他是想报复,还是怎么样,童薇都已经提不起什么兴趣。

工作,正如童薇所说,招待会无论宣布什么,对童薇来说,都只是工作。

下午下班,童薇下楼刚走出CAEA办公大楼,谢晓飞的车停在了童薇面前:"上车。"

童薇摇头:"飞总,我已经下班了。"

"怎么?"谢晓飞推了推墨镜,"这么急着回去陪秦天宇吗?"

"对。"童薇懒得解释,也不想知道为什么谢晓飞会认为自己和秦天宇在一起，点头，"非常急，怎么了？"

"没什么。"谢晓飞摇头，"只是些私事。"

"究竟什么事？"童薇站在原地。

谢晓飞："你是这次招待会的负责人，晨曦那天要出席，想请你去帮她挑选下婚纱。"

童薇："……"

"怎么？怕了？还是说吃醋了？"谢晓飞轻笑道。

童薇话都懒得说，直接上了车。

谢晓飞开着车，来到一家婚纱店。

店里，赵晨曦正在挑选着婚纱，见到童薇一愣。

谢晓飞走过去，温柔地揽起赵晨曦："晨曦，童经理负责这次招待会，所以带她过来，帮你参考参考，你有什么要求，尽管对她说。"

"噢……这样……"赵晨曦有些尴尬地看着童薇。

一名销售提着一套礼服走了过来："赵小姐，这身礼服既优雅又不会太夸张，非常适合出席一些重要场合，你要不要试一下？"

"那好。"赵晨曦点头，跟着销售去更衣室换礼服。

赵晨曦走后，谢晓飞来到童薇旁边："既然来了，要不要也看看？你和秦天宇结婚的时候，打算穿什么样的礼服？要不要我帮你参谋一下？"

童薇不想招惹谢晓飞："你操心自己的新娘就好，别人的新娘，你管不着。"

谢晓飞咬着牙："童薇，你就这么恨我吗？就因为我一个无心的过错，我们曾经的感情就一笔勾销了吗？"

童薇直视谢晓飞："谢晓飞，对于你只是一个无心的过错，但对我而言那是两条生命。还有，我已经说过了，请别来打扰我。"

这时，赵晨曦走了出来，换了礼服之后的赵晨曦，更显娇俏动人。

"晓飞，这身礼服怎么样？"赵晨曦向谢晓飞问道。

"嗯，不错。"谢晓飞点头，"简直像给你量身定做的一样。"说着，看向童薇，"童经理，你觉得呢？"

"很漂亮。"童薇点头。

"赵小姐，谢先生，如果没问题的话，签个字，我们明天就把礼服送到府上。"销售递上文件。

赵晨曦接过文件审阅了一下，点头："好的，没问题。"

说着，赵晨曦从手袋里掏出一支笔来签了字。

看到这支笔，童薇一愣。

这是她父亲的笔，当初童薇送给谢晓飞的，没想到现在到了赵晨曦的手中。

"对不起，我还有事，先走一步。"童薇向谢晓飞和赵晨曦说道。

"等等！"谢晓飞追了出去，拉住童薇。

童薇回头，看着谢晓飞："飞总，请你在方便的时候，把我父亲的遗物还给我，你们新婚，拿着不吉利。"

说完，童薇离开了婚纱店。

第 107 章
宴会突变

老锦江。

童薇带着 KIKI、蒋可、崔西等人,站在迎宾台迎接来宾。

欧伯推着谢天佑,金慧珠、谢晓天、谢晓飞等人紧随其后,浩浩荡荡地过来。

"董事长!"童薇礼貌一躬。

谢天佑盯着童薇:"童小姐,别来无恙。"

童薇和谢天佑握手:"董事长,您还是那么精神。"

"哈哈。"谢天佑笑了笑,"今天接待的事情就劳烦你了。"

"这是我们应该做的。"童薇谦虚地说道。

谢天佑往宴会厅内走去,走了两步突然停下脚步,回头出声:

"童小姐……"

童薇微笑应道:"董事长还有什么吩咐吗?"

"没。"谢天佑摇头,深深地看了童薇一眼:"童小姐,对不起。"

童薇一愣,不解谢天佑是什么意思,等回过神来的时候,谢天佑已经进入了宴会厅。

"这老头发什么病啊?"蒋可不解地说道。

"就是,神叨叨的,简直和谢晓飞一个德行。"KIKI 也很是不解。

"你们俩够了,好好给我接待宾客。"童薇责备道。

或许,谢天佑的道歉,是因为之前诬陷自己吧?

虽然之前谢天佑故意诬陷自己,造成了谢晓飞对自己的误会,但现在,童薇对谢天佑也没什么恨意了。都是过去的事了,这样也好,不掺和那些豪门的事情,平平淡淡地过日子,其实更是一种幸福。

不一会儿,陈莫来了。

"童小姐!"

童薇惊喜地迎了过去:"陈总!好久不见!最近忙什么呢?"

"我啊,前天刚从国外回来!"陈莫笑道。

陈莫的助理在之前的谈判会中也见过童薇,所以认识,笑着补充道:"我们陈总去攀登珠峰了!"

"陈总厉害!"童薇赞叹道。

"唉!"陈莫摇头,"其实是一大堆人,生拉硬拽地把我弄上去的,这人上年纪了,不服老不行啊!"

"陈总说笑了。"童薇微笑了一下,向KIKI说道,"KIKI,快带陈总进去吧。"

"陈总,里边请。"KIKI礼貌上前。

KIKI刚带陈莫离开,蔡天澜就来了,和蔡天澜一起来的还有雷雄。

"蔡叔叔、雷叔叔好!"

蔡天澜亲热地拥抱童薇:"童薇,最近怎么样?"

"很好!谢谢你们的关心。"

蔡天澜看了看宴会厅里面,把童薇拉到一旁,悄声问道:"童薇,我听说今天谢氏除了宣布一些战略上的重大决定,还要宣布谢晓飞和科万二小姐的婚事?"

童薇有些尴尬:"嗯,是啊。"

蔡天澜脸板了起来,气愤地说道:"童薇,你们的事我都知道了。当初我同意在谢晓飞和谢天成的家族斗争中支持他,是看在你的面子上！结果他拿回了集团的控制权,竟要娶别人！这事做得太不地道了！"

童薇摇头："蔡叔叔，没有的事，我和晓飞确实不合适。"

"唉！"蔡天澜叹了口气，"我只是觉得对不起你。"

童薇轻笑道："蔡叔叔放心吧，我已经完全放下了，要不然我怎么会负责这次招待会呢，对吧？"

"真心话？"蔡天澜看着童薇。

"真心话！"童薇推着蔡天澜，"蔡叔叔，好啦，今天我已经够忙了，您就别再给我添乱了！"

"那好吧！"蔡天澜摇头，"不过，你要真有什么委屈，就来找蔡叔叔。"

"嗯。"童薇点头。

送走蔡天澜和雷雄，童薇总算舒了口气。

很快，来宾都到齐了，招待会在晚7点准时开始。

宴会厅内，人头攒动，侍者端着酒水穿梭其中。

金慧珠推着谢天佑，身后跟着谢晓飞、谢晓天以及谢氏高管，缓缓走出，来到主席台上——就座。除了谢氏集团的人，还有谢氏的重要合作对象陈莫，以及科万的宋勇等。

众人鼓掌，闪光灯不时亮起，所有人的目光都集中在谢天佑的身上。

金慧珠将话筒递给谢天佑。

谢天佑接过话筒，扫视了一圈："今天各位在百忙之中能前来参加此次招待会，我非常感谢，我代表谢氏集团的所有同仁，欢迎大家。在场的，有谢氏在美国的老朋友，也有在中国的新朋友，还有媒体的各位嘉宾。今天之所以邀请各位齐聚一堂，是因为今天，谢氏有几件大事要正式宣布！"

"第一件事，谢氏'十八藏'品牌，将正式进驻大陆，此次与陈莫先生的合作……"

"第二件事,谢氏集团于苏州建立的原生态度假村正式完成,将作为谢氏进军原生态旅游产业的样板项目……"

"……"

每一件事的宣布,都引来雷动的掌声,闪光灯不时闪耀。

可以预知,谢氏此次的招待会结束之后,谢氏集团的名字,将响遍中国的大江南北。

而这一系列的举措,都代表着谢氏集团,将全面进军大陆市场。

以谢氏集团旗下"十八藏"品牌在世界的声誉,再加上陈莫旗下集团、科万集团等的领头合作,不少参会来宾,都在思索着如何打通与谢氏集团的合作渠道,争取搭上这一列快车。

最后,谢天佑看了眼谢晓飞,这才说道:"最后这件事,说起来,是我们谢家的私事,我儿子谢晓飞,和科万集团的二小姐赵晨曦小姐,即将订婚!"

全场响起热烈的掌声。

谢天佑却话锋一转:"不过,今天这婚却订不成了。"

"什么?"

"怎么回事?"

全场哗然,童薇也满脸震惊,全场一片死寂。

谢天佑脸上透着一抹忧伤:

"人家说,家丑不外扬,不过回想我这几年做的一些事,虽然是为了谢氏集团,为了谢氏集团旗下的员工,但也伤害了很多无辜的人。"

谢天佑看了眼身旁的谢晓飞,拍了拍谢晓飞的肩膀:"晓飞啊,人家说父子世仇,说的就是我和你。"

"早些年,我总是希望你能够成熟起来,能够独当一面担当重任。这些年风风雨雨,你不负众望,成长起来了。我回顾我这一生,外人看起来风光、成功,可只有我自己知道,我是个失败的男人!我娶了晓飞的妈妈,却让她遭遇不测;我生了这唯一的儿子,却让他成了仇人。我甚至辜负了我现任夫人对我的一片深情厚谊!除却事业,我一无所成!而我又想逼我儿子把我的人生重演一遍!"

"爸……"谢晓飞张了张嘴。

谢天佑没理谢晓飞,而是看向童薇,微微鞠躬:"在这里,我先向童小姐道歉。"

所有人不解的目光,都落到了童薇的身上。

谢天佑继续说道:"有太多的事情,连晓飞都不知道。当年,我用恶毒的语言攻击童小姐的父亲!用恶劣的手段逼走了童小姐!而后,又在晓飞的面前否认了这一切!造成晓飞和童小姐的误会。"

台下一片哗然,所有人都议论纷纷,谢晓飞一脸惊讶,童薇在台下更是不知所措。

谢天佑抬手示意大家安静,清了清嗓子:"人老了,真的会开始反省自己。换作几年前,我是断不会说出这些家事。可人会变,我老了,面子上的事,看得淡了。昨天晚上,赵晨曦小姐单独找我谈了一次话——取消婚约。既然赵小姐已经做出了决定,我们谢家只有尊重,让大家见笑了。"

说完,谢天佑拉着谢晓飞的手,冲台下众人诚恳地一躬:"小到一个家族,大到一个国家,我们奋力拼搏,并不是为了名利这些过眼浮云,而是为了家人能够安居乐业,这才是国运家运之于个人的意义!"

"回溯谢氏百年,我很感慨。一百年前,祖爷爷谢镇南,因为国运衰弱,被迫举家移民美国,在美国这一百年间,谢氏在异国他乡发挥了华人特有的勤奋拼搏精神,历经四代,终于在美国的主流社会站稳脚跟,拥有一席之地!祖爷爷有训:谢氏子弟他日若飞黄腾达,必不忘落叶归根!"

谢天佑顿了顿,举起手:"今天,我在这里宣布,我们谢家又回来了！我希望，我的儿子，也能从这一刻起，重新开始他的人生！"

台下，蔡天澜、陈莫带头鼓掌，整个宴会厅响起热烈的掌声。

泪水，不知不觉地从童薇眼角滑落。

这场招待会，虽然赵晨曦与谢晓飞的订婚取消，但却因为谢天佑勇于承认自己的错误，反而取得了极大的反响。

招待会结束，人群散去。

谢天佑推着轮椅来到童薇面前：

"童小姐，请你接受我的道歉。"

童薇眼眶还是湿润的："董事长，过去的事情就不用再提了。"

谢天佑看了眼旁边的谢晓飞："童小姐，还请你给晓飞一个机会。"

童薇怔了怔，低头不语。

谢晓飞走过来，看着童薇："等我，等我处理完所有的事情，我会来找你。"

说完，谢晓飞转身走了。

看着谢晓飞离去的背影，童薇的心里五味杂陈，良久，脸上露出一抹微笑。

第二天，谢晓飞拿着一捧花，兴奋地来到童薇家的大门口，敲响了门。

开门的是童恬恬：

"谢晓飞，可以啊，现在才来找我姐！"

"恬恬，童薇呢？"

童恬恬摇头："我为什么要告诉你！"

说着，童恬恬作势要关门。

"恬恬，快告诉我，童薇去哪里了？"谢晓飞拉着童恬恬。

童恬恬撇了撇嘴，扔给谢晓飞一封信。

谢晓飞急切地打开信，是童薇留给他的。

"晓飞，我们的故事到了大结局，可生活却会一直延续。如果我们相爱，是不是还要承受这些狂风暴雨？有没有一份爱能够让人永远快乐没有伤害？我想一个人，去寻找答案……"

看着这封信，谢晓飞怔了怔，随即拿出电话：

"给我订一张最近飞往加州的机票！"

加州小镇。

广袤的平原上，一栋木屋前。

童薇站在木屋门口，敲响了门。

开门的，是瑞塔。

"瑞塔，还记得我吗？我来看你了！"

瑞塔摘下老花眼镜，一脸惊喜地上前拥抱童薇："童薇！亲爱的孩子，这真是个惊喜！欢迎你！"

（全书完）